핏빛 자오선

Blood Meridian

BLOOD MERIDIAN:
Or the Evening Redness in the West
by Cormac McCarthy

세계문학전집 378

핏빛 자오선

Blood Meridian

코맥 매카시

김시현 옮김

민음사

린드허스트 재단과 존 사이먼 구겐하임 기념 재단
그리고 존 D. 앤 캐서린 T. 맥아더 재단에 감사드립니다.
또한 이십 년간 편집을 맡아 준 앨버트 어스킨에게도
감사의 마음을 바칩니다.

당신의 생각은 끔찍하고 마음은 어렴풋하다.
연민으로 인한 것이든 잔혹으로 인한 것이든 행동은 불합리하고
억제할 수 없다는 듯 평정을 잃는다.
결국 피는 더욱더 두려워진다. 피와 시간이.

— 폴 발레리

어둠의 삶이 비참함으로 가라앉고
슬픔에 빠지듯 사위리라고는 생각되지 않는다. 애당초 슬픔이라고는 없다.
슬픔은 죽음만이 삼킬 수 있다. 죽음과 죽음의 과정이야말로
바로 어둠의 삶이기 때문이다.

— 야코프 뵘

에티오피아 북부 아파르 지역 탐사대의 마지막 해를
이끌었던 클라크와 그의 UCB(캘리포니아 대학교 버클리 캠퍼스) 동창인
팀 D. 화이트 역시 같은 지역에서 발굴된 30만 년 전 두개골 화석을
재검사한 결과 당시 머리 가죽을 벗겼다는 증거가
포착되었다고 발표했다.

— 《유마 데일리 선》 1982년 6월 13일 자

일러두기

본문 중에 나오는 스페인어는 괄호를 사용하여 뜻을 병기했다.

차례

1

이 아이를 보라. 파리한 안색에 비쩍 마른 아이는 너덜너
덜 해어진 얇은 리넨 셔츠 한 장을 걸치고 있다. 아이는 식기
실 난로에 불을 지핀다. 밖에는 눈으로 덮인 들판이 띄엄띄엄
검게 물들고, 그 너머에 더욱 시커먼 숲이 마지막 남은 몇 마
리의 늑대를 품고 있다. 아이의 가족은 나무를 패고 물을 긷
는 하급 노동자로 알려져 있지만, 기실 아이의 아버지는 교사
이다. 그는 술에 취해 드러누워서는, 이제는 잊힌 시인의 시를
읊는다. 소년은 난롯가에 웅크리고 앉아 그를 바라본다.

네 녀석이 태어난 밤에, 1833년도였지, 사자자리인지 뭔지
가 얼마나 대단하게 쏟아지던지. 하늘에 시커먼 구멍이라도
뚫린 줄 알았다. 북두칠성 국자가 뒤엎어지면 그럴까.

십사 년 전 그날, 아이의 어머니는 자신을 죽음으로 이끌

생명체를 뱃속에 포태하고 있었다. 아이의 아버지는 그녀 이름을 결코 입 밖에 내지 않기에 아이는 어머니의 이름을 알지 못한다. 아이에게는 누나가 한 명 있긴 하지만, 두 번 다시 만나지 못한다. 땟국이 질질 흐르는 파리한 아이는 가만히 바라본다. 글을 읽지도 쓰지도 못한다. 아이의 안에는 이미 이유 없는 폭력이 스멀스멀 싹트고 있다. 모든 역사는 그렇게 흘러간다. 아이는 어른의 아버지라잖는가.

열네 살에 아이는 가출한다. 동트기 직전의 어둠 속에서 소년은 소름 끼치는 그 집을 생애 마지막으로 본다. 장작도 대야도 이제 마지막이다. 소년은 서쪽으로 정처 없이 방랑하다 멤피스에 이른다. 납작한 초지 위의 고독한 이주. 들판의 말라깽이 흑인들이 등을 푹 수그린 채 거미 같은 손가락으로 목화를 딴다. 고통의 그림자가 서린 목화밭. 종이 지평선 위로 느리게 깔리는 어스름 속에서 지는 해를 등지고 흑인들이 꿈질거린다. 비에 젖은 강변 저지대에서는 거뭇한 형체의 고독한 농부가 노새를 내몰아 써레질하며 어둠 속으로 스며든다.

일 년 후 소년은 세인트루이스에 다다른다. 소년은 평저선을 타고 뉴올리언스로 향한다. 강물 위에서 사십이 일이 흐른다. 밤이면 물 위의 도시 같은 증기선들이 기적을 울리며 첨벙첨벙 시커먼 물을 가르고 나아간다. 평저선은 토막토막 쪼개져 목재로 팔린다. 소년이 거리로 들어서자 생소하기 짝이 없는 언어가 귓가를 호린다. 소년은 술집 뒤쪽 안마당이 내다보이는 2층 방을 얻는다. 밤이면 동화 속 야수처럼 내려와 배꾼들과 엉겨 치고받는다. 덩치는 크지 않지만 소년에게는 굵은 손목과 큼직한 주먹이 있다. 양어깨도 다부지다. 소년의 얼굴은 흉터로 뒤덮여도 묘하게 청허하고, 눈빛 역시 맑다. 그들은 주먹으로 발로 병으로 혹은 칼로 싸움질한다. 온갖 인종과 온갖 종자와 맞붙는다. 으르렁대는 유인원처럼 말하는 인간들. 아득히 멀고 기묘한 땅에서 온 인간들이 진창에 피 흘리며 누워 있는 모습을 보면서 소년은 인류의 결백을 입증한 듯한 기분을 만끽한다.

그러던 어느 밤 몰타 출신 갑판장이 자그마한 권총으로 소년을 등 뒤에서 쏜다. 소년은 몸을 돌려 달려들려다 심장 바로 아래가 꿰뚫린다. 그자는 달아나고, 소년은 셔츠를 주룩주룩 피로 물들이며 바에 기댄다. 다른 이들은 짐짓 못 본 체한다. 잠시 후 소년은 바닥에 주저앉는다.

소년은 두 주 동안 위층 접이식 침대에 누워 술집 안주인의 간호를 받는다. 안주인은 소년의 식사를 가져오고, 소년의 똥오줌을 받아 낸다. 안주인은 남자처럼 억센 체구에 드세 보이는 여자다. 소년은 몸을 제법 추스르자 안주인에게 줄 돈이 없어 밤도망을 쳐 강둑에서 잠을 잔다. 그러고는 타고 갈 배를 찾는다. 텍사스로 가는 배를.

이제야 겨우 소년은 과거의 자신을 완전히 벗어던진다. 소년의 고향은 소년의 운명만큼이나 까마득하다. 세상이 인간의 의지에 따라 만들어지는지 혹은 인간의 심장이 다른 종류의 흙으로 빚어진 것인지를 알아내기 위한 거칠고도 야만적인 시기는 세상이 돌아가는 동안 다시 오지 않는다. 승객들은 내성적이다. 그들은 시선을 가둔다. 누구도 서로에게 어쩌다 배에 올랐는지 묻지 않는다. 소년은 갑판에서 다른 방랑자들 틈에 끼어 잠을 잔다. 소년은 아슴푸레 높아지고 낮아지는 육지를, 멀거니 쳐다보는 회색 물새를, 잿빛 파도 위로 날아가는 연안의 펠리컨 무리를 바라본다.

그들은 배에서 내려 거룻배로 갈아탄다. 재산을 싣고 온 이주자들은 나지막한 해안선을 유심히 살핀다. 아지랑이에 휘감겨 키 작은 소나무가 일렁이는 아래로 모래알이 기다랗게 만을 채운다.

소년은 항구의 좁은 길을 걸어간다. 공기에 갓 톱질한 목재와 소금 냄새가 실려 온다. 밤에는 창녀들이 무언가를 갈구하는 영혼처럼 어둠 속에서 돋아 나와 소년을 부른다. 일주일 후 소년은 다시 옮겨 간다. 일해서 번 몇 달러를 지갑에 넣어 두고 주먹 쥔 두 손을 싸구려 면 코트 주머니에 쑤셔 박은 채 한밤중 남부의 모랫길을 홀로 걸어간다. 흙을 쌓아 만든 둑길을 따라 습지를 가로지른다. 백로 떼가 이끼 사이로 양초처럼 새하얗게 서 있다. 바람이 나지막이 습지를 쓸더니 길가를 껑충껑충 뛰어올라 밤의 들판 속으로 쪼르르 달려든다. 소년은 자그마한 촌락과 농장들을 지나치며 공짜로 잠과 밥을 청하거나 날품팔이를 하며 북으로 나아간다. 마을 교차로에 부친 살해자가 목매달려 있다. 그자의 친구들이 달려와 오줌으로 시커메진 바짓가랑이를 잡아당긴다.

소년은 제재소에서 일하고, 디프테리아 격리 병원에서 일한다. 어느 농부에게서 일당 대신 늙은 노새를 받는다. 1849년 봄 소년은 그 노새를 타고 근대의 프레도니아 공화국[1]을 통과해 내커도처스 시내로 들어선다.

그린 목사는 비가 내리고 또 내려 두 주간을 매일 회당을 꽉 채운 사람들에게 하느님의 말씀을 전했다. 소년이 남루한 천막으로 불쑥 들어왔을 때 벽을 따라 한두 곳 겨우 발 디딜 자리가 남아 있었고, 빽빽한 습기에도 목욕을 하지 않아 맹렬해진 악취가 코를 찔렀다. 사람들은 이따금 제 발로 억수 같은 빗속으로 돌격해 신선한 공기를 들이마시고는, 비에 쫓겨 다시 천막 속으로 기어들었다. 소년은 뒤쪽 벽에 자신과 비슷한 무리 틈에 끼었다. 소년에게 유일하게 다른 점이 있었다면 무장을 하지 않았다는 것이다.

목사는 말했다. 형제자매 여러분, 그는 내커도처스의 지옥처럼 더럽고 불결한 그곳을 멀리할 수 없었습니다. 나는 그에게 말했습니다. 당신은 하느님의 아들과 함께 그곳에 가십니까? 그러자 그는 말했습니다. 아뇨, 아닙니다. 나는 말했습니다. 세상 끝까지라도 함께 가겠노라고 주님이 말씀하신 사실을 모르십니까?

그러자 그는 말했습니다. 같이 가 달라고 청한 적 없소이다. 나는 말했습니다. 형제여, 굳이 청할 필요는 없습니다. 그분은 우리가 청하든 청하지 않든 매 걸음마다 우리와 함께하십니다. 나는 말했습니다. 형제여, 아무도 주님을 떨칠 수 없습니

---

1) 1820년대 멕시코 영토였던 텍사스는 프레도니아 공화국이라는 이름으로 독립을 선포했으나 결국 멕시코에 진입당한 후 1840년대에 미국의 영토로 편입되었다.

다. 정녕 그 지옥 구덩이 속으로 주님을 끌고 가서야 합니까?

비가 이렇게 억수로 쏟아지다니 희한하지?

목사를 쳐다보고 있던 소년은 고개를 돌려 말을 건 사람을 바라보았다. 그는 몰이꾼처럼 콧수염을 길게 기르고, 테가 넓고 나직한 둥근 모자를 쓰고 있었다. 살짝 사팔뜨기였는데, 비에 대한 의견을 꼭 알아야겠다는 듯 아주 진지한 표정이었다.

막 이곳에 왔는지라. 소년은 대꾸했다.

내 평생 이렇게 지독한 비는 처음이야.

소년은 고개를 주억거렸다. 그 순간 방수포 비옷을 걸친 덩치 큰 사내가 천막으로 들어와 모자를 벗었다. 돌덩이 같은 대머리에다 턱수염도 눈썹도, 심지어 속눈썹도 없었다. 키는 족히 210센티미터는 될 법했는데, 주님의 임시 거주지 안에서조차 태연히 시가를 피우고 있었다. 모자를 벗은 것도 단지 비를 털기 위함이었던 듯 도로 머리에 썼다.

목사가 순간 설교를 멈추었다. 천막 안이 쥐 죽은 듯 고요했다. 모두가 그 사내를 바라보고 있었다. 그는 모자 매무새를 바로 하더니, 나무 상자를 붙여 만든 설교단까지 거침없이 나아가 몸을 돌려 군중을 바라보았다. 진지하면서도 묘하게 아이 같은 얼굴이었다. 손은 자그마했다. 그가 두 손을 내밀었다.

신사 숙녀 여러분, 이 부흥회를 이끌고 있는 목사가 사기꾼임을 알리는 것이 제 의무라고 믿습니다. 이자는 유서 깊은 단체든 신흥 단체든 그 어떤 종교 기관의 임명장도 받은 바 없습니다. 멋대로 꿰어 찬 이 자리에 걸맞은 자질이라고는 눈곱만큼도 없지요. 사기를 치려고 성서 몇 구절을 외워 엉성하게 흉내 내는 것이 다입니다. 여러분 앞에 주님의 대리인인 양 서 있는 이자는 사실상 완전 문맹일 뿐만 아니라 테네시주, 켄터키주, 미시시피주, 아칸소주에서 수배 중입니다.

오 하느님. 목사가 외쳤다. 거짓말입니다, 거짓말! 그는 펼쳐진 성서를 열정적으로 읽어 나갔다.

수많은 죄목이 있으나, 그중에서도 최근에 지은 죄는 열한 살짜리 여자애와 관련이 있습니다. 열한 살요. 이자를 믿고서 찾아온 소녀를 하느님의 옷을 걸친 채 더럽힌 것입니다.

한탄이 군중을 휩쓸고 번져 갔다. 한 여인이 주저앉아 무릎을 꿇었다.

바로 이자입니다. 목사가 울부짖었다. 바로 이자입니다. 여기에 악마가 왔습니다. 바로 이자가 그 악마입니다.

저 더러운 작자의 목을 매달자! 뒤쪽에서 험상궂게 생긴 폭력배가 외쳤다.

여기 오기 삼 주 전에는 염소와 붙어먹은 죄로 아칸소주 포트스미스에서 달아났습니다. 예, 여러분, 틀림없습니다. 염소와 흘레붙었습니다.

내가 저 개자식을 쏘아 죽이지 않으면 내 눈깔을 후벼 파겠어. 천막 저편에서 한 사내가 일어나며 고함치더니 부츠에서 권총을 뽑아 발사했다.

젊은 몰이꾼이 즉각 품에서 칼을 꺼내 천막을 들입다 찢어 빗속으로 나갔다. 소년도 뒤를 따랐다. 그들은 고개 숙인 채 호텔을 향해 진창을 달려갔다. 이미 천막 안에서는 총성이 난무했다. 캔버스 벽에 십여 개의 구멍이 생겨나더니 여자들 비명과 함께 사람들이 와르르 쏟아져 나왔다. 몇몇은 발이 걸려 비틀대다 진흙탕에 꼬꾸라져 마구 짓밟혔다. 소년과 새 친구는 호텔 현관에 이르러 눈에서 빗물을 훔치고는 뒤를 돌아보았다. 그 순간 천막이 휘청휘청 실그러지더니 부상당한 거대한 해파리처럼 서서히 쓰러지며 갈기갈기 찢긴 캔버스 벽과 남루한 밧줄을 질질 끌었다.

두 사람이 술집에 들어갔을 때 대머리 사내는 이미 와 있었다. 사내 앞쪽 광을 낸 나무 바에 모자 두 개와 두 움큼 정도의 동전이 놓여 있었다. 그가 잔을 들어 보였지만 두 사람을 향한 것은 아니었다. 그들은 바로 가서 위스키를 주문했다. 소년이 돈을 내려놓자 바텐더가 엄지로 도로 밀치며 턱짓을 했다.

판사님이 모두에게 쏘신단다.

그들은 마셨다. 몰이꾼이 잔을 내려놓고 소년을 바라보았다. 아니 바라보는 것처럼 보였다. 그가 어디를 쳐다보는지 정확히 확인할 길은 없었다. 소년은 판사가 서 있던 곳으로 고개를 돌렸다. 바는 보통 사람은 팔꿈치를 올려놓을 수도 없을 만큼 높았지만, 판사에게는 겨우 허리께에 닿았다. 그는 두 손바닥을 바에 납작 붙이고는, 다시 연설을 하려는 듯 몸을 살짝 기대었다. 이 무렵 비와 진흙으로 얼룩진 사람들이 욕설을 퍼부으며 줄줄이 들어왔다. 그들이 판사 주위로 모여들었다. 목사를 쫓기 위한 추격대가 너나없이 조직되었다.

판사님, 그 망할 자식에 대해 어찌 그리 소상히 알고 계십니까?

소상히라? 판사가 말했다.

포트스미스에 계셨습니까?

포트스미스?

어디에서 그자에 대해 들으셨습니까?

그런 목사 말이오?

네, 판사님. 여기 오기 전에 포트스미스에 계셨나 보지요.

내 평생 포트스미스에는 발도 디딘 적 없다오. 그자는 어쨌
는지 모르지만.

사람들은 서로 멀뚱멀뚱 쳐다보았다.

그러면 언제 그자를 보았습니까?

오늘 처음 보았다오. 기실 그자에 대해 들은 적도 없다오.

판사가 술잔을 들어 쭉 들이켰다.

바에 이상한 침묵이 내려앉았다. 사내들은 진흙으로 빚은
주술 인형 같은 몰골이었다. 마침내 누군가가 웃기 시작했다.
이윽고 다른 이가 따라 웃었다. 이내 모두들 배를 쥐고 웃어
댔다. 누군가가 판사에게 술을 샀다.

소년이 토드빈을 만난 것은 십육 일째 비가 퍼붓던 날이었
다. 비는 내리고 또 내렸다. 소년은 여전히 그때 그 바에 있었
고, 술을 마시느라 2달러를 제외한 전 재산을 탕진했다. 소몰
이꾼은 사라지고 없었고, 술집은 휑했다. 열린 문으로 호텔 뒤
편 공터에 쏟아지는 빗줄기가 보였다. 소년은 술잔의 술을 입
에 털어 넣고는 밖으로 나갔다. 진창 위로 판잣길이 깔려 있었
다. 소년은 공터 아래쪽에 쪽판을 얼기설기 엮은 변소에서 뿜
어져 나오는 희미한 빛줄기를 향해 걸어갔다. 변소에서 사내

가 나와 올라왔다. 두 사람은 좁은 판잣길 중간에서 딱 마주 쳤다. 사내는 약간 비틀비틀거렸다. 핀으로 앞쪽을 고정시킨 젖은 모자챙이 양어깨로 까닥까닥 들까불었다. 한 손에 병이 헐겁게 들려 있었다. 내 앞에서 꺼져. 그가 말했다.

소년은 그 말을 따르지 않았다. 굳이 말해 봐야 입만 아플 터이기에 그저 그자의 턱으로 주먹을 날렸다. 사내는 쓰러졌 지만 다시 일어났다. 그리고 말했다. 너 죽었어.

그가 병을 휘두르자 소년은 머리를 획 숙였다. 그가 다시 병을 휘두르자 소년은 뒤로 물러났다. 사내를 갈기는 순간 소 년의 옆머리로 술병이 날아와 산산이 부서졌다. 소년은 판잣 길에서 벗어나 진창을 휘청휘청 걸어갔고, 사내는 비쭉배쭉 돋은 병목을 쥐고 쫓아와 눈을 찌르려 했다. 그를 막으려던 소년의 양손이 피로 끈적끈적해졌다. 소년은 부츠에 숨긴 칼 을 빼내려고 손을 뻗었다.

뒈져라, 이 새끼야. 사내가 말했다. 두 사람은 어둠이 내린 진흙탕 속에서 엎치락뒤치락 싸우다 소년의 부츠가 벗겨졌다. 소년이 마침내 칼을 꺼내자 두 사람은 서로 마주 본 채 옆걸 음질하며 빙글빙글 돌았다. 사내가 달려들자 소년은 그자의 셔츠를 냅다 그었다. 사내가 병목을 내던지더니 목 뒤에서 큼 직한 사냥칼을 꺼내 들었다. 모자는 벗겨지고 없고, 검은 머 리털이 머리 위에서 진득진득 들썩였다. 그는 미치광이가 기도 하듯 자신의 위협을 한마디로 알렸다. 뒈져.

시원하게 그어 버려. 인도에 주르르 늘어서서 구경하던 사 내들 중 누군가가 소리쳤다.

뒈져라, 이 새끼야, 하고 말하며 진창을 첨벙거리는 그의 입에서는 침이 줄줄 흘러내렸다.

그때 다른 누군가가 공터에 들어섰다. 소가 요란하게 물을 빠는 듯한 소리가 들렸다. 그자는 거대한 곤봉을 가지고 있었다. 먼저 소년에게 다가오더니 곤봉을 휘둘러 소년의 얼굴을 진창에 처박았다. 누군가가 소년을 뒤집어 놓지 않았더라면 분명 죽었으리라.

소년이 눈을 뜨자 환한 대낮이었다. 비는 그쳐 있고, 온통 진흙으로 범벅된 얼굴이 더부룩한 머리를 늘어뜨리고서 자신을 내려다보고 있었다. 그자는 뭔가 말하고 있었다.

뭐라고요? 소년은 말했다.

그만할 거지?

그래요. 날 죽이려 들었다면 진작 골로 보냈겠죠.

소년은 하늘을 올려다보았다. 어찌나 드높이 날고 있는지 대머리독수리가 눈곱만 해 보였다. 소년은 사내를 바라보았다. 내 목이 부러졌나요?

사내가 공터를 둘러보더니 침을 뱉고는 다시 소년을 바라보았다. 못 일어나겠어?

몰라요. 일어나 봐야 알죠.

네 목을 부러뜨리려던 건 아니었어.

알아요.

널 죽이려던 거였지.

지금까지 그 누구도 날 죽이지 못했죠. 소년은 진창에서 버둥거려 몸을 일으켰다. 사내는 부츠를 옆에 내려놓고 판잣길에 앉아 있었다. 멀쩡하구먼. 사내가 말했다.

소년은 뻣뻣한 몸짓으로 주위를 둘러보았다. 내 부츠는?

사내가 곁눈질했다. 그의 얼굴에서 마른 진흙이 우수수 떨어졌다.

누가 내 부츠를 가져갔다면 모가지를 비틀어 버리겠어.

저기 저거, 네 부츠 아니냐?

소년은 허청허청 걸어가 부츠 한 짝을 집어 들었다. 그러고는 진흙덩이처럼 느껴지는 공터를 터벅터벅 가로질렀다.

형씨 칼이오? 소년이 말했다.

사내는 소년을 흘긋 바라보았다. 그런가 보네.

소년은 칼을 사내에게 던졌다. 사내는 몸을 굽혀 칼을 줍더니 큼직한 칼날을 바짓가랑이에 쓰윽 문질렀다. 누가 널 훔쳐간 줄 알았단다. 사내가 칼을 향해 말했다.

소년은 나머지 부츠 한 짝도 찾아내 판잣길로 돌아와 앉았다. 두 손에 진흙이 덕지덕지 엉겨 있었다. 한 손을 무르팍에 쓱 문지르다 그냥 툭 떨구었다.

두 사람은 나란히 앉아 황폐한 공터를 바라보았다. 공터 가장자리에 뾰족한 말뚝으로 울타리가 쳐져 있고, 그 너머 우물에 남자애가 물을 긷는 동안 우물가 마당에 병아리들이 돌아다녔다. 술집 문에서 한 남자가 나오더니 변소를 향해 뚜벅뚜벅 다가왔다. 그는 두 사람이 앉아 있는 곳에서 걸음을 멈추고 바라보더니 진창으로 걸어갔다. 잠시 후 되돌아온 그는 다시 진창으로 들어가 빙 돌아 판잣길로 올라갔다.

소년은 옆의 사내를 바라보았다. 머리는 이상하게 좁고, 머리칼에는 기괴한 원시 시대 모자처럼 진흙이 들러붙어 있었다. 이마에 H와 T라는 글자가 새겨져 있고, 그 아래 양미간 사이에 F라는 글자가 찍혀 있었다. 인두를 너무 오래 대고 있었던 듯 글자가 번들번들 퍼져 보였다. 사내가 고개를 돌려 바라보자 소년은 그의 양쪽 귀가 없다는 사실을 알아챘다. 사내가 일어나 칼을 칼집에 꽂더니 부츠를 손에 든 채 판잣길을 걸어갔다. 소년도 일어나 뒤를 따랐다. 호텔까지 반쯤 갔을 때 사내가 멈추어 진흙탕을 바라보더니 판잣길에 주질러앉아 진흙투성이인 채로 부츠에 발을 쑤셔 넣었다. 그러고는 일어나 공터를 어치정어치정 가로질러 무엇인가를 집어 들었다.

이것 좀 봐라. 사내가 말했다. 내 망할 모자야.

완전히 죽었다는 것 외에는 무엇인지 도저히 말할 수 없는 형체였다. 그는 모자를 탁탁 펴 머리에 눌러쓰더니 걸어갔다. 소년은 뒤를 따랐다.

술집은 니스 칠한 판자로 징두리벽판을 댄 좁은 홀이었다. 벽을 따라 일렬로 탁자가 놓여 있고, 바닥에 타구가 늘어서 있었다. 손님은 아무도 없었다. 그들이 들어서자 바텐더가 고개를 들었다. 바닥을 쓸고 있던 검둥이가 빗자루를 벽에 기대어 세우고 밖으로 나갔다.

시드니는 어딨지? 사내가 진흙투성이 몰골로 말했다.

침대에 있겠지.

그들은 홀을 가로질렀다.

토드빈! 바텐더가 외쳐 불렀다.

소년이 돌아보았다.

바텐더는 바에서 나와 두 사람을 바라보고 있었다. 그들이 문을 지나 호텔 로비를 가로질러 계단에 이르는 동안 바닥에는 다양한 형태의 진흙이 남겨졌다. 계단을 오르자 카운터를 지키고 있던 직원이 소리쳤다.

토드빈!

사내가 걸음을 멈추고 뒤를 돌아보았다.

자넬 쏴 죽일 거야.

시드니가?

시드니가.

두 사람은 계단을 올랐다.

계단 끝에는 기다란 복도가 이어져 있었다. 복도 끄트머리에 난 창문으로 빛이 스며들었다. 니스 칠한 문이 복도를 따라 주르르 닫혀 있는데, 아마 그 너머는 작은 방이지 싶었다. 토드빈이 복도 끝으로 걸어갔다. 마지막 문에 귀를 대고 가만히 듣더니 소년을 쳐다보았다.

성냥 있냐?

소년은 주머니를 더듬어 구겨지고 얼룩진 나무 상자를 꺼냈다.

사내가 그것을 집어 들었다. 불쏘시개가 좀 필요해서 말이야. 그가 말했다. 그는 성냥갑을 부스러뜨리더니 그 조각을 문 앞에 쌓았다. 그리고 성냥을 하나 켜 불을 붙였다. 자그마한 불더미를 문 아래로 밀어 넣으며 성냥을 몇 개 더 보탰다.

그자가 안에 없으면 어쩌려고요? 소년이 말했다.

이제부터 확인하면 되지.

검은 연기가 굽이치며 치솟고 니스 칠한 문이 푸르게 타올랐다. 두 사람은 복도에 쭈그리고 앉아 지켜보았다. 가느다란 불꽃이 벽판을 따라 달음질해 오르더니 다시 쪼르르 내려왔다. 두 사람은 습지에서 발굴된 시체 같았다.

가서 문 좀 두드려 봐라. 토드빈이 말했다.

소년은 일어났다. 토드빈도 일어나 잠자코 기다렸다. 방 안에서 타다닥 타들어 가는 소리가 들렸다. 소년이 문을 두드렸다.

더 크게 두드려. 술을 뒷같이 처먹었을 테니.

소년이 주먹을 말아 쥐고 문을 다섯 번 쿵쿵 두들겼다.

불이야. 안에서 목소리가 들렸다.

나오는군.

그들은 기다렸다.

이 망할 놈의 불. 목소리가 말했다. 이윽고 손잡이가 돌아가고 문이 열렸다.

남자는 손잡이를 돌리는 데 사용한 수건을 한 손에 움켜쥔 채 속옷 차림으로 서 있었다. 두 사람을 발견하자 몸을 돌려 도로 방으로 들어가려 했지만, 토드빈이 남자의 목덜미를 낚아채 바닥으로 내팽개치더니 머리채를 움켜쥐고 엄지로 눈알을 쑤셨다. 남자는 그의 손목을 걸머쥐고서 물어뜯었다.

아가리를 걷어차. 토드빈이 외쳤다. 어서.

소년은 그들을 지나 방으로 들어가 몸을 돌려 남자의 얼굴을 걷어찼다. 토드빈이 남자의 머리채를 단단히 잡아 머리를 숙이지 못하게 했다.

걷어차. 그가 외쳤다. 봐줄 것 없이 막 걷어차, 애야.

소년은 걷어찼다.

토드빈이 피투성이 머리를 돌려 바라보더니 머리채를 놓아주고 일어나 직접 남자를 걷어찼다. 구경꾼 둘이 복도에 서 있었다. 문은 완전히 불타올랐고 벽과 천장 일부까지 타들어 갔다. 두 사람은 방에서 나와 복도를 걸어갔다. 호텔 직원이 한번에 두 계단씩 뛰어 올라왔다.

토드빈, 이 망할 자식. 그가 말했다.

토드빈은 그보다 네 단 위에 있었기에 발길질은 상대의 목을 강타했다. 직원이 계단에 주저앉았다. 소년이 지나가면서 그 옆머리를 갈겼다. 직원이 쿵 하고 쓰러지더니 아래로 주르르 미끄러졌다. 소년은 그를 넘어 내려가 로비를 가로질러 밖으로 나왔다.

토드빈이 거리를 내달리면서 두 주먹을 번쩍 들어 흔들며 웃어 댔다. 진흙으로 빚은 거대한 부두교 저주 인형이 살아난 듯했다. 소년 역시 마찬가지였다. 그들 뒤에서는 불꽃이 호텔의 꼭대기 층 모퉁이를 핥고, 시커먼 연기 구름이 따스한 텍사스 아침 속으로 치솟았다.

소년의 노새는 도시 변두리에서 가축을 대신 돌봐 주고 돈을 받는 어느 멕시코 가족에게 맡겨 두었더랬다. 소년은 사나운 얼굴로 씻씻대며 그곳에 도착했다. 안주인이 문을 열어 소년을 바라보았다.

노새 내놔요. 소년이 씨근거리며 말했다.

그녀는 소년을 가만히 쳐다보더니 집 뒤쪽을 향해 소리쳤다. 소년은 집을 돌아 걸어갔다. 뒷마당에 말들이 묶여 있고, 울타리에 기대 세워진 납작한 수레 가장자리에 칠면조가 주르르 앉아 내다보았다. 안주인이 뒷문으로 나왔다. 니토.(니토.) 그녀가 외쳤다. 벵가. 아이 운 카발예로 아키. 벵가.(여기로 와요. 말 주인이 왔어요. 여기요.)

소년은 마구간에 딸린 창고로 들어가 남루한 안장과 둘둘 만 담요를 챙겨 밖으로 나왔다. 마구간에서 자기 노새를 빼내어 생가죽 고삐를 씌우고 울타리로 끌고 갔다. 소년은 어깨를 노새에 기댄 채 안장을 척 얹고 뱃대끈을 조였다. 노새는 깜짝 놀라 뒷걸음치며 머리채를 울타리에 비볐다. 소년은 노새를 끌고 뒷마당을 가로질렀다. 노새는 귀에 뭐라도 들어간 양 계속 절레절레 고개를 저었다.

소년이 노새를 끌고 길로 들어섰다. 멕시코인의 집을 지나치는데 안주인이 살금살금 걸어 나왔다. 소년이 등자에 발을 거는 모습에 그녀가 달리기 시작했다. 소년은 해진 안장에 털썩 올라앉아 노새를 앞으로 몰았다. 그녀는 대문간에서 발을 멈추더니 소년이 가는 것을 멍하니 바라보았다. 소년은 뒤도 돌아보지 않았다.

시내를 도로 가로지르며 보니 사람들이 와글와글 모여 활활 타오르는 호텔을 구경하고 있었다. 몇몇은 텅 빈 양동이를 들고 있었다. 두세 사람이 말 등에 앉은 채로 불구경을 했는데, 그중 하나는 판사였다. 소년이 지나치자 판사가 고개를 돌려 소년을 바라보았다. 말더러도 소년을 보라는 듯 판사가 말 머리를 틀었다. 소년이 돌아보자 판사가 미소를 지어 보였다.

소년은 노새의 옆구리를 살짝 치고는 낡은 석조 요새를 지나 길을 따라 서쪽으로 서쪽으로 멀어져 갔다.

2

구걸의 나날이고 도둑질의 나날이다. 자기 자신을 제하고
는 개미 한 마리 없는 길을 나아가는 노새 위의 나날이다. 소
나무 숲을 벗어나 저 앞에 끝 간 데 없이 이어진 저지대 너머,
지는 해를 바라보며 가다 보니 어둠이 뇌성처럼 떨어지고, 선
득한 바람에 잡초가 빠드득 이를 간다. 밤하늘에 별이 어찌나
총총한지 검은 공간이 동이 나다시피 했다. 별은 밤새 쓰라린
호를 그리며 추락하지만 그 수는 도통 줄어들지 않는다.

소년은 일개 시민에 대한 두려움으로 왕의 도로[2]에서 벗어
난다. 초원의 자그마한 늑대들이 밤새 울부짖고서야 내린 새
벽, 소년은 풀이 우거진 마른 개천 바닥에 바람을 피해 몸을

---

2) 17세기 말 텍사스에 건설된 프레시디오 도로.

숨기고 있다. 두 발이 느슨하게 묶인 노새가 소년 위에 서서 빛이 배어 드는 동녘을 바라본다.

떠오르는 태양은 강철 빛을 닮았다. 노새에 오른 소년의 그림자가 수킬로미터에 걸쳐 기다랗게 늘어진다. 소년은 잎으로 만든 모자를 머리에 쓰고 있지만, 잎사귀는 진즉 햇볕에 바싹 말라 갈라진 지 오래다. 마치 새를 쫓다 말고 밭에서 달아나 방황하는 허수아비 같다.

저녁 무렵 나지막한 언덕 사이에서 솟아오르는 연기 줄기가 눈에 띈다. 어스름이 깔리기 전 소년이 문가에 당도해 고함치자 늙은 은둔자가 나무늘보처럼 어슬렁어슬렁 기어 나왔다. 고독에 반쯤 실성한 눈은 뜨거운 철사 우리에 갇힌 양 붉은 테두리가 쳐져 있었다. 그래도 몸집은 제법 실해 보였다. 소년이 노새에서 내리는 뻣뻣한 모양새를 노인은 아무 말 없이 지켜보았다. 거센 바람에 누더기 넝마가 나부꼈다.

연기를 보고 왔어요. 소년이 말했다. 물 한잔 얻어 마실 수 있을까요?

늙은 은둔자는 때가 엉긴 머리칼을 긁적이며 땅을 내려다보았다. 이윽고 몸을 돌려 오두막으로 들어가자 소년이 뒤를 따랐다.

안은 어둠과 흙냄새로 가득했다. 흙바닥에 자그마한 모닥불이 타오르고, 가구라고는 한쪽 모퉁이에 겹겹이 쌓인 가죽뿐이었다. 노인은 나뭇가지와 진흙으로 엮은 나지막한 천장에 부딪치지 않으려고 고개를 숙인 채 발을 질질 끌며 어둠을 갈랐다. 노인이 흙바닥에 놓인 양동이를 가리켰다. 소년은 몸을 숙여 양동이에 둥둥 떠 있는 바가지를 집어 물을 퍼 마셨다. 물은 짭조름하고 유황 맛이 돌았다. 소년은 연거푸 들이켰다.

밖에 있는 가엾은 노새한테도 물 좀 줘도 될까요?

노인이 주먹으로 다른 쪽 손바닥을 때리더니 시선을 이리저리 데굴거렸다.

물은 제가 다시 길어 놓을게요. 우물이 어디 있는지만 말해 주세요.

뭘로 먹이려고?

소년은 양동이를 바라보다가 어스레한 오두막 안을 둘레둘레 살폈다.

노새가 주둥이를 댄 양동이에 내 입을 댈 수는 없어. 은둔자가 말했다.

못 쓰는 양동이나 그 비슷한 거라도 없나요?

없어. 은둔자가 소리쳤다. 없어, 없다고. 노인은 움켜쥔 두 주먹으로 가슴을 쿵쿵 쳤다.

소년이 일어나 문밖을 내다보았다. 제가 알아서 찾을게요. 우물은 어디 있나요?

언덕 위에. 길을 따라가.

너무 껌껌해서 아무것도 안 보여요.

길이 푹 파여 있으니 발 닿는 대로 걸어가. 노새를 따라가면 될 거야. 나는 못 가.

소년은 바람 속으로 나와 노새를 찾았지만, 노새는 없었다. 멀리 남쪽에서 번개가 소리 없이 희뜩였다. 몸부림치는 잡초들 사이로 길을 따라 올라가니 노새가 우물 앞에 서 있었다.

모래 가운데 난 구멍 주위로 돌덩이가 쌓여 있었다. 마른 가죽 한 장이 뚜껑 대신 덮여 있고, 그 위에 돌이 올려져 있었다. 생가죽 손잡이가 달린 두레박이 매끈매끈한 가죽 밧줄에 대롱거렸다. 두레박 손잡이 한쪽에는 돌멩이를 매달아 쉽게 기울어져 물이 잘 들어오게 되어 있었다. 노새는 가죽 밧줄이 늘어지며 두레박이 내려가는 광경을 소년의 어깨 너머로 바라보았다.

소년은 두레박을 세 차례 길었고, 노새가 물을 쏟지 않도록 단단히 움켜쥐었다. 그리고 가죽 덮개를 도로 우물에 씌우고는 노새를 끌고 길을 따라 오두막으로 향했다.

물 잘 마셨습니다. 소년이 외쳤다.

문가에 시커먼 형체가 도드라졌다. 안에서 자고 가게.

괜찮습니다.

여기서 자는 편이 좋을걸. 곧 폭풍이 칠 거야.

정말요?

그래, 내 눈은 정확하지.

그럼.

침낭을 가져와. 귀중품도.

소년은 뱃대끈을 풀어 안장을 벗기고 노새의 앞발과 뒷발을 느슨하게 묶은 다음 침낭을 들고 안으로 들어갔다. 모닥불 외에는 아무 불도 없었다. 노인은 모닥불 옆에 책상다리를 하고 앉아 있었다.

아무 데나 좋을 대로 자리 잡게. 안장은 어디 있나?

소년이 턱짓으로 밖을 가리켰다.

밖에 뒀다가는 짐승들이 먹어 치워 버릴걸. 워낙 먹을 게 없는 곳이라서.

소년은 밖으로 나가다 어둠 속에서 노새와 부딪쳤다. 노새는 불을 바라보고 있었다.

꺼져, 자식아. 소년은 안장을 집어 들고 안으로 들어갔다.

모두 바람에 날려 가기 전에 문을 단단히 붙들어 매게. 노인이 말했다.

널빤지를 다닥다닥 붙여 만든 문은 가죽 경첩으로 고정되어 있었다. 소년은 문을 흙바닥 위로 질질 밀어 가죽 끈으로 비끄러맸다.

길을 잃었나 보지? 노인이 말했다.

아뇨, 쉽게 찾았어요.

노인이 휘적휘적 손을 저었다. 아니, 아니. 길을 잃어서 여기로 왔느냐고. 모래 폭풍이 불었나? 밤중에 좁다 길에서 벗어났나? 그도 아니면 강도를 피해 이리 온 건가?

소년은 신중히 대답했다. 예, 이리저리 하다 그만 길에서 벗어났어요.

내 그럴 줄 알았지.

오래 계셨어요?

어디에?

소년은 노인과 모닥불을 사이에 두고 침낭 위에 앉아 있었다. 여기요.

노인은 대답하지 않았다. 느닷없이 고개를 옆으로 돌려 엄지와 검지로 코를 쥐고 바닥에 두 줄기 콧물을 뿜어내더니 손가락을 청바지 가랑이에 문질렀다. 고향은 미시시피라네. 노 예상이었지. 전혀 부끄럽지 않아. 돈을 갈퀴로 긁어모으면서 도 한 번도 잡히지 않았어. 하지만 진절머리가 나더군. 껌둥이 라면 신물이 나. 뭘 좀 보여 주지.

노인이 몸을 돌려 뒤적뒤적 가죽 사이에서 자그마하니 시 커먼 것을 꺼내 모닥불 너머로 건넸다. 소년은 받아 들었다. 말라서 거뭇해진 사람의 심장이었다. 소년이 도로 내밀자 노 인은 무게를 어림하듯 심장을 손바닥에 올려놓았다.

세상을 파괴할 수 있는 것은 딱 네 가지가 있지. 여자, 위스 키, 돈, 껌둥이.

침묵이 내려앉았다. 지붕을 뚫고 연기를 뱉던 연통이 바람 에 신음하는 것처럼 들렸다. 이윽고 노인이 심장을 치웠다.

이것 때문에 200달러를 썼지.

200달러나 주고 샀다는 건가요?

그래. 이 심장이 달려 있던 껌둥이의 몸값이었지.

노인이 한쪽 구석으로 걸어가더니 시커멓게 찌든 놋쇠 주 전자를 가져와 뚜껑을 열고는 손가락 하나를 찔러 보았다. 먹 다 만 마른 토끼 고기가 차가운 기름에 파묻혀 있는데, 온통 연파랑 곰팡이가 슬어 있었다. 노인이 뚜껑을 도로 덮고 주전 자를 모닥불에 올려놓았다. 얼마 없지만 나눠 먹을 만해. 노인 이 말했다.

감사합니다.

어둠 속에서 길을 잃었군. 노인은 모닥불을 휘저어 가냘픈 뼈를 재 밖으로 쌓아 올렸다.

소년은 대꾸하지 않았다.

노인이 고개를 주억거렸다. 죄인으로 산다는 건 참 힘든 일이지. 하느님은 이 세상을 만드셨지만, 모든 사람에게 알맞게 만들지는 않았어. 안 그래?

하느님이 나한테까지 신경 쓰겠어요.

그래. 하지만 이처럼 사람을 만드신 것은 하느님의 뜻이야. 이보다 더 하느님 맘에 드는 세상이 있을까?

나라면 훨씬 더 좋은 세상을 만들겠어요.

만들 수 있어?

아뇨.

아니지. 정말 미스터리야. 사람은 자기 정신은 알 가능성이 상당하지. 왜냐하면 살려면 알아야 하거든. 자기 마음도 알 수야 있지만 알기를 원치 않지. 정말 그래. 마음은 들여다보지 않는 게 최선이야. 하느님이 정하신 뜻에 따라 움직이는 것은 마음이 아니야. 아무리 보잘것없는 창조물에게도 주님이 점지해 주신 의미를 찾을 수 있지. 하지만 하느님이 인간을 만드실 때 악마가 바로 곁에 있었던 게 분명해. 그래서 무엇이든 할 수 있는 창조물이 나온 거야. 기계를 만들지. 그리고 기계를 만드는 기계를 만들고. 이제 악마는 천년만년 자기 혼자서 움직일 수 있어. 수리도 필요 없고. 믿기나?

잘 모르겠어요.

믿어.

주전자가 데워지자 노인이 고기를 나누었고, 두 사람은 말 없이 먹었다. 천둥이 북쪽으로 옮겨 왔다. 얼마 지나지 않아 머리 위에서 쿠르릉 울리며 연통의 녹이 야금야금 떨어져 내렸다. 두 사람은 접시에 머리를 박은 채 손가락으로 기름까지 싹싹 긁어 먹고는 바가지로 물을 마셨다.

소년은 밖에 나가 자기 컵과 접시를 모래로 문질러 닦고는, 어둠 속에 숨은 유령을 쫓아내듯 양철을 챙강챙강 부딪치며 들어왔다. 멀리서 적란운이 파르르 떨며 전기 하늘에 우뚝 치솟더니 다시 어둠 속으로 빨려들었다. 노인은 문밖에서 울부짖는 황야를 향해 고개를 기울이고 앉아 있었다. 소년이 문을 닫았다.

담배는 없겠지.

네.

있다 해도 줄 리가 없지.

비가 올까요?

비가 올 듯 올 듯하지만, 아마 안 올 거야.

소년은 모닥불을 바라보았다. 벌써 꾸벅꾸벅 잠이 쏟아졌다. 결국 소년은 일어나 머리를 흔들어 댔다. 노인은 죽어 가는 불꽃 너머로 소년을 바라보았다. 그만 누워 자. 노인이 말했다.

소년은 그 말을 따랐다. 다져진 흙바닥에 담요를 깔고 냄새나는 부츠를 벗었다. 연통은 파이프 오르간의 관처럼 신음하고, 노새가 밖에서 발을 구르며 코를 킁킁거렸다. 잠이 든 소년은 꿈을 꾸는 개처럼 버둥거리고 으르렁댔다.

한밤중에 깨어 눈을 뜨니 칠흑 같은 어둠 속에서 노인이 자신을 굽어보고 있었다. 노인은 소년의 담요 속에 들어와 있다시피 했다.

왜 그래요? 소년이 말했다. 그러자 노인은 살금살금 기어 나갔다. 아침에 잠에서 깨어 보니 오두막에는 소년밖에 없었 다. 소년은 짐을 챙겨 그곳을 떠났다.

그날 종일 북쪽에서 가느다란 먼지구름이 일었다. 그 자리 에 그대로 붙박인 듯했다. 저녁 늦게야 그 먼지구름이 소년을 향해 다가오고 있음을 알 수 있었다. 소년은 생기를 가득 머 금은 오크나무 숲을 지나 개울에서 물을 마시고는, 어스름 속 을 계속 나아간 다음에야 모닥불을 피우지 않고 야영했다. 먼 지투성이 마른 나무 아래 잠이 든 소년을 새들이 깨웠다.

정오에 소년은 다시 대초원으로 나왔다. 북쪽의 먼지구름 은 지평선을 따라 길게 늘어뜨려져 있었다. 저녁에 첫 번째 소 떼가 시야에 들어왔다. 거대한 뿔이 돋은 광포한 짐승들의 방 랑. 그날 밤 소년은 소몰이꾼 야영지에 앉아 콩과 건빵을 먹 고 길 위에서의 삶 이야기를 들었다.

그들은 사십 일 전 애빌린[3]에서 출발해 루이지애나의 시장 으로 향하고 있었다. 그들 뒤를 늑대와 코요테와 인디언이 쫓 았다. 소들은 이로 인해 밤이면 몇 킬로미터나 멀리 신음을 뱉 어 냈다.

그들은 소년에게 아무것도 묻지 않았다. 뒤죽박죽인 무리였 다. 몇몇은 혼혈아이고, 몇몇은 노예 신분에서 해방된 껌둥이 이고, 몇몇은 인디언이었다.

---

3) 미국 캔자스주 중동부에 있는 도시.

옷을 도둑맞았어요. 소년이 말했다.

그들은 모닥불을 바라보며 고개를 끄덕였다.

가진 걸 모조리 털렸죠. 심지어 칼 한 자루까지 다 가져갔어요.

우리랑 같이 가지그래. 마침 두 사람이 그만뒀거든. 캘리포니아로 돌아갔지.

반대 방향으로 가는 길이라서요.

캘리포니아로 가려는 모양이지.

그럴 수도요. 아직 딱히 정하진 않았어요.

아칸소에서 소를 몰 때 그 애들을 만났지. 벡사로 가는 길이라더군. 멕시코나 서부로 갈 거랬지.

그 녀석들 지금쯤 벡사에서 골이 비도록 퍼마시고 있을걸.

로니는 아마 그 동네 창녀란 창녀는 다 올라타 봤을걸.

벡사까지는 얼마나 되죠?

이틀 거리야.

그보다 멀어. 나흘은 걸릴걸.

어느 쪽으로 가면 되죠?

남쪽으로 쭉 내려가면 한나절이면 도로에 닿을 거야.

벡사로 가려고?

그럴까 싶어요.

로니를 만나거든 내 얘기를 해라. 오렌 형님 이야기를 하면 한턱 쏠 거야. 벌써 돈을 다 날리지 않았다면 말이다.

아침에 당밀 바른 팬케이크를 먹은 뒤 소몰이꾼들은 안장에 올라 길을 떠났다. 소년이 노새에게 가 보니 고삐에 자그마한 천주머니가 묶여 있었다. 안에는 말린 강낭콩 한 움큼과 후추, 손잡이에 끈이 감긴 낡은 그린리버 칼이 들어 있었다. 소년은 노새에 올랐다. 노새는 등이 벗겨지고 상처가 난 데다 굽도 갈라져 있었다. 늑골이 꼭 물고기 뼈 같았다. 노새는 끝없는 초원을 절뚝절뚝 나아갔다.

나흘째 되던 날 저녁 벡사에 당도했다. 소년은 나지막한 언덕에서 누더기 꼴의 노새를 세워 놓고 도시를 내려다보았다. 어도비 벽돌로 만든 조용한 집, 강가를 따라 늘어선 초록빛 오크나무와 미루나무, 천 덮개를 뒤집어쓴 마차로 미어터지는 광장, 하얗게 석회칠한 공공건물들, 숲속에 우뚝 선 무어식 교회의 돔 지붕, 요새, 아득히 멀리 보이는 높다란 석조 화약고. 산들바람에 소년의 이파리 모자가 들썩이고, 기름 앉은 덥수룩한 머리가 나부꼈다. 움푹 들어간 귀기 서린 얼굴에 퀭한 두 눈이 시커멓게 뚫려 있고, 부츠는 독한 악취로 부글거렸다. 막 해가 진 서녘 하늘에 암초처럼 박힌 핏빛 구름에서 자그마한 사막 쏙독새들이 지상의 끝에서 타오르는 거대한 불구덩이에서 도망쳐 나온 피난민처럼 뛰쳐나왔다. 소년이 마른침을 뱉고는 갈라진 나무 등자로 노새의 갈빗대를 치자 늙은 짐승은 다시 비틀비틀 걸어갔다.

좁은 모랫길을 따라가다 시체가 무더기무더기 쌓인 마차와 마주쳤다. 마차에는 작은 종이 뎅그렁거렸고, 성문에는 등이 하나 반짝였다. 마부석에 세 사람이 앉아 있는데, 석회를 어찌나 뒤집어썼는지 어둠 속에서 새하얗게 빛이 날 지경이라 시체나 유령이라 해도 곧이들을 만했다. 말 두 마리가 수레를 끌고 갔다. 시체 수레는 길에 페놀 독기를 남긴 채 멀어져 갔다. 소년은 몸을 돌려 사라지는 수레를 바라보았다. 죽은 자의 벌거벗은 발들이 서로 밀쳐 내듯 수레 양쪽에 뻣뻣이 뻗어 있었다.

소년은 어둠이 짙게 깔린 도시에 들어섰다. 개들이 컹컹 짖고, 램프를 켠 창문 커튼 사이로 얼굴이 나타났다. 타각타각 노새 굽 소리만이 좁고 텅 빈 거리에 울렸다. 노새는 코를 킁킁거리더니 골목으로 꺾어 들어가 별이 쏟아질 듯한 광장에 이르렀다. 광장에는 우물과 구유와 끈으로 묶여 있는 물컵이 있었다. 소년은 노새에서 내려 두레박을 우물 속으로 늘어뜨렸다. 철썩 소리가 메아리쳐 울렸다. 두레박이 암흑 속에서 물을 첨벙첨벙 흘리며 끌어올려졌다. 소년이 물컵으로 물을 퍼 꿀꺽꿀꺽 마시는데 노새가 그의 팔꿈치를 비벼 댔다. 소년은 물을 양껏 마신 다음에야 두레박을 길바닥에 내려놓고는 우물가에 걸터앉아, 노새가 두레박에 고개를 박고 물을 먹는 광경을 바라보았다.

소년은 노새를 끌고 도시를 가로질러 나아갔다. 길에 사람이라곤 그림자도 보이지 않았다. 이윽고 한 광장에 들어서니 기타와 트럼펫 소리가 들려왔다. 광장 끄트머리 카페에서 빛이 쏟아지고 웃음소리와 새된 외침이 새어 나왔다. 소년은 긴 주랑을 지나 맞은편 빛을 향해 노새를 끌고 갔다.

거리에는 야한 차림의 댄서들이 스페인어로 외치며 춤을 추었다. 소년과 노새는 빛의 가장자리에서 멈추어 안을 살폈다. 술집 벽을 따라 노인들이 앉아 있고, 아이들이 흙바닥에서 놀고 있었다. 모두들 이상한 옷차림이었다. 남자는 납작한 검은 모자를 쓰고, 하얀 긴 셔츠와 가랑이 바깥쪽으로 단추를 채운 바지를 입고 있었다. 여자는 화려하게 화장한 데다 짙은 남빛 머리에 귀갑(龜甲) 빗을 꽂고 있었다. 소년은 노새를 거리 맞은편에 묶어 놓고 술집으로 들어갔다. 꽤 많은 사람들이 바에 서 있었는데, 소년이 들어서자 입을 다물었다. 소년이 맨들맨들한 흙바닥을 가로지르자 잠을 자던 개가 한쪽 눈을 떠 바라보았다. 소년은 타일로 덮인 바에 두 손을 짚었다. 바텐더가 고개를 까닥해 보였다. 디가메.(뭘로 하겠소.) 그가 말했다.

한 푼도 없지만 꼭 한 잔 마셔야겠어요. 바닥을 청소하거나 구정물을 내버리거나 뭐든 할게요.

바텐더가 탁자에서 도미노를 하는 두 사람을 바라보았다. 아부엘리토.(영감님.) 그가 말했다.

둘 중 더 나이 들어 보이는 쪽이 고개를 들었다.

케 디세 엘 무차초.(이 녀석이 뭐라는 겁니까?)

노인이 소년을 쳐다보더니 다시 도미노로 고개를 숙였다.

바텐더가 어깨를 으쓱했다.

소년은 노인에게로 다가갔다. 영어 할 줄 아세요?

노인이 도미노에서 고개를 들었다. 그러곤 아무 표정 없이 소년을 응시했다.

일을 할 테니 술을 마시게 해 달라고 좀 전해 주세요. 돈이 없거든요.

노인은 턱을 내밀며 혀를 찼다.

소년이 바텐더를 바라보았다.

노인은 엄지를 세운 채 주먹을 쥐더니 엄지를 아래로 돌리고서 고개를 뒤로 젖혀 가상의 술을 목 아래로 넘겼다. 키에레 에차르세 우나 코파. 페로 노 푸에데 파가르.(술을 마시고 싶은데, 돈이 없다는군.)

바에 있던 남자들이 가만히 쳐다보았다.

바텐더가 소년을 바라보았다.

키에레 트라바호. 키엔 사베.(대신 일을 하겠다는걸. 별일이야.) 노인은 말을 마치고 다시 고개를 숙여 가타부타 말없이 놀이를 계속했다.

키에레스 트라바하르.(일을 하고 싶다니.) 바에 있던 한 사람이 말했다.

사내들이 웃기 시작했다.

뭐가 웃기다고 웃어? 소년이 말했다.

웃음이 순간 멈췄다. 몇몇은 소년을 바라보고 몇몇은 입을 다물거나 어깨를 으쓱했다. 소년은 바텐더에게 다가갔다. 일을 해 줄 테니 술 두어 잔 줘요. 그럼 그렇게 합니다.

바에 있던 사내 하나가 스페인어로 뭐라고 중얼거렸다. 소년은 그를 노려보았다. 그들은 서로서로 윙크를 주고받더니 술잔을 들이켰다.

소년은 다시 바텐더를 바라보았다. 퀭한 두 눈을 가늘게 뜬 채. 그럼, 바닥을 쓸지. 소년이 말했다.

바텐더는 눈만 끔벅끔벅했다.

소년이 물러나 바닥 쓰는 시늉을 해 보였다. 팬터마임 공연

에 술꾼들은 침묵의 환희에 빠졌다. 쓸겠다고! 소년은 말하면
서 바닥을 가리켰다.

노 에스타 수시오.(바닥은 깨끗해.) 바텐더가 말했다.

소년은 다시 쓰레질하는 몸짓을 했다. 바닥을 쓸겠다고,
젠장.

바텐더는 어깨를 으쓱했다. 그리고 바 끝 쪽에서 빗자루를
가져왔다. 소년은 그것을 받아 들고 술집 뒤켠으로 갔다.

술집은 아주 넓었다. 소년은 나무가 화분에 박힌 채 어둠
속에 가만히 서 있는 구석부터 쓸었다. 타구 주위를 쓸고, 게
임을 하는 사람들이 앉아 있는 탁자 주위를 쓸고, 개 주위를
쓸었다. 그리고 바 앞쪽을 깨끗이 쓸어 술꾼들이 서서 술을
마시는 곳까지 이르자 소년은 허리를 펴고 빗자루에 기대어
서서 그들을 바라보았다. 술꾼들은 말없이 서로 논의했다. 마
침내 한 사람이 술잔을 들더니 바에서 물러났다. 다른 이들도
그의 뒤를 따랐다. 소년은 문까지 바닥을 쓸었다.

댄서들은 사라지고 음악도 멈추었다. 술집 문에서 새어 나
온 빛이 어스레히 닿는 거리의 맞은편 벤치에 한 남자가 앉아
있었다. 노새는 소년이 묶어 놓은 자리에 그대로 서 있었다.
소년은 현관 계단에 탁탁 빗자루를 털고 돌아와 원래 있던 자
리에 갖다 두었다. 그리고 바 앞에 가 섰다.

바텐더는 소년을 무시했다.

소년이 손등으로 바를 두드렸다.

바텐더가 돌아서서 한 손을 엉덩이에 올려놓고 입술을 오
므렸다.

어서 술 줘요. 소년이 말했다.

바텐더는 서 있기만 했다.

소년은 아까 노인의 몸짓을 흉내 내 술 마시는 시늉을 해 보았지만, 바텐더는 느긋하게 수건을 펄럭일 뿐이었다.

안달레.(어서 꺼져.) 그가 내쫓듯 손등을 저었다.

소년의 얼굴이 흐려졌다. 이 망할 자식. 소년이 바 안으로 들어가려 했다. 바텐더는 표정 하나 변하지 않았다. 그저 부싯돌 발화 장치가 달린 구식 군용 권총을 바 아래에서 들어 올려 손목으로 공이치기를 젖혔다. 침묵 속에서 나무가 요란하게 달각였다. 유리컵이 일제히 챙가당거리며 바에 놓였다. 벽쪽에서 게임을 하던 사람들이 벌떡 자리에서 일어났다.

소년은 얼어붙었다. 영감님. 소년이 말했다.

노인은 대답하지 않았다. 술집 안에는 일절 소리가 없었다. 소년이 고개를 돌려 노인을 찾았다.

에스타 보라초.(술에 취했어.) 노인이 말했다.

소년은 바텐더의 눈을 응시했다.

바텐더가 권총으로 문 쪽을 가리켰다.

노인이 스페인어로 다른 손님들을 향해 말했다. 이어서 바텐더에게 말했다. 그러더니 모자를 쓰고 나가 버렸다.

바텐더의 얼굴은 백지장처럼 말개져 있었다. 그는 바 끝으로 돌아 나와 권총을 내려놓았지만 한 손에는 나무망치를 들고 있었다.

소년이 홀 가운데로 뒷걸음치자 바텐더가 할 일을 해치우겠다는 듯 씻씻대며 다가왔다. 그는 소년을 향해 두 차례 망치를 휘둘렀고, 소년은 오른쪽으로 두 번 몸을 피했다. 그리고 뒷걸음쳤다. 바텐더가 얼어붙었다. 소년이 잽싸게 바 너머로 몸을 날려 권총을 집어 든 것이다. 아무도 움직이지 않았다. 소년은 권총을 바에 부딪쳐 발사 장치를 부수고 화약을 빼내고는 권총을 도로 내려놓았다. 그리고 뒤쪽 선반에서 술이 가득 든 술병 두 개를 골라 양손에 하나씩 든 채 바 끝으로 돌아 나왔다.

바텐더는 홀 중앙에 서 있었다. 거칠게 씩씩대며 소년을 주시했다. 소년이 가까이 오자 그는 나무망치를 들어 올렸다. 소년은 살짝 몸을 굽혀 공격하는 체하다 오른손에 들린 술병으로 사내의 머리를 내리쳤다. 피와 술이 뿜어져 나오며 사내의 무릎이 꺾이고 눈동자가 돌아갔다. 소년은 이미 병목을 내던지고는 노상강도처럼 재빨리 두 번째 술병을 오른손으로 옮겨 들었다. 병목이 바닥에 닿기도 전에 두 번째 병이 백핸드로 바텐더의 두개골을 갈겼고, 뾰족한 유리 조각이 쓰러지는 그의 눈에 박혔다.

소년은 홀을 둘러보았다. 개중 몇몇은 벨트에 권총을 차고 있었지만, 아무도 움직이지 않았다. 소년은 바로 홀쩍 뛰어넘어 새 병을 집어 겨드랑이 아래에 끼고는 문 쪽으로 걸어갔다. 개는 사라지고 없었다. 벤치의 남자도 사라지고 없었다. 소년은 노새를 풀어 광장을 가로질러 끌고 갔다.

황폐한 교회의 신도석에서 일어난 소년은 돔형 천장과 빛바랜 프레스코화와 늘어진 꽃줄로 장식된 높다란 벽을 끔벅끔벅 바라보았다. 교회 바닥은 마른 새똥과 소똥과 양똥으로 그득했다. 비둘기들이 먼지를 잔뜩 품은 빛의 항구 사이로 펄럭이며 날아갔고, 대머리독수리 세 마리가 제단에 죽어 나자빠진 뭔지 모를 동물의 뼈를 잡아 뜯으며 어기적어기적 기어 다녔다.

소년은 머리가 깨질 듯하고 혀가 갈증으로 퉁퉁 부었다. 소년은 일어나 앉아 주위를 둘러보았다. 안장 아래에 술병이 놓여 있었다. 그것을 보고는 꺼내어 흔들어 본 다음 코르크 마개를 뽑아 들이켰다. 눈을 감고 앉아 있자 땀이 이마에 방울방울 맺혔다. 이윽고 눈을 뜨고 다시 술을 마셨다. 대머리독수리가 한 마리씩 물러나더니 어정어정 성구실로 들어갔다. 잠시 후 소년은 일어나 밖으로 나가 노새를 찾았다.

노새는 어디에도 없었다. 담으로 둘러친 800에서 1000제곱미터의 땅에 교회가 서 있고, 황량한 공터에는 염소와 당나귀 몇 마리뿐이었다. 흙담에는 무단 입주자가 살고 있는 오두막이 즐비하고, 요리용 모닥불이 태양으로 몇 줄기 가느다란 연기를 내뿜었다. 소년은 교회 벽을 따라 걷다 성구실로 들어갔다. 대머리독수리들이 거대한 닭처럼 회반죽과 쓰레기를 헤치며 돌아다녔다. 머리 위쪽 돔은 움직이고, 숨 쉬고, 깍깍대는, 시커먼 깃털 달린 것들 천지였다. 성구실에는 나무 탁자에 흙단지 몇 개가 놓여 있고, 뒤쪽 벽에 시체 여러 구가 군데군데 뜯긴 채 널브러져 있었다. 개중 하나는 아이였다. 소년은 성구실을 통해 다시 교회로 들어가 안장을 챙겼다. 남은 술을 모조리 마신 뒤 안장을 어깨에 걸머메고 밖으로 나왔다.

교회 정면 벽감에 성인이 줄지어 있는데, 사격 연습을 한 미군 덕에 온통 총알 구멍투성이인 데다 귀와 코가 박살나고 납이 산화되어 시커먼 얼룩까지 배어들었다. 벽판을 붙이고 조각을 새긴 거대한 문은 경첩에 의지한 채 비틀거렸고, 성모 마리아 석조상은 품에 머리 없는 아기를 안고 있었다. 소년은 정오의 햇살에 눈을 끔벅이며 서 있었다. 그러다 노새의 발자국을 발견했다. 흙바닥에 어슴푸레 남은 발자국이 교회 현관문을 지나 동쪽 대문을 향해 이어져 있었다. 소년은 안장을 고쳐 메고는 발자국을 따라 걸어갔다.

현관 그늘에 엎드려 있던 개가 부루퉁한 기색으로 일어나 비틀비틀 햇볕 속으로 걸어가더니 소년이 떠나자 되돌아왔다. 더없이 초췌한 몰골의 소년은 강으로 난 언덕길을 내려갔다. 피칸나무와 오크나무가 우거진 숲에서 길은 오르막으로 바뀌어 아래쪽에 강이 훤히 보였다. 흑인들이 여울에서 마차를 씻고 있었다. 소년은 언덕을 내려가 강가에 서 있다 얼마 후 소리쳐 불렀다.

검은 옻칠을 한 마차에 물을 붓던 흑인들 중 한 명이 일어나 돌아보았다. 말은 무릎께까지 물에 잠긴 채 가만히 서 있었다.

뭐요? 흑인이 소리쳤다.

노새 못 봤나 해서.

노새?

노새가 사라졌어. 이쪽으로 온 것 같은데.

흑인은 팔등으로 얼굴을 닦았다. 한 시간 전에 뭐가 하나 길을 따라 내려가긴 했소. 저기 저쪽으로 간 것 같소만. 노새였는지도 모르지. 꼬리도 없고 갈기도 없는데 귀는 길쭉하더만.

다른 두 흑인이 벌쭉 미소를 지었다. 소년은 강 아래쪽을 바라보았다. 이윽고 탁, 침을 뱉고는 버드나무와 풀이 무성한 습지를 향해 길을 따라갔다.

100미터쯤 내려가니 노새가 있었다. 배까지 젖은 노새가 소년을 올려다보더니 다시 무성한 수풀에 고개를 박았다. 소년은 안장을 내던지고는 기다란 밧줄로 노새의 발을 묶고서 건성으로 걷어찼다. 노새는 슬쩍 옆으로 몸을 옮기고는 계속 풀을 뜯었다. 소년은 머리로 손을 올렸지만, 망할 모자는 사라지고 없었다. 소년은 나무 사이로 내려가 소용돌이치며 흘러가는 시원한 물을 바라보았다. 그러다 너무도 가증스러운 침례교 입문자처럼 강 속으로 성큼성큼 걸어 들어갔다.

3

소년은 누더기 옷을 머리 위쪽 나뭇가지에 걸쳐 놓고, 그
아래에 벌거벗고 누워 있었다. 누군가 강을 따라 내려오더니
고삐를 당겨 말을 멈추었다.

소년은 고개를 돌렸다. 버드나무 가지 사이로 말발굽이 보
였다. 소년은 몸을 굴려 배를 깔고 엎드렸다.

사내가 말에서 내렸다.

소년은 손잡이에 끈이 감긴 칼을 향해 손을 뻗었다.

어이, 보쇼. 사내가 말했다.

소년은 대꾸하지 않았다. 나뭇가지 사이로 더 잘 보려고 살
짝 몸을 옮겼다.

거기 보쇼. 어디 있소?

뭐요?

말 좀 나눕시다.

무슨 말요?

젠장, 얼른 나오쇼. 난 백인이고 기독교인이오.

소년은 바지를 잡으려고 나뭇가지로 손을 뻗었다. 늘어뜨려진 벨트를 당겼지만 바지는 단단히 걸려 내려오지 않았다.

젠장, 설마 나무 위에 올라가 있는 건 아니겠지?

그쪽 갈 길이나 가지. 남 일에 신경 끄고.

할 말이 있어서 온 거요. 시비 걸려는 거 아니니 염려 붙들어 매쇼.

건다고 누가 넘어지나.

엊저녁에 멕시코 놈 이마를 깬 게 그쪽이오? 보안관이 보내서 온 것은 아니오.

그럼, 누가 보낸 거요?

화이트 대위님. 입대를 권하라고 하셨소.

군대에?

그렇소.

무슨 군대요?

화이트 대위님 휘하의 부대요. 멕시코 새끼들을 아작 내러 가지.

전쟁은 끝났잖소.

대위님 말씀은, 안 끝났다는군. 대체 어디 있는 거요?

소년은 일어나 나뭇가지에서 바지를 걷어 다리를 꿰었다. 부츠를 신고 칼을 오른쪽 부츠에 넣고는, 셔츠를 입으며 버드나무 아래에서 나왔다.

사내는 책상다리를 하고 풀밭에 앉아 있었다. 황색 가죽옷 차림에 먼지투성이 검은 실크모자를 쓰고, 입귀에 자그마한 멕시코 시가를 물고 있었다. 버드나무 가지를 가르며 나오는 소년을 보더니 절레절레 고개를 저었다.

오지게 고생한 모양이군.

좋은 시절은 아니지.

멕시코에는 가겠소?

손해될 거야 없겠지.

한몫 단단히 잡을 기회요. 위로 오르려면 먼저 단단한 디딤대를 마련해야 하는 법이지.

입대하면 뭘 주오?

말이랑 탄약. 그쪽 경우에는 옷도 좀 주어야겠군.

소총이 없는데.

까짓것 하나 구해 주지.

봉급은 얼마요?

이런 우라질, 봉급은 필요 없소. 자기가 거둔 전리품은 몽땅 자기 차지니. 멕시코로 간다니깐. 노획거리가 그득하지. 부대원 모두 큰 지주가 되어 돌아올걸. 지금 갖고 있는 땅이라도 있수?

군대라고는 아무것도 모르는데.

사내는 소년을 주의 깊게 살폈다. 그러더니 입에서 불붙이지 않은 시가를 빼내 고개를 틀어 침을 뱉고는 다시 물었다. 어디 출신이오?

테네시.

테네시라. 소총은 쏠 줄 알겠지.

소년은 풀밭에 쭈그리고 앉았다. 그리고 사내의 말을 바라보았다. 은장식 세공을 한 가죽 마구를 근사하게 걸치고 있었다. 얼굴에 하얀 점이 있고, 발목 네 개가 다 흰색이었다. 무성한 풀을 한 입 가득 뜯고 있었다. 형씨는 어디 출신이오?

1838년도부터 줄곧 텍사스에 있었지. 화이트 대위님을 못 만났더라면 지금쯤 어떤 신세가 되었을지. 지금 그쪽보다도 더 형편없는 꼬락서니였는데, 대위님이 나를 보고는 나사로처럼 거두어 주셨지. 정의의 길로 인도해 주셨다오. 안 그랬다면 난 술과 창녀에 빠져 살다가 지옥으로 떨어졌겠지. 한데 대위님은 나한테 뭔가 가치 있는 것을 보셨지. 나는 지금 그쪽한테 그걸 보고 있고. 그래, 어쩔 거요?

모르겠소.

일단 같이 가서 대위님을 만나 보지.

소년은 풀을 잡아 뜯었다. 그러다 다시 말을 바라보았다. 까짓것, 손해 볼 것도 없겠지.

그들은 시내로 돌아갔다. 발이 하얀 말 위에 멋지게 걸터앉은 모병관 뒤를 노새를 타고 따라가다 보니 소년은 마치 포로가 된 꼴이었다. 그들은 나뭇가지로 엮은 오두막이 열기에 증기를 내뿜는 좁은 길을 따라 나아갔다. 지붕에는 풀과 선인장이 자라고, 염소가 그 위를 돌아다녔다. 궁상스러운 흙 왕국의 어디에선가 자그마한 조종(弔鐘)이 아스라이 울려 왔다. 수많은 마차를 뚫고 중앙 광장을 지나 코머스 거리로 올라가, 남자애들이 자그마한 수레에서 포도와 무화과를 팔고 있는 또 다른 광장을 가로질렀다. 뼈밖에 안 남은 앙상한 개들이 슬금슬금 달아났다. 두 사람은 밀리터리 광장을 지나, 전날 밤 소년과 노새가 물을 마셨던 좁은 거리를 나아갔다. 그곳 우물에는 아낙네와 여자애가 와글와글 모여 있고, 버들가지 덮개를 덮은 갖가지 형태의 흙단지가 죽 늘어서 있었다. 이윽고 안에서 여자들이 곡을 하는 작은 집을 지나쳤다. 문 앞에는 예의 그 자그마한 영구 마차가 서 있고, 마차에 매인 말들이 열기와 파리에도 아랑곳하지 않고 얌전히 자리를 지켰다.

대위의 숙소는 벤치가 놓인 자그마한 녹색 정자가 있고 나무들이 무성한 광장에 면한 호텔이었다. 강철 대문을 통해 들어서니 통로가 뒤쪽 안마당까지 연결되어 있었다. 새하얗게 석회칠한 벽은 화려한 색채의 자그마한 타일로 장식되어 있었다. 모병관은 뒷굽이 높고 무늬가 새겨진 가죽 부츠를 신고 있어서 걸음걸음마다 타일과, 안마당에서 위층으로 연결된 계단이 영롱하게 울렸다. 안마당에는 녹색 식물이 자라고 있었는데, 금방 물을 뿌렸는지 물기가 신선하게 피어올랐다. 모병관이 기다란 발코니를 성큼성큼 걸어가 끝쪽 문을 빠르게 두드렸다. 들어오라는 목소리가 들렸다.

고리버들 책상에 사내가 앉아 편지를 쓰고 있었다. 대위였다. 두 사람은 가만히 서서 기다렸다. 모병관은 검은 모자를 손에 들고 있었다. 대위는 두 사람을 쳐다도 보지 않고 편지를 계속 썼다. 밖에서는 스페인어로 말하는 여인의 목소리가 들렸다. 그것 말고는 대위의 사각사각 움직이는 펜 소리뿐이었다.

마침내 끝나자 대위가 펜을 내려놓고 고개를 들었다. 먼저 부하를 쳐다보고 소년을 바라보더니 고개를 숙여 자신이 쓴 편지를 읽었다. 그는 고개를 끄덕이고는, 자그마한 마노 상자에서 모래를 부어 편지의 잉크를 흡착시킨 다음 편지를 접었다. 책상에 놓인 다른 상자에서 꺼낸 성냥에 불을 붙여 봉랍 막대를 녹이자 자그마한 붉은 덩이가 편지에 떨어졌다. 대위는 성냥을 흔들어 끄고는 편지에 살짝 입김을 불고서 반지로 봉랍을 꾹 눌렀다. 이윽고 편지를 책상 위 두 책 사이에 기대어 세우고는 의자에 등을 붙이며 다시 소년을 바라보았다. 그리고 자못 진지하게 고개를 끄덕였다. 앉게나. 대위가 말했다.

두 사람은 거뭇한 빛깔의 나무로 만든 긴 의자에 앉았다. 대위의 부하는 커다란 연발 권총이 꽂힌 벨트를 돌려 총이 허벅지 사이에 놓이도록 했다. 그리고 모자를 그 위에 놓은 다음 등받이에 등을 기댔다. 소년은 찢어진 부츠를 다른 부츠 뒤로 가리고서 꼿꼿이 앉았다.

대위가 의자를 밀치며 일어나 책상 앞으로 나왔다. 그리고 적당히 뜸을 들이더니 책상에 걸터앉아 부츠 신은 다리를 늘어뜨렸다. 회색 머리에 콧수염을 길게 기르고 있었지만 그리 나이가 들어 보이지는 않았다. 바로 자네가 그자로군. 대위가 말했다.

그자라뇨? 소년이 반문했다.

그자라뇨, 대위님. 대위의 부하가 말했다.

그래, 몇 살인가?

열아홉입니다.

대위는 고개를 끄덕였다. 그리고 소년의 모습을 위아래로 훑었다. 무슨 일을 겪었던 건가?

예?

대위님이라고 말하게. 모병관이 끼어들었다.

예, 대위님?

무슨 일을 겪었느냐고.

소년은 옆에 앉은 사내를 바라보았다. 그는 고개를 숙인 채 가만히 있었다. 소년은 다시 대위를 바라보았다. 강도한테 당했습니다.

강도라…….

재산을 다 털렸지요. 시계며 모조리.

소총을 가지고 있나?

털리고 없습니다.

어디에서 강도를 만났나?

모릅니다. 이름도 알 수 없는 곳이었지요. 그저 황야였어요.

어디에서 오던 길이었지?

내커, 내커…….

내커도처스?

예.

예, 대위님.

예, 대위님.

몇이나 있었는가?

소년은 대위를 응시했다.

강도 말이네. 몇이나 있었나?

일고여덟 명쯤 있었습니다. 각목으로 머리를 맞았죠.

대위가 한쪽 눈으로 힐긋 소년을 곁눈질해 보았다. 멕시코 놈들이었나?

몇몇은요. 멕시코 놈도 있고, 껌둥이도 있고. 백인도 한두 명 있었습니다. 훔친 소 떼를 잔뜩 몰고 가더군요. 그자들이 남겨 놓은 것이라고는 지금 제 부츠에 있는 낡은 칼 한 자루뿐입니다.

대위는 고개를 끄덕였다. 그리고 손을 깍지 끼어 무릎 사이에 넣었다. 조약4)을 어떻게 생각하나?

소년은 옆에 앉은 사내를 바라보았다. 그는 눈을 감고 있었다. 소년은 자신의 엄지를 내려다보았다. 그런 건 잘 모릅니다. 소년이 말했다.

유감스럽게도 많은 미국인이 그러하다네. 자네 어디 출신이지?

테네시입니다.

몬테레이에서 의용군으로 참전한 적이 있나?

없습니다, 대위님.

들끓는 포화 속에서도 더없이 용맹하게 싸웠지. 북부 멕시코 전장에서 죽은 미국인 중 테네시주 출신이 가장 많다네. 알고 있나?

몰랐습니다, 대위님.

---

4) 1848년 멕시코 전쟁을 종결짓기 위해 미국과 멕시코가 맺은 과달루페이달고 조약을 말한다.

그들은 배반당했네. 그곳 사막에서 끝까지 싸우며 목숨을 바쳤건만, 조국은 그들을 팔아넘겼어.

소년은 가만히 앉아 있었다.

대위가 상체를 불쑥 내밀었다. 우리는 그들을 위해 싸웠네. 그곳에서 목숨을 잃은 친구들과 형제들을 위해. 하느님께 맹세코 반드시 복수하고 말겠어. 아무리 좋게 봐준다 해도 그놈들은 공화정의 의미도 정의도 명예도 도통 모르지. 어찌나 겁쟁이인지 벌거벗은 미개인들한테 백년이나 공물을 바쳐 댔네. 곡식과 가축을 포기하고, 광산 문을 닫고는 급기야 마을까지 버렸지. 야만인들이 자기네 땅을 약탈하고 사람을 죽이는데도 벌을 줄 엄두조차 못 내고 있어. 도리어 꽁지 빠지게 달아나기 바쁘지. 대체 그게 사람인가? 아파치는 총도 안 써. 자네, 그거 아나? 아파치는 멕시코 놈들을 돌로 쳐 죽인다네. 대위가 절레절레 고개를 저었다. 그런 말을 해야 한다는 사실이 슬픈 듯했다.

도니판 대령이 치와와[5]를 점령했을 때 적은 1000명의 사상자가 났는데 아군은 오직 한 사람만 죽었다는 사실을 아나? 그것도 전사한 것이 아니라 자살이었지. 빌이라는 무보수 비정규 부대는 헐벗다시피 한 몰골로 미주리에서부터 그곳까지 걸어서 행군한 걸 알고 있나?

몰랐습니다, 대위님.

대위는 상체를 바로 하고 팔짱을 꼈다. 우리가 지금 처치해

---

5) 멕시코 북부에 위치한 광산 도시.

야 할 적은 퇴화한 인종이야. 껌둥이보다 약간 나은 잡종들이지. 아니, 어쩌면 별반 나을 것도 없는 족속이야. 멕시코에는 정부가 없어. 젠장, 그곳에는 하느님도 없지. 앞으로도 영원히 그럴 거야. 우리는 지금 스스로를 다스릴 수 없는 덜떨어진 종자를 처리해야 해. 스스로를 다스릴 수 없는 사람들은 어떻게 되는지 아나? 그렇지, 그네들을 다스려 줄 다른 인간이 나타나게 되어 있어.

벌써 1만 4000명에 달하는 프랑스 식민지 개척자들이 소노라주를 집어삼키고 있네. 정착할 땅을 공짜로 받고 있지. 농기구와 가축까지 덤으로 말이야. 개화된 멕시코인들이 그네들을 부추기고 있어. 파레데스[6]는 멕시코 정부로부터의 독립을 부르짖고 있지. 도둑과 내정 간섭자들한테 지배당하느니 아첨쟁이들한테 지배당하고 싶은 거지. 카라스코 대령이 미국에 중재를 요청했고, 미국은 그것을 수락하기로 했네.

지금 워싱턴에서는 우리나라와 멕시코 사이 국경선을 그을 위원회를 준비 중이야. 궁극적으로 소노라는 미국의 영토가 될 것이 뻔해. 과이마스는 누가 뭐래도 미국의 항구야. 미국인은 무지몽매한 이웃나라를 통과하지 않고도 캘리포니아로 갈 수 있게 될 거고, 미국 시민은 그곳에서 활개 치는 악명 높은 살인자들로부터 마침내 보호받게 될 거네.

대위가 소년을 바라보았다. 소년은 초조한 기색이었다. 이보

---

6) 1846년 쿠데타로 멕시코 대통령이 되었으나 그해가 가기 전 다시 전복되어 유럽으로 망명했다.

게, 어둠과 고통의 땅에 우리가 자유와 해방을 가져다주는 거야. 그렇고말고. 우리가 그 선두에 서는 거야. 캘리포니아 주지사 버닛이 암묵적인 지지를 보내왔네.

대위가 상체를 기울이며 두 손을 무릎에 짚었다. 그리고 그 전리품은 모두 우리 차지지. 우리 부대원들은 한 명도 빠짐없이 땅을 나눠 받게 될 거야. 아주 기름진 땅이지. 세상에서 가장 좋은 땅이라고 해도 과언이 아니야. 감히 상상도 하지 못할 만큼 광물이며, 금이며, 은이 넘쳐나지. 자네는 어려. 하지만 내 눈은 정확해. 사람을 잘못 본 적이라고는 없었지. 자네도 이 세상에 이름을 크게 떨치고 싶겠지. 안 그런가?

그렇습니다, 대위님.

그렇지. 미국인이 외국 놈에 맞서 피 흘리며 지켜 낸 땅을 포기하기 싫지? 내 말 명심하게. 겁쟁이들이 후방의 워싱턴에 숨어 있는 동안 자네나 나처럼 조국을 진심으로 사랑하는 미국인들이 행동하지 않는다면 멕시코는 언젠가 유럽 깃발로 뒤덮이게 될 걸세. 내 말은, 소노라만이 아니라 멕시코 전체에서 말이야. 먼로 선언[7]을 하면 뭐 하나.

대위의 목소리가 부드러우면서도 강렬해졌다. 그는 비스듬히 고개를 기울여 소년을 자애롭게 바라보았다. 소년은 더러운 청바지에 감싸인 허벅지를 손바닥으로 문질렀다. 그러다 옆에 앉은 사내를 힐끗거렸지만, 그는 잠이 든 듯했다.

/) 1823년 미국 먼로 대통령이 행한 선언으로, 아메리카 대륙에 대한 유럽의 간섭을 금할 것을 주창했다.

안장도 주시나요? 소년이 말했다.

안장이라고?

예, 대위님.

안장이 없나?

예, 대위님.

자네한테 말이 있는 줄 알았는데.

노새가 있습니다.

그렇군.

노새에 낡은 안장이 있긴 하지만, 거의 바스러지기 일보 직전입니다. 노새도 다 죽어 가고요. 이 사람이, 저한테 말과 소총을 준다고 말했는데요.

트래멜 병장이 그런 말을 했다고?

안장을 주겠다고는 하지 않았습니다. 병장이 말했다.

안장을 구해 주지.

저는 그저 옷을 좀 구해 보겠다고 말했을 뿐입니다, 대위님.

잘했네. 우리는 비정규군이지만, 그렇다고 불명예 제대자처럼 보여서는 안 되지. 안 그런가?

맞습니다, 대위님.

길들인 말이 다 떨어지고 없습니다. 병장이 말했다.

그럼, 새로 하나 길들이면 되잖나.

그 녀석은 말을 길들이는 데 아무 재주도 없습니다. 초짜나 다름없더군요.

나도 알아. 다른 자를 알아봐.

알겠습니다, 대위님. 어쩌면 이 녀석이 말을 길들일 수 있을

60

지도 모르죠. 야생마를 길들인 적이 있나?

없습니다, 병장님.

나한테는 그냥, 없습니다라고만 해도 돼.

알겠습니다, 병장님.

병장. 대위가 책상에서 내려오며 불렀다.

예, 대위님.

입대 처리하게.

병영은 도시 외곽 상류에 위치해 있었다. 낡은 마차 덮개천을 기워 만든 천막이 대부분이고, 더러 관목을 엮어 세운 오두막도 몇 채 있었다. 그 너머로 8자 모양으로 짠 나무 울타리 안에 자그마한 조랑말 몇 마리가 물감이 칠해진 채 햇볕 속에 부루퉁하게 서 있었다.

상병. 병장이 불렀다.

여기 없습니다.

병장이 말에서 내려 성큼성큼 걸어가 천막 문을 열어젖혔다. 소년은 노새에 앉아 있었다. 나무 그늘 아래 누워 있던 세 명이 소년을 유심히 살폈다. 안녕하쇼? 한 명이 말했다.

안녕하쇼?

신병이오?

그런 셈이오.

이 역병 구덩이를 언제쯤 떠날 거라는 소식 못 들었소?

전혀 모르오.

병장이 천막에서 나왔다. 어디 갔나?

시내에 갔습니다.

시내에 가다니. 자네, 이리 오게.

누워 있던 사내는 일어나 어정어정 다가와 두 손을 등허리에 대고 섰다.

여기 신병이 제대로 갖춰 입게 도와주게나. 병장이 말했다.

사내는 고개를 끄덕였다.

대위님이 셔츠를 주시고, 부츠 수선비도 주실 거야. 우리는 이 녀석이 탈 말과 안장만 준비하면 돼.

안장이라…….

저 노새를 팔면 안장 하나 값은 충분히 나올 거야.

사내가 노새를 바라보더니 병장을 흘긋 쳐다보았다. 그러고는 상체를 숙여 침을 뱉었다. 저깟 노새로는 10달러도 못 받겠는뎁쇼.

거기에 맞춰서 구하면 되지.

그놈들이 또 소를 한 마리 잡았는뎁쇼.

그딴 이야기는 듣고 싶지 않아.

어떻게 막을 수가 있어야지요.

대위님께 보고하지 않겠네. 눈알이 튀어나오도록 화를 내실 거야.

사내는 다시 침을 뱉었다. 하긴, 그야 그렇습죠.

그럼, 신병을 잘 보살펴 주게. 난 그만 가 보겠네.

알겠습니다.

여기 아픈 사람은 없나?

없습니다.

하느님이 굽어살펴셨군.

병장이 안장에 올라 고삐로 말의 목을 살짝 쳤다. 그리고 뒤돌아보더니 고개를 절레절레 저었다.

저녁에 소년은 다른 두 명의 신병과 함께 시내로 갔다. 목욕을 하고 수염을 깎고 대위가 준 면셔츠와 푸른색 코르덴 바지로 갈아입었더니 부츠만 빼고는 완전히 다른 사람 같았다. 새 친구들이 탄 말은 사십 일 전까지만 해도 초원에서 풀을 뜯던 야생마였다가 물감이 칠해진 자그마한 녀석들로, 뒷걸음을 치는가 하면 제멋대로 달려가다 느닷없이 거북이처럼 뚝 멈추었다.

너도 곧 한 마리 받게 될 거야. 이등병이 말했다. 고생깨나 할걸.

이만하면 나쁘지 않아. 다른 신병이 말했다.

아직 쓸 만한 게 한두 마리 남아 있을 거야.

소년은 노새에 앉아 그들을 내려다보았다. 두 사람은 호위라도 하듯 양쪽에서 조랑말을 몰았고, 노새는 고개를 쳐들고 눈알을 신경질적으로 굴리며 종종걸음을 쳤다. 땅에 머리를 처박고 말걸. 이등병이 말했다.

그들은 마차와 가축으로 번잡한 광장을 가로질렀다. 이민자, 텍사스인, 멕시코인, 노예, 리판 인디언 등 온갖 인종으로 뒤죽박죽이었지만, 큰 키에 엄숙한 얼굴을 푸르게 칠하고 색을 입힌 온몸을 거의 적나라하게 드러낸 채 1.8미터짜리 창을 움켜쥐고 인육에 대한 은밀한 취향을 품고 있는 카란카와스 인디언 대표들은 전설적인 무리 속에서조차 잔악무도해 보였다. 신병들은 고삐를 바투 쥐고서 법원을 지나, 부서진 유리창을 부랴부랴 갈아 끼우고 있는 감옥의 높다란 담을 따라갔다. 중앙 광장에는 악단이 모여 악기를 조율하고 있었다. 신병들은 자그마한 도박장과 커피 가판대를 지나 살리너스 거리로 들어섰다. 멕시코계 마구 제조업자와 판매업자, 투계 사육자와 구두 수선공들이 손바닥만 한 노점이나 흙집에서 일하고 있었다. 이등병은 텍사스 출신으로, 스페인어를 조금 할 줄 알았다. 그가 노새 파는 일에 나섰다. 다른 청년은 미주리 출신이었다. 그들은 깨끗하게 씻고 빗질한 데다 깔끔한 셔츠 차림에 사기가 충천해 있었다. 모두들 그날 밤 진탕 마실 것을 고대하고 있었다. 어쩌면 사랑을 나눌지도. 그런 밤의 계획을 실행하려다 얼마나 많은 젊은이가 차갑게 식어 뻣뻣이 굳은 몸으로 집으로 돌아갔던가.

그들은 안장과 고삐째로 노새를 넘겨 텍사스 스톡 안장을 받았다. 맨 나무에 생가죽 덮개를 씌운 것으로, 새것은 아니어도 그럭저럭 쓸 만했다. 재갈과 고삐는 새것이었다. 살티요 산(産)의 울 담요는 새것인지 아닌지는 몰라도 먼지가 더께더께 쌓여 있었다. 그리고 최종적으로 2달러 50센트짜리 금화를 받았다. 텍사스 출신의 이등병은 소년의 손바닥에 놓인 자그마한 동전을 보더니 더 많은 돈을 요구했지만, 마구 제조업자는 살래살래 고개를 젓고 손을 쳐들어 단호히 끝임을 알렸다.

부츠는 어떡하지? 소년이 말했다.

이 수스 보타스.(그리고 부츠도요.) 텍사스인이 말했다.

보타스?(부츠라고?)

시.(예.) 텍사스인이 꿰매는 시늉을 해 보였다.

마구 제조업자가 부츠를 내려다보았다. 그가 조급한 듯 손가락을 잔 모양으로 모으자 소년은 얼른 부츠를 벗어 흙바닥에 맨발로 섰다.

모두 마무리되자 그들은 거리에 서서 서로를 바라보았다. 소년은 새 마구를 어깨에 걸머메고 있었다. 이등병이 미주리 출신을 보았다. 돈 남은 거 있어, 얼?

먹고 죽을 동전 하나 없다.

나도. 그 망할 곳으로 돌아가는 수밖에 없겠군.

소년이 어깨에 걸친 마구를 추슬렀다. 이 금화로 우리 셋이서 왕창 마시면 되지. 소년이 말했다.

라레디토에는 이미 어스름이 깔려 있다. 법원과 탑의 둥지에서 뛰쳐나온 박쥐들이 주위를 빙빙 맴돈다. 숯 타는 냄새로 공기가 매캐하다. 아이와 개들은 흙으로 빚은 현관에 쪼그리고 앉아 있고, 투계는 날개를 펄럭이며 과일나무 가지에 올라앉는다. 신병들은 어도비 담을 따라 걸어간다. 악단의 음악이 광장에서 아련히 흘러든다. 젊은이들은 거리의 물수레를 지나고, 풀무질로 피어오른 자그마한 불빛에 금속을 두드리는 노인의 모습이 비치는 창을 지난다. 그리고 아름다움이 곧 만개하려는 어린 아가씨가 서 있는 현관을 지난다.

마침내 나무 문 앞에 이른다. 대문인지 뭔지 거대한 문에 연결된 쪽문이다. 수천 켤레의 부츠에 닳고, 술에 취해 비틀대다 걸려 넘어지거나 주저앉는 수백 명의 머저리들에게 시달렸을 터인데도 높이가 장장 30센티미터에 달하는 문턱은 누구나 발을 높이 쳐들고 넘을 것을 명한다. 그들은 마당의 정자를 지나고 늙은 포도나무 한 그루를 지난다. 옹이투성이의 메마른 덩굴 사이에 찾아든 어둠 속에서 자그마한 닭이 까딱까딱 고개를 끄덕인다. 등불이 켜진 술집에 다다르자 한 명씩 나지막한 상인방(上引枋) 아래로 고개를 숙여 들어가 차례로 허리를 편다.

안에 있던 늙고 병든 메노파[8] 노인이 고개를 돌려 그들을 살핀다. 챙이 곧은 검은 모자를 쓰고 가죽조끼를 걸친 노인은 구레나룻이 가느다랗게 돋아 있다. 신병들은 위스키를 주문하고서 단숨에 들이켜고 또 주문한다. 벽 쪽 탁자에서는 카드 도박판이 벌어지고, 다른 쪽 탁자에는 창녀들이 앉아 신병들을 바라보고 있다. 신병들은 엄지를 벨트에 꽂은 채 바에 비스듬히 기대서서 술집 안을 둘러본다. 그들이 출정에 관해 요란하게 떠들어 대자 메노파 노인이 애처롭다는 듯 머리를 절레절레 흔들며 술을 들이켜고서 중얼거린다.

강에서 막을 걸세.

이등병이 동료들 너머로 노인을 바라본다. 우리한테 하는 말이오?

강에서. 소문에 그래. 모조리 감옥에 가둔다지.

누가요?

미국 군대가. 워스 장군이.

---

8) 16세기 종교 개혁의 급진적 개혁 운동인 재세례파에서 갈라져 나온 일파.

망할 자식들.

잡히도록 비는 게 좋을 걸세.

이등병이 동료들을 바라본다. 그리고 메노파 노인을 향해 상체를 내민다. 그게 무슨 뜻이오?

약탈을 하겠답시고 강을 건너고 나면 다시는 못 돌아올 거네.

돌아올 생각 없소. 우리는 소노라로 갈 거요.

영감탱이가 뭔 상관이라고 이러쿵저러쿵 나불대요?

메노파 노인은 바 건너편 거울에 비친 신병들의 얼굴에 시커먼 어둠이 스미는 것을 바라본다. 노인은 그들에게 고개를 돌린다. 하느님의 눈은 젖어 있네. 노인이 느릿느릿 말을 잇는다. 하느님의 분노는 잠들어 있지. 인간들 앞에서 100만 년이나 잠들어 있지만, 그것을 깨울 힘을 가진 존재는 오직 인간뿐이네. 지옥이 다 차려면 아직 한참 멀었지. 내 말 잘 듣게. 남의 나라 땅에까지 가서 전쟁을 벌이는 것은 미친 짓이야. 그래 봤자 세상만 더 시끄러워질 뿐이지.

하지만 그들은 노인에게 마구잡이로 욕을 퍼부었다. 결국 노인은 중얼대며 바 아래쪽으로 쫓겨났다. 달리 어쩌겠는가?

그리고 이렇게 끝이 난다. 혼란과 욕설과 핏방울 속에서. 그들은 마시고 마시고 또 마셨고, 바람이 거리를 휩쓸고 별이 머리 위에서 서쪽으로 기울었다. 젊은이들은 서로 치고받고 싸우며, 다시는 되돌릴 수 없는 말들을 뱉어 냈다. 새벽에 소년과 이등병은 미주리 출신인 얼 옆에 무릎을 꿇고 앉았다. 그의 이름을 불렀지만 아무 대꾸가 없었다. 그는 마당 흙먼지 위에 모로 누워 있었다. 사내들도 창녀들도 사라지고 없었다. 노인은 술집 흙바닥을 비질했다. 젊은이가 두개골이 부서져 피웅덩이 속에 누워 있건만, 누구 짓인지 그 누구도 알 길이 없었다. 세 번째 사람이 마당에 들어섰다. 메노파 노인이었다. 따스한 바람이 불어오고 동쪽에서 잿빛 빛이 뭉글거렸다. 포도나무에서 잠을 자던 닭들이 홰를 치며 울어 댔다.

술집보다는 그리로 가는 길이 더 즐겁겠지. 메노파 노인이 말했다. 그는 손에 쥐고 있던 모자를 머리에 쓰고는 몸을 돌려 대문 밖으로 나갔다.

4

출정하다 — 이국의 땅에서 — 영양 사냥 — 콜레라의 추격 — 늑대 —
마차 수리 — 사막의 시신들 — 야밤의 폭풍 — 유령 행렬 — 기우제 —
사막의 농장 — 노인 — 새로운 땅 — 버려진 마을 — 평원의 몰이꾼 —
코만치의 공격

닷새 후 소년은 죽은 이의 말을 타고서 군인과 마차 행렬을
쫓았다. 그리고 광장을 통과해 도시를 빠져나와 남쪽 나라로
향했다. 코요테가 시신을 파내 뼈를 흩뜨려 놓은 캐스트로빌
을 지나 프리오강과 누에시스강을 건너 프레시디오 도로에서
벗어나 북쪽으로 방향을 트는 군대의 앞뒤에 척후병이 자리
했다. 부대는 어둠에 묻힌 리오그란데강의 얕은 모래 여울을
건너 울부짖는 황야로 들어섰다.

동틀 녘 평원을 기다랗게 줄지어 나아가는데, 말린 목재로
만든 마차가 벌써부터 신음하고, 말들도 코를 킁킁거렸다. 발
굽이 터걱터걱 둔탁하게 땅을 때리고, 마구가 절거덩절거덩
쉴 새 없이 쟁강거렸다. 드문드문 선인장과 관목과 말라비틀
어진 풀밭이 돋아 있을 뿐 땅은 휑했다. 남쪽에 나지막이 엎

드린 산맥이 보였지만, 그곳 역시 텅 비어 있었다. 서쪽 지평선은 수평기처럼 납작했다.

처음 며칠 동안 동물이라고는 전혀 보이지 않았다. 그나마 하늘엔 대머리독수리뿐이었다. 그러다 멀리 양 떼인지 염소 떼인지 먼지구름을 휘날리며 지평선을 따라 이동하는 것이 눈에 띄었다. 그들은 평원의 야생 당나귀를 총으로 쏘아 그 고기를 먹었다. 병장은 안장 총집에 묵직한 웨슨 소총을 넣어 다녔다. 장식용 총구가 붙은 소총에 종이로 감싼 원뿔형 총알을 재어 사막에서 서식하는 자그마한 야생 돼지를 잡았다. 또한 나중에 영양 떼와 마주치자, 태양이 가라앉으며 고여 가는 어스름 속에 이각대를 세워 총신을 고정하고는 800미터 너머에서 멍하니 응시하는 영양을 쏘아 맞췄다. 총에 장착된 가늠쇠로 거리를 어림하고 바람의 세기를 헤아려 측량기라도 쓰듯 정확히 조준했다. 이등병은 팔꿈치를 괴고 엎드려 망원경으로 살피며 총알이 너무 높았는지 낮았는지 일러 주었다. 서너 마리가 쓰러지자 가만히 기다리던 마차가 식어 가는 땅을 덜커덩덜커덩 가로질렀고, 짐칸에 탄 푸주한들이 서로 밀치며 싱글벙글 웃어 댔다. 병장은 소총을 총집에 바로 넣지 않고, 총구를 닦고 기름칠했다.

부대는 단단히 무장하고 있었다. 각자 소총이 한 정씩 있고, 다수가 22구경 5연발 콜트 권총을 겸비했다. 대위는 안장 머리에 고정시킨 총집에 드라군 권총 두 자루를 넣어 두어 언제나 무릎께에 닿도록 해 놓았다. 이 총은 미군용으로 콜트가 개발한 것인데, 솔레다드 가축 보관소에서 만난 탈영병에게서 총집과 화약통과 총알용 거푸집까지 모두 다해 금화 80달러를 주고 샀다.

소년이 배급받은 소총은 총구를 자르고 직경을 넓혀 무척 가벼웠는데, 총알용 거푸집은 원래대로인지라 총알에 사슴 가죽을 둘러야 했다. 몇 번 발사해 보니 제멋대로 날아갔다. 소년은 총집이 없어서 안장 앞쪽에 그냥 총을 끼워 두었다. 예전부터, 얼마나 긴 세월인지는 하느님만이 아시리라, 그렇게 운반되었는지 개머리판 아래쪽이 헐어 있었다.

해가 지고 얼마 후 마차가 고기를 싣고 돌아왔다. 푸주한이 말을 부려 땅에서 뽑아낸 메스키트⁹⁾ 덤불과 그루터기가 짐칸에 모다기져 있었다. 푸주한은 땔감을 부리고는, 내장을 제거한 영양을 마차 바닥에서 사냥칼과 손도끼로 토막 냈다. 선혈이 낭자한 가운데 웃어 대며 신나게 일하는 악취 나는 광경이 누군가의 손에 들린 등불로 환히 드러났다. 어둠이 완전히 내릴 무렵 거뭇해진 갈빗대가 불 위에서 모락모락 연기를 피워 올리고, 고깃덩이를 꿴 다듬은 나뭇가지가 석탄 위에서 창시합을 벌이고, 수통이 덜거덕덜거덕 떠드는 동안 기분 좋은 농담이 끊임없이 흘러나왔다. 이윽고 이국의 차가운 평원에서 마흔여섯 명의 사내가 담요를 뒤집어쓰고 잠이 들었다. 하늘에 고국과 똑같은 별이 떠 있고, 초원에서 울부짖는 늑대 소리도 다름없건만 모든 것이 표변한 듯 너무도 낯설었다.

그들은 매일 해 뜨기도 전에 일어나 모닥불 없이 차가운 고

---

9) 콩과의 작은 나무.

기와 비스킷을 먹었다. 엿새 만에 누더기 꼴로 변한 군인들 머리 위로 해가 떠올랐다. 다들 입은 옷은 그나마 약간은 비슷했지만, 모자는 거의 제각각이었다. 물감 칠한 조랑말은 의뭉스럽게 제멋대로 발굽을 놀렸고, 고기 실은 마차는 심술궂은 파리 떼로 쉴 새 없이 윙윙거렸다. 부대가 일으킨 먼지구름이 삽시간에 흩어져 광대한 평원 속으로 스며들었다. 보이지 않는 곳에서 뒤따르고 있을 파리한 상인의 먼지구름은 흔적도 없다. 그의 여윈 말과 여윈 수레가 그곳에 있는지 없는지 알 길이 없다. 시퍼런 강철 빛 저녁 하늘에서 이글거리는 1000개의 불가에는 보급 물자가 숨겨져 있으리라. 상인은 찡그린 얼굴로 늘 미소를 지으며 출정 때마다 따라오거나 신조차 찾을 수 없을 정도로 허옇게 삭은 구덩이로 불쑥 나타난다. 이날 두 명이 병으로 쓰러졌고, 한 명이 해 지기 전에 죽었다. 아침에 다른 환자도 뒤를 따랐다. 그들 둘은 보급 마차의 강낭콩과 쌀, 커피 자루 사이에 누이고 담요로 볕을 가렸다. 그들은 마차가 덜거덕거릴 때마다 뼈에서 살을 발라내는 듯한 고통에 겨워, 내려 달라고 아우성치다 결국 죽음을 맞았다. 군인들은 어둠이 여전히 꾸물대는 첫새벽에 일어나 영양의 어깨뼈로 무덤을 파고, 그 위에 돌을 쌓고는 다시 출발했다.

그들이 나아가는 동안 동녘 태양이 창백한 빛줄기를 뿜어내다 느닷없이 핏빛을 뚝뚝 흘리며 평원을 불태웠다. 땅이 하늘로 빨려드는 삼라만상의 끝에서 태양은 미지의 테두리가 걷힐 때까지 거대한 붉은 남근처럼 불쑥 솟구쳐 단호히 버티고 앉아 그들 뒤에서 악의로 약동했다. 자잘한 돌의 그림자가 연필선처럼 가느다랗게 모래 위로 늘어지고, 사람과 말의 형체가 지난밤이 떨구고 간 가닥인 양 혹은 다가올 밤으로 이끌 촉각인 양 앞으로 길게 서렸다. 모자 아래 얼굴을 지우고 고개 숙인 채 나아가는 모습은 행군 도중 깜빡 잠든 군대 같았다. 아침나절 또 한 사람이 죽었다. 마차의 식량 자루를 더럽히며 누워 있던 그를 묻고서 부대는 다시 길을 나섰다.

이제는 늑대들이 뒤를 따랐다. 노란 눈의 거대한 늑대가 창백한 얼굴로 우아하게 종종걸음치거나 이글거리는 열기 속에 웅크리고 앉아, 그들이 정오 휴식을 취하는 모습을 지그시 응시했다. 그러다 다시 움직였다. 성큼성큼 뛰고, 가만가만 다가들고, 기다란 주둥이를 땅에 박은 채 옆걸음질하고. 저녁에 늑대는 모닥불 주위에서 달라진 눈을 깜박였다. 새벽에 서늘한 어스름 속에서 군인들이 말에 오르자 뒤에서 으르렁대며 우적우적 씹는 소리가 들렸다. 늑대들이 고기 조각을 찾아 야영지를 약탈한 것이다.

나무 마차는 물기를 너무 빼앗겨 개처럼 좌우로 비틀거리는 데다 모래한테 가차 없이 갉혀 들었다. 바퀴가 쪼그라들며 축에 고정된 바퀴살이 휘청이다 못해 베틀처럼 철걱였다. 밤에 군인들은 임시 바퀴살을 생가죽 끈으로 덧붙여 축에 고정시키고, 바퀴의 쇠테를 햇볕에 갈라진 바퀴에서 분리했다. 마차는 모래에 새겨진 방울뱀 자국 같은 부실한 수리의 흔적을 남기며 비틀비틀 나아갔다. 헐거워진 못이 뚝뚝 떨어졌다. 바퀴가 바스러지기 시작했다.

열흘 동안 네 명이 죽은 뒤 부석(浮石)만이 펼쳐진 평원에 들어섰다. 시야가 미치는 그 어디에도 관목이나 잡초는 보이지 않았다. 대위는 정지 명령을 내리고서 멕시코인 길 안내인을 불렀다. 둘이서 손짓을 해 가며 이야기를 나누더니 잠시 후 다시 행군을 재개했다.

지옥으로 가는 지름길이 있다면 바로 여기가 분명해. 어느병사가 말했다.

말은 대체 뭘 먹으라는 거야?

닭처럼 모래를 쪼다 때가 되면 곡물을 먹으라는 건가 보지.

이틀 후 뼈와 버려진 옷이 발견되었다. 반쯤 묻힌 노새 해골이 어찌나 새하얀지 이글거리는 열기에 광이 나는 듯했다. 짐바구니와 물건 운반용 안장과 인간의 뼈가 줄을 이었다. 노새 한 마리가 오롯이 남아 있었다. 말라서 쇠처럼 단단히 굳어 거뭇해진 몰골로. 그들은 나아갔다. 새하얀 정오에 허옇게 먼지를 뒤집어쓰고 시신들 사이를 유령 부대처럼 나아갔다. 어찌나 새하얀지 그림자마저 지워지고 없었다. 늑대들까지 덩달아 파리해져 성큼성큼 걷거나 무리를 짓거나 쏜살같이 달려가거나 기다란 주둥이를 하늘로 쳐들었다. 밤이 되자 군인들은 자루에서 퍼낸 곡물을 손에 담아 말에게 먹이고, 양동이로 물을 주었다. 병자는 더 이상 생기지 않았다. 생존자들은 텅 빈 분화구에 조용히 누워서 작열하다 어둠 속으로 추락하는 별을 바라보았다. 아니면 이름 없이 회전하는 밤의 별무리에 등장한 아나레타[10]에 기운이 꺾인 순례자처럼 벌떡이

---

10) 르네상스 시기에 파괴의 별로 간주되었던 행성.

는 낯선 심장을 품고 모래 속에서 잠이 들었다. 그들은 나아
갔고, 마차 바퀴를 두른 쇠테는 부석에 함유된 크롬으로 인해
맨들맨들 윤이 났다. 남쪽에 푸른 산맥이 모래 위로 창백한 그
림자를 호수인 양 드리운 채 우뚝 서 있었다. 늑대는 더는 따
라붙지 않았다.

그들은 밤에도 행군을 계속했다. 덜컹거리는 마차와 씻씻거
리는 말 외에는 더없이 고요한 여행이었다. 콧수염과 눈썹에
허연 먼지가 수북이 앉은 기묘한 일행을 달빛이 비추었다. 나
아가는 그들에게 뒤질세라 창공을 가르던 별들이 칠흑 같은
산 너머에서 죽음을 맞았다. 밤하늘은 더 이상 생소하지 않았
다. 서구의 눈은 고대인들이 붙인 이름보다 더욱 기하학적인
별자리를 보았다. 북극성에 껴잡힌 북두칠성이 빙빙 맴도는
동안 남서쪽에서 오리온이 거대한 전기 연처럼 떠올랐다. 모
래는 달빛에 푸르게 물들었고, 마차의 쇠테는 군인들의 그림
자 사이로 아슴푸레 빛을 뿜으며 굴러갔다. 이리저리 비틀대
는 꼴이 마치 엉성한 아스틀로라베[11]처럼 방향이라도 가리키
려는 듯했다. 광이 난 말발굽이 쉴 새 없이 걸쇠 자국을 남겨
사막 바닥이 수많은 눈인 양 윙크했다. 아득히 멀리 폭풍이
보였지만 소리는 들리지 않았다. 소리 없는 번개가 얇은 막처
럼 번쩍였고, 산맥의 가느다란 검은 등성이가 펄럭이다 다시
어둠에 빨려들었다. 야생마 떼가 그림자로 어둠을 가르며 초
원을 달려갔다. 증기 같은 먼지가 더없이 희미한 얼룩처럼 달

---

11) 관측과 시간 측정을 위해 사용된 초기의 과학 기기.

빛에 어른댔다.

　밤새 바람이 불고 미세한 먼지가 성가시게 골려 댔다. 어디나 모래였고, 음식조차 예외 없이 까끌까끌했다. 아침에 오줌빛 태양이 어스름한 먼지 유리판 너머로 형체 없이 떠올랐다. 말이 쓰러졌다. 행군이 멈추고, 장작도 물도 없는 메마른 휴식이 이어졌다. 초췌한 조랑말들이 몸을 웅숭그리며 개처럼 낑낑댔다.

　그날 밤 그들은 번개가 광기를 휘날리는 지역으로 들어섰다. 기묘한 형태의 부드러운 푸른 불이 마구의 금속 위를 쪼르르 내달리고, 마차 바퀴가 불처럼 번쩍이며 굴러갔다. 창백한 푸른빛은 말의 귀나 사람의 턱수염에도 약하게나마 가물댔다. 자정의 적란운 너머 서쪽으로 뿌리 없는 번개의 장막이 밤새 전율하여 저 멀리 사막이 대낮처럼 퍼레지고, 느닷없이 지평선 위로 산맥의 시커먼 형체가 도드라졌다. 마치 돌이 아니라 두려움으로 빚어져 전혀 다른 자연 법칙을 따르는 세상처럼 보였다. 천둥이 남서쪽에서부터 올라오며 번개가 주위의 황량한 사막을 푸르게 물들였다. 낮이면 흔적도 연기도 폐허도 없이 악몽만을 남긴 채 사라질 땅처럼 혹은 기도로 불러낸 악마의 왕국처럼, 거대한 소리가 절대적인 어둠 밖으로 벋어 갔다.

　그들은 어둠 속에서 행군을 멈추고 말을 쉬게 했다. 몇몇은 번개를 맞을까 두려운 나머지 무기를 마차에 실었고, 헤이워드라는 사내는 비를 내려 달라고 기도했다.

　그는 간청했다. 전지전능한 하느님이시여, 주님께서 뜻하신 바에서 너무 어긋나는 것이 아니라면 부디 저희에게 비를 조금만 내려 주옵소서.

큰 소리로 기도해. 누군가가 외쳤다. 그는 천둥과 바람 소리를 기도로 찢어발기며 무릎을 꿇었다. 주님, 저희는 목말라 쓰러질 지경입니다. 고향을 두고 멀리 떠나온 저희를 긍휼히 여기시어 이 초원에 몇 방울만 떨어뜨려 주옵소서.

아멘. 그들은 기도 끝에 덧붙이고는 말에 올랐다. 한 시간도 되지 않아 바람이 선선해지더니 대포알처럼 굵은 빗방울이 시커먼 어둠을 뚫고 떨어졌다. 젖은 돌 냄새에 이어 젖은 말과 젖은 가죽의 달콤한 내음이 풍겨 왔다. 그들은 나아갔다.

이튿날 광기에 휘둘려 말을 타고 방황하는 무장한 제분업자처럼 먼지를 하얗게 뒤집어쓴 초라한 하느님의 선민들은 텅 빈 물통과 죽어 가는 말과 함께 열기를 헤치고 나아가다, 저녁에 나지막한 돌 언덕길을 통해 사막에서 벗어나 외딴집에 이르렀다. 흙과 나뭇가지로 조잡하게 지은 오두막과 원시적인 마구간과 우리가 있을 뿐이었다.

앙상한 말뚝이 빙 두르고 있는 좁은 흙투성이 마당에서 가장 두드러지는 특징은 죽음인 듯싶었다. 모래와 바람이 갉아 대고 햇볕에 허옇게 삭아 낡은 도자기처럼 갈색 금이 쭉쭉 그어진 울타리 안에는 살아 움직이는 것이라곤 없었다. 군인들의 주름진 형체가 이 메마른 갈색 땅을 챙강챙강 가로질러 오두막의 정면 흙벽을 지나쳤다. 말이 부들부들 떨며 물 냄새를 맡았다. 대위가 손을 들자 병장이 명령을 내렸고, 병사 둘이 말에서 내려 소총을 들고 오두막으로 나아갔다. 병사들은 생가죽 문을 밀치고 안으로 들어갔다. 몇 분 후 그들이 다시 모습을 드러냈다.

여기에 누군가 있는 것이 분명합니다. 석탄이 뜨겁습니다.

대위가 경계하듯 주변을 둘러보았다. 그러고는 무능력자를 다루는 데 익숙한 사람의 인내심을 발휘하며 말에서 내려 오두막으로 걸어 들어갔다. 집 밖으로 나온 그는 다시 한번 주변을 훑었다. 말들이 따각따각 발을 구르자 군인들이 고개를 숙여 거칠게 꾸짖었다.

병장.

예, 대위님.

멀리 가지는 못했을 거네. 찾아보게. 말을 먹일 풀이 있는지도 찾아보고.

풀요?

그래, 풀.

병장은 안장 꼬리에 손을 얹고 주변을 둘러보더니 설레설레 고개를 가로저으며 말에서 내렸다.

군인들은 오두막 안을 살피고 뒤쪽 울타리를 살피고 마구간을 살폈다. 짐승은 한 마리도 없고, 겨우 마구간 한 칸이 먹다 만 마른 소톨[12]로 반쯤 채워져 있었다. 그들은 돌로 둘러친 못으로 걸어갔다. 가느다란 물줄기가 모래 위로 흘러내렸다. 못 주위로 발굽 자국과 마른 똥이 흩어져 있고, 자그마한 새들이 실개천 주위에서 무심하게 종종거렸다.

---

12) 미국 남서부와 멕시코에서 자라는 관목.

병장이 쭈그리고 앉았더니 일어나 침을 뱉었다. 30킬로미터 내에 시야에 잡히는 게 뭐라도 보이나?

병사들은 텅 빈 광야를 살펴보았다.

그렇게 멀리까지는 못 갔을 텐데.

그들은 물을 마시고는 오두막으로 되돌아갔다. 나머지 군인들이 말을 좁은 길을 따라 끌고 오는 중이었다.

대위는 양쪽 엄지를 벨트에 박은 채 서 있었다.

어디로 달아났는지 모르겠습니다. 병장이 말했다.

마구간에는 뭐가 있던가?

바싹 마른 여물이 좀 있더군요.

대위는 눈살을 찌푸렸다. 염소나 돼지가 있을 거야. 뭐라도. 하다못해 닭이라도.

몇 분 후 군인 둘이 마구간에서 노인을 끌어냈다. 흙과 마른 여물로 뒤범벅된 노인은 한 팔을 쳐들어 눈을 가렸다. 대위의 발아래 끌려 나와 납죽 엎드린 채 신음하는 모습이 마치 하얀 면 뭉치 같았다. 노인은 섬뜩한 광경을 목격하도록 불려 나오기라도 한 양 두 손으로 귀를 막고 두 팔꿈치로 눈을 가렸다. 대위가 역겹다는 듯 고개를 돌렸다. 병장이 발끝으로 노인을 툭툭 쳤다. 왜 이러는 거야?

오줌을 싸는군, 병장. 오줌을 싸. 대위가 장갑으로 노인을 가리켰다.

예, 대위님.

당장 여기서 끌어내.

칸델라리오한테 말을 시켜 보라고 할까요?

미친놈한테 뭐 하러. 그냥 끌어내.

병사들이 노인을 끌어냈다. 노인이 뭐라고 마구 지껄여 댔으나 아무도 귀담아듣지 않았다. 아침에 노인은 사라지고 없었다.

그들은 못가에서 야영했다. 군마 담당 하사관이 노새와 조랑말에 편자가 벗겨진 것을 발견하는 바람에 그들은 모닥불 빛에 의지해 밤 깊도록 마차 바퀴의 쇠테를 뜯어 작업했다. 날카로운 수평면에서 하늘과 땅이 맞물리는 진홍빛 새벽에 그들은 출발했다. 띄엄띄엄 군도를 이룬 자그마한 검은 구름, 끝없는 공허를 향해 치솟는 사막과 관목의 광대한 세계. 푸른 섬들이 전율하고, 장밋빛 사이로 대지가 장엄히 기울어지며 불확실성을 더해 가고, 새벽 너머의 어둠이 우주의 극소점으로 빨려들었다.

거친 절단면에 불쑥 솟은 얼룩덜룩한 바위를, 단층에 툭 튀어나온 휘록암 덩어리를, 위로 휘어 굽이치다 거대한 돌나무 그루터기처럼 뚝 잘린 배사층을, 번개에 쩍 갈라져 지난 폭풍에 폭발하듯 수증기를 뿜어내는 바위를, 좁은 산등성이를 따라 흘러내리다 인간 이전의 인간 혹은 어느 생명체가 쌓아 올린 고대의 담처럼 평야를 뒤덮은 갈색 휘록암 줄기를 그들은 지나쳐 나아갔다.

이따금 폐허가 된 마을이 나왔다. 그들은 흙으로 높다랗게 지은 교회에서 밤을 보내며 바닥에 떨어진 지붕 목재로 불을 지폈다. 어둠에 묻힌 아치 위에서 올빼미가 울어 댔다.

이튿날 남쪽 지평선에 먼지구름이 몇 킬로미터나 이어졌다.

그들은 먼지구름을 예의주시하며 다가갔다. 대위가 손을 들어 중지 명령을 내리고는 안장주머니에서 낡은 황동 기병대 망원경을 꺼내 지평선을 느긋하게 훑었다. 병장이 대위 곁으로 말을 몰고 갔다. 잠시 후 대위가 망원경을 병장에게 건넸다.

뭔지는 몰라도 떼거리로 달려오는군.

말인 것 같습니다.

거리가 얼마나 될까?

글쎄요.

칸델라리오를 부르게.

병장이 몸을 돌려 멕시코인에게 손짓했다. 그가 말을 몰고 다가오자 망원경을 건넸다. 멕시코인은 망원경을 눈으로 가져가 실눈을 떴다. 이윽고 망원경을 내리더니 맨눈으로 지평선을 살피고는 다시 망원경으로 바라보았다. 멕시코인이 망원경을 십자가처럼 가슴에 댔다.

어떤가? 대위가 말했다.

멕시코인이 절레절레 도리질을 쳤다.

그게 무슨 뜻인가? 소 떼는 아니지?

예, 말 같습니다.

망원경 이리 주게.

멕시코인에게서 망원경을 건네받은 대위는 다시 지평선을 살피다 망원경을 손바닥으로 접어 안장주머니에 넣고는 손을 들었다. 행군이 재개되었다.

소 떼, 노새 떼, 말 떼였다. 수천 마리가 그들을 향해 성큼성큼 다가왔다. 오후가 깊어지자 말을 탄 사람이 맨눈으로도 보였다. 누더기 차림의 인디언 몇몇이 조랑말을 민첩하게 몰며 짐승들을 옆쪽에서 이끌었다. 모자를 쓴 이도 있었는데 멕시코인 같았다. 병장이 대위가 있는 뒤쪽으로 처졌다.

어떤 놈들인 것 같습니까, 대위님?

가축을 도둑질한 이교도 새끼들이겠지. 자네 생각은 어떤가?

저도 그런 것 같습니다.

대위가 망원경으로 살폈다. 저놈들이 우리를 본 것 같군.

그럴 겁니다.

몇 놈이나 되는 것 같나?

열 명 남짓으로 보입니다.

대위가 장갑 낀 손으로 망원경을 톡톡 두드렸다. 우리를 두려워하는 기색은 아니지?

예, 대위님. 태연해 보입니다.

대위가 잔인한 웃음을 흘렸다. 오늘 해가 지기 전 짧게나마 재미 좀 보겠군.

첫 번째 짐승 무리가 그들 곁을 지나치며 노란 먼지 장막을 쳐올렸다. 갈빗대가 똑같이 앙상하달 뿐 저마다 생김새가 제각각인 뿔난 소들이 눈알을 희번덕이고, 작고 여윈 새까만 노새가 서로 밀치며 앞 짐승의 등 위로 나무망치 모양의 머리를 쳐들고, 더 많은 소가 뒤따라 지나가고, 마침내 첫 번째 몰이꾼이 짐승 너머로 나타났다. 뒤쪽에 수백 마리 조랑말이 따라붙고 있었다. 병장이 칸델라리오를 찾았다. 대열을 여러 차례 훑었지만 보이지 않았다. 그는 말의 옆구리를 슬쩍 때려 대열을 뚫고 뒤쪽으로 갔다. 후방의 몰이꾼들이 먼지를 가르며 나타나자 대위가 손짓과 동시에 소리쳤다. 조랑말 떼가 무리에서 떨어져 나와 몰이꾼의 지시에 따라 군대를 향해 몰려왔다. 조랑말에 더께 앉은 흙먼지 아래로 브이(V) 자, 손, 떠오르는 태양, 새, 물고기 등 온갖 무늬가 비쳐 보여 마치 엷은 시트를 덮은 오래된 캔버스 그림 같았다. 편자를 박지 않은 말발굽 소리를 뚫고 인간의 뼈로 만든 피리 소리가 번져 왔다. 창과 활과 방패로 무장한 전설적인 전사들이 조랑말의 옆구리에서 불쑥 솟자 군사 몇몇은 말 위에서 몸을 앞뒤로 흔들고, 몇몇은 혼란에 겨워 말 머리를 돌렸다. 방패에 거울 조각이 박혀 있어 적의 눈에 수천 개의 햇덩이를 박아 넣었다. 수백에 달하는 공포스러운 전사들은 거의 벌거벗은 채이거나, 성서 시대 혹은 고대 아테네 시대 차림이거나, 짐승 가죽과 화려한 비단과 전 주인의 피로 얼룩진 군복 조각으로 빚어낸 끓어오르는 악몽의 복장을 하고 있었다. 살해당한 기병의 코트나 단추와 끈으로 장식된 재킷을 걸친 이가 있고, 실크해트를 쓴 이가 있고, 우산을 든 이가 있고, 하얀 스타킹과 피로 붉게 물든 면사포를 걸친 이가 있고, 학의 깃털이 꽂힌 모자나 황소익 뿔이 그대로 박힌 생가죽 헬멧을 쓴 이가 있고, 완전히 벌거벗은 채 너덜너덜 뒤가 해진 연미복만 두른 이가 있고, 이미 흙이 되었을 이국의 누군가가 휘두른 철퇴나 기병도로 가슴받이와 어깨받이가 깊이 일그러진 스페인 정복자 갑옷을 둘러멘 이가 있고, 짐승 털을 꼬아 만든 끈을 땅바닥까지 길게 늘어뜨린 이가 있었다. 그들의 말은 귀와 꼬리에 화려하게 염색

된 천을 두르고 있었는데, 한 마리는 머리 전체가 핏빛으로 칠갑되어 있었다. 전사들은 모두 얼굴을 화려하고 기괴하게 색을 입혀, 마치 말을 탄 광대가 기독교도의 유황 지옥보다도 더 끔찍한 지옥에서 우르르 쏟아져 나와 죽도록 유쾌하게 야만의 혀로 부르짖고 외쳐 대는 듯했다. 이들은 눈이 어디로 움직이고, 입술이 어디로 열리며, 침이 어디로 떨어지는지 알 수 없는 세계에 사는 덧없는 존재처럼 연기에 감싸여 있었다.

이런 제장. 병장이 말했다.

휘릭휘릭 화살이 쏟아져 날아들고, 군인들이 휘청대며 말에서 떨어졌다. 말이 앞발을 쳐드는 통에 사람들이 후드득 나가떨어지고, 인디언들이 말의 옆구리에서 불쑥 솟구쳐 창을 쳐든 채 달려들었다.

군인들이 가만히 자리 잡고 첫 번째 탄환을 발사하자 회색 연기가 흙먼지 사이로 데굴데굴 구르더니 창이 무더기로 쏟아지는 바람에 대열이 흩어졌다. 소년의 말이 긴 바람 소리를 내며 주저앉았다. 소년은 이미 소총을 발사한 뒤라 땅으로 내려가 화약 주머니를 더듬었다. 가까이에 앉은 어느 사내의 목에 화살이 꽂혀 있었다. 기도하듯 고개를 설핏 숙인 채였다. 소년은 쇠테로 만든 핏빛 화살촉으로 손을 뻗으려다 그의 가슴에 또 다른 화살이 화살깃까지 박혀 있는 것을 보고서야 이미 죽었음을 깨달았다. 사방에서 말이 쓰러지고 사람이 기어다녔다. 한 사내는 귀에서 피가 철철 흐르는 와중에도 소총에 화약을 재고, 몇몇은 권총의 탄창을 갈고, 또 몇몇은 무릎 꿇은 몸이 점점 기울어지며 땅 위의 그림자를 그러안고, 몇몇은 창에 꿰뚫려 선 채로 머리 가죽이 벗겨지고, 군마가 쓰러진 군인을 짓이기고, 얼굴이 흰 자그마한 조랑말이 어둠 속에서 흐려진 한쪽 눈을 불쑥 내밀어 개처럼 짖다 사라지고, 부상자 중 일부는 넋 나간 듯 아무것도 이해하지 못하고, 몇몇은 흙먼지 가면 아래로 파리하게 질리고, 몇몇은 자기 자신을 더럽히거나 야만인의 창을 향해 비틀비틀 걸어갔다. 이빨 부러진 말들은 눈알을 굴리며 미친 듯이 줄지어 달려갔다. 파괴된 대열의 다른 쪽에서 피리 소리가 울려 퍼졌다. 화살 뭉치를 이로 악문 벌거벗은 전사들이 흙먼지 속에서 방패를 번뜩이며 나타나 말 어깨끈에 한쪽 발꿈치를 걸어 말의 옆구리로 사라지더니, 쭉 뻗은 조랑말의 목덜미 아래에서 짤막한 활시위를 당겨 포위된 군대를 두 조각 낸 다음 다시 유령의 집의 유령처럼 말 위로 솟구쳤다. 가슴을 색칠한 악몽 같은 얼굴 몇몇이 말에서 떨어진 백인에게 달려들어 창으로 내리꽂고 몽둥이로 두들겼다. 그런가 하면 칼을 쥔 채 말에서 몸을 날려 이국적인 교통수단을 타는 짐승처럼 기묘하게 굽은 다리로 달음질해 시신에서 옷을 벗기고, 산 자나 죽은 자나 가릴 것 없이 머리채를 움켜쥐고 두개골에 칼날을 박아 피투성이 머리 가죽을 하늘 높이 쳐들고, 벌거벗은 몸을 조각조각 썰어 팔다리와 머리를 떼어 내고, 기묘한 하얀 몸통에서 뽑아낸 창자와 성기를 두 손 가득 그러쥐는가 하면, 몇몇 야만인은 피웅덩이에서 개처럼 굴렀는지 온몸에 피칠갑을 하고 있고, 죽어 가는 자를 마주친 자는 동료들에게 큰 소리로 외치며 신이 나 비역질을 했다. 이제 죽은 자의 말들은 연기와 흙먼지 속에서 두

려움에 질린 맹인 같은 허연 눈을 희번덕이고 가죽 고삐와 흐
트러진 갈기를 휘날리며 타가닥타가닥 빙빙 맴을 도는데, 개
중 몇몇은 화살이 박혀 있고 몇몇은 창이 꽂혀 있어 비틀비틀
피를 토하다 다시 말발굽 소리만 남기고 사라졌다. 다쳐서 피
로 얼룩진 흙바닥에 드러누운 벌거벗은 수도사처럼 머리카락
몇 가닥만 남긴 채 가죽이 벗겨진 두개골이 훤히 드러난 축축
한 머리 위로 흙먼지가 내려앉으며 출혈이 멎고, 사방에서 죽
어 가는 이의 신음과 헛소리가 아우성치고, 쓰러진 말이 비명
을 내질렀다.

5

막 도살된 시신들 위로 거멓게 고인 어둠 속에서 기적적으
로 한 사람이 일어나 달빛을 받으며 소리 죽여 달아났다. 그
가 누워 있던 땅은 짐승들 방광에서 쏟아져 나온 오줌과 온
갖 피로 축축했기에 그는 전쟁의 화신이 빚어낸 역겨운 창조
물처럼 피칠갑을 하고 지린내를 풍겼다. 야만인들은 고지대로
올라가고 없었지만 그들이 피운 모닥불빛과 노새를 구우며
부르는 기묘하고도 구슬픈 노랫소리가 그의 눈과 귀에까지
닿았다. 그는 절단된 파리한 시신들과 다리를 뒤죽박죽 뻗고
쓰러진 말들 사이로 지나가다 하늘의 별을 올려다보고는 남
쪽으로 방향을 잡았다. 시신 덤불 속에서 밤은 1000개의 형
체를 띠었지만 그는 시선을 바로 발아래 둘 뿐이었다. 별빛과
하현달빛이 시커먼 사막을 배회하는 희미한 그림자를 드리우

고, 산등성이마다 늑대가 울부짖으며 학살의 현장을 향해 북진했다. 그는 밤새 걸었지만 여전히 뒤에서 모닥불빛이 일렁였다.

날이 밝자 그는 1.5킬로미터쯤 떨어진 우뚝 솟은 바위를 향해 방향을 틀었다. 이리저리 흩뿌려진 돌덩이들 사이를 오르는데 어디에선가 부르는 소리가 들렸다. 계곡 분지를 돌아보았지만 아무도 없었다. 다시 목소리가 들리자 그는 몸을 돌려 앉아 쉬었고, 곧 무엇인가가 비탈을 따라 움직이는 것이 보였다. 추레한 몰골의 사내였다. 조심스레 올라오며 수시로 어깨 너머를 살폈다. 뒤쫓아 오는 것은 아무것도 없었다.

그는 어깨에 담요를 두르고 있었는데, 소맷자락이 찢겨진 채 시꺼멓게 피범벅된 팔을 다른 쪽 손으로 쥐고 있었다. 이름은 스프롤이었다.

모두 여덟 명이 살아남았다고 했다. 스프롤은 화살을 몇 대나 맞고 죽은 자기 말 아래에서 밤을 보냈지만, 나머지 생존자들은 탈출해 버렸다. 그중에는 대위도 끼어 있었다.

소년과 그는 바위 사이에 나란히 앉아 분지 위로 길어지는 낮을 바라보았다.

소지품은 하나도 못 챙겼어? 스프롤이 물었다.

소년은 침을 뱉고는 고개를 저었다. 그리고 스프롤을 바라보았다.

팔은 좀 어때요?

그가 팔을 내밀어 보였다. 이보다 심한 꼴도 많이 봤지.

그들은 모래와 바위와 바람이 끝 간 데 없는 분지를 가만히 응시했다.

대체 어느 종족인지 알아요?

나도 몰라.

스프롤이 입에 주먹을 대고 깊은 기침을 토해 냈다. 그러더니 피투성이 팔을 내밀었다. 기독교도에 대한 존경심이라고는 모르는 염병할 새끼들이야.

그들은 바위 그늘 아래 드러누워 정오가 지나도록 잠을 자며 회색 화강암 가루 위에서 몸부림쳤다. 오후가 되어 전쟁의 흔적을 되짚어 드넓은 계곡 바닥을 나아가는 그들 모습은 너무도 조그마하고 너무도 굼떴다.

저녁이 되자 다시 힘겹게 절벽을 오르는데, 스프롤이 황량한 벼랑에 새겨진 시커먼 흔적을 가리켰다. 옛 모닥불이 남겨놓은 그을음 같았다. 소년이 손차양을 했다. 가리비 모양의 계곡은 열기 탓에 옷감 두루마리처럼 주름져 보였다.

샘이 있을지도 몰라. 스프롤이 말했다.

너무 높아요.

더 가까이 물이 있다면 어디 찾아봐.

소년이 그를 응시했다. 두 사람은 다시 기어올랐다.

마른 골짜기에 박힌 모닥불 흔적을 향해 오르자니 굴러떨어지는 돌멩이와 화산암재와 날카로운 위험을 과시하는 식물을 감수해야 했다. 거뭇하거나 황갈빛 자그마한 관목이 태양 아래 죽어 갔다. 두 사람은 말라서 쩍쩍 갈라진 개울 흙바닥을 따라 비틀비틀 올라갔다. 휴식을 취하고 다시 올랐다.

벼랑 높이 선반처럼 툭 불거진 바위 사이에서 지하수가 맨들맨들한 시커먼 돌을 타고 뚝뚝 떨어지고, 위험스러운 좁다란 정원에 물꽈리와 나도여로가 대롱거렸다. 바닥에 닿는 물은 자그마한 방울에 지나지 않았다. 그들은 성소를 방문한 독실한 신자처럼 물방울이 떨어지는 돌에 번갈아 입술을 대었다.

그날 밤은 그곳 위쪽의 나지막한 동굴에서 보냈다. 부싯돌과 자갈이 담긴 이 성골함은 고대의 불이 남긴 숯과 반들거리는 뼈와 조개 목걸이로 흐트러져 있었다. 추위를 면하고자 소년과 담요를 같이 덮은 스프롤이 어둠 속으로 나직이 기침을 뱉었다. 두 사람은 시시때때로 일어나 내려가 물을 마셨다. 해가 얼굴을 내밀기 전 출발한 그들은 새벽에 다시 계곡 바닥에 내려왔다.

인디언이 짓밟은 흔적을 되짚어 가니 오후에 창에 꽂힌 채 죽어 널브러진 노새에 이어 시신이 줄줄이 나타났다. 바위 사이로 난 좁은 길을 걷는데 관목에 아기 시신이 달려 있었다.

그들은 나란히 멈추어 서서 열기 속에서 비틀거렸다. 턱에 구멍이 뚫린 일고여덟 명의 자그마한 희생자들은 메스키트의 부러진 나뭇가지에 목이 꽂힌 채 텅 빈 눈으로 벌거벗은 하늘을 응시했다. 창백하게 퉁퉁 부은 대머리 탓에 이름 모를 애벌레 같았다. 표류자들은 절뚝절뚝 걸어가며 뒤돌아보았다. 아무것도 움직이지 않았다. 날이 저물기 전 평원의 마을에 이르렀다. 폐허에서는 여전히 연기가 솟구치고, 살아 있는 것은 아무것도 없었다. 멀리서 보니 무너져 가는 벽돌 가마처럼 보였다. 그들은 물도 없이 오랜 시간 가만히 서서 침묵에 귀 기울인 후에야 마을로 들어갔다.

두 사람은 좁은 흙길을 따라 느릿느릿 걸어갔다. 염소와 양이 우리 안에 도살되어 있고, 진흙 바닥에 죽은 돼지가 나뒹굴었다. 흙집 문간이며 바닥에 벌거벗은 채 부풀어 오른 기괴한 시신이 온갖 자세로 쓰러져 있었다. 반쯤 먹다 만 음식 그릇이 있는가 하면, 고양이 한 마리가 불쑥 나와 햇볕을 쬐며 무심히 그들을 바라보았고, 여전히 무더운 대기에는 어디나 파리 떼가 들끓었다.

길은 나무가 자라고 벤치가 놓인 광장으로 이어졌는데, 독수리 떼가 시커먼 악취 나는 서식지에 와글와글 모여 있었다. 광장에는 죽은 말이 쓰러져 있고, 닭 몇 마리가 문간에 엎질러진 음식을 쪼고 있었다. 지붕이 무너지고 없는 집에서 까맣게 탄 기둥이 모락모락 연기를 피우고, 당나귀가 성당의 열린 문가에 서 있었다.

그들은 벤치에 앉았다. 스프롤이 부상당한 팔을 그러안고는 상체를 앞뒤로 흔들며 햇볕에 눈을 끔벅거렸다.

이제 어떻게 해요? 소년이 말했다.

물을 마셔야지.

그다음엔?

나도 몰라.

돌아갈 생각이에요?

텍사스로?

달리 갈 데도 없잖아요.

거기까지 무슨 수로 가겠니.

그럼 어떻할지 말해 봐요.

아무 생각 없어.

그가 다시 기침을 했다. 성한 손으로 가슴을 움켜쥐더니 숨을 가라앉히려는 듯 가만히 있었다.

감기라도 걸렸어요?

폐결핵이야.

폐결핵?

그는 고개를 끄덕였다. 건강에 좋을 것 같아 이리로 왔지.

소년은 그를 바라보았다. 그러다 절레절레 고개를 젓더니 일어나 광장 맞은편 교회를 향해 걸어갔다. 조각을 새긴 대들보 사이사이에 대머리독수리가 앉아 있기에 소년이 돌멩이를 던졌지만, 새들은 꿈쩍도 하지 않았다.

광장에 그림자가 길게 드리워지고, 바싹 마른 흙길에서 조그마한 모래 회오리가 일었다. 죽은 고기를 먹고 사는 새들이 시커먼 주교처럼 훈계하듯 날개를 활짝 펼쳐 건물 꼭대기 모서리에 앉아 있었다. 소년은 벤치로 돌아가 한 발로 서서 다른 쪽 무릎을 접었다. 스프롤은 여전히 팔을 움킨 채 그대로 앉아 있었다.

망할 자식, 동정 따윈 집어치워. 그가 말했다.

소년은 땅바닥에 침을 뱉고 거리로 고개를 돌렸다. 오늘 밤은 여기서 보내는 게 낫겠어요.

괜찮을까?

뭐가요?

인디언이 돌아오면 어떻할 거야?

뭐 남은 게 있다고 돌아올까.

그래도 혹시 모르잖아.

돌아오지 않을 거예요.

그가 팔을 그러쥐었다.

뭐 하느라 칼 한 자루 못 챙겨 왔어요? 소년이 말했다.

그러는 너는 어떻고.

칼만 있으면 고기는 널렸는데.

배 안 고파.

집을 뒤지면 뭔가 나올 거예요.

뒤져 봐.

잠잘 곳도 찾아야 하고요.

스프롤이 소년을 빤히 바라보았다. 꿈쩍도 하기 싫어.

그럼, 맘대로 하쇼.

스프롤이 콜록콜록 기침을 하더니 침을 뱉었다. 그럴 거야.

소년은 몸을 돌려 길을 따라 내려갔다.

현관이 낮아 머리를 부딪지 않으려면 상체를 숙이고 들어가야 했다. 흙방은 시원했다. 침대로 보이는 상자를 빼고는 가구라고는 없었다. 어쩌면 곡물 상자인지도.

소년은 집집마다 뒤지며 돌아다녔다. 어느 집에서는 자그마한 베틀이 거멓게 타 연기를 모락모락 피워 댔다. 다른 집에서는 불에 탄 살갗이 팽팽히 당겨진 채 눈알이 눈구멍에서 익어 있었다. 진흙 벽에 움푹 파인 벽감에는 인형 옷을 걸치고, 조잡한 나무 얼굴을 화려하게 칠한 성상이 놓여 있었다. 오래된 잡지에서 오려 내 벽에 풀칠해 놓은 그림들. 여왕의 자그마한 초상화. 타로 카드 컵4. 말린 후추를 매단 끈과 조롱박 몇 개. 잡초가 꽂힌 유리병. 흙마당에는 오코티요[13]로 울타리가 둘러쳐 있고, 흙을 쌓아 만든 둥근 화덕 안에는 시커먼 뭉치가 햇볕에 파르르 떨었다.

콩이 든 단지 하나와 말라빠진 토르티야[14] 몇 장을 찾아낸 소년은 지붕에 불꽃이 여전히 남아 있는 길 끝집 잿더미에서 음식을 데워 쪼그리고 앉아 먹었다. 그 모습이 영락없이 도시를 버리고 떠났다가 되돌아와 폐허를 치우는 난민 같았다.

광장에 돌아와 보니 스프롤은 사라지고 없었다. 이제 모든 것이 그림자에 감싸여 있었다. 소년은 광장을 가로질러 교회의 돌계단을 올라 안으로 들어갔다. 스프롤이 교회 현관홀에 서 있었다. 기다란 빛기둥이 서쪽 벽 높이 박힌 창문에서 쏟아졌다. 교회에 신도석은 하나도 없고, 머리 가죽이 벗겨지고 벌거벗은 데다 그중 몇은 신체 일부가 뜯어 먹힌 시체 40여 구가 돌바닥에 더미를 이루고 있어, 마치 하느님의 집에서 이교도를 향해 스스로의 몸으로 바리케이드를 친 듯했다. 야만인들은 지붕에 구멍을 뚫어 위에서 활을 퍼부었다. 돌바닥은 시신에서 옷을 벗기다 떨어져 나온 화살로 어지러웠다. 제단은 쓰러졌고, 성합은 약탈당했으며, 멕시코의 위대한 잠자는 신은 황금 컵에서 쫓겨났다. 지진이라도 난 듯 조잡한 성화가 벽에 비뚜름히 걸려 있고, 유리관 속의 죽은 그리스도는 갈가

---

13) 텍사스 서부 및 캘리포니아 남부, 멕시코에 이르는 돌투성이 사막에서 자라는 독특한 식물.
14) 멕시코 지방의 둥글고 얇게 구운 옥수수빵.

리 찢겨 설교대에 뻗어 있었다.

피살자들은 공동으로 만든 드넓은 피웅덩이 속에 자리했다. 일종의 푸딩이라도 생겨난 양 사방에 늑대나 개의 발자국이 교차하고, 웅덩이 가장자리는 이미 말라 부르고뉴 도자기처럼 쩍쩍 금이 가 있었다. 바닥에 검은 혀를 드리워 판석을 덧칠하고, 신실한 신자와 신부의 발로 움푹 팬 현관홀로 흘러든 핏줄기는 요리조리 길을 찾아 현관 계단을 굴러내려 청소부들의 적갈빛 흔적 사이로 뚝뚝 떨어졌다.

스프롤이 고개를 돌려 무슨 생각을 하는지 다 안다는 듯 바라보자 소년은 절레절레 머리를 저었다. 머리털 하나 없이 벗겨진 두개골과 쪼그라든 눈알 위를 파리가 기어 다녔다.

가요. 소년이 말했다.

그들은 마지막 남은 햇살을 받으며 광장을 가로질러 좁은 길을 내려갔다. 문간에 널브러진 아이 위에 독수리 두 마리가 앉아 있었다. 스프롤이 성한 손을 쉬이쉬이 내저어 내쫓자, 독수리는 꼴사납게 날개를 퍼덕이며 깩깩거렸지만 달아나지는 않았다.

동녘 하늘에 빛이 들자마자 길을 나서는 그들 모습에 늑대들이 뮤가에서 슬금슬금 달아나 거리의 안개 속으로 스며들었다. 그들은 야만인이 올라온 길을 되짚어 남서쪽 길을 내려갔다. 자그마한 모래투성이 개울, 미루나무, 세 마리의 새하얀 염소. 그들은 빨랫감 위로 죽어 있는 여인들을 지나 여울을 건넜다.

폐허에서 연기가 피어오르는 저주받은 땅을 지나고, 노새나 말의 부풀어 오른 시체를 시시때때로 스치며 하루 종일 힘겹게 걸어갔다. 저녁 무렵 가지고 있던 물이 모두 바닥났다. 그들은 모래에서 잠을 자다 시커먼 새벽의 냉기에 깨어났다. 다시 길을 재촉해 재의 땅에 이르러서는 기절할 것만 같았다. 오후에 이륜마차와 마주쳤다. 뒤집혀진 마차의 바퀴는 미루나무의 둥근 줄기를 깎아 만든 것이었고, 차축은 통예(通枘)로 고정되어 있었다. 그들은 그늘을 찾아 마차 안으로 기어들어 잠이 들었다가 해가 진 후 다시 길을 나섰다.

하루 종일 하늘에 박혀 있던 달이 사라지고 없어 별빛에 의지해 사막길을 나아갔다. 플레이아데스 성단이 바로 머리 위에서 아주 자그마하게 빛나고, 북두칠성이 북쪽 산 위를 휘돌았다.

팔에서 냄새가 진동해. 스프롤이 말했다.

뭐라고요?

팔에서 냄새가 진동한다고.

내가 좀 볼까요?

뭐 하러? 고칠 수도 없으면서.

그럼, 맘대로 하쇼.

그럴 거야.

그들은 나아갔다. 어둠이 서린 관목 틈새에서 울리는 방울뱀 소리에 두어 번 기겁해 가며. 새벽녘 작은 탑이 현무암 예언자인 양 우뚝 선 시커먼 벼랑 아래 이판암과 현무암 비탈을 올라, 여행자가 객사한 자리에 쌓아 작은 나무 십자가를 꽂은 돌무더기가 군데군데 늘어선 길로 들어섰다. 언덕 사이로 굽이치는 산길을 힘겹게 나아가며 태양볕에 거뭇해져 가는 두 표류자의, 불이 난 듯 활활거리는 눈초리에 현란한 잔상이 따라붙었다. 불볕에 전율하며 삭아 가는 돌덩이에 돋은 오코티요와 선인장, 바위, 존재하지 않는 물, 모랫길. 그들은 물의 암시가 될 초록빛이 없나 계속 찾았지만 가뭇없었다. 그들은 자루에 담아 온 피놀레[15]를 손가락으로 퍼 먹고는 다시 길을 나섰다. 정오의 열기를 통과한 끝에, 식어 가는 바위에 가죽턱을 납작 붙이고 누운 도마뱀이 갈라진 석판 같은 눈과 가느다란 미소로 세계를 수호하는 어스름에 이르렀다.

해 질 녘 산꼭대기에 오르니 몇 킬로미터 너머가 훤히 보였다. 드넓은 호수의 거울처럼 잔잔한 표면 저쪽 가장자리에 푸른 산맥이 담겨 있고, 솟아오르는 매와 나무가 열기에 아른거리고, 그늘진 푸른 언덕을 배경으로 새하얀 도시가 아스라이 반짝였다. 그들은 가만히 앉아 바라보았다. 태양이 서쪽 울퉁불퉁한 테두리 아래로 가라앉으며 불꽃을 너울대고, 호수의 거죽이 어둠에 잠기고, 도시가 그 위로 녹아들었다. 두 사람이 바위 사이에 시체처럼 뻗어 잠들었다가 아침에 깨어났을 때 눈앞에는 도시도 나무도 호수도 사라지고 없고 오직 흙투성이 메마른 평원만이 펼쳐져 있었다.

스프롤이 신음하며 바위 사이에 주저앉았다. 소년이 그를 보았다. 아랫입술 가장자리에 물집이 돋아 있고, 누더기 셔츠

---

15) 볶은 옥수수나 밀가루에 설탕과 향미료를 섞어 우유에 타서 마시는 음식으로, 미국 서남부, 멕시코 등에서 주로 먹는다.

를 걸친 팔은 퉁퉁 부풀었고, 검은 혈흔 틈새에서 뭔가 불결한 것이 삐져나왔다. 소년은 고개를 돌려 계곡을 바라보았다.

저기 누가 와요. 소년이 말했다.

스프롤은 대꾸하지 않았다. 소년이 돌아보았다. 뻥 아녜요.

인디언이야? 스프롤이 말했다.

모르겠어요. 너무 멀어요.

어쩔 생각이야?

몰라요.

호수는 어떻게 된 걸까?

난들 알아요.

우리 둘 다 똑똑히 봤잖아.

자기가 보고 싶은 대로 보이게 마련이죠.

근데 왜 지금은 안 보여? 죽을 만큼 보고 싶은데.

소년은 평원을 내려다보았다.

인디언이면 어쩌지? 스프롤이 말했다.

그런 것 같은데요.

숨을 곳이 없을까?

소년은 마른침을 뱉고서 손등으로 입가를 훔쳤다. 도마뱀이 바위 아래에서 나오더니 자그마한 꺾인 다리에 의지해 몸을 웅크려 푸슬푸슬한 침방울을 빨아먹고 바위 아래로 되들어갔다. 모래 위 희미한 흔적은 이내 사라졌다.

그들은 종일 기다렸다. 소년이 물을 찾아 계곡을 샅샅이 수색했지만 허탕이었다. 황량한 연옥에서는 육식성 조류를 제하고는 아무것도 움직이지 않았다. 이른 오후 굽이굽이 산길 위로 산의 얼굴을 짓누르며 말을 탄 이들이 나타났다. 멕시코인이었다.

스프롤은 다리를 쭉 뻗은 채 앉아 있었다. 부츠가 너무 낡아서 금방이라도 바스러질 것 같아. 그가 고개를 들었다. 어서 가. 너라도 살아야지. 그가 획획 손을 저었다.

그들은 바위턱 아래 좁은 그늘 속에 뻗어 있었다. 소년은 대꾸하지 않았다. 한 시간도 안 되어 바위 사이로 메마른 말발굽 소리와 챙강대는 마구 소리가 번져 왔다. 바위 모퉁이를 돌아 다가오는 것은 바로 대위의 커다란 구렁말이었다. 말등에는 대위의 안장이 실려 있지만, 대위는 없었다. 표류자들은 길가에 섰다. 말 위에는, 금방 태양에서 빠져나온 듯이 그을리고 초췌한 얼굴이 아무 무게도 나가지 않는 양 앉아 있었다. 모두 일고여덟 명이었다. 챙이 넓은 모자와 가죽조끼 차림에 머스킷 총이 안장머리에 가로질러 놓여 있었다. 대위의 말을 탄 자가 두 사람을 지나치며 진지하게 고개를 끄덕이고 모자챙에 손을 대더니 멈추지 않고 나아갔다.

스프롤과 소년은 그 뒷모습을 바라보았다. 소년이 고함치고, 스프롤이 허정허정 뒤를 쫓았다.

말 탄 이들은 술에 취한 듯 휘청이고 머리가 자꾸 고꾸라졌다. 웃음소리가 바위 사이로 메아리쳤다. 그들은 말 머리를 돌려 멈추고는 헤벌쭉 웃으며 표류자들을 쳐다보았다.

케 키에레?(왜 그래?) 대장이 외쳤다.

말 탄 이들이 낄낄 웃으며 서로서로 손바닥을 쳐 댔다. 그러고는 말에 박차를 가해 이유 없이 돌아다녔다. 대장이 말 없는 두 사람에게로 다가왔다.

부스칸 아 로스 인디오스?(인디언들을 찾고 있나?)

몇몇이 말에서 내려 서로를 껴안더니 낯부끄러운 줄 모르고 훌쩍였다. 대장이 그들을 쳐다보고 씩 웃자 수렵에 걸맞은 다부진 흰 이가 드러났다.

미친놈들이야. 맛이 갔어. 스프롤이 말했다.

소년은 대장을 올려다보았다. 물 좀 마실 수 있을까요?

대장의 얼굴에서 웃음기가 가시며 뚱한 표정이 되었다. 물?

물이 한 방울도 없어요. 스프롤이 말했다.

어이 친구, 어쩌다가? 이렇게 메마른 데서.

그는 몸을 돌리지도 않고 손을 뒤로 뻗었다. 가죽 수통이 말 탄 이들의 손을 거쳐 그에게로 전달되었다. 그가 수통을 흔들어 보더니 아래로 내밀었다. 소년은 마개를 당겨 열고는 물을 마신 다음 헐떡이며 서 있다가 다시 마셨다. 대장이 팔을 뻗어 그 수통을 톡톡 두드렸다. 바스타.(그만해.)

소년은 꿀꺽꿀꺽 계속 들이켰다. 그러느라 대장의 얼굴이 어두워지는 것을 미처 보지 못했다. 대장이 등자에서 한 발을 빼내어 수통을 걷어찼다. 소년은 솟구치며 회전하는 수통을 향해 부르짖듯 얼어붙었고, 햇살에 반짝반짝 물줄기를 뿜어내던 수통은 바위에 덜거덕거리며 떨어졌다. 스프롤이 부랴부랴 바위로 달려가, 물이 콸콸 쏟아지고 있는 수통을 잡아채 벌컥벌컥 마시면서 경계를 늦추지 않았다. 대장과 소년은 서로를 응시했다. 스프롤은 주저앉아 헐떡이며 기침을 해 댔다.

소년은 몇 걸음 옮겨 그에게서 수통을 받아 들었다. 대장은 말의 앞발을 무릎 꿇리고 다리 뒤쪽 칼집에서 칼을 뽑더니 칼날에 수통의 끈을 걸어 들어 올렸다. 칼끝이 소년의 얼굴에서 10센티미터도 채 떨어져 있지 않았고, 칼의 넓적한 면에 수통의 끈이 걸려 대롱거렸다. 소년은 꿈쩍도 하지 않았다. 대장이 칼을 살며시 쳐들자 수통이 미끄러져 그의 옆구리에 착지했다. 그가 부하들을 향해 몸을 틀어 미소를 짓자 또다시 원숭이 웃음소리가 터지며 서로 손바닥을 쳐 댔다.

대장은 가죽 끈으로 수통에 이어진 마개를 주둥이에 끼우고 손바닥으로 눌렀다. 그리고 뒤쪽의 부하에게 수통을 던지고는 다시 표류자들을 바라보았다. 왜 안 숨었나?

당신한테서요?

나한테서.

목이 말랐어요.

엄청 말랐군. 안 그래?

그들은 대답하지 않았다. 대장이 칼로 안장머리를 가볍게 두드리는 품으로 보아 무슨 말을 할지 궁리하는 듯했다. 이윽고 그가 살짝 상체를 숙였다. 새끼 양은 산에서 길을 잃고 울지. 때로는 어미가 오기도 하고 때로는 늑대가 오기도 하지. 그가 씩 미소 짓더니 칼을 들어 칼집에 되넣고는 민첩하게 말머리를 돌려 뒤쪽의 말들 사이로 나아갔다. 부하들도 말에 올라 뒤를 따랐고, 이내 모두 사라졌다.

스프롤은 꼼짝 않고 가만히 앉아 있었다. 소년이 돌아보자 그가 고개를 돌렸다. 고향 땅에서 머나먼 적국에서 부상을 입고, 낯선 돌에도 이제는 어지간히 낯이 익었지만 그 너머의 거대한 공허에 그만 영혼이 빨려드는 듯했다.

맨손으로 바위를 타고 산을 내려가는 두 사람의 그림자가 깨어진 땅 위에서 뒤틀려, 마치 자기 모습을 찾으려는 생물체 같았다. 그들은 어스름 녘에 계곡 바닥에 이르렀고 푸르고 시원한 땅을 가로질렀다. 서쪽 끝에 비쭉배쭉한 석판 같은 산이 돋아 있었다. 난데없이 불어오는 바람에 말라비틀어진 잡초들이 몸을 배배 꼬고 엎어졌다.

그들은 어둠이 내리고서도 계속 걷다 모래에서 개처럼 잠들었는데, 시커먼 존재가 밤의 대지에서 펄럭펄럭 날아와 스프롤의 가슴에 앉았다. 섬세한 손가락뼈가 붙은 가죽 날개를 지닌 그것은 가슴팍을 침착하게 노닐었다. 작지만 심술궂어 보이는 주름진 얼굴의 들창코 아래 맨 입술은 선뜩한 미소로 일그러졌고, 이빨은 별빛에 파리한 푸른빛으로 빛났다. 그것이 그에게로 몸을 숙였다. 그의 목에 작은 구멍 두 개를 교묘히 뚫고는 날개를 접고 피를 빨았다.

썩 교묘하지는 않았나 보다. 그는 잠에서 깨어 손을 더듬었다. 기겁하여 비명을 지르는 소리에 흡혈박쥐가 날개를 휘두르며 가슴으로 훌쩍 물러서더니 몸을 곧추세우고서 씻씻대며 이빨을 딱딱거렸다.

소년이 일어나 돌멩이를 집어 들었지만 박쥐는 벌써 날아올라 어둠 속으로 사라진 뒤였다. 스프롤이 목을 움키고서 히스테릭하게 중얼중얼했다. 그러다 소년이 서서 자신을 내려다보고 있음을 깨닫자 고발하듯 피투성이 손을 내밀더니 두 귀를 가리고 비명을 질러 댔다. 세계의 맥박이 빈 곳을 메우는 듯한 울부짖음은 정작 본인 귀에는 들리지 않는 모양이었다. 소년은 그와 자신 사이에 고인 어둠에 침을 뱉을 뿐이었다. 형씨 같은 부류를 잘 알지. 어디가 잘못돼도 단단히 잘못된 종자지.

아침에 그들은 버석버석 마른 여울을 가로질렀다. 소년은 못이나 웅덩이가 없나 싶어 상류로 올라가 보았지만 허탕이었다. 결국 움푹 파인 곳을 골라 뼈로 파 보았다. 50센티미터쯤 파 내려가니 축축한 모래가 나왔고, 좀 더 파자 꾸물꾸물 물이 스며 손가락이 새겨 놓은 고랑을 채웠다. 소년은 셔츠를 벗어 모랫바닥에 깔고는 옷이 점점 까맣게 변하며 물이 주뼛주뼛 차오르는 것을 보았다. 한 컵 정도 되겠다 싶자 소년은 구덩이에 고개를 박고 물을 마셨다. 그리고 일어나 다시 물이 차오르기를 기다렸다. 그렇게 반복하며 한 시간 남짓 보냈다. 소년은 셔츠를 걸치고 여울로 되돌아갔다.

스프롤은 셔츠를 벗기 싫었다. 그래서 그냥 물을 빨아먹으려고 했지만 한 입 가득 모래만 들어찰 뿐이었다.

네 셔츠 좀 쓰면 어디가 닳는다니. 그가 말했다.

소년은 여울의 마른 자갈밭에 쪼그리고 앉아 있었다. 형씨 셔츠는 뒀다 뭐하게.

그는 셔츠를 벗었다. 옷이 피부에 쩍쩍 들러붙고, 노란 고름이 줄줄 흘러내렸다. 허벅지만 하게 통통 부은 팔은 현란한 색채를 덧입고 있었다. 벌어진 상처에서 꼬물꼬물 벌레들이 꼼지락댔다. 그는 셔츠를 구덩이에 깔고서 고개를 숙여 물을 마셨다.

오후에 교차로처럼 보이는 곳에 이르렀다. 희미한 마차 자국이 북쪽에서 달려와 그들이 가던 길을 가로질러 남쪽으로 뻗어 갔다. 그들은 길잡이가 될 만한 것이 없나 싶어 텅 빈 광야를 훑었다. 스프롤이 마차 자국 위에 주저앉아, 두개골에 뻥 뚫린 거대한 동굴에 박힌 눈알로 바라보았다. 그는 일어날 수 없다고 했다.

저쪽에 호수가 있어요. 소년이 말했다.

그는 돌아보지 않았다.

호수는 멀리서 반짝였다. 가장자리에 소금 테를 두르고서. 소년은 호수를 유심히 살피고, 길을 유심히 살폈다. 잠시 후 남쪽을 향해 고개를 끄덕였다. 이쪽 길로 다닌 흔적이 더 많아요.

그래. 너나 가. 스프롤이 말했다.

맘대로 하쇼.

스프롤은 소년이 떠나가는 모습을 가만히 바라보았다. 이윽고 일어나 뒤를 따랐다.

그들은 3킬로미터를 더 걸은 다음에야 발을 멈추고 휴식을 취했다. 스프롤은 다리를 쭉 뻗고 앉아 손으로 무릎을 짚었고, 소년은 약간 떨어져 쪼그리고 앉았다. 덥수룩한 턱수염에 지저분한 누더기 차림으로 눈을 끔벅였다.

이거 천둥소리 아냐? 스프롤이 말했다.

소년이 고개를 들었다.

잘 들어 봐.

소년은 허연 구멍처럼 백열하는 태양 말고는 텅 빈 희푸른 하늘을 올려다보았다.

땅이 진동하는 게 느껴져. 스프롤이 말했다.

암것도 아녜요.

잘 들어 봐.

소년이 일어나 주위를 살폈다. 북쪽에서 자그마한 먼지구름이 일고 있었다. 소년은 유심히 바라보다. 먼지구름은 바람에 날리지도 치솟지도 않았다.

평원을 꼴사납게 쿵쿵대며 달려오는 것은 마차였다. 자그마한 노새가 마차를 끌고 있었다. 마부는 잠이 들었다 깬 모양이었다. 그는 표류자들을 발견하고 노새를 멈추더니 고개를 틀어 뒤를 보았다. 하지만 그가 다시 앞을 보기도 전에 소년은 생가죽 굴레를 단단히 움켜 노새가 움직이지 못하게 했다. 스프롤이 절뚝절뚝 다가왔다. 마차 뒤에서 아이 둘이 빠끔 고개를 내밀었다. 머리부터 발끝까지 먼지를 허옇게 뒤집어쓴 데다 얼굴이 어찌나 깡말랐는지 작은 도깨비가 웅크리고 있는 듯했다. 소년의 등장에 마부는 움찔하여 뒤로 물러났고, 옆에 앉은 여인은 새된 비명을 지르며 이쪽저쪽 지평선을 두리번댔다. 소년이 마차 짐칸에 올라타고, 스프롤이 다리를 절며 뒤를 따랐다. 두 사람이 드러누워 열기에 들끓는 캔버스 방수천을 쳐다보자, 두 아이는 한쪽 구석으로 물러나 생쥐처럼 까만 눈으로 바라보았다. 마차가 다시 남쪽으로 덜커덩덜커덩 달려갔다.

마차 기둥에 물이 담긴 흙단지가 끈으로 매달려 있었다. 소년은 단지를 내려 물을 마시고는 스프롤에게 건넸다. 그리고 되받아서는 나머지 물을 몽땅 들이켰다. 두 사람은 낡은 가죽과 소금 사이에 누워 있다 얼마 후 잠이 들었다.

도시에 들어섰을 때는 어스름이 깔린 뒤였다. 마차가 덜커덩대는 소리가 들리지 않자 그들은 잠에서 깼다. 소년이 상체를 일으켜 주위를 살폈다. 별빛이 내려앉은 흙길이었다. 마차는 비어 있었다. 노새가 씨근대며 발을 굴렀다. 잠시 후 어둠을 뚫고 마부가 나오더니 마차를 몰아 골목길을 지나 어느 마당으로 이끌었다. 그는 마차가 벽에 나란히 놓이도록 노새를 뒷걸음질시킨 뒤에 재갈을 풀었다.

소년은 기울어진 마차 짐칸에 드러누웠다. 어둠을 타고 스며든 추위에 곰팡내와 지린내를 풍기는 낡은 가죽을 덮고 몸을 웅크렸다. 소년은 밤새 자다 깨다를 반복했다. 걸핏하면 개가 짖었고, 새벽에는 수탉이 울어 댔다. 길에서는 말발굽 소리가 울렸다.

첫 잿빛 햇살이 날아들었다. 얼굴을 어르는 빛줄기에 소년은 깨어나 눈을 가렸다. 잠시 후 소년은 일어나 앉았다.

흙담이 둘러쳐진 황량한 마당에 흙과 짚으로 지은 집이 서 있었다. 닭이 먹이를 쪼며 꼬꼬꼬 돌아다녔다. 꼬마애가 집에서 나오더니 바지를 내려 마당에 똥을 누고 일어나 도로 들어갔다. 소년은 스프롤을 바라보았다. 그는 얼굴을 마차 판자에 댄 채 누워 있었다. 몸의 일부나마 담요에 덮여 있고, 파리가 그 위를 기어 다녔다. 소년이 손을 뻗어 그를 흔들었다. 온몸이 차갑게 굳어 있었다. 파리가 날아오르더니 이내 내려앉았다.

소년이 마차 옆에 서서 오줌을 누는데 군인들이 들이닥쳤다. 그들은 소년을 체포해 양손을 뒤로 포박하더니, 마차 안을 들여다보며 어쩔까 논의하다 소년만 데리고 거리로 나섰다.

소년은 어느 어도비 건물 빈 방으로 끌려갔다. 두 눈이 분노로 이글거리는 남자아이가 낡은 머스킷 총을 들고서, 바닥에 앉은 소년을 지켰다. 잠시 후 군인들이 되돌아와 소년을 끌고 갔다.

좁은 흙길을 걷는데 팡파르 같은 음악 소리가 점점 요란해졌다. 처음에는 어린애들이 소년을 따라 걷더니 이어서 어른이 동참하고, 급기야 갈색 피부의 마을 주민이 와시글대며 쫓아다녔다. 무슨 협회 참석자인 양 모두 하얀색 면 옷차림이었는데, 검은 스카프를 두른 여자들 중 몇몇은 가슴을 훤히 드러낸 채 적토(赤土)로 붉게 칠한 얼굴에 자그마한 시가를 물고 있었다. 군중이 점점 불어나며 밀치락달치락하자 머스킷 총을 어깨에 걸머멘 군인들이 인상을 찌푸리며 고함을 쳤다. 그들은 높다란 어도비 성당 벽을 따라 나아가다 광장으로 들어섰다.

한창 장이 서는 중이었다. 떠돌이 약장수, 유치한 서커스단, 살무사, 남쪽 지역의 커다란 연둣빛 뱀, 시커먼 입이 독액으로 축축하게 젖은 구슬도마뱀 따위를 가둔 튼튼한 버드나무 우리를 피해 이리저리 나아갔다. 갈대처럼 깡마른 늙은 문둥이가 단지에서 촌충을 두 손 가득 퍼내 약을 사라며 고래고래 소리를 질렀다. 이처럼 무례한 약장수와 행상인과 거지들에 시달리며 나아간 끝에 마침내 투명한 메스칼 주[16]가 담긴 유

---

16) 메스칼 선인장으로 빚은 화주.

리 단지 앞에 이르렀다. 단지 안에는 머리카락이 둥둥 떠다니고, 창백한 얼굴에 박힌 눈알이 위로 홉뜨고 있었다.

사람들이 마구 고함치고 손짓하며 소년을 앞으로 끌고 갔다. 미레, 미레.(봐, 봐.) 사람들이 외쳐 댔다. 소년은 단지 앞에 섰다. 그들이 자세히 보라고 부추기며 단지를 기울여 창백한 얼굴이 앞을 향하게 했다. 화이트 대위였다. 얼마 전까지만 해도 이교도와 맞싸웠던 옛 상사의, 물에 잠겨 멀어 버린 눈을 소년은 응시했다. 그러다 마을 사람들과 군인들을 돌아보았다. 모든 시선이 소년에게 꽂혀 있었다. 소년은 침을 탁 뱉고 입가를 훔쳤다. 나는 모르는 자요. 소년은 선언했다.

그들은 소년을 낡은 돌 우리에 가두었다. 우리에는 원정대에서 함께했던 다른 군인 셋이 누더기 차림으로 갇혀 있었다. 포로들은 벽에 뻣뻣하게 기대어 앉아 눈만 끔벅이거나 노새나 말이 남긴 마른 흔적을 거닐고 구역질을 하고 똥을 쌌다. 그러는 내내 우리 위에서 꼬맹이들이 야유를 해 댔다.

조지아 출신의 말라깽이 남자애가 소년에게 말을 걸었다. 나는 형편없는 개새끼야. 죽을까 봐 두렵고, 또 죽지 않을까 봐 두려워.

이 근방에서 대위의 말을 탄 사람을 봤어. 소년이 말했다.

그래, 그들이 대위와 클라크와 이름은 모르겠지만 아무튼 또 다른 한 명을 죽였어. 우리가 마을에 온 바로 그다음 날 여기 가두더군. 나는 배알도 없이 간수들과 웃고 술 마시고 카드를 하며 누가 대위의 말을 차지하고, 누가 대위의 권총을 차지하는지 다 보았어. 대위의 머리는 보았겠지.

그래, 봤어.

내 생전 그렇게 끔찍한 광경은 처음이야.

그 개자식 머리는 진작 술로 담가야 했어. 내 머리도 마찬가지지. 그런 머저리를 따라 여기까지 오다니.

그들은 시간이 흐름에 따라 벽에서 벽으로 옮겨 볕을 피했다. 조지아 출신은 시장의 석판 위에 죽어 널브러져 있는 동료들에 대해 말해 주었다. 머리 없는 대위의 시체는 구덩이에 던져져 돼지들이 반쯤 먹어 치웠다고 했다. 그가 벌떡 일어나 달려가더니 구덩이를 파고 토했다. 우리를 치와와로 보낸대. 그가 말했다.

그걸 어떻게 알아?

그렇게 말했다던데. 나야 모르지.

누가 그래?

저기 뱃사람이. 이 동네 말을 좀 하나 봐.

소년은 문제의 그 사람을 바라보았다. 그는 설레설레 고개를 젓더니 마른침을 뱉었다.

종일 꼬마애들이 우리 위에 번갈아 가며 앉아 그들을 지켜보며 손가락질하고 떠들어 댔다. 또한 담을 따라 빙 둘러와, 그늘에서 잠자는 이들에게 오줌을 갈겨 대 죄수들은 경계를 늦추지 않았다. 처음 몇몇이 돌을 던지자 소년은 흙바닥에서 계란만 한 돌멩이를 찾아 한 꼬마애를 명중시켰다. 꼬마애는 바깥쪽으로 둔탁한 쿵 소리와 함께 떨어졌다.

이제 너는 끝장이야. 조지아 출신이 말했다.

소년이 그를 바라보았다.

보나마나 채찍을 가지고 우르르 몰려올걸.

소년은 침을 뱉었다. 오긴 뭘 와. 채찍은커녕 찍소리도 못할걸.

그들은 오지 않았다. 대신 한 여인이 콩이 든 사발 여러 개와 까맣게 탄 토르티야가 놓인 말린 흙접시 하나를 들고 왔다. 초췌한 몰골의 여인은 그들을 향해 빙긋 웃으며 숄 아래에서 사탕을 몰래 꺼내 건네주었다. 콩 사발 바닥에는 자신의 접시에서 가져왔을 고기가 몇 점 깔려 있었다.

사흘 후 그들은 습진이 걸린 자그마한 노새 위에 앉아, 익히 들은 대로 주도로 끌려갔다.

닷새를 사막과 산과 부락을 가로지르며 나아갔다. 흙먼지로 뒤덮인 부락을 지날 때면 전 주민이 밖으로 나와 구경을 했다. 호송대는 허름한 옷을 제각각 걸치고 있고, 죄수는 누더기 꼴이었다. 사막에서 밤을 보낼 때면 죄수는 햇볕에 탄 앙상한 몸에 호송대가 준 담요를 두르고서 하느님의 가엾이 공손한 부채 노동자 같은 모양새로 불가에 웅숭그렸다. 호송대는 영어라고는 한 마디도 뱉지 않고 손짓과 으르렁대는 소리로 죄수를 이끌었다. 변변찮은 무기 탓에 인디언 걱정으로 전전긍긍했다. 조용히 불가에 앉아 옥수수 껍질에 담배를 말며 밤의 소리에 귀를 곤두세웠다. 설령 말을 한다 해도 마녀처럼 끔찍한 것들에 대해서만 속닥였고, 어둠 속에서 번져 오는 소리 중 짐승의 것이 아닌 것을 헤아리느라 분주했다. 레 헨테 디세

케 엘 코요테 에스 운 브루호. 무차스 베세스 엘 브루호 에스 운 코요테.(코요테가 마법사라며. 마법사 중 알고 보면 코요테가 한 둘이 아니래.)

이 로스 인디오스 탐비엔. 무차스 베세스 야만 코모 로스 코요테스.(인디언도 마찬가지야. 어떨 때는 꼭 코요테처럼 운다니깐.)

이 케 에스 에소?(이게 무슨 소리야?)

나다.(아무것도 아냐.)

운 테콜로테. 나다 마스.(올빼미야. 걱정 마.)

키사스.(그렇겠지.)

협곡을 올라 저 아래 펼쳐진 도시가 보이자 호송대 병장이 말을 정지시키고는 바로 뒤쪽의 부하에게 뭐라고 지시했다. 부하는 말에서 내려 안장주머니에서 생가죽 끈을 꺼내 죄수들에게 다가오더니 양손을 교차시키라며 자기 손을 교차시켜 보였다. 죄수의 손을 차례로 다 묶자 대열은 다시 전진했다.

호송대가 뒤에서 내지르는 고함에 죄수들은 소 떼처럼 몰려 쓰레기 세례가 쏟아지는 도시의 자갈길로 들어섰다. 군인들은 꽃과 술잔을 내미는 사람들 틈바구니에서 고개를 끄덕이며 싱글벙글 웃어 댔다. 한몫 챙길 심산으로 국경을 넘었다가 누더기 꼴이 된 자들은 물방울을 힘차게 뿜어 올리는 광장 분수와, 조각을 새긴 하얀 반암(斑岩) 의자에 늘어진 게으름뱅이와, 주지사 관사와, 먼지 덮인 지붕에 독수리들이 주르르 앉아 있고 정면 벽감에 예수 그리스도와 12사도가 견고히 새겨진 성당과, 검은 예복 차림으로 기묘한 자애심을 품고 있는 새들과, 도살당하여 밧줄에 매달린 채 바람에 부대끼는 인디언의 버썩 마른 두개골과, 바다 생물의 촉수처럼 꿈틀거리는 길고도 음울한 머리카락과, 돌담을 철썩거리는 마른 가죽을 지나 나아갔다.

성당 문간에서 혐오스러운 손바닥을 내밀고 자비를 구하는 노인들과, 서리서리 슬픔이 맺힌 눈매의 넝마 차림 불구자 거지들과, 그늘에서 잠든 꿈 없는 얼굴 위로 파리들이 노니는 아이들을 지나 나아갔다. 구걸함의 시커먼 동전, 맹인의 일그러진 눈. 깃펜과 잉크병과 모래 상자를 구비하고 계단에 걸터앉은 서기들, 신음을 토해 내며 걸어가는 문둥이들, 뼈밖에 안 남은 듯한 벌거벗은 개들, 타말레[17] 장수들, 익명의 시커먼 고기 조각을 지글지글 달치는 숯불을 에워싸고 마른 도랑에 앉아 세월에 거멓게 찌든 늙은 아낙네들. 대도시의 협소한 장바닥에서 활개 치며 침을 줄줄 흘리는 주정뱅이, 바보, 격분한 난쟁이만큼이나 곳곳에 박혀 있는 고아들. 대학살로 얼룩진 도마와, 파리로 시커멓게 덮인 내장 진열대가 내뿜는 납빛 냄새와, 살가죽을 잃고 붉게 물들었다가 시간이 지나며 거뭇해져 가는 살코기와, 탁한 푸른 눈을 섬뜩하게 번뜩이는 소와 양의 헐벗은 두개골과, 주변 시골에서 끌려와 갈고리에 걸려 머리를 아래로 늘어뜨린 사슴과 돼지와 오리와 메추라기와 앵무새의 뻣뻣한 몸을 죄수들은 지나갔다.

노새에서 내려 군중을 헤치며 돌계단을 내려가 비누처럼

_____

17) 옥수수 가루와 다진 고기, 고추로 만든 멕시코 음식.

닳은 문턱을 넘어 강철 쪽문을 통과해 길쭉하게 뻗은 선선한 석조 지하실로 끌려가 옛 순교자와 애국자의 유령 사이에 자리 잡는 그들 뒤에서 감옥 문이 철컹하며 닫혔다.

어둠이 눈에 익자 벽에 주르르 웅크린 사람들이 보였다. 불안이 스멀대는 쥐구멍 속 쥐새끼들처럼 건초 침대가 동요했다. 나직이 코고는 소리. 길에서 덜커덩거리는 마차와 따각대는 말발굽과 지하 감옥의 다른 편에 위치한 대장간에서 텅텅 두들기는 망치 소리가 아스라이 번져 왔다. 소년은 주위를 둘러보았다. 돌바닥에 여기저기 흩어진 지저분한 등잔 속에는 검게 탄 심지가 박혀 있고, 벽에는 말라붙은 침이 쭉쭉 선을 그었다. 불빛이 닿는 곳에 몇몇 이름이 휘갈겨져 있었다. 소년은 몸을 웅크리고 눈을 비볐다. 속옷 차림의 누군가가 소년 앞을 지나 방 가운데 놓인 양동이로 갔다. 그러고는 갔던 길을 되짚어갔다. 큰 키에 머리가 어깨까지 치렁치렁했다. 건초 침대 사이로 발을 질질 끌며 걷던 그가 갑자기 멈추더니 소년을 내려다보았다. 나 모르겠어? 그가 말했다.

소년은 침을 뱉고서 흘긋 올려 보았다. 물론 알지. 소년은 말했다. 당신 가죽은 가죽 공장에 걸려 있어도 알아볼 수 있지.

6

볕이 들자 죄수들은 웅크리고 앉아 무심히 신참을 바라보았다. 벌거벗은 바나 다름없는 몰골의 고참들은 이를 핥고 코를 킁킁거리고 어기적대며 원숭이처럼 제 몸의 이를 잡았다. 조심스러운 빛이 높이 박힌 협소한 창을 어둠 속에서 씻어 냈고, 일찌감치 거리로 나온 행상인이 소리쳐 손님을 불렀다. 아침밥은 차갑게 식은 피뇰레였다. 그들은 사슬에 묶여 철컹철컹대며 거리로 나와 악취를 퍼뜨렸다. 꼬아 만든 생가죽 채찍을 든 금니 이교도의 지시에 따라 죄수들은 종일 도랑을 기며 쓰레기를 모았다. 행상인 수레바퀴와 거지의 발아래에서 쓰레기 자루를 질질 끌었다. 오후에는 벽이 드리워 준 그림자 속에 들어앉아 점심을 먹고는, 개 두 마리가 꼭 붙어서 거리를 이리저리 돌아다니는 모습을 쳐다보았다.

도시 생활이 마음에 들어? 토드빈이 말했다.

거지발싸개 같아요.

이 망할 도시가 나한테 반할 법도 한데 새침하기 짝이 없어.

한쪽 눈을 가릴 만큼 모자를 비뚜름히 쓴 채 뒷짐 지고 지나가는 간수를 그들은 몰래 훔쳐보았다. 소년이 침을 뱉었다.

내가 저놈을 진작 찍어 두었지. 토드빈이 말했다.

누굴요?

저기 저놈. 놋쇠 이빨.

소년은 어슬렁어슬렁 걸어가는 그자의 뒷모습을 쳐다보았다.

저놈한테 무슨 일이라도 생길까 봐 여간 염려되는 게 아냐. 부디 저놈을 돌봐 달라고 하느님께 매일 기도드리지.

이 시궁창에서 빠져나갈 수 있다고 생각해요?

빠져나갈 거야. 여긴 카르셀하고는 달라.

카르셀이 뭐예요?

주 교도소지. 20년대에 그곳에 갔다 온 노인네가 몇 있지.

소년은 개들을 바라보았다.

잠시 후 간수가 벽을 따라 되돌아오며 잠이 든 이의 발을 걸어찼다. 더 젊은 간수는 사슬과 누더기로 휘감긴 악당들이 폭동이라도 일으킬까 봐 머스킷 총을 언제든 발사할 태세로 들고 다녔다. 바모노스, 바모노스.(어서, 어서.) 그가 외쳤다. 죄수들이 일어나 땡볕 속으로 질질 걸어갔다. 자그마한 종이 울리더니 사륜마차가 달려왔다. 죄수들은 인도를 따라 주르르 늘어서서 모자를 벗었다. 깃발을 든 이가 종을 울리며 지나가고 마차가 뒤를 이었다. 옆면에 눈이 하나 그려진 마차를 노새 네 마리가 끌어 주인을 어느 영혼에게로 모셔 갔다. 뚱뚱한 신부가 성상을 들고 뒤뚱거리며 뒤를 따랐다. 간수가 죄수 사이로 끼어들어 신참의 머리에서 얼른 모자를 벗겨 내 탕자의 손에 와락 쥐어 주었다.

마차가 완전히 지나가자 그들은 다시 모자를 쓰고는 하던 일을 계속했다. 개는 엉덩이와 엉덩이를 맞대고 서 있었다. 가죽을 축 늘어뜨린 또 다른 두 마리 개가 약간 떨어진 곳에 앉아 있었다. 털 한 오라기 없는 개들은 짝을 짓는 개들을 바라보다 고개를 틀어, 철컹대며 걸어가는 죄수들을 바라보았다. 그 생명체들은 쇠락한 신비인 양 온몸에서 번쩍번쩍 빛을 발했다. 인간의 마음에서 잊힌 후 소문으로만 떠돈다는 점에서 서로 꽤 비슷하긴 했다.

소년은 토드빈과 켄터키 출신 참전 용사 사이의 건초 침대를 차지했다. 참전 용사는 이 년 전 도니판 대령의 지휘하에 동쪽 살티요로 진군할 때 남기고 떠난 검은 눈의 연인을 되찾으러 돌아왔더랬다. 당시 장교들은 남장을 하고서 군대를 뒤따르는 수백 명의 아가씨들을 돌려보내야 했다. 하지만 이제 그는 사슬에 묶인 채 거리에 홀로 서서 기묘하게 공손한 태도로 마을 사람들의 머리 위를 응시하곤 했다. 밤이면 감방 동료에게 상냥한 전사와 과묵한 사내로서 지낸 서부 시절 이야기를 들려주었다. 그는 납작한 지붕의 방수 타일과 홈통과 도랑에 시뻘건 피가 콸콸 흘러내릴 때까지 전투가 그치지 않았던

미에르[18]에도 참전했다. 낡고 엉성한 멕시코 총이 총알에 부딪히며 폭발하는 광경이나, 갈가리 찢긴 한쪽 다리를 자갈 바닥에 늘어뜨리고서 벽에 기대어 앉아 느닷없이 총성을 삼킨 기묘한 침묵에 귀 기울이는데 천둥치듯 나지막이 쿠르릉대는 소리에 이어 말 안 듣는 공처럼 돌모퉁이를 돌아 날아와 거리 아래로 사라져 버린 대포알에 대해 이야기했다. 누더기와 속옷 차림으로 싸운 비정규군이 치와와를 함락한 일이며, 단단한 구리 포탄이 달아나는 태양처럼 풀밭 위를 콩콩 뛰어가던 일이며, 말들이 옆으로 걷는 법과 두 다리로 서는 법을 배운 일이며, 시 의원들이 마차를 타고 언덕에 올라 소풍을 즐기며 전투를 관람하던 일이며, 밤에 모닥불 둘레에 앉아 황야의 죽어 가는 이들이 토해 내는 신음을 듣고 지옥의 영구차처럼 시신 사이를 돌아다니는 마차의 등불을 바라보던 일을 이야기했다.

자갈이 넘치도록 많았는데도 그네들은 싸우는 법을 몰랐어. 참전 용사가 말했다. 그렇다고 달아날 수도 없었지. 군인을 대포나 대포 수송차에 사슬로 묶어 놓았다지. 내가 직접 본 건 아니지만. 우리는 자물쇠에 화약을 집어넣었지. 성문을 완전히 날려 버렸던 거야. 여기 사람들은 껍질이 벗겨진 쥐처럼 보였어. 이렇게 허연 멕시코인은 내 생전 듣도 보도 못했지. 자기들이 알아서 항복하고는 우리 발에 키스를 해 대고 난리도 아니었지. 도니판 대령님은 그들 모두 풀어 주었어. 젠장, 그놈

18) 미국과의 치열한 전투가 자주 벌어졌던 멕시코 북부 국경 도시.

들이 어떤 종자인지 몰랐던 거지. 도둑질만 말아 달라고 헸는
데, 당연히 손에 잡히는 건 뭐든지 훔쳐 갔지. 개중 둘을 잡아
채찍질헀더니 둘 다 죽어 나자빠지더군. 다음 날 다른 놈들이
노새를 훔쳐 달아났고, 대령님은 그 머저리들을 곧장 목매달
았지. 나머지 놈들도 그렇게 죽어 나갔어. 설마 내가 내 발로
여기 오게 될 줄이야.

그들은 책상다리를 하고 앉아 흙그릇에 담긴 음식을 촛불
에 의지해 손가락으로 퍼먹고 있었다. 소년이 고개를 들었다.
그리고 손가락으로 그릇을 가리켰다.

이게 뭐예요?

최고급 황소 고기란다. 투우장에서 가져온 거지. 일요일 밤
이면 늘 고기가 들어와.

열심히 씹는 게 좋을 거야. 고기가 이기나 내가 이기나 해
보는 거야.

소년은 빠득빠득 씹었다. 그러면서 코만치와 마주친 일을 이
야기했다. 그들도 씹으면서 고개를 끄덕여 가며 열심히 들었다.

그 대단한 공연을 못 봐서 다행이지. 참전 용사가 말했다.
그런 잔악무도한 놈들이 세상에 또 있을까. 네덜란드 이주촌
근방 야노에서 온 형씨를 하나 아는데, 그놈들한테 붙잡혀 말
이고 뭐고 다 빼앗겼지. 알아서 가라고 했다더군. 그래서 벌거
벗은 채 손과 무릎으로 엿새 동안 기어서 프레데릭스버그[19]로
갔지. 그놈들이 뭔 짓을 했는지 아나? 양쪽 발꿈치를 잘라 버

---

19) 미국 버지니아주에 위치한 도시.

렸어.

토드빈이 절레절레 고개를 저었다. 그러다 참전 용사를 손으로 가리키며 소년에게 말했다. 할매쥐가 그놈들이라면 아주 잘 알지. 맞붙어 싸운 적도 있거든. 안 그러우, 할매쥐?

참전 용사는 손사래를 쳤다. 말을 훔치려는 놈들을 총으로 쏜 게 다야. 살티요 근방이었지. 그뿐이야. 그곳에 리판이라는 동굴 묘지가 있는데, 1000명도 넘는 인디언이 앉은 채로 죽어 있었대. 근사하게 차려입고 담요를 두르고서 말이야. 활과 칼과 구슬도 멋들어지게 갖춰 놨다더군. 한데 멕시코인들이 모조리 가져갔어. 심지어 옷도 다 벗겨 갔지. 천 조각 하나 남겨 두지 않았어. 한 술 더 떠 인디언 시신까지 집으로 가져가 잘 차려입혀 방 한쪽에 장식해 두었지. 한데 동굴 밖 공기를 쐬자 시신이 부서져 내렸고, 결국 버려졌지. 그나마 남아 있는 것들은 미국인들이 두랑고에서 팔려고 머리 가죽을 벗겨 갔지. 멕시코 놈들이 그걸 샀는지 어쨌는지는 모르겠어. 아마 개중 몇은 100년도 전에 죽은 인디언일걸.

토드빈은 토르티야를 접어 자기 그릇의 기름을 박박 닦아 내고 있었다. 그러다 촛불빛이 어른거리는 소년을 힐끔거리며 곁눈질했다. 놋쇠 이빨의 이빨을 다 뽑아내면 얼마나 받을 수 있을까? 그가 말했다.

그들은 남쪽 산맥 너머 연안 지방을 향해 노새를 몰고 가는 누더기 차림의 미국인 모험가를 보았다. 금 사냥꾼들이었다. 빛을 쫓는 병균처럼 서쪽으로 유랑하며 피 흘리는 타락자들은 죄수에게 고개를 끄덕이거나 말을 걸고는 발치에 담배나 동전을 던져 주었다.

그들은 색칠한 얼굴에 자그마한 시가를 물고 팔짱을 긴 채 뻔뻔하게 바라보는 검은 눈의 아가씨들을 보았다. 그들은 관저 안마당 양개문에서 달가닥거리며 달려 나온 실크 장식 마차에 정복 차림으로 똑바로 선 주지사를 보았고, 하루는 험상궂은 사내들이 편자를 박지 않은 인디언 조랑말을 타고 반쯤 술에 취해 거리를 지나가는 모습을 보았다. 수염투성이에 야만인처럼 힘줄로 꿰맨 짐승 가죽을 걸친 그들은 온갖 형태의 무기와 무겁기 그지없는 연발 권총과 옛 스코틀랜드 칼처럼 거대한 사냥칼과 엄지도 충분히 들어갈 만큼 커다란 총구가 뚫린 총신 두 개짜리 쌍대 소총으로 무장했다. 그리고 말은 인간의 가죽을 멋들어지게 걸친 데다 인간의 머리카락을 꼬아 인간의 이빨로 장식한 굴레를 쓰고 있었다. 사람은 말라서 거뭇해진 인간의 귀로 된 목걸이나 어깨걸이를 걸치고 있고, 말은 야성적 눈빛을 하고서 미친 개처럼 이빨을 드러내고, 야만인들은 거의 벌거벗은 채 안장에 묶여 끌려오는 와중에도 잔혹함과 위험성과 추악함을 잃지 않아 그 전체 무리가 마치 인육을 먹고 사는 이교도의 땅에서 온 손님 같았다.

그중에서도 으뜸가는 인물은 거대한 덩치에 털 오라기 하나 없는 아이 같은 얼굴의 판사였다. 그는 발그레한 뺨에 미소를 짓다가 숙녀가 눈에 띄면 더러운 모자를 벗고 고개를 숙여 인사했다. 거대한 둥근 머리는 완벽하게 하얀 원이 눈부시게 도드라져 마치 누군가 색칠한 듯했다. 악취 나는 군인들과 그는 충격으로 얼어붙은 거리를 지나 주지사 관저 앞에서 멈추었다. 검은 머리에 자그마한 체구의 대장이 발로 오크나무 문을 걷어찼다. 문이 활짝 열리자 그들은 모조리 들어갔고, 문은 도로 닫혔다.

제군들. 토드빈이 말했다. 저것들이 뭔지 안다고 좆나 보장하는 바오.

다음 날 판사는 어제와는 다른 무리와 함께 거리에 서서 시가를 피우고 춤을 추었다. 고급 새끼염소 가죽 부츠를 신은 판사는 도랑에 무릎을 꿇고 맨손으로 쓰레기를 줍는 죄수들을 유심히 살폈다. 소년이 판사를 바라보았다. 그러다 눈이 마주치자 판사는 입에 물고 있던 시가를 빼들고 미소를 지어 보였다. 혹은 미소를 짓는 듯했다. 판사는 다시 시가를 물었다.

그날 밤 토드빈이 감방 동료들을 한자리에 불렀다. 그들은 벽을 따라 주르르 웅크리고서 나직이 속삭였다.

그자의 이름은 글랜턴이야. 토드빈이 말했다. 트리아스와 계약했대. 머리 가죽 하나당 100달러를 받고, 고메스의 머리를 가져오면 1000달러를 받는다는군. 그래서 쓸 만한 전사가 셋 있다고 말해 주었지. 제군들, 드디어 이 똥통에서 나가는 거야.

옷이나 무기도 없잖아.

그쪽도 알고 있어. 확실한 실력자라면 얼마든지 자기 돈으로 옷과 무기를 대 주겠대. 그러니 인디언은 죽여 본 적도 없다느니 뭐니 하는 소리는 입 밖에도 내지 마. 최고의 실력자들이랬으니까.

사흘 후 그들은 주지사 일행과 함께 일렬종대로 거리를 행군했다. 연회색 종마를 탄 주지사와 자그마한 군마를 탄 살인자들은 웃으며 고개를 끄덕이고, 검은 피부의 사랑스러운 아가씨들은 창문에서 꽃을 던지거나 몇몇은 손으로 키스를 날리고, 꼬마애들은 행렬을 따라 달리고, 노인들은 모자를 흔들며 만세를 외치고, 토드빈과 소년과 참전 용사는 부대의 끄트머리를 쫓아갔다. 등자에 꿴 참전 용사의 발이 땅에 질질 끌릴 듯했다. 사람의 다리는 너무 긴데 말의 다리는 너무 몽땅한 탓이었다. 오래된 석조 수도교가 놓인 도시 외곽에 이르자 주지사가 간단한 의식으로 축복과 건강과 행운을 빌며 술을 마셨고, 부대는 산간 지역으로 난 길에 들어섰다.

7

부대에는 성이 잭슨인 사람이 둘 있었다. 하나는 흑인이고, 다른 하나는 백인이었는데, 둘 다 공교롭게도 이름이 존이었다. 그들 사이에는 앙금이 쌓여 가고 있었다. 황량한 산 아래를 지날 때면 백인 잭슨이 일부로 뒤처져 흑인 잭슨의 그림자 속으로 들어가 싸부랑싸부랑 속삭여 댔다. 흑인 잭슨은 그를 떨쳐 내려고 말을 세우거나 박차를 가했다. 마치 백인 잭슨이 흑인 잭슨에 대한 모독이며, 검은 피나 검은 영혼에서 잠자고 있던 어떤 의식을 일깨우는 듯했다. 바위땅 위로 솟구친 태양이 비추는 백인 잭슨의 모습에서 흑인은 자신의 무엇인가를 보았고, 아슬아슬함이 꿈지럭댔다. 백인 잭슨은 깔깔거리며 사랑의 밀어처럼 들리는 소리를 종알거렸다. 모두들 사태의 추이를 예의주시했지만, 아무도 둘 중 누구에게든 경고를 하지는 않았다. 이따금 부하들을 돌아보던 글랜턴 역시 그 둘에 대해서는 별반 신경 쓰지 않고 행군을 계속했다.

그날 아침 부대는 도시 외곽의 어느 집 뒷마당에 모였다. 배턴루지 군수 창고라고 스텐실로 찍힌 군수품 상자를 두 사람이 마차에서 내렸다. 스파이어라는 프로이센 출신의 유대인이 지렛대와 편자용 망치로 상자를 열어 갈색 정육점 봉투에 감싸인 납작한 물건을 들어 올렸다. 봉투는 제과점 봉투처럼 기름으로 반투명해진 상태였다. 글랜턴이 봉투를 찢어 바닥에 내동댕이쳤다. 그의 손에는 총신이 긴 6연발 콜트 권총이 들려 있었다. 원래는 기병용 대형 무기로, 기다란 탄창에 소총용 탄약을 쓰고, 장전 시 무게가 자그마치 2.5킬로그램에 달했다. 14그램짜리 원뿔형 총알은 15센티미터 두께의 단단한 목재도 꿰뚫을 터였다. 상자에는 그런 총이 모두 마흔여덟 정이나 들어 있었다. 스파이어가 총알용 거푸집과 화약통과 기타 장비를 늘어놓자 홀든 판사가 다른 권총의 포장을 풀었다. 누구 할 것 없이 압도되었다. 글랜턴은 총구와 탄창을 쓰다듬더니 스파이어에게 화약통을 받아 들었다.

거 참, 야무지게도 생겼군. 누군가가 말했다.

글랜턴이 탄창을 젖혀 총알을 재고 노리쇠를 눌러 탄창을 밀어 넣었다. 마당에는 상인과 군인 말고도 살아 있는 것이 수두룩했다. 글랜턴의 시선을 처음 끈 것은 내려앉는 새처럼 삽시간에 살포시 높은 담 위에 나타난 고양이였다. 녀석은 흙벽돌 위에 박힌 유리 조각의 날카로운 날을 요리조리 피해 걸어갔다. 글랜턴이 거대한 권총을 한 손으로 조준하고서 공이치기를 젖혔다. 쥐 죽은 듯 조용하던 마당에 천둥 같은 굉음이 터졌다. 고양이는 사라지고 없었다. 피도 비명도 없이 일순간에 증발한 것이다. 스파이어는 불안한 기색으로 멕시코인들의 표정을 힐끔거렸다. 그들은 글랜턴을 바라보고 있었다. 글랜턴은 다시 공이치기를 젖혀 권총을 휙 돌렸다. 마당 한구석에는 흙바닥에서 먹이를 쪼던 닭들이 고개를 각양각색으로 기울인 채 초조하게 서 있었다. 총성이 울리자 닭 한 마리가 깃털 구름을 날리며 폭발했다. 다른 닭들은 목을 길게 빼고 소리 죽여 종종걸음을 쳤다. 글랜턴이 다시 총을 발사했다. 두 번째 닭이 휙 돌며 쓰러지더니 발을 버둥거렸다. 남은 닭들이 나직이 꼬꼬대며 혼비백산하여 달아나자 글랜턴은 총구를 돌려 자그마한 염소를 조준했다. 겁에 질려 벽에 딱 붙어 있던 염소가 돌처럼 뻣뻣이 굳어 쓰러지고, 이어서 흙단지가 산산조각 나 물이 분수처럼 치솟았다. 글랜턴이 총을 들어 집 쪽을 겨누더니 지붕 흙탑에 매달린 종을 맞혔다. 총성의 메아리가 완전히 사그라진 후에도 근엄한 종소리는 허공에 매여 떠날 줄을 몰랐다.

총이 뿜어낸 회색 연기가 온 마당을 뒤덮었다. 글랜턴이 반(半)안전장치를 걸고서 공이치기를 다시 젖혔다. 집 문간에 웬 여자가 나타나자 멕시코인 하나가 뭐라고 말했고, 여자는 안으로 다시 들어갔다.

글랜턴이 홀든을 바라보더니, 이어서 고개를 들어 스파이어를 쳐다보았다. 유대인은 초조한 웃음을 날리고 있었다.

이런 게 무슨 50달러야.

스파이어의 얼굴이 굳어졌다. 그러시면, 대장님 목숨 값은 얼마입니까?

텍사스에서 500달러이지만, 그쪽 엉덩이가 날아가는 값은 제해야 할걸.

리들 주지사님은 적당한 가격이라고 생각하십니다.

그 양반이 돈을 내는 건 아니잖소.

가격이 요즘 계속 오르는 추세지요.

글랜턴은 권총을 이리저리 뒤집어 살폈다.

가격은 이미 합의를 봤다고 알고 있는데요. 스파이어가 말했다.

합의는 무슨 얼어죽을 합의.

전쟁 계약을 맺었잖습니까. 계약을 물리고 싶으신가 보죠.

돈이 들어올 때까지는 계약이고 나발이고 다 개수작이야.

느닷없이 열 명 남짓의 군인들이 발사 태세를 갖추고 거리에서 들이닥쳤다.

케 파사 아키?(무슨 일입니까?)

글랜턴은 냉담하게 군인들을 쳐다보았다.

나다.(별일 아닙니다.) 스파이어가 말했다. 토도 바 비엔.(아무 문제 없답니다.)

비엔?(문제 없다고요?) 하사관이 죽은 닭과 염소를 바라보았다.

문간에 다시 여자가 나타났다.

에스타 비엔.(아무렴요.) 홀든이 말했다. 네고시오스 델 고베르나도르.(주지사님의 일을 보는 중이랍니다.)

하사관이 그들을 바라보더니, 고개를 돌려 문간의 여인을 쳐다보았다.

소모스 아미고스 델 세뇨르 리들.(우리는 리들 주지사님의 친구랍니다.) 스파이어가 말했다.

안달레.(가 보시오.) 글랜턴이 말했다. 덜떨어진 머저리 부하들도 데리고.

하사관이 앞으로 나와 짐짓 권위를 행사하듯 폼을 잡았다. 글랜턴이 침을 뱉었다. 하지만 이미 그들 사이를 가로막고 선 판사는 하사관을 옆으로 끌며 대화를 나누었다. 하사관은 판사의 겨드랑이께에 미칠까 말까 했다. 판사는 다정하게 말을 늘어놓으며 더없이 활기차게 손짓했다. 병사들은 머스킷 총을 든 채 쪼그리고 앉아 무덤덤하게 판사를 바라보았다.

저 후레자식한테 한 푼도 주지 마요. 글랜턴이 말했다.

하지만 판사는 이미 하사관을 정식으로 소개하기 시작했다.

레 프레센토 알 사르헨토 아길라르.(이분은 아길라르 하사관입니다.) 판사가 누더기 차림의 군인을 껴안으며 외쳤다. 하사관은 꽤나 위엄을 부리며 손을 내밀었다. 무슨 조약 비준이라도 하듯 그곳에 있던 모든 이의 관심이 그에게로 꽂혔고, 스파이어가 걸음을 내디뎌 그의 손을 맞잡았다.

무초 구스토.(만나 뵙게 되어 영광입니다.)

이구알멘테.(반갑습니다.) 하사관이 말했다.

판사는 그를 부대원 한 명 한 명에게 차례로 소개했다. 하사관은 깍듯이 예의를 차렸고, 미국인은 음란한 말을 뱉거나 말없이 고개를 저었다. 쪼그리고 앉은 병사들은 이 광경을 무덤덤하게 쳐다보았다. 마침내 판사가 흑인 앞에 이르렀다.

성가셔 하는 검은 얼굴. 판사는 표정을 유심히 살피더니 하사관에게 바라보기만 하라고 권하며 스페인어로 일장연설을 늘어놓았다. 판사는 앞에 있는 남자의 의심스러운 과거를 간략히 설명하며, 그가 걸어온 험난한 여정을 여지없이 단호하고도 현란한 손짓으로 그려 보였다. 반지의 눈을 통해 끈들이 손을 조종하는 듯했다. 유대의 사라진 부족, 함[20]의 자손들, 그리스 시인의 특정 구절, 지질학적 변동으로 인한 확산과 분리에 따른 인구 증가에 대한 인류학적 고찰, 기후 및 지리적 영향이 끼친 인종적 특징 따위를 줄줄 늘어놓았다. 하사관은 주의 깊게 듣는 정도가 아니라 점점 깊이 빠져들었다. 판사가 말을 마치자 하사관은 걸음을 내디뎌 팔을 내밀었다.

잭슨은 그를 무시했다. 그저 판사를 빤히 바라보았다.

대체 뭐라고 한 겁니까?

그를 모욕하지 말게.

뭐라고 했느냐니깐요?

하사관의 얼굴이 흐려졌다. 판사가 그의 어깨에 팔을 두르더니 고개를 숙여 귀에 대고 속삭이자 하사관은 고개를 끄덕이고는 뒤로 물러나 흑인에게 경례를 붙였다.

뭐라고 한 거예요?

자네 동네에서는 악수하는 풍습이 없다고 했지.

그전에요. 그전에 뭐라고 했잖아요.

---

20) 성서에서 노아의 차남.

판사가 빙그레 미소를 지었다. 정범이 당해 사건 관련 사실을 모두 인지할 필요는 없다네. 왜냐하면 그들의 행동이 궁극적으로 그들의 이해가 덧붙여지든 아니든 역사의 일부가 될 것이기 때문이지. 하지만 가능한 한 관련 사실을 제삼자인 목격자를 통해 확증해야 한다는 합당한 원칙과 반드시 공존해야 하네. 아길라 하사관은 바로 그런 제삼자야. 절대 운명의 공식 의제에 따라 규정된 상위 협약에 대한 견해차에 비하면 그의 지위에 대한 모욕은 부차적 문제일 뿐이지. 어휘야말로 힘이야. 자신이 소유한 어휘는 결코 강탈당할 수 없다네. 권위는 그 의미에 대한 무지를 초월하지.

흑인은 땀을 뻘뻘 흘렸다. 관자놀이에서 검은 혈관이 도화선처럼 요동질했다. 부대는 쥐 죽은 듯 침묵을 지킨 채 판사의 말에 귀 기울였다. 몇몇은 미소를 지었다. 미주리 출신의 덜떨어진 살인자는 천식 환자처럼 나직이 낄낄거렸다. 판사가 다시 하사관을 바라보더니 뭐라고 이야기했다. 판사는 하사관을 마당 한쪽 상자가 놓인 곳으로 데려가, 권총을 보여 주며 차근차근 그 작동법을 설명했다. 하사관의 부하들이 뻘떡 일어나더니 잠자코 바라보았다. 대문에서 판사는 아길라의 손바닥에 동전을 쥐여 주고는, 남루한 차림의 병사들과 일일이 정중히 악수를 나누며 뛰어난 군인 정신을 칭찬했다. 군인들은 거리로 돌아갔다.

그날 정오 용병들은 각자 두 정의 권총으로 무장한 채, 앞서 말한 대로 산간 지역으로 난 길을 나아갔다.

저녁에 척후병이 돌아오자 부대는 그날 처음으로 안장에서 내려 드문드문 풀이 돋은 습지에 말을 풀어놓았다. 글랜턴이 척후병과 논의하더니 다시 행군 명령을 내렸고, 부대는 어둠이 내린 후에야 야영 준비를 했다. 토드빈과 참전 용사와 소년은 모닥불에서 약간 떨어져 앉았다. 사막에서 살해된 세 남자를 대신해 자신들이 들어왔다는 사실은 모르고 있었다. 그들은 부대에서 한 무리를 차지하고 있는 델라웨어[21]들을 바라보았다. 그네들 역시 따로 떨어져 쪼그리고 앉아 총구처럼 검은 눈으로 모닥불을 응시했는데, 한 명만은 사슴 가죽에 커피콩을 펼쳐 놓고 돌멩이로 두드려 댔다. 그날 밤 소년은 델라웨어 하나가 불씨가 활활대는 장작에 손을 집어넣어 파이프에 불을 붙이는 것을 보았다.

다음 날 아침 해도 뜨기 전 그들은 일어나 사위가 분간될 만큼 밝아지기 무섭게 말에 안장을 얹고 행군을 시작했다. 비쭉배쭉한 산은 새벽 어스름에 청정한 푸른빛을 발하고, 사방에서 새들이 재재거리고, 떠오른 태양은 서쪽의 달을 사로잡아 지구를 가운데 두고 서로 신경전을 벌였다. 백열하는 태양과 창백한 복제품인 달은 최후의 심판일이 끝나고 불타 버린 세상 위로 뻥 뚫린 구멍의 양끝 같았다. 부대가 메스키트와 피라칸타 덤불 사이를 일렬로 나아가며 무기가 챙강대고 재갈고리가 댕그랑대는 동안 태양이 솟고 달이 지고 이슬에 젖은 말과 노새의 살가죽과 그림자에서 모락모락 김이 피어올랐다.

---

21) 알공킨어를 쓰는 북아메리카 인디언.

토드빈은 탈옥하여 서부로 온 배스캣이라는 반디멘스랜드[22] 출신과 말을 섞었다. 태어나기는 웨일스 태생인 그는 오른손 손가락이 세 개밖에 없고, 이도 몇 개 남아 있지 않았다. 아마도 그는 양쪽 귀가 잘린 데다 범죄자 낙인이 찍힌 토드빈을 보고서 너나 나나 마찬가지 인생이라는 동질감을 느꼈던지, 어느 잭슨이 어느 잭슨을 죽일지 내기에 참가하라고 권했다.

저치들에 대해 암것도 모르는데. 토드빈이 말했다.

둘 중 누가 아작 날 것 같아?

토드빈은 가타부타 대꾸 없이 고개를 돌려 침을 뱉고는 배스캣을 바라보았다. 내기는 사양하지.

내기를 안 좋아하나 보지?

그야 내기에 달렸지.

검둥이가 흰둥이를 아작 낼 거야. 그놈한테 걸어.

토드빈은 배스캣을 바라보았다. 목걸이에는 말라 쪼그라든 시커먼 무화과 같은 인간의 귀가 주르르 꿰여 있었다. 험상궂은 얼굴은 한쪽 눈꺼풀이 칼날에 작은 근육이 끊겼는지 축늘어져 있고, 커다란 몸체에는 싸구려에서부터 최고급품에 이르는 온갖 등급의 옷이 걸쳐 있었다. 근사한 부츠를 신고, 독일제 은을 휘감은 잘 빠진 소총을 지니고 있지만, 그 소총을 넣어 두는 총집은 조잡했고, 셔츠는 누더기 꼴인 데다 모자에서 나는 악취가 코를 찔렀다.

원주민 사냥은 처음이라며? 배스캣이 말했다.

---

22) 현재의 호주 태즈메이니아.

누가 그래?

척 보면 딱이지.

토드빈은 대꾸하지 않았다.

싱싱하게 파닥파닥대는 것이 손맛이 죽이지.

그렇다고 하더군.

배스캣이 벌쭉 웃었다. 여기도 많이 바뀌었어. 처음 이 동네에 왔을 때는 산바바에 야만인만 넘치고 백인이라고는 손가락에 꼽을 정도였지. 한번은, 그네들이 우리 캠프에 와서 같이 밥을 먹는데, 우리 칼에서 눈을 못 떼는 거야. 다음 날 말을 무더기로 끌고 와 바꾸자고 하더군. 우리는 뭘 원하는지 몰랐어. 그네들도 나름 칼을 갖고 있었거든. 한데 잘린 뼈가 든 스튜를 생전 처음 보았던 거야.

토드빈이 그의 이마를 흘긋거렸지만, 모자가 눈 아래까지 가리고 있었다. 배스캣이 씩 웃더니 엄지로 모자를 슬쩍 젖혔다. 이마에 모자 자국이 흉터처럼 박혀 있을 뿐 그 외에 다른 흔적은 없었다. 사실 팔목 안쪽에 숫자가 새겨져 있지만, 이는 훗날 치와와의 목욕탕에 가서야 토드빈이 보게 될 터였다. 또한 그해 가을 피메리아 알타[23]의 황무지에서 나뭇가지에 두 발이 묶인 채 매달린 그의 몸을 끌어내릴 때에도 다시금 보게 될 터였다.

그들은 각종 선인장이 어우러진 난쟁이 가시숲을 지나고 돌산의 협곡을 통과해 꽃이 만발한 쑥과 알로에를 스쳐 갔다.

_____

23) 멕시코 소노라주의 사막 지대.

그들은 유카가 드문드문 자라는 광대한 사막을 건너갔다. 구릉지에서 회색 돌벽이 융기선을 따라 이어지다 평원으로 추락했다. 그들은 점심을 먹지도 낮잠을 자지도 않았고, 훤한 대낮임에도 동쪽 산맥의 목구멍에 웅크리고 있던 솜 같은 달이 자정에 이르러 중천에서 굽어볼 때까지도 여전히 행군을 멈추지 않았다. 챙강챙강 북쪽으로 나아가는 공포의 순례자들이 아로새겨진 푸른 보석 아래 펼쳐진 평원이 달빛에 물들었다.

그날 밤 부대는 대농장의 가축우리에서 야영하며 밤새 타오르는 지붕을 바라보았다. 두 주 전 그곳에서 농장 노동자들은 바로 자기 자신의 괭이로 난도질당했다. 아파치들이 몰고 갈 가축을 모으고 산속으로 사라지는 동안 시신은 돼지밥이 되었다. 글랜턴의 지시에 따라 부하들은 우리에서 염소를 한 마리 잡았다. 말들이 부들부들 떨며 뒷걸음쳤다. 번득이는 모닥불빛 속에서 군인들은 쪼그리고 앉아 구운 고기를 칼로 베어 내 먹고서 손가락을 머리카락에 문질러 닦고는 다져진 흙바닥에 드러누워 잠이 들었다.

사흘째 날 새벽 코랄리토스라는 마을에서 더께가 진 잿더미를 헤치고 나아가는데 태양이 연기 사이로 붉게 타올랐다. 제련소 굴뚝이 잿빛 하늘에 줄을 이었고, 용광로가 시커먼 언덕 아래에서 노려보는 듯했다. 비 온 뒤라 나지막한 흙집의 창이 길바닥에 고인 웅덩이에 어른거렸고, 거대한 돼지가 물방울을 뚝뚝 떨구며 벌떡 일어나더니 늪에 모여든 덜떨어진 괴물처럼 소리를 질러 댔다. 집은 총구멍을 내고 방어용 담을 쌓아 놓았고, 대기 중에는 비소 냄새가 그득했다. 사람들이 밖으로 나와 길가에 일렬로 서서는 진지한 표정으로 텍사스인들을 바라보며 소리치거나 외경과 경탄의 표정만으로 최소한의 의사를 전달했다.

광장을 숙영지로 삼은 부대는 모닥불을 피워 미루나무를 검게 그을려 잠자던 새들을 쫓아내고, 초라한 마을의 가장 어두운 우리마저도 환하게 밝혀 심지어 맹인마저도 불확실의 날을 향해 더듬더듬 걸어 나왔다. 글랜턴과 판사는 갈색 형제들과 술로아가 장군의 대목장으로 가서 저녁 대접을 받았다. 그날 밤은 아무 사고 없이 지나갔다.

아침에 말에 안장을 얹고 광장에 집결해 출발하려는데 순회공연단인 마술사 가족이 다가왔다. 하노스까지 가는 안전한 길을 찾는 중이라 했다. 글랜턴은 대열 맨 앞에 자리 잡은 채 그들을 내려다보았다. 공연단의 짐은 세 마리 당나귀의 등짝에 걸친 너덜너덜한 짐바구니에 잔뜩 쌓여 있었다. 남편과 아내, 장성한 아들과 어린 딸 등 네 식구였다. 모두 별과 반달이 수놓인 광대 옷차림이었는데, 한때는 화려했을 빛깔이 흙먼지에 뒤덮여 허옇게 삭아 있었다. 악마의 땅에 던져진 방랑자 무리 같았다. 마술사가 다가와 글랜턴의 말고삐를 쥐었다.

말에서 손 떼. 글랜턴이 말했다.

마술사는 영어를 한마디도 못 했지만 바로 지시를 따랐다. 그러고는 사정했다. 손짓 발짓을 해 가며 뒤쪽의 사람들을 가리켰다. 글랜턴은 마술사를 가만히 응시했다. 마술사는 그가 자기 뜻을 알아들었다고 확신했다. 글랜턴이 고개를 돌려 청년과 두 여자를 바라보더니 다시 마술사를 쳐다보았다.

뭐 하는 인간이지? 그가 말했다.

마술사가 글랜턴을 향해 귀를 들이대곤 입을 벌린 채 처다보았다.

뭐 하는 놈이냐고? 서커스단이야?

마술사가 가족을 돌아보았다.

서커스. 부포네스.(광대.) 글랜턴이 말했다.

마술사의 얼굴이 밝아졌다. 시, 시, 부포네스, 토도.(네, 네, 광대랍니다. 우리 모두.)

마술사가 청년을 향해 고개를 돌렸다. 카시메로! 로스 페로스!(카시메로! 개를 대령해!)

청년이 당나귀에게 달려가더니 열심히 짐을 들추었다. 이윽고 대머리에 박쥐 귀가 달린 짐승 두 마리를 꺼내 들었다. 쥐보다 약간 클까 말까 한 연갈색 짐승들이 공중으로 휙휙 던져졌다가 청년의 손바닥에 착지하더니 정신없이 돌기 시작했다.

미레, 미레!(보세요, 보세요!) 마술사가 외쳤다. 그러고서 주머니를 여기저기 뒤지더니 이내 글랜턴의 말 바로 앞에서 자그마한 나무공 네 개로 저글링을 시작했다. 말이 콧김을 내뿜으며 고개를 쳐들자 글랜턴이 몸을 숙여 침을 뱉고는 손등으로 입가를 훔쳤다.

생쇼를 하는군. 그가 말했다.

마술사가 저글링을 하며 어깨 너머로 소리치자 개들이 춤을 추고 여자들이 뭔가를 준비했다. 글랜턴이 마술사에게 말했다.

생쇼는 그만하면 됐어. 우리랑 가고 싶다면 뒤에서 얌전히 따라와. 우리 도움은 꿈도 꾸지 말고. 바모노스.(가자.)

글랜턴이 나아갔다. 부대가 철경철경 움직이자 마술사는 여자들더러 당나귀한테로 가라고 손짓했다. 청년은 개를 겨드 랑이에 낀 채 휘둥그레진 눈으로 가만히 서 있다가 마술사의 지청구를 듣고서야 움직였다. 부대는 높다란 산을 이룬 재와 찌꺼기 더미를 지나 군중을 헤치고 나아갔다. 마을 사람들은 그들이 사라지는 모습을 조용히 바라보았다. 남자들 몇은 연 인처럼 손을 꼭 잡고 서 있었고, 꼬맹이 하나가 맹인을 안전한 장소와 연결된 줄로 이끌었다.

정오에 부대는 카사스그란데스강의 돌투성이 바닥을 건너 가느다란 물줄기를 끼고 이어진 단구를 나아가다, 몇 해 전 멕시코 군대가 아파치 부락을 도륙했던 뼈의 땅에 이르렀다. 800미터에 걸쳐 널브러진 여자와 아이의 해골 중에는 자그마 한 원숭이처럼 보이는 갓난아기의 가느다란 팔다리뼈와 이빨 없는 종이 같은 해골이 죽음을 맞은 그 자리에 그대로 놓여 있고, 자갈 사이에 사금파리 조각과 비바람에 닳은 바구니 파 편이 박혀 있었다. 부대는 계속 나아갔다. 강은 황량한 산을 벗어나 나무들로 이루어진 연둣빛 회랑으로 흘러들었다. 서쪽 으로 남루한 카르카흐산이 자리하고, 북쪽으로 아니마스 산 맥의 푸른 봉우리가 아스라이 돋아 있었다.

그날 부대는 잣나무와 향나무 사이로 바람이 드나드는 고 원에서 밤을 보냈다. 어둠을 가르는 바람에 불길이 납작 눌리 고, 뜨거운 불꽃 사슬이 장작을 타고 달음질했다. 마술사 가족은 당나귀에서 짐을 내려 커다란 회색 천막을 세우려 했다. 대자연의 신비가 휘갈겨진 캔버스 천이 휘청휘청 펄럭이다 우뚝 서더니 바람에 맞서며 대지를 포근히 감쌌다. 소녀는 땅바닥에 드러누워 한쪽 모퉁이를 붙잡고 있었다. 그런데 아이가 모래 위로 질질 끌려가는 것이었다. 마술사 역시 걸음을 떼고 말았다. 여인의 눈이 불빛을 받아 꼿꼿이 굳었다. 너울대는 천막에 매달려 모닥불빛 너머로 소리 없이 끌려가는 네 가족을 부대는 가만히 바라보았다. 분노한 여신의 치맛자락에 매달린 탄원자처럼 울부짖으며 그들은 사막으로 끌려갔다.

보초병들은 천막 더미가 어둠에 끔찍하게 스며드는 것을 가만히 바라보았다. 마술사 가족은 돌아오며 자기네끼리 아옹다옹 다투어 댔다. 마술사가 다시 모닥불로 걸어오더니 노기등등한 어둠을 응시하며 뭐라고 중얼대며 주먹질을 했다. 나중에 여자가 아들을 보내 달랜 다음에야 그는 돌아갈 터였다. 마술사는 가족이 짐을 풀든 말든 불꽃만 하염없이 쳐다보고 앉아 있었다. 군인들이 불편한 기색으로 마술사를 바라보았다. 글랜턴도 그를 보고 있었다.

마술사. 그가 불렀다.

마술사가 고개를 들었다. 그리고 손가락 하나로 자기 가슴을 가리켰다.

그래 당신. 글랜턴이 말했다.

마술사가 일어나 발을 끌며 다가갔다. 글랜턴은 가느다란 검은색 시가를 피우고 있었다. 그가 마술사를 올려다보았다.

점도 치나?

마술사의 눈이 깜박였다. 코모?(네?)

글랜턴은 시가를 입에 물고는 손으로 카드 섞는 동작을 해 보였다. 라 바라하. 파라 아디비나르 라 수에르테.(타로 카드. 점을 치냐고.)

마술사가 한 손을 쳐들었다. 시, 시.(그럼요, 그럼요.) 그는 활기차게 고개를 끄덕였다. 토도, 토도.(다 하죠, 다 합니다.) 그가 손가락 하나를 세우더니 몸을 돌려 당나귀에서 내리다 만 조잡한 짐을 향해 갔다. 마술사는 사근사근 웃으며 돌아와 카드를 민첩하게 다루어 보였다.

벵가, 벵가.(이리 와, 이리 와.)

여인이 다가왔다. 마술사가 글랜턴 앞에 쪼그리고 앉아 나지막이 말했다. 그러다 고개를 돌려 아내를 보더니 카드를 섞고 일어나 여인을 불에서 멀리 떨어진 곳에 어둠을 향해 앉혔다. 여인은 치마를 쓸어 모으고서 마음을 가다듬었다. 마술사가 셔츠에서 손수건을 꺼내 아내의 눈을 가렸다.

부에노. 푸에데스 베르?(좋았어. 자, 보이나?) 마술사가 외쳤다.

노.(아뇨.)

나다?(아무것도?)

나다.(아무것도.)

부에노.(좋았어.)

마술사는 카드를 들고 글랜턴에게 돌아갔다. 여인은 돌처럼 앉아 있었다. 글랜턴이 휘휘 손을 저었다.

로스 카발예로스.(군인들.) 글랜턴이 말했다.

마술사가 돌아섰다. 흑인이 불가에 앉아 지켜보고 있었다. 마술사가 카드를 부채 모양으로 펼치자 흑인이 일어나 다가왔다.

마술사가 그를 올려다보았다. 마술사는 카드를 접었다 되펼친 다음 왼손으로 카드를 쓱 훑고는 앞으로 내밀었다. 잭슨이 카드 하나를 골라 뒤집어 보았다.

부에노, 부에노.(좋습니다, 좋습니다.) 마술사는 검지를 가느다란 입술에 대어 아무 말 말라고 주의 시키고는, 그 카드를 받아 높이 쳐들고 몸을 돌렸다. 카드를 한 번 탁 하고 튕기더니 모닥불에 둘러앉은 군인들을 둘러보았다. 그들은 담배를 피우며 쳐다보고 있었다. 마술사가 카드를 앞으로 내밀고는 천천히 흔들어 여러 사람에게 내보였다. 어릿광대 복장의 바보와 고양이 그림이었다. 엘 톤토.(바보.) 마술사가 외쳤다.

엘 톤토.(바보.) 여인이 되받아쳤다. 여인은 턱을 살짝 들더니 단조로운 성가를 불렀다. 흑인은 법정에 소환된 사람처럼 진지하게 서 있었다. 윗도리에 아무것도 걸치지 않은 채 바람을 맞으며 불가에 앉아 있는 판사가 마치 위대한 허연 정령처럼 보였다. 흑인과 시선이 마주치자 판사는 씩 웃었다. 여인이 노래를 멈추었다. 불이 바람에 납작 눌렸다.

키엔, 키엔.(누구야, 누구야.) 마술사가 외쳤다.

여인이 침묵했다. 엘 네그로.(흑인.) 여인이 말했다.

엘 네그로.(흑인.) 마술사가 외치며 카드를 든 채 몸을 돌렸다. 옷자락이 바람에 펄럭였다. 여인이 목소리를 높여 다시 뭐라고 중얼댔다. 흑인은 동료들에게 고개를 틀었다.

뭐라는 거야?

마술사가 몸을 돌려 군인들을 향해 살짝 허리를 굽혀 절했다.

뭐라는 거야? 토빈?

전직 신부는 절레절레 도리질했다. 이보게, 다 미신이야, 미신. 신경 쓰지 마.

뭐라고 말했죠, 판사님?

판사가 빙그레 미소 지었다. 털 오라기 하나 없는 피부의 주름 새에 깃든 자그마한 생물을 엄지로 훑던 판사는 축복이라도 하듯 엄지와 검지를 모아 내밀더니 보이지 않는 그 무엇인가를 모닥불에 떨어뜨렸다. 뭐랬느냐고?

예, 뭐라고 했어요?

자네의 운에 우리 모두의 운이 걸려 있다고 했지, 아마.

그래, 그 운이 어떤데요?

판사가 온화한 미소를 머금자 돌고래처럼 널찍한 이마에 주름이 졌다. 자네 술 마시나, 잭슨?

그냥 좀 마시는 정도죠.

망할 술을 조심하라는군. 현명한 조언이야, 안 그런가?

그게 무슨 운세예요?

아무렴, 신부님 말씀이 얼마나 지당한가.

흑인이 눈살을 찌푸리자 판사가 상체를 내밀어 그를 바라보았다. 그대의 검둥 눈썹을 내 앞에서 찡그리지 말게나, 친구. 언젠가는 다 알게 될 거네. 자네뿐만 아니라 우리 모두.

상당수 부대원들이 판사의 그 말을 진지하게 되새기는 기색이었다. 몇몇이 흑인을 돌아보았다. 그는 불안한 수상자처럼 서 있더니 결국 모닥불에서 물러났다. 마술사가 다시 일어나 카드를 현란하게 섞고 부채 모양으로 펴 들고는 군인들을 한 명 한 명 지나치며 운명을 알아보라고 유혹했다.

키엔, 키엔.(하실 분, 하실 분.) 마술사가 나직이 쏘삭거렸다.

모두들 사양했다. 한 손을 떡 벌어진 복부에 얹은 판사 앞에 마술사가 이르자 판사는 손가락을 들어 가리켰다.

저기 있는 반항아를 봐 주게. 그가 말했다.

코모?(예?)

엘 호벤.(젊은이.)

엘 호벤.(젊은이라.) 마술사는 나직이 대꾸하고는 의아한 듯 천천히 주위를 둘러보다 문제의 당사자와 눈이 마주쳤다. 마술사가 종종걸음으로 군인들을 지나쳤다. 이윽고 소년 앞에 멈춰 서서는, 뜰에서 노니는 새처럼 춤추듯 느긋하게 카드를 부채 모양으로 펼쳐 들었다.

우나 카르타, 우나 카르타.(한 장 골라요, 한 장 골라요.) 마술사가 쉰 목소리로 말했다.

소년은 마술사를 쳐다보다 동료들을 바라보았다.

시, 시.(좋아요, 좋아.) 마술사가 카드를 들이밀었다.

소년은 한 장 골랐다. 처음 보는 그림이었지만 왠지 낯이 익었다. 소년은 카드를 뒤집어 그림을 살핀 뒤 도로 뒤집었다.

마술사가 소년의 손을 잡고 돌려 카드 그림을 드러냈다. 그는 카드를 가져가 높이 쳐들었다.

쿠아트로 데 코파스.(컵4.)[24] 마술사가 소리쳤다.

---

24) 타로카드 '컵4'는 자비와 성취를 의미한다.

여인이 고개를 들었다. 눈을 가린 마네킹이 줄로 조정되는
듯한 몸짓이었다.

키엔?(누구인가?) 마술사가 외쳤다.

엘 옴브레……(남자……) 여인이 말했다. 엘 옴브레 마스 호
벤. 엘 무차초.(가장 어린 남자. 소년.)

엘 무차초.(소년이랍니다.) 마술사가 외쳤다. 그는 모두에게
보이도록 카드를 뒤집었다. 여인은 검은 기둥과 흰 기둥 사이
의 눈먼 여사제 카드 그림처럼 앉아 있었다. 참된 기둥과 참된
카드와 거짓 예언자는 영원히 어둠 속에 머물리라. 여인이 노
래하듯 중얼대기 시작했다.

판사가 소리 없이 웃음을 날렸다. 그리고 살짝 몸을 숙여
소년을 자세히 들여다보았다. 소년은 토빈과 데이비드 브라운
을 쳐다보다가 글랜턴을 바라보았지만 아무도 웃지 않았다.
마술사가 소년 앞에 무릎을 꿇고 앉아 기이할 만큼 강렬하게
응시했다. 마술사의 두 눈은 판사에게로 향하는 소년의 시선
을 쫓다가 다시 소년에게로 돌아왔다. 소년이 쳐다보니 마술
사는 비뚜름한 미소를 짓고 있었다.

내 앞에서 꺼져. 소년이 말했다.

마술사가 귀를 들이밀었다. 어느 언어에서나 통하는 몸짓이
었다. 시커먼 귀는 기형이었다. 주먹 한두 대로 일그러졌거나
살면서 전해 들은 소식에 그만 말라비틀어져 버린 듯했다. 소
년은 다시 말했지만, 토빈과 함께 맥컬럭 유격대와 맞서 싸운
켄터키 출신 테이트가 고개를 내밀어 속삭이고서야 남루한
옷차림의 마술사는 일어나 목례를 하고는 멀어져 갔다. 여인

의 중얼거림은 어느새 그친 뒤였다. 바람에 마술사는 옷을 나부끼며 서 있고, 모닥불은 땅바닥을 길고도 뜨거운 꼬리로 채찍질했다. 키엔, 키엔.(하실 분, 하실 분.) 마술사가 소리쳤다.

엘 헤페.(대장.) 판사가 말했다.

마술사의 눈이 글랜턴을 향했다. 그는 미동도 않고 앉아 있었다. 마술사는 모닥불을 등지고 멀찍이 앉아 누더기로 밤을 견디며 파르르 떨고 있는 여인을 바라보았다. 마술사가 손가락을 입에 대더니 잘 모르겠다는 듯 양팔을 벌렸다.

엘 헤페.(대장.) 판사가 나직이 속삭였다.

마술사는 몸을 돌려 모닥불가에 둘러앉은 사람들을 따라 걸어가다 글랜턴 앞에 발을 멈추고 웅크리고 앉아서는 양손으로 카드를 펼쳐 들었다. 뭐라고 하는지 목소리가 바람에 날려 지워졌다. 글랜턴이 휘날리는 모래를 피해 눈을 찡그린 채 미소 지었다. 그리고 한 손을 내밀다 멈추더니 마술사를 바라보았다. 이윽고 카드 하나를 골랐다.

마술사는 나머지 카드를 모아 품에 넣었다. 그리고 글랜턴의 손에 들린 카드를 향해 손을 내밀었다. 어쩌면 카드를 만졌는지도. 어쩌면 만지지 않았는지도. 카드는 사라지고 없었다. 카드는 글랜턴의 손에 있었지만, 이제는 없었다. 마술사의 눈은 어둠 속으로 날아가는 카드를 뒤쫓았다. 아마도 글랜턴은 카드의 그림을 보았으리라. 무슨 의미였을까? 마술사가 모닥불빛 너머 벌거벗은 채 요동치는 땅을 향해 걸어가려다 균형을 잃고 글랜턴 위로 쓰러지며 두 팔로 기묘한 소음을 빚어냈다. 앙상한 가슴으로 글랜턴을 끌어안고 위로하려는 듯했다.

글랜턴이 욕을 하며 그를 밀쳐 내자, 바로 그 순간 여인이 노래하듯 읊조리기 시작했다.

글랜턴이 벌떡 일어났다.

여인은 턱을 치켜들고 어둠을 향해 중얼댔다.

닥치라고 해. 글랜턴이 말했다.

라 카로사, 라 카로사.(전차, 전차.) 여인이 미친 듯이 외쳤다. 인베르티도. 카르타 데 게라, 데 벵간사. 라 비 신 루에다스 소브레 운 리오 오브스쿠로……(뒤집혔다네. 전쟁과 복수의 카드. 검은 강 위에 바퀴 잃은 전차가 보여……)

글랜턴의 고함에 여인은 알아들은 듯 멈추었지만, 기실 그렇지 않았다. 새로운 예언이 떠올랐던 것이다.

페르디다, 페르디다. 라 카르타 에스타 페르디다 엔 라 노체.(사라지네, 사라져. 어둠 속으로 사라져.)

아우성치는 어둠 가장자리에 한동안 서 있던 소녀가 소리 없이 다가왔다. 늙은 마술사는 내동댕이쳐진 곳에 무릎을 꿇고 있었다. 페르디다, 페르디다.(사라지네, 사라져.) 그가 나직이 웅얼댔다.

운 말레피시오.(저주야.) 늙은 여인이 울부짖었다. 케 비엔토 탄 말레안테……(사악한 기운으로 뒤덮인 바람이야……)

우라질, 당장 입 못 다물어. 글랜턴이 권총을 뽑으며 말했다.

카로사 데 무에르토스, 예나 데 우에소스. 엘 호벤 케……(뼈가 가득 실린 죽음의 전차. 소년은……)

판사가 거대한 정령처럼 모닥불을 가르자 불꽃이 그를 마치 불의 일부인 양 높이 들어 올렸다. 판사는 글랜턴에게 팔을 둘렀다. 누군가가 여인의 눈가리개를 확 잡아채 풀자 여인과 마술사는 두들겨 맞듯 사라졌다. 부대가 잠이 들고 나지막한 모닥불이 목숨 붙은 생물처럼 광풍에 너울대는 동안 네 가족은 불가에 늘어뜨린 기묘한 가재도구 사이에 웅크린 채 갈가리 찢긴 불꽃이 광야의 소용돌이에 휘날리듯 바람 아래로 빨려드는 모습을 지켜보았다. 인간의 궤적과 응보가 폐기된 채 널브러진 황야에 걸맞은 소용돌이였다. 인간과 인간의 짐승과 인간의 마구가 의지나 천운을 넘어 제삼의 혹은 다른 운명을 향해 실제로나 카드 상으로나 위탁되어 움직이는 듯했다.

바람이 어둠에 이울고, 밤의 존재들이 가고 없으나 태양이 채 떠오르진 못한 창백한 첫새벽에 부대는 출발했다. 당나귀에 올라탄 마술사가 속도를 내어 대열 앞쪽으로 가더니 글랜턴과 나란히 나아갔다. 오후 내내 그렇게 행군하다 하노스에 당도했다.

고대의 담으로 둘러쳐진 요새는 대체로 흙으로 이루어져 있었다. 흙으로 빚은 높다란 교회와 흙으로 쌓은 망루 등 모든 것이 비에 씻겨 울퉁불퉁 패고 물컹물컹 녹아들었다. 괴혈병 걸린 잡종개가 군대의 출현을 요란하면서도 엉성하게 짖어 알리더니 무너져 가는 담장 새로 슬금슬금 달아났다.

세월에 쓸려 푸르스름해진 종이 나지막한 진흙 고인돌 사이 장대에 매달린 교회를 지나쳐 부대는 나아갔다. 거뭇거뭇한 어린애들이 오두막에서 내다보았다. 공기는 숯불이 방출한 연기로 묵직했고, 대머리 노인 몇몇이 문간에 말없이 앉아 있었다. 집들 상당수가 움푹 꺼지고 황폐해져 가축우리로 사용되고 있었다. 알랑거리는 눈을 한 노인 하나가 비트적거리며 다가와 손을 내밀었다. 우나 코르타 카리다드.(한 푼 줍쇼.) 노인이 지나가는 말을 향해 깩깩댔다. 포르 디오스.(하느님의 은총을 빕니다.)

광장에는 척후병으로 먼저 갔던 웹스터와 델라웨어 인디언 둘이 점토빛으로 찌든 할멈과 함께 흙바닥에 쪼그리고 앉아 있었다. 앙상히 여윈 쪼그랑할멈은 어깨에 걸친 숄 아래로 가지 같은 젖가슴이 비쭉 나와 벌거벗은 거나 다름없었다. 할멈은 말들이 에워싸도 땅바닥에 붙박인 눈을 들지 않았다.

글랜턴이 광장을 둘러보았다. 마을은 텅 빈 듯했다. 이곳을 지키고 있는 소규모 부대는 나와 볼 기미도 보이지 않았다. 길바닥의 흙이 바람에 휩쓸려 내려갔다. 글랜턴의 말이 주둥이를 숙여 할멈의 냄새를 맡더니 고개를 휙 틀고 부르르 진저리를 쳤다. 글랜턴은 말의 목을 토닥여 주고는 안장에서 내렸다.

13킬로미터쯤 상류의 도살장에 있었습니다. 웹스터가 말했다. 걷지 못하더군요.

몇이나 있지?

열다섯 내지 스물쯤 될 겁니다. 가축은 한 마리도 안 보였어요. 대체 거기서 뭘 하는 건지 모르겠더군요.

글랜턴이 말의 앞쪽으로 가 고삐를 말 등으로 넘겼다.

조심하십시오, 대장. 이년이 뭅니다.

할멈이 그의 무릎께로 눈을 들어 바라보았다. 글랜턴은 말을 돌려 안장 총집에서 묵직한 권총 한 자루를 꺼내 공이치기를 당겼다.

알아서 피하게.

부하들 몇이 뒤로 물러섰다.

할멈이 고개를 들었다. 늙은 두 눈에는 용기도 상심도 배어 있지 않았다. 글랜턴이 왼손으로 뭔가를 가리키자 할멈이 그쪽으로 고개를 돌렸고, 글랜턴은 할멈의 머리에 권총을 대고 발사했다.

손바닥만 한 슬픈 광장을 총성이 가득 메웠다. 말 몇 마리가 놀라 뒷걸음쳤다. 주먹만 한 구멍이 할멈의 머리 반대편에 뚫리며 왈칵왈칵 피를 쏟더니 할멈은 치유할 길 없이 피웅덩이로 쓰러졌다. 글랜턴은 벌써 총에 안전장치를 걸고 소모된 탄피를 엄지로 튕겨 빼내고서 탄창을 다시 채울 준비를 했다. 맥길. 그가 말했다.

부대에서 유일한 멕시코인이 앞으로 나왔다.

영수증 잘 챙기게.

멕시코인은 허리띠에서 가죽칼을 꺼내 할멈이 쓰러진 곳으로 가 머리채를 움켜쥐고 비튼 후 칼날로 두개골을 쭉 그어 머리 가죽을 벗겨 냈다.

글랜턴이 부하들을 바라보았다. 몇몇은 할멈을 쳐다보며 서 있고, 몇몇은 말이나 총알에 시선을 가누었다. 오직 신병들만이 글랜턴을 쳐다보고 있었다. 그는 탄창에 총알을 재고 눈을 들어 광장을 둘러보았다. 마술사 가족이 목격자처럼 나란히 서 있고, 그 너머에는 기다란 흙집 현관과 뻥 뚫린 창문에

비쭉 나온 얼굴이 그의 시선이 닿을 때마다 무대 위 꼭두각
시 인형처럼 휙휙 사라졌다. 글랜턴은 탄창을 되끼우고 덮개
를 덮은 다음 묵직한 권총을 손바닥에 놓고 돌리더니 말의 어
깻죽지에 걸린 총집에 도로 꽂았다. 그리고 핏물이 뚝뚝 듣는
머리 가죽을 맥길에게서 건네받아 짐승 가죽을 검사하듯 햇
볕에 비춰 보고 되돌려 주고는 말의 고삐를 잡고 광장을 가로
질러 물이 흐르는 여울로 향했다.

부대는 개천 건너 요새 담 바로 위쪽 미루나무 숲을 숙영
지로 삼았다. 어둠이 내리자 군인은 몇 명씩 조를 짜 안개 깔
린 거리로 다가들었다. 마술사 가족은 흙바닥 광장에 자그마
한 천막을 치고 기둥을 서너 개 세워 기름등을 얹었다. 마술
사는 양철과 생가죽을 잇대 만든 북을 두드리며 새된 콧소리
로 선전을 해 댔고, 여인은 엄청난 구경거리가 있다는 듯 팔을
휘저으며 높다랗게 외쳐 댔다. 파세, 파세, 파세.(들어오세요, 들
어오세요, 들어오세요.) 토드빈과 소년은 몰려다니는 마을 주민
들에 끼여 구경했다. 배스캣이 상체를 숙여 속삭였다.

저기 좀 봐.

그들은 배스캣이 가리키는 방향을 향해 고개를 돌렸다. 흑
인이 천막 뒤에 상체를 벌거벗은 채 서 있었다. 손사래를 치며
돌아서는 마술사는 소녀에게 냅다 떠밀리고는 사위어 가는
등불 아래를 기묘한 자세로 성큼성큼 걸어갔다.

8

또 다른 술집, 또 다른 조언자 ─ 카드 도박 ─ 칼질 ─ 술집의 가장
어둡고도 두드러진 모퉁이 ─ 야경꾼 ─ 북진 ─ 도살장 ─ 할매쥐 ─
아니마스 봉우리 아래에서 ─ 대결과 살인 ─ 또 다른 은둔자, 또 다른 새벽

그들은 술집 앞에서 발을 멈추고 돈을 한데 모았다. 토드빈
이 문 대신 걸려 있는 말린 생가죽을 젖혀 주자 다른 이들은
온통 캄캄하여 분간할 길 없는 장소로 들어섰다. 천장 들보에
램프 하나 달랑 걸린 자욱한 어둠 속에서 시커먼 형체들이 담
배를 피우며 앉아 있었다. 그들은 흙타일을 붙인 바를 향해
홀을 가로질렀다. 장작 연기와 땀 냄새가 코를 찔렀다. 덩치가
자그마하고 앙상한 남자가 바에 나타나 의식을 치르듯 양손
을 타일에 얹었다.

디가메.(뭘로 하겠소.) 그가 말했다.

토드빈이 모자를 벗어 바에 내려놓고는 손 갈퀴로 머리를
쓸어 넘겼다.

죽거나 맹인이 될 위험이 가장 낮으면서도 맛있는 걸로.

코모?(예?)

토드빈이 엄지로 목을 가리켰다. 마실 것.

바텐더는 돌아서서 술병을 살폈다. 어느 것으로 줘야 좋을지 몰라 망설이는 듯했다.

메스칼?(메스칼 주?)

다들 좋아?

빨리 내놓기나 해. 배스캣이 말했다.

바텐더는 흙단지를 기울여 짜부라진 양철컵 세 잔을 채워서는 말이 얹힌 체스판처럼 조심스레 앞으로 내밀었다.

쿠안토?(얼마야?) 토드빈이 말했다.

바텐더는 겁에 질린 표정이었다. 세이스?(6?)

세이스.(6.) 뭐?

바텐더가 손가락을 여섯 개 들어 보였다.

센타보[25]야. 배스캣이 말했다.

토드빈이 바에 동전을 던지더니 술잔을 단번에 들이켜고 또 동전을 던졌다. 그리고 손가락을 흔들어 세 잔을 모두 다시 채우라고 지시했다. 소년은 컵을 들어 쭉 들이켜 바에 내려놓았다. 술은 시큼하고 냄새가 독한 데다 크레오소트[26] 맛이 희미하게 감겨 왔다. 소년은 동료들처럼 바에 등을 기대고 서서 홀을 둘러보았다. 멀리 모퉁이 쪽 탁자에서 사람들이 수지 양촛불 하나에 의지해 카드 도박을 하고 있었다. 맞은편 벽에

---

25) 멕시코의 소액 화폐 단위로, 100센타보는 1페소다.
26) 일종의 방부제.

는 빛으로부터 쫓겨난 듯 보이는 이들이 웅크린 채 아무 표정 없이 미국인들을 응시하고 있었다.

게임 한 판 하지그래. 토드빈이 말했다. 누렁이 놈들이랑 같이 어둠 속에서 카드 도박을 하는 거야. 그는 컵을 들어 쭉 비워 바에 내려놓고 남은 동전을 헤아렸다. 사내 하나가 어둠 속에서 나와 발을 질질 끌며 다가왔다. 겨드랑이에 끼고 있던 병을 술잔과 함께 바에 조심스레 내려놓고 뭐라고 말하자 바텐더가 물 주전자를 갖다 주었다. 노인은 손잡이가 오른쪽에 오도록 주전자를 돌린 다음 소년을 쳐다보았다. 노인은 더는 이지역에서는 볼 수 없는 납작한 모자에 때가 덕지덕지 앉은 흰 면바지와 셔츠 차림이었다. 발에 뀐 가죽 끈 샌들은 말라 거뭇해진 물고기를 발바닥에 동여매어 놓은 듯이 보였다.

텍사스인이오? 노인이 말했다.

소년은 토드빈을 바라보았다.

텍사스인이군. 노인이 말했다. 삼 년 전에 텍사스에 갔었지. 노인이 손을 들어 보였다. 검지 첫 번째 마디가 사라지고 없었다. 아마도 텍사스에서 무슨 일이 있었는지 보여 주려는 것이거나 아니면 그저 세월을 헤아려 보이려는 것이었으리라. 노인은 손을 떨구더니 바를 향해 돌아서서 잔에 술을 붓고 물 주전자를 들어 조심스레 물을 부었다. 희석된 술을 마시고 잔을 내려놓은 노인은 토드빈을 향해 돌아섰다. 그리고 듬성듬성 흰 수염이 돋은 턱을 손등으로 훔치고서 고개를 들었다.

당신네들은 소시에데드 데 게라(전쟁광)로군. 콘트라 로스 바르바로스.(야만인들을 죽이러 왔지.)

토드빈은 무슨 말을 하는지 알 수 없었다. 트롤[27]의 속임수에 넘어간 난폭한 기사 같은 표정이었다.

노인은 어깨에 총을 걸치는 시늉을 하고서 입으로 땅 소리를 냈다. 그리고 미국인들을 바라보았다. 아파치 죽이지?

토드빈은 배스캣을 쳐다보았다. 왜 저러는 거야?

배스캣은 세 손가락 남은 손으로 입을 훔치고는 무덤덤히 말했다. 영감탱이가 술이 만땅이거나 머리가 해까닥 돌았나 보지.

토드빈은 팔꿈치를 뒤로 해 바에 괴었다. 그리고 노인을 쳐다보더니 바닥에 침을 뱉었다. 달아난 또라이 노예 아냐?

홀 한쪽 구석에서 신음이 새어 나왔다. 사내 하나가 벌떡 일어나 벽을 따라 걸어오더니 상체를 숙여 다른 이들과 이야기를 나누었다. 신음이 또다시 들렸고, 노인은 손을 얼굴 앞에 들어 두어 번 젓더니 손가락 끝에 키스하고서 고개를 들었다.

얼마나 주나?

아무도 대꾸하지 않았다.

고메스를 죽이면 엄청 주겠지.

어둠에 묻힌 모퉁이에서 또다시 신음이 일었다. 마드레 데 디오스.(아이고, 마리아님).

고메스, 고메스. 노인이 말했다. 심지어 고메스까지도. 그 누가 텍사스인과 맞설 수 있겠나? 무장한 군인들한테 말이야. 케 솔다도스 탄 발리엔테스. 라 상그레 데 고메스, 상그레 데

---

27) 북유럽 신화의 괴물.

라 헨테……(용감한 군인들이지. 고메스의 피, 민중의 피……)

노인이 고개를 들었다. 피, 이 나라에는 피가 철철 흘러. 그런데도 멕시코는 피에 목말라 하지. 기독교도 1000명의 피는 아무것도 아니야.

노인은 어둠에 묻힌 모든 세상과 얼룩진 모든 위대한 제단을 가리키듯 손짓했다. 그리고 몸을 돌려 술을 붓고는 다시 주전자 물을 더했다. 노인은 아껴 가며 술을 마셨다.

소년은 유심히 살폈다. 노인이 술을 마시고 입가를 훔치는 모습을 가만히 지켜보았다. 이윽고 노인이 몸을 돌렸지만 소년에게도 토드빈에게도 말을 걸지 않고 술집 전체를 향해 연설하듯 말했다.

이 나라를 위해 하느님께 기도드리네. 참말이야. 나는 기도해. 교회에 가지는 않지. 그 따위 석상 앞에서 줄줄 늘어놔 봐야 무슨 소용 있겠나? 나는 여기다 대고 말해.

노인이 자신의 가슴을 가리켰다. 그리고 미국인을 향해 다시 중얼거렸다. 당신들은 좋은 카바예로(남자)야. 야만인을 죽이지. 야만인은 이제 죽은 목숨이나 다름없어. 하지만 세상에는 다른 카바예로도 있지. 아무도 그에게서 달아날 수 없어. 나는 군인이었네. 꿈을 꾸는 것 같아. 사막의 백골이 다 가루가 된 후에도 꿈은 여전히 말을 걸어. 영원히 깨어날 수 없지.

노인은 술잔을 비우더니 병을 든 채 샌들을 나직이 끌며 짙은 어스름 속으로 사라졌다. 구석의 사내가 다시 신음하며 하느님을 외쳤다. 바텐더가 배스캣과 뭐라고 말을 주고받고는 구석의 어둠을 가리키며 절레절레 고개를 흔들었다. 미국인들은 마지막 술잔을 들이켜고 밖으로 나갔다. 토드빈이 동전을 몇 개 바텐더 쪽으로 밀쳤다.

노인네의 아들이었대. 배스캣이 말했다.

누가?

구석에서 칼로 절단 나던 녀석 말이야.

절단 나다니?

탁자에 있던 다른 녀석이 그자를 칼질했대. 카드 게임을 하다 말이야.

그런데 왜 안 달아나고 가만히 있었대?

나도 같은 질문을 했지.

뭐라던?

나한테 되묻던걸. 어디로 달아나겠냐고.

그들은 좁은 담길을 따라 요새 정문으로 향했다. 저쪽에서 숙영지의 모닥불이 일렁였다. 웬 고함이 들렸다. 라스 디에스 이 메디아, 티엠포 세레뇨.(10시 30분입니다. 모두 조용히 하세요.) 순찰을 돌고 있는 야경꾼이었다. 등불을 든 그는 미국인들을 지나치며 나직이 시간을 읊었다.

동트기 전 칠흑 같은 어둠이 사위를 감쌀 때가 되면 소리가 다가올 광경을 생생히 드러낸다. 강가에 늘어선 나무에서 새의 첫 지저귐이 울리고, 마구가 쟁그랑대고, 말이 코를 킁킁대며 사각사각 풀을 뜯는다. 어둠이 미적대는 마을에서 수탉이 아침을 알린다. 말과 숯불 냄새가 대기에 떠돈다. 야영장이 일렁인다. 차츰차츰 고여 드는 빛 속에 앉아 있는 것은 마을 아이들이다. 잠에서 깨어난 군인들은 아이들이 얼마나 오랫동안 어둠과 침묵 속에서 기다렸는지 알 수 없다.

광장을 가로질러 행군하니 인디언 할멈의 시체는 사라지고 없고, 흙바닥은 비질로 깨끗해졌다. 마술사의 기름등이 기둥 꼭대기를 까맣게 그을린 채 황량히 죽어 있고, 천막 앞 모닥불 역시 싸늘하게 식어 있었다. 양손으로 도끼를 움키고 장작을 패던 늙은 아낙네가 고개를 들어 바라보았다.

아침나절 부대는 약탈당한 인디언 마을을 통과했다. 거뭇해진 살코기가 덤불 위에 널려 있거나 기묘한 검은 빨랫감처럼 장대에 매달려 있었다. 사슴 가죽은 땅바닥에 널브러져 있고, 희고 빨간 뼈들이 원시적인 도살장의 자갈 바닥에 흩어져 있었다. 말들이 귀를 쫑긋 세우며 종종걸음을 쳤다. 부대는 계속 나아갔다. 오후에 흑인 잭슨이 뒤늦게 부대에 합류했다. 말이 비트적비트적 헐떡였다. 글랜턴은 안장에서 몸을 돌려 그를 빤히 쳐다보았다. 그러다 말에 박차를 가해 달려갔고, 흑인은 예전처럼 백인 잭슨과 함께 뒤처졌다.

그날 저녁까지도 그들은 참전 용사의 부재를 아쉬워하지 않았다. 판사가 요리용 모닥불 연기 사이로 모습을 드러내더니 토드빈과 소년 앞에 웅크리고 앉았다.

감방 동기는 어찌 되었나? 그가 말했다.

그만두기로 한 모양입니다.

그만두었다고.

그런 것 같습니다.

오늘 아침에 같이 있었나?

같이 있지 않았습니다.

자네가 자네들 대표라고 생각했는데.

토드빈은 침을 뱉었다. 대표고 뭐고가 어디 있습니까? 감방 동기끼리.

언제 마지막으로 보았나?

엊저녁이었습니다.

오늘 아침에는 못 봤고?

예, 못 봤습니다.

판사는 토드빈을 가만히 응시했다.

젠장. 토드빈이 말했다. 판사님도 그 자식이 없다는 걸 알았잖습니까. 쥐새끼만 해서 안 보일 리도 없고.

판사가 소년을 바라보았다. 그리고 다시 토드빈에게로 고개를 돌렸다. 이윽고 판사는 일어나 돌아갔다.

아침에 델라웨어 인디언 둘이 사라지고 없었다. 부대는 행군했다. 정오 무렵이 되어 협곡에 들어섰다. 아니마스 봉우리 아래 펼쳐진 야생 라벤더와 비누풀을 헤치며 올라갔다. 울퉁불퉁한 드높은 요새 위로 날아오른 독수리의 그림자가 휙 하니 부대를 스쳤다. 그러자 용병들은 고개를 들어 흠 하나 없이 날카로운 푸르른 하늘을 질주하는 한 마리 새를 응시했다. 소나무와 참나무 사이로 올라간 부대는 웃자란 소나무 숲을 가로지르는 협곡을 건너 산속 깊이 들어갔다.

저녁에 고원에 이르자 북쪽으로 시야가 탁 트였다. 태양이 제물을 불태우듯 가라앉는 서녘 땅에는 자그마한 사막 박쥐가 줄지어 날아다녔고, 세상의 흙먼지가 요동치는 북쪽 지평선에는 아득히 멀리 진을 친 적군이 피워 올린 연기처럼 모래가 휘날렸다. 기다랗게 번진 푸른 황혼 아래 더께 쌓인 날카로운 그림자 속에 산맥이 구겨진 정육점 봉투처럼 뻗어 있고, 가까이에는 말라빠진 호수의 번들거리는 바닥이 달 표면처럼 반짝이고, 사슴 떼가 사막 빛깔 늑대에게 쫓겨 마지막 빛살에 의지해 북방으로 부리나케 달려갔다.

글랜턴은 말 위에 앉아 그 광경을 오래도록 바라보았다. 고원에 드문드문 돋은 마른 잡초가 기록에서 영원히 지워진 전투에서 오고 간 창이 남긴 지상의 기나긴 메아리인 양 바람에 와스락댔다. 하늘이 온통 근심에 겨워 보이는 가운데 밤이 재빨리 저녁 대지를 휘덮더니 자그마한 잿빛 새들이 떠나 버린 태양을 원망하듯 나직이 울먹였다. 글랜턴이 말에 박차를 가했다. 말은 미심쩍은 어둠의 파괴 속으로 달리고 또 달렸다.

부대는 고원 기슭 자락에 펼쳐진 평원에서 밤을 보냈고, 모두의 예상대로 기어이 살인이 일어났다. 백인 잭슨은 하노스에서 술을 억병으로 마신 탓에 이틀 내내 벌겋게 핏발 선 눈으로 시무룩하게 산을 넘었다. 야영지에서 동료와 늑대 울음소리와 밤의 섭리에 둘러싸인 그는 부츠를 벗어 던지고서 부스스한 몰골로 불가에 앉아 브랜디를 마셨다. 그때 흑인 잭슨이 모닥불로 다가와 안장 담요를 던지곤 그 위에 퍼질러 앉더니 파이프에 불을 붙였다.

야영지에는 모닥불이 두 개 있었다. 누가 어느 모닥불을 써야 하는지에 대한 규칙이나 묵계 따위는 없었다. 하지만 백인 잭슨이 다른 모닥불을 보니 그곳에 델라웨어 인디언과 존 맥

길과 신참이 저녁을 먹고서 쉬고 있었다. 백인 잭슨은 손사래
를 치며 어눌하게 혀를 굴려 흑인더러 꺼지라고 했다.

계약이라는 것은 무릇 인간의 판단 이상으로 쉽게 깨지는
법이다. 흑인 잭슨이 파이프에서 고개를 들었다. 불가에 둘러
앉은 사람 중에는 두개골에 박힌 뜨거운 석탄 같은 눈으로 불
을 응시하는 이가 있는가 하면 그렇지 않은 이도 있었다. 하지
만 흑인의 눈은 다듬어지지 않은 벌거벗은 밤에 나룻배가 정
박지에서 나와 다음 정박지로 가는 물길처럼 깊었다. 부대원
이면 누구든 앉고 싶은 데 앉아. 그가 말했다.

백인 잭슨이 한쪽 눈을 약간 찡그리고 입을 헤벌린 채 고개
를 저었다. 그의 총집 달린 벨트는 바닥에 풀어져 있었다. 그
가 손을 뻗어 권총을 빼내 공이치기를 당겼다. 네 사람이 벌떡
일어나 자리를 피했다.

날 쏘고 싶어? 흑인이 말했다.

그 검댕 엉덩이를 여기서 치우지 않으면 골로 갈 줄 알아.

흑인이 글랜턴이 앉아 있는 곳을 바라보았다. 글랜턴은 가
만히 쳐다보고 있었다. 흑인은 파이프를 입에 물고 일어나 안
장 담요를 팔에 걸쳤다.

진심이야?

하느님 말씀만큼이나 진심이지.

흑인은 모닥불 너머 글랜턴을 다시 한번 보더니 어둠 속으
로 사라졌다. 백인은 공이치기를 푼 총을 앞쪽 바닥에 내려놓
았다. 두 명이 모닥불로 돌아와 쭈뼛쭈뼛 서 있었다. 잭슨은
책상다리를 한 채 앉아 있었다. 한 손은 허벅지에 놓여 있고,

날씬한 검은 시가를 쥔 다른 손은 무릎에 걸쳐 있었다. 그에게 가장 가까이 앉아 있는 사람은 토빈이었다. 흑인이 의식 도구인 양 양손에 커다란 사냥칼을 들고서 어둠을 가르고 나타나자 토빈은 벌떡 일어나려 했다. 백인 잭슨이 술에 찌든 고개를 들자 흑인 잭슨이 성큼 다가와 일격에 목을 땄다.

두 개의 굵고도 시커먼 핏줄기와 두 개의 가느다란 핏줄기가 목에서 뱀처럼 솟구쳐 포물선을 그리며 모닥불로 떨어져 쉿쉿댔다. 화들짝 놀란 눈을 한 머리가 왼쪽으로 데구르르 굴러 전직 신부의 발치에서 멈추었다. 토빈은 발을 잡아당기며 얼른 일어나 뒤로 물러섰다. 모닥불이 김을 내뿜으며 거뭇해지더니 회색 연기 다발이 뭉게뭉게 치솟았다. 핏줄기 포물선이 서서히 사위자 목에서 스튜처럼 보글보글 거품이 일었지만, 이윽고 그마저도 조용해졌다. 백인 잭슨은 머리가 없고 피에 흠뻑 젖은 것만 빼고는 전과 똑같은 자세로 여전히 시가를 쥔 채 목숨을 잃은 그 자리에 앉아, 불꽃 사이로 연기를 피워 올리는 시커먼 동굴 쪽으로 상체를 숙이고 있었다.

글랜턴이 일어났다. 다른 이들은 모두 뒤로 물러나 있었다. 아무도 입을 열지 않았다. 새벽에 부대가 출발할 때에도 머리 없는 남자는 셔츠 차림에 맨발로 재 속에서 살해당한 은둔자인 양 앉아 있었다. 누군가가 그의 총을 가져갔지만, 부츠는 벗어 둔 자리에 그대로 있었다. 부대는 나아갔다. 한 시간도 채 안 되어 아파치와 마주쳤다.

9

부슬부슬 말라 분지로 화한 호수의 서쪽 가장자리를 가로
지르는데 글랜턴이 중지 명령을 내렸다. 그는 몸을 틀어 나무
안장 꼬리에 한 손을 짚고서, 점점이 찍힌 점 외에는 황량하기
이를 데 없는 동쪽 산맥 위로 막 돋아난 태양을 바라보았다.
분지 바닥은 지나간 흔적 하나 없이 매끈했고, 푸른 섬에 솟
은 산은 마치 공중누각인 양 밑자락 없이 허공에 둥실 떠 있
는 듯 보였다.

토드빈과 소년은 말 머리를 나란히 하고 서서 다른 이들과
마찬가지로 황량한 사위를 응시했다. 수천 년 전 차가운 바다
가 갈라져 물이 사라져 버린 분지는 아침 바람에 은빛 물결을
나부꼈다.

개가 떼거지로 달려오는 소리 같은데. 토드빈이 말했다.

거위 떼 같아요.

느닷없이 배스캣과 델라웨어 인디언 하나가 말 머리를 돌려 채찍질하며 소리쳤다. 부대는 방향을 틀어 우르르 몰려가, 분지 가장자리에 돋은 가느다란 덤불을 앞에 두고 진을 쳤다. 말에서 뛰어내린 군인들은 미리 준비해 둔 밧줄로 얼른 말의 두 다리를 느슨히 묶었다. 말을 안전한 곳에 피신시키고 크레오소트 덤불 아래 엎드려 발사 준비를 갖추었을 때 호수 멀리 말을 탄 이들이 어슴푸레 나타났다. 활을 든 그네들은 솟구치는 열기에 일렁이며 방향을 틀어 가느다란 띠를 이루었다. 태양 앞을 가르며 한 명 한 명 사라졌다 다시 나타났다. 햇볕에 거뭇해진 그들은 있지도 않은 바다 거품을 말발굽으로 걷어차며 사라진 바다를 불탄 유령처럼 가로지르다 햇볕에 증발하고 호수에 묻히더니 반짝이며 하나로 어우러지다 다시금 한 명 한 명 분간되었다. 선으로 보이다 섬뜩한 평면으로 증식하여 점점 확장해 급기야 바로 위쪽 새벽하늘에 지옥인 양 똑같은 대열이 거대한 반대 모습으로 달려갔다. 말이 믿기지 않을 만큼 긴 다리로 가느다랗게 웃자란 덩굴을 짓이기고, 말에 매달려 뒤집혀 달려가는 반(反)전사들이 신화 속 괴물처럼 거대해져 고함을 지르고, 영혼의 울부짖음 같은 새된 괴성이 황량한 분지의 납작한 바닥을 휩쓸며 지하 세계의 찢어진 틈새로 스며들었다.

오른쪽으로 돌 거야. 글랜턴이 외치기 무섭게 그들은 활을 쏘기 편하도록 정말 오른쪽으로 돌았다. 깃 달린 화살이 태양이 빛나는 푸른 하늘로 솟구쳐 화르르 날아들더니 야생 오리가 비행할 때처럼 점점 가늘어지는 소리가 울렸다. 첫 번째 소총이 발사되었다.

소년은 커다란 워커 권총을 양손에 쥔 채 배를 깔고 엎드려 예전에 꿈에서 해 본 적이 있다는 듯 신중하게 총알을 날렸다. 마흔에서 쉰 명에 달하는 전사 무리가 30미터 안으로 들어서며 분지 가장자리를 달려가다 빽빽이 들어찬 열기 속으로 바스러지더니 조용히 해체되며 사라졌다.

부대는 크레오소트 덤불 아래 엎드린 채 총알을 재었다. 조랑말 한 마리가 모랫바닥에 쓰러져 끈질기게 숨을 헐떡였고, 다른 말들은 박힌 화살을 기묘한 인내심으로 견디며 서 있었다. 테이트와 닥터 어빙이 몸을 일으켜 말을 살폈다. 나머지 군인들은 모두 그대로 엎드린 채 분지를 주시했다.

몇몇이 걸어 나갔다. 토드빈과 글랜턴과 판사가. 그들은 개머리판에 온갖 모양의 황동 못을 박고 생가죽으로 엮은 짤막한 머스킷 총을 주워 들었다. 판사는 이교도들이 사라진 마른 호수의 창백한 북쪽 가장자리를 훑더니 총을 토드빈에게 넘겼다. 세 사람은 앞으로 나아갔다.

얕은 모래 구덩이에 시신이 엎드려 있었다. 가죽 부츠와 헐렁한 멕시코 바지를 빼고는 벌거벗은 차림이었다. 부츠는 고대 그리스인이 신던 장화처럼 발끝이 뾰족하고, 생가죽 밑창을 댔으며, 목이 길어 무릎 아래에서 접혀 묶여 있었다. 구덩이의 모래는 피로 시커멨다. 세 사람은 바람 한 점 없는 열기에 휩싸여 분지 가장자리에 서 있었다. 글랜턴이 부츠로 시체를 뒤집었다. 색칠한 얼굴에 박힌 눈알과 악취 나는 기름을 바른 가슴에 모래가 엉겨 있었다. 토드빈의 소총에서 날아간 총알이 아래쪽 갈빗대 바로 위에 또렷한 구멍을 새긴 것이 보였다. 남자의 긴 검은 머리카락은 먼지로 덮여 있고, 이 몇 마리가 부랴부랴 달아났다. 뺨에 하얀 사선이, 코에 뒤집혀진 브이(V)자 무늬가, 눈 아래와 턱에 시뻘건 인물이 그려져 있었다. 늙은 육신에는 창에 뚫렸다가 나은 상처가 엉덩이뼈 위쪽에 도드라졌고, 왼쪽 뺨에서부터 눈초리까지 오래된 칼자국이 이어져 있었다. 흉터를 따라 길게 늘어선 문신은 세월 탓인지 흐리마리했지만, 모양새로 보아 미지의 생명체임이 분명했다.

판사가 칼을 꺼내 무릎을 꿇고는, 사내가 지니고 있던 천 자루의 끈을 잘라 내용물을 모랫바닥에 쏟았다. 까마귀 날개로 만든 눈가리개, 과일의 씨로 만든 염주, 부싯돌 몇 개, 납 총알 한 줌이 들어 있었다. 또한 어느 짐승의 내장에서 빼낸 결석이나 담석인 듯한 것도 하나 있었는데, 판사가 집어 들어 유심히 살피더니 자기 주머니에 넣었다. 이어서 뭔가 쥐고 있는 듯한 시신의 손가락을 펼쳐 보고, 칼로 시신의 바지를 찢었다. 검은 성기의 옆쪽에 자그마한 가죽 주머니가 묶여 있었다. 판사는 가죽 주머니를 끊어 자기 조끼 주머니에 넣었다. 마지막으로 검은 머리털을 움켜쥐어 모래를 털고 머리 가죽을 벗겼다. 이윽고 세 사람은 자리에서 일어나, 시신이 말라가는 두 눈으로 태양의 비참한 도래를 목격하도록 내버려 둔 채 동료에게 돌아갔다.

부대는 명아주와 기장이 듬성듬성 자라는 창백한 황무지를 종일 진군했다. 저녁에 움푹 팬 분지에 들어서자 말발굽 소리가 어찌나 세차게 울리는지 말이 서커스에라도 나온 양 옆걸음질을 하거나 눈알을 굴려 댔다. 그날 밤을 분지에서 보낸 군인들은 저마다 세상 안의 지독한 어둠에 휘감겨 지하 어딘가로 굴러떨어지는 돌덩이의 둔탁한 비명을 들어야 했다.

다음 날 부대가 석회 호수를 건너는데, 석회가 어찌나 고운지 말발굽 자국이 흔적조차 남지 않았다. 군인들은 골탄으로 눈가를 시커멓게 칠하고, 몇몇은 말의 눈가에도 골탄을 발랐다. 호수가 되튕긴 햇볕이 얼굴의 안쪽까지 달쳤고, 말과 군인의 그림자가 똑같이 한없이 순순한 쪽빛으로 미세한 하얀 가루 위에 드리워졌다. 북쪽 사막 멀리에서 회오리바람이 일며 땅을 휩쓸자, 저 냉혹한 바람에 미친 듯이 빙빙 휘말린 여행자가 갈기갈기 찢겨 피 흘리며 사막에 내동댕이쳐져 자신을 파괴한 바람이 술 취한 정령처럼 비틀비틀 나아가다 원래 왔던 곳으로 산산이 부서져 사라지는 것을 목격했다는 이야기를 몇몇이 떠들었다. 회오리바람에서 팅겨 나온 이들은 뼈마디가 여지없이 부러진 고통에 말 한 마디 뱉지 못하고 울부짖으며 분노했겠지만, 과연 무엇을 향한 분노였을까? 모래 사이에서 말라 시커메진 시신을 발견한 여행자들이 과연 무엇이 파괴의 원동력인지 알아볼 수 있었을까?

그날 밤 군인들은 수염이며 옷이며 온통 흙먼지에 뒤덮인 채 유령처럼 모닥불가에 둘러앉아 넋 나간 듯 불을 쳐다보았다. 불꽃이 사그라지며 숯가루가 광야로 휘날리고, 모래가 행군하는 머릿니 부대처럼 밤새 슬금슬금 기어들었다. 어둠 속에서 말 몇 마리가 비명을 질러 대더니 새벽녘에는 여러 마리가 실명하여 광분하는 바람에 총을 쏠 수밖에 없었다. 그들이 맥길이라고 부르는 멕시코인은 진군하는 동안 말을 두 번이나 바꾸었다. 마른 호수에서부터 탄 말은 눈가에 골탄을 발라 주지 못한 탓에 개처럼 날뛰었고, 지금 타고 있는 말은 길이 덜든 것이었지만, 남아 있는 여분의 말은 겨우 세 마리뿐이었다.

그날 오후 부대는 하노스를 떠난 날 사라졌던 델라웨어 인디언 둘과 마주쳤다. 그들은 광천수를 품은 우물가에서 쉬고 있었다. 곁에는 참전 용사의 말이 여전히 안장을 얹은 채 서 있었다. 글랜턴은 말에게로 걸어가 고삐를 잡아 불가로 이끌었다. 총집에서 소총을 뽑아 데이비드 브라운에게 건네더니, 안장 꼬리에 끈으로 묶인 가죽 주머니를 뒤져 참전 용사의 별 볼일 없는 소유물을 모닥불에 던졌다. 이어서 뱃대끈을 풀고 마구를 벗겨 불더미에 보탰다. 담요와 안장 등 기름투성이 울과 가죽이 악취를 내뿜으며 회색 연기로 화했다.

부대는 다시 행군했다. 북진하는 이틀 동안 델라웨어 인디언이 멀리 산봉우리에서 피어오르는 연기를 읽어 냈다. 하지만 사흘째부터는 연기가 전혀 피어오르지 않았다. 산자락의 나지막한 언덕을 오르자 먼지투성이 낡은 마차에 말 여섯 마리가 앙상한 목덜미를 매인 채 마른 풀을 뜯고 있었다.

군인 하나가 마차를 떼어 내려 하자 말들이 고개를 휘휘 젓고 뒷걸음치더니 종종대며 달려갔다. 움푹 팬 곳으로 몰린 말들은 바람의 덫에 갇힌 종이 말처럼 빙빙 휘돌았다. 흑인이 모자를 흔들고 소리치며 주의를 끌더니, 멍에를 짊어진 채 바들바들 떨고 있는 말들에게 모자를 내밀고 말을 걸며 다가가 고삐를 잡았다.

글랜턴이 그 곁을 지나 마차 문을 열었다. 마차 안은 새로 박힌 나무에 쩍쩍 갈라졌고, 남자 하나가 머리를 곤두박은 채 죽어 있었다. 다른 남자 한 명과 아이 한 명은 무기를 꼭 쥐고 뻗어, 대머리독수리도 달아날 악취를 뿜어 댔다. 글랜턴이 총과 탄약을 챙겨 부하들에게 건넸다. 군인 둘이 마차 지붕으로 올라가 밧줄을 끊고 누더기가 된 방수천을 찢어 납작한 트렁크 하나와 오래된 생가죽 속달우편 가방을 걷어차 떨어뜨렸다. 글랜턴이 속달우편 가방의 끈을 칼로 끊어 내용물을 모랫바닥에 쏟아부었다. 이곳을 제외한 온갖 곳으로 부쳐진 편지들이 미끄러지듯 날아가 계곡 아래로 사라졌다. 광석 샘플을 넣고 꼬리표를 붙여 놓은 주머니가 몇 개 있었다. 글랜턴은 주머니에서 쏟아진 광석 덩이를 걷어차 가며 살폈다. 그리고 다시 마차 안을 보더니 침을 뱉고 고개를 돌려 말을 보았다. 커다란 미국산 말이었지만 기진맥진해 있었다. 개중 두 마리를 멍에에서 풀어내라고 한 뒤 흑인더러 대장 말에서 비키라고 손짓하고는 말을 향해 모자를 휘 저었다. 짝이 맞지 않은 말들이 계곡 바닥을 향해 내달리자 마차가 가죽의 탄력으로 뒤뚱대고, 죽은 남자가 덜컹대는 문밖에서 대롱거렸다. 마차는 서쪽으로 사라져 갔다. 처음에는 소리가, 이윽고 형태가 모래 위에서 피어오르는 열기 속으로 녹아들더니 신기루의 허공에서 분투하는 한 점 먼지가 되어 오롯이 소멸했다. 군인들은 행군을 계속했다.

오후 내내 일렬종대로 산을 넘었다. 자그마한 회색 수컷 매한 마리가 그들의 기치라도 찾겠다는 듯 위를 맴돌더니 날씬한 날개를 펼쳐 광야 멀리 날아갔다. 그날 황혼녘에 부대는 사암 도시를 연이어 지나쳤다. 성과 탑과 바람막이 망루와 석조 곡물 창고가 빛과 그림자에 묻혀 있었다. 그들은 이회토와 테라코타와 구릿빛 혈암 지구를 지나, 나무가 자라는 습지대와 산타리타델코브레의 폐허에 드러누운 황량한 칼데라[28]를 굽어보는 절벽에 다다랐다.

이곳에서 그들은 불도 물도 없이 밤을 지냈다. 글랜턴은 척후병을 내보내고 절벽으로 걸어가 황혼 갈피갈피 스며드는 어둠 안에 어떤 빛이라도 보이지 않을까 살폈다. 어두워진 후에야 척후병이 돌아왔다. 다음 날 사위가 여전히 어둑한 첫새벽에 부대는 말에 올라 행군을 시작했다.

그들은 잿빛 새벽에 칼데라로 들어가, 수십 년 전 아파치가 치와와로부터의 마찻길을 끊고 포위 공격을 했을 때 버려진 오래된 어도비 건물 사이로 난 혈암길을 일렬로 나아갔다. 그때 굶주린 멕시코 주민들은 남쪽으로 머나먼 길을 떠났으나 도착한 이는 아무도 없었다. 미국인들은 화산암재와 잡석과 시커먼 동굴 입구를 지나고, 광석이 무더기로 쌓인 제련소와 비바람에 삭은 마차와 새벽빛에 백골처럼 보이는 수레와 버려진 시커먼 강철 기계를 스쳤다. 돌투성이 마른 시내를 건너고 약탈당한 땅을 지나, 모서리마다 둥근 탑이 세워진 거대한 직사각형의 낡은 어도비 요새가 서 있는 나지막한 언덕으로 올

---

28) 화산 폭발 등으로 생긴 대규모 함몰지.

라갔다. 문은 동쪽 벽에 딱 하나 나 있었다. 가까이 다가가니 조금 전부터 아침 대기 속에서 풍겨 오던 연기 냄새의 실체가 드러났다.

글랜턴이 객점에 든 여행객인 양 생가죽으로 감싼 곤봉으로 문을 두드렸다. 푸르스름한 빛이 주위 언덕을 휘덮고, 북쪽의 드높은 봉우리가 빛살에 우뚝 형체를 드러냈지만, 칼데라에는 여전히 어둠이 그득했다. 문 두드리는 소리가 메아리가 되어 휑하게 뜯긴 바위벽에 부딪쳐 되튕겼다. 군인들은 말 위에 앉아 있었다. 글랜턴이 문을 발로 걷어찼다.

백인이라면 밖으로 나와. 그가 소리쳤다.

밖에 누구요? 웬 목소리가 대꾸했다.

글랜턴이 침을 뱉었다.

누구냐니까? 여러 목소리였다.

문 열어. 글랜턴이 말했다.

그들은 기다렸다. 쇠사슬이 나무를 가르며 철겅철겅 끌려갔다. 높이 솟은 문이 삐걱이며 안으로 당겨지자, 언제든 발사할 기세로 소총을 든 사내가 나타났다. 글랜턴이 무릎으로 말의 옆구리를 살짝 건드리자 말이 문틈으로 고개를 들이밀었고, 부하들이 뒤를 따랐다.

잿빛 어둠이 서린 요새 마당에서 그들은 말에서 내려 고삐를 묶었다. 낡은 유개 화차 서너 대가 서 있는데, 일부는 여행자들에게 바퀴를 약탈당한 뒤였다. 사무실 하나에 등불이 켜 있고, 문간에 여러 사람이 서 있었다. 글랜턴은 삼각형 모양의 마당을 가로질렀다. 사내들이 옆으로 비켜섰다. 인디언인 줄 알았더랬소. 그들이 말했다.

값비싼 금속을 캐러 산으로 향하던 일곱 중 네 명만이 남아 있었다. 야만족에 쫓겨 남쪽으로 사막을 가로지르다 사흘 전 버려진 요새로 들어와 진을 쳤다고 했다. 그중 한 명은 가슴에 총을 맞아 사무실 벽에 기대어 누워 있었다. 닥터 어빙이 들어가 환자를 살폈다.

뭘로 치료하고 있소? 어빙이 물었다.

아무것도.

내가 어떡하면 좋겠소?

누가 고쳐 달랬소?

그렇다면 좋지. 어차피 치료할 방도도 없으니.

어빙은 그들을 바라보았다. 누더기 차림에 악취가 스멀대고 반쯤은 정신이 나가 있었다. 땔감과 물을 찾아 밤이면 메마른 시내 상류를 허둥지둥 뒤지고 다녔고, 마당 한구석에 내장이 뽑힌 채 악취를 내뿜으며 죽어 있는 노새 고기로 근근이 연명하고 있었다. 그들은 다른 것은 다 제쳐 두고 위스키를 달라고 하더니, 다음으로 담배를 찾았다. 가진 것이라고는 달랑 말 두 마리뿐이었으나, 그나마 하나는 사막에서 뱀에 물려 머리가 기괴하게 퉁퉁 부어 마치 고대 그리스 비극에 등장하는 말처럼 보였다. 주둥이에 독니가 박혀 형체를 잃어버린 머리에는 두 눈이 죽음의 고통과 공포로 불거져 있었다. 부푼 머리를 저으며 침을 질질 흘리고, 억눌린 목구멍에서 씻씻 숨을 내쉬며 말이 비틀비틀 부대의 무리 지은 말들에게로 다가갔다. 피부가 콧등을 따라 길게 갈라진 사이로 불그스름하면서도 허연 뼈가 훤히 드러나 있고, 자그마한 귀는 털이 숭숭 난 덩어리 양쪽에 붙여 놓은 종잇조각처럼 보였다. 말들이 떼를 지어 움직이더니 벽을 따라 갈라졌다. 뱀에 물린 말은 맹목적으로 뒤를 쫓았다. 걷어차고 쥐어박는 소동이 일더니 말들이 요새 안을 빙빙 맴돌았다. 델라웨어 인디언이 타고 다니던 자그마한 점박이 종마가 말 떼에서 떨어져 나와 기형의 말을 두 번 내치더니 급기야 그것의 목을 물어 버렸다. 격분한 말의 목에서 터져 나오는 비명에 사람들이 우르르 문으로 몰려들었다.

왜 쏴 버리지 않았소? 어빙이 말했다.

빨리 쐈다가 고기가 썩을까 봐서요. 그들이 대답했다.

어빙이 침을 뱉었다. 뱀에 물린 말고기를 먹으려 했단 말이오?

그들은 서로 쳐다보았다. 본인들도 답을 몰랐다.

어빙은 절레절레 고개를 젓고는 밖으로 나갔다. 글랜턴과 판사는 무단 거주자들을 바라보았고, 무단 거주자들은 바닥으로 시선을 깔았다. 들보 몇 개가 아래로 반쯤 미끄러져 있고, 바닥은 흙과 돌투성이였다. 이 파괴적인 광경 속으로 아침 해가 비스듬히 돋자 한쪽 구석에 멕시코계나 혼혈로 보이는 열두 살가량의 꼬마애가 웅크리고 있는 것이 글랜턴의 눈에 띄었다. 낡은 반바지와 생가죽으로 되는 대로 엮어 만든 샌들을 빼고는 벌거벗은 차림이었다. 꼬마애는 공포에 지질린 오만으로 글랜턴을 노려보았다.

누구 애요? 판사가 물었다.

그들은 어깨를 으쓱이며 시선을 피했다.

글랜턴이 침을 뱉고 설레설레 고개를 저었다.

지붕에 보초를 배치하고, 말은 안장을 풀어 풀을 뜯게 했다. 판사가 바구니를 비운 짐말을 끌고 요새 탐험에 나섰다. 오후에 그는 쪼그리고 앉아 망치로 광석을 두드렸다. 붉은 구리 산화물과 천연 성분이 듬뿍 담긴 장석의 유기적 절단면을 본 판사는 주위에 모인 이들에게 즉흥적으로 지질학 강의를 했다. 청강생들은 고개를 끄덕이고 침을 뱉었다. 몇몇은 혼란스러운 고대의 세월을 10억 년 단위로 체계화하는 판사의 설명을 성서 구절로 흩뜨리려 했지만, 몇몇은 만약을 가정하며 배교에 동참했다. 판사가 빙그레 미소를 지었다.

성서가 거짓말한 거라네.

하느님은 거짓말하지 않아요.

아무렴. 하느님은 결코 거짓말하지 않으시지. 하지만 성서는 거짓말이야.

판사가 돌덩이를 쳐들어 보였다.

하느님은 돌과 나무와 뼈로 말씀하시네.

누더기 차림의 무단 거주자들이 고개를 끄덕이며 판사의 말이 옳다고, 배운 사람임에 틀림없다고 이내 단언했다. 판사가 계속 부추기자 그들은 결국 새로운 역사에 빠져 개종했고, 판사는 나중에 그들을 바보라며 비웃었다.

그날 저녁 부대원들 다수가 요새의 마른 흙바닥에서 숙영했다. 날이 밝기 전 빗방울이 후드득 듣자 그들은 남쪽 벽을 따라 이어진 자그마한 흙집의 어둠 속으로 몰려갔다. 요새 본관에서는 바닥에 피운 모닥불이 부서진 지붕을 뚫고 연기를 뿜어냈다. 글랜턴과 판사와 부관들은 불가에 둘러앉아 파이프 담배를 피웠고, 무단 거주자들은 한쪽에 서서 나눠 받은 씹는담배를 씹다가 벽에 뱉어 댔다. 혼혈아 꼬마는 어두운 눈빛으로 그들을 바라보았다. 서쪽의 나지막한 검은 언덕 사이에서 늑대가 울부짖자 무단 거주자들은 자신들의 귀를 의심했고, 사냥꾼들은 슬며시 미소 지었다. 자칼처럼 캥캥거리는 코요테 울음소리와 올빼미의 외침으로 소란스러운 어둠에 묻혀서도 뚜렷이 구별되는 유일한 소리는 늙은 늑대개의 아우성이었다. 아마도 주둥이가 회색일 고독한 늑대는 달에 매달린 꼭두각시인 양 울어 대고 있으리라.

어둠이 깊어지자 기온이 떨어지더니, 가히 폭풍이라 할 만한 비바람이 들이닥쳐 이내 주변의 모든 야생 동물이 침묵에 잠겼다. 말 한 마리가 젖은 얼굴을 문으로 들이밀자 글랜턴이 고개를 들어 속삭였다. 말은 고개를 쳐들어 입술을 말아 젖히고는 비와 어둠 속으로 되돌아갔다.

눈알을 뙤록거리며 온갖 것을 살피던 무단 거주자들은 그 광경 역시 유심히 바라보았다. 그중 한 명이 자신은 말을 친구로 여긴 적이 한 번도 없다고 고백했다. 글랜턴은 모닥불에 침을 뱉고는, 말(馬)도 없이 누더기 꼴로 앉아 있는 그를 보더니 너무도 독창적으로 초췌한 몰골에 설레설레 고개를 저었다. 빗줄기가 가늘어지며 고요한 가운데 천둥이 머리 위에서 우르릉 구르고 바위 사이에서 쿠르릉 뒹굴더니 비가 억수로 퍼부으며 지붕의 거뭇한 구멍으로 흘러내려 모닥불에 쐣쐣 김을 뱉었다. 군인 하나가 일어나 낡은 들보의 썩은 끄트머리를 뜯어 내 모닥불에 던졌다. 축 처진 들보를 따라 연기가 번지더니 가느다란 흙탕물 줄기가 흙을 얹은 지붕에서 낙하했다. 요새 바깥은 돌풍이 내리치는 물의 장막에 뒤덮이고, 문간에서 새어 나온 모닥불빛이 구경거리를 기다리며 길가에 늘어선 행인처럼 우뚝 선 말들을 따라 얕은 바다 위로 창백한 띠를 드리웠다. 때때로 누군가 일어나 밖으로 나가면 그의 그림자가 말들 사이로 미끄러졌다. 말은 머리에 물이 뚝뚝 듣자 고개를 들었다 떨구며 말발굽을 구르다 다시 빗속에서 기다렸다.

보초를 서다 방으로 들어온 군인은 모닥불 앞에서 모락모락 김을 뿜으며 서 있었다. 흑인은 문 안도 아니고 밖도 아닌 곳에 서 있었다. 판사가 벌거벗은 채 담 위에 올라가 있다고 누군가 알린 것이다. 옛 서사시를 낭독하며 담 위를 성큼성큼 걷는 거대하고도 새하얀 몸을 번개가 드러냈다. 글랜턴은 묵묵히 모닥불을 바라보았고, 군인들은 그나마 덜 젖은 바닥에서 담요를 휘감고 있다 이내 잠이 들었다.

아침에야 비가 그쳤다. 마당 웅덩이마다 물이 고여 있고, 뱀에 물린 말이 형체 잃은 머리를 진흙 속에 박고 죽어 있는 한편, 다른 말들은 북동쪽 모퉁이 탑 아래 모여 머리를 벽 쪽으로 향하고 있었다. 북쪽 산봉우리가 새로 떠오른 태양에 하얀 설봉을 드러냈다. 토드빈이 바깥으로 나오자 햇볕이 막 요새의 위쪽 벽을 쓰다듬고, 금방 식사를 마친 양 가시로 말없이 이를 쑤시는 판사의 몸에서 모락모락 김이 올랐다.

좋은 아침이군. 판사가 인사했다.

좋은 아침이네요. 토드빈이 대꾸했다.

화창한 하루가 될 것 같아.

비가 하늘을 깨끗이 쓸어버렸으니깐요.

판사가 고개를 들어 소박한 코발트 빛 하늘을 바라보았다. 머리와 꼬리가 새하얀 독수리 한 마리가 햇볕을 받으며 계곡을 가로질렀다.

정말 그래, 정말. 판사가 말했다.

무단 거주자들이 밖으로 나와 새처럼 눈을 끔벅이며 병영 주위에 섰다. 자기네끼리 투표한 결과 부대에 합류하기로 한 뒤였다. 글랜턴이 말을 끌며 마당을 가로지르자 그네들 대표가 다가와 그 결정을 알렸다. 글랜턴은 눈길도 주지 않았다. 그저 본부로 들어가 안장과 마구를 챙겼다. 그사이 누군가가 꼬마애를 발견했다.

아이는 자그마한 흙집에 벌거벗은 채 엎드려 있었다. 흙바닥에는 수많은 오래된 뼈가 나뒹굴었다. 앞선 이들과 마찬가지로 아이 역시 위험한 존재가 살고 있는 곳에 우연히 들어가기라도 한 듯했다. 무단 거주자들이 몰려들어 조용히 시신을 에워쌌다. 이내 그들은 죽은 꼬마의 장점과 미덕에 대해 별 의미 없이 늘어놓았다.

요새에서 말에 오른 머리 가죽 사냥꾼들은 빛을 환영하는 동시에 행군을 재촉하며 동쪽으로 활짝 젖혀진 문을 향해 말 머리를 돌렸다. 부대가 진격하는 동안, 요새에 무단 거주했던 불우한 사내들은 꼬마의 시신을 끌어내 흙바닥에 눕혔다. 부러져 축 늘어진 아이의 목이 바닥에 누일 때 기묘한 각도로 꺾였다. 빗물이 고인 마당 웅덩이에 광산 너머 언덕이 잿빛으로 담겼고, 먹다 만 노새가 끔찍한 전쟁 석판화에서 튀어나온 양 엉덩이와 뒷다리가 사라진 채 진흙 바닥에 널브러져 있었다. 문이 없는 본부에서는 총에 맞은 사내가 성가를 부르다 신을 저주하기를 되풀이했다. 무단 거주자들은 초라한 무기를 편히 쉬어 자세로 든 채 명예로운 누더기 호위병인 양 죽은 꼬마 곁에 서 있었다. 글랜턴은 그들에게 20그램의 화약과 도화선과 자그마한 납덩이를 미리 나누어 주었더랬다. 군인 몇이 행군하다 뒤돌아보니 세 사람은 아무 표정 없이 서 있었다. 손을 들어 작별 인사를 하는 이도 없었다. 모닥불이 남긴 잿더미 곁에서 죽어 가는 이가 노래를 불러 댔다. 점점 멀어져 가는 부대에게 어릴 적 노래가 실려 왔다. 시내 상류로 올라 여전히 빗물에 젖은 나지막한 향나무 숲을 통과하는 동안에도 노래는 여전히 그치지 않았다. 죽어 가는 남자는 더없이 맑고 씩씩하게 노래를 불렀고, 산을 오르는 군인들은 내면의 맑고 씩씩한 품성으로 인해 더 오래도록 노래를 듣고 싶은 마음에 부러 천천히 나아갔는지도 모를 일이었다.

그날 부대는 상록수 덤불 외에는 황량하기 이를 데 없는 나지막한 구릉지를 오르내렸다. 덤불이 웃자란 곳에는 어디에나 사슴이 껑충껑충 달아났고, 사냥꾼들은 말 위에 앉은 채 총을 쏴 내장을 비운 후 사슴 고기를 말에 실었다. 저녁이 되자 크기와 빛깔이 제각각인 늑대 대여섯 마리가 일렬로 뒤를 따르며 각자 자기 순서를 잘 지키고 있는지 서로 어깨 너머로 경계했다.

황혼 녘에 그들은 행군을 멈추고 모닥불을 피워 사슴 고기를 구웠다. 짙은 어둠이 사위를 에워싸 별 하나 보이지 않았다. 북쪽에 암흑으로 가린 산등성이를 따라 음울한 붉은 불꽃이 너울댔다. 그들은 고기를 먹고는 모닥불을 그대로 둔 채다시 행군했다. 산을 오름에 따라 모닥불의 위치가 바뀌는 듯했다. 여기로 저기로 움직이는가 하면, 멀어지다가도 어느새묘하게도 옆에 바싹 붙어 따라왔다. 도깨비불이 쫓아오는 듯한 광경을 모두들 보면서도 그 누구 하나 입을 열지 않았다. 불로 장난을 치는 존재가 과거에 그랬듯 스스로 모습을 드러낼지도 모르는 데다 지난 여행의 어떤 불변적 존재가 책략을부려 인간들을 거짓 방향으로 이끄는 것인지도 알 수 없기 때문이었다.

그날 밤 고원을 가로지르던 부대는 북쪽에 마른번개가 간헐적으로 떨어지며 주변을 환히 밝힐 때마다 어둠 속에서 자기네와 똑같은 무리가 튀어나오는 것을 보았다. 글랜턴은 말을 멈추고 정지 신호를 보내 부대를 세웠다. 침묵의 무리가 점점 다가왔다. 그러다 100미터쯤 남겨 두고 그들 역시 멈추었다. 말없이 서로를 바라보았다.

거기 누구요? 글랜턴이 외쳤다.

아미고스, 소모스 아미고스.(친구요, 우리는 친구요.)

두 무리는 서로의 수를 헤아렸다.

데 돈데 비에네?(어디서 오는 길이오?) 낯선 자들이 외쳤다.

아 돈데 바?(어디 가는 길이오?) 판사가 외쳤다.

그들은 북쪽에서 내려오던 버펄로 사냥꾼으로, 짐말에는

마른 고기가 잔뜩 얹혀 있었다. 짐승의 인대로 기운 가죽옷을 입은 데다 말에서 결코 내려오지 않을 듯한 품새로 앉아 있었다. 초원에서 야생 버펄로를 사냥할 때 쓰는 창은 깃털과 색색의 천으로 현란했고, 몇몇은 총구를 마개로 막은 오래된 머스킷 총이나 활을 들고 있었다. 말린 고기는 가죽으로 감싸여 있고, 무기와 몇몇 물품을 제하고는 문명이라고는 닿지 않은 듯한 야만 그 자체였다.

그들은 말에서 내리지 않고 서로를 탐색했다. 버펄로 사냥꾼은 자그마한 시가에 불을 붙이고는, 메시야의 시장에 가는 길이라고 했다. 미국인은 고기를 좀 사고 싶은 마음이 없지는 않았지만 바꿀 만한 물건이 마땅찮은 데다 물물 교환이라는 것이 익숙지 않았다. 결국 이들 두 무리는 자정의 고원에서 헤어져 서로가 온 길을 되짚어 나아갔다. 여행자란 으레 다른 이가 이미 걸어간 길을 끝도 없이 가야 하는 운명이기에.

10

다음 며칠 동안 길레뇨 인디언의 흔적이 어렴풋해지는 가
운데 부대는 산속 깊이 들어갔다. 백골처럼 허연 고지대 나무
로 지핀 모닥불 둘레에 군인들이 조용히 웅크리고 있으면 마
른 골짜기를 타고 오는 밤바람으로 불꽃이 너울댔다. 소년은
책상다리를 하고 앉아 전직 신부인 토빈에게서 빌린 송곳으
로 가죽 끈을 손질했다. 성직자복을 벗어 던진 이는 그 광경
을 가만히 지켜보았다.

전에도 해 본 모양이구나. 토빈이 말했다.

소년은 기름에 전 소맷부리로 콧등을 훔치고는 무릎에 놓
은 가죽 끈을 뒤집었다. 처음인데요.

그럼, 손재주가 상당한가 봐. 나보다 한결 나은걸. 하느님은
재능을 골고루 나눠 주지 않으신단 말이야.

소년이 고개를 들어 그를 바라보더니 다시 송곳을 놀렸다.

그렇고말고. 주위를 둘러봐. 판사만 봐도 그렇잖아.

별로 자세히 안 봐서 잘 몰라요.

네가 좋아하는 타입은 아닐지도 모르지. 그거야 상관없어. 하지만 판사는 못 하는 게 없단다. 손대는 일마다 다 기가 막히게 해내지.

소년은 기름칠한 실을 가죽 틈새로 끼워 넣어 티(T) 자로 바싹 당겼다.

심지어 독일어도 한단다. 전직 신부가 말했다.

독일어요?

그래.

소년은 고개를 들어 전직 신부를 바라보다 다시 고개를 숙여 수선을 했다.

내 두 귀로 똑똑히 들었어. 야노에서 온 미치광이 여행자 무리를 마주쳤는데, 대장 격인 늙은이가 마치 독일 땅이라도 된다는 양 독일어로 떠드는 거야. 그런데 판사가 바로 대꾸했지. 글랜턴은 너무 놀라서 말에서 나동그라질 뻔했어. 설마 판사가 독일어를 알 거라고 누가 상상이나 했겠어. 어디서 배웠느냐고 물었더니 뭐라는 줄 알아?

뭐랬는데요?

어느 독일인한테 배웠대.

전직 신부가 침을 뱉었다. 독일인 열 명을 데려다 놓아 봐라, 내가 독일어를 배우나. 너는 배우겠냐?

소년은 도리질했다.

당연하지. 하느님이 재능을 골고루 나눌 때 쓰는 저울은 지상의 것과 다른 게 분명해. 불공평하지. 그분 역시 순순히 인정할걸. 네가 강력히 묻기만 한다면 말이야.

누구한테요?

누구긴, 하느님한테지. 전직 신부는 절레절레 고개를 저었다. 그리고 모닥불 너머 판사를 흘긋거렸다. 저 거대한 털 없는 사람 말이야, 그냥 겉으로만 봐서는 설마 악마보다 춤을 잘 출 거라고 누가 상상이나 하겠니? 한데 정말 죽여주는 춤꾼이지. 아무도 못 당할걸. 게다가 바이올린까지 얼마나 잘 켜는지. 살다 살다 그런 연주는 처음 들었어. 세상 최고가 분명해. 아무렴. 게다가 발자국을 없애고, 소총을 쏘고, 말을 몰고, 사슴을 추적할 줄도 알지. 세상에 안 가 본 곳이 없어. 주지사랑 같이 앉아 파리며 런던이며 온갖 이야기를 5개 국어로 밤새 늘어놓더군. 이야기를 듣는 것만으로도 기가 막힌 공연을 보는 듯했어. 주지사 나리야 배운 사람이니까 그렇다지만, 판사는…….

전직 신부는 설레설레 고개를 저었다. 아니면 학식이라는 게 별거 아니라는 사실을 보여 주기 위한 주님의 뜻인지도 모르지. 세상에 모르는 것이 없는 사람이 있다니. 주님의 의중을 무슨 수로 짐작하겠어. 하느님은 평범한 사람에게 비범한 사랑을 나누어 주시고, 주님의 지혜는 하찮은 미물에도 깃들어 있어 말없는 생명체를 통해서도 더없이 심오한 말씀을 하시잖아.

전직 신부가 소년을 바라보았다.

세상만물은 하느님의 뜻에 따라 이루어진단다. 아무리 하찮은 미물에도 하느님의 말씀이 담겨 있어.

소년은 하찮은 미물이란 새나 벌레 같은 것을 의미하나 보다고 내심 짐작했지만, 전직 신부는 가만히 소년을 응시한 채 고개를 갸웃하며 말했다. 그 어떤 인간도 예외가 아니지.

소년은 모닥불에 침을 뱉고는 고개를 숙여 계속 가죽 끈을 고쳤다.

하느님의 목소리 그 비슷한 것도 안 들리던걸요.

목소리가 멈추면 평생 목소리를 들어 왔다는 걸 깨달을 거야.

정말요?

그럼.

소년은 무릎에 놓인 가죽에 고개를 박았다. 전직 신부는 그러한 소년을 응시했다.

밤에 말이 풀을 뜯고 군인이 다 잠들었을 때, 말이 풀 뜯는 소리를 누가 듣겠니?

자고 있는데 듣긴 누가 듣겠어요?

듣고말고. 말이 풀을 뜯다 멈추면 누가 잠에서 깨지?

그야 군인이라면 당연히 깨죠.

그래, 모두 다 깨지.

소년은 고개를 들었다. 판사는요? 하느님의 목소리가 판사한테도 말해요?

판사는…… 대답을 않더구나.

전에 판사를 본 적이 있어요. 내커도처스에서요.

토빈이 빙그레 미소를 지었다. 부대원 모두 어딘가에서 저 검은 영혼을 만난 적이 있다고들 하지.

토빈은 손등으로 턱수염을 쓰다듬었다. 판사가 우리 모두를 구해 주었지. 그건 고맙게 생각해. 리틀콜로라도강에서 벗어났을 때 부대에 남은 화약이라고는 없었지. 1킬로그램은커녕 1그램도 없었어. 그런데 광대한 사막 한가운데, 그 사막은 꿈에서도 보기 싫을 거야, 바위 위에 웬 사람이 떡 하니 앉아 있는 거야. 마차를 기다리듯 태연히 앉아 있었지. 브라운은 신기루인가 보다 생각했더랬어. 화약이 눈곱만큼이라도 있었다면 그냥 쏴 버렸을 거야.

어쩌다 화약 한 줌 없는 신세가 된 거예요?

화약이라는 화약은 다 야만인한테 퍼부었거든. 동굴에서 아흐레를 버티다 보니 말들도 비실비실 죽고 몇 마리 안 남았지. 치와와를 떠날 때만 해도 서른여덟 명이던 부대원이 판사와 마주쳤을 땐 열네 명에 불과했어. 죽어라 달아나느라 정말 죽을 것만 같았어. 그 황량한 땅을 돌아다녀 봐야 골짜기나 막다른 길이나 돌 더미밖에 더 있겠냐 싶었는데, 난데없이 판사가 떡 하니 있는 거야. 저 악마 같은 인간이 그래서 고마운 거야.

소년은 한 손에는 마구를, 다른 손에는 송곳을 든 채 전직 신부를 가만히 바라보았다.

밤새 사막을 나아갔지. 델라웨어들이 수시로 정지 신호를 보내고서 땅에 엎드려 소리를 들었어. 달아날 곳도 숨을 곳도 없는 마당에 대체 무슨 소리를 들으려던 것이었는지. 망할 잡놈들이 쫓아오고 있다는 것은 말 안 해도 뻔한 판에. 그러다 날이 밝으니까 이제는 끝장이다 싶더라고. 우리 모두 뒤를 돌아봤지. 얼마나 멀리 떨어져 있는지도 모르겠더군. 25 아니면 30킬로미터쯤 됐으려나.

그런데 정오 무렵에 사막 한가운데 솟은 바위에 판사가 떡하니 앉아 있는 거야. 그래, 난데없는 바윗덩이에 난데없는 사람이었지. 주위에 다른 바위라고는 없었어. 어빙 말로는, 판사가 바위를 가져온 거래. 내가 보기에 바위는 판사가 하늘에서 뚝 떨어졌다는 증거야. 판사는 지금 그 소총을 그때도 갖고 있었어. 독일제 은으로 휘감은 그 총 말이야. 가늠쇠 아래에 라틴어가 은실로 박혀 있지. Et In Arcadia Ego.[29] 죽음에 대한 글이라더군. 자기 총에 이름을 붙이는 거야 흔하지. 달콤한 입술이니 무덤에서 돌아온 맹견이니 갖가지 여자 이름을 갖다 붙이지만 고전을 인용한 인간은 처음이야.

판사는 거기 그냥 앉아 있었지. 말도 없이. 책상다리를 하고서 실실 웃더군. 마치 우리가 올 줄 알고 있었다는 듯한 기색이었어. 낡은 캔버스 배낭이 하나 있고, 어깨 한쪽에 낡은 울 코트를 걸머메고 있었지. 배낭을 보니 권총 두 자루랑 금이며 은이며 온갖 보석이 잔뜩 들어 있었어. 심지어 물통 하나 안 갖고 있었지. 마치…… 대체 어디서 떨어진 건지 누가 알겠어. 마차를 타고 가다가 혼자 뒤처졌다고 하더군.

브라운은 내버려 두고 가자고 했지. 명예를 중시하는 그답

---

29) '지상 낙원에도 죽음은 있다.'라는 의미다.

지 않았어. 지금 생각해도 이상해. 한데 글랜턴은 가만히 쳐다보기만 하더군. 저기 앉아 있는 사람이 누구인지 추측만 하는데도 하루가 걸릴 판이었지. 사실 나는 지금도 판사가 어떤 사람인지 잘 모르겠어. 글랜턴과 판사는 비밀리에 계약을 맺었어. 끔직한 계약을. 명심해, 언젠가 내 말이 옳았다는 걸 깨닫게 될 거야. 판사는 우리에게 마지막 남은 짐말 두 마리를 요구했어. 짐 자루는 끈을 끊어 그 자리에 버리고서 말에 오르더군. 그리고 글랜턴이랑 나란히 나아갔지. 둘이서 이내 형제처럼 친근하게 이야기를 나누더군. 판사는 인디언처럼 안장도 없이 말을 타면서도 손만으로 자유자재로 다루더군. 소총은 말 어깨뼈에 걸쳐 놓고. 세상에서 가장 행복한 사내라도 된 듯한 품이었어. 세상만사가 자기 계획대로 흘러가고 있고, 더는 멋진 하루일 수 없다는 기색이었지.

그렇게 좀 가더니 동쪽으로 난 새로운 길로 우리를 이끌더군. 판사가 50킬로미터쯤 떨어진 산맥을 가리키자 우리는 왜 거기로 가느냐고 묻지도 않고 무턱대고 따라갔어. 그 무렵 판사는 글랜턴한테 우리 상황을 세세히 들어 알고 있었어. 변변찮은 무기 하나 없이 세상 아파치들의 절반한테 쫓기고 있는 신세인데도 천하태평이더군. 속으로는 전전긍긍했는지 몰라도 겉으로는 느긋하기 이를 데 없었지.

전직 신부는 이야기를 멈추고서 파이프에 다시 불을 붙였다. 델라웨어처럼 활활 타는 모닥불에 손을 집어넣고는 마침맞다는 듯 가만히 있었다.

우리가 뜬금없이 산에는 왜 갔을 것 같아? 판사가 어떻게 알았을까? 찾는 것이 거기 있다는 걸? 어떻게 만들면 된다는 걸?

토빈은 소년이 아니라 그 자신에게 묻는 듯했다. 그는 가만히 불을 응시하더니 파이프를 입에 물었다. 초저녁에 산자락에 이르러 말라빠진 개천을 따라 산을 올랐어. 자정께까지 힘겹게 행군한 다음에야 나무도 물도 없이 야영했지. 다음 날 아침에 보니 15킬로미터 너머 북쪽 평야에 놈들이 달려오더군. 네 명, 여섯 명씩 나란히 달리는데, 양식과 무기도 넉넉해서인지 느긋해 보였지.

보초병들 말로는, 판사가 밤새 자지 않더래. 박쥐를 지켜보더니 산 중턱으로 올라가 수첩에 뭔가를 끼적이고는 내려왔다더군. 기운이 펄펄하더래. 그날 밤 두 사람이 탈영해서 겨우 열두 명 남아 있었지. 아니, 판사까지 합쳐서 열셋이었지. 나는 신경을 바짝 곤두세워 판사를 살폈다네. 하긴 그건 지금도 마찬가지야. 어느 때는 판사가 미친놈처럼 보이다가도, 또 어느 때는 멀쩡해 보이거든. 글랜턴이야 미친놈인 걸 진작 알아봤지만 판사는 종잡을 수가 있어야지.

첫 햇살이 들기 무섭게 우리는 나무가 자라는 자그마한 계곡을 따라 올라갔어. 북쪽 비탈을 오르는데 버드나무며 오리나무며 벚나무가 바위 틈새에서 조그마하니 박혀 있더군. 판사는 말에서 내려 식물을 조사하다가 다시 말을 타고 뒤쫓아왔어. 어이없어 돌아가시겠더군. 이파리를 따서 수첩에 열심히 끼워 넣는데, 내 생전 처음 보는 광경이었지. 그러는 내내 저 아래 평야를 달려오는 야만인들이 훤히 보였지. 잘도 달려오더군. 그놈들만 눈이 빠져라 쳐다보느라 나중에는 목에 쥐가 날 지경이었어. 한 덩어리로 뭉쳐 보였지만 족히 100명은 되겠더군.

그러다 온통 향나무 천지인 부싯돌 같은 땅에 접어들어 계속 나아갔어. 발자국을 지울 생각조차 안 했지. 그냥 무조건 앞으로 갔어. 야만인은 더는 안 보이더군. 그놈들이 산속으로 들어온 거지. 어디인지는 몰라도 저 비탈 아래 있는 것은 분명했어. 땅거미가 지고 박쥐가 떼로 날아다니자 판사가 얼른 방향을 바꾸더군. 판사는 그 작은 짐승을 올려다보느라 모자를 움키고서 길을 잡았어. 우리는 향나무 사이로 제각각 흩어져 따라가다 도중에 멈추어 집결했지. 그리고 어둠 속에 앉아 있었어. 아무도 말 한마디 내뱉지 않았어. 판사가 돌아와 글랜턴과 속닥거리더니 다시 행군이 시작됐어.

우리는 칠흑 같은 어둠에 묻혀 말을 이끌었어. 길도 없는 가파른 자갈밭을 달그락거리며 올라갔지. 그러다 동굴이 나오자 우리 중 몇은 동굴에 숨으라는 말인 줄 알고 얼간이도 저런 얼간이가 다 있나 하고 한심해했지. 하지만 그곳에는 초석이 있었어. 초석이. 우리는 동굴 어귀에 우리 소유물을 모두 꺼내 놓고는 자루며 짐바구니며 안장주머니에 그득그득 동굴의 흙을 담았어. 그러곤 아침 녘에 길을 나섰지. 산마루에 올라 뒤돌아보니 어마어마한 수의 박쥐 떼가 동굴로 빨려들더군. 수천 마리는 될 법했지. 그렇게 한 시간이 지나도 박쥐 떼는 계속 이어졌어. 동굴이 보이지도 않을 만큼 우리가 멀리 갔는데도 여전했지.

맑은 물이 흐르는 자그마한 개천에서 그는 우리와 갈라졌어. 판사 말이야. 델라웨어 인디언 한 명만 남겨 놓으랬지. 우리더러는 산을 빙 돌아 사십팔 시간 후에 이 자리로 되돌아오라고 하더군. 우리는 땅바닥에 짐을 모두 내려놓고 그들이 타던 말 두 마리를 데리고 갔어. 판사와 델라웨어는 짐바구니와 자루를 개천 위쪽으로 끌고 가더군. 나는 사라지는 판사를 보면서 다시 볼 일은 없겠구나 하고 단언했어.

토빈이 소년을 바라보았다. 살아서는 두 번 다시 못 볼 줄 알았지. 글랜턴이 그자를 데려가지 않을 줄 알았거든. 우리는 계속 나아갔어. 다음 날 산 맞은편 등성이에서 며칠 전 탈영했던 녀석들과 마주쳤어. 나무에 거꾸로 매달려 있더군. 피부가 모두 벗겨진 채 말이야. 그런데도 원래 모습 그대로처럼 보였지. 그때쯤 야만인들은 추측 정도가 아니라 확실히 알고 있었어. 우리한테 화약이 한 줌도 없다는 걸 말이야.

우리는 말을 타지 않았어. 그저 끌고 갔지. 자갈을 굴리지 않도록 조심하고, 코를 쿵쿵대려 하면 주둥이를 꽉 잡았지. 그런데 그 이틀 동안 판사는 구아노[30]를 개천 물이랑 나무를 태운 재로 걸러 침전시킨 다음, 흙가마를 만들어 숯을 구웠던 거야. 낮에는 불을 껐다가 밤이면 다시 불을 땠지. 이틀 뒤에 가 보니 판사랑 델라웨어가 개천에 벌거벗은 채 퍼질러 있더군. 척 보니 취한 듯싶었지만, 대체 뭘 마시고 취했는지 상상도 못하겠더군. 산봉우리 전체가 아파치로 득시글대는 와중에 둘이 그러고 뻗어 있으니. 판사가 우리를 보고 일어나더니

---

30) 조류, 박쥐류, 물범류 등의 잔해와 배설물이 퇴적되어 굳어진 것.

버드나무로 가서 주머니 두 개를 가지고 왔어. 하나에는 4킬로그램 정도의 말간 초석이 담겨 있고, 다른 하나에는 1.5킬로그램 정도의 고운 오리나무 숯이 들어 있었어. 숯은 움푹 팬 바위에 갈아 가루를 내놓았더군. 잉크로 써도 손색이 없을 정도였어. 판사는 자루 주둥이를 단단히 묶어 글랜턴의 안장 머리에 걸쳤어. 그리고 판사랑 델라웨어는 옷을 입었지. 어찌나 다행이던지. 내 생전 다 큰 어른 몸에 털 오라기 하나 없는 것은 처음 보았네. 150킬로그램은 거뜬히 나가는 몸집은 그때나 지금이나 여전했지. 맹세하건대, 그해 그달에 치와와의 어느 가축용 저울에 올라 몸무게를 재는 걸 내 두 눈으로 똑똑히 보았어.

우리는 정찰병을 보내지도 않고 무조건 산을 내려갔어. 경계고 뭐고 없이 곧장 내려갔지. 잠이 쏟아져 미칠 것만 같더군. 캄캄해져서야 산을 다 내려왔어. 우리는 모여서 머릿수를 헤아린 다음 다시 행군했어. 방추형 달이 밀랍처럼 번들거렸고, 우리는 무슨 서커스 단원처럼 소리 하나 내지 않았지. 말이 달걀껍데기 위를 걷는 것 같았어. 야만인들이 어디 있는지 알 길이 없었지. 나무에 매달려 가죽이 벗겨진 녀석들 말고는 그놈들 흔적이 산에 전혀 남아 있지 않았거든. 우리는 정확히 서쪽으로 사막을 가로질렀어. 닥터 어빙이 내 앞에 갔는데, 달빛이 어찌나 환한지 머리카락 개수도 셀 수 있을 정도였지.

밤새 행군한 끝에 막 달이 지고 날이 밝을 무렵 늑대 떼와 딱 마주친 거야. 늑대들은 흩어졌다가 유령처럼 소리 없이 다시 다가들었지. 사냥감을 찾아 어슬렁거리며 말 주위를 맴돌

앉어. 뻔뻔스러울 만큼 대담했어. 우리가 밧줄을 휘둘러 쫓으면 슬며시 달아났지만, 그놈들 숨소리며 으르렁대는 소리에 이빨 부딪는 소리까지 다 들렸어. 행군이 멈추면 그놈들이 슬며시 돌아왔고, 그러다 쫓겨나도 또 돌아왔지. 델라웨어 인디언 둘이 약간 왼쪽으로 벗어났는데, 나하고는 댈 수도 없이 용감한 녀석들이야. 시체를 발견했어. 엊저녁에 죽은 어린 수컷 영양이었지. 반쯤 뜯겨 있었지만, 우리는 개의치 않고 나머지 살을 칼로 베어 내 안장에 앉은 채 생고기를 먹었어. 엿새 만에 처음 맛보는 고기였지. 엎드려 절이라도 하고 싶더군. 산에서 곰처럼 잣을 먹고 연명하던 차에 고기를 보니 어찌나 반갑던지. 늑대들을 생각해서 고기를 좀 남겨 두었지. 나는 앞으로 절대 늑대는 안 죽일 거야. 여기 부대원들 중에 그렇게 결심한 사람이 한둘이 아니라네.

그러는 내내 판사는 한마디도 하지 않았어. 그러다 새벽에 굳은 용암으로 뒤덮인 광대한 지역에 이르렀지. 판사가 화산암으로 이루어진 바위에 우뚝 서더니 연설을 시작하더군. 설교 같았지만, 흔히 듣는 설교하고는 차원이 달랐어. 용암 지대 너머로 화산이 우뚝 서 있는데, 아침 해가 치솟자 갖가지 빛깔로 번쩍이더군. 자그마한 검은 새 떼가 바람을 따라 산을 가로지르고, 판사의 낡은 코트가 바람을 타고 펄럭였지. 판사는 덩그러니 솟은 황량한 화산을 가리키며 연설을 했어. 사실 판사가 대체 무슨 말을 한 건지 그때도 지금도 나는 몰라. 아무튼 우리의 어머니 대지는 달걀처럼 둥글고, 모든 좋은 것을 잔뜩 품고 있다는 말로 연설이 끝났지. 이윽고 판사가 몸을 돌려 말을 이끌고는 유리 같은 검은 화산암재가 깔린 지역으로 들어가는 거야. 사람이든 말이든 발도 못 디딜 만큼 위험해 보였지만, 우리는 새로운 신앙을 받드는 신자처럼 묵묵히 뒤를 따랐어.

전직 신부가 말을 끊고는 불 꺼진 파이프를 부츠 굽에 툭툭 두드렸다. 늘 그렇듯 벌거벗은 상체를 불꽃에 내맡기고 있는 판사를 토빈이 건너보았다. 그러다 고개를 돌려 소년을 바라보았다.

용암 지대는 미로 같았지. 벼랑이 끝났다 싶으면 깊은 균열이 길을 가로막았어. 도저히 뛰어넘을 엄두가 나지 않았지. 가장자리에 날카로운 검은 유리가 박혀 있고, 아래에는 모난 부싯돌이 퍼져 있으니. 우리는 조심조심하면서 말을 이끌었지만 말발굽마다 피투성이였어. 우리 부츠도 갈가리 찢겨 나갔지. 푹 꺼지거나 주름 접힌 땅을 기다시피 해서 나아가다 보니 이곳이 어떻게 끝장났는지 알 수 있겠더군. 바위가 녹아 푸딩처럼 주글주글해져 있었어. 지구의 화로가 지구 중심까지 뻗어 있겠지. 지옥이 어디에 있는지는 바보 멍청이도 알지. 왜냐하면 지구는 허공에 둥그렇게 매달려 있으니까. 사실상 지구는 위도 아래도 없어. 그런데 도중에 돌에 찍힌 자그마한 발자국을 발견했어. 쬐그만 암사슴이 지나간 듯한 흔적이었지만, 대체 어떤 사슴이 녹고 있는 바위 위를 나다닐 수 있겠나 싶었지. 성서의 내용이 모두 참인지 아닌지 따질 생각은 없지만, 악명 높은 죄수들이 불구덩이에서 고통받는다는 말은 사실일 거야. 얼결에 용암을 따라 세상 밖으로 흘러나온 저주받은 영혼들을 도로 데리러 나온 쇠스랑을 든 작은 악마가 발자국을 남긴 게 아니라면 그게 뭐겠나? 물론, 그냥 내 생각일 뿐이야. 하지만 이 세상은 다른 세상과 어느 지점에서 서로 연결되어 있는 게 분명해. 용암 위에 찍힌 발자국을 내 두 눈으로 똑똑히 보았는데 뭘 더 의심하겠나?

판사는 사막에 거대한 종기처럼 솟은 화산에서 눈을 떼지 않더군. 우리는 올빼미처럼 진지한 표정으로 뒤를 따랐어. 그러다 판사가 돌아보더니 우리 얼굴을 보고 웃음을 터뜨렸지. 산자락에서 우리는 제비뽑기를 해 두 명이 말을 다 끌고 피신했어. 나는 떠나가는 두 사람을 가만히 바라보았지. 그중 한 명은 지금도 모닥불가에 앉아 있다네. 말을 끌고 화산재를 넘어가는 모습이 마치 최후의 심판이라도 받은 듯했어.

하지만 우리는 최후의 심판을 받지 않았지. 적어도 내 생각은 그래. 고개를 드니 판사가 기다시피 비탈을 오르더군. 어깨에는 자루를 걸치고, 소총을 지팡이 삼아 짚으면서 말이야. 그래서 우리도 뒤를 따랐지. 반도 못 올라갔는데 벌써 평야에 야만인들이 보였어. 우리는 계속 기어올랐어. 나는 생각했지. 저 마귀 같은 놈들한테 잡히느니 차라리 분화구에 내 몸을 던지겠다고. 우리는 그렇게 계속 기어올랐지. 그러다 정오쯤 되었으려나, 아무튼 정상에 다다랐어. 해낸 거지. 야만인들은 15킬로미터도 채 안 떨어져 있었어. 동료들을 둘러보니 그다지 볼 만한 꼴은 아니었네. 품위라고는 찾아볼 수 없었지. 뛰어난 용사였던 이들이 그런 꼴을 하고 있으니 마음이 무척 쓰렸다네. 판사가 악마의 저주처럼 생각되더군. 그런데 아니라는 것이 바로 입증되었지. 내가 틀렸던 거야. 그런데 지금은 다시 판사가 어느 쪽인지 잘 모르겠어.

아무튼 판사는 분화구 가장자리에 제일 먼저 올라가 경치 감상이라도 하듯 우뚝 서서 내려다보았지. 그러다 분화구로 내려가 칼로 바위를 깎는 거야. 우리는 하나씩 하나씩 힘겹게 정상에 올랐어. 판사는 쩍 벌어진 분화구를 향해 자리 잡은 채 바위를 깎아 내면서, 우리더러 똑같이 하라고 했어. 유황이었어. 분화구 가장자리가 온통 샛노랗게 반짝이는 유황 천지였지. 규토도 좀 섞여 있었지만, 대부분은 순수한 노란 꽃이었어. 우리는 유황을 떼어 내 칼로 곱게 다져 1킬로그램쯤 모았지. 판사가 자루를 푹 팬 바위로 가져가 숯과 초석을 쏟아붓고 손으로 뒤섞더니 유황을 뿌리더군.

프리메이슨 결사대처럼 우리 피라도 바쳐야 할 줄 알았는데, 그렇지는 않았어. 판사가 가루를 맨손으로 뒤섞는 동안 평야의 야만인들이 성큼성큼 가까워졌어. 내가 몸을 돌리니 판사가 우뚝 서 있더군. 털 없는 거대한 요정 같았어. 그가 성기를 꺼내 가루 위에 힘차게 오줌을 갈기더군. 그리고 한 손을 높이 쳐들고는 우리더러 똑같이 하라고 외쳤어.

우리는 반쯤 정신이 나가 있었지. 모두들 줄을 섰어. 델라웨어 인디언들도 말이야. 글랜턴만은 가만히 바라보고 있었어. 우리는 모두 성기를 꺼내 들었지. 우리가 다가가면 판사는 무릎을 꿇고 앉아 맨손으로 반죽을 주물렀어. 오줌이 막 튕겨 올랐지. 판사는 어서 오줌을 싸라고, 온 영혼을 다해 오줌을 싸라고, 싸면 저 야만인들을 물리칠 수 있다고 소리쳐 댔지. 그러면서 껄껄 웃으며 악취 나는 시커먼 반죽덩이를 열심히 주물렀지. 악마의 똥덩이도 그렇게 냄새가 독하지는 않을 거야. 판사는 잔혹한 시커먼 반죽쟁이 같았지. 마침내 판사가 칼을 꺼내, 남쪽을 면한 바위에 반죽을 얇게 펴 발랐어. 온몸이 시커멓고 지린내와 유황 냄새가 풀풀 풍기는데도 판사는 싱글벙글 한쪽 눈으로 태양을 살펴 가며 능숙하게 반죽을 발랐어. 마치 평생 해 온 일 같더군. 모두 마치자 판사는 물러서며 손을 가슴팍에 문질러 닦고는 야만인들을 쳐다봤어. 우리도 모두 그쪽을 바라보았지.

그 무렵 아파치는 용암 지대에 들어와 있었어. 추적자 하나가 벌거벗은 바위 위로 걸어간 우리 자국을 하나하나 다 찾아내 무리를 이끌었지. 대체 뭘 보고 알았는지는 지금도 모르겠어. 어쩌면 냄새가 남아 있었는지도 모르지. 아무튼 이내 떠들어 대는 소리가 들렸고, 이윽고 그놈들이 우리를 발견했어.

그때 그놈들이 무슨 생각을 했는지는 하느님만이 아실 거야. 여기저기 흩어져 있던 아파치 중 한 놈이 손짓하자 모두들 고개를 들었어. 완전히 기겁을 했을걸. 펄펄 끓는 분화구 가장자리에 열한 명이 잘못 날아든 새처럼 앉아 있으니. 아파치들은 서로 쑥덕쑥덕대더군. 말 자국을 쫓아가라고 부하를 보내지 않을까 싶었지만, 그러지는 않더군. 욕심이 앞섰던 거야. 너나없이 분화구를 기어오르더군. 마치 누가 먼저 일등으로 올라가나 내기라도 한 것 같았어.

우리한테 이제 시간은 한 시간밖에 없었어. 우리는 야만인을 바라보고, 바위 위에서 말라 가는 시커먼 반죽을 쳐다봤어. 그리고 태양을 가리려는 구름을 보았지. 그러다 한 명씩 한 명씩 바위나 야만인 쳐다보는 걸 그만뒀어. 기다란 구름 장이 태양 앞에서 떠날 줄을 몰랐거든. 구름이 모두 꺼지려면 한 시간은 족히 걸릴 것 같았고, 우리에게 더는 시간이 남아 있지 않았어. 그때 판사는 수첩에다 뭔가 끼적이며 앉아 있다 가 우리처럼 구름을 보더니 수첩을 내려놓고 가만히 하늘을 살폈어. 우리 모두 그랬지. 아무도 입도 뻥긋하지 않았어. 저 주를 내뱉지도 기도를 올리지도 않고, 그저 가만히 바라보았 어. 그런데 바로 그때 구름이 갈라지며 햇살이 뻗어 나오는 거 야. 우리를 뒤덮었던 그림자가 완전히 걷히자 판사는 수첩에 다시 뭔가 쓰기 시작했어. 나는 판사를 가만히 바라보았어. 그러다 분화구로 내려가 반죽을 내 손으로 검사했지. 반죽에 서 열기가 느껴지더군. 나는 분화구 가장자리를 따라 걸어가 며 빙 둘러보았어. 자갈투성이의 황량한 비탈에는 길이라고 할 만한 것이 전혀 없어서 야만인들은 아무 데고 기어오르고 있더군. 혹시 아래로 던질 만한 돌덩이가 없나 살폈지만, 가장 큰 것도 겨우 내 주먹만 했지. 대부분이 자잘한 자갈이거나 종잇장처럼 얇았지. 글랜턴을 쳐다보니 판사를 바라보고 있더 군. 정신이 완전히 나간 것 같았어.

그때 판사가 수첩을 덮고 자기 가죽 셔츠를 꺼내 오목하게 파인 곳에 펼치더니 우리더러 반죽을 가져오라고 하더군. 칼 이란 칼은 다 동원되었지. 열심히 반죽을 떼어 내는 우리한테 판사는 바위를 잘못 쳐 불꽃을 일으키지 말라고 조심시켰어. 반죽을 셔츠 위에 다 쌓자 판사가 칼로 쪼개 가루를 내더군.

글랜턴 대위님. 판사가 외쳤어.

글랜턴 대위님이라니, 믿을 수 있겠어? 아무튼 판사가 말했지. 글랜턴 대위님, 총에 장전을 하고 대체 어떤 일이 벌어질지 한번 봅시다.

글랜턴이 소총을 들고 가 화약을 재웠어. 양쪽 총구에 다 넣었지. 그리고 총알 두 개를 넣어 약실로 밀어 넣은 다음 뚜껑을 닫았어. 분화구 가장자리로 걸어갔지만, 그건 판사의 뜻과는 달랐어.

판사가 말했지. 분화구로 가서 쏘십시오. 그러자 글랜턴은 말대꾸 한마디 않고 얌전히 분화구로 내려가더군. 용암이 펄펄 끓는 곳으로 말이야. 글랜턴이 총으로 용암을 겨누어 공이치기를 젖히고 방아쇠를 당겼어.

수만 리 떨어진 곳까지도 총성이 들렸을 거야. 나는 경기를 일으킬 뻔했다니까. 총알 두 개를 발사한 글랜턴이 우리를 보더니 판사에게로 고개를 돌렸어. 판사는 그저 손을 흔들어 보이고는 반죽을 계속 가루 냈어. 이윽고 우리 모두한테 화약통을 채우라고 지시했지. 그래서 우리는 한 명씩 한 명씩 성찬을 나누어 받듯 판사 앞을 지나 화약을 채웠어. 모두 다 끝나자 판사가 자기 화약통을 채우더군. 그리고 권총을 꺼내 뇌관을 살폈어. 야만인들과는 200미터도 채 안 떨어져 있었지. 우리는 분화구 가장자리에 엎드릴 태세를 취했어. 하지만 이번에도 판사의 뜻과는 달랐어. 판사는 펄펄 끓는 용암 호수에 권총을 발사했어. 열 발을 다 퍼붓고는 권총을 장전하며, 우리더러 야만인들 눈에 띄지 않도록 조심하라고 했어. 총성에 보나마나 야만인들은 놀라 망설이고 있을 터였어. 화약이 없는 줄 뻔히 알고 있는데 총성이 울렸으니. 이윽고 판사가 분화구 가장자리로 올라가더니 가방에서 멀쩡한 하얀 셔츠를 꺼내 흔들더군. 그리고 스페인어로 뭐라고 외쳤어.

너도 들었다면 눈에 눈물이 그렁그렁 맺혔을 거야. 나만 빼고 모두 죽었다고, 자비를 베풀어 달라고 외쳤지. 토도스 무에르토스. 토도스.(모두 죽었소. 모두.) 셔츠를 흔들며 외치더군. 인디언들이 비탈에서 개처럼 괴성을 지르자 판사가 우리에게로 돌아서서 씩 웃으며 말하더군. 제군들. 그뿐이었어. 판사는 허리 뒤춤에 꽂아 둔 권총 두 개를 한 손에 하나씩 꺼내 들었어. 거미처럼 양손잡이거든. 게다가 글도 양손으로 써. 내가 직접 눈으로 보았어. 아무튼 판사가 야만인들을 죽이라고 명령했지. 그 말 한 마디면 충분했어. 순식간에 그곳이 도살장으로 변했지. 처음 발사 때 열 명은 족히 나가떨어졌지만, 우리는 멈추지 않았어. 마지막 야만인이 비탈 자락에 당도하기 전에 모두 쉰여덟 명이 나자빠져 자갈 바닥에 뒹굴었지. 야만인들은 깔때기에 부은 곡식처럼 주르르 미끄러져 내려갔어. 몇몇은 이쪽으로 몇몇은 저쪽으로. 산자락에서 사방으로 사슬이 이어지는 것 같았어. 우리는 유황 더미에 소총을 걸치고는 용암 지대 위로 달아나는 놈들 아홉을 더 쓰러뜨렸지. 관람석에 앉아 구경하는 것 같았어. 심지어 우리는 내기도 했다네. 마지막으로 우리 총에 쓰러진 놈은 총구에서 1.5킬로미터는 족히 떨어져 있었지. 그것도 죽으라고 달려가는 놈을 맞혔으니, 얼마나 대단해. 사방으로 총알이 슝슝 날아가는데, 그 기이한 화약에는 불발이라고는 없었지.

전직 신부가 고개를 돌려 소년을 바라보았다. 그게 내가 판사를 처음 보았을 때 일이야. 실로 연구 대상이지.

소년은 토빈을 바라보았다. 그런데 진짜 판사예요?

진짜 판사냐고?

예, 정말 판사 맞아요?

토빈이 모닥불 너머를 흘긋거렸다. 얘야, 조용히 해라. 판사가 듣겠구나. 여우처럼 귀가 밝은 양반이야.

11

그들은 웃자란 소나무 숲을 가로지르며 산속으로 들어갔
다. 바람에 나무가 너울대고, 새들이 쓸쓸이 지저귀었다. 편자
를 박지 않은 노새는 마른 풀과 솔잎 밭을 지그재그로 나아
갔다. 북쪽 푸른 협곡에 오래전 내린 눈이 가느다랗게 꼬리를
뻗고 있었다. 그들은 촉촉한 검은 흙길에 황금 잎을 떨구며
외로이 서 있는 사시나무 한 그루를 지나 구불구불 산길을 따
라갔다. 낙엽이 수백만 반짝이처럼 창백한 숲길로 낙하했다.
글랜턴이 낙엽 한 장을 집더니 소형 부채라도 되는 양 뒤집어
유심히 살피다 다시 떨구었지만, 그 완벽함은 여전했다. 그들
은 얼음 속에 잎이 박힌 좁다란 협곡을 올라가 해 질 녘에 산
봉우리 사이의 오목한 지대를 통과했다. 그곳에서 야생 비둘
기들이 바람을 타고 급강하하다 땅을 겨우 몇 미터 앞두고 방

향을 틀어 조랑말 사이를 지나쳐 아래의 푸른 골짜기로 내려갔다. 부대는 어둑한 젓나무 숲으로 들어섰다. 자그마한 조랑말들이 희박해진 공기를 한껏 들이켰다. 그러다 글랜턴의 말이 쓰러진 통나무를 넘는데 느닷없이 맞은편 습지에서 누르스름한 여윈 곰이 벌떡 일어났다. 먹이를 먹고 있던 곰은 흐릿한 돼지의 눈으로 그들을 내려다보았다.

글랜턴의 말이 앞발을 쳐들자 글랜턴은 말의 어깻죽지에 납작 엎드려 권총을 뽑았다. 델라웨어 인디언 하나가 바로 뒤에 있었는데, 그가 타고 있는 말은 덥석 주저앉아 버렸다. 델라웨어는 방향을 돌리려고 주먹으로 말 머리를 쥐어박았다. 곰은 이해를 넘어선 당혹으로 뻣뻣이 경직되어 기다란 주둥이를 그들 쪽으로 돌렸다. 턱에 악취 나는 덩어리가 덜렁덜렁 매달려 있고, 입은 피로 시뻘겋게 물들어 있었다. 글랜턴이 총을 발사했다. 총알이 가슴에 명중하자 곰이 괴이한 신음을 뱉으며 고개를 숙이더니 델라웨어 인디언을 와락 움키어 말에서 떼어 냈다. 글랜턴이 돌아서려는 털북숭이 곰의 어깨에 다시 총알을 박았다. 곰의 턱에서 대롱거리던 인디언이 그들을 내려다보았다. 뺨과 턱이 찢겨 있고, 한 팔은 도전적인 동지애를 과시하는 미치광이 배반자처럼 곰의 목을 끌어안고 있었다. 비명을 내지르는 말들을 단속하려 휘두르는 채찍 소리와 고함이 숲을 온통 메웠다. 글랜턴이 세 번째로 방아쇠를 당기자 곰이 인디언을 인형처럼 입에 문 채 몸을 돌려 썩은 고깃내와 제 몸의 체취와 피로 물든 꿀빛 털가죽으로 글랜턴을 덮치려 했다. 총성이 울리고 또 울렸다. 자그마한 금속 총알은 저 너머 서쪽에서 조용히 굽이치는 길을 향해 날아올랐다. 소총이 여러 발 울리자 짐승은 인질을 사리문 채 숲속으로 성큼성큼 들어가 어둠 속에 스며들었다.

델라웨어들이 곰의 뒤를 쫓는 사흘 동안에도 부대는 행군을 계속했다. 첫날 델라웨어들은 핏자국을 따라가다 곰이 쉬면서 상처를 지혈시킨 곳을 찾아냈다. 이튿날에는 숲바닥에 질질 끌린 자국을 쫓았고, 셋째 날에는 높이 솟은 돌 고원 지대에 남은 희미한 흔적을 쫓았지만 결국 아무것도 찾을 수 없었다. 그들은 어두워질 때까지 흔적을 수색하다 돌바닥에 맨몸으로 잠을 잔 뒤 다음 날 아침 돌밖에 없는 황량한 북쪽 땅을 바라보았다. 곰은 전설 속의 야수처럼 그네들 동족을 데리고 사라졌고, 땅은 구해 줄 생각도 망설임도 없이 그 둘을 삼켜 버렸다. 바람 말고는 고원에 아무것도 움직이지 않았다. 그들은 아무 말도 하지 않았다. 비록 기독교 이름을 갖고 있을지언정, 조상이 그러했듯 야생에서 삶을 영위하는 다른 시대의 사람들이기에. 그들은 전쟁을 통해 전쟁을 배웠고, 세대와 세대를 거쳐 동쪽 해안에서 대륙으로 가로질러 그나덴후텐[31]의 잿더미에서 일어나 초원으로 들어가 서부 피의 땅에 이르렀다. 세상의 많은 것이 신비의 베일로 싸여 있다 해도 세상의 경계는 그 속에 포함되지 않을 터였다. 어차피 세상이라는 것에는 측정 기준도 경계선도 없으며, 그 안에는 더없이 끔찍한

---

31) 18세기 오하이오에 기독교도 인디언이 세운 마을로, 후일 백인에게 도륙당했다.

생물과 다른 빛깔의 인간과 그 누구도 본 적 없으나 자기 자신의 심장만큼이나 낯설지 않은 존재가 살고 있다.

델라웨어 인디언들은 다음 날 일찍 부대의 흔적을 찾아냈고, 이튿날 어스름이 내릴 무렵 부대에 합류했다. 사라진 전사의 말은 여전히 안장을 얹은 채 다른 여분의 말과 함께 있었다. 델라웨어들은 짐을 풀어 소유물을 자기네끼리 나누고는, 다시는 그의 이름을 입에 담지 않았다. 저녁에 판사가 모닥불에 둘러앉은 그네들 사이에 앉더니 이것저것 물어 가며 땅바닥에 지도를 그려 유심히 살폈다. 이윽고 판사는 일어나 지도를 발로 짓이겼다. 아침이 밝아 오자 언제나 그랬듯 행군이 시작되었다.

길은 난쟁이 오크나무와 호랑가시나무 숲을 지나, 틈바구니에 나무가 뿌리박은 돌투성이 비탈로 이어졌다. 그들은 햇볕과 웃자란 풀을 뚫고 나아갔다. 늦은 오후에 세계의 끝으로 알려진 가파른 절벽에 이르렀다. 아래에는 엷어져 가는 햇살을 받으며 북동쪽으로 한없이 뻗은 산아구스틴 평야가 연기를 피워 올렸다. 마치 천년을 땅속에서 타오르던 석탄 연기가 스멀스멀 기어 나와 소리 없이 땅을 뒤덮어 둥그스름히 떼어 낸 듯했다. 말들은 조심스레 절벽을 따라 나아갔고, 군인들은 고대의 벌거벗은 땅에 갖가지 눈길을 흘긋거렸다.

다음 며칠 동안 그들은 있는 것이라고는 돌밖에 없고, 게다가 돌덩이가 내뿜는 열기에 온몸이 익어 버릴 것만 같은 지역을 지나갔다. 돌벽으로부터 얼굴을 피한 채 마른 염소똥으로 뒤덮인 산길을 행군했다. 돌덩이의 열기에 비하면 찜통 같은 대기도 선선하게 느껴질 정도였다. 말 위에 비스듬히 앉은 시커먼 형체는 간결하고도 명확한 자국을 돌의 땅에 새겼다. 마치 자신을 만들어 낸 살과의 계약을 파기하고, 태양이나 인간이나 신에 대한 말 한마디 없이 벌거벗은 땅을 자율적으로 행군하는 듯했다.

그 지역을 벗어나자 시원한 푸른 그늘을 머금은 균열이 여기저기 아로새겨져 있고 돌이 흩뿌려진 깊은 협곡을 통과했다. 마른 시내의 모랫바닥에는 오래된 뼈와 색칠한 사금파리와 상형 문자가 새겨진 돌덩이들이 나뒹굴었다. 상형 문자는 말, 퓨마, 거북, 투구를 쓰고 둥근 방패를 들고 말을 탄 채 돌과 침묵과 시간 자체를 무시하는 스페인 사람 등 다양했다. 30미터 높이의 균열과 단층에는 옛 홍수가 남기고 간 지푸라기와 폐기물이 둥지를 틀었고, 어딘가에서는 쿠르릉거리는 천둥소리가 났다. 그들은 비를 품은 먹구름이 머리 위 손바닥만한 하늘을 휘덮지는 않나 예의주시하며 협곡의 바싹 눌린 측면을 이리저리 나아갔다. 죽은 강바닥에 널브러진 마른 하얀 돌들은 불가해한 알처럼 둥글고 매끈했다.

그날 밤 그들은 돌산 깊은 곳에 자리한 옛 문화의 폐허에서 숙영했다. 좁은 계곡에 맑은 물이 흐르고 싱싱한 풀이 자라났다. 흙과 돌로 쌓은 집이 줄지어 절벽의 바위턱 아래 자리 잡았고, 계곡에는 옛 수로의 흔적이 남아 있었다. 계곡 모랫바닥에는 도자기 파편과 거뭇해진 나뭇조각이 어디에나 나뒹굴고, 사슴 따위의 짐승이 오간 자국이 총총했다.

판사는 해 질 녘 폐허를 거닐며, 그을음으로 여전히 거뭇한 옛 방과 옛 부싯돌, 잿더미 사이에 박힌 사금파리와 조그마한 마른 옥수수를 살폈다. 더러 벽에는 썩어 가는 나무 사다리가 걸쳐 있기까지 했다. 판사는 폐허가 된 키바[32]를 둘러보다 자그마한 공예품을 집어 들더니 높은 벽에 올라 앉아 햇볕이 이울 때까지 수첩에 그림을 그렸다.

달이 협곡의 하늘을 가득 채우자 황량한 침묵이 좁은 계곡을 메웠다. 코요테가 제 그림자에 놀라 달아났는지 코요테 소리도 바람도 새들의 지저귐도 들리지 않고 그저 잔잔한 물결 소리만이 모닥불 너머 어둠 속을 흘러갔다.

종일 수시로 계곡의 바위틈을 탐험했던 판사는 모닥불가 바닥에 캔버스 천을 깔아 발견물을 늘어놓고 분류했다. 판사는 무릎에 가죽 수첩을 얹어 두고 부싯돌이나 사금파리, 뼈로 만든 도구를 하나씩 집어 솜씨 좋게 스케치했다. 털 없는 눈썹을 찌푸리거나 기묘하게 아이처럼 보이는 입술을 오므리는 일 없이 숙련되게 연필을 놀렸다. 판사의 손가락은 사금파리 조각에 아로새겨진 버드나무 가지의 해묵은 자국을 포착해 한 획도 낭비함이 없이 절묘히 음영을 그려 냈다. 판사는 모든 일에 능하듯 그림에도 능란한 화가였다. 그는 시시때때로 고개를 들어 모닥불이나 팔짱을 낀 동료들이나 저 너머 어둠을 바라보았다. 마침내 판사가 3세기 전 톨레도의 상점에서 구입했을 법한 갑옷에서 떨어져 나온 쇠 장화를 앞에 내려놓았다. 온통 흠이 나 있고, 자그마한 강철판은 금방 부서져 내릴 듯

---

32) 북미 인디언들이 종교 의식이나 회의를 위해 쓰던 큰 방.

했다. 판사는 쇠 장화의 측면을 원근법으로 스케치하고는, 여백에 높이와 둘레 등을 간결하게 기록했다.

글랜턴은 판사를 가만히 바라보았다. 기록을 마친 판사가 그 작은 발을 뒤집어 들고서 다시 유심히 살폈다. 그러다 와그 작와그작 뭉쳐 작은 공을 만들더니 모닥불에 던졌다. 판사는 다른 수집품을 모두 갈무리해 마찬가지로 불구덩이에 던져 넣고는, 캔버스 천을 탈탈 털고 접어 수첩과 함께 짐 속에 넣었다. 이윽고 자리에 앉아 두 손을 잔 모양으로 마주하여 무릎에 올려놓았다. 그는 마치 자신의 충고대로 세상이 빚어지기라도 한 양 자못 흡족해하는 기색이었다.

테네시 출신의 웹스터가 판사를 지켜보고 있다가, 그런 기록이며 스케치를 해서 대관절 어디에 쓰느냐고 물었다. 판사는 빙그레 미소 짓더니 그것들을 인간의 기억에서 지우기 위함이라고 대답했다. 웹스터는 배시시 웃었고, 판사는 껄껄 웃었다. 웹스터는 한쪽 눈으로 판사를 곁눈질하며 말했다. 왕년에 그림쟁이로 날렸던가 봅니다. 그림이 꼭 실물처럼 생생하니. 하지만 아무도 세상을 책 속에 가둘 수는 없어요. 기껏 그림으로 그리는 게 다지요.

맞는 말이네, 마커스.

하지만 날 그리지는 마십쇼. 판사님 책 속에 들어가기는 싫어요.

내 책이든 다른 책이든 책 속에 적힌 운명은 그 누구도 벗어나지 못해. 어떻게 그게 가능하겠나? 만약 가능하다면 그건 거짓 책이고, 거짓 책은 절대 책이라고 할 수 없지.

판사님이야 말의 연금술사인데, 제가 무슨 수로 당하겠습니까? 그저 제 형편없는 얼굴만은 그리지 말아 주십쇼. 모르는 사람한테 제 꼴을 보이기 싫걸랑요.

판사가 빙그레 웃었다. 내 책에 그려지든 아니든 모든 사람은 다른 모든 사람에게 담겨지고, 그러한 끝없는 존재의 복잡함 속에서 이 세상의 끝까지 목격되는 거라네.

내 꼴은 나만 보면 됩니다. 웹스터가 말했다. 하지만 동료들은 웃기지 말라며, 그 잘난 초상화를 보고 싶다고 아우성쳤다. 군중은 서로 먼저 그림을 보겠다고 입씨름을 벌이며, 타르와 깃털을 듬뿍 발라 장식해 주자고 거들고 나섰다. 판사가 한 손을 들어 사면을 권하며, 웹스터는 결코 자만심에서 한 말이 아니라고 설명했다. 그러면서 이야기하기를, 일전에 웨이코 인디언 노인장의 초상화를 그린 적이 있는데, 본의 아니게 실물과 너무 흡사해진 나머지 인디언은 적들이 그림을 가져가 파괴해 버릴까 봐 두려워 잠조차 이루지 못하고는 초상화가 구겨지거나 손을 타지 못하도록 전전긍긍했다는 것이다. 그러다 판사가 사막 깊은 곳에 있다는 소식에 인디언 노인이 초상화를 가지고 찾아와 그림을 어떻게 보호할지 조언해 달라고 애걸복걸하여 판사는 그를 깊은 숲속으로 데려가 동굴 바닥에 초상화를 묻었다고 했다. 판사가 알기론 지금도 그 초상화는 그곳에 있을 터였다.

판사가 이야기를 마치자 웹스터는 침을 뱉은 후 입가를 훔치고는 다시 판사를 바라보았다. 내가 그 영감탱이처럼 덜떨어진 야만인 같소?

아니고말고. 판사가 말했다.

나는 그런 덜떨어진 멍청이가 아니오.

좋았어. 판사가 가방으로 손을 뻗으며 말했다. 그러면 내가 자네 초상화를 그려도 싫을 것 없겠지?

초상화 따위는 필요 없소. 하지만 그 멍청이 야만인처럼 무식해서는 절대 아니오.

침묵이 내려앉았다. 누군가 일어나 모닥불에 장작을 보태었고, 높아지며 점점 줄어든 달이 계곡 모랫바닥 사이로 얼기설기 흘러가며 곤 금속처럼 빛나는 물줄기와 폐허가 된 마을을 비추었다. 물소리 말고는 아무 소리도 들리지 않았다.

이곳에는 어떤 인디언이 살까요, 판사님?

판사가 고개를 들었다.

살기는, 다 죽어 나자빠졌을걸. 안 그래요, 판사님?

다 죽지는 않았을 거네. 판사가 말했다.

돌 다루는 솜씨가 꽤 괜찮은데, 이 일대에는 이만한 재주를 가진 야만인이 없어요.

다 죽지는 않았을 거네. 판사가 그러더니 또 다른 이야기를 들려주었다.

몇 해 전만 해도 앨러게니 산맥 서쪽은 완전히 미개척지였는데, 한 사내가 페더럴 도로에서 마구 가게를 운영하고 있었네. 놀고 있을 순 없으니 장사를 하긴 했어도, 사실 그곳에는 오가는 사람이 거의 없었지. 그래서 사내는 인디언 복장을 하고서 가게에서 몇 킬로미터 떨어진 위쪽에서 구걸을 했네. 그 때만 해도 다른 이에게 해를 가하거나 하지는 않았지.

그런데 어느 날 한 남자가 찾아왔고, 마구업자는 구슬과 깃털 차림으로 나무 뒤에서 나타나 돈을 달라고 청했네. 젊은 남자는 거부하며, 그가 백인인 걸 다 안다고 쏘아붙였지. 마구업자는 수치심에 사로잡혀 젊은이를 몇 킬로미터 떨어진 자기 집으로 초대했네.

마구업자가 나무껍질로 손수 지은 집에는 아내와 두 아이가 살고 있었지. 가족은 그를 미치광이로 여겼고, 하루빨리 그의 손아귀와 그 황량한 땅에서 벗어날 날만을 손꼽았네. 그러니 손님이 오죽 반가웠겠나. 부인은 젊은이에게 저녁을 대접했지. 젊은이가 식사를 하는 동안 마구업자는 다시 돈을 빼앗을 궁리를 했네. 너무 가난해서 입에 풀칠하기도 어렵다는 말에 젊은이는 동전 두 개를 꺼냈네. 마구업자는 생전 처음 보는 동전이었지. 그는 동전을 쥐고 유심히 살피다 아들에게 보여 주었어. 식사를 마친 젊은이는 동전을 그냥 가지라고 말했네.

하지만 배은망덕은 생각보다 훨씬 만연해 있지. 마구업자는 그깟 동전으로 만족할 순 없었어. 그래서 자기 아내에게 줄 동전은 없느냐고 물었지. 젊은이는 접시를 밀치고는 의자에서 몸을 돌려 마구업자에게 한바탕 설교를 늘어놓았네. 그 설교에는 마구업자가 한때는 알았으나 이제는 잊고 만 것들이 담겨 있었고, 또한 처음 듣는 말들도 있었지. 젊은이는 마구업자가 하느님에게나 인류에게나 수치스러운 존재이며, 형제를 자기 자신인 양 진정한 마음으로 대하고 황량한 이 세계에서 꼭 필요한 사람이 되지 않는다면 영원히 그 모양 그 꼴로 살게 될 거라는 말로 설교를 매듭지었네.

마침 그때 인디언이 자기 동족의 시신을 실은 마차를 끌고 지나갔지. 마차는 분홍색으로 칠해져 있고, 인디언은 사육제 광대처럼 색색의 옷을 입고 있었지. 젊은이는 길을 지나가는 인디언을 가리키며 저런 야만인조차도……

이 대목에서 판사가 입을 다물었다. 그는 모닥불을 응시하더니 고개를 들어 주위를 둘러보았다. 뒷이야기를 잊어버린 것이 아니라 마치 낭독회를 하듯 뜸을 들인 것이다. 그는 청중에게 미소를 지어 보였다.

저런 미치광이 야만인조차도 우리 중 누구보다 못할 게 없다고 했지. 그러자 그 집 아들이 벌떡 일어나 길을 가리키며 저 사람을 위한 길이라고 선언했네. 정말 그렇게 말했지. 저 사람을 위한 길이라고. 물론 그때쯤에는 인디언과 운구 마차는 저 멀리 사라지고 없었지.

하지만 마구업자는 완전히 회개해 아들의 말이 옳다고 동의했어. 불가에 앉아 있던 부인은 깜짝 놀랐지. 손님이 그만 가야겠다고 하자 부인은 눈에 눈물이 그렁그렁했고, 침대 뒤에 숨어 있던 여자아이는 뛰어나와 그의 옷자락에 매달렸지.

마구업자는 젊은이를 길까지 배웅해 주겠다며 따라나서는 그 일대에 표지판이라곤 없으니 갈림길까지 바래다주겠다고 했네.

한 번 만난 사람은 두 번 다시 만나기 힘든 야생에서의 삶에 대해 이야기하며 그 둘은 걸어갔지. 어느덧 갈림길에 이르자 젊은이는 마구업자에게 이렇게 멀리까지 배웅해 주어 고맙다고 말하고는 헤어져 걸어갔네. 하지만 마구업자는 친구와의 작별을 견딜 수 없었는지 소리쳐 불러서는 다시 함께 걸어갔네. 길이 점점 어두운 숲속으로 이어지자 마구업자가 젊은 이를 죽였어. 돌로 쳐 죽이고는 옷과 시계와 돈을 빼앗은 뒤 길가에 땅을 파 시신을 묻었네. 그리고 집으로 돌아갔지.

돌아가는 길에 자기 옷을 갈기갈기 찢고 부싯돌로 상처를 내서는, 아내에게 길에서 강도를 만나 젊은 여행자는 죽고 자기만 간신히 달아났다고 말했지. 부인은 대성통곡하더니 남편에게 그곳까지 데려다 달라고 해서는, 사방에 지천으로 핀 야생 앵초꽃을 꺾어 돌무덤에 얹었어. 부인은 늙을 때까지 몇 번이고 그곳에 갔지.

마구업자는 아들이 장성할 때까지 살았지만, 다시는 그 누구도 해치지 않았네. 그는 죽어 가며 아들에게 자신이 한 짓을 고백했지. 그러자 아들은 자기가 그런 자격이 있다면 기꺼이 아버지를 용서하겠노라고 말했고, 마구업자는 아들에게 자격이 있다고 단언하고는 죽었지.

하지만 아들은 사실 전혀 유감스럽지 않았어. 그 죽은 젊은이를 내심 질투했던 거야. 아들은 무덤에 가 돌을 헤집어 놓고 뼈를 파내 숲에다 마구 내동댕이친 다음 고향을 떠났어. 서쪽으로 가 스스로 살인마가 됐지.

늙은 여인은 그때에도 여전히 살아 있었지. 무슨 일이 있었는지 전혀 모르고는 야생 짐승이 무덤을 팠나 보다고 여겼지. 뼈를 다 찾아내지는 못했지만, 그럭저럭 무덤을 복원할 수는 있었지. 여인은 돌을 쌓고 또 쌓으며, 예전처럼 꽃을 바쳤어.

여인이 아주 늙어 할머니가 되자 사람들에게 그곳이 자기 아들의 무덤이라고 말하고 다녔지. 아마도 그 무렵에는 아들도 이미 죽고 없었을 거야.

이 대목에서 판사가 고개를 들어 싱긋 미소를 지었다. 침묵이 이어지더니 느닷없이 일제히 반대 의견이 터져 나왔다.

그자는 마구업자가 아니라 구둣방 주인이었는데, 무혐의로 풀려났다고요. 누군가 소리쳤다.

그러자 다른 이가 반격했다. 미개척지에 살았던 것이 아니라 메릴랜드주 컴벌랜드 시내에서 장사를 했어요.

누구 뼈인지는 결코 밝혀지지 않았고, 그 늙은 여인네는 노망이 났던 거예요.

죽은 인간은 오하이오주 신시내티 출신의 무용수인 내 친척인데, 여자 때문에 총에 맞았던 거예요.

등등 갖가지 의견이 쏟아졌다. 그러다 판사가 양손을 들자 모두 침묵했다.

기다리게, 이야기는 아직 끝나지 않았네. 우리가 익히 아는 뼈의 주인공을 기다리는 새색시가 있었지. 뱃속에 아이를 배고 있었는데, 바로 그 젊은이의 아들이었네. 이제 아이에게 아버지란 존재는 모호한 역사가 되었고, 이는 아들에게 부정적 영향을 주었지. 아들은 평생 완벽한 아버지라는 그늘에 가려 살아야 했어. 아들은 감히 그런 완벽함을 꿈도 꿀 수 없었지. 죽은 아버지는 아들에게서 전 재산을 가로챈 셈이야. 왜냐하면 아들이 물려받은 것은 아버지의 죽음이었고, 그것은 물건 이상으로 강력했지. 아들은 아버지의 사소한 비열함에 대해 전혀 듣지 못했어. 아버지가 어떤 어리석은 짓으로 고생을 자초했는지도 전혀 몰랐지. 주변 사람들은 거짓 진술만 늘어놓았어. 아들은 얼어붙은 신으로 인해 부서져 버렸고, 결국 인생을 제대로 살지 못했어.

한 사람에게 진실인 것은 모든 사람에게 진실이라네. 판사가 말했다. 한때 이곳에서 살았던 사람들은 아나사지라고 불리네. 옛사람들이지. 그네들은 가뭄이나 질병이나 강도 때문에 오래전 이곳을 떠났네. 그러고는 기억에서 완전히 잊혔지. 유령이 있다는 둥 온갖 소문이 나돌아 이곳은 신성한 지역으로 여겨졌지. 훗날 다시 여기 온 인종은 그네들이 남긴 도구나 공예품, 건물을 보고 어느 정도 옛사람에 대해 짐작하긴 했지만, 구체적인 사항은 전혀 알 길이 없었어. 옛사람은 유령처럼 사라졌고, 야만인은 이곳 협곡에서 고대의 웃음소리를 들었지. 야만인은 조잡하고 어두운 오두막에 웅크리고 누워 바위에서 스며 나오는 공포에 귀를 곤두세웠지. 폐허와 수수께끼와 이름 없는 분노의 찌꺼기는 고급한 문화에서부터 저급한 문화로의 퇴행을 보여 주게 마련이지. 그래. 이곳에는 죽은 아버지들이 있네. 그들의 영혼이 돌 속에 깃들어 있어. 돌덩이는 어디에나 똑같은 무게로 땅을 누르지. 누군가가 갈대와 가죽으로 오두막을 짓는다 해도 결국 그 영혼에 합류해 생명체의 일반적 운명을 따르게 되네. 비명 한 번 제대로 내지르지 못하고 흙으로 돌아가는 거지. 하지만 이 돌집을 건축한 이들은 우주의 구조를 변화시켰어. 비록 그들의 유물이 우리 눈에 사뭇 원시적으로 보인다 해도 그 사실은 변함없네.

아무도 입을 열지 않았다. 판사는 싸늘한 밤공기에 상체를 훤히 내놓고 있는데도 땀을 뻘뻘 흘렸다. 마침내 전직 신부인 토빈이 고개를 들었다.

　양쪽 아들이 다 바람직하지 않은 삶으로 흘러들었다니 충격적이군요. 그렇다면 대체 아이를 어떻게 길러야 하죠?

　어린애는 야생 개 떼 우리에 넣어 두어야 해. 아이는 직접 적절한 실마리를 찾아내 세 문 중 하나 너머에는 사자가 없다는 것을 밝혀내야 하지. 그리고 사막으로 벌거벗은 채 달아나서……

　잠깐만요. 토빈이 말했다. 전 지금 진지하게 묻는 겁니다.

　대답 역시 진지하게 하는 거라네. 판사가 말했다. 하느님께서 인류의 타락을 막으려 하셨다면 벌써 막지 않았을까? 늑대는 열등한 늑대를 스스로 도태시키네. 다른 동물은 또 어떤가? 한데 인류는 예전보다 더욱더 탐욕스럽지 않은가? 본디 세상은 싹이 트고 꽃이 피면 시들어 죽게 마련이야. 하지만 인간은 쇠락이라는 것을 모르지. 인간은 한밤중에도 정오의 한낮이라는 깃발을 올리네. 인간의 영혼은 성취의 정점에서 고갈되지. 인간의 정오가 일단 어두워지면 이제 낮은 어둠으로 바뀌네. 인간이 게임을 좋아한다고? 그래, 맘껏 도박하게 해. 여기를 보라고. 야만인 부족이 폐허를 보고 경탄하는 일이 미래에는 또 없을 것 같나? 전혀, 있고말고. 다른 사람들과 다른 후손들이 그런 일을 겪겠지.

　판사가 토빈을 응시했다. 판사는 여전히 바지 말고는 벌거벗은 채 불가에 앉아 양손을 무릎에 짚고 있었다. 그의 눈이 텅 빈 구멍 같았다. 부대원 중 그 누구도 그의 말이 무슨 뜻인지 당최 알 수 없었지만, 성상처럼 앉아 있는 판사의 모습에 모두들 조심스러워져 자기네끼리 나직이 속삭였다. 마치 잠자는 존재를 깨우고 싶지 않은 듯.

이튿날 저녁 서쪽 능선을 오르다 노새 한 마리를 잃었다. 계곡 아래로 미끄러지는 노새의 짐바구니가 파슬파슬 달친 대기 중으로 소리 없이 폭발했다. 허공을 덩그러니 빙그르르 돌며 빛살을 가르고 그늘을 가른 노새는 차가운 푸른 공간으로 가라앉아 살아 있는 모든 존재의 기억에서 온전히 지워졌다. 글랜턴은 말 위에 앉아 그 견고한 깊이를 지그시 응시했다. 아래에서 까마귀가 날아올라 빙글빙글 선회하며 까악까악 울어 댔다. 깎아지른 절벽은 날선 빛살에 기묘한 윤곽선을 드러냈고, 말을 타고 벼랑을 오르는 이들은 자기들 눈에조차 한없이 왜소해 보였다. 글랜턴은 뭔가 확인할 것이 있는 양 고개를 들어, 티 하나 없이 푸르른 창공을 바라보더니 이내 말을 앞으로 몰았고, 부하들은 뒤를 따랐다.

다음 며칠 동안 높은 고원을 연이어 넘은 끝에 시커멓게 그을린 구덩이를 발견했다. 인디언이 선인장을 요리한 흔적이 남아 있었다. 이윽고 그들은 용설란인지 알로에인지 알 수 없는 기묘한 숲을 지나쳤는데, 거대한 꽃대가 10미터는 족히 됨직했다. 그들은 새벽마다 말에 안장을 씌우고 북쪽과 서쪽의 창백한 산맥을 바라보며 연기의 흔적을 찾았다. 그러나 아무것도 없었다. 정찰병은 해가 낯을 내밀기도 전에 어둠을 헤치고 길을 나섰다가 밤늦도록 돌아오지 않곤 했다. 불도 빵도 동지애도 없이 원숭이 떼보다도 못한 몰골로 바위 사이에 웅숭그린 부대의 위치를, 정찰병은 창백한 별빛에 부조화를 이룬 황무지에서든 칠흑 같은 어둠에서든 쉽사리 찾아냈다. 부대원들은 델라웨어가 화살로 잡은 생고기를 웅크리고 앉아 말없이 먹었고, 흩어진 뼈다귀 사이에서 잠이 들었다. 초승달이 검은 산 위로 떠올라 동쪽 별을 내몰고, 능선에 하얀 용설란 꽃송이가 바람에 너울대면 어둠을 틈타 지하 세계에서 몰려나온 박쥐 떼가 사탄의 시커먼 벌새처럼 가죽 날개를 펼쳐 꽃에 입을 처박았다. 능선 멀리 살짝 솟은 사암덩이에 판사의 벌거벗은 창백한 몸이 웅크리고 앉아 있었다. 그가 손을 들자 박쥐들이 혼란에 겨워하며 날개를 퍼덕이더니, 그가 손을 내려 다시 가만히 있자 박쥐들은 언제 바르작거렸냐는 듯 다시 천연스레 꿀을 빨았다.

글랜턴이 그 정도에 포기할 리 없었다. 그의 전략 중에는 속임수도 포함되어 있었다. 그는 매복을 선언했다. 아무리 자부심 강한 그라지만 겨우 열아홉 명으로 250만 헥타르를 샅샅이 뒤질 수는 없는 터였다. 이틀 후 대낮에 돌아온 정찰병이 버려진 아파치 부락을 발견했다고 보고하자 글랜턴은 행군을 중지시켰다. 부대원들은 고원에 야영지를 세우고 가짜 모닥불을 피워 밤새 돌투성이 황야에서 엎드려 기다렸다. 날이 밝자 부대는 풀로 지은 오두막과 모닥불 잔해가 점점이 박힌 계곡으로 내려갔다. 그들은 말에서 내려, 나뭇가지와 잡초를 얼기설기 엮어 원뿔 모양으로 땅에 세운 오두막을 수색했다. 오두막 벽에는 낡은 담요나 너덜너덜한 가죽 몇 장이 걸려 있었다. 맨바닥에는 뼈와 부싯돌과 규암 조각이 뒹굴고, 낡은 바구니와 단지와 부서진 돌절구와 말라서 쩍쩍 갈라진 콩꼬투리와 어린애의 지푸라기 인형과 부서져 버린 원시적인 한 줄짜리 현악기와 말린 수박씨로 만든 목걸이의 일부가 발견되었다.

문은 겨우 허리 높이로 동쪽을 향하고 있었다. 몇몇 오두막은 어른이 서도 될 만큼 껑충했다. 글랜턴과 데이비드 브라운이 들어간 마지막 오두막에서는 덩치 큰 사나운 개가 으르렁댔다. 브라운이 권총을 뽑아 들었지만, 글랜턴이 만류했다. 그는 한쪽 무릎을 꿇고 앉아 개에게 말을 걸었다. 개는 오두막 벽에 바싹 붙어 웅크리더니 이를 드러내며 고개를 갸웃갸웃하고 귀를 뒤로 납작 눕혔다.

그러다 물리겠어요. 브라운이 말했다.

육포나 갖다 주게.

글랜턴은 쪼그리고 앉아 개에게 계속 말을 걸었다. 개는 그를 지그시 응시했다.

저런 개새끼를 무슨 수로 길들이겠어요? 브라운이 말했다.

입이 달린 거라면 뭐든 길들일 수 있어. 육포나 가져와.

브라운이 말린 고기 조각을 가지고 돌아오자 개가 초조해하며 쳐다보았다. 부대가 계곡을 떠나 서쪽으로 행군할 때쯤 개는 글랜턴의 말 뒤쪽에서 저춤저춤 따라왔다.

그들은 계곡 밖으로 난 오래된 돌길을 행군했다. 높은 고개를 오를 때면 노새가 염소처럼 비탈을 기어올랐다. 글랜턴은 자기 말을 끌며 다른 말들도 소리쳐 이끌었다. 하지만 단층 절벽 중간에 늘어서 있는데 어둠이 어느새 내리덮였다. 글랜턴은 욕을 해 대며 칠흑 같은 어둠을 뚫고 올랐지만 길이 점점 밭아져 발 디딜 데조차 찾기 힘들자 부득불 멈출 수밖에 없었다. 델라웨어들이 고갯마루에 말을 둔 채 돌아오자 글랜턴은 만약 여기서 습격이라도 받는다면 그네들을 몽땅 쏴 죽이겠다며 으르렁댔다.

그날 밤 부대는 가파른 절벽을 휘두른 좁은 길에 우뚝 선 말 아래에서 밤을 보냈다. 글랜턴은 언제든 총을 발사할 태세로 대열 맨 앞에 자리 잡고 앉았다. 그리고 개를 가만히 바라보았다. 날이 밝자 그들은 일어나 길을 나서 고갯마루에 있던 다른 정찰병과 말을 따라잡고는, 다시 정찰을 내보냈다. 그날도 종일 행군이 이어졌다. 아무도 글랜턴이 잠을 자는 것을 보지 못했다.

델라웨어의 판단으로는, 그 마을은 열흘 전에 버려졌으며, 길레뇨 인디언은 작은 무리로 나뉘어 사방으로 달아났다. 따라갈 흔적은 남아 있지 않았다. 부대는 일렬로 늘어서 산을 넘었다. 정찰병에게서 이틀 동안 아무 소식이 없었다. 사흘째 되던 날 그들은 폐허밖에 없는 곳에서 말들과 야영했다. 다음 날 아침 남쪽 80킬로미터 너머의 가느다란 푸른 고원 정상에 모락모락 연기가 피어올랐다.

12

다음 두 주 동안 그들은 밤에 행군하면서 불은 전혀 피우
지 않았다. 또한 말발굽에서 편자를 떼어 내 못구멍에 흙을
채워 넣었다. 여전히 담배가 남은 이들은 따로 주머니를 정해
침을 뱉고, 다들 맨땅이나 동굴에서 잠을 잤다. 사람이 타지
않은 말인 양 말발굽 흔적을 남기고, 자기 똥은 고양이처럼
땅속에 파묻고, 서로 거의 말도 섞지 않았다. 그렇게 밤마다
황량한 자갈밭을 가로지르는 그들 모습은 실체가 없는 아스
라한 존재처럼 보였다. 고대의 저주로 인해 밤마다 황야를 떠
돌도록 운명 지어진 무리. 가죽이 스륵대고 금속이 철겅대는
소리로 거뭇하게 어둠에 묻힌 존재를 증거할 뿐이었다.

그들은 짐말과 노새의 멱을 따고 포를 떠 고기를 저마다 나
눠 가졌다. 황량한 산자락 아래 드넓게 펼쳐진 나트륨 평야를

가로지르는데 남쪽에서 마른번개가 떨어지며 빛이 소문처럼 번져 왔다. 방추형 달덩이 아래 말과 기수는 푸른 눈〔雪〕 빛깔의 땅에 드리워진 그림자에 칭칭 묶인 듯했다. 폭풍이 다가오며 번개가 내려칠 때마다 그림자는 이 황량한 땅에 박힌 제삼의 존재인 양 수많은 쌍둥이로 증식했다. 그들은 계속 나아갔다. 불가피하면서도 아득히 먼 옛날의 명령을 피로 대물림하여 선조의 땅을 찾아가는 이들 같았다. 저마다 제각각 분리되어 있으면서도 전에 없던 어떤 존재로 인해 하나로 뭉쳐 있었다. 그러한 공동체 의식 속에서 황야는 괴물이 사는 땅이자 불확실한 바람 외에는 익숙한 것이라고는 없는 옛 지도의 하얗게 바랜 땅이나 다름없었다.

그들은 델노르테[33]를 넘어 더욱 적대적인 땅을 향해 남쪽으로 방향을 틀었다. 낮에는 종일 아카시아의 인색한 그늘 아래 올빼미처럼 웅크리고 누워 더위에 기진한 세계를 응시했다. 머나먼 곳에 불이라도 피운 양 회오리바람이 수평선에 우뚝 설 뿐 살아 있는 것이라고는 아무것도 없었다. 그들은 곡예를 하는 태양을 바라보다 서쪽 하늘이 핏빛으로 물들면 말에 올라타 식어 가는 평야를 나아갔다. 오아시스에서는 말들 사이에 섞여 함께 물을 마시고는 다시 안장에 올라 행군했다. 자그마한 사막 늑대가 어둠 속에서 짖어 대고, 글랜턴의 개가 말의 배 아래에서 종종걸음쳐 개의 발자국이 말발굽 사이를

---

33) 미국-멕시코 국경에서 시작해 사카테카스 산맥까지 남쪽으로 경사를 이루며 1100킬로미터 이상 이어지는 고지대.

총총히 수놓았다.

그날 밤 구름 한 점 없는 하늘에서 우박이 쏟아졌다. 말들이 뒷걸음치고 신음하는 사이 사람들은 얼른 내려 안장을 벗겨 내 자기 머리를 가리고는 쪼그리고 앉았다. 연금술로 사막의 어둠에서 태어난 자그마하고 투명한 알이 모랫바닥 여기저기 튕겨 올랐다. 다시 말에 안장을 얹고 나아가니 몇 킬로미터 너머까지 자갈만 한 얼음덩이가 깔려 있고, 북극의 달이 눈먼 고양이 눈처럼 세계의 가장자리에서 솟아올랐다. 밤의 평야에서 빛을 내뿜는 마을이 하나 보였지만 그들은 방향을 틀지 않았다.

날이 훤해지자 수평선에 모닥불 여러 개가 보였다. 글랜턴은 델라웨어들을 보냈다. 이미 금성이 동쪽 하늘에서 하얗게 바래고 있었다. 델라웨어들이 돌아와 글랜턴과 판사와 브라운 형제와 모여 앉아 대화를 나누고 손짓을 하더니 행군이 재개되었다.

사막에서는 마차 다섯 대가 연기를 피우고 있었다. 군인들은 말에서 내려 시신 사이를 말없이 거닐었다. 끔찍한 상처와 옆구리에서 쏟아져 나온 내장과 화살로 뒤덮인 벌거벗은 상체만을 남긴 채 돌 사이에서 이름 없이 죽어 간 여행자들이었다. 턱수염으로 보아 몇몇은 남자가 분명했지만 가랑이에 생리라도 한 듯 기묘한 혈흔만 남아 있고 성기는 없었다. 사라진 성기는 헤벌어진 입에 거멓게 처박혀 있었다. 말라붙은 피로 얼룩진 가발을 쓴 시신은 이제 막 동쪽에서 떠오르는 형제 태양을 유인원의 눈으로 응시했다.

마차는 시커멓게 탄 쇠테와 바퀴가 간신히 형체를 유지하고 있는 잿더미에 불과했다. 뻘겋게 달린 굴대가 재 속에서 바들바들 몸서리쳤다. 군인들은 불가에 둘러앉아 물을 끓여 커피를 마시고 고기를 구운 다음 시체 사이에 드러누워 잠을 청했다.

저녁이 되자 다시 예전처럼 남쪽으로 행군했다. 살인자의 흔적이 서쪽으로 향하고 있지만, 기실 황야에서 여행객을 덮치고는 인디언 짓으로 위장한 백인이 분명했다. 무모한 계약을 맺은 군인들의 머릿속에는 기회와 운명이라는 단어밖에 들어 있지 않았다. 여행자의 길은 이미 말한 대로 재 속에서 끊겼다. 한 작은 무리의 영혼과 모험이 다른 작은 무리에 의해 삼켜지고 말살되는 황야의 치명적 힘의 집중을 기습하려는 하느님의 엄격하고도 냉소적인 손길이 보이지 않느냐고 전직 신부가 물었다. 제삼자로서의 목격과 서쪽 길은 모두 기회를 버리라는 신의 뜻일 수도 있을 터였다. 판사는 생각에 잠긴 이들에게로 말을 몰고 와 물었다. 바로 이를 통해 목격의 속성을 알 수 있지 않느냐고. 그들은 제삼자가 아니라 주인공이라고, 목격되지 않았다면 어떻게 그 일이 일어났다고 말할 수 있느냐고?

델라웨어들은 해 질 녘에 미리 출발하고, 멕시코인 존 맥길이 대열을 이끌었다. 그는 수시로 배를 바닥에 납작 깔고는 귀를 기울여 앞서 달려간 이의 방향을 잡아내어 다시 말에 올랐다. 그러는 동안에도 그가 탔던 조랑말이나 뒤를 따르던 군인들은 전혀 멈추지 않고 행군했다. 그들은 떠도는 별빛 아래 이

민자처럼 나아갔다. 지구가 돌며 남긴 아치의 희미한 흔적을 품은 땅 위로 발자국이 이어졌다. 서쪽 산맥 너머 하늘이 시커멓게 비틀리며 뭉게구름이 층층이 쌓이고, 별이 흩뿌려진 은하수가 광대한 빛을 머금은 채 군인들 머리 위에 매달렸다.

둘째 날 아침 델라웨어들이 새벽 정찰을 마치고 돌아와, 길레뇨 무리가 남쪽으로 네 시간 거리도 채 안 되는 얕은 호숫가에 머물고 있다고 보고했다. 여자와 아이를 비롯해 꽤 많은 길레뇨들이 있었다. 작전 회의를 마치고 일어난 글랜턴은 혼자 사막으로 걸어가 어둠에 묻힌 저지대를 오래도록 응시했다.

그들은 총에서 탄약을 뺐다 다시 재며 무기를 정비했다. 황량하고도 거대한 판처럼 펼쳐진 사막에는 아지랑이가 어른댈 뿐이지만 그들은 서로 소리 죽여 속삭였다. 오후에 파견대가 말을 물가로 데려가 물을 먹이고는 끌고 왔다. 어둠이 내리자 글랜턴과 장교들이 델라웨어들을 따라 적의 위치를 살피러 갔다.

그들은 인디언 부락의 북쪽 언덕에 진을 쳤다. 북두칠성이 기울어지려는 무렵 토드빈과 배스캣을 선두로 하여 모두들 생생한 운명의 실에 묶인 다른 이들을 쫓아 남쪽으로 진군했다.

새벽이 오기 전 선선한 어둠에 감싸인 호수 북쪽에 이르자 부대는 호수 가장자리를 따라 방향을 틀었다. 포말이 가장자리에 늘어선 물은 거뭇하고, 호수 저편에서 오리들이 꽥꽥거렸다. 인디언이 피운 모닥불의 사위다 만 불빛들이 아득히 먼 부두의 불빛처럼 일렁이며 곡선을 그렸다. 그들 앞쪽 고독한 물가에는 외로운 기수가 말 위에 앉아 있었다. 델라웨어 인디언은 아무 말 없이 말 머리를 돌렸고, 군인들은 그를 쫓아 덤불을 지나 황무지로 들어섰다.

부대는 적의 모닥불을 800미터 앞두고 버드나무 아래 웅크렸다. 머리에 담요를 뒤집어쓴 말들은 의식이라도 치르듯 꼿꼿이 서 있었다. 합류자들이 말에서 내려 고삐를 묶고 바닥에 앉자 글랜턴이 명령을 내렸다.

한 시간 후 작전이 개시된다. 일단 안으로 들어가면 각자 알아서 행동하라. 개미 한 마리 살려 보내서는 안 된다.

몇이나 있죠?

자네는 대장간에서 속삭이는 법을 배웠나?

사냥감은 충분하네. 판사가 말했다.

맞서 총을 쏠 수 없는 것들에게 화약과 총알을 낭비하지 말게. 만약 단 한 놈이라도 살려 보낸다면 호되게 매질을 당한 다음 쫓겨날 줄 알아.

작전 회의는 그것으로 끝이었다. 이어진 한 시간은 기나길었다. 부대원들은 눈을 가린 말을 끌고 가 부락을 내려다보고 서 있었지만 사실은 동쪽 수평선을 응시할 뿐이었다. 새들이 울어 댔다. 글랜턴은 말에게로 돌아서서 아침을 맞은 매사냥꾼인 양 말의 눈가리개를 풀었다. 바람이 일자 말은 고개를 쳐들어 코를 킁킁거렸다. 다른 이들도 말의 눈가리개를 풀었다. 담요는 바닥에 그대로 떨어졌다. 말에 오른 그들의 손은 권총을, 손목에는 원시 기마전 시대의 무기처럼 자갈과 생가죽으로 만든 채찍형 타격기를 구비하고 있었다. 글랜턴이 그들을 돌아보더니 말에 박차를 가했다.

부대가 하얗게 소금을 머금은 호숫가로 내달리는데 덤불에 웅크리고 있던 노인이 일어나 그들에게 고개를 돌렸다. 그의 똥을 차지하려고 대기 중이던 개들이 컹컹 짖어 댔다. 오리가 한두 마리씩 호수를 박차고 날아올랐다. 누군가가 노인을 타격기로 강타했고, 군인들은 말에 박차를 가하고 타격기를 휘두르며 개 떼를 쫓아 부락으로 들어갔다. 개들은 지옥 같은 사냥터에서 울부짖었고, 열아홉 명의 게릴라들은 잠든 채 누워 있던 1000명의 영혼을 박살 냈다.

글랜턴은 첫 번째 오두막으로 말을 몰고 달려가 말발굽으로 거침없이 짓이겼다. 사람들이 나지막한 문으로 앞다투어 쏟아졌다. 군인들은 전속력으로 마을을 질주해 가로질러서는 다시 말 머리를 돌려 내달렸다. 전사 하나가 길을 가로막고 창을 겨누었지만 글랜턴의 총에 나동그라졌다. 세 명이 또 달려오자 글랜턴은 앞의 두 명을 거의 동시에 맞추어 둘이 같이 쓰러졌다. 달리다가 뒤처진 듯한 마지막 한 명은 여섯 발의 총알로 벌집이 되었다.

첫 일 분이 지나자 사방에 살육이 만연했다. 여자들은 비명을 질러 댔고, 벌거벗은 아이들과 노인 하나가 하얀 바지를 흔들며 비트적댔다. 군인들은 그들 사이를 가르고 나아가며 타격기와 칼을 휘둘렀다. 밧줄에 묶인 100여 마리의 개가 컹컹 짖어 대고, 밧줄에 묶이지 않은 개는 무너져 가는 오두막 사이로 미친 듯이 달아났다. 묶인 개들은 군대가 마을을 덮친 그 순간부터 시작된 아우성과 환란을 멈출 수도 줄일 수도 없었다. 이미 많은 오두막이 불타올랐고, 호숫가를 따라 광란의

통곡을 내지르며 북쪽으로 달려가는 난민들을 군인들이 양치기인 양 따라붙어 뒤처지는 자부터 타격기로 갈겨 댔다.

글랜턴과 참모들이 마을을 둘러보니 주민들은 말발굽 아래 우왕좌왕하고, 말들은 앞발을 번쩍 쳐올려 대고, 몇몇 군인은 횃불을 들고서 오두막 사이로 누비며 피범벅이 된 희생자들을 끌어냈다. 죽어 가거나 처형을 앞둔 자들은 자비를 빌며 무릎을 꿇었지만 칼은 어김없이 날아들었다. 부락에는 멕시코인 노예가 꽤 많았는데, 이들은 스페인어로 외치며 뛰어다녔지만 매한가지로 머리가 박살 나거나 총알에 관통당했다. 델라웨어 한 명이 양쪽 팔에 벌거벗은 아기를 하나씩 안고서 연기를 뚫고 나오더니 똥 무더기를 둘러싼 돌덩이 앞에 웅크리고 앉아 아기 발꿈치를 차례로 쥐고 머리를 돌덩이에 짓이겼다. 아기의 정수리 숨구멍으로 시뻘건 구토물 같은 뇌수가 콸콸 쏟아졌다. 불이 붙은 야만인들이 전사처럼 새된 괴성을 내지르고, 군인들은 거대한 칼로 그들을 난도질했다. 웬 젊은 여자가 달려 나와 글랜턴이 탄 군마의 피투성이 앞발을 부둥켜안았다.

이 무렵 몇몇 전사가 흩어진 말 떼 사이로 뛰어들어 말을 잡고 올라타 마을로 진격해 불타는 오두막 사이로 화살을 바락바락 날려 댔다. 글랜턴이 총집에서 소총을 뽑아 선두에 선 두 마리 말을 쓰러뜨리더니 소총을 도로 총집에 꽂고는 권총을 빼들어 말의 양쪽 귀 사이로 쏘아 댔다. 인디언들은 말 옆구리에 몸을 붙이고서 말을 걷어찼다. 말들이 떼를 지어 원을 돌며 달려가다 한 마리씩 한 마리씩 총을 맞고 쓰러지자 남은 열두 마리는 방향을 틀어 신음하는 난민들 대열을 지나 호수로 달려들어 나트륨 재와 같은 항적을 남기고 사라졌다.

글랜턴이 말 머리를 돌렸다. 시체들이 바다에서 일어난 대재앙의 희생자인 양 물가에 나뒹굴었다. 소금으로 얼룩져 있던 호숫가는 순식간에 피와 내장으로 뒤덮였다. 군인들이 핏빛 호수에서 시체 둘을 끌어내는 동안 물가를 가뿐히 달려가는 포말이 떠오르는 태양에 연분홍으로 발그레했다. 군인들이 시체 사이를 거닐며 칼로 검은 머리털을 수확하고 나면 희생자들 머리에는 시뻘건 양막을 뒤집어쓴 듯한 뻘건 두개골만이 남았다. 무리에서 이탈한 말들이 악취로 뒤덮인 물가를 달려가 연기 속으로 사라지더니 얼마 후 되돌아왔다. 군인들은 시신을 아무 이유 없이 난도질하며 시뻘건 물 속을 돌아다녔고, 몇몇은 호숫가에서 죽어 가거나 죽은 젊은 여인네의 구타당한 몸뚱이에 들러붙었다. 델라웨어 하나는 시장에 장사 나온 행상인처럼 머리 가죽 다발을 들고 다녔다. 손목에 묶인 머리카락 끝에는 머리 가죽이 서로 엉겨 붙었다. 이곳에서의 매 순간순간이 훗날 사막에서 입에 오르내리리라는 사실을 잘 아는 글랜턴은 부하들 사이로 말을 몰며 열심히 독려했다.

맥길이 우지끈 무너지는 붉더미 사이에서 나와 그 광경을 멍하니 바라보았다. 그의 몸은 창에 꿰뚫려 있고, 손은 그 창을 불끈 쥐고 있었다. 한 줄기 소톨[34] 같은 모습이었다. 자그마한 등에 비쭉 나온 굽은 창대에는 낡은 기병도가 묶여 있었

---

34) 알코올 음료를 만들 수 있는 백합과의 식물.

다. 소년이 물에서 나와 그에게 다가갔고, 멕시코인은 모랫바닥에 조심스레 앉았다.

비켜. 글랜턴이 말했다.

맥길이 글랜턴을 바라보았다. 그 순간 글랜턴이 권총을 뽑아 그의 머리를 명중했다. 그는 권총을 총집에 꽂고는 빈 소총을 무릎에 받쳐 세워 화약을 쟀다. 누군가가 그에게 고함을 쳤다. 말이 바르르 떨며 뒷걸음치자 글랜턴은 말에게 나직이 속삭이며 총알 두 개를 약실로 밀어 넣었다. 그리고 하늘을 등진 채 북쪽 언덕을 넘어 내달리는 한 무리의 아파치를 바라보았다.

400미터쯤 떨어진 곳에서 대여섯 명이 가늘게 사그라지고 말 괴성을 질러 대며 달려왔다. 글랜턴은 소총을 겨드랑이에 끼우고서 한쪽 덮개를 닫고 총구를 돌려 다른 쪽 덮개를 닫았다. 그러는 동안에도 시선은 아파치에게서 떨어지지 않았다. 웹스터가 말에서 내려 소총을 뽑아 들고 총에 부착된 꼬챙이를 빼내어 한쪽 무릎을 꿇고는 위로 향하게 꽂은 꼬챙이의 끝을 쥔 주먹에 총구를 걸쳤다. 그는 방아쇠를 둘 다 작동 준비시킨 후 뒤쪽 총구의 공이치기를 젖히고서 총에 얼굴을 댔다. 그는 바람의 세기를 가늠하고, 은빛 풍경 옆쪽에 떠오르는 태양을 감지했다. 그는 총을 높이 조준해 발사했다. 글랜턴은 가만히 앉아 있었다. 총알이 허공을 납작 가르고 회색 연기가 뒤를 쫓았다. 언덕 위쪽 무리의 추장은 말 위에 앉아 있었다. 이윽고 그가 서서히 옆으로 쓰러지더니 바닥으로 추락했다.

글랜턴이 함성을 지르며 앞으로 달려갔다. 네 사람이 뒤를 따랐다. 언덕의 전사들은 말에서 내린 후 쓰러진 이를 일으키려 했다. 글랜턴은 인디언에게서 눈을 떼지 않은 채 안장에서 몸을 틀어 소총을 가장 가까이 있는 사람에게 넘겼다. 그는 샘 테이트라는 자로, 소총을 받아들고서 고삐를 어찌나 바짝 당겼는지 말이 거의 나동그라질 뻔했다. 글랜턴과 세 명은 계속 나아갔고, 테이트는 뒤에 웅크린 채 엄호 사격했다. 추장이 탔던 말이 휘청거리며 달아났다. 샘은 총구를 돌려 두 번째 발사를 감행했고, 총알은 땅에 박혔다. 아파치들이 새된 괴성을 지르며 고삐를 당겼다. 글랜턴이 상체를 바짝 숙여 말의 귀에 속삭였다. 인디언들은 추장을 다른 말에 태우고는 한 사람이 함께 올라타려 했지만 실패했다. 그들은 다시 시도했다. 글랜턴은 권총을 뽑아 들고서 뒤쪽의 부하에게 신호를 보냈다. 한 사람이 말을 멈추고는 땅으로 뛰어내려 배를 깔고 납작 엎드려 권총을 뽑아 공이치기를 젖히고 권총에 부착된 꼬챙이를 빼내 모래에 꽂은 다음 양손으로 총을 쥐고 턱을 땅에 묻은 채 조준했다. 말들은 200미터 너머에 있었지만 빠르게 달아나는 중이었다. 두 번째 총알이 추장이 타고 있는 조랑말을 맞추자, 곁에서 달려가던 인디언이 고삐를 잡았다. 그들은 계속 달리면서 부상당한 말에서 추장을 옮겨 실으려 했지만 총알이 박힌 말은 쓰러지고 말았다.

죽어 가는 추장에게 제일 먼저 당도한 글랜턴은 무릎을 꿇고 앉아, 그 야만적이고도 이질적인 머리를 불결한 시골 간호사처럼 자기 허벅지 사이에 끼우고는 권총을 발사했다. 인디언들은 멀찍이 원을 그리고 서서 활을 흔들어 대며 화살 몇 대를 날린 후 말 머리를 돌려 달아났다. 추장의 가슴에서 핏방울이 방울방울 샘솟고, 눈동자가 말려 올라간 눈은 모세혈관이 파열되어 번들거렸다. 시커먼 피웅덩이들마다 제각각 자그마하고도 완벽한 태양을 머금고 있었다.

글랜턴은 소규모 대열을 거느리고 부락으로 돌아갔다. 그의 허리띠에 머리카락으로 묶인 추장의 머리가 대롱거렸다. 군인들은 머리 가죽을 가죽 끈에 일렬로 꿰고, 몇몇 시체는 허리띠와 마구용 가죽을 위해 등가죽이 널찍하게 벗겨져 널브러져 있었다. 죽은 멕시코인 맥길은 머리 가죽이 벗겨진 피투성이 두개골이 이미 햇볕에 시커멓게 타들었다. 대부분 오두막은 불에 타 재가 되었다. 그 안에서 금화 몇 개가 발견되는 바람에 군인 몇이 연기를 뭉게뭉게 내뿜는 잿더미를 열심히 걷어차 댔다. 글랜턴은 그들에게 욕을 한바탕 퍼붓고는 창을 가져와 추장의 머리에 꽂았다. 단발머리를 하고 곁눈질로 추파를 던지는 사육제 얼굴 같았다. 글랜턴은 머리가 꽂힌 창을 들고 말을 이리저리 몰고 다니며 구경을 시켰다. 그가 말 머리를 돌리는데 땅바닥에 앉은 판사가 눈에 띄었다. 판사는 모자를 벗고서 가죽 수통에서 물을 벌컥벌컥 들이켜는 중이었다. 그가 글랜턴을 올려다보았다.

그놈이 아니오.

뭐가 말이오?

판사가 턱짓을 했다. 그것 말이오.

글랜턴은 창을 돌렸다. 기다란 검은 머리채를 나풀대는 머리가 휙 돌아 그와 마주했다.

그놈이 아니면 뭐란 말이오?

판사는 설레설레 고개를 저었다. 고메스가 아니오. 판사는 머리를 향해 턱짓을 했다. 저 사람은 상그레 푸로(토종)잖소. 고메스는 멕시코인이오.

멕시코인은 무슨 얼어죽을 멕시코인.

하긴 멕시코인이라는 게 따로 있는 건 아니지. 다들 잡종이니. 하지만 저자는 고메스가 아니오. 내가 직접 본 적이 있는데, 전혀 아니오.

그놈이라고 하면 먹히지 않겠소?

전혀.

글랜턴은 북쪽을 바라보았다. 그리고 판사를 내려다보았다. 내 개 못 봤소?

판사는 고개를 저었다. 그 녀석을 계속 달고 다닐 거요?

내 마음이 바뀌지 않는 한.

곧 바뀌겠군.

그야 모를 일이지.

이 망나니들을 다시 정렬시키려면 꽤나 걸리겠구려.

글랜턴은 침을 뱉었다. 그것은 질문이 아니었으므로 그는 대답하지 않았다. 말은 어디 있소?

가 버렸소.

우리랑 같이 갈 생각이라면 얼른 실한 놈으로 구하는 게 좋을 거요. 그는 창끝에 달린 머리를 쳐다보았다. 어쨌든 우라질 추장인 것은 분명해. 글랜턴이 말했다. 그리고 말에 박차를 가해 호숫가를 따라 나아갔다. 델라웨어들이 가라앉은 시신을 찾으려고 발로 더듬으며 호수를 수색했다. 그는 한동안 거기 있다가 다시 말 머리를 돌려 초토화된 부락으로 들어갔다. 권총을 허벅지에 올려놓은 채 조심스레 나아갔다. 부대가 쳐들어온 흔적을 되짚어 사막으로 들어갔다. 다시 돌아오는 그의 손에는 새벽에 덤불에서 처음 일어난 노인의 머리 가죽이 들려 있었다.

한 시간도 채 안 되어 그들은 말에 올라 피와 소금과 재로 황폐화된 호수를 떠나 남쪽으로 향했다. 그들 앞쪽에는 500마리의 말과 노새가 달려갔다. 대열 선두에 판사의 말이 있었는데, 안장 앞쪽에 재투성이의 기묘한 검은 아이가 앉혀 있었다. 아이는 머리 일부가 홀라당 타 버렸다. 커다란 검은 눈으로 풍경을 엄숙하고도 묵묵히 바라보는 아이의 모습이 마치 요정이 예쁜 아이를 바꿔치기하고 대신 두고 간 못난이 같았다. 군인들은 피로 얼룩진 옷과 얼굴이 햇볕에 거뭇해지더니 흙먼지에 서서히 하얘지다 시간이 지남에 따라 그들이 지나치는 땅과 똑같은 빛깔로 물들었다.

부대는 종일 달렸고, 글랜턴은 대열 맨 뒤에 자리했다. 정오 무렵 그 개가 부대를 따라잡았다. 개의 가슴팍이 피로 시커멨다. 글랜턴은 개가 기운을 차릴 때까지 안장머리에 태워 주었다. 기나긴 오후 내내 개는 말 그림자에 묻혀 종종걸음을 쳤고, 황혼녘에는 말의 기다란 그림자가 개미 다리처럼 덤불을 스쳐 날아가는 평야에 멀찍이 떨어져 종종걸음 쳤다.

그 무렵 북쪽에 가느다란 먼지구름이 피었다. 그들은 어둠에 묻힌 채 계속 달렸고, 델라웨어가 말에서 내려 귀를 땅에 대어 본 후 다시 말에 올랐다.

행군을 쉬는 동안 글랜턴은 모닥불을 피우고 상처를 돌보라고 명령했다. 암말 한 마리가 사막에서 새끼를 낳았는데, 이 연약한 육체는 긁어모은 석탄 위에 가로놓인 덤불 가지에 이내 꿰뚫렸다. 그 곁에서 델라웨어들은 새끼의 위장에서 꺼낸 굳은 우유를 바가지에 담아 자기네끼리 나눠 마셨다. 숙영지 서쪽의 나지막한 언덕에 오르니 북쪽으로 16킬로미터 떨어진 곳에서 적이 피운 모닥불이 또렷이 타올랐다. 대원들은 피로 뻣뻣해진 가죽 속에 웅크리고 앉아 머리 가죽 수를 세고는, 피로 점점이 얼룩진 검고 굵은 머리카락을 묶어 막대에 매달았다. 모닥불을 둘러싼 이 광포한 도살자들 틈으로 데이비드 브라운이 들어왔지만 도움을 얻을 수는 없었다. 브라운의 허벅지에 깃 달린 화살이 박혀 있는데도 아무도 손댈 생각을 하지 않았다. 브라운은 닥터 어빙을 장의사라느니 이발사라느니 놀린 탓에 그와 척을 지고 있었다.

이봐, 마음 같아선 내가 직접 뽑고 싶어. 하지만 똑바로 쥘 수가 있어야지.

판사가 그를 보더니 빙그레 미소를 지었다.

판사님이 좀 해 주시려오?

아니, 데이비. 하지만 내가 무엇을 해 줄지 말해 주지.

뭔데요?

교수형을 제외한 모든 불운을 막을 수 있는 보험 증권을 써 주지.

이런 우라질.

판사가 킬킬댔다. 브라운은 그를 이글거리는 눈으로 쏘아보았다. 그래, 이거 하나 도와줄 사람 없다는 거야?

아무도 대꾸하지 않았다.

모조리 지옥으로 꺼져 버려.

브라운이 주질러앉아 다리를 뻗고 상처를 살피자 피가 더욱 콸콸 샘솟았다. 그는 화살을 움켜쥐고 아래로 쭉 밀었다. 이마에 송골송골 땀방울이 맺혔다. 그는 자기 다리를 붙잡고서 욕을 나직이 구시렁댔다. 몇몇은 그 광경을 구경하고, 몇몇은 쳐다도 보지 않았다. 소년이 일어났다.

내가 한 번 해 볼게요.

역시 착한 녀석이란 말이야.

브라운이 안장을 가지고 와 기대고 앉았다. 그는 잘 보이도록 다리를 불가로 내밀고서 혁대를 접어 쥐고는, 무릎을 꿇고 기다리는 소년에게 썻썻대며 말했다. 단단히 잡아. 똑바로 밀어 넣는 거야. 그는 혁대를 악물고 안장에 기대 누웠다.

소년은 화살대를 그의 허벅지 쪽에 바투 잡고는 온 무게를 다해 밀었다. 브라운이 양쪽 땅바닥을 움키며 머리를 젖히자 타액으로 젖은 이가 모닥불빛에 번쩍였다. 소년은 화살을 고쳐 쥐고서 다시 밀었다. 브라운의 목에 정맥이 밧줄처럼 불끈 솟으며 욕설이 튀어나왔다. 네 번째 시도 끝에 화살촉이 허벅지를 뚫고 나오며 핏방울이 후드득 바닥으로 들었다. 소년은 쪼그리고 앉아 소맷자락으로 이마를 훔쳤다.

브라운은 입에서 혁대를 빼냈다. 나왔어?

예.

화살촉은? 촉이 그대로 있어? 이봐, 어서 말해.

소년은 칼을 뽑아 피투성이 촉을 솜씨 좋게 잘라서 그에게 건넸다. 브라운은 촉을 불빛에 비춰 보더니 씩 웃었다. 망치로 두들겨 펴 만든 구리 화살촉은 화살대에 비뚜름하니 묶여 있긴 해도 떨어져 나간 부분은 없었다.

힘 좀 쓰는군, 자식. 자 이제 외과 수술만 하면 되겠어. 힘껏 잡아당겨.

소년은 그의 다리에서 손쉽게 화살대를 빼내었다. 브라운은 색정적인 여자처럼 머리를 젖히고서 거칠게 씻씻댔다. 그는 잠시 뻗어 있다 상체를 일으켜 앉더니 소년에게서 화살대를 받아 들어 모닥불에 처넣고는 일어나 잠을 자러 갔다.

소년이 자기 담요를 가지고 돌아오자 전직 신부가 몸을 내밀어 속삭였다.

멍청하긴. 하느님은 영원히 널 사랑하지 않을 거야.

소년은 고개를 돌려 그를 바라보았다.

그가 널 끌고 갈 거라는 걸 모르는 거니? 너를 질질 끌고 갈 거야. 결혼식 날 신부를 끌고 가듯.

그들은 일어나, 시간도 가늠할 수 없는 한밤중에 행군했다. 모닥불을 피우라는 글랜턴의 명령에 사방에서 불꽃이 넘실대며 덤불 그림자가 모래 위로 휘청휘청 춤을 췄다. 군인들은 가느다랗게 너울대는 그림자를 밟으며 나아가다 이제는 완연한 일부가 되어 버린 어둠에 스며들었다.

말과 노새들은 사막 깊이 들어가 있었다. 그들은 몇 킬로미터를 남진한 끝에 짐승 무리를 따라잡고는 몰아댔다. 뿌리 없는 여름 번개가 세상 끝에 놓인 시커먼 산맥을 어둠 밖으로 끌어내자 반쯤 넋 나간 말들이 심연에서 불려 나온 듯 부들부들 떨며 푸르스름한 빛 속에서 종종걸음을 쳤다.

안개 자욱한 새벽에 피투성이의 남루한 차림으로 머리 가죽을 신고 달려가는 그들 모습은 승자라기보다는 혼란과 밤의 정점 속에서 후퇴하는 패잔병에 가까웠다. 말들은 비트적대고, 안장 위 사람들은 잠에 빠져 휘청댔다. 마침내 날이 밝자 주변에는 여전히 황야가 그득했고, 그들이 전날 밤 피운 모닥불에서 솟구친 연기는 바람의 시달림도 없이 가느다랗게 꼿꼿이 서서 북쪽을 가리켰다. 도시의 성문으로 그들을 몰아붙일 적들의 허연 연기는 보이지 않았다. 그들은 광기에 사로잡힌 말들을 앞세우고, 활활 타오르는 열기에 휘감겨 비칠비칠 나아갔다.

아침나절 부대는 300마리의 짐승이 벌써 떡 하니 자리를 차지한 웅덩이에 들어섰다. 그들은 짐승들을 물에서 몰아내고는 말에서 내려 모자로 물을 퍼마신 다음 마른 개천의 하류로 내려갔다. 자갈밭과 마른 바위와 돌덩이들을 달가닥거리며 지나니, 다시 붉은 모래사막과 식물이 드문드문 박힌 끝없는 산맥이 펼쳐졌다. 여기에는 오코티요도 있고, 소톨도 있었으며, 또한 열기의 나라에서 피어오르는 환상처럼 꽃을 피우는 속세의 알로에도 있었다. 해 질 녘 그들은 군인 몇을 서쪽 초원으로 보내 모닥불을 지피도록 했다. 그사이 나머지 부대원은 박쥐들이 별 사이를 조용히 날아다니는 어둠 아래 드러누워 잠이 들었다. 그러다 사방이 여전히 어둑한 새벽에 행군을 시작했다. 말은 하나같이 쓰러질 것만 같았다. 하지만 낮에 야만인은 훨씬 바짝 쫓아와 있었다. 그들은 이튿날 새벽 말들을 일으키느라 분투했고, 평야와 돌산과 버려진 목장의 담과 지붕을 지나 여드레 낮과 밤을 달리게 하느라 분투했다. 사람은 아무도 죽지 않았다.

셋째 날 밤 그들은 1.6킬로미터도 채 떨어지지 않은 사막에서 타오르는 적의 모닥불을 바라보며 폐허의 벽 속에 웅크렸다. 판사는 모닥불가에 그 아파치 아이와 같이 앉아 있었다. 아이는 검은딸기 같은 눈으로 모든 것을 지켜보았다. 몇몇은 아이를 놀리며 웃어 댔고, 육포를 주기도 했다. 아이는 고기를 질겅질겅 씹으며 진지한 눈빛으로 사람들을 주시했다. 그들은 아이에게 담요를 덮어 주었다. 아침에 군인들이 말에 안장을 얹는 동안 판사는 아이를 한쪽 무릎에 앉히고서 얼러 댔다. 토드빈은 안장을 들고 지나가며 그 모습을 보았다. 하지만 십 분 후 말을 끌고 그 자리에 오니 아이는 머리 가죽이 벗겨진 채 죽어 있었다. 토드빈은 판사의 거대한 대머리를 향해 권총 부리를 겨눴다.

이 망할 자식, 홀든.

쏘든지 치우든지 어서 하게. 어서.

토드빈은 권총을 벨트에 되꽂았다. 판사는 빙그레 미소 지으며 바짓가랑이에 머리 가죽을 문지르고는 일어나 가 버렸다. 다시 십 분 후 그들은 아파치에게서 멀리 떨어져 광야를 행군했다.

닷새 되던 날 오후 그들은 말들을 앞세우고, 스페인어로 외쳐 대는 인디언 무리를 아슬아슬하게 사정거리 너머 뒤세운 채 마른 호수를 걸어서 건너갔다. 부대원 하나가 때때로 소총을 들고 말에서 내려 탄약을 장전하면 인디언들은 메추라기처럼 하르르 퍼져 둥글게 감싸고 섰다. 동쪽에 목장의 하얀 담과 비쭉배쭉 솟은 가느다랗고 푸른 나무가 열기에 비틀거리는 것이 마치 투시화를 보는 듯했다. 한 시간 후 그들은 이제 100마리쯤으로 줄어든 말 떼를 몰며 담을 따라가다 못으로 난 닳아 빠진 오솔길에 접어들었다. 젊은이가 말에서 내려 스페인어로 예법을 갖춰 환영했다. 아무도 대꾸하지 않았다. 젊은이는 얼기설기 수로가 뻗은 밭을 꿰뚫으며 흘러가는 개천 하류를 쳐다보았다. 그곳에는 흙투성이의 흰옷을 입은 일꾼들이 새 목화나 허리 높이의 옥수수 사이에 괭이를 쥔 채 서 있었다. 젊은이가 북서쪽을 보았다. 일흔에서 여든 명의 아파치가 첫 줄의 초가를 지나 일렬종대로 행진해 나무 그늘 아래로 들어갔다.

밭에 있던 일꾼들도 거의 동시에 그들을 보았다. 일꾼들은 농기구를 내던지고서 달아났다. 몇몇은 새된 비명을 지르고, 몇몇은 두 손으로 머리를 감쌌다. 이름이 돈인 젊은이는 미국인들을 보고는, 다시 고개를 돌려 다가오는 야만인들을 보았다. 돈이 스페인어로 뭐라고 외쳤다. 미국인들은 말을 몰고 못을 떠나 미루나무 숲을 통과했다. 마지막으로 젊은이를 보았을 때 그는 부츠에서 자그마한 권총을 꺼내 인디언을 향해 돌아서고 있었다.

그날 저녁 그들은 아파치를 뒤세운 채 갈레고라는 소도시를 통과했다. 거리의 비포장 도랑에 돼지와 털 없는 초라한 개들이 돌아다녔다. 버려진 도시 같았다. 길가 밭에는 어린 옥수수가 최근에 내린 비로 말끔하게 씻겨, 볕에 투명하다 할 만큼 하얗게 바랜 채 반짝반짝 아롱거렸다. 그들은 밤에도 거의 쉬지 않고 달렸지만 인디언들은 여전히 쫓아왔다.

  엔시닐라스에서 그들은 다시 전투를 벌였고, 엘 사우스로 가는 길목에 도시의 뾰족한 교회 첨탑이 보이는 산자락의 나지막한 언덕에서도 전투를 치렀다. 1849년 7월 21일 그들은 이빨과 하얀 눈이 북새통을 이룬 흙길에 갖가지 색을 칠한 말을 앞세우고 치와와에 입성하여 영웅과 같은 환영을 받았다. 꼬마들이 말발굽 사이로 뛰어다니고, 피투성이의 누더기를 걸친 승리자들은 덕지덕지 앉은 때와 흙먼지와 피딱지 사이로 웃음을 머금었다. 그들이 들고 있는 장대에는 생기를 잃고 바싹 마른 적의 머리채가 음악과 꽃의 환상 속을 누볐다.

13

행렬은 새로운 기수들로 길어졌다. 밀짚모자를 쓴 노인과
노새를 탄 꼬마들이 뒤를 이었다. 주민 하나가 사로잡힌 말과
노새를 좁은 길로 몰고 갔다. 길 끝에는 말과 노새를 모두 수
용할 만큼 널찍한 투우장이 있었다. 누더기 군인들은 거침없
이 행진했다. 몇몇은 시민에게서 건네받은 술잔을 높이 쳐들
고, 몇몇은 발코니에 삼삼오오 모인 여인들을 향해 넝마가 다
된 모자를 흔들고, 또 몇몇은 반쯤 눈꺼풀이 감긴 채 기묘한
권태로운 표정으로 고개를 까닥이는 바싹 마른 머리를 우뚝
올렸다. 길가에 사람이 어찌나 빽빽이 늘어섰는지 그들은 마
치 누더기 폭동의 주동자라도 된 듯했다. 그들 앞에는 머저리
하나와 정상인 하나로 구성된 북치기가 맨발로 행진하며 북
을 두드리고, 군악대인 양 한 팔을 치켜든 사내가 트럼펫을 울

렸다. 어느덧 행렬은 주지사 관저 입구의 맨들맨들 닳은 돌문턱을 넘었고, 용병의 편자 없는 말발굽이 마당 자갈과 부딪치며 거북등처럼 달그락거렸다.

머리 가죽을 돌바닥에 늘어놓는 동안 구경꾼 수백 명이 몰려들었다. 머스킷 총으로 무장한 군인들이 군중을 밀어내고, 젊은 아가씨들은 커다란 검은 눈으로 미국인을 응시하고, 남자아이들은 소름 끼치는 전리품을 만져 보고 싶어 열심히 기어들었다. 모두 128개의 머리 가죽과 여덟 개의 머리가 있었다. 주지사의 부관과 수행원들이 마당으로 나와 그들을 환영하고 전리품에 감탄했다. 그날 저녁 리들앤스티븐스 호텔에서 열릴 축하연에서 수고비를 전부 황금으로 지불하겠다는 약속에 용병들은 환호성을 내지르고는 다시 말에 올랐다. 검은 스카프를 두른 할머니들이 달려와 그들의 악취 나는 셔츠 자락에 키스를 하고는, 볕에 탄 자그마한 손을 올려 그들을 축복했다. 용병들은 수척한 말 머리를 돌려 열광하는 군중 틈을 비집고 거리로 나왔다.

그들은 공중목욕탕에서 한 명씩 물에 몸을 담갔다. 늦게 입수하는 자일수록 하얬는데, 하나같이 문신이나 낙인이나 봉합선이 온몸을 뒤덮고 있었다. 야만적인 의사들이 가슴과 배의 어디를 무엇으로 갈라 그처럼 거대한 지네와 같은 주름진 흔적을 남겼는지는 신만이 알 것이다. 몇몇은 기형이거나 손가락이 잘리고 없는가 하면, 무슨 상품이라도 되듯 이마와 팔에 문자와 숫자가 박혀 있었다. 시민들은 남자든 여자든 벽을 따라 물러서서는, 물이 피와 때로 묽은 죽이 되어 가는 광경을

바라보았다. 마지막으로 옷을 벗은 판사에게 모든 시선이 집
중되었다. 판사는 시가를 입에 문 채 제왕 같은 태도로 목욕
탕 가장자리를 거닐더니 놀라운 만큼 작은 발가락으로 물의
온도를 가늠했다. 온몸이 마치 달처럼 반짝였다. 너무도 하얀
데다 커다란 콧구멍이든 귓구멍이든 가슴이든 눈썹이든 정수
리든 그 거대한 몸 어디에도 털 오라기 하나 없었다. 번쩍이는
웅장한 돔 같은 대머리는 볕에 탄 얼굴과 목 때문에 마치 목
욕용 모자라도 쓴 듯했다. 그 거대한 몸이 탕 속으로 가라앉
자 목욕물이 와락 솟구쳤다. 그는 눈 아래까지 물에 담근 채
즐겁게 주위를 둘러보았다. 살짝 찡그린 눈매로 보아 거대한
흰 바다사자처럼 물속에서 껄껄 웃는 듯했다. 그의 자그마하
면서도 도톰한 귀에 꽂힌 시가는 아슬아슬 물을 비껴나 사륵
사륵 연기를 뿜어 올렸다.

이 무렵 상인들은 뒤쪽 타일 바닥에다 제품을 잔뜩 부려
놓고 있었다. 유럽식 의상, 옷감, 화려한 빛깔의 비단 셔츠, 뾰
족 모자, 고급 스페인 가죽 부츠, 은장식을 단 지팡이, 승마용
채찍, 은장식 안장, 근사하게 조각을 새긴 파이프, 비상용 소
형 총, 돋을새김 칼날에 상아 자루를 박은 톨레도 검 등이 있
었다. 이발사들은 의자를 가져와서 자신이 이발해 준 유명인
의 이름을 소리 높여 외쳤다. 상인들은 한결같이 관대한 조건
으로 외상을 줬다.

그들은 새 옷을 빼입었는데, 그중 몇은 소매가 팔꿈치를 간
신히 덮었다. 광장을 가로지르면서 보니 사람들이 정자 벽에
야만인의 축제 장식인 양 머리 가죽을 걸고 있었다. 가로등 바

로 위에 꽂힌 머리들은 성채 돌담에 줄줄이 걸려 바람에 들썩이는 동족과 조상의 마른 가죽들을 움푹 파인 이교도의 눈으로 지그시 응시하는 듯했다. 나중에 가로등에 불을 붙이면 머리는 아래에서 부드러운 빛을 받아 마치 마법의 마스크처럼 보일 것이다. 그리고 하루하루 지나면서 하얀 반점이 생기고, 머리 위에 앉은 새들이 내갈긴 똥으로 나병 환자처럼 얼룩질 것이다.

주지사인 앙헬 트리아스는 소싯적 유학을 갔다 온 데다 고전 문학을 폭넓게 읽고 여러 외국어에도 능통했다. 또한 남자 중의 남자인 그는 치와와주를 지키려고 고용한 거친 용병들을 보노라니 심장 안에 무엇인가가 뜨겁게 타오르는 듯했다. 부관이 글랜턴과 장교들을 연회에 초대하자, 글랜턴은 부하를 두고 갈 수는 없다고 잘라 말했다. 부관은 웃으며 양보했고, 주지사도 기꺼이 응했다. 때 빼고 광 낸 용병들은 질서정연하게 연회장에 들어섰다. 델라웨어들은 모닝코트를 걸치고 있었는데, 기묘하게 금욕적이면서도 위협적으로 보였다. 시가와 백포도주가 준비된 테이블에 모두들 자리를 잡았다. 상석에 서 있던 주지사가 그들을 환영하며 의전관에게 손님을 잘 대접하라고 명령했다. 군인들이 컵을 가져와 포도주를 따르고 특별히 제작된 은갑에서 꺼낸 시가의 끝을 잘라 불을 붙여 주는 등 용병들의 시중을 들었다. 판사는 마지막으로 들어왔다. 바로 그날 오후 그를 위해 특별히 제작된 무표백 리넨 양복을 멋들어지게 빼입고 있었다. 그 양복을 짓기 위해 치와와에 있는 무표백 리넨이 모조리 동원되었고, 재단사만 해도 한 무리가 들러붙어 분투했다. 판사의 발은 멋지게 광을 낸 새끼 염소 가죽 부츠가 감싸고 있고, 판사의 손에는 모자 두 개를 갈라 봉합선이 거의 보이지 않을 만큼 섬세하게 이어 붙인 파나마모자가 들려 있었다.

판사가 들어섰을 때 트리아스는 이미 자리에 앉아 있었지만 그를 보더니 얼른 일어나 다정하게 악수를 청했다. 그리고 판사를 자기 오른쪽에 앉히고는, 이내 낯선 언어로 즐겁게 이야기꽃을 피웠다. 연회장의 다른 이들은 북반구에서 흘러온 상스러운 형용사 몇 개를 제외하고는 전혀 알아들을 수 없었다. 소년의 맞은편에는 전직 신부가 앉아 있었다. 그는 눈썹을 치켜세우며 눈알을 굴려 상석을 가리켰다. 생전 처음 빳빳하게 풀 먹인 칼라에 넥타이를 맨 소년은 양복점 마네킹처럼 가만히 앉아 있었다.

이 무렵 식탁에는 식사가 시작되어 접시가 줄줄이 들어왔다. 생선, 닭고기, 생고기, 야생 짐승 고기, 커다란 접시에 받쳐 나온 새끼 돼지 통구이, 세이보리로 맛을 낸 캐서롤, 카스텔라, 설탕 과자, 그리고 엘패소의 포도원에서 가져온 포도주와 브랜디. 불콰한 애국적인 건배가 이어졌다. 주지사의 부관들은 워싱턴과 프랭클린을 위해 건배를 들었고, 이에 화답해 미국인들도 건배를 들긴 했으나 미국의 영웅 이름을 더 많이 주워섬겼고, 외교에 무지한 나머지 이웃 나라의 유명인 중 아무 이름이나 들먹였다. 그들은 자리에 앉아 진수성찬을 넘어 호텔 식료품실까지 깡그리 먹어 치웠다. 온 도시에 특사를 파

견해 음식을 긁어모았으나 이마저도 급기야 바닥이 났다. 결국 호텔 요리사가 온몸으로 주방문을 가로막았고, 시중을 들던 군인들은 빵이며, 튀긴 돼지껍질이며, 치즈 덩어리며 닥치는 대로 가져와 식탁에 쏟아부었다.

주지사가 잔을 두드리고 일어나 영어로 유창하게 연설했으나, 용병들은 부푼 배로 끄윽끄윽 트림을 해 대거나 한눈을 팔며 술을 더 달라고 소리쳤다. 건배를 외치던 몇몇은 온갖 남쪽 도시의 창녀를 위해 기이한 축배를 들었다. 재무부 장관이 소개되자 용병들은 환호를 지르거나 야유를 내뿜으며 술잔을 높이 올렸다. 치와와주의 소용돌이무늬 상징이 인쇄된 기다란 캔버스 가방을 받은 글랜턴은 주지사의 연설을 자르고 일어나 뼈와 껍질과 엎지른 술 위로 황금을 콸콸 쏟아부었다. 그리고 칼날로 황금 더미를 갈라 부하들에게 약속한 보상금을 즉시 지불했다. 이로써 의식은 모두 끝났다. 연회장 한구석에 애처로이 박혀 있던 악단을 판사가 처음으로 불러들였다. 연회장에는 이미 불려 온 여성들이 벽 쪽 벤치에 앉아 태연히 부채를 저었다.

미국인들은 너나없이 의자를 박차고 일어나, 쓰러져 길을 막는 의자를 걷어차 가며 하나둘 혹은 무리 지어 무도장으로 몰려갔다. 양철 반사경을 단 램프가 벽에 주르르 걸려 빛을 발하고, 서로서로 그림자가 맞부딪었다. 구깃구깃한 옷에 총검으로 무장한 머리 가죽 사냥꾼은 이글거리는 눈으로 여인을 바라보며 실쭉실쭉 야비한 웃음을 날리고 이를 핥았다. 판사가 악단과 긴밀히 상의하더니 이내 카드리유[35] 음악이 울려 나왔다. 우렁차게 발을 구르며 춤이 시작되자 판사는 첫 번째 여인을 상냥하면서도 씩씩하게 에스코트한 후 이어서 매끈한 스텝으로 두 번째 여인을 리드했다. 자정 무렵 주지사는 연회장을 떠났고, 악단도 슬금슬금 사라졌다. 거리의 눈먼 하프 연주자가 뼈와 접시로 흐트러진 테이블 위에 겁에 질려 서 있고, 연회장에는 어느새 야한 차림새의 창녀들이 끼어 있었다. 이내 총성이 사방에서 울렸고, 치와와에서 미국 영사 노릇을 하는 호텔 주인 리들이 충고하러 내려왔다가 경고받고는 돌아갔다. 싸움이 벌어졌다. 가구가 부서지고 사내들은 의자 다리와 촛대를 휘둘렀다. 창녀 둘은 드잡이를 하다 식기장에 부딪혀 술잔 세례와 함께 바닥에 나동그라졌다. 잭슨은 꺽다리 흰둥이 예수 그리스도의 엉덩이를 날려 버리겠다며 권총을 뽑아 들고 거리를 질주했다. 새벽녘 군데군데 고인 시커먼 피웅덩이가 말라 가는 동안 잔혹한 술고래들은 맨바닥에 널브러져 코를 골았다. 하프 연주자는 식탁 위에서 다른 이의 품에 안겨 잠들어 있었다. 도둑 가족이 까치발로 살금살금 잔해 사이로 돌아다니며 잠든 이의 주머니를 뒤지는 동안, 예전 호텔의 가구였던 것을 잔뜩 집어삼킨 모닥불은 문 너머 거리로 검은 연기를 내뿜었다.

이와 같은 광경이 밤이면 밤마다 되풀이되었다. 시민들은 주지사에게 탄원했지만, 그는 부려먹으려고 꼬마 도깨비를 불러냈다가 그만 통제력을 잃어버린 초보 마술사나 다름없는 신

---

35) 남녀 네 쌍이 정사각형으로 서서 추는 프랑스 춤.

세웠다. 목욕탕은 매음굴이 되어 목욕탕 일꾼은 모두 쫓겨났다. 광장의 새하얀 석조 분수는 밤이면 벌거벗은 주정뱅이로 가득 찼다. 술집에 용병 두 명만 나타나도 사람들은 불이라도 난 양 허둥대며 달아났다. 미국인들은 흙 재떨이에서 여전히 시가가 연기를 뿜는 유령 술집에서 자기네끼리 술을 마셨다. 용병들은 말을 탄 채 안팎 없이 드나들었고, 금이 점점 줄어들자 상인들은 정육점 포장지에 외국어로 갈겨쓴 외상 증서를 받고는 선반을 다 털렀다. 가게가 하나둘 문을 닫았다. 석회칠을 한 벽에는 숯으로 쓴 낙서가 돋아났다. 메호르 로스 인디오스.(인디언보다는 낫다.) 저녁이면 거리는 텅 비고, 산책하는 이는 아무도 없었다. 도시의 젊은 아가씨들은 집에서 더는 나오지 않았다.

8월 15일 그들은 출병했다. 일주일 후 그들이 북동쪽으로 128킬로미터 떨어진 도시 코야메를 포위하고 있더라는 소식이 가축상을 통해 전해졌다.

코야메는 몇 해째 매년 고메스 일당에게 공물을 바쳐야 했다. 글랜턴 부대가 그곳에 나타났을 때 시민들은 성인이라도 맞이하듯 떠받들었다. 여자들이 말 옆으로 달려와 그들의 부츠를 어루만지는가 하면, 수박이며 빵이며 꼬챙이에 꽂은 닭이며 온갖 선물로 안장이 그득 찼다. 사흘 후 그들이 떠날 때 거리는 휑했다. 심지어 개 한 마리도 그들을 따르지 않았다.

그들은 북동쪽으로 진군해 텍사스와 경계를 이루는 도시 프레시디오에 이르렀다. 그들은 안장 위에서 눈물을 뚝뚝 흘리며 거리를 나아갔다. 글랜턴은 국경을 넘었다가는 체포될 신세였다. 그는 혼자 사막으로 달려가 덤불로 덮인 구릉지와 곱슬곱슬 메마른 언덕과 길게 뻗은 산맥을 응시했다. 그곳에서 나지막하니 관목이 자라는 밭과 동쪽으로 약 600킬로미터 너머 다시 보지 못할 아내와 자식이 살고 있을 평원을 말과 개와 함께 바라보았다. 그의 그림자가 줄무늬진 모래 위로 길게 늘어났다. 그는 그림자를 쫓지 않았다. 그저 모자를 벗어 저녁 바람으로 머리를 식혔다. 그러다 다시 모자를 쓰고 말 머리를 돌렸다.

그들은 아파치의 흔적을 쫓아 몇 주나 국경 지대를 떠돌았다. 평원을 기지 삼아 끊임없이 도륙하며 이동했다. 운명의 대리인으로 화하여 마주친 세계를 둘로 쪼개고 떠나간 땅은 그와 같은 절멸을 다시는 목격하지 못했다. 총알만이 꿰뚫는 열기 속에서 이름을 잃고 흙먼지로 파리해진 유령 기마병들……. 무엇보다 그들은 모험심이 강하고 과격하고 야만적이며 질서라고는 없었다. 이름이 생겨나기 이전 개인이 모든 것이던 시절 곤드와나 대륙의 잔혹한 황무지를 비틀비틀 배회하는 고르곤 자매처럼 저주받아 말없이 약탈하며 돌아다니는 그들의 희미한 형체는 이름도 없이 절대 바위에서 태어나 그 누구도 제거할 수 없는 듯했다.

그들은 야생 짐승을 죽였고, 마주친 인디언 부락과 목장에서 무엇이든 앗아 갔다. 어느 날 저녁 엘패소가 아스라이 어른대는 곳에서 그들은 길레뇨들이 겨울을 나는 북쪽으로 방향을 틀었다. 그들은 그곳에 도착할 수 없으리라는 것을 잘 알았다. 밤이 오자 사막의 돌덩이에 자연적으로 생겨난 우에코 저수지에서 야영했다. 은신처 바위마다 고대의 그림이 빼곡했는데, 판사는 지상에서 그것들을 없애기 위해 수첩에 그림을 복사했다. 사람과 동물이 사냥하는 모습이 있는가 하면, 기묘한 새와 불가해한 지도와 인간의 모든 두려움과 야성을 정당화하는 전무후무한 상상력이 빚어낸 구조물이 있었다. 이러한 그림은 수백 개나 되었고, 그중 몇몇은 빛깔도 생생했다. 하지만 판사는 단호히 그림들을 지나치며 자신이 그릴 것을 찾아냈다. 다 마치고 나서도 여전히 햇빛이 꾸물대자 판사는 어느 바위에 걸터앉아 자신의 그림을 살폈다. 이윽고 그가 일어나 규질암 돌멩이로 그림 하나를 떼어 냈는데, 바위에는 뜯긴 흔적이라고는 남지 않았다. 일을 다 마친 그는 수첩을 집어 들고 야영지로 돌아왔다.

아침에 그들은 남쪽으로 달려갔다. 입을 여는 이는 거의 없었고, 서로 말다툼도 하지 않았다. 사흘 후 강가에서 살아가는 평화로운 티구아스 인디언을 마주친 그들은 한 명도 빠짐없이 모조리 학살했다.

그 전날 밤 그들은 떨어지는 가랑비에 씻씻대는 모닥불에 둘러앉아 총알을 준비하고 헝겊을 잘랐다. 마치 원주민의 운명이 어떤 섭리에 의해 정해지기라도 한 듯했다. 운명이라는 것이 그들이 볼 수 있는 바위에 미리 예시되어 있다는 듯이. 아무도 반대를 표명하지 않았다. 토드빈과 소년은 둘이서 의논한 후 다음 날 정오 배스캣에게 다가가 말 머리를 나란히 하고 달려갔다. 아무도 입을 열지 않았다. 그 망할 새끼들은 누굴 괴롭힐 배짱도 없는 놈들이잖아. 토드빈이 말했다. 배스캣이 돌아보았다. 그의 이마에는 검푸른 문자가 새겨져 있고, 기름이 자르르 흐르는 긴 머리는 귀 없는 두개골을 덮고 있었다. 가슴에는 금니 목걸이가 걸려 있었다. 그들은 달려갔다.

그들은 태양이 기울며 기다란 햇살을 늘어뜨리는 초라한 부락으로 다가갔다. 요리용 모닥불 냇내가 풍겨 오는 남쪽 강둑을 따라 바람을 거슬러 접근했다. 개들이 짖어 대자 글랜턴이 말에 박차를 가했다. 목을 길게 뺀 말들이 사냥개처럼 탐욕스레 숲에서 달려 나와 마른 덤불을 지나며 흙먼지를 일으키자, 아낙들은 일하던 손을 멈추고 일어나 눈앞의 지옥 같은 현실을 믿을 수 없어 하며 뻣뻣이 서 있었다. 군인들은 채찍을 휘둘러 그곳으로 말을 몰았다. 누르스름한 면옷 차림의 아낙들은 여전히 멍하니 맨발로 서 있었다. 그러다 국자와 벌거벗은 아이들을 움켜쥐었다. 첫 번째 모닥불에 있던 십여 명이 맥없이 쓰러졌다.

인디언은 달아나기 시작했다. 노인들은 두 손을 번쩍 쳐들고, 아이들은 난무하는 총성 속에 휘청대며 눈을 끔벅였다. 젊은이 몇이 활을 들고 달려 나왔으나, 총알에 뒤둥그러지고 군인들은 나뭇가지로 엮은 오두막을 밟아 뭉개고 비명을 질러 대는 가족을 휘갈겼다.

어둠이 깊어져 달이 휘영청 떠오르자, 상류에 물고기를 말리러 갔던 아낙들이 마을로 돌아와 폐허 속에서 울부짖었다. 땅은 여전히 그을음을 피워 올리고, 개들이 시체 사이로 돌아다녔다. 한 늙은 아낙은 과거 문이었던 자리에 남은 거뭇한 돌 위에 무릎을 꿇고서 나뭇가지로 잿더미를 뒤져 불꽃을 키우더니 쓰러진 항아리를 바로 세웠다. 주위에 온통 머리 가죽이 벗겨진 두개골이 푸르스름하고 축축한 히드라충이나 달의 대지에서 식어 가는 야광 멜론처럼 보였다. 모래 위에 어설피 새겨진 시커먼 피의 상형 문자들은 이후 며칠 동안 갈라지고 부서져 쓸려 갈 터이고, 학살의 흔적은 해가 몇 번 뜨고 지는 동안 모두 지워질 터였다. 훗날 우연히 이곳을 지나칠 여행자에게 이 땅에 사람이 살았으며 또한 도륙당했다는 증언을 해 줄 유령도 서기도 없이 사막의 바람이 폐허를 단단히 염할 터였다.

미국인들은 이틀 후 오후 늦게 카리살에 들어섰다. 말들은 악취 나는 머리 가죽을 장식인 양 걸치고 있었다. 도시는 폐허나 다름없었다. 수많은 집이 휑하니 비어 있고, 요새는 붕괴되어 흙으로 돌아가기 직전이며, 주민들은 옛 공포로 얼이 나간 듯했다. 그들은 피로 얼룩진 대열이 나아가는 광경을 진지한 검은 눈으로 바라보았다. 마치 전설의 땅에서 온 군인들 같았다. 주민의 눈에 잔상 같은 기묘한 얼룩이 남고, 대기가 요동치며 자성을 띠었다. 고대의 납골당처럼 뼈와 두개골과 부서진 항아리가 흩뿌려져 있고, 벽감과 땅에 고인이 잠든 공동묘지의 부서진 담을 따라 부대는 행진했다. 대열 뒤편에는 누더기 차림의 주민들이 서로를 바라보며 흙길에 서 있었다.

그날 그들은 언덕 꼭대기 스페인 건축물의 잔해 사이로 솟은 온천에서 밤을 보냈다. 군인들이 옷을 벗고 세례를 받듯 물에 몸을 담그자 커다란 허연 거머리들이 모래 위로 스멀스멀 달아났다. 남쪽 멀리 누더기 사슬 같은 번개가 소리 없이 낙하하고, 띄엄띄엄 솟은 산이 허공에서 황량한 푸른빛으로 물들었다. 시커먼 구름으로 뒤덮인 사막에 아침이 오자 둥근 지평선 위로 다섯 개의 폭풍이 따로따로 휘몰아 다녔다. 오롯이 모래뿐인 사막에 말이 너무도 힘겨워하여 군인들은 안장에서 내려 고삐를 잡고는 가파른 모래 제방을 기어올랐다. 파도에 포말이 일듯 모래 언덕에서 하얀 모래가 바람에 휘날렸고, 연약한 모래 가리비와 무작위로 마모된 뼈 외에는 천지사방에 아무것도 없었다. 그들은 종일 모래 언덕 사이를 나아가다 저녁에야 나지막한 사구가 끝나고 관목이 드문드문 돋은 평야에 이르렀다. 죽은 노새를 쪼던 독수리가 새된 울음을 뱉으며 날아올라 서녘 태양으로 돌진하는 동안 그들은 말을 평야로 이끌었다.

이어서 이틀 동안 산길에서 밤을 보낸 부대는 저 멀리 아래에 가물대는 도시의 빛을 바라보았다. 혈암 산등성이에 지핀 모닥불이 바람에 부대끼며 톱질을 해 대든 말든 그들은 50킬로미터 너머 푸른 바다에서 깜박이는 등불을 응시했다. 판사가 어둠을 가르고 다가왔다. 모닥불의 불꽃이 바람결에 달음질했다. 판사는 붉힌 혈암판 사이에 자리를 잡고 앉았고, 그들은 고대의 존재인 양 우두커니 앉아 아득히 먼 등불이 하나둘 희미해져 자그마한 불 점으로 줄어드는 도시를 바라보았다. 아마도 불이 붙은 나무이거나 여행자들의 고독한 야영지이거나, 그도 아니면 애당초 대수로울 것 없는 작은 불이리라.

주지사 관저의 높다란 나무 대문을 지나가는데, 수를 헤아리며 서 있던 군인 둘이 앞으로 나와 토드빈의 말굴레를 잡았다. 글랜턴은 그를 오른쪽으로 지나쳐 나아갔다. 토드빈이 안장에서 외쳤다.

대장!

용병들은 달가닥거리며 거리로 들어갔다. 막 대문을 지난 글랜턴이 돌아보았다. 군인들이 토드빈에게 스페인어로 뭐라고 지껄였는데, 그중 한 명은 머스킷 총을 쥐고 있었다.

네 문제는 네가 알아서 처리해. 글랜턴이 말했다.

이 자리에서 이 두 놈을 쏴 버리겠어.

글랜턴은 침을 뱉었다. 그는 거리를 바라보다 다시 고개를 돌려 토드빈을 바라보았다. 이윽고 안장에서 내려 말을 끌고 마당으로 되돌아갔다. 바모노스.(갑시다.) 그가 말했다. 그리고 토드빈을 쳐다보았다. 어서 내려.

이틀 후 그들은 군인들에게 둘러싸여 도시를 떠났다. 저마다 다른 옷을 걸치고 다른 무기를 든 100여 명의 군인들은 불안해하는 기색이 역력했다. 군인들이 말고삐를 비틀어 당기고 박차를 가해도 미국인의 말들은 여울에서 우뚝 멈추어 물을 먹었다. 수로 위쪽 산자락에 이르자 군인들은 한쪽으로 비켜 섰고, 미국인들은 바위와 노팔선인장 사이로 굽이굽이 나아가다 그늘에 묻혀 사라졌다.

그들은 산을 타고 서쪽으로 향했다. 자그마한 마을을 지나칠 때면 모자를 벗어 마을 주민에게 인사를 건넸으나, 그달이 채 지나기도 전에 자신의 손으로 모조리 도륙할 터였다. 푸에블로 인디언 마을은 어디 할 것 없이 전염병이 돈 것처럼 비어 있고 밭에서는 곡식이 썩어 들고 인디언이 챙겨 가지 못한 가축이 방치된 채 제멋대로 돌아다닐 터였다. 대부분의 마을에서 남자는 깡그리 사라지고, 여자와 아이는 말발굽 소리가 잦아들 때까지 바들바들 떨며 오두막에 웅크리고 있으리라.

　나코리에 들어서자 술집이 보였다. 미국인들은 말에서 내려 우르르 몰려가 탁자를 점령했다. 말을 지키고 있겠다고 토빈이 자청했다. 그는 거리를 이쪽저쪽 살폈다. 아무도 그에게 신경 쓰지 않았다. 이곳 주민은 미국인이라면 이미 신물 나게 본 터였다. 달이면 달마다 먼지투성이 낙오자들이 줄지어 제 나라를 떠나 피에 젖은 이 광대한 황무지로 와서는, 음식과 고기를 빼앗는 것도 모자라 검은 눈의 아가씨를 강간하려는 잠재된 취향에 눈을 떠 급기야 스스로의 악랄함에 반쯤 미쳐 가고 있었다. 낮 1시가 다 된 무렵 한 무리의 노동자와 상인이 거리를 가로질러 술집으로 향했다. 그들이 글랜턴의 말을 지나치려 하자 글랜턴의 개가 벌떡 일어나 털을 곤두세웠다. 그들은 슬쩍 방향을 틀어 걸어갔다. 이와 동시에 마을의 개들이 광장을 가로질렀다. 그중 대여섯 마리가 글랜턴의 개를 주시했다. 그때 어느 마술사가 장례 행렬을 이끌며 모퉁이를 돌아 거리로 들어섰다. 마술사는 옆구리에 끼고 있던 폭죽 하나를 빼내 입에 문 작은 시가에 갖다 댄 다음 광장에 던져 쾅 하는 폭발음을 울렸다. 개들이 겁을 먹고 냅다 물러섰지만, 두 마리만은 계속 나아갔다. 술집 앞에 고삐가 묶인 멕시코 말 중 몇 마리가 뒷발질을 하고, 다른 말들도 초조하게 발을 굴렀다. 글랜턴의 개는 술집 문으로 향하는 이들에게 시선을 떼지 않았다. 장례 행렬을 가로지른 두 마리 개는 발길질하는 말을 피해 술집으로 다가갔다. 폭죽 두 개가 더 터졌고, 장례 행렬이 시야에서 사라졌다. 바이올린 연주자와 코넷 연주자는 빠르고 활기찬 음악을 연주했다. 장례 행렬과 용병의 말 사이에 낀 개들은 귀를 납작 젖혀 슬금슬금 옆걸음질했다. 마침내 장례 행렬이 다 지나가자 개들은 부랴부랴 거리를 건넜다. 이런 상황 덕분에 술집에 들어가려던 노동자들은 좀 더 유리한 위치를 점할 터였다. 그들은 몸을 돌려 장례 행렬을 발견하고는 모자를 벗어 가슴께에 들었다. 어깨에 들것을 멘 사람들이 지나가며, 수의 차림으로 꽃에 파묻힌 젊은 여인의 빠르게 굳어 가는 회색 얼굴이 보였다. 바로 뒤에는 거친 가죽 같은 피부에 검은 옷을 걸친 사람들이 검게 칠한 생가죽 관을 들고 따라왔다. 행렬 맨 뒤는 조문객 차지였다. 몇몇은 술을 마시는가 하면, 먼지투성이 검은 숄을 두른 할머니는 눈물바다에 동참했고, 꽃을 든 어린애들은 거리의 구경꾼을 수줍게 흘끔거렸다.

술집 안에서는 미국인 서넛이 근처 탁자에서 흘러나온 모욕적인 말에 벌떡 일어나 있었다. 소년은 서툰 스페인어로 화를 내며 대체 어느 놈이 주둥이를 놀린 거냐고 따졌다. 누군가가 나서기도 전에, 앞에서 말한 대로 거리에서 장례 폭죽이 터졌고, 미국인들은 모조리 문으로 달려갔다. 탁자에 있던 술꾼이 칼을 꺼내 그들을 향해 돌진했다. 친구들이 뜯어말렸지만 술꾼은 뿌리쳤다.

둘 다 미주리 출신인 존 도시와 헨더슨 스미스가 제일 먼

저 거리로 나갔다. 그 뒤를 찰리 브라운과 판사가 이었다. 판
사는 미주리 머리 너머로 정황을 살피고는 뒤쪽에 있는 이들
에게 한 손을 들어 보였다. 관이 막 지나가는 참이었다. 바이
올린 연주자와 코넷 연주자는 서로 살짝 맞절을 했는데, 걸음
걸이로 보아 군인이 아닌가 싶었다. 장례식이야. 판사가 말했
다. 그와 동시에 칼을 들고 문으로 비틀비틀 다가온 술꾼이 그
림리의 등에 깊숙이 칼날을 박았다. 아무도 보지 못했지만 판
사는 보았다. 그림리가 거친 나무로 짠 문설주에 손을 짚었다.
이렇게 가다니. 그가 말했다. 판사가 벨트에서 권총을 뽑아 들
고 동료들의 머리 위로 겨냥해 술꾼의 이마 한가운데 총알을
박았다.

　문밖에 있던 미국인들은 총알이 발사되자 그저 판사의 총
만 보았기에 대부분 재빨리 바닥에 엎드렸다. 도시는 재게 몸
을 굴러 일어나다 망자를 조문하던 노동자와 부딪쳤다. 총알
이 발사되었을 때 노동자들은 막 모자를 도로 머리에 쓰던 참
이었다. 죽은 남자가 머리에서 피를 뿜으며 술집 밖으로 나동
그라졌다. 그림리가 몸을 돌리자 피투성이 셔츠에 우뚝 박힌
칼의 나무 손잡이가 보였다.

　다른 칼들이 이미 행동에 들어갔다. 도시는 멕시코인들과
격투를 벌였고, 헨더슨 스미스는 커다란 사냥칼을 꺼내 웬 사
내의 팔을 반쯤 절단 냈다. 그 사내는 상처를 손으로 막았지
만 손가락 틈새로 동맥의 시커먼 핏줄기가 뿜어져 나왔다. 판
사가 도시를 일으켜 세웠고, 미국인들은 칼을 휘두르는 멕시
코인들과 함께 우르르 술집으로 들어갔다. 안에서 총성이 거

침없이 흘러나왔고, 문간은 연기로 빽빽했다. 문에 판사가 나
타나 널브러진 시체들을 뛰어넘었다. 쉴 새 없이 터지는 우렁
찬 총성에 스무 명의 멕시코인들은 뒤집혀진 의자와 반 토막
이 난 나무 탁자 사이에 온갖 자세로 꺼꾸러졌다. 흙벽은 어
디 할 것 없이 커다란 원뿔형 총알로 곰보가 되었다. 생존자들
은 햇빛을 보고 문으로 나가려 했지만, 문을 지키고 선 판사
에게 가로막혀 칼을 휘둘렀다. 하지만 판사는 고양이처럼 잽
싸게 피해 첫 번째 사내의 팔을 움키어 뚝 분지르더니 머리
를 쥐고 번쩍 들어 올렸다. 판사가 그를 벽에 밀어붙이고는 빙
그레 미소를 짓자 사내의 귀에서 피가 줄줄 흘러내려 판사의
손가락과 팔을 적셨다. 판사의 손아귀에서 풀려난 사내는 어
디가 잘못되었는지 바닥으로 미끄러져 다시는 일어나지 못했
다. 그동안 사내의 뒤쪽에 있던 이들은 벌집이 되었고, 문간
은 죽은 자와 죽어 가는 자로 북적였다. 그러다 어느 순간 거
대한 정적이 내려앉았다. 판사는 등을 벽으로 하고 일어났다.
권총에서 뿜어져 나온 연기가 안개처럼 떠돌다 얼어붙은 사
람들을 수의처럼 휘감았다. 술집 한가운데에는 토드빈과 소년
이 서로 등을 맞대고 결투자처럼 총을 쥐고 있었다. 판사는 문
으로 가 뒤죽박죽 쌓인 시체 너머로 소리쳐 전직 신부를 불렀
다. 토빈은 총을 뽑아 들고서 말 사이에 서 있었다.

낙오자들이야, 신부. 낙오자들.

도시에서 백주대낮에 총질해 대는 것은 피해야 마땅한 일
이지만, 이미 벌어진 일을 도로 주워 담을 수는 없었다. 세 사
람이 거리를 따라 내달렸고, 두 사람이 광장을 가로질러 달

아났다. 그 외에는 개미 새끼 한 마리 보이지 않았다. 토빈이 말 사이에서 나와 양손에 든 커다란 권총을 조준하자 총알이 튀어나왔다. 권총이 벌컥벌컥 밀릴 때마다 달아나던 사람이 비틀거리며 꼬꾸라졌다. 마지막 사람은 어느 집 문간에서 쓰러졌다. 토빈은 몸을 돌려 허리띠에서 다른 권총을 뽑아 들어 말의 다른 쪽으로 돌아가 거리와 광장을 살폈지만, 건물이든 어디든 그림자 하나 움직이지 않았다. 판사가 도로 술집 안으로 들어갔다. 미국인들은 경이로운 듯 서로 쳐다보거나 시신을 바라보고 있었다. 그러다 글랜턴에게 시선을 돌렸다. 그의 눈이 연기 자욱한 방을 꿰뚫었다. 그의 모자는 탁자에 놓여 있었다. 그는 걸어가 모자를 집어 들어 머리에 썼다. 그리고 바라보았다. 부하들은 텅 빈 탄창을 다시 장전하는 중이었다. 머리 가죽이나 챙겨. 그가 말했다. 금쪽같은 돈을 내버리면 쓰나.

십 분 후 미국인들이 술집을 떠났을 때 거리는 황량히 비어 있었다. 흙을 잘 다져 놓았으나 이제는 피투성이가 된 바닥에 쓰러진 시체들은 한결같이 머리 가죽이 벗겨지고 없었다. 술집 안에는 스물여덟 명의 멕시코인이 있었고, 거리에는 전직 신부가 쏜 다섯 명을 포함해 여덟 명이 있었다. 미국인들은 말에 올랐다. 그림리는 술집 흙벽에 비스듬히 앉아 있었다. 그는 고개를 들지 않았다. 무릎에 놓인 권총을 꼭 쥔 채 거리만을 주시했다. 미국인들은 말 머리를 돌려 광장 북쪽으로 빠져나갔다.

삼십 분이 지나서야 거리에 사람이 하나둘 나타났다. 그들은 서로서로 나직이 속삭였다. 그들이 술집으로 다가가는데 안에서 사내 하나가 피투성이 유령처럼 문간에 나와 섰다. 머리 가죽이 벗겨져 흘러내린 피가 눈을 찔렀다. 그는 가슴에 뚫린 커다란 구멍을 손으로 막고 있었는데, 숨을 들이쉬고 내쉴 때마다 분홍 거품이 손 틈으로 비어져 나왔다. 멕시코인 한 명이 그의 어깨에 손을 얹었다.

아 돈데 바스?(어디 가시오?) 그가 물었다.

아 카사.(집에.) 사내는 대답했다.

산을 타고 이틀을 더 들어가자 마을이 나왔다. 마을의 이름은 알 길이 없었다. 초라한 흙집이 벌거벗은 고원에 옹기종기 모여 있었다. 부대가 들어서자 사람들이 쫓기는 짐승처럼 우르르 몰려나왔다. 그들은 서로에게 소리쳐 댔는데, 그 비참한 몰골이 글랜턴의 안에 있는 무엇인가를 유발한 듯했다. 브라운이 그를 바라보았다. 글랜턴은 말에 살짝 박차를 가하며 권총을 뽑아 들었다. 나른했던 푸에블로 마을이 당장 휘청휘청 무너져 내렸다. 수많은 사람이 교회로 달려가 제단 앞에 무릎을 꿇었지만, 그 결과 한 명씩 한 명씩 울부짖으며 성단으로 끌려나와 도살당하고 머리 가죽이 벗겨졌다. 나흘 후 부대가 다시 이 마을을 지날 때에도 거리에는 여전히 시체가 나뒹굴고, 독수리와 돼지가 시신에 코를 박고 있었다. 청소를 업으로 삼은 동물들은 미국인이 꿈속의 엑스트라처럼 지나가는 모습을 소리 없이 지켜보았다. 그들이 모두 떠나자 짐승은 식사를 재개했다.

부대는 쉼 없이 산을 타고 나아갔다. 낮이든 밤이든 시커먼 소나무 숲을 가로지르는 좁은 산길을 쫓았다. 챙강대는 마구 소리와 말이 숨 쉬는 소리 외에는 침묵뿐이었다. 가느다란 달이 비쭉배쭉 산봉우리 위에 뒤집혀 있었다. 바로 전날 부대는 등불도 파수꾼도 개도 없는 산마을을 지나쳤다. 잿빛 새벽에 그들은 담을 따라 줄지어 앉아 햇살이 들기를 기다렸다. 수탉이 꼬꼬댁거리며 울음을 뱉어 냈다. 문이 쿵 하고 닫혔다. 양편에 항아리가 대롱거리는 막대기를 어깨에 짊어진 늙은 아낙이 엉성한 돼지우리를 지나 안개를 뚫고 골목을 내려갔다. 그들은 일어났다. 날씨가 추워 입김이 하얀 깃털처럼 날렸다. 그들은 우리를 열어 말을 빼냈다. 그리고 말에 올라 거리로 들어갔다. 그러다 멈추었다. 말이 추위에 휘감긴 발을 굴렀다. 글랜턴은 고삐를 당기고 권총을 뽑았다.

말 탄 군인들이 마을 북쪽 담 너머에서 나와 거리로 들어섰다. 철판을 대고 말총 장식을 한 높다란 군모를 쓰고, 주홍색 가장자리를 두른 초록색 코트에 주홍색 허리띠 차림이었다. 창과 머스킷 총으로 무장했고, 말은 모두 멋들어지게 장식되어 있었다. 그들은 의기양양하게 거리를 내려왔다. 하나같이 매력적인 젊은이들이었다. 그러다 글랜턴과 마주쳤다. 그는 권총을 총집에 넣고는 소총을 뽑아 들었다. 창기병들의 우두머리인 대위가 검을 들어 행군을 중지시켰다. 즉각 좁은 길은 소총이 내뿜는 연기와 십여 명의 죽었거나 죽어 가는 군인들로 가득 찼다. 말은 앞발을 번쩍 들며 비명을 질러 대다 서로서로 부딪쳤고, 군인은 말에서 나동그라져 고삐를 잡으려고 안

간힘을 썼다. 두 번째 총성이 대열을 찢어 놓았다. 창기병들은 혼란에 빠져 갈가리 흩어졌다. 미국인은 권총을 뽑아 들고서 박차를 가해 거리를 내달렸다.

멕시코인 대위의 가슴에 뚫린 총상에서 피가 흘러나왔다. 그는 등자에 양발을 버티고 서서 검을 휘둘러 돌격 명령을 내리려던 참이었다. 글랜턴의 총알이 그의 머리에 박히자 몸이 뒤로 밀렸고, 뒤쪽에 있던 부하 세 명이 연이어 총에 맞아 쓰러졌다. 땅바닥에 있던 군인 하나가 창을 집어 글랜턴에게 달려들었다. 미국인 하나가 난투 중에 잠시 짬을 내어 그의 멱을 따고 지나갔다. 아침의 습기가 밴 지옥 같은 연기가 회색 수의로 화해 거리를 휘덮고, 화려한 복장의 창기병은 가위에 눌려 두 눈을 멀쩡히 뜬 채 굳어 버린 군인처럼 위험한 안개 속으로 굴러떨어졌다.

뒤쪽에 있던 몇몇이 가까스로 말 머리를 돌려 달아나자 미국인들은 주인 잃은 말을 총으로 철썩철썩 때려 댔다. 말들이 이리저리 내달리자 등자가 옆구리를 갈겨 주둥이에서 울음이 터져 나왔고, 말발굽이 시신을 짓이겼다. 미국인들은 멕시코 말을 때려 비키게 하고는 자신의 말을 앞으로 몰았다. 길이 좁아지며 산길로 변해 갔다. 미국인들은 달아나는 창기병을 향해 총을 쏘았고, 산길의 돌멩이가 말발굽에 달그락달그락 들썩였다.

글랜턴은 다섯 명으로 구성된 추격대를 보내 뒤쫓게 하고는 판사와 배스캣과 함께 되돌아갔다. 뒤처져 올라오던 부하들은 그들과 마주치자 다시 발길을 돌려 죽은 악단원 같은 꼴로 거리에 널브러진 시신들에게서 전리품을 챙겼다. 머스킷총을 벽에 내던져 으깨고, 검과 창을 분질렀다. 부대가 마을에서 나오는데 추격대가 되돌아왔다. 창기병은 길을 벗어나 숲속으로 달아났다. 이틀 후 드넓은 광야에 우뚝 솟은 산에서 밤을 보낸 덕분에 미국인들은 저 멀리 사막 가운데 시커먼 호수에서 한 점 별처럼 반짝이는 불빛을 볼 수 있었다.

그들은 작전 회의를 열었다. 탁자처럼 생긴 돌덩이 위에서 모닥불이 불꽃을 날름대며 휘돌았다. 그들은 이 세상에서 떨어져 나온 거죽처럼 뚝 펼쳐진 지독한 어둠을 살폈다.

거리가 얼마나 될 것 같소? 글랜턴이 말했다.

판사는 절레절레 고개를 저었다. 한나절 정도. 많아 봐야 열둘 아니면 열네 명일 거요. 미리 선발대를 보내지는 않았을 테고.

치와와는 얼마나 떨어져 있소?

사나흘 거리요. 데이비는 어딨지?

글랜턴이 몸을 틀었다. 데이비드, 치와와까지 얼마나 먼가?

브라운은 모닥불을 등진 채 일어났다. 그놈들이 맞다면 사흘 만에 도착할 겁니다.

우리가 따라잡을 수 있을까?

글쎄요. 우리가 뒤쫓는다는 걸 저놈들이 아느냐 모르느냐에 달렸죠.

글랜턴은 다시 몸을 돌려 모닥불에 침을 뱉었다. 판사가 벌거벗은 창백한 팔을 들어 손가락으로 어둠 구덩이 속의 뭔가를 가리켰다. 아침에 산에서 내려간다면 충분히 따라잡을 수 있소. 하지만 따라잡기 힘들 것 같으면 소노라로 가는 편이 나을 거요.

소노라에서 온 것들인지도 모르잖소.

그렇다면 무슨 수를 써서라도 따라잡아야지.

머리 가죽을 우레스에 내다 팔아도 되잖소.

불꽃이 땅바닥을 휩쓸다 다시 일어났다. 깨끗이 처치하는 편이 안전하지 않겠소. 판사가 말했다.

다음 날 새벽 판사의 주장대로 그들은 평야로 내려갔다. 그날 밤 동쪽 지평선을 넘어 하늘에 멕시코인의 모닥불빛이 되비쳤다. 그 이튿날 그들은 낮이고 밤이고 종일 행군했다. 안장에 앉은 채로 졸다 경련성 마비 환자처럼 몸을 움찔하거나 휘청댔다. 셋째 날 아침에 태양을 마주보며 달려가는 형체가 보였다. 그리고 저녁에는 황량한 광물성 사막을 힘겹게 나아가는 이들의 숫자를 헤아릴 수 있었다. 태양이 떠오르자 동쪽으로 32킬로미터 떨어진 도시의 가느다란 성벽이 햇살에 창백한 모습을 드러냈다. 그들은 말을 정지시켰다. 창기병들은 몇 킬로미터 남쪽에 뻗은 도로를 따라 일렬로 나아가고 있었다. 저네들이 멈출 이유는 전혀 없었고, 더는 따라잡을 희망이 없었다. 하지만 그들은 지금껏 그랬듯 또다시 행군했다.

한동안 그들은 도시의 성문을 향하여 거의 나란히 달려갔다. 피투성이에 넝마 차림의 두 무리는 말도 똑같이 비틀거렸다. 글랜턴은 항복하라고 외쳤지만 그들은 계속 나아갔다. 글랜턴이 소총을 뽑아 들었다. 창기병들은 귀머거리처럼 허청허청 움직였다. 글랜턴이 고삐를 당기자 말이 두 다리를 넓게 벌리고 멈추며 옆구리가 들썩였다. 글랜턴은 소총을 겨누어 발사했다.

창기병들 대부분은 무기조차 없었다. 모두 아홉 명이었는데, 멈추어 방향을 틀더니 드문드문 박힌 바위와 덤불로 달아났다. 하지만 일 분 사이에 모두 총에 맞고 쓰러졌다.

미국인들은 창기병의 말을 붙잡아 안장과 마구를 벗기고 길로 내쫓았다. 시신에게서 뜯어낸 옷을 안장과 마구와 함께 불살랐고, 길에 구덩이를 파 벌거벗은 몸뚱이를 쑤셔 넣고 보통의 무덤처럼 메웠다. 무슨 의학 실험에 희생당한 듯한 시신들은 쏟아지는 흙더미 사이로 사막의 하늘을 멍하니 응시했다. 미국인들은 말발굽으로 그 자리를 단단히 다져 원래의 길처럼 보이게 되돌려 놓았다. 연기가 모락모락 피어오르는 방아쇠와 검과 뱃대끈 고리는 잿더미에서 도로 끄집어내 별도의 장소에 묻었다. 주인 잃은 말은 사막으로 사라졌고, 저녁 바람이 재를 쓸고 가더니 밤바람이 남은 장작에게서 불씨를 일깨워 이 세상의 한결같은 어둠 속으로 달아나는 마지막 연약한 불꽃 경주를 열었다.

미국인들은 보호해 주기로 약속한 시민의 피로 악취를 내뿜으며 초췌한 몰골로 치와와에 들어섰다. 도살당한 마을 주민의 머리 가죽은 주지사 관저의 창문에 늘어뜨려졌고, 용병들은 고갈된 금고에서 빠져나온 돈을 받아 챙겼다. 이로써 잔혹한 인디언 무리는 사라졌고, 보상금 협정은 해제되었다. 부대가 도시를 떠나고 일주일도 안 되어 글랜턴의 머리에 8000 페소의 현상금이 걸릴 터였다. 그들은 인디언을 쫓아 엘패소를 향해 북진했지만, 도시가 시야에서 사라지기도 전에 비극적이게도 서쪽으로 방향을 틀었다. 시뻘건 일몰과 저녁의 땅과 아득한 태양 지옥을 향하여 얼이 빠져 꽤나 좋아라 나아갔다.

14

북쪽 하늘을 빠짐없이 뒤덮은 뇌운에서 검은 덩굴처럼 벋어 내리는 빗줄기는 마치 비커에 묻어난 램프의 시커먼 그을음 같았다. 그날 밤 수킬로미터 너머에서 초원을 두들기는 빗소리가 그들에게까지 실려 왔다. 바위투성이 산길을 오르자니 저 멀리서 부들부들 떨고 있는 산을 번개가 훤히 드러냈다. 벼락이 내려칠 때마다 바위가 울렸고 씻어 낼 수 없는 형광 물질 같은 푸른 불 다발이 말에 들러붙었다. 부드러운 용광로 빛이 금속 마구에 번지고, 푸른빛이 총신을 물처럼 흘러 다녔다. 토끼가 푸른 섬광에 미쳐 날뛰다 우뚝 서고, 쩌렁쩌렁 울리는 높은 바위산에는 독수리가 익살스레 몸을 웅크리거나 천둥에 짓밟혀 한쪽 눈이 노랗게 갈라졌다.

그들은 빗속에서도 며칠이고 행군했다. 비를 뚫고 우박을 뚫고 다시 비를 뚫고 나아갔다. 번개가 내려치는 잿빛 폭풍에 휘감겨 물이 차오른 평야를 건널 때면 물웅덩이에 둥둥 뜬 구름과 산 사이로 말 다리가 드리워졌다. 등을 웅숭그리고서 기적처럼 물 위로 말을 몰던 그들은 저 바다 멀리 반짝이는 도시들을 당연하게도 회의적으로 바라보았다. 나지막이 굽이치는 초지를 지날 때면 자그마한 새가 재잘거리며 바람을 타고 달아났고, 대머리독수리가 아이의 꼭두각시 인형처럼 날개를 어기적어기적 저으며 뼈다귀 사이를 돌아다녔다. 초지 위로 펼쳐진 물의 장막은 기나긴 붉은 일몰에 태곳적 피웅덩이로 화했다.

황금빛 개쑥갓, 백일홍, 짙은 자줏빛 용담, 푸른 나팔꽃 등 야생화가 수천 평의 초원을 뒤덮은 고지대와, 푸른 안개로 빽빽한 가장자리까지 온갖 작은 꽃이 돋아나 마치 화려한 직물을 보는 듯한 광야와, 고생대의 새벽에 출몰한 바다 야수의 등짝처럼 난데없이 우뚝 솟은 견고한 산맥을 그들은 나아갔다. 다시 비가 내렸고, 반쯤 마르다 만 기름투성이 가죽을 잘라 만든 원시적인 비옷을 고깔처럼 뒤집어쓰고서 몸을 웅송그린 채 그들은 나아갔다. 마치 그 땅의 야수 사이에서 개종하기 위해 행진하는 멍청한 신흥 교파의 파수꾼 같은 꼴이었다. 하늘은 구름에 뒤덮이고, 대지는 어스름에 젖어들었다. 기나긴 황혼과 일몰을 지나 달도 없이 나아가는 동안 서녘 산이 파르르 떨다 화르르 타올라 결국 시커멓게 물들고, 비는 눈먼 어둠의 땅에서 씻씻거렸다. 소나무 숲과 황량한 바위를 지나 산자락 언덕을 넘어, 향나무와 가문비나무와 희귀할 만큼 거대한 알로에와 상록수 사이에서 초현실적인 하얀 꽃을 묵묵히 피우는 용설란을 지나 그들은 나아갔다.

밤에 이끼투성이 바위로 질식할 듯 소용돌이치는 계곡물을 따라가다 구리 맛이 나는 물방울이 뚝뚝 떨어져 폭발하는 시커먼 동굴 아래를 지나서는, 저 멀리 천국의 경이와 표식처럼 광야에 우뚝 솟았으나 뿌리박힌 자락이 검기만 한 시커먼 산을 따라 여러 갈래로 흘러내리는 은빛 실 같은 폭포를 보았다. 그들은 불에 타 거뭇해진 숲을 지나쳐 반 토막이 나 가장자리에 부드러운 면을 드러낸 거대한 바위가 널브러진 지역을 통과해, 철을 함유한 비탈을 가르는 옛 불의 길과 폭풍에 암살당한 시커먼 나무의 잔해를 스쳐 갔다. 이튿날 감탕나무와 참나무 같은 활엽수로 이루어진 숲을 보자 그들은 젊은 시절 떠나온 고향 땅이 떠올랐다. 북쪽 비탈은 나뭇잎 사이 군데군데 우박이 운석처럼 박혀 있고, 밤의 대기는 선선했다. 그들은 폭풍이 둥지를 튼 산속으로 깊이 들어갔다. 작열하며 쩡쩡거리는 봉우리에서 하얀 불꽃이 뛰놀고, 바닥에서는 부서진 부싯돌의 탄내가 진동했다. 밤이면 저 아래 어두운 숲에서 늑대가 인간의 친구라도 되는 듯 짖어 댔고, 글랜턴의 개는 끊임없이 달각대는 말 다리 사이에서 신음하며 종종걸음을 쳤다.

치와와를 떠난 지 아흐레가 되는 날 그들은 산중 협곡을 지나 구름을 뚫고 300미터나 깎아지른 듯 솟은 절벽에 난 좁은 길을 내려갔다. 거대한 돌 매머드가 회색 경사에서 그들을 내려다보았다. 그들은 일렬로 조심스레 나아갔다. 바위에 뚫린 굴을 통과하자 수킬로미터 떨어진 저 아래 협곡에 도시의 지붕들이 모여 있었다.

그들은 돌투성이 산길을 내려가 개울을 건넜다. 파리한 지느러미를 흔드는 자그마한 송어 떼가 물 먹는 말의 주둥이를 유심히 바라보았다. 금속 맛과 내음을 풍기는 안개의 장막이 협곡을 타고 올라와 그들을 덮치고서 숲으로 들어갔다. 그들은 말에 박차를 가해 여울을 건너 길을 따라 내려갔다. 오후 3시 이슬비가 내릴 때 그들은 헤수스 마리아의 오래된 석조 도시에 들어섰다.

그들은 빗물에 씻기고 이파리가 들러붙은 자갈길을 또각또각 나아가 돌다리를 건너, 산에서부터 도시까지 달음질해 온 급류를 끼고 행군했다. 주랑을 두른 건물 처마에 빗방울이 뚝뚝 들었다. 소규모 제련소가 강가의 반들반들한 바위 위에 줄지어 있고, 도시를 굽어보는 언덕에는 어디든 뻥뻥 구멍이 뚫려 있거나 비계가 설치되어 있거나 갱도와 부스러기로 흉이 져 있었다. 초췌한 부대의 행차에 문가에 웅크리고 있던 몇 마리 젖은 개가 짖어 댔다. 그들은 방향을 틀어 골목길로 들어가 객점 입구에서 물방울을 뚝뚝 떨구며 말을 멈추었다.

글랜턴이 문을 두드렸다. 문이 열리고 꼬마애가 내다보았다. 여인이 나타나 그들을 보더니 도로 안으로 들어갔다. 마침내 사내가 나타나 대문을 열었다. 살짝 술에 취해 있던 사내는 물로 넘쳐나는 마당으로 말이 한 마리씩 한 마리씩 들어오는 동안 대문을 붙잡고 있다가 모두 들어오자 문을 닫았다.

아침이 되자 비는 그쳐 있었다. 그들은 누더기 꼴에 악취를 내뿜는 데다 식인종처럼 인간 신체의 일부를 장신구인 양 착용하고 거리로 나왔다. 벨트에는 커다란 권총이 꽂혀 있고, 몸에 둘러쓴 혐오스러운 가죽은 피와 연기와 화약으로 짙게 얼룩져 있었다. 태양은 구름장에 가려 보이지 않았다. 무릎을 꿇고서 양동이와 걸레로 바닥을 닦던 늙은 여인이 가게 문이 열리는 기척에 고개를 들었다. 제품을 진열하던 점원들은 그들을 향해 조심스레 인사했다. 그쪽 업계에서 그들은 기묘한 고객으로 통했다. 자그마한 버드나무 새장에 되새가 매달려 있고, 초록빛과 놋쇳빛 앵무새가 한 발로 서서 초조하게 캑캑대는 문가에서 그들은 눈을 슴벅슴벅하며 서 있었다. 상점에는 말린 과일과 후추가 매달린 줄이 늘어져 있고, 양철 제품이 종처럼 걸려 있었다. 용설란주가 그득 찬 돼지가죽이 도축업자 마당의 살찐 돼지처럼 들보에 대롱거렸다. 그들 앞에 술잔이 놓였다. 바이올린 연주자 하나가 나타나더니 돌문턱에 웅크리고 앉아 무어 스타일의 민요를 몇 곡 뽑았다. 아침 심부름을 온 이들은 아무도 이 창백하고 역겨운 거인들에게서 눈을 떼지 못했다.

정오에 그들은 프랭크 캐럴이라는 사내가 운영하는 술집을 발견했다. 마구간을 개조한 나지막한 술집에 빛이라고는 거리에 면한 문으로 들어오는 햇볕이 전부였다. 바이올린 연주자가 그 더없이 궁색한 곳으로 따라왔다. 그는 이방인들이 술을 마시고 금화를 던지는 모습이 보이는 문밖에 자리를 잡았다. 문간에는 한 노인이 볕을 쬐고 있었는데, 염소뿔을 깎아 만든 보청기를 귀에 대고서 높아지는 소음을 들으며 빈번히 고개를 끄덕였다. 그가 알아들을 언어는 한 마디도 나오지 않는데도 말이다.

판사가 음악가를 유심히 살펴보더니 불러들인 후 돌바닥에 동전을 하나 던졌다. 바이올린 연주자는 얼른 동전을 집어, 혹시 가짜는 아닌지 빛에 비추어 본 후 품에 넣고는 악기를 턱 아래 괴었다. 이윽고 200년 전 스페인의 협잡꾼들 사이에서 널리 불린 음악이 흘러나왔다. 판사는 햇발이 드리워진 문가로 가 기묘하게 절제된 동작으로 돌계단을 내려섰다. 그와 바이올린 연주자는 중세 시대 도시에서 우연히 마주친 음유 시인들 같았다. 판사가 모자를 벗더니, 술집 앞을 피하기 위해 거리 맞은편으로 빙 돌아 걷는 두 여인에게 인사를 건넸다. 그리고 한 발로 우아하면서도 민첩하게 그 큰 몸을 돌려서는 컵을 기울여 노인의 보청기에 술을 부었다. 노인은 부리나케 엄지로 보청기 구멍을 막더니 조심스레 보청기를 앞으로 가져와 한 손가락으로 귀를 막은 채 꿀꺽꿀꺽 술을 들이켰다.

해 질 무렵 거리는 곤드레만드레 취해 욕을 해 대고 비틀대는 미치광이로 가득 찼다. 심지어 불경스럽게도 권총으로 교회 종을 쏘아 대자 신부가 십자가에 못 박힌 예수상을 들고 나와 단조로운 라틴어로 그들을 훈계했다. 그들은 거리에서 신부를 구타하고 음탕하게 찔러 댔다. 예수상을 움켜쥐고 누운 그에게 술꾼들이 금화를 던졌다. 신부가 일어나서도 금화를 거들떠보지 않자 꼬맹이들이 뛰어나와 금화를 주웠다. 그러자 신부는 아이들에게 금화를 가져오라고 명했고, 야만인들은 와아 함성을 지르며 그에게 건배를 들었다.

구경꾼이 사라지자 좁은 거리가 텅 비었다. 몇몇 미국인은 차가운 개울에서 첨벙첨벙 물을 튀기고 놀다 물방울을 뚝뚝 떨구며 거리로 올라와 어스레한 가로등 불빛 속에 예언자처럼 우뚝 서서 시커먼 몸체에서 모락모락 김을 피워 올렸다. 밤은 추웠고, 그들은 동화 속 야수처럼 김을 뿜으며 허청허청 자갈길을 걸어갔다. 다시 비가 내렸다.

이튿날은 영혼의 축일[36]이었다. 거리에 퍼레이드가 시작되었다. 말이 끄는 마차에는 오래되어 얼룩진 관대에 조잡한 예수가 누워 있고, 속인인 복사가 줄지어 뒤를 따랐으며, 신부는 자그마한 종을 울리며 앞에서 걸어갔다. 검은 옷을 입은 맨발의 형제들은 잡초를 엮어 만든 홀을 들고 맨 뒤에서 행진했다. 덜컹거리며 지나가는 예수는 나무로 깎은 머리와 발을 붙인 조잡한 지푸라기 인형이었다. 머리에 들장미꽃 화관을 쓰고, 눈썹에는 핏방울이, 마른 뺨에는 푸른 눈물방울이 그려져 있었다. 주민들은 무릎을 꿇고 성호를 그었고, 몇몇은 앞으로 나와 예수의 옷자락을 만지고 손가락에 키스했다. 퍼레이드는 애도 속에서 계속되었고, 꼬마애들은 문간에 앉아 해골 모양의 빵을 뜯으며 행렬과 거리를 적시는 비를 바라보았다.

판사는 술집에 홀로 앉아 있었다. 그 역시 비를 바라보고 있었다. 털 한 오라기 없는 거대한 얼굴에 비해 눈은 자그마했다. 그의 주머니는 자그마한 해골 모양의 사탕으로 가득 차 있었다. 그는 문가에 앉아 있다가 처마 아래를 지나가는 아이에

---

36) 죽은 자를 기리던 인디언 풍습이 기독교에 의해 변형되어 이어져 오는 축일.

게 사탕을 건넸지만, 꼬맹이들은 자그마한 말처럼 수줍어하며 달아났다.

저녁에 주민 한 무리가 언덕 한쪽 공동묘지에서 내려왔다. 얼마 후 촛불이나 등으로 어둠을 뚫고 다시 나타난 그들은 기도하러 교회로 향했다. 술에 절어 날뛰는 미국인 근처에는 쥐 새끼 하나 얼씬하지 않았다. 이 추레한 방문객들은 머저리처럼 모자를 벗어 들고 비틀비틀 걸어가 씩 웃으며 아가씨들에게 음란한 제안을 했다. 어스름이 깔리자 캐럴은 궁색한 술집을 닫았지만, 문이 불타는 것을 막으려면 다시 열 수밖에 없었다. 말을 타고 캘리포니아로 가던 이들이 도착했다. 모두들 갈증에 쓰러질 듯했다. 하지만 한 시간도 안 되어 그들은 다시 말을 타고 떠났다. 죽은 자의 영혼이 떠돈다는 자정 무렵 머리 가죽 사냥꾼들은 비가 오든 귀신이 돌아다니든 개의치 않고 다시 거리로 나와 고래고래 고함을 지르며 마구 총을 쏴 댔다. 이런 일이 새벽녘까지 산발적으로 이어졌다.

다음 날 정오 억병으로 취한 글랜턴이 일종의 발작을 일으켰다. 그는 휘청거리며 미친 듯이 마당으로 나와 마구잡이로 권총을 쏘아 댔다. 그리고 오후를 미치광이처럼 침대에 묶여 지냈다. 판사가 곁에 앉아 물수건으로 이마를 식혀 주며 나직이 속삭였다. 밖에서는 가파른 언덕에서 고함이 번져 왔다. 여자애가 실종되어 주민들이 갱도를 수색하는 중이었다. 얼마 후 글랜턴은 잠이 들었고, 판사는 일어나 밖으로 나갔다.

비 내리는 잿빛 오후 가랑잎이 바람에 휘날렸다. 남루한 차림의 애송이가 나무 홈통 아래에서 나와 판사의 팔꿈치를 당졌다. 셔츠 자락에 강아지 두 마리를 안고 있었다. 애송이는 강아지 한 마리의 목덜미를 잡아 앞으로 내밀며 사라고 권했다.

판사는 거리를 바라보고 있었다. 그러다 고개 숙여 내려다보자 애송이는 다른 개를 내밀었다. 강아지들이 흐느적흐느적 대롱거렸다. 페로스 아 벤데.(강아지 사세요.) 애송이가 말했다.

쿠안토 키에레스?(얼마지?) 판사가 말했다.

애송이는 한쪽 강아지를 보더니 다른 쪽 강아지를 보았다. 마치 판사의 성격에 잘 맞을 개를 고르듯. 그런 개가 세상 어딘가에 존재하기라도 하듯. 애송이는 왼쪽 강아지를 내밀었다. 싱쿠엔타 센타보스.(50센타보예요.) 애송이가 말했다.

강아지는 구멍을 찾는 짐승처럼 애송이의 주먹으로 옴죽옴죽 파고들었다. 연푸른 눈동자가 추위와 비와 판사에게 똑같이 공평하게 겁에 질려 있었다.

암보스.(둘 다 사지.) 판사가 주머니에서 동전을 뒤졌다.

개장수는 이것을 협상의 가능성으로 받아들이고는 개를 새삼 살피며 그 가치를 가늠했다. 하지만 판사가 때 묻은 옷에서 꺼낸 자그마한 금화는 그런 개를 무더기로 주어도 아깝지 않을 금액이었다. 판사는 금화가 놓인 손바닥을 내밀고는 다른 손으로 강아지들을 양말짝처럼 한 번에 쥐었다. 판사가 금화를 가져가라며 손을 뻗었다.

안달레.(어서.)

애송이는 금화를 응시했다.

판사가 주먹을 쥐었다 펴자 금화가 사라지고 없었다. 판사는 허공에 대고 손가락을 흔들더니 애송이의 귀 뒤로 손을 집어넣어 금화를 찾아내 건넸다. 애송이는 두 손을 작은 성합처럼 맞물려 동전을 담고는 판사를 올려다보았다. 하지만 판사는 강아지를 대롱거리며 저만치 걸어가고 있었다. 그는 석조 다리를 건너다 말고 물이 분 개울을 내려다보더니 강아지를 들어 첨벙 내던졌다.

다리 맞은편 끝 쪽은 개울과 나란히 달리는 좁은 거리와 이어져 있었다. 그 거리에서 배스캣이 개울에다 오줌을 누며 서 있었다. 판사의 행동을 본 배스캣이 권총을 꺼내 들고는 소리쳤다.

강아지들이 거품 속으로 사라졌다. 맨들맨들한 바위를 지나 널따란 초록 수로를 통과해 아래쪽 웅덩이에 한 마리씩 풍덩풍덩 떨어졌다. 배스캣이 권총을 겨누었다. 웅덩이의 맑은 물에는 버드나무 잎이 비취빛 잉어처럼 떠다녔다. 권총이 벌컥 밀리며 강아지 한 마리가 물에서 번쩍 뛰었다. 그가 다시 겨냥해 발사하자 분홍색 얼룩이 번져 갔다. 그는 세 번째로 권총을 겨냥해 발사했고, 나머지 개 역시 분홍꽃을 피우며 가라앉았다.

판사는 다리를 마저 건너갔다. 개울로 달려와 살펴보던 애송이의 손에는 여전히 금화가 쥐어 있었다. 배스캣은 한 손에는 성기를, 다른 손에는 권총을 쥔 채 반대쪽 둑에 서 있었다. 연기가 하류로 떠내려가고, 웅덩이에는 아무것도 없었다.

오후 늦게 깨어난 글랜턴은 묶인 손발을 제 힘으로 풀어냈다. 그가 병영 앞의 멕시코 국기를 칼로 끊어 내어 노새 꼬리에 묶었다는 소식이 일시에 퍼졌다. 노새에 올라탄 글랜턴은 신성한 깃발을 진흙탕에 질질 끄며 광장을 돌아다녔다.

그는 노새 옆구리를 사납게 걷어차며 거리를 이리저리 쏘다니다 다시 광장으로 들어섰다. 방향을 트는 순간 총성이 울렸고 노새는 머리가 박살 나 글랜턴을 태운 채로 꼬꾸라졌다. 글랜턴은 재빨리 몸을 굴려 벌떡 일어나 무작정 총을 쏴 댔다. 한 노파가 소리 없이 돌바닥에 쓰러졌다. 판사와 토빈과 닥터 어빙이 프랭크 캐럴의 술집에서 미친 듯이 달려 나와 담 그림자 속에 무릎을 꿇고는 위쪽 창문을 향해 총을 쏘았다. 광장 반대쪽 모퉁이에 미국인 대여섯 명이 나타났고, 총성이 혼란스레 난무하는 가운데 둘이 쓰러졌다. 납 찌꺼기가 구슬피 울며 돌바닥에 튕겨 나갔고, 총이 내뿜은 연기가 축축한 공기에 감싸인 거리를 휘덮었다. 글랜턴과 존 건은 담을 따라 객점 뒤쪽 우리로 갔다. 그곳에는 말이 갇혀 있었다. 두 사람은 말을 우리 밖으로 끌어냈다. 미국인 셋이 마당으로 달려가 객점에서 마구를 날라 말에 얹었다. 거리에서는 총성이 끊이지 않고 계속되었다. 미국인 둘이 죽어 널브러졌고, 다른 이들은 쓰러져 소리를 질러 댔다. 삼십 분 후 미국인 부대는 요란한 머스킷 총알과 돌멩이와 병 세례를 뚫고 달려 나왔으나, 여섯 명은 뒤처지고 말았다.

한 시간 후 그 도시에 살던 미국인 캐럴과 샌퍼드가 그들을 뒤따라왔다. 주민들이 술집을 불태웠던 것이다. 부상당한 용병들은 신부의 세례를 받고 일으켜 세워져 머리에 총을 맞았다.

어스름이 깔리기 직전 부대는 서쪽 비탈에서 탄광을 향해 수은을 나르는 122마리의 노새 행렬과 마주쳤다. 저 아래 산악 철도 쪽에서 몰이꾼의 고함과 채찍 소리가 들려왔고, 등에 짐을 인 노새는 가파른 바위 절벽에 난 좁은 길을 따라 염소처럼 터벅터벅 올라왔다. 이렇게 불운할 수가……. 항구에서부터 이십육 일을 걸어와 이제 두 시간이면 광산에 다다를 터인데. 노새들은 쌕쌕대며 필사적으로 길을 올랐다. 현란한 색상의 누더기 옷을 걸친 몰이꾼들이 재촉해 댔다. 몰이꾼 하나가 처음으로 위쪽의 미국인을 보고는 등자에 발을 건 채 몸을 일으켜 뒤를 돌아보았다. 노새 행렬이 굽이굽이 산길을 따라 800미터는 이어져 있었다. 노새들이 우르르 모여 멈추어선 사이사이로 산악 철도를 달리는 기차의 일부가 보였다. 노새 여덟아홉 마리가 철도로 향하여 서 있었다. 비밀스러운 야수처럼 둔중하게 들썩이는 수은이 담긴 구타페르카 통을 불안하게 잰 널따란 바구니를 두 개씩 이고 있는 노새의 꼬리는 뼈처럼 하얗게 털이 뽑혀 있었다. 몰이꾼이 고개를 돌려 산길 위쪽을 올려다보았다. 이미 글랜턴이 바싹 다가와 있었다. 몰이꾼은 미국인에게 다정하게 인사했다. 하지만 글랜턴이 말한마디 없이 달려가는 바람에 몰이꾼의 노새는 혈암이 굴러다니는 절벽으로 밀릴 뻔했다. 몰이꾼은 흐려진 얼굴을 틀어 뒤쪽을 향해 소리쳤다. 다른 미국인들이 우르르 지나갔다. 그들의 눈은 가늘고, 얼굴은 화약 그을음 탓에 광부처럼 시커멨다. 몰이꾼은 노새에서 내려 안장에서 머스킷 총을 꺼냈다. 바로 그 순간 데이비드 브라운이 지나가고 있었는데, 반대쪽 손에는 이미 권총이 들려 있었다. 그는 권총을 휙 올려 몰이꾼 가슴에 정확히 총알을 박아 넣었다. 몰이꾼이 털썩 주저앉자 브라운은 다시 한번 총을 쐈고 몰이꾼은 절벽 아래 심연으로 굴러 떨어졌다.

다른 미국인들은 무슨 일이 벌어지든 말든 전혀 개의치 않았다. 모두 몰이꾼에게 총을 쏘아 댔다. 몰이꾼은 안장에서 떨어져 산길에 나동그라지거나 절벽 아래로 굴러 사라졌다. 재빨리 말에서 내린 몰이꾼은 아래로 달아났고, 짐을 실은 노새는 거대한 쥐 같은 꼴로 허연 눈알을 희번덕이며 가파른 비탈을 기어오르려 했다. 미국인들은 노새와 비탈 사이를 교묘히 내려갔다. 짐승들은 순교자처럼 조용히 추락하며 엄숙하게 회전하다 아래쪽 바위에서 폭발을 일으켜 피를 벌컥 내뿜고, 깨진 통에서 새어 나온 수은이 대기 중에 어른거렸다. 수은은 급기야 너울대는 거대한 장막과 이파리와 자그마한 위성을 드리웠고, 이 모든 형체는 아래에서 무리 지어 마른 계곡 바닥을 따라 주르르 흘러가 그 모습이 마치 대지의 심장에 박힌 비밀스러운 암흑에서 최고의 연금술로 제조된 물질이 새어 나오는 듯싶은가 하면, 산 중턱에서 말라 버린 폭풍의 길을 따라 재빨리 달아나는 고대의 화려한 탈주자 무리인 듯싶은가 하면, 바위 구멍을 채우고 바위턱에서 바위턱으로 반짝이며 민첩하게 흘러내려 마치 뱀장어를 보는 듯싶었다.

몰이꾼들은 절벽이나 다름없는 산길 가장자리에 꽃장식처럼 늘어지거나 노새를 타고 달려가다 향나무와 소나무 덤불 사이로 추락해 비명이 허공을 갈랐지만, 미국인들은 어떤 끔찍한 것의 손아귀에 사로잡힌 사람처럼 산길을 무시무시하게 내달리며 꾸물대는 노새를 쫓아냈다. 뒤처진 캐럴과 샌퍼드는 몰이꾼이 남김없이 사라지고 없는 단구에 이르자 말을 멈추고 산길을 되돌아보았다. 시신 몇 구를 제외하고는 텅 비어 있었다. 약 쉰 마리의 노새가 벼랑으로 떨어진 성싶었다. 굽잇길에 이르니 바위 사이 널브러진 노새 시체와 저녁 햇살에 반짝이는 수은 웅덩이가 훤히 보였다. 말이 따각따각 발을 구르며 목을 둥글게 숙였다. 미국인들은 그 불행의 심연 속을 응시하다 서로 얼굴을 마주보았지만 할 말은 없었다. 그들은 고삐를 당기고 박차를 가해 산을 내려갔다.

두 사람은 해 질 녘 부대를 따라잡았다. 말에서 내린 군인들은 강 맞은편 기슭에서 쉬고 있었고, 소년과 델라웨어 인디언 하나가 거품 같은 땀을 흘리는 말들을 강가에서 끌어내는 중이었다. 두 사람은 말을 몰아 여울을 건넜다. 물이 뱃구레까지 차올라 말은 바위 위로 조심조심 발을 디디며, 얼룩덜룩 소용돌이치는 하류의 웅덩이로 물을 내뿜는 상류 쪽의 거뭇해져 가는 숲을 힐끔거렸다. 그들이 여울을 다 건너자 판사가 다가와 캐럴의 말 주둥이를 잡았다.

검둥이는 어디 있지? 판사가 말했다.

캐럴이 그를 쳐다보았다. 서로 눈높이가 엇비슷했지만, 캐럴은 말 위에 앉아 있었다. 모르오. 그가 대꾸했다.

판사는 글랜턴을 바라보았다. 글랜턴은 침을 뱉었다.

광장에 몇이나 있던가?

머릿수를 헤아릴 만큼 한가했는 줄 아오? 글쎄, 총에 맞은 인간이 서넛 있었던가.

검둥이는 없었고?

못 봤소.

샌퍼드가 말을 앞으로 몰았다. 광장에 검둥이는 한 명도 없었소. 그가 말했다. 총살당하는 꼴을 다 보았지만, 모두 당신과 나 같은 흰둥이였소.

판사는 캐럴의 말을 풀어 주고는 자기 말에게로 걸어갔다. 델라웨어 인디언 둘이 뒤를 따랐다. 그들이 산길을 오를 때는 벌써 사위가 어둑했다. 부대는 여울에 보초를 세우고 숲으로 들어가 불도 없이 야영했다.

아무도 산길을 내려오지 않았다. 초저녁은 어두웠지만, 여울 보초를 첫 교대할 때는 하늘에 구름이 걷히며 달이 모습을 드러내 계곡에 온통 빛이 너울댔다. 맞은편 기슭에서 곰이 내려오다 말고 코를 킁킁거리더니 되돌아섰다. 해 뜰 녘에 판사와 델라웨어 인디언이 돌아왔다. 흑인도 함께였다. 그는 둘러쓴 담요 한 장을 제외하고는 옷이라곤 없는 알몸이었다. 발도 맨발이었다. 수은을 지고 가던 하얀 꼬리의 노새를 탄 그는 추위로 부들부들 떨었다. 그가 그나마 간수한 것은 권총 한 자루가 다였다. 달리 둘 데가 없었기에 담요에 감싸인 가슴에 권총을 꼭 쥐고 있었다.

산 아래에서 서쪽 바다로 가는 길은 화려한 앵무새와 잉꼬가 곁눈질하며 재재거리고 덩굴로 빽빽한 초록 협곡으로 이끌었다. 길은 흙탕물이 흐르는 강을 따라 이어졌는데, 여울이 꽤 많아 계속해서 강을 건너고 되건넜다. 깎아지른 듯 맨들맨들한 바위산에서 창백한 폭포가 쏟아져 야생의 증기를 휘날렸다. 여드렛날까지도 마주친 사람이 아무도 없었다. 그러다 아흐렛날 당나귀 두 마리를 때리며 길 바깥쪽 숲으로 모는 노인을 목격했다. 노인에게 다다른 부대는 말을 멈추었고, 글랜턴이 젖은 잎이 엉겨 붙어 있는 숲으로 들어갔다. 노인은 도깨비처럼 고독하게 관목 숲에 앉아 있었다. 당나귀가 고개를 들어 귀를 젖히더니 다시 고개를 낮추어 풀을 뜯었다. 노인은 글랜턴을 예의주시했다.

포르 케 세 에스콘데?(왜 숨나요?) 글랜턴이 물었다.

노인은 대답하지 않았다.

데 돈데 비에네?(어디서 오는 길입니까?)

노인은 대화라는 것 자체를 할 생각이 없는 듯했다. 그저 팔짱을 낀 채 가랑잎 위에 앉아 있었다. 글랜턴이 몸을 숙여 침을 탁 뱉었다. 그리고 턱짓으로 당나귀를 가리켰다.

케 티에네 알야?(뭘 싣고 있습니까?)

노인은 어깨를 으쓱했다. 이에르바스.(약초요.) 노인이 대답했다.

글랜턴은 당나귀를 보다가 다시 노인을 보았다. 그리고 말머리를 돌려 길에서 기다리고 있는 부하들에게 돌아갔다.

포르 케 메 부스카?(왜 날 찾으러 들어왔소?) 노인이 그를 향해 외쳤다.

그들은 다시 행군을 계속했다. 계곡에는 독수리며 갖가지 새가 날아다니고, 사슴이 수두룩하고, 야생란과 대숲이 자리했다. 이곳에서 강은 꽤 넓어져 돌덩이를 스치고 흘러갔으며, 얽히고설킨 정글에는 어디나 폭포가 떨어져 내렸다. 판사는 작지만 단단한 노팔선인장 열매 씨로 소총을 장전한 채 델라웨어 인디언 하나와 앞서갔다. 해 질 무렵 판사는 자신이 쏘아 맞춘 현란한 빛깔의 새들을 노련하게 손질했다. 화약으로 가죽을 문지르고, 마른 풀을 공처럼 뭉쳐 속을 채우고 잘 감싸 자루에 넣었다. 또한 나뭇잎과 풀을 채집해 수첩 사이에 끼우고, 셔츠를 양손으로 펼쳐 들고 산나비에게로 살금살금 다가가 나직이 속삭였지만, 호기심이나 연구 때문은 아니었다. 수첩을 모닥불 쪽으로 내밀고서 뭔가를 쓰는 판사를 가만히 보고 있던 토드빈이 뭐 하러 그런 일을 하느냐고 물었다.

깃펜이 갑자기 멈추었다. 판사가 토드빈을 바라보았다. 그리고 다시 쓰기 시작했다.

토드빈은 모닥불에 침을 뱉었다.

판사는 계속 쓰다 수첩을 덮고 한쪽에 놓더니 손을 맞대고 얼굴 아래로 쓱 내려 양 손바닥을 무릎에 얹었다.

무릇 무엇이든, 이 세상에 나의 지식 없이 존재함은 곧 나의 허락 없이 존재하는 것을 의미하네.

판사는 숙영지 주변의 검은 숲을 둘러보았다. 그리고 자신이 수집한 표본을 향해 고갯짓했다. 이 이름 없는 것들은 이 세상에 하등 무용한 것처럼 보이겠지. 하지만 아주 작은 부스러기 하나가 우리를 삼켜 버릴 수도 있다네. 인간이 알지 못한 채 이 바위 아래 숨어 있는 아주 작은 존재가 말이야. 오직 자연만이 인간을 사로잡을 수 있는 만큼, 그 마지막 존재를 인간이 오롯이 드러낸다면 인간은 이 지구의 종주가 되는 거네.

종주가 뭔데요?

주인 말일세. 혹은 군주라고도 하지.

그러면 처음부터 쉽게 주인이라고 말을 하지.

그냥 주인이 아니라 아주 특별한 주인이거든. 종주는 심지어 다른 제후도 다스리지. 종주의 권위는 지방 법원의 판결도 취소시킬 수 있어.

토드빈은 침을 뱉었다.

판사가 두 손을 땅에 뻗었다. 그리고 질문한 자를 바라보았다. 이곳은 나의 땅이네. 하지만 이 땅 위에는 어디에나 자치적으로 살아가는 생명이 있지. 자치적으로 말이야. 이 땅을 내것으로 삼기 위해서는 나의 허락 없이 아무것도 일어나지 못하게 해야 해.

토드빈은 발을 엇갈려 앉아 있었다. 이 세상의 모든 것을 알 수 있는 사람은 없어요. 그가 말했다.

판사가 거대한 머리를 갸웃했다. 세상의 비밀을 영원히 풀 수 없다고 믿는 자는 두려움과 신비 속에서 살아가지. 결국 미신에 질질 끌려다녀. 인생에 대한 통제력은 빗방울에 모두 침식당하고서 말이야. 하지만 태피스트리에서 이치(理致)의 실을 뽑아내기로 결심한 사람은 그 결심만으로도 세상을 다스리게 되고, 그로 인해 자신의 운명조차 바꾸어 놓는다네.

그게 새를 잡는 거랑 대관절 무슨 상관이죠?

새의 자유는 곧 나의 모독이지. 새는 모조리 동물원에 가둬 놓아야 해.

그러려면 지옥의 동물원이 있어야 할걸요.

판사가 빙그레 미소를 지었다. 맞아, 바로 그거야.

밤에 상인 행렬이 지나갔다. 머리에 담요로 둘러쓴 말과 노새가 어둠 속을 조용히 나아갔다. 상인들은 손가락을 입술에 대며 서로에게 주의를 주었다. 거대한 바위에 걸터앉아 길을 바라보던 판사는 그들이 떠나가는 모습을 가만히 지켜보았다.

아침이 되자 부대는 다시 행군했다. 야키강의 진흙탕 여울을 건너, 말 위에 앉은 사람만큼이나 높이 솟은 줄기에 죽은 얼굴을 서쪽으로 대롱거리는 해바라기 밭을 지나갔다. 시야가 탁 트이더니 옥수수가 늘어선 비탈이 보이고, 이어서 오렌지와 타마린드가 자라고 초가가 서 있는 공터를 여러 차례 지나쳤다. 사람은 한 명도 보이지 않았다. 1849년 12월 2일 그들은 소노라주의 주도인 우레스로 들어섰다.

도시의 반도 지나기 전에 다양성과 불결함에서 그 누구에게도 뒤지지 않을 어중이떠중이 무리와 마주쳤다. 거지와 거지의 감독관과 창녀와 포주와 행상인과 더러운 아이와 장님과 불구자와 포르 디오스(하느님의 은총을 빕니다.)라고 끈질기게 외쳐 대는 인간과 짐꾼의 등에 걸터앉아 재촉하는 사람과 그저 기묘하다고 할 수밖에 없는 온갖 연령대와 온갖 조건의 사람이 와글와글했다. 지나치면서 보니 발코니에 그 지역에서 명성 높은 여인네들이 원숭이 엉덩이처럼 남색과 붉은색으로 얼굴을 칠한 채 거닐고 있었다. 여인들은 정신병원의 복장 도착자처럼 번드르르한 요염함을 내뿜으며 부채 너머로 눈길을 주었다. 판사와 글랜턴은 그 작은 행렬의 맨 앞에서 뭔가를 논의했다. 말들이 초조하게 걸음을 옮겼다. 수시로 마구를 움켜쥐려는 손아귀에 미국인이 박차를 가하면 손은 조용히 물러났다.

그날 밤 그들은 독일인이 운영하는 도시 변두리 호스텔에 묵었다. 독일인은 호스텔을 통째로 내주고는 사라졌다. 그리고 일을 하는 이도 돈을 달라는 이도 없었다. 글랜턴은 버드나무로 천장을 짠 먼지투성이의 높다란 방을 둘러보다 마침내 부엌으로 보이는 곳에 웅크리고 있는 늙은 하녀를 찾아냈다. 사실 부엌이라고 해 봐야 있는 것이라고는 화덕과 흙단지 몇 개가 전부였다. 글랜턴은 하녀에게 목욕물을 데우라며 은화를 한 줌 쥐여 주고는, 식사를 준비하라고 시켰다. 하녀는 꿈쩍도 않고 은화를 응시하고 있다가 글랜턴이 쫓아내는 소리를 듣고서야 두 손 가득 은화를 움켜쥔 채 새처럼 종종거리며 복도를 걸어갔다. 하녀가 계단참으로 들어가 소리치자 이내 주위에 여인네들이 떠들썩하게 모여들었다.

글랜턴이 홀에 돌아가 보니 말 네다섯 마리가 떡 하니 들어와 있었다. 그는 모자로 말을 때려 밖으로 내보내고는 조용한 구경꾼들을 바라보았다.

모소스 데 쿠아드라.(마구간지기.) 그가 외쳤다. 벵가. 프론토.(나와. 어서.)

두 남자애가 사람들을 헤치고 앞으로 나오자 많은 이가 뒤를 따랐다. 글랜턴은 그 가운데 가장 키 큰 사람을 가리키고는, 그의 머리에 손을 얹어 몸을 돌려 세운 다음 다른 이들을 쳐다보았다.

에스테 옴브레 에스 엘 헤페.(이 사람이 대장이다.) 글랜턴이 선언했다. 대장은 눈알을 데굴데굴 굴리며 진지하게 서 있었다. 글랜턴이 다시 그의 몸을 돌려 마주보았다.

테 엥카르고 토도, 엔티엔데스? 카발요스, 실야스, 토도.(이제 모두 자네 책임이야. 알겠나? 말도, 안장도, 모두.)

시, 엔티엔도.(예, 알겠습니다.)

부에노. 안달레. 아이 카발요스 엔 라 카사.(좋았어. 어서 일 보게. 건물 안에 말이 들어와 있어.)

대장이 몸을 돌려 친구들 이름을 소리쳐 부르자 여섯 명이 앞으로 나와 집 안으로 들어갔다. 글랜턴이 다시 홀에 들어와 보니 그들은 살인마의 명성을 누리는 몇몇 말을 비롯해 말들을 꾸짖으며 문으로 몰고 있었다. 그중 가장 작은 아이는 자신이 끌고 가는 말의 배에도 키가 미치지 못했다. 글랜턴은 창녀와 술을 마련하라고 시킬 셈으로 호스텔 뒤쪽으로 가 전직 신부를 찾았지만 보이지 않았다. 결국 그나마 제대로 해낼 것 같은 닥터 어빙과 셸비에게 금화를 한 줌 건네고는 다시 부엌으로 갔다.

해 질 녘 호스텔 뒷마당에서는 여섯 마리의 어린 염소가 꼬챙이에 꿰인 채 연기 자욱한 불빛 속에서 시커먼 광채를 뿜었다. 리넨 양복을 빼입고 시가를 든 손을 흔들며 마당을 거닐던 판사는 요리사에게 이런저런 지시를 내렸다. 여섯 명으로 구성된 현악단원들이 번갈아 가며 판사의 뒤로 다가갔다. 모두 늙고 진지한 표정이었는데, 한 명씩 세 걸음 떨어진 곳에서서 연주했다. 용설란주가 담긴 가죽 부대가 마당 한가운데 삼각대에 매여 있고, 닥터 어빙이 온갖 연령과 덩치의 창녀들 이삼십 명을 데리고 등장했다. 문 앞에 갖가지 마차와 수레가 늘어서고 임시 군상이 자기 제품을 목청껏 외쳐 대자 주민들이 술렁이며 그 주위를 둘러쌌다. 반쯤 길들인 말 여남은 마리가 앞발을 번쩍 치켜들며 울어 대고, 쓸쓸한 표정의 소와 양과 돼지가 주인들과 뒤죽박죽 서 있었다. 글랜턴과 판사가 쓸어버리고 싶어 했던 도시의 사람들이 축제라도 벌어진 양 신이 나 호스텔 문 앞에 와시글덕시글 모여들었고, 그쪽 세계에서 사람이 모이면 흔히 그렇듯 추한 일이 벌어졌다. 뒷마당에서 모닥불이 어찌나 드높이 타오르는지 거리에서도 건물 뒤쪽이 또렷하게 보였다. 새로운 상인과 새로운 군인이 속속 도착했고, 허리만 천으로 가린 무뚝뚝한 야키 인디언이 일거리를 얻었다.

자정 무렵에는 거리에 모닥불이 지펴지고 춤판과 술판이 벌어졌다. 집 안에서는 창녀의 새된 교성이 터져 나오고, 여러 무리로 갈라진 개들이 그을음에 거뭇해지고 연기가 그득한 뒷마당으로 몰래 들어와 염소뼈 더미를 놓고 맹렬한 싸움을 벌였다. 그곳에서 그 밤의 첫 번째 총성이 울렸고, 부상당한 개들이 발을 질질 끌며 깨앵깨앵 울어 대자 글랜턴이 직접 나가 목숨을 거두었다. 너울대는 불빛이 그 소름 끼치는 광경을 비추었다. 부상당한 개들은 이빨을 앙다물고 물개처럼 몸을 질질 끌어 담 아래에 조용히 웅크렸지만, 글랜턴은 뚜벅뚜벅 걸어가 구리받침을 한 거대한 칼을 허리에서 뽑아 두개골을 쩍 갈랐다. 하지만 그가 호스텔 안으로 들어오기 무섭게 새로운 개들이 나타나 염소뼈를 향해 으르렁댔다.

이른 새벽 호스텔 등불은 대부분 꺼지고, 방은 드르렁드르렁 코를 고는 술주정꾼으로 가득 찼다. 상인과 수레는 가뭇없이 사라지고, 거리에는 모닥불이 타올랐던 시커먼 흔적만이 폭탄 구멍처럼 둥글게 남아 있었다. 타다 남은 장작을 끌어 모아 겨우 목숨을 연명하고 있는 마지막 모닥불 둘레에는 노인과 애송이들이 담배를 피우며 이야기꽃을 피웠다. 동쪽 산이 서서히 어둠을 걷고 모습을 드러내자 이들도 그만 자리를 파했다. 호스텔 뒷마당에는 살아남은 개들이 사방으로 흩뜨린 뼈다귀가 어지럽게 널려 있고, 죽은 개가 자기 피와 흙이 엉기어 굳은 시커먼 판때기에 누워 있고, 수탉들이 울음을 뱉어 댔다. 판사와 글랜턴이 양복 차림으로 현관문에 나타났다. 판사는 하얀 양복을, 글랜턴은 검은 양복을 입고 있었다. 주위에 있는 사람이라고는 현관 계단에서 잠든 자그마한 마구간지기 한 명뿐이었다.

호벤.(이보게.) 판사가 말했다.

남자애가 벌떡 일어났다.

에레스 모소 델 카발야도?(마구간지기인가?)

시 세뇨르. 아 수 세르비시오.(예, 그렇습니다. 분부만 내립쇼.)

누에스트로스 카발요스.(우리 말을 가져오게). 판사는 말의 생김새를 설명하려 했지만, 남자애는 후다닥 마구간으로 뛰어 갔다.

춥고 바람 부는 날이었다. 태양은 아직 땅 아래 있었다. 판사는 현관 계단에 서서 기다렸고, 글랜턴은 고개를 숙인 채 거리를 서성였다. 십 분 후 남자애가 다른 마구간지기와 함께 말 두 마리를 끌고 왔다. 안장과 마구를 제대로 갖춘 말은 하얀 입김을 내뿜고 고개를 재바르게 이쪽저쪽 저으며 멋지게 달렸고, 맨발의 마구간지기는 헐레벌떡 뛰어왔다.

15

12월 5일 그들은 햇살이 돋기 전 선득한 어둠을 가르며 북
쪽으로 나아갔다. 아파치의 머리 가죽 공급과 관련해 소노라
주지사와 새로운 계약을 맺은 다음이었다.

텅 빈 거리는 고요했다. 캐럴과 샌퍼드는 부대를 떠나고 없
고, 대신 슬롯이라는 젊은이가 동참했다. 슬롯은 몇 주 전 금
광을 찾아 해안으로 가던 중 중병이 들자 도시에 홀로 버려졌
더랬다. 글랜턴이 그에게 성이 같은 제독과 친척이냐고 묻자,
슬롯은 묵묵히 침을 뱉더니 아니라고, 생판 남이라고 대답했
다. 슬롯은 부대 선두 쪽에 끼어 갔는데, 스스로도 실수했음
을 깨닫고 있을 터였다. 혹여 이 부대에 합류한 것을 행운이라
고 여기고 있다면 그것은 이 땅을 몰라도 한참 모르는 착각이
리라.

광대한 소노라 사막으로 들어선 그들은 소문과 그림자를 쫓아 부식된 황무지를 몇 주나 정처 없이 떠돌았다. 초라하고 황량한 목장에서 일하는 목동들이 소규모로 나뉘어 돌아다니는 치리카후아족[37] 몇을 보았다는 것이 다였다. 부대는 날품팔이꾼 두세 명을 습격해 도살했다. 두 주 후에는 나코사리 강에 사는 푸에블로 인디언을 무차별적으로 학살하고, 그 이틀 후 머리 가죽을 가지고 우레스로 돌아가던 중 바비아코라 서쪽 평야에서 엘리아스 장군 휘하의 소노라 기병대와 맞닥뜨렸다. 교전이 벌어져 부대원 세 명이 사망하고 일곱 명이 부상당했는데, 부상자 중 네 명은 말을 탈 수도 없었다.

그날 밤 그들은 남쪽으로 16킬로미터 떨어진 곳에서 타오르는 기병대의 모닥불을 보았다. 불도 없이 밤을 보내며 부상자는 갈증에 허덕였다. 날이 밝기 전 섬뜩한 정적이 지는데도 저 멀리 모닥불은 여전히 타올랐다. 해가 뜨자 델라웨어 인디언이 야영지로 돌아와 글랜턴과 브라운과 판사와 함께 논의했다. 동쪽을 밝히는 햇살에 평야의 모닥불은 악마의 꿈처럼 엷어졌고, 깨끗한 대기 아래 대지는 반짝이며 맨몸을 드러냈다. 엘리아스는 500명이 넘는 병력을 끌고 그들을 뒤쫓고 있었다.

그들은 일어나 말에 안장을 얹었다. 글랜턴이 스라소니 가죽으로 만든 화살통을 가져오라 시키더니 부대원 수만큼 화살을 셌다. 그리고 붉은 헝겊을 찢어 화살 네 대의 아래쪽에

---

37) 미국 남서부와 멕시코 북부의 아파치 인디언 일족.

묶고는 다른 화살과 함께 화살통에 넣었다.

글랜턴은 화살통을 무릎 사이에 끼운 채 바닥에 앉았고, 부대원들은 일렬로 늘어서서 그 앞을 지나갔다. 소년은 화살을 뽑으려다 판사가 지켜보는 눈길에 멈칫했다. 소년은 글랜턴을 보았다. 이윽고 골랐던 화살을 도로 떨어뜨리고는 다른 화살을 뽑았다. 붉은 천이 묶여 있었다. 소년은 다시 판사를 보았지만, 판사는 다른 곳을 보고 있었다. 소년은 앞으로 나가 테이트와 웹스터 곁에 섰다. 마지막으로 붉은 천이 묶인 화살을 뽑아 그들에게 동참한 이는 텍사스 출신의 할런이었다. 동료들이 말에 안장을 얹고 떠나가는 동안 네 사람은 가만히 서 있었다.

부상자 중 둘은 델라웨어 인디언이었고, 한 명은 멕시코인이었다. 마지막 한 명은 딕 셸비로, 부대가 출발 준비하는 모습을 홀로 뚝 떨어져 앉아 지켜보았다. 부대에 남아 있던 델라웨어 인디언들이 자기네끼리 쑥덕이더니 그중 한 명이 네 명의 미국인에게 다가와 한 명씩 한 명씩 차례로 유심히 살폈다. 그는 그들을 지나쳐 그냥 걸어가다가 되돌아오더니 웹스터의 손에서 화살을 빼앗아 들었다. 웹스터는 말과 함께 서 있는 글랜턴을 바라보았다. 델라웨어는 할런에게서도 화살을 빼앗았다. 글랜턴은 돌아서서 이마를 말의 갈빗대에 댄 채 뱃대끈을 단단히 조이고는 말에 올랐다. 그리고 모자를 바로 썼다. 아무도 입을 열지 않았다. 할런과 웹스터는 자기 말에게로 갔다. 부대원이 줄지어 출발하는데도 글랜턴은 가만히 있더니 말 머리를 돌려 행렬의 맨 끝에 동참했다.

델라웨어는 자기 말을 데리러 갔다. 말은 여전히 앞다리가 느슨하게 묶인 채 야영으로 어지러워진 모래땅을 가로질렀다. 부상당한 인디언 한 명은 눈을 감고 말없이 힘겹게 숨을 쉬었다. 다른 인디언은 노래하듯 무엇인가를 읊조렸다. 일부러 남은 델라웨어는 고삐를 손에서 놓더니 자루에서 전투용 곤봉을 꺼내 그에게로 다가가 곤봉을 휘둘러 한 방에 두개골을 박살냈다. 부상자는 바르르 경련을 일으키며 등을 옹송그리다 이내 가만히 뻗었다. 다른 인디언 부상자도 같은 식으로 눈을 감았다. 델라웨어는 말 다리를 들어 올려 밧줄을 풀고는 밧줄과 곤봉을 자루에 넣고 말에 올라 말 머리를 돌렸다. 그는 가만히 서 있는 두 사람을 바라보았다. 그의 얼굴과 가슴에 핏방울이 점점이 박혀 있었다. 델라웨어는 발꿈치로 말의 옆구리를 때리고는 달려갔다.

테이트가 모랫바닥에 쪼그리고 앉더니 손을 축 늘어뜨렸다. 그리고 고개를 돌려 소년을 바라보았다.

멕시코인은 누가 처리하지?

소년은 가타부타 대꾸하지 않았다. 그들은 셸비를 보았다. 그는 두 사람을 바라보고 있었다.

테이트는 자갈을 한 움큼 움키더니 하나씩 하나씩 떨어뜨렸다. 그러다 소년을 쳐다보았다.

가고 싶으면 가요. 소년이 말했다.

그는 담요에 감싸인 채 죽은 델라웨어들을 바라보았다. 할 수 있겠냐?

걱정도 팔자네.

글랜턴이 돌아와 확인할지도 몰라.

그러든가 말든가.

테이트는 누워 있는 멕시코인을 보더니 다시 소년을 보았다. 그래도 내게 주어진 일인데. 그가 말했다.

소년은 대꾸하지 않았다.

그놈들이 무슨 짓을 할지는 알아?

소년은 침을 뱉었다. 당연히 알죠.

아니, 너는 상상도 못 할 거야.

가랬잖아요. 하고 싶은 대로 해요.

테이트가 일어나 남쪽을 쳐다보았지만, 탁 트인 사막에 다가오는 적군 같은 것은 전혀 없었다. 그는 추운지 어깨를 으쓱했다. 인디언한테야 이런 건 아무것도 아니겠지. 그는 말하고는, 야영지를 가로질러 자기 말을 찾아 안장에 올랐다. 멕시코인은 입에 분홍 거품을 머금고서 나직이 쌕쌕댔다. 테이트는 소년을 쳐다보더니 말에 박차를 가해, 잎이 드문드문 자란 아카시아 나무를 지나쳐 사라졌다.

소년은 모랫바닥에 앉아 남쪽을 응시했다. 멕시코인은 폐에 총알을 맞았으니 어쨌든 죽을 테지만, 셸비는 엉덩이뼈가 부서졌을 뿐 의식은 멀쩡했다. 그는 소년을 쳐다보며 누워 있었다. 켄터키의 명문가 출신인 그는 트란실바니아 대학교를 다니던 중 많은 젊은이가 그러하듯 여자 때문에 서부로 향했다. 셸비는 소년을 바라보았고, 사막 가장자리에서 부글부글 끓고 있는 거대한 태양을 바라보았다. 노상강도든 도박사든 먼저 말하는 이가 진다는 것을 잘 알지만, 셸비는 이미 패한 터였다.

너도 그냥 가지그래? 그가 말했다.

소년이 그를 쳐다보았다.

나한테 총이 있었다면 너를 쏴 버렸을 거야. 셸비가 말했다.

소년은 대꾸하지 않았다.

알고 있지?

어차피 총도 없으면서.

소년은 다시 남쪽을 바라보았다. 무엇인가 움직이는 듯했다. 아니면 그저 첫 아지랑이인지도. 이른 시각이라 흙먼지가 일 리 없었다. 다시 셸비를 바라보니 그는 울고 있었다.

내가 그냥 가면 나중에 날 원망할걸요. 소년이 말했다.

그러면 어서 해, 이 망할 새끼야.

소년은 가만히 앉아 있었다. 북쪽에서 산들바람이 불어오고, 뒤쪽 그리스우드 덤불에서 비둘기가 구구거렸다.

그냥 가라고 하면 그냥 갈게요.

셸비는 대답하지 않았다.

소년은 발꿈치로 모래에 도랑을 팠다. 어서 말해요.

나한테 총을 주고 갈래?

어림없는 소리 마요.

너도 그놈이랑 다를 바 없어. 알아?

소년은 대꾸하지 않았다.

그놈이 돌아오면 어떡해?

글랜턴 말이에요?

그래.

돌아온들 어떡하겠어요?

날 죽일 거야.

어차피 살아 나갈 수 없어요.

이 망할 새끼.

소년은 일어났다.

날 숨겨 줄래?

숨겨요?

그래.

소년은 침을 뱉었다. 불가능해요. 대체 어디에 숨겠어요?

그놈이 돌아올까?

그야 모르죠.

이런 데서 죽다니 정말 끔찍하군.

세상에 죽기 좋은 곳도 있어요?

셸비는 손등으로 눈물을 훔쳤다. 그놈들이 보여?

아직은요.

나를 덤불 아래로 좀 옮겨 줄래?

소년은 고개를 틀어 그를 바라보았다. 그리고 다시 남쪽을 바라보다 움푹 팬 야영지를 가로질러 셸비 뒤에 웅크리고 앉아 그의 양쪽 겨드랑이에 팔을 끼워 들어 올렸다. 셸비가 머리를 뒤로 젖혀 소년을 바라보더니 소년의 허리춤에서 권총을 빼냈다. 소년은 그의 팔을 거머쥐었다. 이내 그의 손에서 툭 떨어진 권총을 발로 걷어차고는 손을 풀었다. 소년이 말을 끌고 야영지로 되돌아오니 그는 다시 울고 있었다. 소년은 벨트에서 권총을 뽑아 안장꼬리에 묶은 자루에 쑤셔 넣고는 수통을 꺼내 그에게로 갔다.

그는 얼굴을 외로 꼬고 있었다. 소년은 그의 수통을 꺼내 물을 채워 주고는, 끈에 매달려 대롱거리는 마개를 손바닥으로 꾹 눌러 닫았다. 그리고 일어나 남쪽을 바라보았다.

저기 그놈들이 와요. 소년이 말했다.

셸비가 한쪽 팔꿈치에 기대 몸을 일으켰다.

소년은 그를 보았다. 셸비는 남쪽 수평선을 따라 늘어선 형체 없는 희미한 형상을 바라보고 있었다. 그러다 벌러덩 드러누웠다. 그리고 하늘을 응시했다. 먹구름이 북쪽에서부터 달음질하고 바람이 거세졌다. 사막 가장자리의 버드나무에서 뜯겨 나온 이파리가 허둥지둥 달려가다 방향을 틀어 되돌아왔다. 소년은 말이 서 있는 곳으로 가서 권총을 꺼내 벨트에 꽂은 다음 수통을 안장머리에 걸고는 말에 올라 부상자를 돌아보았다. 그리고 떠나갔다.

북쪽으로 달려가는데 1.5킬로미터쯤 멀리 다른 사람이 보였다. 누군지 알 수 없어 소년은 속도를 늦추었다. 얼마간 더 가니 말을 끌고 가는 모습이 보였고, 또 얼마간 더 가니 말이 절뚝이는 것이 보였다.

테이트였다. 소년이 다가오자 그는 길가에 주저앉아 쳐다보았다. 말은 세 발로 서 있었다. 테이트는 아무 말도 하지 않았다. 그저 모자를 벗어 안쪽을 살피다 다시 머리에 썼다. 소년은 안장에서 몸을 틀어 남쪽을 바라보았다. 그리고 테이트를 쳐다보았다.

말이 계속 걸을 수 있겠어요?

그럴 것 같지 않아.

그가 말 다리를 들어 올려 보였다. 말발굽의 중앙 연골이 갈라져 피투성이였고, 말의 어깨가 파르르 떨렸다. 그는 다시 말 다리를 내려놓았다. 태양이 떠오른 지 대략 두 시간쯤 되었고, 수평선에서는 흙먼지가 와글와글 일었다. 소년은 테이트를 바라보았다.

어떡할 거예요?

모르겠어. 일단은 끌고 가 봐야지. 상태가 좋아질지도 모르잖아.

어림없어요.

나도 알아.

내 말을 같이 타고 가요.

가던 길이나 계속 가.

그러잖아도 그럴 거예요.

테이트는 소년을 바라보았다. 가고 싶으면 어서 가.

소년은 침을 뱉었다. 어서 타요.

안장을 버리기 싫어. 여태껏 같이한 말을 버리기 싫단 말이야.

소년은 고삐를 집어 들었다. 뭘 버리기 싫은지는 곧 마음이 바뀔걸요.

두 사람은 같이 말을 끌며 걸어갔다. 다친 말은 걷기 싫어 계속 번대었다. 테이트는 말을 살살 구슬렸다. 어서 가자, 이 바보야. 저 망할 누런 종자들은 너도 나만큼이나 싫잖아.

정오가 되자 머리 위로 창백한 햇무리가 둥실 뜨고, 북쪽에서는 선뜩한 바람이 불어왔다. 사람이고 말이고 몸을 바싹 웅숭그렸다. 바람을 타고 왕모래가 따끔따끔 쑤셔 대는 통에 두 사람은 모자를 깊이 눌러썼다. 말라비틀어진 사막의 찌꺼기들이 소용돌이치는 모래와 함께 날렸다. 한 시간쯤 뒤에는 앞서간 이들의 흔적이 거의 보이지 않았다. 잿빛 하늘마저도 사방에 띄엄띄엄 보일 뿐이고, 바람은 수그러들 기미가 전혀 없었다. 좀 있으니 눈까지 흩날렸다.

소년은 담요를 빼내 몸을 감쌌다. 몸을 돌려 바람을 등진 채 서니 말이 주둥이를 숙여 소년의 뺨에 비볐다. 말의 속눈썹에 눈송이가 모다기져 있었다. 테이트가 다가와 걸음을 멈추더니 눈이 날려 가는 남쪽을 바라보았다. 몇 미터 앞도 제대로 보이지 않았다.

이런 염병할. 그가 말했다.

저 말을 앞세우면 안 될까요?

어림도 없어. 따라오기라도 잘하면 다행이게.

까딱 잘못하다가는 제자리를 맴돌다 멕시코 놈들한테 잡히겠어요.

이렇게 느닷없이 추워지는 건 내 생전 처음 봐.

이제 어떡하죠?

계속 가야지.

저 산 쪽으로 가요. 산을 바라보고 가면 최소한 제자리를 맴도는 일은 없을 거예요.

그러다 우리만 뒤처지게 돼. 다시는 글랜턴을 볼 수 없을 거야.

이미 뒤처졌어요.

테이트는 몸을 돌려 북쪽에서 소용돌이치며 휘날려 오는 눈송이를 쓸쓸히 바라보았다. 가자. 여기서 죽치고 있어 봐야 무슨 소용이겠냐.

그들은 말을 끌고 나아갔다. 이미 땅은 온통 새하얗게 변했다. 그들은 다리가 성한 말을 번갈아 타면서 절름발이 말을 번갈아 끌었다. 바위투성이 도랑을 몇 시간 올랐지만 눈발은 도통 가늘어지지 않았다. 잣나무와 난쟁이 오크나무를 지나자 딱 트인 초원이 펼쳐졌다. 눈이 30센티미터는 족히 쌓여 있어 말은 숨을 헐떡이며 증기 기관차처럼 김을 내뿜었다. 추위가 점점 기승을 부리며 어둠이 깊어졌다.

엘리아스의 선발 부대가 보낸 정찰병이 지나갈 때 그들은 담요를 휘감고 눈 속에서 자고 있었다. 정찰병은 산에 난 유일한 길을 밤새 달리며, 얕은 웅덩이 때문에 진군이 늦춰지지 않도록 웅덩이를 눈으로 단단히 메웠다. 상록수 사이로 나타난 정찰병은 모두 다섯이었는데, 잠이 든 두 사람 위로 덩두렷이 쌓인 눈 더미에 거의 말발굽이 닿을 뻔했다. 알이 부화되듯 눈 더미 하나가 찢어지며 형체가 드러났다.

눈은 그쳐 있었다. 하얀 땅 위의 정찰병과 말이 또렷이 보였다. 말이 성큼성큼 걸어가며 허연 입김을 뿜어냈다. 소년은 한 손에 부츠를, 다른 손에는 권총을 쥐고 있었다. 담요를 와락 젖히고서 권총을 겨누어 가장 가까운 사내의 가슴팍에 총알을 박은 뒤 냅다 뛰었다. 발이 미끄러져 한쪽 무릎이 땅에 닿았다. 머스킷 총이 뒤에서 발사되었다. 소년은 다시 일어나 어두운 잣나무 숲으로 뛰어들어 가 경사면을 따라 방향을 틀었다. 또다시 총성이 연이어 울렸다. 소년이 몸을 돌리니 사내 하나가 나무 사이로 다가오고 있었다. 그가 걸음을 멈추고 팔을 들자 소년은 눈 속으로 곤두박질쳤다. 머스킷 총알이 나뭇가지 사이로 휘익 날아들었다. 소년은 몸을 굴려 공이치기를 젖혔다. 총신이 눈으로 가득 차 있었던 모양이었다. 총알을 발사하자 총구에서 오렌지 빛이 확 퍼지며 괴이한 소리가 울렸다. 총이 폭발했나 싶어 살펴보았지만 다행히 괜찮았다. 사내는 더는 보이지 않았다. 소년은 일어나 내달렸다. 비탈 아래에서 숨을 헐떡이며 앉아 있다가 부츠를 신고서 나무 사이로 뒤를 살폈다. 아무것도 움직이지 않았다. 소년은 일어나 벨트에 권총을 꽂고는 걸어갔다.

해가 떠오를 무렵 소년은 바위 벼랑 아래 웅크리고 앉아 남쪽 지역을 살펴보고 있었다. 한 시간을 그렇게 앉아 있던 참이었다. 골짜기 맞은편에 사슴들이 돌아다니며 풀을 뜯었다. 잠시 후 소년은 일어나 능선을 따라 걸었다.

소년은 종일 산을 오르내리며 상록수 나뭇가지에 쌓인 눈을 한 줌씩 쥐어 먹었다. 전나무 사이로 난 짐승 발자국을 따라가다 저녁에는 벼랑 끝에 자리 잡고서 비스듬히 경사진 남서쪽 사막을 살폈다. 군데군데 눈이 쌓인 모습이 마치 이미 남쪽으로 물러난 구름의 모양새를 조악하게나마 흉내 낸 듯했다. 바위에는 얼음이 얼어 있고, 침엽수에 무수히 매달린 고드

름은 서쪽 초원에 펼쳐진 노을빛을 머금으며 붉게 반짝였다. 바위에 등을 기대고 앉은 소년은 분홍과 빨강과 진홍이 어우러진 하늘 웅덩이에서 너울대다 가라앉는 태양을 바라보며 얼굴에 닿는 햇살의 따사로움을 만끽했다. 이윽고 얼음장 같은 바람이 씽 하고 불어오더니 눈밭에 솟은 향나무가 불현듯 거뭇해지며 추위와 정적만이 감돌았다.

소년은 일어나 혈암 바위를 끼고 재우쳐 걸어갔다. 밤새 걸었다. 별이 시계 반대 방향으로 옮겨 가고, 북두칠성이 맴을 돌고, 플레이아데스 성단이 하늘 천장에서 윙크하는 듯했다. 소년은 발가락이 얼얼해지다 못해 부츠 속에서 덜거덕댔다. 벼랑길은 거대한 골짜기 가장자리를 따라 숲속 깊이 이어졌고, 사막은 도통 보이지 않았다. 소년은 주저앉아 힘겹게 부츠를 벗어 꽁꽁 언 발을 번갈아 겨드랑이에 끼었다. 발에 도사린 냉기는 꼿꼿했고, 턱이 추위에 얼어붙을 것만 같았다. 소년은 몽둥이처럼 굳은 발을 다시 부츠 속에 집어넣었다. 일어나 발을 구르면서 소년은 해가 뜰 때까지 다시는 멈추어선 안 된다고 단단히 다짐했다.

추위가 점점 거세어지는데도 밤은 끝날 줄을 몰랐다. 소년은 눈밭에 맨살을 드러낸 바위 협곡을 어둠 속에서 발밤발밤 걸어갔다. 덮개도 없이 영원히 불타오르는 별들이 질질 끌려 새벽으로 향할 무렵 소년은 번지르르한 집 속에 겹겹이 접힌 채 하늘로 치솟는 황량한 현무암 비탈에서 휘청댔다. 별이 소년의 발치에 떨어지고, 불타며 떨어져 나간 유성이 이름도 쉼도 없이 줄을 그었다. 첫 새벽빛이 들자 소년은 벼랑으로 걸어가 떠오르는 태양의 온기를 그 일대의 어느 생명체보다도 제일 먼저 온몸으로 받았다.

소년은 총을 가슴팍에 꼭 쥔 채 바위 사이에 웅크려 잠이 들었다. 발이 녹으며 불에 타는 듯했다. 소년은 눈을 떠 쪽빛 하늘을 멍하니 응시했다. 검은 매 두 마리가 드높이 떠올라 태양 주위를 여유로이 맴도는데, 마치 기둥에 매인 종이 새처럼 정확히 대칭을 이루었다.

소년은 종일 북쪽으로 걸은 끝에 저녁 햇살이 길쯔막히 드리워질 무렵 고지에 올라 아득히 멀리 소리 없이 벌어지는 교전을 목격했다. 조그마한 검은 말들이 맴을 돌고, 엷어지는 햇발에 대지가 뒤척이고, 전쟁터 너머 우뚝 선 산이 어둠에 슬슬 스미며 수심에 잠겼다. 진격하거나 공격을 피하는 군인들 위로 아물아물 연기가 스쳐 갔다. 계곡 바닥에 점점 짙어지는 그림자 속으로 군인들이 우르르 몰려가고 난 빈자리에는 그곳에서 목숨을 잃은 시신만이 나뒹굴었다. 소년은 전투를 묵묵히 지켜보고 있다가 급기야 이성을 잃고서 마구 명령해 댔다. 그러나 물밀듯이 사막을 뒤덮는 어둠이 군인을 모두 집어삼켰다. 시퍼런 대지가 명징함을 잃은 채 추위에 휘감기고, 태양은 소년이 서 있는 높은 벼랑 위에 간신히 빛을 뿜었다. 소년은 걸음을 옮겼지만 이내 어둠에 잠겼다. 사막에서 바람이 휘몰아쳐 오르더니 너덜너덜 해어진 번개 줄기가 세상의 서쪽 끝에서 연신 내리벋었다. 절벽을 따라 이어진 길이 뚝 끊기고, 산속 깊이에서부터 갈라져 나온 거대한 계곡이 떡 하니 펼쳐졌다. 소년은 배배 꼬인 상록수가 바람에 신음하는 계곡을 가만히 내려다보다가 비탈을 따라 내려갔다.

비탈 깊이 파인 웅덩이마다 눈이 쌓여 있었다. 소년은 눈이 쌓이지 않은 바위를 골라 조심조심 발을 디뎠다. 추위 탓에 손에는 아무런 감각이 없었다. 소년은 산사태가 난 곳을 조심스레 건너, 비쭉배쭉한 돌멩이와 옹이투성이 작은 나무 사이로 에둘러 내려갔다. 소년은 넘어지고 또 넘어지며 어둠 속으로 허둥지둥 손을 뻗고는 몸을 일으켜 벨트에 꽂힌 권총을 쓰다듬었다. 밤새 분투한 끝에 비탈 중간 바위턱에 이르자 아래에서 흘러가는 개울물 소리가 들렸다. 소년은 미치광이 구속복을 입은 탈출자처럼 양손을 겨드랑이에 꼈다. 마침내 모래밭에 다다르자 하류 쪽으로 방향을 틀었다. 다시 사막에 이르는 데 한 시간은 족히 걸렸다. 소년은 추위에 부들부들 떨며 구름에 덮인 하늘에서 묵묵히 별을 찾았다.

소년이 다다른 평지에는 눈이 대부분 날려 갔거나 녹고 없었다. 두 개의 폭풍이 동시에 북쪽에서 내려오는 중이라 천둥이 멀리서 발을 굴렀다. 싸늘한 공기에서 축축한 돌 냄새가 풍겨 왔다. 소년은 황량한 땅을 뚜벅뚜벅 걸어갔다. 그곳에 박힌 다른 존재들과 마찬가지로 낮아지는 하늘을 배경으로 묵묵히 덩그러니 서 있는 유카 선인장과 드문드문 돋은 풀밭 말고는 주위에 아무것도 없었다. 동쪽 산맥이 사막에 거뭇한 자락을 드리우고, 앞쪽의 시커먼 절벽은 거대한 곳이라도 되는 양 사막 바닥을 침울하게 감싸 안았다. 소년은 온몸이 반쯤 언 데다 발에 감각이라곤 없어 나무 막대처럼 뻣뻣하게 걸어갔다. 거의 이틀 동안 음식을 먹지 못하고, 제대로 쉬지도 못했다.

소년은 산발적으로 번쩍이는 번개 빛에 의지해 터벅터벅 오른쪽 곳을 돌아 나가서는 걸음을 멈추어 마비된 갈퀴손에 후후 입김을 불며 온몸을 부들부들 떨었다. 멀리 초원에서 나무가 불타올랐다. 고독한 불길은 바람에 갈기갈기 찢겨 순간적으로 활활 타오르다 차츰 희미해지더니, 황야에서 울부짖는 거대한 풀무가 쏟아 낸 뜨거운 파편 같은 불꽃을 폭풍 속으로 거침없이 흩날렸다. 소년은 앉아서 그 광경을 가만히 바라보았다. 얼마나 먼 곳인지 가늠할 수 없었다. 소년은 배를 깔고 누워 주위에 사람이 없는지 살폈지만, 하늘은 빛 한줄기 없이 깜깜했다. 오랫동안 가만히 엎드려 기다렸으나 아무것도 움직이지 않았다.

소년이 다시 걸음을 옮기자 불이 점점 멀어지는 듯했다. 무리 지은 형체가 그와 불빛 사이를 가로질렀다. 그리고 다시. 늑대 떼인 듯했다. 소년은 계속 걸어갔다.

고독하게 타오르는 나무는 사막 한가운데 서 있었다. 지나가던 폭풍에 불이 붙은 나무는 마치 무슨 상징인 듯했다. 나무에게 이끌려 온 고독한 여행자는 너무도 먼 길을 걸어왔다. 소년은 따뜻한 모래에 무릎을 꿇고서 얼어 버린 두 손을 내밀었다. 나무 주위에 온갖 어중이떠중이가 기묘한 하루를 시작하고 있었다. 나란히 늘어서서 소리 없이 웅크린 작은 올빼미들, 타란툴라 거미, 태양거미, 큰 전갈, 미갈레 거미, 차우차우처럼 입이 시커멓고 인간에게 치명적인 구슬도마뱀, 막 눈에서 피를 발사한 바실리스크 도마뱀, 제다와 바빌론의 신처럼 고요하게 모래에서 살아가는 작은 뱀. 불확실한 휴전 협정 속에서 빛의 테두리에 자리 잡아 불빛을 담고 있는 눈들은 정녕 하나의 별자리였다.

태양이 솟자 소년은 연기를 내뿜는 시커먼 나무 해골 아래에 잠이 들었다. 폭풍이 진즉 남쪽으로 달아났는지라 새로운 하늘은 청명한 푸른빛이었다. 타 버린 나무에서 돋아난 연기는 고요한 새벽 대기 속에 날씬한 시곗바늘처럼 꼿꼿이 선 채, 아무 생각 없이 드러누운 대지의 얼굴에 아슴아슴 흔들리는 그림자를 드리웠다. 밤새 소년과 함께 불침번을 섰던 생명체는 모두 사라지고 없고, 지난밤 공 모양의 번개에 녹아 버려 유황 냄새를 내뿜으며 씻씻거리던 도랑에 산호 모양으로 생겨난 섬전암(閃電岩)이 소년 주위로 뻗어 있었다.

움푹 팬 황무지 한가운데 책상다리를 하고 앉은 소년은 사막을 둥글게 휘두르며 반짝이는 테두리를 향해 멀어져 가는 세계를 바라보았다. 잠시 후 소년은 자리에서 일어나 구덩이 밖으로 나가, 말라 버린 개천에 새겨진 흉포한 야생돼지의 작은 흔적을 쫓아가다 웅덩이에서 물을 마시는 돼지들과 마주쳤다. 돼지가 꿀꿀대며 우르르 덤불로 달아나자 소년은 발자국이 어지러이 박힌 축축한 모래에 엎드려 물을 마시고는 쉬었다 다시 물을 마셨다.

오후에 소년은 뱃속 가득 물을 채운 채 계곡 바닥을 가로질렀다. 세 시간 후 말발굽 자국이 남쪽에서부터 굽이치며 뻗어 가는 곳에 이르렀다. 부대가 지나간 흔적이 분명했다. 소년은 발자국 가장자리에서 걸으며 각 말발굽의 주인을 가늠했다. 남아 있는 군인 수를 헤아리고는, 꽤 빠른 속도로 행군하고 있다고 짐작했다. 몇 킬로미터 정도 흔적을 쫓던 중 중간에 변하는 자국을 보고 여러 무리가 이곳에서 합류했음을 짐작했다. 또한 작은 돌이 뒤집혀져 있고, 구멍에 발을 디딘 자국으로 보아 밤에 이동한 것이 분명했다. 소년은 먼지구름이나 엘리아스의 흔적을 찾아 손차양을 하고 남쪽을 살폈다. 아무것도 없었다. 소년은 계속 나아갔다. 1.6킬로미터쯤 더 갔을 때 불경스러운 야수의 시신처럼 보이는 기묘한 검은 덩어리가 발자국 한가운데 우두커니 놓여 있었다. 소년은 빙 돌아가며 그것을 살폈다. 말발굽과 부츠 자국 사이로 박힌 늑대와 코요테의 발자국은 불탄 형체 가장자리까지 작은 돌격이 이어지다 다시 확 퍼졌다.

나코사리에서 가져온 머리 가죽들이었다. 돈으로 교환되지 못한 채 악취 나는 초록 모닥불에서 타올라 시커먼 덩어리만이 전생의 흔적으로 남은 것이다. 화장은 언덕에서 치러졌다. 소년이 주위를 샅샅이 뒤졌으나 그 외 다른 흔적은 없었다. 소년은 추격과 어둠을 암시하는 발자국을 쫓아 황혼이 짙어지는 내내 나아갔다. 해가 지자 기온이 떨어졌지만, 산에서의 추위에 비하면 새 발의 피였다. 굶주림 탓에 기운을 차리지 못한 소년은 모래에 앉아 휴식을 취하다 허우적거리며 깨어났다. 달이 떠 있었다. 반달은 동쪽의 시커먼 종이 산 틈새에 종이 배처럼 걸려 있었다. 소년은 일어나 나아갔다. 코요테가 캥캥 짖어 대고, 소년의 두 다리가 비트적거렸다. 한 시간 남짓 걸어가다 말 한 마리와 마주쳤다.

말은 발자국 위에 우뚝 서 있었다. 말이 어둠 속에서 걸어

가더니 다시 멈추었다. 소년은 권총을 빼어 들고 가만히 있었다. 말의 시커먼 형체가 달려갔다. 사람이 탔는지 안 탔는지 알 수 없었다. 말이 맴을 돌며 되돌아왔다.

소년은 말에게 말을 걸었다. 말이 깊이 숨을 내쉬고 멀어지더니 냄새가 맡아질 만큼 가까이로 되돌아왔다. 소년은 한 시간 가까이 말을 쫓아다니며 속삭이고 휘파람을 불고 손을 뻗었다. 마침내 손이 닿을 만큼 가까워지자 소년은 말갈기를 꼭 움켰고, 말은 또다시 종종걸음으로 달아났다. 소년은 단단히 매달린 채 옆에서 따라 뛰었고, 마침내 다리로 말의 앞다리를 걸었다. 말이 털썩 하고 넘어졌다.

소년이 먼저 일어났다. 말은 일어나려고 버르적대고 있었다. 넘어지면서 다쳤나 싶었지만 아니었다. 소년은 말의 주둥이를 허리띠로 꼭 묶고는 말 등에 올랐다. 말이 네 다리를 쭉 뻗고 일어나 부들부들 떨었다. 소년이 말의 어깻죽지를 두드리며 속삭이자 말은 불확실한 걸음을 내디뎠다.

우레스에서 구입한 짐말인 듯싶었다. 걸음을 멈추기에 소년이 앞으로 가라고 재촉했지만 꿈쩍도 하지 않았다. 소년이 부츠 뒷굽으로 말의 갈빗대를 세게 치자 말은 뒷다리를 접어 주저앉는가 싶더니 옆걸음질을 했다. 소년은 손을 뻗어 주둥이에서 허리띠를 풀고는 옆구리를 걷어차며 허리띠를 휘둘렀다. 이번에는 제대로 먹혔다. 소년은 갈기를 주먹 가득 움키고 권총을 허리춤에 안전하게 쑤셔 넣고는 말의 등가죽 아래로 툭 뛰어나온 척추를 느끼며 안장도 없이 나아갔다.

가다 보니 사막을 떠돌던 다른 말까지 동참하여 밤새 나란히 나아갔다. 그동안에도 발자국은 중간중간 대규모로 늘어나 기슭을 널따랗게 단단히 다지며 북쪽으로 이어졌다. 날이 밝자 소년은 말의 어깻죽지에 상체를 기대어 흔적을 유심히 살폈다. 편자를 박지 않은 인디언 조랑말로, 100마리는 될 성싶었다. 말 떼가 부대에 합류했다기보다는 부대가 말 떼에 합류한 듯했다. 소년은 계속 나아갔다. 밤에 따라붙었던 말이 뒤처지더니 이제는 조심스러운 눈길로 소년과 말을 쳐다보며 따라왔다. 소년이 탄 말은 갈증에 허덕이며 초조해했다.

정오가 되자 말이 말을 듣지 않았다. 소년은 다른 말을 잡기 위해 발자국에서 벗어나려 했지만, 말은 말들이 앞서 간 길만을 고집했다. 소년은 조약돌을 훑으며 주변을 살폈다. 느닷없이 저 앞에 사람들이 보였다. 조금 전까지만 해도 없었건만, 지금은 그곳에 있었다. 소년은 왜 말이 불안해했는지를 깨달았다. 소년은 북쪽의 말들과 지평선을 유심히 보며 나아갔다. 소년이 탄 말이 바르르 떨며 걸음을 내디뎠다. 얼마 후 저쪽 사람들이 모자를 쓰고 있는 것이 보였다. 소년은 말을 재촉했다. 소년이 가까이 오자 그들은 멈추더니 모두 땅바닥에 앉아 소년을 지켜보았다.

상태가 무척 나빠 보였다. 눈가가 시커먼 것이 지치고 피곤한 기색에 온통 피투성이였다. 상처를 피와 때로 얼룩진 천으로 처맨 데다 옷에는 피딱지와 화약 가루가 더께더께 앉아 있었다. 글랜턴의 시커먼 구멍에 박힌 눈알에서 살의가 빛났다. 그와 초췌한 부하들은 소년이 마치 남인 양 적의 어린 눈길로 쏘아보았다. 그들이라고 해서 비참한 지경이 덜한 것은 아니었던 탓이다. 소년은 바싹 여윈 몸을 말에서 내려 갈증에 허덕이는 광기 어린 눈길로 서 있었다. 누군가가 수통을 던져 주었다.

네 사람이 전사했다. 몇몇은 정찰을 나가 있었다. 엘리아스는 눈보라를 헤치고 밤새 산을 넘어 다음 날도 쉬지 않고 산을 탄 끝에 65킬로미터 남쪽의 어둠에 묻힌 평원에 불현듯 나타났다. 미국인들은 소 떼처럼 북쪽으로 쫓기며 추격자를 따돌리려고 일부러 아파치들이 지나간 길을 택했다. 멕시코 부대가 얼마나 바짝 쫓아오고 있는지, 아파치 무리가 얼마나 멀리 앞서가고 있는지 그들은 알 수 없었다.

소년은 수통의 물을 마시고는 그들을 살펴보았다. 보이지 않는 사람 중에 누가 정찰을 나갔고, 누가 사막에서 차가운 시신이 되었는지 어림할 수 없었다. 토드빈이 소년에게 타라고 준 말은 신병 슬롯이 우레스에서 탔던 말이었다. 삼십 분 후 다시 행군이 시작되자 말 두 마리가 일어서지 못하고 뒤처졌다. 소년은 가죽이 벗겨지고 곧 바스러질 것 같은 안장에 걸터앉아 죽은 이의 말을 탔다. 비칠비칠거리다 털썩 엎어진 소년은 팔다리를 축 늘어뜨렸다. 말을 탄 꼭두각시 인형처럼 잠결에 허우적댔다. 깨어나 보니 전직 신부가 곁에서 말을 몰고 있었다. 소년은 다시 잠이 들었다. 또다시 깨어나니 판사가 옆에 있었다. 판사 역시 모자를 잃어버리고는 사막에서 자라는 관목으로 엮은 화환을 쓰고 있었는데, 그 모습이 마치 악명 높은 소금 땅의 음유 시인 같았다. 판사는 여전한 미소를 지으며 소년을 내려다보았다. 마치 그에게만은 유쾌한 세계라는 듯.

그들은 촐라 선인장과 산사나무로 뒤덮인 나지막한 구릉지를 해가 지도록 나아갔다. 때때로 주인 없는 말이 고개를 저으며 발을 멈추어 뒤처져 한 점 점으로 줄어들었다. 그들은 차가운 푸른 저녁에 기다란 북쪽 비탈을 내려가, 드문드문 박힌 오코티요와 무성한 그라마풀 말고는 아무것도 없는 황량한 언덕 자락을 지나 평지에서 야영했다. 밤새 바람이 너울대고, 북쪽 사막에서 모닥불이 여러 개 빛났다. 판사가 걸어가 말들을 살피더니 여분의 초췌한 말 중에도 가장 형편없는 몰골의 말을 골랐다. 판사는 말을 모닥불 너머로 끌고 가 이것 좀 잡고 있으라며 외쳤다. 아무도 일어나지 않았다. 전직 신부가 소년에게 몸을 기울였다.

너는 신경 꺼.

판사가 모닥불 너머 어둠 속에서 다시 한번 외치자 전직 신부는 단속하듯 소년의 팔에 손을 얹었다. 하지만 소년은 일어나 모닥불에 침을 뱉었다. 그리고 고개를 돌려 전직 신부와 눈을 마주쳤다.

내가 저딴 인간을 무서워할 줄 알아요?

전직 신부는 대꾸하지 않았다. 소년은 몸을 틀어 판사가 기다리고 있는 어둠 속으로 걸어갔다.

판사는 말을 잡고 서 있었다. 모닥불빛에 그의 이가 번쩍였다. 두 사람은 말을 길 밖으로 끌고 갔다. 소년이 꼬아 만든 고삐를 쥐고 있는 동안 판사가 45킬로그램은 족히 될 바윗덩이를 번쩍 들어 한 방에 말의 두개골을 박살 냈다. 귀에서 피가 솟구치더니 말이 쿵 하고 쓰러지며 앞발 하나가 툭 부러졌다.

두 사람은 말의 내장을 꺼내지도 않고 엉덩이 가죽을 벗겼다. 부대원들은 고기를 발라 모닥불에 구워 먹고, 남은 살집은 잘게 잘라 훈제를 했다. 정찰병이 돌아오지 않자, 그들은 초소를 세워 각자 무기를 가슴에 안은 채 번갈아 가며 잠을 잤다.

이튿날 아침나절 그들은 알칼리 토양의 분지를 가로지르다 머리가 모여 있는 곳에 이르렀다. 행군이 멈추고 글랜턴과 판사가 앞으로 나갔다. 머리는 모두 여덟 개였는데, 하나같이 모자를 쓰고 바깥쪽으로 얼굴을 향한 채 둥글게 나열되어 있었다. 글랜턴과 판사는 머리를 따라 빙 돌았다. 판사가 도중에 멈추어 말에서 내리더니 발로 머리 하나를 밀어젖혔다. 그는 모래 아래에 몸이 파묻혀 있지 않다는 사실에 만족스러운 듯했다. 다른 머리들은 침묵과 죽음의 맹세를 한 신실한 입회자이기라도 한 양 주름진 눈으로 멍하니 쏘아보았다.

미국인들은 북쪽을 바라보았다. 그리고 행군을 재개했다. 차가운 재로 뒤덮인 나지막한 비탈 너머에 시커멓게 뼈대만 남은 마차 두 대와 벌거벗은 몸뚱이들이 있었다. 바람이 재를 모조리 쓸고 가 강철 굴대만이 마차의 형상을 빚고 있어, 마치 바다 밑바닥에 침몰한 배의 용골을 보는 듯했다. 시신은 군데군데 뜯어 먹혔고, 미국인들의 기척에 까마귀들이 날아올랐다. 독수리 두 마리는 타락한 코러스걸처럼 날개를 쭉 뻗고서 저리로 종종걸음 치며 대머리를 음란하게 저어 댔다.

그들은 계속 나아갔다. 평평한 사막의 말라 버린 강을 건너

오후가 되자 구릉지로 난 좁다란 길로 들어섰다. 잣나무 모닥불 냄새가 나더니 해 지기 전 산타크루스에 당도했다.

여느 국경 요새처럼 이 도시도 옛 영화를 잃고 쇠락으로 이울고 있었다. 건물 상당수가 텅 비어 있거나 폐허나 다름없었다. 그들에 앞서 이 도시를 찾은 이들에게 비명을 내질렀던 시민들은 그들을 멍하니 응시했다. 노파는 검은 스카프를 두르고 있고, 노인은 도끼로 깎은 미루나무 개머리판에 부품을 조잡하게 엮은 총신을 끼운 장난감 같은 총이나 낡은 머스킷 총이나 수발총을 들고 있었다. 아예 발사 장치가 없어 총신 구멍에 시가를 쑤셔 넣어 자갈 총알을 발사시키는 총도 있었다. 강바닥에서 주워 온 자갈 총알은 유성처럼 편심 궤도를 그리며 씨잉 하며 공기를 갈랐다. 미국인들은 앞으로 나아갔다. 다시 눈이 내리며 차가운 바람이 좁은 길바닥을 쓸고 갔다. 미국인들 자신도 형편없는 몰골이면서도 허풍선이 민병대를 노골적으로 비웃어 댔다.

말에서 내려 궁상스러운 좁은 가로수 길에 서 있는데, 바람이 나무를 갈겨 대자 잿빛 황혼에 둥지에 든 새들이 비명을 질러 대며 나뭇가지에 매달렸다. 눈이 휘몰아쳐 작은 광장을 뒤덮고 흙집에 하얀 수의를 입히더니, 미국인들을 쫓아온 행상인마저 침묵하게 했다. 글랜턴과 멕시코인이 돌아오자 부대원들은 말에 올라 줄지어 거리를 내려가 낡은 나무문 앞에 멈춰 섰다. 대문 너머 눈으로 덮인 안마당은 닭과 염소와 당나귀 따위를 품고 있었다. 군인들이 들어서자 가축들이 담을 마구 할퀴어 댔다. 마당 한구석에 시커먼 삼발이가 서 있고, 눈송이로 군데군데 덮인 커다란 피얼룩이 마지막 햇살에 발그레한 장밋빛을 드러냈다. 집에서 사내가 나와 글랜턴과 이야기를 나누었다. 사내는 멕시코인에게 뭐라뭐라 말하더니 미국인들더러 어서 안으로 들어가라고 손짓했다.

그을음진 들보가 가로지르는 높다란 천장 아래 길게 뻗은 방바닥에 미국인이 앉아 있자, 여자와 소녀가 염소 고기 스튜와 흙접시에 가득 담긴 푸른색 토르티야를 내왔다. 이어서 콩과 커피, 정제하지 않은 갈색 설탕 덩어리가 그대로 가라앉은 옥수수죽이 나왔다. 방에 난로라고는 없어 음식에서 뭉게뭉게 김이 솟았다. 그들이 음식을 다 먹고 담배를 피우자 여인이 그릇을 치웠고, 등불을 든 남자애가 들어와 길을 안내했다.

코를 킁킁거리는 말들을 지나쳐 마당을 가로지른 남자애는 어도비 오두막의 조잡한 나무 문을 열고는 등불을 높이 들고 섰다. 미국인들은 안장과 담요를 챙겨 안으로 들어갔다. 마당에서 말들은 추위에 발을 굴렀다.

오두막 안에는 망아지가 암말의 젖을 빨고 있었다. 남자애가 말을 쫓아내려 하자 미국인들은 내버려 두라고 했다. 그들은 한편에 쌓인 지푸라기를 가져와 바닥에 깔았다. 그렇게 잠자리를 준비하는 동안 남자애는 등불을 들고 서 있었다. 마구간에서 흙과 짚과 똥 냄새가 맴돌았고, 얼룩진 노란빛을 타고 허연 입김이 추위 속으로 데구르르 굴렀다. 잠자리가 갖추어지자 남자애는 등불을 낮추고는 마당으로 나가 문을 닫았다. 미국인들은 심오하고도 절대적인 어둠 속에 남겨졌다.

그 누구도 움직이지 않았다. 차가운 마구간 안에 누운 몇몇은 문이 닫히는 소리에 자기도 모르게 옛 숙박지를 떠올렸다. 암말이 불안한지 코를 킁킁거리고, 망아지가 서성였다. 이윽고 한 명씩 한 명씩 겉옷을 벗었다. 가죽 비옷, 생모로 짠 망토, 조끼를 따라 파득파득 불꽃이 일더니 저마다 더없이 희미한 불빛 수의로 감싸였다. 옷을 벗느라 높이 쳐든 팔이 어스레한 빛을 내뿜고, 흐릿한 형체들은 늘 그러했듯 저마다 소리를 뱉는 빛에 휘감겼다. 마구간 한구석에서 암말은 어둠 속의 발광체에 놀라 뒷걸음치며 콧김을 내뿜고, 망아지는 어미의 옆구리에 바싹 얼굴을 묻었다.

16

날이 밝아도 추위는 누그러들기는커녕 더 싸늘해져만 갔지만 그들은 길을 나섰다. 거리는 휑했다. 새로 쌓인 눈에 발자국 하나 찍혀 있지 않았다. 도시를 벗어날 무렵 길을 건너는 늑대들이 보였다.

그들은 얼음이 더껑이진 작은 강을 끼고 나아갔다. 얼어붙은 습지에서 오리들이 깩깩대며 돌아다녔다. 그날 오후 그들은 말라비틀어진 풀이 말의 배에까지 닿을 만큼 웃자란 골짜기를 가로질렀다. 텅 빈 밭은 곡식이 썩어 들고, 과수원은 사과와 모과와 석류가 바싹 쪼그라들어 바닥에 나뒹굴었다. 초지의 우리에는 사슴이 갇혀 있고, 소 떼가 돌아다닌 발자국이 있었다. 그날 밤 그들이 어린 암사슴의 갈비와 궁둥이 살을 불에 굽는데 어둠 속에서 황소가 음매음매 울어 댔다.

이튿날 그들은 산베르나르디노에서 폐허가 된 목장을 지나
쳤다. 얼마 안 가 엉덩이에 스페인 낙인이 찍힌 늙은 야생 황
소 떼와 마주쳤다. 몇 마리가 부대를 향해 달려들다 총에 맞
아 쓰러졌다. 그런데 황소 한 마리가 도랑가의 아카시아 숲에
서 튀어나와 제임스 밀러가 탄 말의 옆구리에 뿔을 박았다. 황
소가 달려들 때 제임스 밀러는 발을 등자에 걸고 있지 않았던
탓에 그만 떨어질 듯 휘청댔다. 말이 비명을 지르며 발을 걷어
찼지만 황소는 말의 다리를 공격한 뒤, 제임스가 권총을 뽑기
도 전에 그를 들입다 땅으로 내리꽂았다. 제임스가 총구를 황
소의 이마에 들이대고 발사하자 이 기괴한 형체는 쓰러졌고,
제임스는 황소 밑에서 기어 나왔다. 그는 연기를 피워 올리는
총을 손에 헐겁게 쥔 채 혐오스럽다는 듯 걸어갔다. 일어나려
고 바르작대는 말에게로 다가가 총을 쏘아 죽이고는 권총을
벨트에 꽂고 안장 뱃대끈을 풀었다. 말이 죽은 황소 위로 뒤둥
그러지는 바람에 그는 끙끙대며 안장을 풀어야 했다. 다른 이
들은 가만히 지켜보았다. 누군가가 마지막 남은 여분의 말을
끌고 오기는 했지만 그 외에는 전혀 돕지 않았다.

　그들은 강변의 거대한 미루나무 숲을 지나 산타크루스강
을 따라갔다. 더는 아파치의 흔적은 보이지 않았고, 사라진 정
찰병의 흔적 역시 찾을 수 없었다. 다음 날 산호세데투마카코
리에 위치한 오래된 성당을 지나는데 판사가 길에서 벗어나
1.6킬로미터 떨어진 성당을 응시했다. 그는 그 성당의 역사와
건축에 대해 간단히 설명했는데, 그 강연을 들은 이들은 판사
가 처음 이곳에 온 것이라는 사실을 전혀 믿을 수 없었다. 부

대원 중 셋이 그를 따라갔다. 글랜턴은 시커먼 불안감을 품은 채 그들을 바라보았다. 부대는 행군하다 글랜턴의 명령으로 이내 멈추고는 길을 되짚어 갔다.

오래된 성당은 폐허나 다름없었다. 높이 둘러싼 담을 향해 문이 활짝 열려 있었다. 글랜턴과 부하들이 무너져 가는 대문으로 들어서자 죽은 과일나무와 포도 덩굴 말고는 텅 빈 마당에 네 마리 말만 덩그러니 서 있었다. 글랜턴은 소총을 꺼내 개머리판을 허벅지에 대고 세워 들었다. 글랜턴의 개가 뒤쫓아 왔다. 그들은 황폐한 성당 벽을 향해 바싹 경계하며 다가갔다. 말을 탄 채 성당 안으로 들어갈 셈이었지만, 안에서 총성이 울리며 비둘기가 퍼드덕 날개를 쳤다. 그들은 안장에서 얼른 내려 소총을 쥐고 말 뒤에 웅크렸다. 글랜턴이 부하들을 돌아보더니, 안이 보이는 곳까지 말을 끌고 갔다. 위쪽 벽이 문턱문턱 무너져 있고, 지붕은 대부분 꺼져 있었다. 바닥에 웬 사내가 널브러져 있었다. 글랜턴은 성구실로 말을 끌고 가 다른 이들과 함께 시신을 내려다보았다.

바닥의 남자는 죽어 가고 있었다. 양가죽을 얼기설기 엮은 옷을 입고 있었다. 부츠까지 양가죽이며, 모자도 괴이했다. 그들은 쩍쩍 갈라진 흙타일에 엎드린 사내를 뒤집었다. 턱이 들썩이더니 아랫입술을 따라 피투성이 침이 흘러내렸다. 흐린 두 눈에는 두려움과 더불어 무엇인가가 담겨 있었다. 존 프리웨트는 개머리판을 바닥에 대고 소총을 세워 깔때기를 꺼내 화약을 장전할 채비를 했다. 다른 놈이 달아나는 걸 봤어요. 그가 말했다. 어딘가에 또 한 놈이 있어요.

바닥의 사내가 움찔했다. 그는 사타구니에 놓여 있던 팔을 간신히 들어 가리켰다. 그들을 혹은 그가 추락한 저 높은 곳을 혹은 그들이 알지 못하는 영원 속의 운명을. 그리고 죽었다.

글랜턴은 폐허를 둘러보았다. 이 망할 자식은 대체 어디서 온 거야?

프리웨트가 무너질 듯한 발코니를 턱짓으로 가리켰다. 저 위에 있었어요. 뭐 하는 놈인지는 몰랐어요. 뭐, 지금도 모르지만. 일단 맞추고 본 거지.

글랜턴이 판사를 쳐다보았다.

내 생각엔 정신 나간 놈 같소. 판사가 말했다.

글랜턴은 말을 끌고 교회를 둘러보다 마당으로 통하는 작은 문으로 나왔다. 글랜턴이 그곳에 앉아 있는데 부하들이 나머지 은둔자를 끌고 왔다. 잭슨이 소총으로 그자를 쿡 찔러 보았다. 작고 여윈 사내로, 그리 젊어 보이지는 않았다. 죽은 은둔자는 그의 형제였다. 그들은 오래전 배에서 뛰어내려 이곳으로 왔다. 그는 겁에 질려 바들바들 떨었지만, 영어는 한 마디도 못 하고 스페인어도 겨우 몇 마디 할 줄 알았다. 판사가 독일어로 그와 이야기했다. 그들은 몇 년이나 이곳에서 지냈다. 그의 형제는 이곳에서 정신을 놓았고, 기묘한 부츠와 가죽옷을 입은 이자 역시도 온전한 정신은 아니었다. 그들은 그를 내버려 두고 떠났다. 그들이 말을 타고 나서자 그는 마당에서 잰걸음으로 서성이며 고함을 쳐 댔다. 형제가 교회에 죽어 있다는 사실을 모르는 듯했다.

판사가 글랜턴에게로 다가가 나란히 말을 몰며 길로 접어

들었다.

글랜턴이 침을 뱉었다. 저놈도 쏴 버려야 했소.

판사는 빙그레 미소 지었다.

백인이 저딴 꼴로 살다니, 이건 백인의 수치요. 글랜턴이 말했다. 독일인이든 어쨌든 말도 안 돼. 수치야, 수치.

그들은 강의 흔적을 따라 북쪽으로 나아갔다. 나무는 헐벗고, 바닥의 가랑잎은 잘잘한 얼음 비늘로 뒤덮였다. 미루나무는 조각보 같은 사막 하늘을 향해 얼룩덜룩 앙상한 가지를 무겁게 뻗었다. 저녁에 그들은 버려진 도시 투박을 지나갔다. 겨울 들판에 밀이 죽어 있고, 거리에 풀이 돋아 있었다. 광장을 면한 현관에 한 맹인이 앉아 있다 그들이 지나가자 고개를 쳐들어 귀를 기울였다.

그들은 사막으로 나가 야영했다. 적이 숨을 만한 산도, 대지를 흩날릴 바람도 전혀 없이 탁 트인 고요한 황야에 각양각색의 도망자들은 기뻐했다. 이튿날 아침 해도 돋기 전에 일어나 안장에 올라 언제든 싸울 채비를 단단히 하고는 다같이 길을 나섰다. 저마다 지형을 꼼꼼히 살피는 덕분에 그 어떤 사소한 움직임도 그들의 집단의식에 인지되었다. 그들은 경계심이라는 보이지 않는 전선으로 연결되어 한 덩어리로 행군했다. 버려진 목장과 길가 무덤을 지나 아침나절 다시 아파치의 흔적을 찾아냈다. 야만인은 그들에 앞서 강가의 푸슬푸슬한 모래땅을 지나 서쪽으로 방향을 꺾었다. 미국인들은 말에서 내려 발자국 테두리의 눌린 모래를 손가락으로 비벼 보며 습기를 가늠한 뒤 털어 내고는 헐벗은 나무 사이로 강을 바라보았다. 그들은 다시 말에 올라 나아갔다.

불에 시커멓게 탄 팰로버디[38] 나뭇가지에 사라진 정찰병들이 거꾸로 매달려 있었다. 날카롭게 다듬은 초록 나뭇가지에 발목 힘줄이 꿰뚫린 벌거벗은 회색 몸뚱이를 달쳤던 모닥불은 차갑게 식어 재가 되어 있었다. 거멓게 탄 머리는 뇌가 부글부글 끓다 못해 두개골을 뚫고 나왔고, 콧구멍에서는 김이 쌕쌕거렸다. 혀가 삐죽 나와 있고, 몸이 날카로운 꼬챙이들로 꿰질리고, 귀가 잘리고 없고, 부싯돌로 찢어발긴 뱃가죽에서 창자가 쏟아져 가슴께에 대롱거렸다. 몇몇이 칼을 꺼내 시신을 나무에서 내리고는 잿더미에 그대로 두고 떠나갔다. 더 시커먼 형체의 두 시신은 마지막 남은 델라웨어들이었고, 나머지 둘은 배스캣과 동부 출신의 길크라이스트였다. 야만인 주인들 틈에서 그들은 그 어떤 차별도, 편애도 받지 않고 공평하게 고통을 받으며 죽어 갔다.

그날 밤 그들은 별빛에 우뚝 선 산사비에르델바크 성당을 지나 나아갔다. 개 한 마리 짖지 않았다. 옹기종기 모인 파파고족[39] 오두막은 텅 비어 있는 듯했다. 대기는 차고 맑았다. 어둠에 묻힌 광활한 지역을 점유하고 있는 것이라곤 올빼미 한 마리에 불과한 듯싶었다. 창백한 초록 유성이 그들 뒤쪽 계곡 바닥에서 솟아나 그들 머리를 지나쳐 허공 속으로 소리 없이 사라졌다.

---

38) 콩과의 관목.
39) 미국 애리조나주의 사막 지역과 멕시코 소노라주 북부에서 살던 인디언.

새벽녘 투손 요새 외곽 지역에 당도한 그들은 폐허가 된 목장과 길가에 늘어선 살육의 기념비를 여러 차례 지나쳤다. 평야에 자리 잡은 소규모 목장은 여전히 건물에서 연기를 피워 올렸다. 선인장 속고갱이로 세운 울타리에 빽빽이 들어찬 독수리가 날개를 망토처럼 휘감고서 발을 동동 구르며 태양이 떠오를 동쪽을 예의주시했다. 흙담을 둘러친 곳은 돼지 뼈가 나뒹굴고, 수박 밭은 여윈 발꿈치 사이에 웅크린 늑대 한 마리가 그들이 지나가는 모습을 지켜보았다. 평야 북쪽 가느다란 성벽이 파리하게 서 있는 너머에 도시가 있었다. 그들은 나지막한 자갈 제방에 줄지어 멈추어서 주위의 지형과 저 너머 황량한 산맥을 살폈다. 검은 그림자 속에 사막의 돌이 놓여 있고, 동쪽 끝에 박동 치며 단호히 올라앉은 태양이 바람을 불어 댔다. 이틀 전 100명의 강인한 전사들이 나아간 흔적을 따라 그들은 평야로 출격했다.

미국인들은 소총을 무릎에 얹고서 부채꼴로 퍼져 나란히 달려갔다. 사막의 일출이 눈앞의 대지를 불태우고, 산비둘기가 홀로 혹은 짝을 지어 덤불에서 날아올라 가녀린 노래를 재잘거렸다. 1킬로미터 너머 남쪽 성벽을 따라 병영을 세운 아파치들이 보였다. 비가 내릴 때면 도시 서쪽으로 흘러드는 강 주변에 돋은 버드나무 사이에서 아파치의 짐승들이 풀을 뜯고 있었다. 성벽 아래 바위나 돌덩이로 보였던 것은 기둥과 가죽과 캔버스 천으로 얼기설기 엮은 칙칙한 오두막이었다.

그들은 나아갔다. 개 몇 마리가 짖어 댔다. 글랜턴의 개가 초조하게 날뛰었고, 병영에서 대표단이 달려 나왔다.

치리카후아족이었다. 모두 스물 혹은 스물다섯 명쯤으로 보였다. 태양이 떠올라도 얼음장 같은 추위는 여전하건만, 인디언은 벌거벗은 거나 다름없는 몰골로 말에 앉아 있었다. 허리에 두른 천 쪼가리와 부츠와 깃털 장식이 달린 가죽 모자가 다였고, 석기 시대 야만인답게 번들대며 악취를 내뿜는 색색의 흙이 온몸을 뒤덮고 있었다. 역시나 색칠을 한 말들도 흙먼지 아래 어렴풋이 모습을 드러내며 허연 입김과 함께 쿵쿵 달려왔다. 인디언들은 활과 창으로 무장했고, 몇몇은 머스킷총을 지니고 있었다. 검은 머리를 길게 흩날리며 핏발이 선 시커먼 눈으로 미국인을 응시하며 적의 무기를 살폈다. 아무도 입을 열지 않았다. 그들은 어린애 게임인데 엄청난 벌금이 걸려 있어 대지의 특정 지점을 특정 순서로 밟아야 한다는 듯 진지하게 나란히 달려왔다.

이 자칼 전사들의 대장은 너덜거리는 멕시코 군복을 걸친 자그마한 검은 사내였다. 그는 칼을 갖고 있을 뿐만 아니라 정찰병의 무기였던 휘트니빌 콜트 권총을 찢어졌지만 번드르르한 벨트에 차고 있었다. 그는 글랜턴 앞에 말을 멈추어 다른 군인들 모양새를 살피더니 유창한 스페인어로 어디 가느냐고 물었다. 그가 말을 마치기 무섭게 글랜턴의 말이 주둥이를 쏙 내밀어 그자의 말의 귀를 덥석 물었다. 말이 비명을 지르며 앞발을 쳐들자 아파치는 떨어지지 않으려고 버둥대며 검을 뽑았지만, 글랜턴의 쌍대소총이 시커먼 아가리 두 개를 쩍 벌리고 있었다. 글랜턴이 자기 말의 주둥이를 두 번 세게 치자 말은 한쪽 눈을 슴벅거리며 고개를 쳐들었다. 입가에서 핏방울이 뚝뚝 떨어졌다. 아파치는 자기 조랑말의 머리를 획 비틀어 살폈다. 글랜턴이 부하 쪽을 돌아보니 그들은 야만인들과 얼기설기 섞여 완전히 얼어 있었다. 온몸과 온 무기를 칭칭 묶어 빚어낸 연약하면서도 팽팽한 구조물은 마치 다른 조각에 의지해 각 조각의 위치가 정해지는 조각 맞추기인지라 감히 섣불리 움직일 수 없는 듯했다.

대장이 먼저 입을 열었다. 피 흘리는 조랑말의 귀를 가리키며 화가 나 아파치어로 말했다. 그의 검은 눈이 글랜턴의 눈을 외면했다. 판사가 말을 앞으로 몰고 나왔다.

바야 트란킬로.(화내지 마십시오.) 판사가 말했다. 운 악시덴테, 나다 마스.(어쩌다 일어난 사고일 뿐입니다.)

미레.(봐요.) 아파치가 말했다. 미레 라 오레하 데 미 카발요.(내 말의 귀 좀 봐요.)

대장은 보란 듯이 말 머리를 꽉 붙들었지만, 말이 고개를 빼내어 도리질 치는 바람에 피가 사방으로 마구 튀었다. 말의 피여서인지 아니면 그저 피이기 때문인지 전율이 위태위태하던 구조물로 화르르 퍼져 나갔다. 말들은 뻣뻣하게 선 채 몸을 떨었다. 붉은 태양이 솟구치고 저 아래 사막이 북처럼 두둥거렸다. 승인받지 못한 휴전의 팽팽한 긴장이 인내심이 극한을 찢어발기려는 순간 판사가 안장에서 살짝 일어나 팔을 들더니 그들 너머로 반갑게 인사했다.

말을 탄 전사 여덟아홉 명이 성벽에서 나와 다가오고 있었다. 그들의 대장은 거대한 머리에 거대한 덩치의 사내로, 무릎까지 올라오는 가죽신을 고려해서인지 무릎께에서 자른 멜빵

바지에 체크무늬 셔츠와 빨간 스카프를 받쳐 입고 있었다. 무기는 소지하지 않았지만, 양편에 자리한 전사들은 총신이 짧은 소총으로 무장하고 있었다. 그들 역시 살해당한 정찰병의 권총과 옷을 지니고 있었다. 그들이 다가오자 앞서 온 야만인들이 뒤로 물러나 자리를 내주었다. 말의 귀가 물린 인디언이 그 상처를 손가락으로 가리켰지만 대장은 점잖게 고개를 끄덕일 뿐이었다. 그가 판사를 향해 말 머리를 돌리자 말이 목을 옹송그렸지만 대장은 태연히 앉아 있었다. 부에노스 디아스.(안녕하시오.) 그가 말했다. 데 돈데 비에네?(어디서 오는 길이오?)

판사는 빙그레 미소 지으며 시든 화환에 손을 가져갔다. 지금 모자를 쓰고 있지 않다는 사실을 깜박한 모양이었다. 판사는 대장인 글랜턴을 더없이 정중하게 소개했다. 서로 인사가 오갔다. 대장의 이름은 망가스였는데, 상냥한 성품에 스페인어를 유창하게 구사했다. 부상당한 말의 주인이 다시 불평하자 망가스는 말에서 내려 다친 말의 머리를 꽉 잡고 유심히 살폈다. 그는 큰 키에 비해 다리가 오(O) 자로 굽어 있는데도 묘하게 조화로워 보였다. 그가 미국인들을 쳐다보더니 부하들을 바라보고 손을 저었다.

안달레.(그만 가 보게.) 그가 말했다. 그리고 글랜턴에게로 고개를 돌렸다. 엘요스 손 아미가블레스. 운 포코 보라초, 나다 마스.(좋은 친구들이라오. 그냥 술이 좀 취했을 뿐이지.)

아파치들은 가시덤불에서 몸을 빼내는 사람처럼 미국인들 사이에서 빠져나왔다. 미국인들은 소총을 바로 세운 채 가만히 있었고, 망가스는 부상당한 말을 앞으로 끌고 와 고개를 들어 보였다. 말은 그의 손아귀에 단단히 잡혀 허연 눈을 미친 듯이 데굴거렸다. 위스키로 손해를 배상해야 한다는 결론이 길게 이야기할 것도 없이 이내 나왔다.

글랜턴은 침을 뱉고는 그를 바라보았다. 노 아이 위스키.(위스키라고는 한 방울도 없소.)

침묵이 내려앉았다. 아파치들이 서로 시선을 주고받았다. 그리고 미국인들의 안장주머니와 수통과 호리병을 살폈다. 코모?(뭐요?) 망가스가 말했다.

노 아이 위스키.(위스키는 없소.)

망가스는 말의 조잡한 가죽 굴레끈을 손에서 놓았다. 부하들이 그를 응시했다. 망가스는 성벽에 둘러싸인 도시를 쳐다보더니 판사에게 고개를 돌렸다. 노 위스키?(위스키가 없단 말이오?)

노 위스키.(없소.)

다른 아파치들은 표정이 흐려진 데 반해 망가스는 여전히 침착했다. 그는 미국인들의 차림새와 마구를 살폈다. 사실 그들은 위스키가 있었다 해도 진작 마셔 치웠을 몰골이었다. 판사와 글랜턴은 가만히 말 위에 앉아서는 다른 협상안을 내놓을 낌새도 보이지 않았다.

아이 위스키 엔 투손.(투손에는 위스키가 있소). 망가스가 말했다.

신 두다.(그렇겠지요.) 판사가 말했다. 이 솔다도스 탐비엔.(그리고 군인들도 있지요.)

판사가 한 손에는 소총을, 다른 손에는 고삐를 쥔 채 말을 앞으로 몰았다. 글랜턴이 뒤를 따랐다. 그의 뒤쪽에 있던 말이 움직이려 했다. 그 순간 글랜턴이 멈추었다.

티에네 오로?(금이 있소?) 그가 말했다.

시.(있소.)

쿠안토.(얼마나.)

바스탄테.(많이.)

글랜턴은 판사를 보더니 다시 망가스를 바라보았다. 부에노.(좋소.) 그가 말했다. 트레스 디아스. 아키. 운 바릴 데 위스키.(사흘만 기다리시오. 위스키 한 통을 구해 주겠소.)

운 바릴?(한 통?)

운 바릴.(한 통.)

글랜턴은 말에 박차를 가했고, 아파치들은 길을 비켰다. 글랜턴과 판사와 부하들은 겨울 평야의 일출 속에서 불타오르는 궁색한 흙 도시의 성문으로 일렬로 나아갔다.

그 작은 요새의 책임자는 쿠츠 중위였다. 그는 그레이엄 소령의 명령으로 연안 지방에 갔다가 나흘 전에야 돌아와, 도시가 아파치의 비공식적 포위에 둘러싸여 있다는 사실을 알게 되었다. 인디언들은 자기네가 빚은 옥수수술에 취해 이틀 밤 동안 총을 쏘아 대며 위스키를 달라고 쉴 새 없이 아우성쳤다. 요새 옹벽에는 머스킷 총알이 장전된 5킬로그램짜리 컬버린 포가 한 대 설치되어 있었다. 쿠츠는 인디언이 술을 더 이상 얻지 못하면 결국에는 물러나리라고 예상했다. 그는 격식을 갖춰 글랜턴을 대위님이라고 불렀다. 누더기 차림의 용병들은 아무도 말에서 내리지 않았다. 그저 폐허나 다름없는 황량한 도시를 멀뚱한 표정으로 바라보았다. 눈가리개를 쓰고 기둥에 묶인 당나귀가 끊임없이 돌며 토련기를 돌리자 나무방아가 쿵쿵 받침대를 두드렸다. 닭과 작은 새들이 토련기 주위를 쪼고 있었다. 방아는 1미터는 족히 하늘로 치솟았지만, 새들은 어쩐된 영문인지 매번 방아가 아슬아슬하게 머리에 닿을 듯할 때에야 잽싸게 달아나거나 몸을 웅크렸다. 먼지 자욱한 광장에서는 열 명 남짓한 사내들이 잠을 자고 있었다. 백인, 인디언, 멕시코인. 몇몇은 담요를 덮고 있고, 몇몇은 담요마저도 없었다. 광장 끄트머리에 공개 태형장이 자리했는데, 태형대 아래쪽은 개들이 눈 오줌으로 거뭇하게 물들어 있었다. 중위가 그들의 시선을 쫓았다. 글랜턴이 모자를 뒤로 젖히고서 내려다보았다.

이런 돼지우리에서 술을 구하려면 어디로 가야 하나? 그가 말했다.

그들 무리에서 처음으로 나온 말이었다. 쿠츠 중위는 그들을 바라보았다. 하나같이 햇볕에 까맣게 탄 초췌한 몰골이었다. 피부의 주름과 모공에는 총신을 휩쓸고 나온 화약이 깊이 박혀 있었다. 게다가 말의 모습도 가관이었다. 사람의 머리카락과 이빨과 가죽으로 잔뜩 장식되어 있었다. 총과 버클과 마구의 몇 안 되는 금속 쪼가리를 빼고 돈 될 만한 것이라고는 전혀 없어 보였다.

여러 군데 있습니다. 중위가 대답했다. 하지만 지금 열려 있는 곳은 없을 겁니다.

문이야 열게 하면 되지.

글랜턴이 말에 박차를 가했다. 그는 다시 입을 열지 않았고, 부하들도 여전히 침묵했다. 그들이 광장을 가로지르는데 부랑자 몇이 담요 속에서 비쭉 고개를 들어 행렬을 바라보았다.

그들이 들어간 술집은 네모난 흙집으로, 술집 주인은 속옷 차림으로 술을 날랐다. 그들은 어둠에 묻힌 나무 탁자에 앉아 말없이 술을 들이켰다.

어디서 오는 길입니까? 술집 주인이 물었다.

글랜턴과 판사는 광장의 흙바닥에서 쉬고 있는 부랑자 중에 쓸 만한 이가 있는지 보러 나갔다. 몇몇이 쪼그리고 앉아 실눈을 뜬 채 볕을 쬐고 있었다. 사냥칼을 갖고 있는 사내가 누구 칼날이 더 센지 내기하자고 조르는 중이었다. 판사가 웃으며 부랑자들 사이로 걸어갔다.

대위님, 그 자루에는 뭐가 들었수?

글랜턴이 돌아보았다. 판사와 글랜턴은 어깨에 자루를 메고 있었다. 말을 꺼낸 사내는 기둥에 기대어 팔꿈치를 무릎에 괴고 있었다.

이 자루 말이오? 글랜턴이 말했다.

예, 그 자루요.

금은보화가 잔뜩 들었지, 아무렴. 글랜턴이 말했다.

부랑자가 씩 웃어 보이더니 침을 뱉었다.

그라믄 캘리포니아로 가는가 보제. 다른 이가 말했다. 자루 가득 금덩이를 넣어 갖고.

판사가 부랑자들을 향해 인자하게 미소 지었다. 여기 있다가는 감기 걸리기 십상이겠소. 같이 금광으로 가지 않겠소?

한 사내가 일어나 몇 걸음을 걷더니 길바닥에 오줌을 쌌다.

어쩌면 괴물은 가겠다고 할지도 모르겠네요. 또 다른 이가 말했다. 그놈이랑 클로이스라면 제 몫은 거뜬히 해낼 겁니다.

심심하면 캘리포니아로 가겠다고 노래를 해 댔으니.

글랜턴과 판사는 그들을 찾으러 갔다. 낡은 방수천으로 엉성하게 지은 천막이 보였다. 표지판에 이렇게 적혀 있었다. 괴물 25센트. 방수천을 젖히고 안으로 들어가니 펠로버디 장대로 조잡하게 엮은 우리에 벌거벗은 저능아가 웅크리고 있었다. 우리 바닥은 오물과 짓밟힌 음식으로 너저분했고, 사방에는 파리가 기어 다녔다. 자그마한 덩치에 기형인 저능아는 얼굴에 똥이 덕지덕지 더께 앉아 있었다. 저능아는 똥을 질경질경 씹으며 흐릿한 적의로 묵묵히 그들을 쏘아보았다.

주인이 뒤편에서 나오더니 절레절레 고개를 저었다. 여기 들어오시면 안 됩니다. 아직 문 안 열었어요.

글랜턴은 주위를 둘러보았다. 남루한 데다 기름과 연기와 똥 냄새가 진동했다. 판사가 웅크리고 앉아 찬찬히 저능아를 살폈다.

당신 겁니까? 글랜턴이 말했다.

예, 예, 제 것이죠.

글랜턴은 침을 뱉었다. 사람들 말로는 캘리포니아로 가고 싶어 한다던데.

아, 맞아요. 맞습니다.

이건 어떻게 할 생각이오?

데려가야죠.

질질 끌고 갈 셈이오?

조랑말이 모는 수레를 구해 태우고 가야지요.

돈은 있소?

판사가 일어났다. 이분은 글랜턴 대위님이시오. 캘리포니아로 가는 원정대를 지휘하시죠. 적당한 사례를 지불한다면 그곳까지 군의 보호를 받으며 갈 수 있소.

거 반가운 소리네요. 돈이야 좀 있죠. 그래 얼마를 원하시오?

얼마나 있소? 글랜턴이 말했다.

뭐, 수월찮이 있지요. 그럭저럭 된답니다.

글랜턴은 사내를 유심히 살폈다. 분명히 짚고 넘어갑시다. 정말 캘리포니아에 갈 생각이오, 아니면 말로만 떠드는 거요?

무슨 일이 있어도 캘리포니아로 갈 겁니다.

100달러를 선급으로 내면 우리가 보호해 주겠소.

사내의 시선이 글랜턴에서 판사에게로 옮아가더니 다시 돌아왔다. 그쯤이야 문제없습니다.

이틀 후 떠날 거요. 글랜턴이 말했다. 여행객을 더 많이 모아 오면 그만큼 비용을 깎아 주겠소.

대위님이 잘 보살펴 주실 겁니다. 판사가 말했다. 믿으십시오.

아무렴요. 사내가 대꾸했다.

우리를 지나쳐 밖으로 나가려다 글랜턴이 다시 저능아를

돌아보았다. 여자들한테도 이런 걸 보여 줍니까?

글쎄요. 보겠다고 한 여자가 여태껏 한 명도 없었는지라.

정오에 부대는 싸구려 식당으로 이동했다. 안에 손님이 서너 명 있었지만, 그들이 들어서자 얼른 일어나 나갔다. 건물 뒤편 공터에는 흙으로 빚은 아궁이 외에 부서진 마차 짐칸에 항아리 몇 개와 주전자 하나가 놓여 있었다. 회색 숄을 두른 노파가 도끼로 소갈비를 난도질하는 모습을 개 두 마리가 가만히 지켜보았다. 피가 더께더께 묻은 앞치마를 두른 말라깽이 키다리 사내가 뒷문으로 들어와 미국인들을 보았다. 그는 군인들이 앉아 있는 탁자에 양손을 짚고 섰다.

신사분들, 우리는 유색 인종이라고 해서 차별하지 않습니다. 얼마든지 기쁘게 음식을 내어 드리겠습니다. 하지만 유색 인종은 이쪽 탁자에서 드셔야 합니다. 여기 말입니다.

그는 뒤로 물러나 묘한 친절이 담긴 몸짓으로 한 손을 뻗었다. 미국인들은 서로 바라보았다.

대체 무슨 헛소리야?

이쪽으로 앉으시지요. 사내가 말했다.

토드빈이 고개를 돌려 식탁 아래쪽의 잭슨을 보았다. 여러 명이 글랜턴을 쳐다보고 있었다. 그의 양손은 탁자에 놓여 있고, 머리는 감사 기도를 드리듯 다소곳하게 숙여져 있었다. 판사는 팔짱을 낀 채 싱글싱글 웃고 있었다. 그네들 모두 얼근히 취해 있었다.

우리가 검둥이로 보이나 보지.

미국인들은 가만히 앉아 있었다. 뒷마당의 노파는 비통한

가락을 읊조렸고, 사내는 손을 뻗은 채 서 있었다. 문 안쪽에는 자루며 권총집이며 무기가 잔뜩 쌓여 있었다.

글랜턴이 고개를 들었다. 그리고 사내를 응시했다.

이름이 뭐요? 글랜턴이 말했다.

오웬스요. 여기 주인이오.

오웬스 씨, 머저리가 아니거든 두 눈 똑똑히 뜨고 보시오. 우리 중 단 한 명도 여기서 일어나 다른 곳에 앉을 사람은 없소.

그렇다면 음식을 내어 드릴 수 없습니다.

그야 그쪽 마음이지. 할망구한테 먹을 만한 게 있는지 물어봐, 토미.

식탁 끄트머리에 앉은 할런이 목을 쭉 빼고 노파를 불러 먹을거리가 뭐가 있느냐고 스페인어로 물었다.

노파가 식당 안을 들여다보며 말했다. 우에소스.(뼈가 있구려.)

우에소스.(뼈라.) 할런이 말했다.

가져오라고 해, 토미.

할멈은 내 명령 없이는 아무것도 가져오지 않을 거요. 여기 사장은 나요.

할런이 열린 문으로 소리쳤다.

저기 저 사람은 검둥이가 분명해요. 오웬스가 말했다.

잭슨이 고개를 들었다.

브라운이 주인을 쳐다봤다.

총은 있소?

총요?

그래, 총. 총은 있겠지.

아니, 없소.

브라운이 벨트에서 자그마한 5연발 콜트 권총을 꺼내 그에게로 던졌다. 오웬스는 얼결에 총을 받아 들었다.

이제는 있군. 자, 저 검둥이를 쏘시오.

잠깐만요. 오웬스가 말했다.

쏘라니깐. 브라운이 말했다.

잭슨이 일어나 벨트에서 커다란 권총을 뽑아 들었다. 오웬스는 총을 그에게 겨누었다. 총 내려. 그가 말했다.

명령 따위는 관두고 어서 저 망할 자식을 쏘라니깐.

총 내려. 이런 젠장. 어서 총 내리라고 해요.

그냥 쏘라니깐.

오웬스가 공이치기를 젖혔다.

잭슨이 발사했다. 오른손에 쥔 권총을 왼손으로 스치듯 쓰다듬었을 뿐인데도 반짝 불꽃이 일며 총알이 튀어나갔다. 거대한 권총이 휘청대는 동시에 두 움큼은 될 법한 오웬스의 뇌가 두개골 뒤로 뻗어 나가 바닥에 철썩 떨어졌다. 그는 소리 없이 거꾸러져 얼굴을 땅바닥에 묻었다. 한쪽 눈이 떠 있고, 뒤통수에 뚫린 파괴의 현장에서 피가 샘솟았다. 잭슨은 자리에 앉았다. 브라운이 일어나 자기 권총을 회수하여 공이치기를 돌려놓고는 벨트에 꽂았다. 저렇게 무시무시한 검둥이는 내 생전 처음 봐. 그가 말했다. 찰리, 접시 좀 찾아봐. 할망구는 벌써 줄행랑쳤을 거야.

그들이 식당에서 30미터도 채 떨어져 있지 않은 술집에서 술을 마시고 있는데 중위와 무장 군인 여섯이 들어왔다. 방 하나로 이루어진 술집은 천장에 뻥 뚫린 구멍으로 굵다란 빛줄기가 내리꽂혔다. 사람들은 이 빛기둥이 무진장 뜨거운 양 슬금슬금 피해 돌아다녔다. 원시인처럼 누더기와 가죽을 걸친 그들은 술집에서 죽치고 있다 비틀비틀 바로 가 물건과 술을 맞바꾸고는 휘청휘청 돌아왔다. 중위는 이 악취 나는 일광욕실을 빙 돌아 글랜턴 앞에 섰다.

대위님, 오웬스 씨의 죽음에 대해 책임 있는 자를 구속해야만 합니다.

글랜턴이 고개를 들었다. 오웬스 씨라니?

오웬스 씨는 이곳에서 식당을 운영하는 사람입니다. 총에 맞아 사망했습니다.

저런 유감이군. 글랜턴이 말했다. 여기 앉으시게.

쿠츠는 앉으라는 글랜턴의 말을 묵살했다. 대위님, 부하가 그를 쏘았다는 사실을 부인할 셈은 아니시죠?

아니긴 왜 아니겠나.

대위님, 그것은 합당하지 않습니다.

판사가 어둠을 가르고 나타났다. 안녕하세요, 중위님. 저들이 목격자입니까?

쿠츠는 상병을 돌아보았다. 아닙니다. 목격자는 아닙니다. 하지만 대위님, 그 식당으로 대위님 부대가 들어갔고, 총성이 울린 후에 나오는 것을 본 사람이 있습니다. 그런데도 그곳에서 식사했다는 사실을 부인하실 겁니까?

얼토당토않은 말은 하지도 말게. 글랜턴이 말했다.

부대가 그곳에서 식사했다는 것은 얼마든지 증명할 수 있습니다.

친절한 말씀이군요, 중위님. 판사가 말했다. 저는 모든 법적인 문제에 있어 글랜턴 대위님을 대변하고 있습니다. 우선 명심해 주셨으면 하는 것은, 대위님에게는 거짓말쟁이라고 불릴 까닭이 전혀 없으며, 대위님의 명예에 관한 말을 하시기 전에 신중하게 생각해 주시면 좋겠습니다. 둘째로, 저는 오늘 종일 대위님과 있었고, 대위님이나 부대원 중 그 누구도 중위님이 말씀하시는 그 식당에 발을 디딘 적이 일절 없다고 맹세하는 바입니다.

중위는 이 뻔뻔한 주장에 기가 질린 모양이었다. 그는 판사에게서 고개를 돌려 글랜턴을 쳐다보다 다시 판사를 바라보았다. 이런 젠장. 중위는 몸을 틀어 사람들을 밀치며 술집에서 나갔다.

글랜턴은 의자를 뒤로 젖혀 등을 벽에 기대었다. 도시의 부랑자 둘이 새로 부대에 합류해 있었는데, 손에 모자를 든 채 벤치 끝에 멍하니 앉아 있는 폼이 싹수가 영 그른 듯했다. 글랜턴의 검은 눈이 그들을 지나쳐 기형아의 주인에게 가 닿았다. 그는 맞은편 구석에 홀로 앉아 글랜턴을 바라보고 있었다.

술을 마시는가? 글랜턴이 말했다.

왜 그러십니까?

글랜턴이 코로 길게 숨을 내쉬었다.

예, 마십니다요. 기형아의 주인이 대꾸했다.

글랜턴의 앞쪽 탁자에는 양철 국자가 꽂힌 평범한 나무통이 놓여 있었는데, 그 안에는 바의 술통에서 담아 온 위스키가 3분의 1쯤 차 있었다. 글랜턴이 나무통을 향해 턱짓했다.

와서 마시게나.

기형아의 주인이 일어나 술잔을 집어 들고 탁자로 다가갔다. 그는 잔에 술을 따른 다음 국자를 도로 내려놓았다. 그리고 잔을 들어 슬쩍 고맙다는 시늉을 하고 들이켰다.

잘 먹었습니다요.

자네 원숭이는 어디 있나?

그는 판사를 바라보았다. 그리고 다시 글랜턴을 바라보았다.

밖에 데리고 돌아다니지는 않습니다요.

어디서 그걸 구했나?

제가 떠맡은 것이지요. 어머니가 돌아가시자 아무도 그놈을 돌볼 사람이 없었습니다. 그래서 나한테 배로 그놈을 부쳤지요. 미주리주 조플린에서 말입니다. 그냥 상자에 넣어 배에 실었더랬죠. 오는 데 오 주가 걸렸습니다. 아무도 그놈을 돌보지 않았죠. 제가 상자를 받아서 열어 보니 그놈이 떡 하니 들어 있더군요.

한잔 더 들게.

그는 국자를 집어 다시 잔을 채웠다.

생명의 기적입지요. 다친 데 하나 없이 멀쩡했으니. 제가 털옷을 입혀 주니까 그놈이 야금야금 먹어 대지 뭡니까!

이곳 사람들은 모두 구경했겠군?

그럼요. 당연합죠. 그래서 캘리포니아로 가려는 겁니다요. 거기서라면 50센트씩 받을 수 있다나요.

거기서 사형당할지도 모르는데.

아이고, 벌써 난리법석을 겪었더랬죠. 아칸소주에서요. 내가 그놈한테 약을 먹였다지 뭡니까! 사람들이 그놈을 데려가 정신 차리기를 기다렸지만, 어디 어림도 없지요. 무슨 특별한 전도사인지 뭔지가 있었는데, 와서는 그놈을 위해 기도했더랬죠. 그래도 먹히지 않으니까 결국 돌려주더군요. 저놈만 없었어도 내 인생이 요 모양 요 꼴이지는 않을 텐데.

내가 말을 제대로 들은 건가? 판사가 말했다. 저 저능아가 자네와 형제간이란 말인가?

판사가 손을 뻗어 짜부라뜨리려는 듯 사내의 머리를 움켜쥐었다. 사내는 눈알이 툭 불거져 나와서는 판사의 손목을 거머쥐었다. 판사는 강력하고도 위험한 신앙 치료라도 하듯 그의 머리를 손아귀로 완전히 감쌌다. 사내는 취조에 잘 응하고 싶다는 듯 까치발로 섰다. 판사가 손을 놓자 사내는 한 발짝 뒤로 물러나 음울한 허연 눈동자로 글랜턴을 바라보았다. 벤치 끝의 신병들은 턱을 바싹 당긴 채 앉아 있었다. 판사가 한쪽 눈을 가늘게 뜨고 사내를 바라보더니 손을 뻗어 다시 그의 이마를 감싸고는 엄지로 뒤통수를 꾹꾹 눌렀다. 판사가 손을 놓자 사내는 뒷걸음치다 벤치 위로 쓰러졌다. 신병들은 벌떡 일어나려다 도로 주저앉으며 씻씻대거나 깩깩거렸다. 저능아의 주인은 번지르르 꾸며진 술집을 두리번거리며 그 누구도 충분치 않다는 듯 얼굴을 하나씩 하나씩 훑고 지나갔다. 그는 스스로 일어나 벤치 끝을 돌아갔다. 그가 술집을 반쯤 가로질렀을 때 판사가 소리쳤다.

그놈은 원래 그 모양이었나?

예, 판사님. 타고나길 그렇게 타고났습죠.

사내는 몸을 돌려 걸어갔다. 글랜턴이 잔을 비워 내려놓고 고개를 들었다. 자네는? 글랜턴이 말했다. 하지만 사내는 문을 열고는 눈이 멀 듯 부신 빛 속으로 이내 사라졌다.

중위가 저녁에 다시 찾아왔다. 판사가 곁에 차고앉아 법률에 대해 이야기했다. 중위는 입술을 오므린 채 고개를 끄덕였다. 판사는 법학의 라틴어 용어를 영어로 풀어 늘어놓았다. 그리고 민법과 군법의 여러 사례를 제시하고, 코크, 블랙스톤, 아낙시만드로스, 탈레스 등을 인용했다.

아침에 새로운 소동이 일어났다. 멕시코 여자애가 유괴된 것이다. 북쪽 성벽 아래에서 여자애의 옷이 일부 찢긴 채 피투성이로 발견되었다. 성벽에서 내던져진 것이 분명했다. 사막에 질질 끌고 간 자국이 있었다. 신발 한 짝이 나뒹굴었다. 여자애의 아버지는 피투성이 헝겊을 가슴에 끌어안고 무릎을 꿇었다. 아무도 그를 일으킬 수 없었고, 아무도 그 자리를 떠날 수 없었다. 그날 밤 거리에서 총성이 울리고 소가 살해당했다. 글랜턴 부대는 시민이고 군인이고 몰락한 인디언이고, 성문 밖 형제들은 그들을 톤토족이라 칭했다, 가리지 않고 연회에 초대했다. 위스키 술통에 구멍이 뚫리자 이내 사내들은 연기 속을 정처 없이 비트적비트적 돌아다녔다. 도시의 상인이 개를 데리고 왔는데, 하나는 다리가 여섯 개였고 다른 하나는 다리가 두 개였고 세 번째 개는 눈이 이마에 네 개 박혀 있었다. 모두 한배에서 태어났다고 했다. 상인이 개를 사라고 권하자 글랜턴은 모조리 쏴 버리겠다며 을러대 내쫓았다.

고기가 한 점 남김없이 발라지고, 소뼈가 스르르 사라지더니 사람들이 무너진 건물에서 들보를 끌고 와 모닥불에 얹었다. 이 무렵 글랜턴의 부하들은 벌거벗은 채 비틀비틀 돌아다녔는데 판사가 조잡한 현악기를 켜자 덩실덩실 춤을 추었다. 그들이 벗어던진 더러운 가죽은 모닥불에서 악취와 연기를 내뿜으며 시커멓게 타들어 갔고, 붉은 불꽃이 가죽에 깃들었던 작은 영혼처럼 솟아올랐다.

시민이 모두 집으로 돌아간 자정 무렵, 무장한 벌거벗은 사내들이 문을 두드리며 술과 여자를 요구했다. 새벽이 되자 모닥불이 잿더미로 변해 불꽃 몇 점만이 바람을 타고 차가운 흙길 위로 흩날리고, 야생 개가 요리용 모닥불 주변을 뒤져 시커멓게 탄 고기 조각을 건져 내고, 팔꿈치를 움켜쥔 채 문가에 뒤죽박죽 얽힌 벌거벗은 사내들이 드르렁드르렁 소리를 차가운 대기로 내보냈다.

정오에 그들은 그럭저럭 몸에 맞는 새 셔츠와 바지 차림으로 붉게 핏발이 선 눈을 부라리며 다시 거리를 배회했다. 그들은 엉터리 수의사에게서 말을 데려왔다. 수의사는 말에게 물을 먹이고 있었다. 그는 파체쿠라는 이름의 작고 강인한 사내로, 커다란 어금니처럼 생긴 거대한 강철 운석을 받침대로 쓰고 있었다. 판사가 내기를 걸고 운석을 들어 올렸다. 더 큰 금액에 다시 내기가 걸리고, 판사는 운석을 머리 위로 번쩍 들어 올렸다. 여럿이 앞다투어 달려와 운석을 쓰다듬고 흔들어 보았다. 판사는 신성한 강철 몸과 힘을 자랑할 기회를 놓치

지 않았다. 3미터 간격을 두고 두 줄을 그은 뒤 세 번째 내기
가 이루어졌다. 여러 주의 금화와 은화가 모여들고, 심지어 투
박 근방 광산의 어음과 월급 증서까지 끼어들었다. 판사는 우
주의 알 수 없는 곳에서 수천 년을 날아왔을 운석을 거머쥐고
머리 위로 번쩍 들더니 휘청휘청하다 앞으로 내달렸다. 판사
는 내기 선보다 30센티미터는 더 나아갔고, 수의사 발치에 펼
쳐진 안장 담요에 그득 쌓인 돈을 독차지했다. 심지어 글랜턴
마저도 이 세 번째 내기에서는 그의 편을 들지 않았던 것이다.

17

그들은 해거름에 출발했다. 정문 위쪽 초소에 있던 상병이
나와 중지하라고 외쳐 대든 말든 전혀 들은 체도 안 했다. 모
두 스물한 명에 개 한 마리였다. 자그마한 수레에는 저능아가
타고 있었는데, 수레가 배라도 되는 양 우리를 밧줄로 꽁꽁
묶어 두었다. 우리 뒤편에는 전날 밤 그들이 마신 술통이 놓
여 있었다. 술통은 글랜턴이 임시 통(桶)장이로 지정한 이가
해체하여 재조립한 상태였다. 평범한 양(羊)의 위로 만든 자루
가 위스키 3리터를 담은 채 통 안에 부착되어 있었다. 자루는
술통 마개 부분에 고정되었고, 술통 나머지는 물로 채워졌다.
그렇게 단단히 준비하여 성문을 지나 요새 밖으로 나간 그들
은 줄무늬 노을이 박동하는 평야로 들어섰다. 수레가 삐걱대
자 저능아가 우리 창살을 움켜쥐고 태양을 향해 쉰 목소리로

깩깩댔다.

　글랜턴은 쇠를 씌운 새 링골드 안장을 타고 행렬 맨 앞에서 나아갔다. 검은색 새 모자가 썩 잘 어울렸다. 이제 다섯 명이 된 신병은 서로서로 헤벌쭉 웃다 보초병을 돌아보았다. 데이비드 브라운이 행렬 뒤쪽에 있었는데, 그의 형제가 요새에 남아 있었다. 그들은 서로 다시 보지 못할 터였다. 브라운은 기분이 무지 더러운 나머지 아무 이유 없이 보초병을 향해 총을 쏘았다. 보초병이 또 외쳐 대자 그는 소총을 뽑아 들고 몸을 돌렸고, 보초병은 지혜롭게도 흙벽 아래로 몸을 낮추고는 두 번 다시 소리치지 않았다. 기다랗게 늘어진 노을 속에서 야만인들이 나타나 그들을 맞았다. 땅에 활짝 펼친 살티요 담요 위에서 위스키가 교환되었다. 야만인들이 판사가 만족할 만큼 금과 은을 내보이자 글랜턴이 담요로 걸어 들어와 금화와 은화를 걷어차고 나가더니 브라운더러 담요째 챙기라고 지시했다. 망가스와 부하들은 서로 어두운 표정을 주고받았지만, 미국인들은 태연히 말에 올라 나아갔다. 신병들을 제외하고는 아무도 뒤돌아보지 않았다. 신병들도 술통의 비밀을 알고 있었다. 신병 하나가 뒤처져 브라운 옆으로 다가와 아파치가 쫓아오지 않겠냐고 물었다.

　저네들은 밤에는 말을 안 타. 브라운이 말했다.

　신병은 어스름이 스며드는 황무지에서 술통 주위로 몰려든 사람들을 돌아보았다.

　왜요?

　브라운이 침을 뱉었다. 그야 어두우니깐.

그들은 도시를 떠나 한때 존재했던 가마에서 나온 사금파리가 흩뿌려진 유령 도시를 지나 나지막한 산자락을 가로질러 서쪽으로 향했다. 저능아의 주인이 우리 뒤를 쫓아갔고, 저능아는 창살을 움켜쥔 채 지나가는 풍경을 소리 없이 지켜보았다.

그들은 밤새 사와로 선인장 숲을 통과해 서쪽 구릉지로 향했다. 하늘이 온통 구름으로 뒤덮이고, 세로로 홈이 팬 선인장 기둥이 마치 폐허가 되어 버린 광대한 신전처럼 엄숙하고도 질서정연하게 어둠을 수놓았다. 나직이 울리는 올빼미 울음소리 말고는 더없이 고요했다. 촐라 선인장이 빽빽한 지대에서는 선인장 가시가 말에게 들러붙어 말발굽을 뚫고 뼈까지 침투하기도 했다. 바람이 언덕을 타고 불어오고, 끝도 없이 이어진 능선을 따라 야생 독사의 노래가 번져 갔다. 행군을 계속해 나가면서 분위기는 점점 황량해졌고, 급기야 물도 떨어졌다. 그날 밤 글랜턴은 꺼져 가는 모닥불을 오래도록 응시했다. 부하들은 모두 잠들었지만, 너무도 많이 달라져 있었다. 많은 이가 불구가 되었거나 죽음을 맞았거나 사라져 버렸다. 델라웨어들은 모두 살해당했다. 그는 계속 모닥불을 응시했다. 설령 어떤 징조를 본다 하더라도 별 차이를 만들지 못할 터였다. 그는 살아남아 서쪽 바다를 볼 것이고, 어떤 일이 뒤따르든 변할 것은 없었다. 그는 그저 매 시간을 충실히 살아가기에. 그의 삶이 국가와 부하와 공존하며 이어지든, 심지어 그냥 끝장이 나든 다를 바 없었다. 그는 결과를 예측하는 일을 오래전에 포기했고, 이로써 부하들의 운명은 결정되었다. 기실 그는 세상에서의 자신의 존재와 자신에게의 세상의 의미를 모두 자기 안에 담았다. 그리고 스스로 신의 섭리를 주장하며 원초적 돌에 계약을 새기고 선언하기 위해 부하들의 운명을 강탈하고는, 인간이나 태양이나 길이라는 것이 존재하기 전부터 지금까지 언제나 태양을 지배하기라도 한 양 냉혹한 태양을 내쫓아 최후의 암흑 속으로 달려들 터였다.

글랜턴 맞은편에는 더없이 증오스러운 판사가 앉아 있었다. 반라의 차림으로 수첩에 뭔가를 끼적이고 있었다. 그들이 지나온 가시 숲에서 자그마한 사막 늑대 떼가 짖어 대자 그들 앞의 메마른 평야에서 다른 무리가 대꾸했다. 바람이 모닥불을 부채질하는 모습을 그는 가만히 바라보았다. 빛의 바구니에서 작열하는 촐라 선인장의 뼈대는 인(燐)을 품은 시커먼 심해에서 불타는 해삼처럼 박동했다. 우리에 가둬 두었던 정박아는 모닥불 옆에 끌려와 있었다. 정박아는 불을 지치지도 않고 바라보았다. 글랜턴이 고개를 들자 소년이 담요를 뒤집어쓰고 앉아 판사를 쳐다보고 있었다.

이틀 후 그들은 가르시아 대령 휘하의 남루한 부대와 마주쳤다. 파블로를 따르는 아파치 무리를 찾아 소노라에서 파견된 부대로, 규모가 100여 명에 육박했다. 그중 몇몇은 모자가 없고, 몇몇은 바지가 없고, 몇몇은 벌거벗은 채 코트만 걸치고 있었으며, 진작 폐기 처분되었어야 할 화승총과 머스킷 총으로 무장하고 있었다. 더구나 활과 화살만 지닌 자도 있고, 적의 목을 매달 밧줄만 갖고 있는 자도 있었다.

글랜턴과 부하들은 경악으로 굳은 채 소노라 부대를 바라보았다. 멕시코인들은 담배를 달라며 손을 내밀었고, 글랜턴과 대령은 기본적인 인사를 주고받았다. 이윽고 글랜턴이 이 성가신 무리를 가르고 나아갔다. 이들은 남의 나라 군인이었고, 그네들이 태어난 남쪽 땅이든 앞으로 가려는 동쪽 땅이든 그에게는 하등 상관없었다. 그곳 땅도, 그곳에 잠시나마 머무를 이들도 분명 존재는 하겠지만 그저 남의 일에 불과했다. 글랜턴이 완전히 소노라 부대에서 벗어나기도 전에 이러한 분위기는 전 부하에게 퍼졌고, 미국인들은 저마다 말 머리를 돌려 뒤를 따랐다. 심지어 판사조차 작별 인사를 뱉지 않았다.

그들은 어둠 속으로 나아갔다. 달빛에 하얗게 표백된 황무지가 서늘하게 펼쳐져 있고, 달이 머리 위쪽 원 안에 들어앉아 있었다. 그 원에는 나름 차가운 잿빛과 진주 같은 바다를 품은 가짜 달 또한 자리했다. 그들은 옛 강의 흔적이 남아 있는 마른 제방의 나지막한 기슭에서 밤을 보냈다. 모닥불을 지피고서 묵묵히 둘러앉았다. 개의 눈도, 저능아의 눈도, 다른 모든 이의 눈도 붉게 타올라 고개를 틀 때마다 머릿속에서 석탄이 불타는 듯했다. 바람에 불꽃이 톱질하고, 잿불이 창백해졌다 진해지고 창백해졌다 진해져 마치 창자를 뽑아낸 생명체의 심장 박동 같았다. 그들은 그 안에 자신의 일부가 들어 있는 양, 마치 그 일부 없이는 열등해지다 못해 고향에서 추방 당하기라도 하는 양 모닥불을 바라보았다. 하나의 불은 모든 불이었고, 최초의 불과 마지막 불은 영원히 타오를 터였다. 판사가 서서히 일어나 모호한 임무를 행하러 사라졌다. 얼마 후 누군가가 전직 신부에게 물었다. 과거에는 하늘에 두 개의 달이 있었다는 게 사실이냐고. 전직 신부는 머리 위 가짜 달을 쳐다보고는 아마 그럴 거라고 대꾸했다. 하지만 지혜로우시고 고귀하신 하느님께서는 지상에 광기가 널리 퍼지는 것에 당혹하여 엄지에 침을 묻혀 심연 밖으로 나오셔서 달 하나를 꾹 집어 스르르 열기를 빼낸 것이 분명했다. 만약 새가 어둠 속에서도 길을 찾을 방법만 생긴다면 남은 달마저도 기꺼이 없애 버릴 터였다.

그러자 화성 같은 우주의 다른 행성에도 인간이나 인간 비슷한 생명체가 살고 있느냐는 질문이 나왔다. 이때 모닥불로 돌아온 판사가 반라의 차림으로 선 채 땀을 송골송골 흘리며 그런 것은 없다고, 우주에는 오직 지구에만 인간이 존재한다고 선언하듯 말했다. 모두들 판사의 말에 귀 기울였다. 모닥불에서 시선을 떼어 그를 바라보든 아니든.

그는 말했다. 이곳 지구에는 온갖 기묘한 것이 있지. 태어나 평생을 살아도 지구 전부를 볼 수는 없지만, 그럼에도 우리는 수많은 기묘함을 목격하네. 약장수의 모자 마술이나 열기 어린 꿈이나 전무후무한 환상으로 넘쳐나는 황홀이나 유랑하는 카니발이나 수많은 흙바닥에 수많은 천막을 세워야 할 절대적 운명의 말할 수 없는 비참함을 겪는 순회 서커스단이나 다 마찬가지야.

우주는 광대하긴 하지만, 한곳에 존재하는 것이 다른 곳에도 존재하는 일은 결단코 없다네. 심지어 이 지구에도 우리가 아는 것보다 모르는 것이 더 많이 있네. 창조의 체계는 미궁 속의 실처럼 명징해서 일단 실만 있으면 결코 길을 잃을 수 없지. 이 우주가 존재하기 위해서는 반드시 나름의 체계가 필요해. 하지만 어떤 인간의 정신도 그 체계를 헤아릴 수는 없어. 사실 인간의 정신 역시 다른 것들과 마찬가지로 우주의 일부에 불과하지.

브라운이 모닥불에 침을 탁 하고 뱉었다. 그런 헛소리는 내 듣도 보도 못했소.

판사는 빙그레 미소 지었다. 그는 양 손바닥을 가슴에 대고 밤공기를 들이마시더니 가까이 다가가 웅크리고는 한 손을 내밀었다. 그가 손을 뒤집자 손가락 사이에 금화가 끼여 있었다.

금화는 어디에 있지, 데이비?

어디든 숨겨 봐요. 내 당장 찾아낼 테니.

판사가 손을 저으니 금화가 모닥불 너머로 날아가며 윙크를 했다. 가는 끈이나 어쩌면 말털로 묶여 있는 것이 분명했다. 금화가 모닥불을 선회해 판사에게로 되돌아온 것이다. 판사는 금화를 잡고서 빙그레 미소 지었다.

회전체의 궤도는 밧줄의 길이로 결정되지. 판사가 말했다. 달도 동전도 사람도 다 마찬가지야. 판사는 주먹에서 무엇인가를 꺼내듯 다양한 각도로 손을 오르내렸다. 금화를 잘 보게, 데이비.

판사가 금화를 던지자 모닥불 너머로 포물선을 그리던 동전이 어둠 속으로 사라졌다. 그들은 동전이 스며든 어둠을 바라보다가 판사를 바라보았다. 어느 쪽을 보았든 그들은 분명 목격자였다.

동전이야. 데이비, 동전. 판사가 속삭였다. 그리고 똑바로 앉아 손을 들어 주위를 둘러보며 빙그레 미소 지었다.

그 순간 금화가 어둠 속에서 되돌아와 나직하면서도 새된 쉿 소리를 지르며 모닥불을 건넜다. 들어 올렸을 때만 해도 비어 있던 판사의 손에 금화가 들려 있었다. 나직한 찰싹 소리와 함께 동전이 돌아온 것이다. 그럼에도 몇몇은 판사가 동전을 던진 뒤 똑같은 다른 동전을 손에 쥐고 혀로 찰싹 소리를 낸 것이라며, 교활한 늙은 마술사라고 주장했다. 이에 판사는 동전을 도로 넣으며 말하길, 그건 너무 뻔하지 않으냐고 했다. 이튿날 아침 몇몇이 주변을 샅샅이 뒤졌건만 금화는 나오지 않았다. 하지만 금화를 찾은 이가 몰래 자기 주머니에 챙겨 넣었는지도 모르는 일이었다. 해가 돋자 그들은 말에 올라 다시 행군을 시작했다.

글랜턴의 개가 처지더니 뒤쪽에서 덜컹덜컹 따라오는 저능아의 수레 곁에서 걸어갔다. 아마도 어린애가 동물에게 불러 일으키는 보호 본능 때문인 듯했다. 하지만 글랜턴은 불러도 개가 오지 않자 뒤쪽으로 가 밧줄로 매섭게 때려 개를 앞으로 보냈다.

쇠사슬, 짐말용 안장, 마구용 막대, 죽은 노새, 마차가 여기저기 나타났다. 안장틀은 생가죽 덮개가 떨어져 나가 뼈처럼 허연 속살을 드러내고, 닳아빠진 가장자리에 쥐의 이빨 자국이 슬몃슬몃 나 있었다. 그들은 철이 녹슬지도, 주석이 변색되지도 않는 지역을 나아갔다. 마른 살가죽을 둘러쓴 죽은 소의 갈빗대는 해변 없는 허공에서 전복된 원시적 배의 파편인 듯했다. 여행자가 버린 말과 노새의 말라빠진 시커먼 형체는 금욕적이고도 섬뜩했다. 이 바싹 마른 짐승들은 몸부림치듯 목을 모래 위에 쭉 뻗고서, 쉼없이 굽어보며 지나가는 태양을 향해 기다란 주둥이를 쩍 벌렸다. 멀어 버린 눈이 박혀 있는 머리는 돋을새김한 듯한 갈빗대에 늘어진 시커먼 살가죽과 비틀려 있는 듯했다. 그들은 나아갔다. 거대한 벌레의 작품처럼 사화산이 줄지어선 아래에 바싹 말라 버린 광대한 호수를 가로질렀다. 남쪽은 시선이 미치는 곳까지 굳은 용암 위로 화산암 재가 군데군데 펼쳐져 있었다. 말발굽에 설화석고 모래가 자기장에 들러붙는 쇳가루처럼 묘하게 대칭을 이루며 휘날려 너울대더니 되가라앉아, 대지에 조화를 이루는 듯하다 불현듯 호수 바닥 너머로 훨훨 날아갔다. 마치 의식의 찌꺼기라도 지니고 있다는 듯. 마치 미국인들의 출현이 너무도 끔찍한 나머지 현실의 더없이 미세한 날알로 화해 버리겠다는 듯.

마른 호수의 서쪽 가장자리에 마리코파족이 아파치 하나를 못 박은 조잡한 나무 십자가 옆을 그들은 지나쳐 나아갔다. 미라가 된 시체는 입을 동굴처럼 동그랗게 벌린 채 십자가에 매달려 있었다. 가죽과 뼈로 된 미라는 호수에서 불어오는 까칠한 바람에 너덜너덜 해어지고, 늘어진 젖가슴 가죽 사이로 앙상한 갈빗대가 불거져 나왔다. 그들은 나아갔다. 말은 낯선 땅에 통명하게 발을 디뎠고, 둥근 지구는 말발굽 아래에서 조용히 구르며 거대한 우주를 빙빙 돌았다. 그 일대의 중성적 금욕 속에서 모든 현상은 기묘한 균질성을 상속받았고, 거미든 돌이든 풀이든 그 어느 것도 우선권을 주장할 수 없었다. 이러한 명징함으로 인해 그네들의 친숙함은 사라졌고, 명암에 아무 차이도 없어서 눈은 그 모두를 하나의 풍경으로 혹은 부분으로 인식했다. 이러한 시각적 민주주의로 인해 선호라는 것은 일시적일 뿐이며, 사람과 바위가 뜻밖의 혈연으로 이어 졌다.

그들은 새하얀 태양 아래 바싹 말라 들었고, 열기가 꺼져 버린 텅 빈 눈은 햇살에 놀란 몽유병자의 눈과 같았다. 모자 아래 웅크린 그들은 허기진 태양을 피해 달아나는 대규모 난민이나 다름없었다. 판사도 말없이 생각에 잠겼다. 인간적 요소라는 것은 모두 제거해 버렸다고 단언한 그였지만, 정작 그 말을 듣는 몸은 그 어떤 요소든 기꺼이 수용할 태세였다. 그들은 나아갔고, 바람은 미세한 잿빛 먼지를 몰고 와 그들에게 잿빛 수염과 잿빛 몸과 잿빛 말을 안겨 주었다. 북쪽 산맥이 태양의 궤도에 따라 겹겹이 주름져 물결치는 그곳의 낮은 시원하고 밤은 선뜩했다. 그들은 어둠이 내리면 각자의 어둠에 묻혀 불가에 앉았고, 저능아는 모닥불 가장자리에 놓인 우리에서 가만히 지켜보았다. 판사가 도끼 등으로 영양을 때려잡자 뜨거운 골수가 김을 뿜으며 돌 위로 뚝뚝 떨어졌다. 그들은 그를 바라보았다. 화젯거리는 전쟁이었다.

검으로 흥한 자는 검으로 망한다고 훌륭한 책에 쓰여 있어. 흑인이 말했다.

판사가 빙그레 웃자 기름기가 좌르르 흐르는 얼굴이 번들거렸다. 제대로 된 남자라면 달리 살 수 있겠나?

훌륭한 책에서는 전쟁을 악으로 여기죠. 어빙이 말했다. 하지만 그래 놓고는 피투성이 전쟁 이야기를 많이도 나불댔죠.

인간이 전쟁을 어떻게 생각하든 아무 상관이 없네. 판사가 말했다. 전쟁은 그치지 않고 계속 이어져. 돌에 대해 어떻게 생각하는지 물어보는 거나 마찬가지지. 전쟁은 늘 존재했네. 인류가 태어나기도 전부터 전쟁은 인간을 기다렸어. 자신의 궁극적 실행자를 기다리는 것이야말로 전쟁의 궁극적 과업이었지. 전쟁은 과거에도 그랬고 앞으로도 그럴 거야. 다른 수는 없어.

입속말로 반대 의견을 중얼대던 브라운에게 판사가 고개를 돌렸다. 아, 데이비, 여기 우리가 기려야 할 자네의 과업이 있군. 인사라도 건네지 그러나. 서로 소개시켜 주지.

내 과업이라고요?

그래.

내 과업이 뭔데요?

전쟁. 전쟁이야말로 자네의 과업이야. 아닌가?

판사님 과업은 아니고요?

나도 마찬가지지. 아무렴.

그 수첩이며 뼈며 온갖 나부랭이는 뭐고요?

그 모든 과업이 다 전쟁에 포함되지.

그래서 전쟁이 계속되는 건가요?

아니. 전쟁이 계속되는 건 젊은이들이 전쟁을 사랑하고, 노인들이 젊은이의 전쟁을 사랑하기 때문이라네. 싸우는 자도 싸우지 않는 자도 전쟁을 사랑하지.

그야 판사님 생각이지요.

판사는 미소를 지었다. 남자는 게임을 위해 태어나지. 다른 것은 아무 필요 없어. 아이들은 놀이가 공부보다 더 중요하다는 걸 잘 안다네. 게임의 가치는 게임 그 자체에 있는 것이 아니라 대가로 주어야 할 것의 가치에 의해 좌우된다는 것 또한 잘 알지. 운으로 좌우되는 게임이 의미를 갖기 위해서는 반드시 판돈이 필요해. 반면 기술과 힘을 지닌 적과 맞서 싸우는 스포츠 게임은 패배의 수치심과 승리의 영광만으로도 충분한 판돈이 되지. 게임 자체에 바로 그러한 가치가 내재되어 있으며, 바로 그러한 가치로서 정의되네. 하지만 운으로 좌우되든 가치를 내재하고 있든 모든 게임은 전쟁의 조건을 품고 있지. 판돈으로 걸려 있는 것이 게임과 참가자와 모든 것을 집어삼키네.

서로의 목숨을 걸고 카드 게임을 하는 두 사람이 있다고 가정해 보지. 이 이야기를 다들 들어 보았겠지? 카드 한 장에 우주 전체가 걸려 있는 셈이야. 내가 저자의 손에 죽을지, 아니면 저자가 내 손에 죽을지 지금 이 순간 결판나지. 한 인간의 가치를 이보다 더 확실히 유효화할 수 있는 것이 달리 뭐가 있겠나? 궁극적 상태로의 게임의 확장은 운명이라는 개념에 관해 이론의 여지를 깡그리 없애지. 다른 인간에 대한 한 인간의 선택은 절대적이고 취소 불가능한 선호이며, 신의 섭리나 의미를 헤아리지도 않고 그런 심오한 결정을 평가하려 드는 자는 참으로 어리석기 짝이 없는 거라네. 패자의 절멸이라는 판돈이 걸린 게임에서 의사 결정은 매우 명확하지. 손에 특정 패를 쥐고 있는 자는, 따라서 존재가 완전히 소멸하게 된다네. 이것이야말로 전쟁의 속성이야. 일단 게임에 판돈이 걸리면 권위와 정당화는 저절로 생겨나네. 보라고, 전쟁은 가장 진실한 형태의 예언이야. 더 큰 의지 안에서 한쪽의 의지와 다른 쪽의 의지를 실험하지. 사실상 그 둘을 함께 묶어 서로 선택할 수밖에 없게 만든 것은 바로 더 큰 의지라네. 전쟁은 궁극적으로 존재의 단일화를 강요한다는 점에서 궁극적인 게임이지. 전쟁은 바로 신이야.

브라운이 판사를 유심히 쳐다보았다. 완전히 정신이 나갔구려. 결국 미쳐 버렸어.

판사는 빙그레 미소 지었다.

주님은 결코 그런 짓을 하지 않아요. 어빙이 말했다. 전투에서 좀 이겼다고 해서 도덕적으로 정당화되는 것은 결코 아니죠.

도덕의 법은 약자를 위해 강자의 특권을 빼앗으려고 인간이 만들어 낸 거라네. 역사의 법은 시시때때로 그 법을 뒤엎지. 도덕적 가치관은 그 어떤 궁극적 시험으로도 옳고 그름이 증명될 수 없어. 따라서 결투 중 사망한 자는 자신의 가치관에 미루어 아무 잘못도 하지 않았네. 결투에 참가했다는 행위 자체가 새롭고도 광범위한 가치관의 증거가 되는 거라네. 더는 실없이 논쟁하지 않고 역사적 절대 사실에 직접 호소하겠다는 의지는, 의견이라는 것이 얼마나 사소하고 차이라는 것이 얼마나 거대한지 잘 보여 주지. 인간의 허영심이 무한으로 치솟는 거야 당연하지만, 인간의 지식은 여전히 불완전하지. 인간이 자신의 판단을 아무리 높이 평가할지라도 결국은 더 높은 법정에서 평가받을 수밖에 없게 되네. 그곳에서는 반박 진술도 할 수 없지. 평등과 정직과 도덕은 힘을 잃어 무효가 되어 버리고, 원고와 피고의 가치관은 경멸받지. 죽느냐 사느냐 하는 생사의 결정은 정의에 관한 모든 질문을 무력화하네. 하느님의 거대한 선택에는 도덕적이고 영적이고 자연적인 모든 사소한 것들이 다 포함되네.

판사가 논쟁자를 찾아 동료들을 빙 둘러보았다. 한데 신부님 생각은 어떠신가?

토빈이 고개를 들었다. 전직 신부는 아무 말도 하지 않았다.

신부는 아무런 말도 하지 않지. 판사가 말했다. 니힐 디치트.[40] 하지만 신부는 말했네. 신부는 교활이라는 예복을 입고, 모든 이가 경배하는 신의 부르심이라는 도구를 쓰지. 하지만 신부 역시 하느님을 모시는 사람이 아니라 자기 스스로를 하느님으로 여긴다네.

토빈은 절레절레 고개를 저었다. 그런 불경스러운 말을 하다니. 사실 나는 신부도 아니었소. 그저 신부 수련을 받았을 뿐이지.

견습 신부 혹은 수습 신부셨군. 판사가 말했다. 신의 사람들과 전쟁의 사람들은 서로 묘하게 닮아 있지.

그쪽 의견에 가타부타 토달 생각은 없으니 묻지도 마시오. 토빈이 말했다.

아, 신부님. 판사가 말했다. 그대가 주지 않은 것을 내 어찌 청하리오?

---

40) Nihil dicit. '아무 말도 하지 않는다.'라는 뜻의 라틴어.

이튿날 그들은 말라붙은 피웅덩이처럼 검붉은 빛깔로 쩍쩍 갈라진 용암 지대를 말을 끌고서 건넜다. 탁한 호박 빛 유리가 박힌 황무지를 이리저리 헤쳐 가는 모습은 저주받은 땅에서 빠져나오려고 분투하는 유령 부대의 잔존자 같았다. 균열이나 벼랑이 나오면 수레를 어깨에 짊어지고 건넜는데, 저능아는 창살을 움켜쥐고는 타락한 인종으로부터 유괴되는 제멋대로인 신처럼 태양을 향해 거친 목소리로 고함을 질러 댔다. 그들은 미세하디미세한 화산재와 화산이 뿜어낸 자갈이 지옥의 불바다처럼 더께 앉은 땅을 지나 황량한 화강암 언덕을 올라 황폐한 벼랑에 이르렀다. 그곳에서 판사는 기준이 되는 지형을 이용해 삼각 측량을 하여 진로를 수정했다. 지평선 끝까지 자갈밭이 뻗어 있었다. 검은 화산 너머 남쪽에 모래인지 석회인지 모를 하얀 능선이 덩그러니 이어져, 마치 시커먼 섬들 사이에 나타난 허여멀건 바다짐승의 등줄기처럼 보였다. 그들은 나아갔다. 하루가 지날 무렵 그토록 찾던 돌 수조에 이르러 물을 마신 후에 아래쪽 수조에도 물을 내보내 말들도 물을 먹였다.

사막의 물가라면 어디나 그렇듯 그곳에도 뼈다귀가 널려 있었다. 하지만 그날 저녁 판사는 그 누구도 본 적 없는 것을 모닥불가로 가져왔다. 오래전 멸종되어 비바람에 방치된 야수의 유해를 벼랑에서 발견한 판사는 늘 가지고 다니던 줄자로 길이를 측정하고, 수첩에 모양새를 기록한 뒤 거대한 대퇴골을 챙겨 왔다. 부대원은 신병을 제외하고는 모두 판사의 고생물학적 의견을 익히 들어 알고 있었다. 신병들은 둘러앉아 생각해 낼 수 있는 온갖 질문을 짜내 열심히 물었다. 판사는 마치 견습 학자를 대하듯 그 질문에 상세히 대답했다. 그들은 멍하니 고개를 끄덕이거나 석화된 얼룩덜룩한 뼈를 손으로 쓰다듬었는데, 아마도 판사의 말에서 풍겨 나오는 일시적 광대함을 손가락으로 느끼고 있는 듯했다. 저능아는 우리에서 끌어 내려져 모닥불가에 밧줄로 묶여 있었다. 저능아가 먹어 치울까 봐 특별히 말총 밧줄을 썼다. 저능아는 목이 묶인 채 비스듬히 서서, 불꽃을 열망하듯 두 손을 내밀고 이리저리 몸을 흔들며 질질 침을 흘렸다. 멍한 두 눈은 모닥불빛 덕에 거짓 빛을 담고 있었다. 판사는 그 일대에서 자주 발견되는 뼈와의 공통점을 보여 주려고 대퇴골을 세워 들고 있다가 모랫바닥에 툭 떨구고는 수첩을 덮었다.

이 뼈에는 신비로울 것이 전혀 없네. 판사가 말했다.

신병들은 멍하니 눈을 깜박였다.

자네들의 심장은 신비로운 이야기를 갈망하지. 하지만 정작 신비로운 것은 세상에 신비로운 것이 전혀 없다는 점이야.

판사는 일어나 모닥불을 지나쳐 어둠 속으로 스며들었다. 전직 신부가 불 꺼진 파이프를 입에 문 채 판사를 지켜보며 말했다. 그럼, 신비로운 것은 전혀 없지. 저 굉장한 마술사 판사만 빼고 말이야.

사흘 후 그들은 콜로라도강에 이르렀다. 그들은 강가에 가만히 서서, 여울로 쏟아져 들어가 쉴 새 없이 요동치며 사막을 빠져나가는 흙탕물을 바라보았다. 학 두 마리가 물가에서 날아올라 저 멀리 날개를 저어 갔다. 말과 노새들은 소용돌이치는 여울을 향해 쭈뼛쭈뼛 기슭을 내려가 물을 마시고는 물방울이 뚝뚝 듣는 주둥이를 들어 급류와 건너편 기슭을 바라보았다.

상류에서 그들은 포장마차 행렬에 동참했다가 콜레라로 인해 버려진 이주자 무리와 마주쳤다. 생존자들은 버드나무를 지나 행군하는 누더기 기병을 멍하니 응시하는가 하면 정오의 요리용 모닥불 사이를 돌아다녔다. 가재도구가 모랫바닥에 여기저기 흩어져 있고, 죽은 자의 초라한 재산이 따로 꾸려져 쌓여 있었다. 유마 인디언도 상당수 끼어 있었다. 남자들은 긴 머리카락을 잘라 걸치고 있거나 온몸에 진흙을 덕지덕지 바르고는, 손에 묵직한 방망이를 들고 어기적어기적 돌아다녔다. 남자든 여자든 얼굴에 문신을 했으며, 여자는 끈으로 엮은 버드나무 껍질로 만든 치마를 제하고는 벌거벗은 차림이었다. 대부분 사랑스러웠으며, 그보다 더 많은 수는 매독의 흔적을 지니고 있었다.

글랜턴은 발치에 개를 데리고 손에는 소총을 든 채, 이 비참한 무리 사이를 걸어갔다. 유마 인디언은 이주자에게 남겨진 몇 마리 초췌한 노새를 끌고 강을 건너고 있었다. 그는 기슭에 서서 그들을 바라보았다. 하류에서 사람들이 물에 빠져 죽은 노새를 건져 고기를 발라냈다. 코트를 걸치고 턱수염을 길게 늘어뜨린 노인이 곁에 부츠를 벗어 놓은 채 발을 강물에 담그고 있었다.

말은 모두 어디 있습니까? 글랜턴이 물었다.

다 잡아먹었소이다.

글랜턴은 강을 살폈다.

여길 어떻게 건널 생각입니까?

나룻배를 타야죠.

그는 노인이 손짓하는 곳을 향해 건너편 기슭을 바라보았다. 건너는 데 얼마나 받습니까?

두당 1달러올시다.

글랜턴은 고개를 돌려 물가의 여행자들을 둘러보았다. 개는 강물을 먹고 있다가 글랜턴이 뭐라고 말하는 소리에 올라와 그의 곁에 앉았다.

나룻배가 맞은편 기슭에서 출발해 상류의 나루터로 다가왔다. 나루터라고 해 봐야 떠내려 온 통나무를 박아 만든 말뚝이 전부였다. 배는 낡은 유개 화차 두 대를 얼기설기 엮어 틈을 역청으로 메운 것이었다. 짐을 든 사람들이 빽빽이 모여 배를 기다렸다. 글랜턴은 몸을 돌려 기슭을 따라 올라가 자기 말의 고삐를 쥐었다.

나룻배 주인은 뉴욕주에서 온 의사로 링컨이라는 남자였다. 그는 탑승을 감독하고 있었다. 짐을 챙겨 배에 오른 승객들은 난간을 따라 주르르 웅크린 채 드넓은 강물을 자신 없는 눈길로 바라보았다. 잡종 매스티프[41] 한 마리가 기슭에 앉아 그 광경을 지켜보았다. 글랜턴이 다가오자 개가 털을 곤두세우며 일어났다. 의사가 돌아보더니 손차양을 하고 바라보았

---

41) 몸집이 크고 털이 짧은 영국 맹견.

다. 글랜턴은 자기 이름을 밝혔고, 두 사람은 악수를 나누었다. 만나서 반갑습니다, 글랜턴 대위님. 얼마든지 분부만 하십시오.

글랜턴은 고개를 끄덕였다. 의사는 밑에서 일하는 두 사람에게 지시 사항을 내리고는, 글랜턴과 함께 하류로 걸어갔다. 글랜턴은 말을 끌고, 의사의 개는 열 발짝 뒤에서 쫓아왔다.

글랜턴의 부하들은 강가의 버드나무가 부분적으로 그림자를 드리운 모래 단구에 야영할 채비를 갖추고 있었다. 그와 의사가 다가오자 저능아가 벌떡 일어나 창살을 붙잡고는 의사더러 돌아가라고 경고하듯 허어엉 울어 댔다. 의사는 그 광경에 당황하여 글랜턴을 힐긋 보았지만 이미 글랜턴의 장교들이 다가왔고, 이내 판사와 깊은 토론에 들어갔다.

저녁에 글랜턴과 판사와 선발대 다섯 명이 하류의 유마 인디언 부락으로 말을 타고 갔다. 홍수 때 밀려온 진흙을 하얗게 덮어쓴 버드나무와 플라타너스 숲을 지나고, 마른 옥수수 껍질이 바람에 바스락대는 손바닥만 한 겨울 들녘과 오래된 수로를 거쳐 알고도네스 여울에서 강을 건넜다. 개들이 그들의 도착을 알릴 무렵에는 이미 해가 이울어 서녘 땅이 붉게 물들며 김을 뿜었다. 그들의 몸은 강을 면한 쪽은 어둠에 묻히고 다른 반쪽은 포도주 빛 햇살에 젖어, 마치 그림처럼 일렬로 나아갔다. 요리용 모닥불이 나무 사이에서 그을음을 피워 올리고, 야만인 대표들이 말을 타고 나와 그들을 맞았다.

그들은 말을 멈추었다. 어릿광대 같은 복장에 우아한 척 폼을 재며 다가오는 자들을 보고서 웃음을 참느라 힘겨웠다. 그네들 추장은·카바요 엔 펠로라는 사내였다. 이 늙은 거물은 추운 지역에나 어울릴 법한 모직 코트에 벨트를 두르고는, 안에 자수가 수놓인 여성용 비단 블라우스와 누비바지를 받쳐 입고 있었다. 작지만 다부진 체격으로, 마리코파족에게 눈 하나를 잃었다. 그는 기묘한 남성적 눈짓으로 미국인들을 맞았다. 아마도 미소를 짓는 듯했다. 그의 오른쪽에는 이인자로 보이는 파스칼이라는 사내가 자리했는데, 소매가 팔꿈치까지 내려오는 연미복을 걸치고, 자그마한 장식이 달린 뼈가 코를 꿰뚫었다. 세 번째 사내는 파블로로, 더럽혀진 끈 장식과 변색된 은철사 어깨 장식이 달린 주홍색 코트를 흙범벅인 채로 입고 있었다. 맨발인 데다 다리에 아무것도 걸치지 않고, 얼굴에는 초록색 물안경 두 개를 쓰고 있었다. 이런 차림새로 그들은 미국인 앞에 멈추어 서서는 진지하게 고개를 끄덕였다.

브라운은 역겨워 땅에 침을 뱉었고, 글랜턴은 설레설레 고개를 저었다.

미치광이 누렁이가 따로 없군.

오직 판사만이 그들을 진지하게 여기는 듯했다. 아마도 다른 이들이 좀처럼 보지 못하는 것을 그는 보는지 진실한 태도로 인사했다.

부에나스 타르데스?(안녕하시오?)

늙은 거물은 모호하게 어두워진 얼굴로 턱을 살짝 쳐들었다. 부에나스 타르데스. 데 돈데 비에네?(안녕하시오. 어디서 오셨소?)

18

숙영지로의 귀환 — 우리 속의 저능아 — 사라 보르기니스 — 대립 —
강에서의 목욕 — 우리가 불태워지다 — 이주자 야영지의 제임스 로버트 —
또 다른 세례 — 판사와 저능아

그들은 유마 인디언 부락에서 나와 첫새벽의 어둠을 뚫고
나아갔다. 게자리, 처녀자리, 사자자리가 황도를 따라 남쪽 하
늘을 달음질하고, 카시오페이아가 시커먼 창공에 새겨진 마녀
의 사인처럼 북쪽 하늘에 타올랐다. 밤새 이어진 협상에서 그
들은 힘을 모아 나룻배를 탈취하겠다는 다짐을 유마 인디언
에게서 받아 냈다. 그들은 결혼식이나 장례식 같은 행사에서
늦게 귀가하는 이들처럼 조용히 속삭이며 홍수로 얼룩진 나
무 사이로 말을 몰아 상류로 올라갔다.

해 뜰 녘 나루터에 있던 여인들이 우리에 갇힌 저능아를 발
견했다. 여인들은 지저분하고 벌거벗은 몰골에 기겁하기는커
녕 태연히 하나둘 주위로 몰려들었다. 게다가 저능아한테 뭐
라고 나직이 말을 걸더니 자기네끼리 열심히 논의했다. 사라

보르기니스의 주도하에 저능아를 구하기로 결심한 것이다. 커다란 붉은 얼굴에 덩치가 큰 보르기니스가 폭동을 선언했다.

그래, 당신 이름이 뭔가요? 그녀가 말했다.

클로이스 벨입니다.

저 아이는요?

제임스 로버트입니다만, 아무도 그렇게 부르지 않아요.

당신 어머니가 저 꼴을 본다면 뭐라고 말씀하시겠어요?

그야 모르죠. 이미 돌아가셨으니.

부끄럽지도 않나요?

전혀요.

지금 장난치나요?

전혀 아닙니다. 저 애를 데려가고 싶으시다면 얼마든지 데려가십시오. 그냥 드리겠습니다. 저는 할 수 있는 건 다했습니다.

나 원 참, 살다 살다 별 인간을 다 보는군.

그녀는 동료들을 향해 고개를 돌렸다.

자, 다들 거들어요. 이 아이를 목욕시키고 옷을 입힙시다. 누가 얼른 가서 비누 좀 가져와요.

부인. 벨이 말했다.

어서 아이를 강으로 데려갑시다.

여인들이 수레를 끌고 갈 때 마침 토드빈과 소년이 지나갔다. 두 사람은 발을 멈추고 여인네들이 하는 양을 바라보았다. 저능아는 창살을 움켜쥔 채 강을 향해 꽥꽥대었고, 여인 몇몇은 찬송가를 불러 댔다.

대체 어디로 데려가는 거지? 토드빈이 말했다.

소년도 알 길이 없었다. 여인들은 푸슬푸슬한 모래땅 위로 수레를 밀더니 포기하고는 우리를 열었다. 보르기니스가 저능아 앞에 우뚝 섰다.

제임스 로버트, 밖으로 나오렴.

보르기니스가 손을 뻗어 저능아를 붙잡았다. 저능아는 그녀 너머로 강물을 바라보더니 여인을 향해 손을 내밀었다.

한숨이 여인네들 사이에서 흘러나왔다. 몇몇이 치맛자락을 들어 허리에 단단히 여미고서 강 속으로 들어가 정박아를 받아안을 준비를 했다.

보르기니스의 손에 이끌려 우리에서 내린 정박아는 그녀의 목에 매달렸다. 그러다 발이 땅에 닿자 강을 향해 고개를 틀었다. 여인은 온몸에 똥이 덕지덕지 묻었지만 전혀 개의치 않았다. 그저 강기슭에 남은 이들에게로 고개를 돌려 말했다. 저걸 깡그리 불태워요.

누군가 모닥불로 가 불붙은 장작을 하나 들고 왔다. 여인네들이 제임스 로버트를 강물로 이끄는 동안 우리가 화르르 불타올랐다.

저능아는 갈퀴 같은 손으로 여인들의 치맛자락을 꼭 움키고서 벌벌 떨며 침을 질질 흘렸다.

강물에 비친 자기 모습을 보고 있어. 여인들이 말했다.

세상에나, 이런 아이를 짐승처럼 우리에 가두다니.

불타오르는 수레가 건조한 대기 속으로 불꽃을 내뿜으며 타닥거리는 소리를 저능아가 들은 모양이었다. 아이는 느닷없이 고개를 돌려 칠흑처럼 검은 눈으로 수레를 응시했다. 이 애도 알고 있어. 여인네들이 서로 맞장구쳤다. 보르기니스는 치맛자락이 붕 떠올라 퍼지든 말든 내버려 둔 채 저능아를 더 깊이 데려갔다. 그러고는 다 큰 어른이나 다름없는 저능아를 건장한 두 팔로 휙휙 돌렸다. 그녀는 나직이 속삭이며 저능아를 꼭 잡았다. 금발 머리가 강물에 두둥실 물결쳤다.

그날 밤 옛 동료들은 이주자들이 피운 모닥불 앞에서 조악한 모직 양복을 걸친 저능아와 마주쳤다. 저능아는 가느다란 목을 커다란 셔츠 깃 속에서 조심스레 돌렸다. 기름을 발라 두 개골에 딱 붙여 넘긴 머리가 마치 대머리에 색칠을 한 듯했다. 여인들이 나눠 준 사탕을 입에 물고 침을 질질 흘리며 모닥불을 바라보는 저능아의 모습에 사람들은 떠들썩하게 감탄했다. 어둠에 묻혀 강물이 흘러가다 물고기 빛깔의 달이 동쪽 사막위로 떠오르자 황량한 달빛에 그림자가 드리워졌다. 모닥불이 꺼지고 잿빛 연기가 솟으며 어둠 한편을 차지했다. 자그마한자칼과 늑대가 맞은편 기슭에서 울음을 토하자 야영지의 개들이 격분하여 컹컹댔다. 보르기니스는 범포 아래 별도로 마련한 잠자리에 저능아를 데려가서는 새 옷을 벗기고 이불 속에 누인 다음 잘 자라며 뽀뽀해 주었다. 이윽고 야영지에 고요가 내려앉았다. 저능아가 털이 몽땅 빠진 나무늘보 같은 꼴로 벌거벗은 채 안개 서린 푸른 원형극장을 건너다 모닥불 곁에서 휘청댔다. 저능아는 발을 멈추고 코를 킁킁거리더니 다시 아기작아기작 걸어갔다. 가느다란 팔로 어둠을 헤치고 코를 킁킁거리면서 강가 버드나무 숲을 돌아다니고 땅을 여기

저기 거닐었다. 그러다 강가에 홀로 오도카니 섰다. 저능아가 나직이 꽥꽥대자 목소리는 너무도 간절한 나머지 메아리조차 되튕기지 않는 선물처럼 번져 나갔다. 저능아는 강 속으로 발을 디뎠다. 강물이 허리께에 닿기 무섭게 균형을 잃고 물속으로 가라앉았다.

판사는 역시나 벌거벗은 채로 야간 순찰을 돌다 마침 그 앞을 지나쳤다. 이러한 우연은 사람들이 생각하는 것보다 혹은 밤에 어떤 마주침에서 살아남은 이들보다 훨씬 흔하게 일어난다. 판사는 강으로 들어가 익사 직전의 저능아를 움켜쥐었다. 마치 거대한 산파처럼 저능아의 발꿈치를 잡고 획 들어올려 등을 두드려 물을 뽑아냈다. 탄생식이나 세례식이나 혹은 아직 성전에 기록되지 않은 의식 같았다. 판사는 저능아의 머리카락에서 물을 짜내고는 벌거벗은 채 훌쩍이는 아이를 품에 안고 야영지로 데려가 동료들 사이에 도로 뉘었다.

19

의사는 캘리포니아로 가던 중 우연히 나룻배를 손에 넣었
다. 몇 달 동안 상당한 금은보화가 굴러들어 왔다. 의사와 그
밑에서 일하는 두 사내는 서쪽 강변의 언덕 중턱에 흙과 바
위로 쌓다 만 엉성한 요새에서 지냈는데, 요새 망루에서 보면
나루터가 훤히 보였다. 의사는 그레이엄 소령의 명령으로 유
개 화차 두 대 외에도 곡사포도 한 대 받았다. 접시 크기만 한
구멍으로 5킬로그램짜리 포탄을 뿜어내는 청동 곡사포는 장
전되지 않은 채 나무 수레 위에 한가로이 놓여 있었다. 의사의
조잡한 본부를 방문한 글랜턴과 판사와 브라운과 어빙은 앉
아서 차를 마셨다. 글랜턴이 인디언의 습격에 대해 설명하며
보안에 힘쓰라고 강력히 권했다. 의사는 지금껏 유마 인디언
과 아무 문제 없었다며 난감해했다. 글랜턴은 인디언을 믿는

자는 머저리 천치임에 틀림없다고 의사의 면전에 대고 단언했다. 의사는 얼굴을 붉혔지만 감히 반박하지는 않았다. 판사가 중재에 나섰다. 판사는 의사에게 맞은편 기슭의 여행자를 보호할 책임이 자신에게 있다고 여기느냐고 물었다. 의사는 그렇다고 대답했다. 판사는 이성적으로 설명하며 염려를 표했다. 글랜턴은 요새의 방어를 강화하고 곡사포를 장전하라는 의사의 허가를 받아 내고는 동료들과 함께 숙영지로 돌아갔다. 그들은 마지막 남은 소총 탄환을 끌어 모아 모자 가득 담았다.

그날 저녁 부대는 450그램의 화약과 총알 전부를 쑤셔 넣은 곡사포를 강 일대가 굽어보이는 유리한 장소로 옮겨 놓았다.

이틀 후 유마 인디언이 나루터를 공격했다. 서쪽 나루터에서 나룻배가 화물을 부리는 동안 승객들이 곁에서 자기 짐을 챙기고 있었다. 인디언들이 경고도 없이 버드나무 사이에서 나타나 나룻배를 향해 말을 타거나 뛰어서 공터를 우르르 가로질렀다. 위쪽 언덕에서 브라운과 롱 웹스터가 곡사포를 돌려 조준했다. 브라운이 불붙인 시가를 점화구에 밀어 넣었다.

공터 위로 거대한 충격이 날아들었다. 수레에 얹힌 곡사포가 땅에서 번쩍 튀어 오르며, 뒤쪽에 쌓아 둔 흙더미 너머로 연기를 뿜어 댔다. 요새 아래 공터에 끔찍한 파괴가 휩쓸고 지나갔다. 유마 인디언 여남은 명이 죽어 널브러져 있거나 고통에 겨워 몸부림쳤다. 외마디 고함이 울려 퍼지자 글랜턴과 부하들이 상류 쪽 숲에서 종대로 달려 나왔고, 인디언들은 배신감에 비명을 내질렀다. 그들은 떼 지어 몰려다니는 말을 붙잡고 기병을 향해 활을 날렸으나 일제히 울리는 총성에 픽픽 쓰러졌다. 나루터에 있던 승객들은 짐에서 얼른 무기를 꺼내 들어 무릎을 꿇고 총을 쏘았고, 여자와 아이들은 트렁크와 상자 사이에 바싹 엎드렸다. 유마 인디언의 말들이 앞발을 번쩍 들고 비명을 질러 댔다. 둥근 콧구멍에서 뿜어져 나온 콧바람에 바닥의 모래가 흩날렸고, 두 눈이 허옇게 까뒤집혔다. 살아남은 이들은 부상자와 사망자를 저버린 채 버드나무 숲으로 되돌아갔다. 글랜턴과 부하들은 뒤를 쫓지 않았다. 그들은 말에서 내려 부상자와 말의 두개골에 똑같이 총알을 박아 넣어 조직적으로 해치운 뒤 머리 가죽을 벗겼다.

　의사는 말 한마디 없이 흉벽에 서서는 질질 끌려 강물에 처박히는 시신을 바라보았다. 그러다 고개를 돌려 브라운과 웹스터를 쳐다보았다. 두 사람은 곡사포를 원래 위치로 당겨 놓은 후 쉬고 있었다. 브라운은 뜨뜻해진 곡사포 위에 걸터앉아 시가를 피우며 아래쪽 광경을 감상했다. 의사가 몸을 돌려 본부로 들어갔다.

　의사는 이튿날에도 나타나지 않았다. 글랜턴이 나룻배의 운영을 맡았다. 두당 1달러씩 내고 배를 타려고 사흘을 기다렸던 사람들은 이제 요금이 4달러라는 통보를 들어야 했다. 게다가 며칠도 안 되어 요금이 또 올랐다. 이내 나룻배 요금은 여행자의 돈을 모조리 집어삼키는 지경에 이르렀다. 급기야 가식마저 내팽개쳐져 곧바로 강탈이 벌어졌다. 여행자들은 두들겨 맞고 무기고 재산이고 다 털리고는 거지꼴로 사막으로 내쫓겼다. 말은 징발당하고 여인은 겁탈당했으며, 시신은 유마 인디언 부락을 지나 하류로 떠내려갔다. 포악무도한 행위가 거세짐에 따라 의사는 자기 방에 처박혀 일절 모습을 드러내지 않았다.

다음 달에 패터슨 장군 휘하의 부대가 켄터키에서 당도했지만, 글랜턴을 거들떠보지도 않고 하류에서 나룻배를 만들어 강을 건넜다. 그 나룻배를 유마 인디언이 가져갔고, 캘러핸이라는 사내가 인디언들 밑에서 배를 몰았다. 하지만 며칠도 못 가 배는 불태워졌고, 캘러핸은 머리 없는 시신이 되어 강물에 떠내려갔다. 사제처럼 검은 옷을 입은 독수리를 가슴에 얹고서 이름과 말을 잃은 채 바다로 흘러들었다.

그해 부활절은 3월 마지막 날이었다. 그날 새벽 소년은 토드빈과 빌리 카라는 애송이와 함께 강을 건너, 이주자 야영지의 상류 쪽에 자라는 버드나무를 잘라 모았다. 그러다 하늘이 환해지기 직전 멕시코인 무리와 마주쳤다. 지푸라기와 누더기 옷을 입고 캔버스 천 얼굴에 찌푸린 표정이 그려진 유다가 교수대에 목매달려 있었다. 유다라는 사내와 그의 죄악이 어린애의 생각으로 표현된 듯 조잡했다. 멕시코인들은 교수대를 세운 곳에 모닥불을 피워 놓고 자정부터 새벽까지 술을 마시며 퍼질러 있었다. 지나가는 미국인들을 보고는 스페인어로 어서 오라고 외쳤다. 누군가가 모닥불에서 기다란 작대기를 빼내 유다에게 불을 붙였다. 유다의 누더기 옷에는 폭죽이 가득 들어 있었다. 불이 붙자 누더기와 지푸라기가 토막토막 치솟다 우르르 쏟아졌다. 바지에 있던 폭탄이 마지막으로 터지며 유다는 유황 악취와 그을음을 남긴 채 갈기갈기 찢기었다. 사내들은 신이 나 고함치고, 꼬맹이들은 올가미에 대롱대는 시커먼 찌꺼기에 돌을 던졌다. 소년은 셋 중 마지막으로 그곳을 지나쳤고, 멕시코인들은 어서 오라며 염소 가죽에서 술을 따라 권했다. 하지만 소년은 누더기 코트에 감싸인 어깨를 으쓱해 보이고는 부랴부랴 자리를 떴다.

그 무렵 글랜턴은 많은 멕시코인들을 노예로 부려 요새를 개축하고 있었다. 또한 아이 티가 완연한 여자애를 비롯해 멕시코 여인들과 인디언 여남은 명을 억류하고 있었다. 글랜턴은 높아지는 요새의 벽에만 관심을 기울일 뿐, 나루터 일은 전적으로 부하들에게 맡겨 두었다. 점점 쌓여 가는 재산에조차 일말의 관심도 없는 듯했다. 그래도 나무와 가죽으로 만든 상자를 본부에 안전하게 보관해 두고는, 매일 황동 자물쇠를 열어 금은보화를 죄다 쏟아부었다. 상자에는 이미 수천 달러 상당의 금화, 은화, 보석, 시계, 권총, 자그마한 가죽 주머니에 든 금 원석, 은궤, 칼, 은제품, 접시, 이빨 등이 들어 있었다.

4월 2일 데이비드 브라운과 롱 웹스터, 토드빈은 보급품을 사 올 목적으로 옛 멕시코 해안에 위치한 샌디에이고로 향했다. 그들은 해 질 녘에 짐 운반용 노새를 이끌고 숲 밖으로 나가 강을 돌아보고는 모래 언덕을 비스듬히 내려가 차갑고 푸른 어스름 속으로 스며들었다.

그들은 닷새 만에 무사히 사막을 건너 해안 지역에 이르렀다. 노새를 끌고 눈 쌓인 협곡을 지나 서쪽 비탈을 내려간 세 사람은 이슬비에 감싸인 도시에 들어섰다. 그들의 가죽옷은 비에 젖어 묵직해졌고, 말과 노새는 온몸이며 마구가 흙투성이였다. 말을 탄 미국 기병이 흙길에서 그들을 지나쳐 갔다. 멀리 바다에서 잿빛 돌투성이 해안에 철썩철썩 부딪치며 진저리 치는 파도 소리가 들려왔다.

브라운이 안장 머리에서 돈주머니를 끌렀다. 세 사람은 말에서 내려 술과 식품을 파는 가게로 들어가 카운터에 주머니를 냅다 쏟아부었다.

스페인과 과달라하라에서 주조된 옛 스페인 금화, 1달러짜리 미국 금화, 조그마한 50센트짜리 금화, 10프랑짜리 프랑스 금화, 10달러짜리 미국 금화, 5달러짜리 금화, 가운데 구멍이 뚫려 있는 금화, 노스캐롤라이나와 조지아에서 주조된 22캐럿짜리 금화를 풀어놓았다. 가게 주인은 일반 저울에 무더기로 금화의 무게를 재고는 종류별로 분류한 다음, 술병 코르크 마개를 따 용량이 새겨진 자그마한 양철 컵에 콸콸 술을 따랐다. 그들이 술을 마시고 잔을 내려놓자 주인은 생나무 판때기를 얹은 카운터 너머로 술병을 통째로 내밀었다.

그들은 필요한 물품을 일러 주고 밀가루와 커피 등 식료품 가격에 동의한 다음 각자 술병을 하나씩 든 채 거리로 나왔다. 널빤지를 깐 인도를 따라가다 진흙탕 길을 건너 줄줄이 늘어선 판잣집을 지나 자그마한 광장을 가로질렀다. 광장 너머로 몸을 뒤채는 바다와 협소한 천막촌과 거리가 보였다. 해변 위쪽 풀밭 가장자리에 연한 거리에는 비에 젖어 시커멓게 번들거리는 가죽으로 만든 집이 기묘한 어선처럼 즐비했다.

그 집 중 한 곳에서 다음 날 아침 브라운은 눈을 떴다. 전날 밤 일이 전혀 기억나지 않았다. 집 안에는 그 말고는 아무도 없었다. 남은 돈은 목에 걸려 있는 주머니에 들어 있었다.

그는 가죽 문을 밀어젖히고는 안개 낀 어둠 속으로 발을 디뎠다. 세 사람은 말과 노새를 우리에 넣어 두기는커녕 먹이조차 챙겨 주지 않았다. 그는 짐승들을 묶어 둔 가게로 걸음을 옮기다 도시 너머 언덕에서 밝아 오는 새벽을 마주했다.

정오에 그는 눈에 붉은 핏발이 서고 온몸에 악취가 진동하는 몰골로 시청 문 앞에 버티고 서서는 동료들을 풀어 달라고 외쳐 댔다. 시장이 시청 뒷문으로 달아나고 나서 이내 미국인 상병이 부하 둘을 데리고 나타나 꺼지라고 경고했다. 한 시간 후 그는 대장간을 찾아갔다. 문가에 서서 조심스레 어둠을 응시하며 눈이 익기를 기다렸다.

대장장이는 작업대 앞에 있었다. 브라운은 안으로 들어가 반들반들 윤이 나는 마호가니 상자를 내려놓았다. 상자 뚜껑에 황동 명판이 박혀 있었다. 그는 걸쇠를 풀고 뚜껑을 젖힌 뒤 마침맞게 움푹 팬 곳에서 산탄총 총신 두 개를 꺼냈다. 다른 손에는 개머리판이 들려 있었다. 그는 총신을 특허받은 개머리판에 끼우고는 작업대에 세워 핀을 젖힌 후 단단히 고정시켰다. 그리고 엄지로 공이치기를 젖혔다가 도로 풀었다. 산탄총은 영국제로, 다마스쿠스 스타일의 총신에다 방아쇠 부분에 조각이 새겨져 있었고, 개머리판은 옹이를 다듬어 매끈한 마호가니였다. 그가 고개를 들었다. 대장장이는 가만히 지켜보고 있었다.

총도 다루오? 브라운이 말했다.

조금은 할 줄 압니다.

총신을 짧게 잘라 주시오.

내상상이는 총을 받아 들고 유심히 살폈다. 쌍둥이 총신 사이의 골에 마루가 솟아 있고, 금빛 글자로 런던이라고 제작사 이름이 새겨져 있었다. 개머리판은 두 개의 백금 고리가 둘러쳐져 있고, 강철 방아쇠와 공이치기는 소용돌이 장식이 깊이 돋을새김되어 있었다. 제작사 이름의 양끝에 자고새가 자리했다. 자줏빛 총신은 삼중으로 용접되어 있고, 망치질로 다듬은 철과 강철은 아름답고도 치명적인 희귀한 고대의 뱀과 같은 물결무늬를 품고 있었다. 진홍빛 나뭇결이 생생히 살아 있는 개머리판의 끄트머리에는 스프링을 장착한 자그마한 은상자가 부착되어 있었다.

대장장이는 총을 이리저리 돌려 보다 브라운을 쳐다보았다. 그는 마호가니 상자를 내려다보고 있었다. 초록색 헝겊으로 안감을 댄 상자 안에는 총알, 백랍 깔때기, 청소용 꼬챙이, 특허받은 백랍 뇌관 등 부품이 마침맞게 움푹 팬 자리에 놓여 있었다.

어떻게 해 달라고요?

총신을 잘라 주시오. 이만큼. 그가 손가락으로 총신에다 표시를 했다.

할 수 없습니다.

브라운이 그를 응시했다. 할 수 없다고?

예.

브라운은 가게를 둘러보았다. 총신 톱질하기야 머저리도 할 수 있는 일인데.

그런 일을 하다니 잘못입니다. 이처럼 훌륭한 총신을 자르다니 말도 안 됩니다.

뭐라고?

대장장이는 초조한 기색으로 총을 쓰다듬었다. 제 말은 그러니까, 자르기에는 너무도 아름다운 총이라는 말입니다. 얼마에 파시겠습니까?

팔 게 아니오. 그러니까 지금 내가 잘못하고 있다는, 그런 말이오?

아니, 아닙니다. 그런 뜻이 아니었습니다.

총신을 자를 거요, 말 거요?

할 수 없습니다.

할 수 없다는 거요, 안 하겠다는 거요?

좋으실 대로 생각하십시오.

브라운은 산탄총을 빼앗아 쥐고는 작업대에 내려놓았다.

그래, 못 하겠다는 거요?

할 수 없습니다.

만약에 한다면 수공비는 얼마요?

글쎄요. 1달러쯤 할 겁니다.

브라운이 주머니를 뒤져 동전을 한 움큼 꺼냈다. 그는 2달러짜리와 50센트짜리 금화를 작업대에 내려놓았다. 자, 2달러 50센트를 주겠소.

대장장이는 초조하게 금화를 바라보았다. 돈은 필요 없습니다. 저런 훌륭한 총을 도륙하고 돈을 받을 수는 없습니다.

이미 돈을 받았잖소.

그런 적 없습니다.

저기 저렇게 놓여 있잖소. 톱질을 하지 않으면 내 등을 처먹은 것이오. 내 손에 아작 나고 싶은 거요?

대장장이는 브라운에게서 눈을 떼지 않았다. 이윽고 작업대에서 슬금슬금 뒷걸음치더니 몸을 돌려 달아났다.

보안대 하사관이 도착했을 때 브라운은 작업대에 놓인 바이스에 산탄총을 고정시켜 놓고 쇠톱으로 총신을 자르고 있었다. 하사관은 그의 얼굴이 보이는 곳까지 다가왔다. 뭐요? 브라운이 말했다.

당신이 저 사람을 위협했다고 하는군요.

누구 말이오?

저 사람 말입니다. 하사관이 가게 문 쪽으로 턱짓했다.

브라운은 톱질을 계속했다. 저게 사람이란 말이오?

여기 들어와서 내 도구를 마음대로 쓰라고 한 적 없소. 대장장이가 말했다.

어떻습니까? 하사관이 말했다.

어떻다니?

저 사람의 주장에 어떻게 대답하시겠습니까?

새빨간 거짓말이오.

저 사람을 죽이겠다고 위협하지 않았다고요?

물론이오.

아이고, 어련히도.

나는 결코 위협 따위는 하지 않소. 그저 내 손에 아작 나고 싶은지 물었을 뿐이오.

그게 위협이 아니란 말입니까?

브라운이 고개를 들었다. 아무렴. 그건 약속이오.

그는 다시 몸을 숙여 쓱싹쓱싹 톱질했고, 총신 끄트머리가 흙바닥에 툭 소리를 내며 떨어졌다. 브라운은 톱을 내려놓았다. 그러고는 바이스를 풀어 산탄총을 빼내어 개머리판에서 총신을 분리해 상자의 제자리에 놓고 뚜껑을 닫은 후 걸쇠를 걸었다.

뭐 때문에 다툰 겁니까? 하사관이 말했다.

다툰 적 없소.

저자가 방금 파괴한 저 총이 어디서 났는지 물어보십시오. 보나마나 훔친 게 뻔합니다.

이 산탄총은 어디서 구한 겁니까? 하사관이 말했다.

브라운은 몸을 굽혀 총신 동강이를 주웠다. 45센티미터쯤 되었다. 그는 동강이 끄트머리를 쥔 채 작업대를 돌아 나와 하사관을 지나쳐 걸어갔다. 옆구리에는 마호가니 상자를 끼고 있었다. 문에서 그는 몸을 돌렸다. 대장장이는 어디에도 보이지 않았다. 그는 하사관을 돌아보았다.

그놈은 자기주장을 철회했을 거요. 제정신이라면 말이오.

흙으로 지은 자그마한 회당을 향해 광장을 가로지르던 그는 갓 풀려난 토드빈과 웹스터와 마주쳤다. 두 사람은 미치광이 같은 몰골에 악취가 진동했다. 그들은 바닷가에 앉아 기다란 잿빛 파도를 응시하며 브라운의 술병을 돌려 마셨다. 셋 다 생전 처음 바다를 보는 것이었다. 브라운이 뚜벅뚜벅 걸어가, 시커먼 모래 위로 뻗어 오는 거품 자락에 손을 적셨다. 손을 들어 손가락에 묻은 소금을 맛본 그는 바다를 쭉 둘러보았다. 그리고 그들은 도시로 되돌아갔다.

그날 오후 그들은 멕시코인이 운영하는 거지 같은 술집에서 술을 마셨다. 그때 군인 몇이 들어왔다. 언쟁이 벌어졌다. 토드빈이 비트적거리며 일어났다. 군인 중 하나가 중재자로 나섰고, 언쟁은 곧 가라앉았다. 하지만 몇 분 후 브라운이 바에서 술자리로 돌아가다가 젊은 군인에게 브랜디를 와락 쏟았는데 시가 때문에 불이 붙었다. 불꽃이 타닥대는 소리만 들릴 뿐 군인은 비명조차 내지르지 못한 채 밖으로 달려 나갔다. 창백한 푸른 불꽃이 햇볕에 투명해졌다. 벌 떼나 광기에 휩싸인 것처럼 불꽃과 싸우며 거리를 달려가던 군인이 풀썩 쓰러지더니 그대로 타올랐다. 물통이 도달했을 즈음에 그는 새카맣게 탄 거대한 거미처럼 흙바닥에 오그라들어 있었다.

브라운이 갈증에 허덕이며 깨어나 보니 수갑이 채워진 채 손바닥만 한 어두운 감옥 안에 갇혀 있었다. 그가 제일 먼저 확인한 것은 돈주머니였다. 여전히 셔츠 안에 잘 들어 있었다. 그는 지푸라기 매트에서 일어나 시찰구로 밖을 내다보았다. 낮이었다. 그는 여기 좀 와 보라고 소리쳤다. 그리고 주저앉아 수갑 찬 손으로 금화를 헤아린 뒤 다시 주머니에 넣었다.

저녁에 군인이 음식을 가지고 왔다. 그의 이름은 프티였다. 브라운은 그에게 귀를 꿰어 만든 목걸이와 금화를 보여 주었다. 프티는 음모에 가담할 마음이 눈곱만큼도 없다고 대꾸했다. 브라운은 사막에 3만 달러를 묻어 두었다고 단언했다. 나룻배 이야기를 하며, 자신이 대장인 척 으스댔다. 그는 다시 금화를 보여 주고는, 판사가 한 말을 제멋대로 뜯어고쳐 두 사람의 뿌리가 같음을 역설했다. 몫을 우리 둘이 나누는 거야. 그는 살살 구슬렸다.

브라운은 창살 너머로 신병을 유심히 살폈다. 프티가 소맷자락으로 이마를 훔쳤다. 브라운이 금화를 주머니에 넣어 창살 너머로 내밀었다.

나를 믿을 수 없다고 생각하지? 브라운이 말했다.

애송이는 어찌할 바를 몰라 멍하니 동전 주머니를 쥐고 서 있었다. 그러다 동전 주머니를 도로 건네려고 했다. 브라운은 재빨리 물러나 양손을 쳐들었다.

멍청한 짓 하지 마. 그는 속삭였다. 내가 자네 나이에 이런 멋진 기회를 잡았더라면 지금쯤 어찌 되었을 것 같나?

프티가 가고 난 후 브라운은 지푸라기 매트에 앉아 콩과 토르티야가 담긴 얇은 금속 접시를 바라보았다. 잠시 후 그는 먹었다. 밖에는 다시 비가 내렸다. 말이 흙길을 달가닥달가닥 달려가는 소리가 나더니 이내 어둠이 깔렸다.

그들은 이틀 후 떠났다. 안장을 얹은 말과 소총, 담요가 둘씩 준비되어 있었다. 또한 말린 옥수수와 쇠고기, 대추야자를 실은 노새도 한 마리 있었다. 두 사람은 빗방울이 떨어지는 구릉지를 넘어갔다. 첫 햇살이 밝자 브라운은 소총을 들어 애송이의 뒤통수에 총알을 박았다. 말이 앞으로 고꾸라지며 애송이가 뒤둥그러졌다. 두개골 앞쪽이 완전히 박살 나 뇌가 훤히 드러나 보였다. 브라운은 말을 멈추고 안장에서 내려 금화 주머니를 도로 챙기고는 애송이의 칼과 소총과 깔때기와 코트를 압류했다. 또한 양쪽 귀를 베어 목걸이에 꿴 다음 다시 말에 올라 나아갔다. 짐을 실은 노새가 뒤를 따랐고, 애송이가 탔던 말도 주저주저하더니 결국 뒤를 따랐다.

웹스터와 토드빈은 식량은커녕 데리고 갔던 노새도 없이 나루터로 돌아왔다. 글랜턴은 다섯 명을 선발하고는, 나룻배의 운영을 판사에게 일임한 뒤 황혼 녘에 출발했다. 깜깜한 밤중에 샌디에이고에 도착한 그들은 시장 관사로 곧장 직행했다. 잠옷과 잠자리용 모자 차림에 양초를 든 시장이 문을 열어 주었다. 글랜턴이 그를 응접실에 밀어 넣었고, 부하들이 뒷방을 수색했다. 웬 여자의 비명에 이어 철썩철썩 소리가 서너 번 울린 후 침묵이 내려앉았다.

육십 대 노인인 시장은 아내를 도우려 몸을 돌리다 총부리에 저지당했다. 그는 다시 꼿꼿이 섰다. 글랜턴의 지시에 따라시장은 뒷방으로 들어갔다. 미리 올가미를 건 밧줄을 손에 든글랜턴이 시장더러 돌아서라고 한 뒤 그의 머리에 올가미를 씌운 후 단단히 조였다. 침대에 앉아 있던 시장의 아내가 그 광경에 다시 비명을 질렀다. 눈 한쪽이 퉁퉁 부어 감겨 있다시피 했다. 글랜턴의 부하가 그녀의 입가를 감기자 노파는 헝클어진 침대 위로 쓰러져 두 손으로 머리를 가렸다. 글랜턴이 촛불을 높이 들더니 부하에게 목말을 태우라고 지시했다. 목말을 탄 부하의 손이 들보를 더듬다 알맞은 자리를 발견하고서밧줄을 그 너머로 넘겨 아래로 늘어뜨렸다. 밧줄이 탱탱해지자 시장이 소리 없이 대롱대롱 매달렸다. 손이 묶여 있지 않왔기에 밧줄을 찾아 허공을 휘젓더니 밧줄을 거머쥐고 몸을 들어 올려 간신히 질식을 면했다. 촛불 속에서 발을 버둥대며 몸이 서서히 빙빙 돌았다.

발가메 디오스.(신이여, 굽어 살피소서.) 그가 말했다. 케 키에레?(뭘 원하는 거요?)

내 돈을 원해. 글랜턴이 말했다. 내 돈과 내 노새, 데이비드 브라운을 돌려줘.

코모?(뭐라고요?) 노인이 씨근대며 말했다.

누군가가 램프에 불을 붙였다. 노파가 일어나 먼저 그림자를 보더니 밧줄에 매달려 바르작대는 남편을 쳐다보았다. 노파는 엉금엉금 기어 남편에게 가려 했다.

디가메.(말해 보시오.) 시장이 헐떡였다.

누군가가 노파를 붙잡았지만 글랜턴이 놔두라고 손짓했다. 노파는 침대 밖으로 휘청휘청 걸어 나와 남편의 무릎께를 움켜쥐고 들어 올렸다. 그녀는 훌쩍이며 글랜턴과 하느님에게 똑같이 자비를 구했다.

글랜턴은 노인의 얼굴이 보이는 곳으로 뚜벅뚜벅 걸어갔다. 내 돈을 돌려줘. 내 돈과 내 노새 그리고 내가 여기 보낸 사람 말이야. 엘 옴브레 케 티에네 우스테드. 미 콤파녜로.(당신이 가둔 사람 있잖아. 내 부하란 말이야.)

아뇨, 아뇨. 시장이 헐떡이며 말했다. 부스칼레.(찾아보시오.) 여기 없소.

어디 있나?

여기 없소.

여기 있어. 후스가도(법원)에 있잖아.

아뇨, 아뇨. 마드레 데 헤수스(성모 마리아)께 맹세코 여기 없습니다. 달아났어요. 시에테, 오초 디아스.(칠팔 일 전에.)

후스가도는 어디지?

코모?(예?)

엘 후스가도. 돈데 에스타?(법원 말이야. 어디야?)

노파가 얼굴을 남편의 다리에 묻은 채 한 팔을 얼른 풀어 방향을 가리켰다. 알야, 알야.(저기요, 저기.)

부하 둘이 밖으로 나갔다. 한 명이 초 동강이를 쥐고 손으로 촛불을 가렸다. 돌아온 그들은 법원의 손바닥만 한 지하 감옥이 텅 비어 있더라고 보고했다.

글랜턴이 시장을 유심히 살폈다. 노파의 온몸이 부들부들 떨렸다. 밧줄은 침대 기둥에 느슨하게 묶여 있었다. 글랜턴이 매듭을 풀자 시장과 아내가 바닥으로 쿵 하고 나뒹굴었다.

그들은 노부부를 묶고 재갈을 물린 뒤 식료품 가게로 갔다. 사흘 후 도시에서 남쪽으로 12킬로미터 떨어진 외딴 바닷가 오두막에, 똥 더미에 뒹굴고 있는 시장 부부와 식료품점 주인이 묶인 채 발견되었다. 미국인들이 냄비에 부어 놓은 물을 세 사람은 개처럼 핥아먹었다. 그 인적 뜸한 곳에서 파도 소리에 맞서 목이 터져라 고함친 탓에 정작 발견되었을 때는 벙어리가 되어 있었다.

글랜턴과 부하들은 이틀 밤낮을 도시에서 머무르며 술을 퍼마셨다. 소규모 미군으로 이루어진 수비대를 통솔하던 하사관이 둘째 날 저녁 그들과 술을 주고받다가 그만 싸움이 일어나 부하 셋과 함께 가차 없이 두들겨 맞고 무기를 빼앗겼다. 새벽에 군인들이 호스텔 문을 박차고 들이닥쳤으나 방에는 아무도 없었다.

글랜턴은 부하들을 금광으로 보내고는 홀로 나루터로 돌아갔다. 뼈다귀가 여기저기 흩어진 황야에서 그는 비루한 몰골로 걸어 다니는 무리와 마주쳤다. 쓰러진 자리에서 숨을 거둘 불가피한 운명을 짊어진 그들은 마지막 마차인지 수레인지에 와글와글 몰려들어 노새인지 수소인지 모를 짐승에게 거친 목소리로 고함치고 막대기로 때렸다. 부서질 듯한 상자에 무슨 언약의 궤라도 들어 있는 듯한 기세였다. 저 짐승 역시 죽음을 면할 수 없을 것이고, 사람도 짐승과 함께 죽음을 맞을 터였다. 그들은 말을 탄 이에게 큰 소리로 나루터의 위험을 경고했지만, 말을 탄 이는 전쟁이나 전염병이나 기근의 야수와 맞서는 전설 속의 영웅처럼 턱을 굳게 다문 채 피난민들을 거슬러 나아갔다.

나루터에 도착했을 때 그는 취해 있었다. 위스키와 비스킷을 실은 조그마한 노새 두 마리가 밧줄에 묶인 채 뒤따랐다. 그곳 나루터의 명실상부한 주인인 그는 말을 멈추고 강을 굽어보았다. 그의 개가 달려와 등자에 걸린 그의 발에 코를 비볐다.

요새의 그림자 아래 멕시코 여자애가 벌거벗은 몸을 웅숭 그리고 있는 모습이 보였다. 소녀는 손으로 젖가슴을 가리고는, 그가 지나가는 모습을 바라보았다. 목을 감은 생가죽 목걸이는 사슬로 말뚝에 이어져 있었다. 곁에 놓인 흙그릇에는 거멓게 탄 고기가 담겨 있었다. 글랜턴은 노새를 그 말뚝에 묶고는 말을 타고 요새 안으로 들어갔다.

안에는 아무도 없었다. 그는 나루터로 내려갔다. 강을 바라보고 있는데 의사가 강둑 아래로 기어 내려와 글랜턴의 발을 거머쥐더니 헛소리를 늘어놓으며 사정했다. 지저분하게 흐트러진 몰골이었는데, 글랜턴의 바지 자락을 끌어당겨 언덕 위의 요새를 가리켰다. 저자입니다. 그가 말했다. 저자입니다.

글랜턴은 등자에서 발을 빼내어 의사를 걷어찬 뒤 말 머리를 돌려 언덕을 올랐다. 판사가 거대한 대머리 수도원장 같은 모습으로 지는 해를 등지고서 언덕 위에 우뚝 서 있었다. 아랫도리에 두른 찰랑이는 천을 제하고는 벌거벗은 차림이었다. 흑인 잭슨이 비슷한 복장으로 석조 엄폐물 뒤에서 나와 판사 곁에 섰다. 글랜턴은 언덕을 올라 본부로 들어갔다.

밤새 총성이 간헐적으로 강물 위를 떠돌며 웃음소리와 술 취한 맹세가 넘실거렸다. 날이 밝자 아무도 보이지 않았다. 나룻배는 나루터에 묶여 있었다. 맞은편 기슭에서 웬 사내가 나타나 뿔피리를 분 뒤 한참을 기다리다 다시 돌아갔다.

나룻배는 그날 종일 꿈쩍하지 않았다. 저녁에 술과 환락이 새로이 시작되며 젊은 여인의 새된 비명이 강물을 건너오자 여행자들은 몸을 움츠렸다. 누군가에게서 탄산수가 섞인 위스키를 얻어 마신 저능아는 제대로 걷지도 못하는 주제에 모닥불 앞에서 원숭이처럼 껑충껑충 뛰며 춤을 추었다. 강력한 중력에 이끌리듯 어설프게 몸을 흔들며 침에 젖은 늘어진 입술을 철썩거렸다.

새벽에 흑인이 나루터로 내려가 강물에 오줌을 누었다. 바닥에 흙탕물이 흥건하게 고인 나룻배는 기슭을 따라 길게 놓여 있었다. 그는 옷을 끌어올려 나룻배에 올라서서 균형을 잡았다. 나룻배에 고인 물이 그쪽으로 콸콸 흘러내렸다. 그는 가만히 서서 바라보았다. 해는 채 뜨지 않았고, 물안개의 나지막한 베일이 강을 덮었다. 하류의 버드나무 사이에서 오리 떼가 돌아다녔다. 오리는 소용돌이를 타고 빙빙 돌다 파드득 날아올라 맴을 돌더니 상류로 멀어져 갔다. 뱃바닥에 자그마한 동전이 하나 보였다. 아마도 어느 여행자의 혀 밑에 숨겨져 있던 것이었으리라. 흑인이 몸을 숙여 동전을 집었다. 상체를 들어 동전에서 흙을 닦아 높이 쳐드는 순간, 기다란 화살이 날아와 그의 배를 통과하고는 강으로 떨어져 가라앉는가 싶더니 다시 물 위로 떠올라 빙글빙글 돌며 하류로 흘러갔다.

그는 천을 그대로 두른 채 얼굴을 돌렸다. 한 손으로 상처를 움켜쥐고, 다른 손으로 있지도 않은 무기를 더듬었다. 두 번째 화살은 왼쪽으로 살짝 스쳐 지났지만, 두 대의 화살이 연이어 날아와 그의 가슴과 사타구니에 박혔다. 1미터는 될 법한 기다란 화살은 그가 움직일 때마다 의식용 지팡이처럼 살랑살랑 흔들렸다. 화살을 따라 시커먼 동맥혈이 콸콸 쏟아져 나오는 허벅지를 움켜쥐고서 그는 강으로 한걸음 내디뎌 물속으로 곤두박질쳤다.

얕은 곳이라 그는 바르작대며 다시 일어서려 했다. 그때 첫 번째 유마 인디언이 배 위로 뛰어올랐다. 실오라기 하나 걸치지 않은 그는 머리가 오렌지 빛깔이며, 시커먼 얼굴은 브이(V)

자로 머리카락이 돋은 이마 가운데에서부터 턱까지 진홍색 선이 외가닥으로 이어져 있었다. 인디언이 발을 두 번 구르더니 원시 시대극에 나올 법한 신들린 주술사처럼 양팔을 흔들어 흑인의 옷자락을 움켜쥐었다. 물을 붉게 물들이며 누워 있던 흑인은 끌어올려져 곤봉으로 머리를 강타당했다.

인디언들은 요새를 향해 언덕으로 우르르 올라갔다. 미국인은 모두 잠을 자고 있었다. 인디언은 말을 몰든 뛰어서 오르든 하나같이 활과 곤봉으로 무장하고, 얼굴은 시커멓거나 하얗게 칠이 되어 있으며, 흙을 바른 머리카락이 바싹 묶여 있었다. 그들이 들어선 첫 번째 방에는 링컨이 자고 있었다. 몇 분 후 피를 뚝뚝 흘리는 의사의 머리가 인디언의 손에 들려 밖으로 나왔다. 다른 인디언들이 주둥이를 묶은 의사의 개를 질질 끌고 나왔다. 개는 마른 흙바닥 위를 껑충껑충 뛰었다. 이어서 버드나무와 캔버스 천으로 엮은 오두막에 들이닥친 인디언들은 술에 절어 몸을 일으키는 건과 윌슨, 핸더슨 스미스를 차례로 살해했다. 태양이 떠오르며 뿜어져 나온 햇살이 고지대를 쓰다듬자 인디언들은 물감과 기름, 피로 번들거리며 완벽한 침묵하에 조잡한 벽을 따라 움직였다.

인디언들이 글랜턴의 방에 들어오자 그는 허정허정 몸을 일으키며 분노 어린 눈알을 되록거렸다. 자그마한 흙방은 어느 이주자 가족에게서 빼앗은 황동 침대로 꽉 차 있었다. 그는 침대에 타락한 남작처럼 앉아 있었고, 그의 무기는 침대의 화려한 기둥 꼭대기에 걸려 있었다. 카바요 엔 펠로가 침대 위에 우뚝 서자 배심원 하나가 도끼를 건넸다. 히코리나무를 깎아 만든 도끼 자루에는 이교도의 형상이 새겨져 있고, 육식성 새의 깃털이 대롱거렸다. 글랜턴이 침을 뱉었다.

벌건 궁둥짝 저리 치우지 못해. 글랜턴이 말했다. 그 순간 늙은 추장이 도끼를 번쩍 들어 준 조엘 글랜턴의 두개골을 목구멍까지 쩍 갈랐다.

인디언들이 판사의 방에 우르르 들어가니 저능아와 열두 살 남짓 된 여자애가 바닥에 벌거벗은 채 웅크리고 있었다. 그들 뒤에는 역시나 벌거벗은 판사가 서 있었다. 그는 청동 곡사포를 들어 인디언을 겨냥했다. 나무 수레는 그대로 바닥에 놓여 있고, 굴대받이에 연결된 가죽 끈이 배배 꼬여 쭈욱 늘어났다. 판사는 한 팔로 곡사포를 옆구리에 끼고, 다른 팔로 불붙은 시가를 점화구에 대고 있었다. 유마 인디언들이 우왕좌왕 넘어지며 뒷걸음쳤다. 판사는 시가를 입에 물고는 커다란 가방을 집어 들고 문으로 갔다. 그리고 태연히 인디언들을 지나쳐 강가로 내려갔다. 판사의 허리께에 닿을락 말락 한 저능아가 그의 옆구리에 찰싹 붙어 따라갔다. 그들은 함께 언덕자락의 숲속으로 들어가 시야에서 사라졌다.

야만인들은 백인의 가구를 장작 삼아 언덕에 모닥불을 지폈다. 글랜턴의 시체를 살해당한 전사처럼 높이 들어 불 속으로 던져 넣었다. 남편을 따라 화장당하는 아내처럼 시신에 묶여 있던 그의 개는 뭉게뭉게 솟구치는 연기 사이로 비명과 함께 사라졌다. 머리 없는 의사의 시체가 발목이 붙들려 질질 끌려와 불구덩이에 처박혔고, 의사의 개 또한 같은 신세가 되었다. 하지만 잡종 매스티프는 맞은편으로 비트적비트적 기어 나왔다. 의사와 개를 묶었던 가죽 끈이 불에 타 끊어진 것이다. 검게 그을리고 눈이 먼 개가 엉금엉금 기어가자 인디언이 삽으로 내리쳐 개를 도로 집어넣었다. 그 외에도 여덟 구에 달하는 시체가 모닥불에 던져졌다. 지글지글 타닥타닥 소리를 따라 짙은 연기와 악취가 솟구쳐 강으로 넘실댔다. 의사의 머리는 말뚝에 꽂혀 있다가 결국에는 역시 불구덩이에 던져졌다. 총과 옷이 흙바닥 위에서 나누어지고, 밖으로 끌어내 박살을 낸 금고에서 나온 금은보화 또한 분배되었다. 나머지는 모두 불 속에 처박혔다. 해가 떠올라 번드르르한 얼굴이 빛을 되튕길 무렵 인디언들은 각자의 전리품을 앞에 놓고 주질러앉아 모닥불을 바라보며 파이프를 피웠다. 마치 얼굴을 분장한 팬터마임 공연단이 야유해 대는 관객과, 도시에서 벗어나 인적 드문 외딴 곳에서 쉬며 앞으로 갈 도시와, 트럼펫과 드럼의 어설픈 연주와, 어김없는 운명이 새겨진 조잡한 판자를 생각하는 듯한 모습이었다. 장작에 끼어 피처럼 붉게 작열하며 숯이 되어 가는 적들의 두개골에서 자신의 운명이라도 읽듯 인디언들은 가만히 모닥불을 바라보았다.

20

토드빈과 소년은 작대기처럼 기다란 화살을 피해 상류 쪽
고사리 숲을 헤쳐 달려갔다. 버드나무와 고사리 숲에서 벗어
나 모래 언덕을 올라 맞은편으로 사라졌다가 건너편 언덕으
로 다시 모습을 드러냈다. 시커먼 두 형체는 버르적버르적 모
래를 올라 잰걸음 치다 몸을 웅크렸다. 탁 트인 사막에서의 총
성은 단호하고도 무력했다. 모래 언덕을 넘어온 유마 인디언은
모두 넷이었다. 그들은 두 사람을 쫓다 말고 자기네가 정해 둔
선에서 멈추더니 다시 되돌아갔다.

소년은 다리에 화살이 꽂혔는데, 화살촉이 뼈에 부딪어 드
륵드륵했다. 소년은 걸음을 멈추고 주저앉아 화살대를 상처에
서 얼마만 남기고 분지른 후 다시 일어나 달아났다. 모래 언덕
마루에서 두 사람은 뒤를 돌아보았다. 유마 인디언은 어느새

사라지고 없었다. 강가에서 시커먼 연기가 치솟았다. 서쪽으로 모래 언덕이 오르락내리락 굽이쳤다. 누군가 숨어 있을지도 모를 일이지만, 태양을 피할 곳이 전혀 없었고 바람만이 발자국을 지울 터였다.

걸을 수 있겠어? 토드빈이 말했다.

별 수 없잖아요.

물은 얼마나 있어?

별로요.

어떡할래?

난들 알아요.

강으로 돌아가서 숨자.

언제까지요?

토드빈은 다시 요새를 쳐다보더니 소년의 다리에 박힌 화살과 뿜어져 나오는 피를 내려다보았다. 화살 뽑을래?

아뇨.

어떡할래?

그냥 계속 가요.

그들은 방향을 틀어 마차 바큇자국을 따라갔다. 기나긴 아침나절부터 한낮 그리고 저녁나절까지 내도록 걸었다. 어둠이 내릴 무렵 물은 바닥났다. 두 사람은 느릿느릿 회전하는 별 아래 힘겹게 나아가다 모래 언덕 사이에서 부들부들 떨며 잠들어서는 꼭두새벽에 일어나 다시 걸었다. 소년은 다리가 뻣뻣해져 마차에서 떨어져 나온 장대를 목발 삼아 절뚝절뚝 뒤처져 갔다. 토드빈에게 자기를 버려두고 그냥 가라고 두 차례나 말했지만, 그는 말을 듣지 않았다. 정오가 되기 전 인디언이 나타났다.

두 사람은 동쪽 지평선에서 너울대는 해를 배경으로 불길한 꼭두각시 인형처럼 모여든 인디언을 바라보았다. 말을 타지 않고 빠른 속도로 걸어오는 듯했는데, 한 시간이 채 되기도 전에 도망자들에게 화살을 퍼부었다.

두 사람은 달아났다. 소년은 권총을 뽑아 들고 화살을 피해 몸을 웅숭그린 채 걸음을 옮겼다. 태양 밖으로 쏟아진 화살은 창백한 하늘에 기다란 몸을 번득이다 갈대 피리처럼 새된 울음을 토하며 쓰윽 다가와서는 느닷없이 땅바닥에서 파득댔다. 두 사람은 화살이 재활용되는 것을 막기 위해 살대를 분질러 가며 게처럼 옆으로 움직였다. 화살이 어찌나 빽빽하게 몰려드는지 걸음을 멈출 수밖에 없었다. 소년은 팔꿈치를 괴고 엎드려 공이치기를 젖혀 총을 조준했다. 유마 인디언이 100미터 너머에서 특유의 괴성을 뱉어 내는 가운데 토드빈은 소년 곁에 한쪽 무릎을 꿇고 앉았다. 권총이 와락 젖혀지며 잿빛 연기가 대기 중에 가만히 고였다. 인디언 하나가 무대 위의 배우처럼 픽 하고 쓰러졌다. 소년은 다시 공이치기를 젖혔지만, 토드빈이 총신에 손을 얹었다. 소년은 그를 올려다보고는 공이치기를 풀고 일어나 앉아 빈 탄창에 총알을 잰 다음 다시 목발을 짚고 나아갔다. 총에 맞은 이를 둘러싼 인디언들의 아우성이 뒤쪽에서 가느다랗게 들려왔다.

온몸을 색칠한 무리는 그날 종일 두 사람을 쫓았다. 토드빈과 소년은 물을 못 마신 지 이십사 시간이나 지났다. 모래와 하늘의 황량한 벽이 일렁일렁 흐느적대는 데다 심심하면 화살이 비스듬히 날아들었다. 마치 돌연변이 사막 식물의 줄기가 화가 난 나머지 대기로 치솟기라도 하는 듯했다. 두 사람은 걸음을 멈추지 않았다. 알라모 무초의 저수지에 다다랐을 때 해는 나지막이 내려앉아 있었다. 저수지 가장자리에 누군가 앉아 있었다. 그가 일어나 섰지만 출렁이는 대기 탓에 배배 비틀려 보였다. 그가 한 손을 내밀었는데, 환영의 뜻인지 경고의 뜻인지 알 수 없었다. 두 사람은 손차양을 하고서 절뚝절뚝 걸어갔다. 저수지의 사람이 소리쳤다. 전직 신부 토빈이었다.

그는 무기도 없이 혼자였다. 몇이나 살아 있어?

보다시피 둘이야. 토드빈이 말했다.

나머지는 다 죽었단 말이야? 글랜턴도? 판사도?

그들은 대꾸하지 않았다. 그저 저수지 바닥으로 미끄러져 내려갔다. 겨우 몇 센티미터 고인 물을 무릎을 꿇고 들이켰다.

푹 가라앉은 저수지의 지름은 3미터 남짓이었다. 세 사람은 저수지 기슭 꼭대기에 엎드려, 멀리서 인디언들이 성큼성큼 걸어와 저수지 주변을 둘러싸는 모습을 바라보았다. 교두보에 몇몇씩 자리 잡은 적들이 화살을 쏘아 대자 훤히 드러난 기슭에 드러누운 미국인들은 포병 장교처럼 화살의 도래를 수리쳐 알렸다. 저수지 맞은편에도 적들이 보였다. 세 사람은 고양이처럼 한껏 웅크린 채 손으로 바닥을 헤집으며 기어갔다. 소년이 총을 꺼내 들기 무섭게 서쪽에서 인디언들이 들이쳤다. 해의 방향 때문에 적이 훨씬 유리했다.

저수지 주변에는 웅덩이를 파면서 생긴 나지막한 모래 더미가 여러 개 있었는데, 유마 인디언들은 그리 갈 심산인 듯했다. 소년은 서쪽 가장자리로 올라가, 늑대처럼 웅크리거나 서 있는 인디언들에게 총을 쏘았다. 전직 신부가 소년의 곁에 무릎을 꿇고 앉아 뒤쪽을 살피는 한편, 모자로 빛을 가려 소년이 제대로 조준하게끔 도왔다. 소년은 양손으로 권총을 쥐고서 탄창이 텅 비도록 쏴 댔다. 두 번째 총알에 야만인 하나가 쓰러져 미동도 없이 뻗었다. 세 번째 총알에 또 다른 야만인이 휙 몸을 틀었다. 그는 주저앉았다가 다시 일어났지만 몇 발자국 걷다 도로 주저앉고 말았다. 옆에서 나직이 격려하던 전직 신부는 소년이 공이치기를 젖히자 얼른 모자로 빛을 가려 그림자 하나로 시야를 확보해 주었다. 소년이 다시 총을 발사했다. 부상당해 우묵한 땅에 주저앉은 자를 향해 발사된 총알은 그에게 죽음을 선사했다. 전직 신부가 나직이 휘파람을 불고는 속삭였다.

녀석, 냉혈한이 따로 없군. 그렇지만 이건 절묘한 전략이고, 이로 인해 네 심장이 얼어붙는 일은 없을 거야.

유마 인디언은 이 불운한 사태에 온몸이 굳은 듯했다. 소년은 공이치기를 젖혀 또 다른 야만인을 쓰러뜨렸다. 유마 인디언들은 그제야 정신을 추스르고는 시신을 데리고 달아나며 화살을 날리는 한편, 석기 시대의 혀로 피의 맹세를 하는 것인지 아니면 전쟁의 신이나 행운의 신에게 기도를 하는 것인지 알 수 없는 소리를 외쳐 댔다. 인디언들은 저 멀리로 멀어져 한 점 점이 되었다.

소년은 탄약 주머니와 화약통을 어깨에 걸치고는 저수지

바닥으로 미끄러져 내려가 버려진 삽으로 웅덩이를 팠다. 웅덩이에서 물이 돋자 탄창과 총신을 씻은 다음, 셔츠를 찢어 총구를 깨끗이 닦았다. 조립하여 탄창이 잘 들어맞도록 걸쇠를 두드린 권총은 마른 모랫바닥에서 바싹 말렸다.

토드빈이 저수지를 빙 돌아 전직 신부에게로 왔다. 야만인들이 석양에 이글거리는 대지 너머로 후퇴하는 모습을 두 사람은 엎드려 바라보았다.

대단한 명사수로군, 안 그래?

토빈은 고개를 끄덕였다. 저수지를 내려다보니 소년은 화약을 넣은 탄창 안을 살펴 가며 총알을 재고 있었다.

총알이 얼마나 남았어?

얼마 안 돼요. 몇 발이면 끝이에요.

전직 신부는 고개를 끄덕였다. 저녁이 다가옴에 따라 서쪽의 불콰해진 땅에 태양을 배경으로 옹기종기 모인 유마 인디언이 검은 형체로 보였다.

어둠이 깔린 둥그런 세계에 밤새 모닥불이 타올랐다. 소년은 총신을 개머리판에서 분리해 망원경으로 썼다. 따뜻한 모래 기슭을 빙 돌아가며, 혹시 횃불이 움직이지는 않는지 확인했다. 너무도 황량한 지역이라 울부짖을 짐승 한 마리조차 없을 듯했지만 웬 소리가 들렸다. 그들 자신이 추위와 어둠 속에서 숨 쉬는 소리였다. 가슴 안 루비색의 심장이 옥죄이는 소리까지도 들리는 듯했다. 날이 밝자 모닥불이 사위어 들고 최후의 가냘픈 연기가 뚝뚝 떨어진 세 군데에서 솟아올랐다. 적은 모두 가고 없었다. 동쪽에서 거대한 형체와 자그마한 형체가 그들을 향해 다가왔다. 토드빈과 전직 신부는 예의주시했다.

누구일 것 같아?

전직 신부는 절레절레 고개를 저었다.

토드빈이 양손을 모아 입에 대고 소년을 향해 새된 휘파람을 불었다. 소년은 권총을 쥐고 벌떡 일어났다. 그리고 뻣뻣한 다리로 기슭을 기어올랐다. 세 사람은 나란히 엎드려 형체를 지켜보았다.

판사와 저능아였다. 둘 다 벌거벗은 채 이 세상의 존재가 아닌 듯한 모습으로 새벽 사막을 가로질러 다가왔다. 아침 햇살에 형체가 명확해지는 동시에 기묘하게도 더더욱 모호해졌다. 마치 존재의 경이로움이 더없는 모호함을 자아내는 듯했다. 저수지의 세 사람은 사위가 환해지며 변하는 모습을 말없이 지켜보았다. 다가오는 이들이 누구인지 분명해졌음에도 아무도 그 이름을 입에 담지 않았다. 그들은 쿵쿵 걸어왔다. 갓난아기 같은 분홍 살갗의 판사가 발을 디딜 때마다 활석 가루가 펄펄 날렸고, 저능아는 더 까맣게 타 있었다. 판사는 마치 바보와 함께 발가벗겨져 사지(死地)나 다름없는 황야로 내쫓긴 왕과 같았다.

사막을 여행하다 보면 형용할 길 없는 생명체를 만나곤 하는 법이다. 저수지의 세 사람은 다가오는 자들을 좀 더 잘 보려고 일어났다. 저능아는 속도를 맞추려고 껑충껑충 뛰다시피 했다. 판사의 머리에는 지푸라기와 풀포기가 비쭉배쭉 나온 마른 흙이 가발처럼 들러붙어 있었다. 저능아는 시커멓게 굳은 피가 바깥쪽으로 배어 있는 가죽을 머리에 뒤집어쓰고 있었다. 판사는 한 손에 자그마한 캔버스 천 가방을 들고 있고, 온몸에 중세 시대의 참회자처럼 고기를 두르고 있었다. 저수지에 다다른 그는 세 사람에게 인사를 건네고는 저능아와 함께 바닥으로 내려가 무릎을 꿇고 물을 마셨다.

심지어 손으로 떠 주어야 물을 먹던 저능아마저 판사 곁에 무릎을 꿇고는 광물질이 함유된 물을 벌컥벌컥 들이켜더니 맹한 검은 눈을 들어, 위쪽 가장자리에 웅크리고 앉은 세 사람을 바라보다 다시 몸을 숙여 물을 마셨다.

판사가 햇볕에 거뭇하게 익은 고기를 몸에서 떼어 내자 붉은색과 흰색으로 기묘하게 얼룩진 몸이 드러났다. 자그마한 진흙 모자를 벗은 판사는 볕에 타 껍질이 벗겨지고 있는 머리와 얼굴에 물을 끼얹고는 다시 물을 마신 뒤 모랫바닥에 앉았다. 그리고 옛 동료들을 올려다보았다. 입술이 쩍쩍 갈라진 데다 혀도 부어 있었다.

루이스, 그 모자를 얼마에 팔겠나?

토드빈은 침을 뱉었다. 안 팔아요.

세상에 팔지 못할 물건은 없어. 얼마에 팔겠나?

토드빈은 초조한 기색으로 전직 신부를 바라보았다. 그리고 다시 아래로 시선을 던졌다. 나도 모자가 필요하단 말이에요.

얼마에 팔겠나?

토드빈이 턱짓으로 고기를 가리켰다. 저런 것으로 내 모자를 사겠단 말이에요?

천만의 말씀. 판사가 대꾸했다. 고기야 우리 모두 나눠 먹어야지. 얼마에 팔겠나?

뭘로 값을 치를 건데요?

판사가 토드빈을 가만히 응시했다. 100달러를 주지.

아무도 입을 열지 않았다. 웅크리고 앉은 저능아 역시 거래가 이루어지기를 기다리는 듯했다. 토드빈은 모자를 벗어 바라보았다. 가느다란 검은 머리가 귀 뒤로 넘겨져 있었다. 판사님 머리에 맞지도 않을 텐데요. 그가 말했다.

판사는 라틴어로 뭐라고 읊조렸다. 그리고 미소를 지었다. 내가 알아서 하지.

토드빈은 모자를 머리에 쓰고는 매무새를 가다듬었다. 저 가방에 든 게 100달러인가 보죠.

정확히 짚었네.

토드빈은 태양을 향해 고개를 들었다.

125달러를 주지. 다시 뺏는다거나 하는 일은 절대 없네.

어디 한번 보기나 합시다.

판사가 걸쇠를 풀어 가방을 기울이자 내용물이 모래 위로 와르르 쏟아졌다. 칼 하나와 아마도 양동이를 반은 채울 만한 온갖 종류의 금화였다. 판사는 칼을 한쪽으로 치우고는 손바닥으로 동전을 흩으며 위를 쳐다보았다.

토드빈은 모자를 벗었다. 그리고 기슭을 내려갔다. 토드빈과 판사는 금화 더미를 가운데 두고 마주앉았다. 판사가 125달러를 헤아려 도박장 지배인처럼 손등으로 밀었다. 토드빈이 모자를 건네고 금화를 주워 모으자 판사는 칼을 집어 모자를 앞쪽 챙만 남기고 뒤쪽에서부터 쭉 찢은 후 머리에 쓰고서 토빈과 소년을 올려다보았다.

내려오게. 판사가 말했다. 내려와서 고기 좀 들게.

두 사람은 꿈쩍도 하지 않았다. 토드빈은 벌써 고기를 양손에 들고 꾸역꾸역 씹고 있었다. 저수지는 시원했고, 아침 햇살은 기슭 위쪽에만 닿았다. 판사는 남은 금화를 도로 쓸어 담은 다음 가방을 곁에 내려놓고 다시 몸을 숙여 물을 마셨다. 저능아는 웅덩이에 반사된 자기 얼굴을 들여다보고 있다가 물 마시는 판사를 쳐다보더니 다시 잔잔해진 물을 바라보았다. 판사가 입가를 훔치고는 위쪽의 두 사람에게로 고개를 들었다.

무기는 얼마나 있나? 판사가 말했다.

소년은 웅덩이 가장자리 바깥에 걸치고 있던 다리를 아래로 내렸다. 토빈은 꿈쩍도 하지 않았다. 그저 판사를 가만히 바라볼 뿐이었다.

권총 하나뿐이오, 홀든.

누구 총이지?

여기, 얘요.

소년이 자리에서 일어났다. 전직 신부도 그 곁에 섰다.

저수지 바닥에 앉아 있던 판사가 일어나 모자를 바로 하더니, 이곳 땅으로 인해 미쳐 버린 거구의 벌거벗은 변호사처럼 가방을 옆구리에 끼었다.

자, 지혜를 빌려 주시게, 신부. 판사가 말했다. 우리 모두 이곳에 있네. 저 위에 태양은 하느님의 눈처럼 타오르고, 우리 모두 규토질 번철 위에서 똑같이 익어 갈 거네.

나는 신부가 아니고, 지혜 같은 것도 없소. 토빈이 말했다.

저 아이는 자유 의지를 갖고 있고요.

판사가 빙그레 미소를 지었다. 물론이지. 판사는 토드빈을 돌아보더니 다시 전직 신부를 올려다보며 웃어 보였다. 그리고? 이제 서로 경쟁하는 원숭이 무리들처럼 돌아가며 내려와 물을 마실 건가?

전직 신부는 소년을 바라보았다. 두 사람은 태양을 마주하고 서 있었다. 토빈은 판사를 좀 더 잘 보려고 웅크리고 앉았다.

사막의 저수지 소유권을 등재할 등기소라도 있는가 보지요?

아, 신부, 등기소에 대해서라면 나보다는 자네가 더 잘 알겠지. 나는 이곳에 아무런 욕심도 없네. 전에 말했다시피, 나는 단순한 사람이야. 얼마든지 내려와 물을 마시고 물통을 채우게.

토빈은 꿈쩍 하지 않았다.

물통 이리 줘요. 소년이 말했다. 그리고 벨트에서 권총을 뽑아 전직 신부에게 건네고는 가죽 물통을 받아 들고 기슭을 내려갔다.

판사가 눈으로 소년을 쫓았다. 소년은 저수지 바닥을 빙 돌아갔지만, 판사의 손이 닿지 않을 만한 곳은 없었다. 소년은 저능아 맞은편에 무릎을 꿇고는 마개를 뽑아 물통을 물속에 담갔다. 소년과 저능아는 물이 빨려 들며 보글보글 거품이 일다 잦아드는 것을 바라보았다. 소년은 물통 마개를 닫고는 몸을 숙여 저수지의 물을 마신 뒤 주저앉아 토드빈을 바라보았다.

우리랑 갈래요?

토드빈은 판사를 바라보았다. 글쎄다, 난 체포될 거야. 캘리포니아에 지명 수배가 내려져 있어.

지명 수배요?

토드빈은 대답하지 않았다. 모래땅에 앉아 있던 그는 손가락 세 개를 삼발이처럼 세워 모래에 꽂았다 빼내더니 방향을 돌려 다시 땅을 찔렀다. 그리하여 별자리 혹은 육각형 모양으로 구멍이 새겨졌다. 토드빈은 구멍을 문질러 지우고는 고개를 들었다.

여기 물을 다 퍼 갈 수 있는 것도 아니잖아?

소년은 일어나 물통을 어깨에 걸머멨다. 바지 자락이 피로 시커멓고, 허벅지에 피투성이 화살 동강이가 못처럼 툭 불거져 있었다. 소년은 침을 뱉고 손등으로 입가를 훔친 뒤 토드빈을 바라보았다. 여기서 죽치고 잘 지내요. 소년이 말했다. 그리고 첨벙첨벙 물을 가로질러 기슭을 올라갔다. 판사가 눈으로 소년을 쫓았다. 소년은 햇살이 내리쬐는 기슭 꼭대기에 이르러 몸을 돌려 바라보았다. 판사의 벌거벗은 허벅지 사이에 쩍 열린 가방이 끼어 있었다.

500달러. 판사가 말했다. 화약과 총알까지 다 포함해서.

전직 신부는 소년의 곁에 있었다. 쏴 버려. 그가 속삭였다.

소년이 권총을 받아 들자 전직 신부가 소년의 팔을 움켜쥐고 속삭였다. 소년이 밀쳐 내자 신부는 큰 소리로 외쳤다. 그만큼 두려움이 컸던 것이리라.

이런 기회는 다시없어. 어서 쏴. 지금 저놈은 벌거벗은 채야.

무기라고는 없다고. 하느님 맙소사, 달리 저놈을 이길 수 있다고 생각해? 어서 쏴, 녀석아. 하느님의 사랑을 위해 쏴. 어서. 안 그랬다가는 네 인생은 끝장나고 말 거야.

판사가 빙그레 웃으며 관자놀이를 두드렸다. 이보게, 신부. 판사가 말했다. 볕을 너무 쬔 모양이군. 750달러, 더 이상의 제안은 없네. 팔 사람이 알아서 결정하게.

소년은 권총을 벨트에 꽂았다. 그리고 죽이라고 조르는 전직 신부와 함께 저수지를 빙 돌아 서쪽으로 나아갔다. 토드빈이 기어올라 와 두 사람을 바라보았다. 얼마 후 황야는 텅 비었다.

그날 두 사람은 벽옥, 홍옥수, 마노 따위가 조각조각 깔린 광대한 모자이크에 다다랐다. 400헥타르에 달하는 드넓은 지역에 접착제 없이 흩뿌려진 돌멩이들 사이에서 바람이 딸각딸각 노래 불렀다. 그곳을 데이비드 브라운이 말을 타고 동쪽으로 가로질러 왔다. 옆에 빈 말이 한 마리 더 따라왔는데, 안장과 고삐를 모두 갖추고 있었다. 소년은 벨트에 양쪽 엄지를 박고 서서는 브라운이 다가오는 모습을 지켜보았다. 그가 옛 동료를 내려다보았다.

감옥에 있다고 들었는데. 토빈이 말했다.

그랬지. 하지만 지금은 자유의 몸이라네. 브라운이 말했다. 그리고 두 사람의 머리부터 발끝까지 꼼꼼히 뜯어보았다. 소년의 다리에 툭 튀어나온 화살 동강이를 쳐다보더니 전직 신부의 눈을 응시했다. 꼴이 그게 뭔가? 그가 말했다.

꼴깍 안 갔으니 그걸로 됐지 뭐.

글랜턴과는 헤어진 건가?

글랜턴은 죽었네.

브라운은 광대한 사금파리 땅에 하얀 부스러기를 뱉었다. 갈증을 막으려고 입에 자갈을 물고 있었던 것이다. 그는 자갈을 다른 쪽 뺨으로 옮기더니 두 사람을 바라보았다. 유마 놈들 짓이군. 그가 말했다.

그래. 전직 신부가 대꾸했다.

모조리 죽었나?

토드빈과 판사는 저기 저수지에 있다네.

판사는 살았군. 브라운이 말했다.

말들이 발아래 광기 어린 돌바닥을 쓸쓸하게 응시했다.

나머지는 모두 죽었단 말이야? 스미스도? 도시도? 껌둥이도?

모두 갔네. 토빈이 대꾸했다.

브라운은 사막 너머 동쪽을 바라보았다. 저수지까지는 얼마나 먼가?

해 뜨고 한 시간 지났을 때 거기서 나왔어.

판사에게 무기가 있나?

아니.

그는 두 사람의 얼굴을 살폈다. 명색이 신부인데 거짓말하는 건 아니겠지. 그가 말했다.

아무도 대꾸하지 않았다. 그는 바싹 마른 귀 목걸이를 손가락으로 만지작거렸다. 그러다 말 머리를 돌려 나아갔다. 주인 없는 말도 뒤를 따랐다. 그가 문득 뒤돌아보더니 말을 멈추었다.

죽은 걸 봤나? 글랜턴 말이야. 그가 외쳤다.

내 두 눈으로 똑똑히 봤네. 전직 신부가 맞받아 외쳤다.

브라운은 소총을 무릎에 올려놓은 채 몸을 살짝 틀어 앞으로 나아갔다. 그는 뒤쪽에 남은 두 사람에게서 시선을 떼지 않았고, 두 사람도 역시 그에게서 시선을 떼지 않았다. 그가 한 점 점으로 줄어들자 그들은 몸을 돌려 걸음을 옮겼다.

다음 날 정오 두 사람은 다시 포장마차 대열이 버리고 간 마구와 부서진 편자와 뼈와, 고삐와 안장을 그대로 두른 채 바싹 마른 노새 시체와 마주쳤다. 그들은 메마른 호수의 희미한 가장자리를 터벅터벅 걸어갔다. 부서진 조개껍데기가 모래밭에 사금파리처럼 널려 있었다. 초저녁에 그들은 모래 언덕과 흙더미 사이로 흐르는 카리소 개천에 이르렀다. 말이 개천이지 바위 사이에서 솟아난 물은 사막으로 흘러내리는 듯하다가 이내 사라졌다. 죽어 널브러져 누런 뼈와 누더기 털만 남긴 수천 마리 양들 사이로 걸어간 두 사람은 뼈다귀가 곁에 있든 말든 태연히 무릎을 꿇고 물을 마셨다. 소년이 물방울이 뚝뚝 듣는 머리를 들어 올리는 순간 웅덩이에 비친 자기 그림자가 총알로 움푹 패었다. 뼈가 흩뿌려진 언덕 사이로 총성이 요란하게 메아리치다 사막으로 흘러들며 사그라졌다. 소년은 잽싸게 엎드려 옆으로 기어가며 지평선을 살폈다. 먼저 말들이 보였다. 남쪽 모래 언덕 사이에 말 두 마리가 서로 주둥이를 맞대고 서 있었다. 이윽고 얼마 전 동료들이 입었던 옷을 누덕누덕 기워 입은 판사가 보였다. 그는 소총 부리를 움켜쥐고 세워 화약을 붓고 있었다. 그 발치에는 모자만 쓴 채 벌거벗은 저능아가 웅크리고 있었다.

소년은 저지대로 부리나케 달아나 권총을 쥐고 납작 엎드렸다. 개천 물이 소년의 팔꿈치를 간질이며 흘러갔다. 고개를 돌려 전직 신부를 찾았지만 보이지 않았다. 햇살이 환히 내리쬐는 언덕 위에 판사와 저능아와 말들이 뼈대 사이로 보였다. 소년은 악취가 진동하는 등짝에 놓인 안장에 총을 받쳐 조준하고는 발사했다. 판사 뒤쪽 비탈에서 모래가 풀썩 뛰어올랐다. 판사가 소총을 들어 발사하자 총알이 뼈를 타닥 두들기고서 모랫바닥으로 굴러갔다.

바닥에 엎드린 소년의 심장이 벌떡벌떡 두방망이질했다. 소년은 다시 공이치기를 젖히고는 슬쩍 머리를 들었다. 저능아는 좀 전 그대로 앉아 있었지만, 판사는 능선을 따라 점잖게 걸으며 흐트러진 뼈를 내려다보았다. 지형상 판사가 유리했다. 소년은 다시 움직였다. 엎드린 채 개천으로 기어들어 가 권총과 화약통을 높이 들고는 벌컥벌컥 물을 마셨다. 그리고 개천 맞은편으로 나와 늑대의 걸음에 단단히 다져진 길을 내려갔다. 왼쪽에서 전직 신부가 나직이 속삭이는 듯했다. 소년은 가만히 엎드려 물소리 사이로 귀를 기울였다. 총에 안전장치를 걸고 탄창을 돌려 총알을 재운 후 덮개를 닫고는 다시 고개를 들었다. 판사가 걸어가던 야트막한 언덕은 텅 비어 있었다. 말 두 마리가 북쪽에서 모래땅을 가로질러 다가왔다. 소년은 공이치기를 젖히고는 유심히 바라보았다. 말은 황량한 비탈을 마음대로 넘으며 고개와 꼬리를 흔들었다. 말 뒤에 저능아가 아기작아기작 쫓아오는 모습이 마치 신석기 시대의 몰이꾼 같았다. 오른쪽 모래 언덕에 판사가 나타나 쭉 둘러보더니 다시 내려갔다. 말이 계속 다가왔다. 그때 뒤에서 긁는 듯한 소리가 들리기에 고개를 돌리니 전직 신부가 늑대 길 위에서 나지막이 외쳤다.

그놈을 쏴 버려.

소년은 판사를 찾아 고개를 돌렸지만, 전직 신부가 거친 목소리로 다시 속삭였다.

머저리 말이야. 머저리를 쏴 버려.

소년은 권총을 들어 올렸다. 말이 누렇게 바랜 울타리 중간에 무너진 곳으로 한 마리씩 들어왔다. 저능아가 되똑되똑 뒤를 따르더니 시야에서 벗어났다. 소년이 돌아보니 전직 신부는 사라지고 없었다. 길을 따라 내려가자 다시 개천이 나왔다. 위쪽에서 물을 먹는 말들 탓에 탁류가 흘러내렸다. 소년은 다시 피가 나는 다리를 차가운 물에 담그고 엎드려 물을 마시고는 손으로 목덜미에 물을 끼얹었다. 허벅지에서 뿜어져 나온 핏줄기가 가느다란 빨간 거머리처럼 물 위를 둥둥 떠내려갔다. 소년은 태양을 바라보았다.

안녕들 한가. 판사의 외침이 서쪽으로 잦아들었다. 마치 개천에 누가 새로 오기라도 한 듯했다.

소년은 가만히 엎드려 귀를 기울였다. 하지만 인기척은 없었다. 잠시 후 판사가 다시 소리쳤다. 이리 나오게. 물이야, 우리 모두 배가 터지도록 먹을 만큼 넘치지 않나.

소년은 화약통이 물에 젖을까 봐 등 쪽으로 돌려 메고는 권총을 들고 기다렸다. 상류에서 말이 물을 먹다가 멈추었다. 이윽고 다시 흐릅흐릅 물을 들이켰다.

소년이 개천 맞은편으로 넘어가 보니 고양이와 여우와 자그마한 사막돼지의 발자국 사이로 전직 신부가 남겨 놓은 손과 발의 흔적이 역력했다. 소년은 뼈다귀가 정신없이 흩뿌려진 공터로 들어가 앉아 귀를 기울였다. 가죽옷이 물에 젖어 무겁고 뻣뻣한 데다 다리가 욱신거렸다. 뼈 더미 너머로 30미터 위쪽 개울에서 말 머리가 비쭉 올라오더니 다시 사라졌다. 판사가 재차 소리쳤지만, 이번에는 전혀 뜻밖의 장소에서 울렸다. 판사는 그들을 친구라고 불렀다. 소년은 양의 갈빗대가 드리운 아치 사이로 먹이를 이고 가는 소규모 개미 행렬을 바라보았다. 그러다 양가죽 아래 도사린 조그마한 독사와 눈이 마주쳤다. 소년은 입가를 훔치고는 이동했다. 막다른 길에서 전직 신부의 흔적이 사라졌다가 다시 보였다. 소년은 가만히 귀를 기울인 채 엎드려 있었다. 해가 지려면 아직 몇 시간을 기다려야 했다. 잠시 후 어딘가 뼈다귀 사이에서 저능아의 웅얼웅얼하는 소리가 들렸다.

소년은 사막으로 불어가는 바람 소리와 자신이 숨소리를 들었다. 고개를 들어 밖을 살피니, 전직 신부가 양의 정강이뼈를 기다란 가죽으로 묶어 만든 십자가를 높이 쳐들고는 뼈다귀 사이에서 비틀비틀 걸어가고 있었다. 황량한 사막에서 미쳐 버린 수맥 전문가처럼 십자가를 든 채 이미 사라져 버린 낯선 언어로 소리쳐 대는 것이었다.

소년은 양손으로 권총을 쥐고 벌떡 일어났다. 그리고 바람처럼 달려갔다. 판사가 보였다. 조금 전과는 전혀 다른 위치에서 어깨에 소총을 걸고 조준하고 있었다. 그가 총을 쏘자 토빈이 빙그르르 몸을 돌리더니 십자가를 쥔 채 그대로 주저앉았다. 판사가 소총을 내려놓더니 다른 소총을 집어 들었다. 소년은 권총이 흔들리지 않도록 안간힘을 쓰며 총을 발사한 뒤냅다 엎드렸다. 소총의 묵직한 총알이 소행성처럼 머리 위로 날아와 뒤쪽 언덕의 뼈다귀 사이로 요란하게 떨어졌다. 소년은 무릎을 꿇고 일어나 판사를 찾았지만 이미 그 자리에 없었다. 빈 탄창에 다시 총알을 재운 소년은 전직 신부가 쓰러진 곳으로 팔꿈치로 기어갔다. 태양을 보고 방향을 감지하되 이따금씩 멈추어 귀를 기울였다. 썩은 고기를 찾아 황야에서 기어든 육식 동물로 인해 땅은 단단히 다져져 있었고, 묵은 행주 같은 악취를 풍기며 나돌아 다니는 바람 말고는 아무 소리도 들리지 않았다.

토빈은 개천에 무릎을 꿇고 앉아, 찢어 낸 셔츠 쪼가리로 상처를 닦고 있었다. 총알이 목을 완전히 관통한 터였다. 동맥을 아슬아슬하게 비켜 가긴 했지만 출혈은 멈출 줄 모르고 계속되었다. 토빈이 해골과 뒤집힌 갈빗대 사이에 웅크리고 앉아 있는 소년을 쳐다보았다.

말을 죽여야 해. 토빈이 말했다. 다른 방법은 없어. 그자가 말을 타고 널 추격할 거야.

우리가 말을 타고 달아나면 되죠.

멍청한 소리 마. 말에 다가가기만 해도 끝장이야.

어두워지면 얼른 빠져나가요.

소년은 그를 바라보았다. 피가 안 멎을까요?

글렀어.

어떡할 거예요?

멎게 해야지.

피는 손가락 틈으로 줄줄 흘러나왔다.

판사는 어디 있죠? 소년이 말했다.

어딘가 있겠지.

내가 판사를 죽이면 말을 타고 갈 수 있어요.

어림없어. 괜히 어리석은 짓 하지 마. 말을 쏴.

소년은 모래투성이의 얕은 개천을 응시했다.

어서 가거라.

소년은 전직 신부와 물에 툭툭 떨어져 꽃처럼 피었다가 엷어져 가는 핏방울을 바라보았다. 그리고 개천 상류로 이동했다.

말이 물을 먹던 곳에 가 보니 이미 사라지고 없었다. 말이 빠져나간 쪽의 모래가 여전히 축축했다. 소년은 권총을 앞으로 밀쳐 가며 손목으로 기어갔다. 이처럼 정말 조심했는데도 저능아에게 먼저 발각되고 말았다.

뼈다귀 정자에 꿈쩍도 않고 앉아 있는 저능아의 멍한 얼굴에 햇살이 무늬를 흩뿌렸다. 저능아는 마치 숲속의 야생 동물 같은 눈길로 소년을 바라보았다. 소년은 저능아를 힐끗 쳐다보고는 말발굽 자국을 따라 길을 재촉했다. 저능아의 기우뚱한 목이 서서히 돌아가며 둔한 턱에서 침이 뚝뚝 떨어졌다. 소년이 돌아보니 저능아는 여전히 그 꼴로 바라보고 있었다. 손목을 앞쪽 모랫바닥에 축 늘어뜨리고 있었는데, 얼굴에 아무 표정이 없는데도 거대한 고통에 둘러싸인 생물체처럼 보였다.

말은 개천 위쪽 언덕에 서서 서쪽을 바라보고 있었다. 소년은 가만히 엎드려 일대를 살폈다. 이윽고 웅덩이 가장자리를 따라 이동해 툭 솟아오른 뼈대에 등을 기대고 앉아 공이치기를 젖히고는 팔꿈치를 무릎에 괸 채 잠시 숨을 골랐다.

말은 웅덩이에서 나오는 소년을 가만히 지켜보고 있었다. 공이치기 젖히는 소리에 귀를 쫑긋 세우더니 소년을 향해 다가오는 것이었다. 소년은 첫 번째 말의 가슴팍을 쏘았다. 말이 픽 쓰러져 코에서 피를 뿜으며 힘겹게 숨을 쉬었다. 나머지 말은 걸음을 멈추고는 어찌할 바를 몰라 주저했다. 소년은 공이치기를 젖혔고, 말이 방향을 트는 순간 발사했다. 모래 언덕 사이로 종종걸음 치는 말에게 소년은 다시 발사했다. 말이 앞발이 휘며 휘청하더니 옆으로 굴렀다. 그리고 한 번 고개를 드는 것을 끝으로 뻣뻣이 굳었다.

소년은 귀를 기울이며 앉아 있었다. 아무것도 움직이지 않았다. 첫 번째 말은 쓰러진 그대로 누워, 머리 주위의 모래땅을 피로 거멓게 물들였다. 개천 아래쪽에서 연기가 피어오르더니 가늘어지며 사그라졌다. 소년은 다시 웅덩이로 내려가 죽은 노새의 갈빗대 아래에 웅크려 총알을 잰 다음 개천으로 기어갔다. 왔던 길이 아니라 다른 길로 골라간 탓에 저능아는 보이지 않았다. 개천에 이르러 벌컥벌컥 물을 마시고 다리를 물에 적신 뒤 가만히 누워 귀를 기울였다.

총을 버려. 판사가 말했다.

소년은 얼어붙었다.

목소리는 15미터도 채 떨어져 있지 않았다.

네가 무슨 짓을 했는지 다 알아. 신부의 꾐에 넘어가 의지와 행동을 조정당했다는 점을 고려해 감형해 주겠네. 사실상 모든 범죄가 다 마찬가지지. 하지만 이번에는 소유권 문제가 걸려 있어. 어서 총을 던져.

소년은 미동도 않고 엎드려 있었다. 판사가 상류에서 첨벙 첨벙 걸어오는 소리가 들렸다. 소년은 숨죽인 채 천천히 숫자를 세었다. 탁류가 흘러들자 숫자 세던 것을 멈추고는 벌떡 일어나 총성을 울렸다. 말라서 배배 꼬인 풀포기가 하류로 흘러가 사라졌다. 다시 같은 숫자만큼 세는 동안 뼈다귀 사이에는 아무것도 보이지 않았다. 소년은 개천 밖으로 나와 태양으로 방향을 가늠해 토빈이 있던 자리로 돌아갔다.

전직 신부가 개천에서 나오면서 생긴 물자국은 여전히 축축했고, 발걸음을 따라 핏방울이 뚝뚝 떨어져 있었다. 흔적을 쫓아가는데 뼈와 가죽으로 몸을 가리고 누워서 속삭이는 신부가 보였다.

말을 해치웠니?

소년은 손을 들었다.

그래, 총성을 세 방 들었어. 저능아도 죽였겠지?

소년은 대꾸하지 않았다.

잘했어. 전직 신부는 나직이 씻씻거리며 말했다. 셔츠로 목을 묶은 탓에 허리 위로는 아무것도 걸치고 있지 않았다. 그는 악취를 풍기는 안식처에 웅크리고 앉아 태양을 바라보았다. 그림자가 모래 언덕에 길게 드리워지자 그곳에서 죽음을 맞은 짐승의 뼈가 모래 위에 비틀린 갑옷처럼 휘어 보였다. 해가 지려면 두 시간 가까이 남아 있었다. 전직 신부 말로는 그러했다. 두 사람은 죽은 소의 넓적지 같은 가죽 아래 엎드린 채 판사가 부르는 소리에 귀를 기울였다. 그는 법률 용어를 나열하며 몇몇 사례를 인용했다. 가축 소유권에 대한 조항을 설명하고, 뼈 무더기 사이에 죽어 널브러진 말의 옛 소유자가 행한 흉악무도한 행위와 관련해 권리 박탈 사례를 인용했다. 그리고 다른 것들에 대해 늘어놓았다. 전직 신부가 소년에게 몸을 기댔다. 듣지 마.

안 들어요.

귀를 막아.

그쪽 귀나 잘 막아요.

신부는 양손으로 귀를 가리고서 소년을 바라보았다. 출혈 탓에 열에 들뜬 두 눈이 더없이 진지했다. 어서 귀를 막아. 그가 속삭였다. 저치가 나한테 말하는 것 같아?

소년은 고개를 돌렸다. 황야의 서쪽 지평선에 태양이 걸려 있었다. 두 사람은 묵묵히 앉아 있다 사위가 어둠에 묻히자 일어나 길을 나섰다.

몰래 개천에서 벗어나 야트막한 모래 언덕을 넘어 마지막으로 계곡을 돌아보았다. 기슭 가장자리에 판사가 피운 모닥불이 바람결에 환하게 펄럭였다.

주변에서 늑대와 자칼의 울음이 계속되었지만 달이 뜨자 놀라기라도 한 듯 뚝 그쳤다. 그러다 다시 울어 댔다. 두 사람은 부상 탓에 체력이 떨어질 대로 떨어져 있었다. 잠깐잠깐 누워 휴식을 취하기는 했지만 동쪽 지평선에 대한 경계는 게을리하지 않았다. 신이 깃들지 않은 섬뜩한 메마른 방향에서 불어오며 소식 한 자 전하지 않는 바람 탓에 두 사람은 황량한 사막에서 부들부들 떨었다. 빛이 스며들자 끝 간 데 없는 평야에 그나마 살짝 솟은 곳에 올라 푸석푸석한 혈암에 웅크리고 앉아서는 태양이 떠오르는 모습을 바라보았다. 누더기 차림에 피의 목도리를 두른 신부는 선뜩한 날씨에 몸을 웅숭그렸다. 이 자그마한 언덕에서 그들은 잠이 들었다. 눈을 떠 보니 아침도 중반에 접어들어 태양이 꽤 높이 올라가 있었다. 그들은 일어나 사방을 둘러보았다. 평야 한가운데 판사와 저능아가 이곳을 향해 오고 있었다.

21

소년은 토빈을 바라보았지만, 전직 신부의 얼굴에는 아무런
표정이 없었다. 다가오는 이들이 누구인지 전혀 모르는 듯 태
연한 얼굴에는 초췌함과 비참함이 서려 있었다. 토빈이 살짝
고개를 들더니 소년을 쳐다도 보지 않고 말했다. 어서 가. 너
라도 살아야지.

소년은 바위에서 물통을 집어 들어 한 모금 마신 뒤 전직 신
부에게 건넸다. 전직 신부도 물을 마셨다. 두 사람은 가만히 바
라보며 앉아 있다가 이윽고 일어나 몸을 돌려 다시 출발했다.

부상당한 데다 허기까지 엄습해서 비트적비트적 형편없는
몸짓으로 걸음을 옮겼다. 정오가 되자 물까지 떨어졌다. 그들
은 황야를 유심히 살피며 앉아 있었다. 북풍이 불어왔다. 입
안이 바싹 타들어 갔다. 그들은 드넓은 지구에서도 하필이면

절대적인 사막에 위치해 있었다. 지형의 변화라고는 전무한 사막은 가도 가도 늘 제자리걸음인 것만 같았다. 대지가 사방에서 똑같이 둥글게 가라앉았다. 그 경계선 속에 갇힌 두 사람은 늘 원의 중심점에 자리했다. 그들은 일어나 걸음을 디뎠다. 태양이 활활 타올랐다. 앞선 여행자들이 남기고 간 물건이나 가리비 모양의 모래 무덤에서 빠져나온 인간의 뼈를 안내판 삼아 두 사람은 나아갔다. 오후에 오르막이 시작되었다. 야트막한 언덕마루에 올라 뒤돌아보니 판사가 3킬로미터 너머에서 걸어오고 있었다. 그들은 다시 나아갔다.

사막은 어디 할 것 없이 물에 가까워질수록 동물 사체가 점점 늘어난다. 이곳 역시 그러했다. 마치 샘 주변에 생명을 앗아 가는 위험한 무엇인가가 진을 치고 있는 듯했다. 두 사람은 뒤를 돌아보았다. 언덕에 판사는 보이지 않았다. 그들 앞쪽에는 하얗게 탈색된 마차가 한 대 서 있고, 멀찌감치 쓰러진 노새와 소는 끊임없이 휘날리는 모래에 털이 몽땅 뜯겨 가죽이 캔버스 천처럼 맨들맨들했다.

소년은 주위를 유심히 살피며 서 있다가 수십 미터쯤 되돌아가 모래 위에 얕게 파인 발자국을 내려다보았다. 그리고 끊임없이 모양을 바꾸는 모래 언덕을 올려다보았다. 조금 전 그들이 내려온 곳이었다. 소년은 무릎을 꿇어 땅바닥에 손을 짚고 엎드려 규토질 모래가 바람결에 수런거리는 소리에 귀 기울였다.

손을 들자 손에 가로막혀 쌓여 가던 나지막한 모래 더미가 서서히 사그라졌다.

소년이 돌아가니 전직 신부가 엄숙하게 바라보았다. 소년은 무릎을 꿇고 앉아 토빈을 가만히 응시했다.

숨어야 해요. 소년이 말했다.

숨는다고?

그래요.

대체 어디에 숨는단 말이냐?

여기. 여기에 숨으면 돼요.

불가능해.

가능해요.

판사가 우리 흔적을 못 볼 것 같아?

바람이 발자국을 모두 지우고 있어요. 저기 비탈에는 발자국이 이미 지워지고 없어요.

지워져?

전부 다요.

전직 신부는 절레절레 고개를 저었다.

어서요. 얼른 숨어야 해요.

숨을 수 없어.

일어나요.

꺼져, 꺼져. 토빈이 손을 휘휘 저었다.

소년은 말했다. 그자는 아무것도 아니에요. 아저씨가 그렇게 말했잖아요. 사람은 누구나 흙으로 만들어졌다고요. 그건 우…… 우…… 우 머시기가 아니랬잖아요.

우화.

그래요, 우화가 아니랬잖아요. 명백한 사실이고, 판사도 다른 사람들과 마찬가지라고요.

그럼, 그자를 없애 버려. 전직 신부가 말했다. 정말 그렇다면 그자를 없애라고.

그자는 소총을 갖고 있고, 난 권총이에요. 게다가 그자는 두 자루나 갖고 있죠. 그러니 어서 일어나요.

토빈이 일어났다. 다리가 휘청거려 소년에게 기대야 했다. 두 사람은 가던 길에서 방향을 틀어 마차를 지나쳐 나아갔다.

첫 번째 뼈 무더기를 지나 노새 두 마리가 뻗어 있는 곳에 이르렀다. 소년은 판자를 하나 주워 들고 모래를 팠다. 그러는 내내 동쪽 지평선을 예의주시했다. 쉰내를 풍기는 뼈가 드리운 그늘 아래 두 사람은 기진맥진한 늑대처럼 엎드리고는 판사가 지나가기를 기다렸다.

오래 기다릴 필요는 없었다. 언덕에 판사가 나타나 잠시 멈추더니 아래로 내려왔다. 여차하면 식량 공급원이 될 떨거지도 침을 질질 흘리며 함께 내려왔다. 언덕 비탈은 바람에 모래가 휘릭휘릭 날아다녔다. 언덕마루에서 둘러볼 법도 하건만 판사는 사라진 두 사람을 찾아 두리번거리지도 않았다. 그는 성큼성큼 내려와 평지를 가로질렀다. 저능아는 가죽 끈에 묶여 판사 앞에서 걸어갔다. 판사의 소총 두 자루는 브라운의 것이었다. 가슴 양쪽에는 수통 두 개가 매달려 있고, 깔때기와 화약통과 여행 가방과 캔버스 천 가방을 지니고 있었다. 그것들 역시 브라운의 것이었으리라. 기묘하게도 판사는 썩은 가죽을 갈빗대에 펼쳐 가죽 끈으로 묶어 만든 양산을 들고 있었다. 손잡이는 뭇짐승의 앞다리였다. 가까이 왔을 때 보니 옷이 커다란 체구에 조각조각 찢겨 마치 색종이를 군데군데 붙인 듯했다. 무시무시한 양산과 목줄을 한 저능아 때문에 그는 마치 분노한 주민들에게 쫓겨 달아나는 별 볼일 없는 약장수 같았다.

소년은 모래에 엎드린 채 노새의 갈빗대 사이로 두 사람이 걸어가는 모습을 지켜보았다. 모래를 가로지른 소년과 토빈의 발자국이 아직 희미하게나마 둥그렇게 남아 있었다. 소년은 판사와 발자국을 번갈아 쳐다보는 한편, 사막 바닥을 쓸고 가는 모래 소리에 귀 기울였다. 판사가 100여 미터를 사이에 두고 우뚝 멈추더니 주위를 둘러보았다. 저능아는 손으로 땅을 짚고 웅크리고 앉아 목줄에 기대는 모습이 영판 털 없는 여우원숭이였다. 저능아가 고개를 젓더니 두 사람의 위치를 가늠하듯 코를 킁킁거렸다. 모자는 사라지고 없었는데, 판사가 빼앗은 듯했다. 판사의 발에 사막에 버려져 있었을 법한 천 조각과 신발 모양 가죽이 가죽 끈으로 묶여 있었다. 저능아가 돌진하며 까악까악 대고 손을 저었다. 그들은 마차를 지나 계속 나아갔다. 두 사람이 방향 튼 곳을 모르고 지나친 것이 분명했다. 모래에 박혀 있던 희미한 형태는 사라지고 없었다. 전직 신부가 소년의 팔을 움켜쥐더니 판사를 가리키며 속삭였다. 바람에 시체 가죽이 요란하게 펄럭였고, 판사와 저능아는 계속 걸어가 한 점 점으로 줄어들었다.

그들은 말 한마디 없이 엎드려 있었다. 전직 신부가 살짝 몸을 일으켜 주위를 살피더니 소년을 바라보았다. 소년은 권총의 공이치기를 풀었다.

그런 기회는 다시없을 거야.

소년은 권총을 벨트에 꽂은 후 무릎을 꿇고 일어나 밖을 내다보았다.

이제 어쩌지?

소년은 대꾸하지 않았다.

샘에서 우릴 기다리고 있을 거야.

기다리라고 하죠 뭐.

그 개천으로 돌아가자.

그러고는요?

사람들이 올 때까지 기다리는 거야.

사람들이 무슨 수로 오겠어요? 나룻배도 없는데.

먹을 거야 개천에서 사냥하면 되고.

토빈은 뼈와 가죽 틈새로 내다보며 말하고 있었다. 대꾸가 없자 그는 고개를 들었다. 거기로 돌아가자.

총알이 네 발 남았어요. 소년이 말했다.

소년이 일어나 말끔히 쓸린 사막을 바라보자 전직 신부도 일어났다. 그들의 시야에 되돌아오고 있는 판사가 들어왔다.

소년은 욕을 뱉으며 납작 엎드렸다. 전직 신부도 몸을 웅크렸다. 그들은 구덩이로 얼른 들어가 도마뱀처럼 턱을 모래에 묻고는 판사를 지켜보았다.

거대한 검은 꽃처럼 바람에 펄럭이는 양산과 짐을 든 판사는 개목걸이를 찬 저능아를 앞세우고 뼈다귀 사이를 지나 조금 전 내려왔던 모래 언덕을 다시 올랐다. 언덕마루에서 판사가 몸을 돌리자 저능아는 그의 발치에 웅크렸다. 판사는 양산을 아래로 낮추더니 황야에 대고 소리쳤다.

신부의 꾐에 넘어가 네가 이런다는 것, 잘 알아. 너는 결코 비열하게 숨을 위인이 아니지. 네가 암살 따위를 할 악독한 인물이 아니라는 것 또한 잘 안다. 나는 오늘 두 번이나 네 사정거리를 지나쳤고, 기꺼이 또다시 지나칠 수 있어. 숨어 있지만 말고 얼른 나오렴.

너는 암살자도 게릴라도 아니야. 판사가 외쳤다. 네 마음 한구석에는 흠집이 나 있어. 내가 모를 줄 알았니? 너만이 내 뜻을 거역했지. 너만이 네 영혼 한편에 천국에나 어울릴 만한 온화함을 갖고 있었어.

저능아가 일어나 양손으로 얼굴로 가리고서 뭐라고 중얼중얼하더니 도로 앉았다.

내가 브라운과 토드빈을 죽였다고 믿겠지? 둘 다 너나 나처럼 멀쩡히 살아 있어. 자신이 선택한 열매를 가지고 아주 잘 살아 있지. 이해하겠나? 신부한테 물어봐. 신부는 알고 있어. 그리고 신부는 거짓말을 안 하지.

판사가 양산을 쳐들고 가방을 바로 들었다. 아마도, 너는 이곳을 꿈에서 보았을 거야. 판사가 외쳤다. 이곳에서 죽는 너 자신을 보았던 거야. 판사는 개목걸이를 찬 저능아와 함께 언덕을 내려가 다시 한번 뼈 무더기를 지나 아른거리는 열기 속에서 형체 없이 가물대다 완전히 사라졌다.

인디언과 마주치지 않았더라면 두 사람은 벌써 죽었을 것이다. 그날 저녁 그들은 남서쪽 지평선 위로 떠오른 시리우스를 왼쪽에 두고 나아갔다. 고래자리가 허공을 건너가고 오리온자리의 베텔게우스가 머리 위에서 맴을 돌았다. 그들은 시커먼 평야에 몸을 웅크린 채 부들부들 떨며 잠이 들었다가 하늘이 완전히 바뀌었을 때 깨어났다. 방향잡이로 삼던 별이 전혀 보이지 않았다. 마치 한 계절 내내 잠을 잔 것만 같았다. 적갈색 새벽빛이 고인 북쪽 언덕에 반라의 야만인이 일렬로 서 있거나 웅크리고 앉아 있었다. 두 사람은 일어나 걸어갔다. 길게 드리워진 좁다란 그림자는 작대기 같은 말라깽이 다리를 우스꽝스레 흉내 낸 듯했다. 인디언들이 모래 언덕을 따라 움직였다. 잠시 후 전직 신부가 주저앉고, 소년이 그의 머리 너머로 권총을 겨냥하고 섰다. 인디언들은 온몸을 색칠한 요정처럼 쪼르르 움직이다 뚝 멈추고 쪼르르 움직이다 뚝 멈추며 언덕을 내려와 그들에게 다가왔다.

디에게뇨 인디언이었다. 몽땅한 활로 무장한 그들은 두 사람 주위로 우르르 몰려들더니 무릎을 꿇고 앉아 물이 든 호리병박을 건넸다. 그들은 전에도 이런 표류자를 본 적이 있었다. 개중에는 이보다 더 끔찍한 고통을 겪은 이도 없지 않았다. 이 땅에서 힘겹게 목숨을 이어온 디에게뇨는 야만인에게 쫓기지 않는 한 굳이 이곳에 사람들이 올 일이 없다는 사실을 잘 알고 있었다. 태양의 집에서 스스로 끔찍하게 부화하여 동쪽 가장자리에 우르르 모이는 것들을 그들은 매일 보았다. 그것이 적이든 전염병이든 역병이든, 말로 표현할 수 없는 그 무엇이든, 그들은 묘하게도 천연히 맞이할 뿐이었다.

인디언들은 표류자를 산펠리페의 부락으로 데려갔다. 갈대로 지은 조잡한 오두막에 거지꼴을 한 지저분한 사람들이 살고 있었다. 그곳을 지나친 이가 남기고 간 면 셔츠 외에는 아무것도 걸치지 않은 차림이 다반사였다. 인디언들은 두 사람에게 도마뱀과 주머니쥐를 넣어 끓인 죽을 흙그릇에 담아 대접했다. 또한 말려서 빻은 메뚜기 가루로 만든 피뇰레도 나왔다. 인디언들은 가만히 웅크리고 앉아 두 사람이 먹는 모습을 더없이 진지하게 바라보았다.

한 명이 손을 뻗어 소년의 벨트에 꽂힌 권총 자루를 만지작거리며 말했다. 피스톨라.(권총.)

소년은 잠자코 음식만 먹었다.

야만인들이 고개를 끄덕였다.

키에로 미라르 수 피스톨라.(권총 구경 좀 합시다.) 권총 자루를 만지작거린 사내가 말했다.

소년은 대꾸하지 않았다. 사내가 권총을 향해 손을 뻗자 소년은 얼른 손을 낚아채 떠밀었다. 소년이 잠시 방심하는 듯하자 사내는 다시 손을 뻗쳤고 소년도 다시 그 손을 밀어냈다.

사내가 배시시 웃었다. 그리고 세 번째로 손을 뻗었다. 소년은 다리 사이에 접시를 내려놓고 권총을 뽑아 공이치기를 젖혀 사내의 이마에 총구를 들이댔다.

두 사람은 미동도 않고 앉아 있었다. 나머지 사람들은 가만히 지켜보았다. 잠시 후 소년은 권총의 공이치기를 풀고 총을 벨트에 꽂고는 접시를 들어 다시 음식을 먹었다. 사내는 권총을 가리키며 친구들에게 뭐라고 말했다. 그러자 야만인들은 고개를 끄덕이고는 조금 전처럼 가만히 앉아 있었다.

케 파소 콘 우스테데스.(어쩌다 이리 오게 되었소?)

소년은 퀭한 검은 눈을 들어 접시 너머로 사내를 바라보았다.

케 파소 콘 우스테데스.(어쩌다 이리 오게 되었소?)

거렇게 굳어 버린 목도리를 두른 전직 신부가 상체를 틀어 사내를 바라보았다. 그리고 소년을 쳐다보았다. 소년은 음식을 집어먹던 손가락을 깨끗이 핥고서 지저분한 바지 자락에 문질러 닦고 있었다.

라스 유마스.(유마족.) 소년이 말했다.

인디언들이 헉 하고 숨을 들이마시더니 쯧쯧 혀를 찼다.

손 무이 말로스.(아주 독한 놈들이지.) 사내가 말했다.

클라로.(아무렴요.)

노 티에네 콤파네로스?(다른 동료는 없소?)

시.(있죠.) 소년이 말했다. 무초스.(많아요.) 소년이 동쪽으로 손을 저어 보였다. 예가란. 무초스 콤파녜로스.(이곳으로 올 거예요. 동료 많아요.)

인디언들은 별 반응이 없었다. 아낙이 피뇰레를 더 가져왔지만 두 사람은 워낙 오래 굶주린 터라 배가 쪼그라들어 손사래를 쳐 물렸다.

오후에 두 사람은 개천에서 목욕을 하고는 땅바닥에 드러누워 잤다. 문득 눈을 떠 보니 벌거벗은 아이들과 개들이 가만히 쳐다보고 있었다. 마을로 들어가니 인디언들이 높은 바위에 쪼르르 앉아 동쪽 지평선에 무엇이 나타나나 지켜워하는 기색도 없이 가만히 지켜보고 있었다. 아무도 판사에 대해 묻지도 말하지도 않았다. 어린애와 개들이 마을 밖까지 졸졸 따라왔다. 두 사람은 태양이 이미 스러지는 서쪽의 야트막한 구릉지로 난 길을 나아갔다.

다음 날 늦게 워너스랜치에 이른 두 사람은 유황 온천수에 몸을 담그고 기운을 추슬렀다. 주위에는 아무도 없었다. 그들은 다시 길을 나섰다. 서쪽으로 풀이 무성한 언덕이 굽이치고, 그 너머로 산등성이가 바다까지 이어졌다. 그날 밤 그들은 나지막한 개잎갈나무 사이에서 잠들었는데 아침에 깨어나 보니 풀이 꽁꽁 얼어 바람결에 서걱댔다. 지저귀는 새의 노래를 듣고 있노라니 자신들이 지나온 음울한 황야에 비해 천국에 온 듯했다.

그날 두 사람은 대머리 화강암 봉우리 아래로 유카 선인장이 울창히 돋은 숲을 종일 올랐다. 저녁이 되자 독수리 떼가 그들 앞으로 휙휙 날아 지나쳤다. 풀이 무성한 기슭에서 곰들이 어슬렁어슬렁 걸어가는 모습이 마치 고지대 황야에서 풀을 뜯는 소 같았다. 민둥머리 정상은 바람을 면한 부분에 눈이 모다기져 있었다. 밤이 되자 눈송이가 슬금슬금 내렸다. 새벽에 두 사람이 부들부들 떨며 길을 나서는데 안개 뭉치가 비탈을 타고 기어들었다. 새로 내린 눈에는 해 뜨기 직전 두 사람의 냄새를 맡고 다가온 곰의 발자국이 선연히 남아 있었다.

태양은 안개에 휘감겨 파리하게 질리고, 사방에 서리가 허옇게 내려앉고, 나지막한 나무는 각자 나름의 모습으로 극성을 띤 핵이성체(核異性體)[42]처럼 서 있었다. 야생 숫양이 돌투

---

42) 원자 번호와 질량수는 같고 에너지 상태만 다른 원자핵.

성이 계곡을 유령처럼 오르고, 위쪽 눈 더미에서부터 휘몰아쳐 내려오는 선뜩한 잿빛 바람을 타고 연기 같은 증기가 마치 세상이 온통 불붙은 듯 요악스레 내달렸다. 여행 막바지에 이른 여행자들이 흔히 그러하듯 두 사람은 점점 말이 줄어 급기야는 침묵에 잠겼다. 두 사람은 산을 적시며 흘러가는 차가운 개울물로 목을 축이고 상처를 씻었다. 샘가에서 어린 암사슴을 총으로 잡아 배가 탱탱해지도록 먹은 뒤 남은 고기는 얇게 떠 훈제하여 챙겼다. 더는 곰이 보이지 않았지만 흔적은 곳곳에 남아 있었다. 어둠이 내리기 전 두 사람은 사슴 고기를 먹은 곳에서 2킬로미터는 족히 올라갔다. 다음 날 아침에는 날지 못하는 원시 새의 알이 굳은 듯한 뇌석(雷石)이 황무지 여기저기 모여 있는 평평한 지대를 가로질렀다. 햇볕의 따뜻함을 모조리 빨아들이는 산 그림자의 경계선을 따라 그들은 터벅터벅 걸어갔다. 그날 오후 두 사람은 구름 아래 파랗게 펼쳐진 고요한 바다를 난생처음으로 보았다.

산길은 나지막한 언덕 사이로 이어지다 마찻길과 교차했다. 두 사람은 마차 바큇자국이 얽히고설킨 군데군데 돌멩이가 바퀴 쇠테에 흠집이 난 길로 들어섰다. 바다가 거뭇하게 변하며 해가 떨어지자 사방이 온통 시푸르죽죽 물들고 추위가 엄습해 왔다. 두 사람은 나무가 자라는 나지막한 언덕 아래에서 벌벌 떨며 잠들었다. 올빼미 울음 사이로 노간주나무 향기가 출렁이고, 끝없는 어둠 속에서 별이 와글와글했다.

두 사람이 샌디에이고에 들어선 것은 이튿날 저녁이었다. 전직 신부는 병원을 찾으러 갔고, 소년은 흙길을 돌아다니다 주르르 늘어선 가죽 오두막과 자갈밭을 지나 해변으로 갔다.

파도가 닿는 경계선에 늘어선 질긴 해초 중에는 호박 빛을 띤 다시마도 여러 가닥 널브러져 있었다. 그리고 죽은 물개 한 마리. 만 안쪽에 침몰한 듯 가느다랗게 돋은 암초는 바다가 드러낸 이빨인 것만 같았다. 소년은 모래밭에 웅크리고 앉아, 난타당하는 바다에 걸터앉은 태양을 바라보았다. 저기 멀리 연어 빛을 한 바다 위에서 구름이 섬처럼 둥실둥실 떠다녔다. 바닷새가 거뭇한 실루엣으로 날아갔다. 아래쪽 해변에서 파도가 묵직하게 철썩거렸다. 그곳에 말 한 마리가 검게 변해 가는 바다를 바라보며 서 있었다. 망아지가 그 주위를 쪼르르 달려갔다 되돌아왔다.

벌겋게 달궈진 해가 푸시시 물에 잠기며 부풀어 오르는 모습을 소년은 가만히 바라보았다. 하늘을 배경으로 선 말이 까매졌다. 파도가 어둠을 철썩철썩 울리고, 바다의 시커먼 거죽이 자갈처럼 흩뿌려진 별빛에 넘실대고, 새하얀 파도가 어둠 속에서 뛰어나와 해변에서 길게 부서졌다.

소년은 일어나 도시의 불빛을 바라보았다. 형광 빛 바닷게가 시커먼 바위를 기어오르고, 그 사이로 여기저기 흩어진 웅덩이가 용광로처럼 환히 빛났다. 소년은 소금을 먹고 자라는 풀밭을 가로지르다 뒤를 돌아보았다. 말은 꿈쩍도 않고 있었다. 저 멀리 배의 항해등이 파도에 깜박였다. 망아지는 고개 숙인 채 어미 곁에 서 있었다. 말은 인간이 알지 못할 그 무엇인가를 바라보고 있었다. 별이 익사하고 고래가 시커먼 망망대해로 거대한 영혼을 나르는 곳에 있는 무엇인가를.

22

노랗게 빛나는 창문과 컹컹 짖는 개들을 지나 거리를 걸어
가던 소년은 한 무리의 군인과 맞닥뜨렸다. 하지만 군인들은
어둠 탓에 소년을 노인으로 여겨 무심히 넘기고는 그냥 지나
쳐 갔다. 소년은 술집으로 들어가 어둑한 구석에 자리 잡고서
다른 이들을 예의주시했다. 아무도 무엇을 마시겠냐고 묻지
않았다. 일행을 기다리고 있다고 생각한 것이다. 얼마 후 군인
넷이 들어와 소년을 체포했다. 이류조차 묻지 않고 무조건 거
머쥐었다.

감방에서 소년은 그 누구도 평생 보기 힘든 기묘한 절박함
으로 말을 늘어놓았고, 교도관들은 유혈 낭자한 전투 탓에 정
신이 나갔나 보다고 수군댔다. 어느 날 아침 소년이 눈을 뜨니
판사가 감옥에 우뚝 서서 모자를 손에 들고 빙그레 웃으며 바

라보고 있었다. 잿빛 리넨 양복에 반들반들 광을 낸 부츠 차림이었다. 단추를 풀어헤친 코트에 받쳐 입은 조끼는 주머니에 시곗줄이 늘어져 있고, 장식핀이 달려 있었다. 자단목 개머리판에 은장식 총신이 부착된 데린저 권총이 가죽 벨트에 꽂혀 있었다. 판사는 조잡한 흙 건물의 복도에 서서 가만히 내려다보더니 모자를 쓰고는 다시 미소 지었다.

그래, 잘 지냈나?

소년은 대꾸하지 않았다.

자네가 원래 정신이 나간 건지 아닌지 궁금해하더군. 판사가 말했다. 놈들은 이곳 땅 때문이라고 생각하지. 땅 때문에 정신이 얼크러졌다고.

토빈은 어디 있죠?

그 머저리는 올 3월까지만 해도 하버드 대학교에서 존경받던 신학 박사였다고 내가 잘 말해 두었네. 아쿠아리우스산만큼이나 드높은 지성을 지녔다고. 한데 이곳 땅으로 인해 정신을 잃고 옷까지 잃어버렸다고 말했지.

토드빈과 브라운은요? 어디에 있나요?

자네와 헤어진 그곳 사막에 있지. 잔인한 일이야. 무장은 하고 있으니 그나마 다행이지. 판사는 설레설레 고개를 저었다.

놈들이 나를 어쩔 셈이죠?

목매달고 싶어 하네.

당신이 뭐라고 했기에?

진실을 말했지. 금치산자가 아니라 책임 능력이 있다고. 놈들이 상세히 알고 있는 건 아니지만, 그처럼 불행한 사태를 유발한 것이 바로 자네라는 사실은 잘 알고 있네. 네가 야만인과 짜고 여울에서 대량 학살을 감행했다고. 여기서 인과관계는 그닥 중요하지 않아. 대충 결론을 내리면 그것으로 끝이지. 자네가 살인 계획을 끝까지 고백하지 않더라도 창조주께서는 그 파렴치함을 잘 알고 있다네. 그러니 지상의 하찮은 인간들에게도 바른 대로 털어놓는 것이 좋을 거야. 모든 것에는 때가 있는 법이지.

미친 것은 바로 당신이야. 소년이 말했다.

판사가 빙그레 웃었다. 아니, 나야 늘 제정신이지. 그나저나 왜 어둠 속에 숨어 있나? 밖으로 나와 우리 둘이서 진지하게 얘기해 보세.

소년은 문 맞은편 쪽 벽에 기대어 일어났다. 앙상한 몰골이 그림자나 다름없었다.

이리 나오게. 판사가 말했다. 이리 나와. 아직 할 말이 많이 남아 있네.

판사는 복도를 쳐다보고는 말을 이었다. 겁먹을 것 없네. 나직이 속삭이지. 자네 말고는 아무도 못 들어. 어디 한번 보세. 내가 자넬 아들처럼 여겼다는 걸 모르나?

판사가 창살 사이로 손을 뻗었다. 이리 오게. 쓰다듬어 보고 싶군.

소년은 그대로 벽에 딱 붙어 있었다.

겁이 나서 못 오는 건가. 판사가 속삭였다.

하나도 무섭지 않아요.

판사는 빙그레 웃었다. 그리고 어둑한 감방을 향해 나직이 속삭였다. 자네는 자네 발로 끼어들었어. 하지만 자네는 자기 자신에게 반하는 목격자가 되고 말았지. 자신의 행동을 스스로 심판해 댔어. 그러고는 그 심판을 역사의 재판보다 높이 놓고는, 함께하기로 맹세한 동료들을 도륙하고 모든 작전에 독을 탔지. 내 말 잘 듣게, 젊은이. 사막에서 자네를 위해, 오직 자네만을 위해 내가 말하지 않았나. 그런데 자네는 귓등으로도 안 들었어. 전쟁이 성스러운 것이 아니라면 인간은 괴상한 흙뭉치에 불과해. 심지어 그 멍청이도 나름대로는 자신의 신앙에 충실했지. 어떤 인간도 자기 그릇 이상으로 행동할 필요는 없고, 자기 그릇을 다른 이와 비교할 필요도 없네. 그저 공익을 위해 자신의 심장을 바치기만 하면 되었는데, 한 사람만은 그러지 않았지. 그게 누군지 말해 보겠나?

바로 당신이지. 소년은 나직이 중얼댔다. 바로 당신이야.

판사는 창살 사이로 소년을 바라보며 절레절레 고개를 저었다. 사람을 하나로 뭉치게 하는 것은 빵의 공유가 아니라 적의 공유야. 하지만 내가 자네 적이라면 누가 자네 편에 설 것 같은가? 누가? 신부가? 그는 지금 어디 있지? 날 보라고. 우리의 증오는 우리 둘이 만나기 전부터도 이미 존재하고는 가만히 기다리고 있었지. 하지만 아직은 바꿀 기회가 자네한테 있네.

당신이나 그렇겠지. 바로 당신.

나는 결코 아니네. 내 말 잘 듣게. 글랜턴이 머저리였다고 생각하나? 글랜턴이 자네를 기꺼이 죽였을 거라는 걸 왜 모르나?

거짓말. 뻔뻔스러운 거짓말 좀 그만 늘어놔.

잘 생각해 보게.

글랜턴은 당신의 광기에 결코 동참하지 않았어.

판사가 빙그레 웃었다. 그리고 조끼에서 시계를 꺼내 뚜껑을 열어 파리한 햇살에 비추어 보았다.

자네가 나름의 생각을 갖고 있다면, 그래 그 생각은 어떤 건가?

판사가 고개를 들었다. 그는 뚜껑을 닫고 시계를 조끼에 도로 넣었다. 가야 할 시간이네. 해야 할 일이 있거든.

소년은 눈을 감았다. 눈을 뜨자 판사는 사라지고 없었다. 그날 밤 소년은 상병을 불러 창살을 마주보고 앉았다. 소년은 이곳에서 멀지 않은 산에 숨겨 둔 금화와 은화 무더기에 대해 이야기했다. 소년은 오랫동안 이야기했다. 상병은 둘 사이의 바닥에 촛불을 켜 놓고는, 거짓말을 기가 막히게 늘어놓는 어린애를 바라보듯 소년을 바라보았다. 소년이 말을 마치자 상병은 촛불을 들고 일어나 가 버렸고, 소년은 어둠 속에 남았다.

이틀 후 소년은 풀려났다. 스페인 신부가 와서 귀신이라도 쫓듯 창살 너머로 물을 뿌리며 소년에게 세례를 해 주었다. 한 시간 후 군인들이 오자 소년은 두려움에 현기증이 일 지경이었다. 소년은 재판관 앞으로 끌려갔다. 재판관은 스페인어로 아버지처럼 자상하게 이야기했고, 소년은 풀려났다.

소년이 찾아간 의사는 동부의 명문가 출신 젊은이였다. 의사는 가위로 바지 자락을 찢고는 시커메진 화살대를 이리저리 살폈다. 화살대 주위로 부드러운 막이 형성되어 있었다.

고통이 느껴집니까? 의사가 말했다.

소년은 대꾸하지 않았다.

의사가 엄지로 상처를 눌러 보았다. 수술을 할 수는 있지만 100달러를 내야 한다고 했다.

소년은 진찰대에서 일어나 절뚝절뚝 밖으로 나갔다.

다음 날 광장에 앉아 있으려니 꼬마애가 와서 호텔 뒤쪽 오두막으로 다시 이끌었다. 의사는 이튿날 아침에 수술할 수 있다고 말했다.

소년은 영국인에게 40달러에 권총을 팔고는 밤새 공터에서 판자 아래 잠들었다가 새벽녘에 깨어났다. 보슬보슬 비가 내렸다. 소년은 텅 빈 흙길을 걸어가 식료품점 문을 마구 두드려 기어이 문을 열게 했다. 병원에 이른 소년은 술에 절어 한 손에는 문설주를, 다른 손에는 반쯤 찬 위스키 병을 움키었다.

의사의 조수는 시날로아 출신으로 이곳에서 수련을 받고 있었다. 문간에서 논쟁이 벌어졌고, 결국 병원 뒤쪽에서 의사가 나왔다.

내일 다시 오시오. 의사가 말했다.

내일은 더 왕창 마시고 오지.

의사는 소년을 가만히 바라보았다. 좋소. 술병은 이리 줘요.

소년은 안으로 들어갔고, 수련의가 문을 닫았다.

술 마실 일은 없을 테니 술병을 줘요. 의사가 말했다.

마실 일이 왜 없어요?

우리는 에테르를 씁니다. 위스키는 필요 없소.

그게 더 강한 거요?

훨씬 강하지. 어쨌든 난 술에 곯아떨어진 사람은 수술하지 않소.

소년은 수련의를 쳐다본 후 의사를 쳐다보았다. 그리고 탁자에 술병을 놓았다.

좋소. 의사가 말했다. 마르셀로를 따라가시오. 욕실로 안내한 후 갈아입을 옷을 주고 병실을 보여 줄 거요.

의사는 조끼에서 시계를 꺼내 손바닥에 내려놓고 시간을 보았다.

8시 15분이로군. 1시에 수술합시다. 좀 쉬어요. 뭐든 필요한 게 있으면 말하시오.

소년은 수련의를 따라 안마당을 지나 하얗게 회칠한 어도비 건물로 들어갔다. 방에는 쇠 침대가 네 개 놓여 있는데, 모두 비어 있었다. 소년은 배에서 떼어 왔을 법한 거대한 구리 보일러를 욕조 삼아 목욕하고는 까슬한 매트에 누워 담장 너머에서 노는 아이들 소리에 귀 기울였다. 잠이 오지 않았다. 의사와 수련의가 병실에 왔을 때도 소년은 여전히 취해 있었다. 그들은 소년을 옆방으로 이끌고 와 수술대에 뉘었다. 수련의가 소년의 코에 차가운 천을 누르며 숨을 깊이 들이쉬라고 했다.

수술 도중과 이후에 계속된 잠 속으로 판사가 찾아왔다. 달리 누가 오겠는가? 거대한 돌연변이는 말없이 진지한 표정으로 발을 끌며 다가왔다. 조상이 누구였든 그는 핏줄의 합과는 전혀 다른 존재였고, 그의 피를 나누고 나누어 기원으로 돌아갈 방법 또한 없었다. 혈연과 족보를 살펴 그의 역사를 알려는 자라면 누구나 끝도 시작도 없는 공허의 기슭에 결국 멍하니 음울하게 서 있게 될 터였다. 수천 년 동안 이어져 온 먼지투성이의 근원적 문제를 해결하기 위해 그 어떤 과학을 동원하든 결국 그의 기원을 설명할 유전 인자는 흔적도 찾을 수 없으리라. 새하얀 텅 빈 방에서 그는 맞춤 양복을 입고 손에 모자를 들고 눈썹 없는 자그마한 돼지 눈으로 아래를 응시했다. 지상에서 겨우 십육 년을 산 소년은 인간의 법에 대고 해명할 필요가 없는 결정을 그의 눈에서 읽었고, 다른 곳에는 결코 새겨질 수 없는 자신의 이름이 이미 그 두 눈에 새겨져 있음을 깨달았다. 소년은 옛 지도나 노인네의 말 속에서나 존재할 법한 지역의 여행자가 된 것이다.

광란적 환상 속에서 소년은 무기를 찾아 시트를 긁었지만 어느 것 하나 찾을 수 없었다. 판사가 빙그레 웃었다. 저능아는 사라지고 대신 다른 사람이 있었다. 소년은 처음 보는 이였는데, 금속을 다루는 장인 같았다. 작업대에 웅크리고 있는 그에게로 판사가 그림자를 드리웠지만, 대장장이는 냉철하게 망치와 거푸집으로 작업을 계속했다. 아마도 기소를 당해 인간의 불에서 추방당한 자인 듯했다. 그는 오지 않을 새벽을 향해 불확실한 자신의 운명과 같은 동전을 밤새 주조했다. 이 위조자는 조각칼과 끌로 판사의 환심을 구하며 차가운 화산 암재 짐승에게 그럴싸하게 먹힐 얼굴을 새겨 넣었다. 인간이 거래하는 시장에서 유통되는 통화와 꼭 닮도록. 판사는 그 주화를 심판하고, 밤은 끝나지 않는다.

빛이 바뀌더니 문이 닫혔다. 소년은 눈을 떴다. 시트로 칭칭

감긴 다리가 지푸라기 매트를 돌돌 만 뭉치 위에 올려져 있었다. 미친 듯이 목이 마른 데다 머릿속이 둥둥 울렸고, 다리는 마치 엄청난 고통을 가져온 사악한 방문객처럼 느껴졌다. 이따금씩 수련의가 와서 물을 주었다. 잠은 다시 오지 않았다. 물을 들이켤 때마다 물줄기가 피부를 타고 흘러내려 침대를 적셨다. 고통을 드러내지 않겠다는 듯 꿈적도 않고 누운 소년의 잿빛 얼굴은 잔뜩 구겨졌고, 더부룩한 머리는 헝클어지고 축축했다.

일주일 후 소년은 의사가 준 목발에 의지해 절뚝거리며 도시 곳곳을 돌아다녔다. 이곳저곳 온갖 곳을 찾아가 전직 신부의 소식을 물었지만 아무도 아는 이가 없었다.

그해 6월 소년은 로스앤젤레스에 싸구려 여인숙보다 하등 나을 것 없는 호스텔에서 묵고 있었다. 소년 외에도 온갖 국적의 숙박객이 마흔 명 정도 있었다. 11일 어둑새벽에 모두들 일어나 감옥에서 있을 공개 처형을 보러 나갔다. 파리한 빛이 성기게 내려앉은 감옥 입구에는 벌써 군중이 제법 모여들어 소년은 제대로 보이지도 않았다. 소년이 끄트머리에 서서 연설을 듣는 동안 날이 점점 밝아졌다. 정문 쪽 군중 너머에서 꽁꽁 묶인 두 사람이 불쑥 일어나더니 목매달려 죽음을 맞았다. 침묵 속에 서 있던 구경꾼들이 술병을 주거니 받거니 하며 수다를 늘어놓았다.

저녁에 소년이 다시 그곳에 가 보니 구경꾼은 아무도 없었다. 감옥 정문에 기대고 선 보초병은 씹는담배를 질겅질겅 씹고 있었고, 밧줄에 매달린 시체들은 새를 쫓으려고 가져다 둔

허수아비 같았다. 소년은 가까이 다가선 후에야 그들이 토드
빈과 브라운임을 깨달았다.

소년은 돈이라야 몇 푼 없었고 달리 귀중품이 있는 것도 아
니었지만, 술집과 도박장과 투계장과 투견장마다 돌아다녔다.
너무 큰 옷을 걸치고, 사막에서부터 신고 있던 찢어진 부츠를
신은 조용한 젊은이. 악취 나는 유흥장의 문가에서 모자챙으
로 시선을 감춘 채 얼굴 한쪽에 촛불 빛을 받으며 서 있는 모
습을 남창으로 여긴 손님들은 소년에게 술을 사고는 뒷방으
로 이끌었다. 소년은 불도 없는 깜깜한 흙방에서 정신을 잃은
손님을 내버려 두고 나왔다. 다른 이들이 비열한 짓거리를 하
려다 그를 발견하자 지갑과 시계를 챙겨 갔다. 나중에 누군가
는 그의 신발까지 가져갔다.

소년은 신부 소식을 전혀 들을 수 없어 찾기를 그만 포기하
고 있었다. 잿빛 빗줄기가 내리는 새벽녘에 호스텔로 돌아가
다 어느 집 2층 창문가에서 침을 질질 흘리고 있는 얼굴이 보
였다. 소년은 계단을 올라가 그 집 문을 두드렸다. 비단 기모
노를 걸친 여인이 문을 열고 내다보았다. 탁자에 놓인 촛불 빛
과 창으로 스며드는 파리한 빛에 의지해 소년은 그녀 어깨 너
머로 우리에 고양이와 함께 갇힌 저능아를 보았다. 저능아가
소년을 향해 고개를 돌렸지만 판사의 저능아가 아니라 다른
저능아였다. 여인이 무슨 일로 왔느냐고 묻자 소년은 한마디
말도 없이 몸을 돌려 계단을 내려가 비 내리는 흙길로 들어
섰다.

소년은 브라운이 교수대에 매달리면서도 걸고 있던 야만인

귀 목걸이를 전 재산인 2달러를 털어 군인에게서 샀다. 다음 날 아침 소년은 귀 목걸이를 하고 나갔다가 배에 선원으로 고용되었다. 미주리주 출신의 선장이 독립적으로 운영하는 배는 마차와 짐 운반용 가축을 싣고 새크라멘토강을 따라 프리몬트로 향해 갔다. 선장이 귀 목걸이에 호기심을 느꼈는지는 모르겠으나 구체적으로 물어 오지는 않았다.

소년은 몇 달간 그 배에서 일하다가 예고도 없이 떠났다. 이곳저곳 떠돌아다녔다. 다른 무리와 마주쳐도 구태여 피하지 않았다. 소년은 나이답지 않은 힘겨운 삶을 살아 낸 이처럼 특별한 존경을 받았다. 그 무렵 소년은 말과 권총과 그럭저럭한 옷차림을 갖추고 있었다. 소년은 온갖 일을 했다. 탄광에서 우연히 발견한 성서를 한 구절도 읽을 줄 모르면서도 늘 지니고 다녔다. 소박한 검은 옷 때문에 일종의 전도사라는 오해를 사기도 했지만, 소년은 가까운 미래도 먼 미래도 그 누구에게든 일절 예언하지 않았다. 소년이 찾아간 곳은 세상 소식이 단절되고 시간조차 모호한 외딴 곳이었기에 사람들은 이미 폐위된 지배자의 즉위를 위해 건배하는가 하면 살해되어 무덤에 갇힌 왕의 대관식을 축하했다. 소년의 삶은 인간 삶의 흥망성쇠와 아무 관련 없이 흘러갔고, 황야에서 여행자끼리 마주치면 서로 소식을 교환하는 것이 풍습임에도 소년은 전할 아무 소식도 없는 듯했다. 입에 담기에는 세상사가 너무 지저분하거나 너무 하찮은 일이라는 듯.

소년은 총칼과 밧줄로 죽음을 맞은 이들을 보았고, 자신을 2달러에 판 여인이 그 2달러를 위해 목숨을 걸고 싸우는 것을 보았다. 중국 땅에서 온 배가 작은 항구에 사슬로 묶여 있고, 고양이처럼 말하는 자그마한 누런빛의 사람들이 칼로 화물을 열어젖혀 차와 비단과 향신료를 들어내는 것을 보았다. 꿈얼대는 시커먼 바다를 가파른 바위가 어르는 고독한 해변에서 드넓은 날개를 쫙 펴고 날아오르며 다른 새들을 난쟁이처럼 보이게 하는 독수리가 제비갈매기나 물떼새처럼 새된 소리를 지르는 것을 보았다. 모자 하나에 다 담을 수도 없을 황금 더미가 카드 한 장에 모조리 날아가는 것을 보았고, 우리에 갇힌 곰과 사자가 야생 수소와 싸워 목숨을 잃는 것도 보았고, 샌프란시스코가 잿더미가 되어 원래의 모습을 완전히 잃는 것을 두 차례나 지켜보았다. 말을 타고 길을 따라 남쪽으로 가던 소년은 하늘을 등지고 밤새 타오르는 도시와, 돌고래가 불꽃 사이로 솟아오르는 시커먼 바닷물에 드리워진 불구덩이를 보며 불길에 와락와락 뜯기는 목재의 추락과, 길 잃은 자들의 비명을 들었다. 전직 신부는 다시 볼 수 없었다. 판사에 대한 소문은 어디에서나 들렸다.

스물여덟 살이 되던 해 봄 그는 다른 이들과 함께 동쪽 사막으로 출발했다. 대륙을 반쯤 가로질러 집까지 일행을 무사히 데려다 주기 위해 고용된 다섯 명 중 하나였다. 해변에서 출발한 지 일주일 후 사막의 샘에서 그는 그 무리를 떠났다. 그들은 단지 고향으로 돌아가려는 남자와 여자들로, 이미 먼 지투성이에 여행으로 기진맥진해 있었다.

그는 북쪽 지평선에 가느다랗게 이어진 돌산을 향해 말 머리를 돌리고는 별이 지고 해가 뜨도록 나아갔다. 처음 가 보는 지역인 데다 산으로 들어가는 길도 나오는 길도 없었다. 하지만 그 깊은 돌의 요새 속에서 그는 세상의 침묵을 견디지 못하는 듯한 이들과 마주쳤다.

저녁 햇살에 촛대처럼 타오르는 꽃으로 만발한 오코티요 사이로 광활한 황야를 힘겹게 걸어가는 이들이 보였다. 갈대를 피리 삼아 연주하는 이가 앞장서고, 탬버린과 딱따기를 든 이들이 뒤따르며 연주했다. 모두 윗도리는 벌거벗고 아랫도리에는 검은 천을 둘렀다. 모자를 쓴 이들은 유카를 꼬아 만든 채찍으로 스스로를 휘갈겼고, 몇몇은 벌거벗은 등에 선인장을 잔뜩 짊어졌고, 한 사람은 밧줄에 묶여 동료들에게 질질 끌려갔고, 하얀 가운을 걸치고 두건을 쓴 이는 어깨에 묵직한 나무 십자가를 지고 있었다. 하나같이 맨발이었는데, 바위 위로 피투성이 흔적이 줄지어 이어졌다. 맨 뒤에는 조잡한 수레가 따랐는데, 나무를 깎아 만든 해골이 활과 화살을 들고서 달그락거리며 앉아 있었다. 수레에는 또한 돌이 한 무더기 쌓여 있었다. 수레꾼들은 머리와 발목을 밧줄로 묶고서 수레를 끌었고, 여자들은 깍지 낀 손에 자잘한 사막의 꽃을 담고 따라가거나, 소톨 횃불이나 원시적인 양철등을 들고 있었다.

이 고행하는 종파는 구경꾼이 서 있는 절벽 아래를 천천히 지나 골짜기를 따라 흘러들어 부채꼴로 쌓인 삐죽빼죽한 돌무더기를 넘어갔다. 삐리리삐리리 딸각딸각 곡을 하며 골짜기 위쪽 화강암 벽 사이로 나아가, 이루 말할 수 없는 재앙을 예보하듯 핏빛 발자국만을 남긴 채 어둠 속으로 스며들었다.

그는 황량한 저지대에서 말과 나란히 누워 밤을 보냈다. 밤새 메마른 바람이 사막을 휩쓸었지만 바위 사이에 울릴 만한 것이 아무것도 없어 내도록 조용했다. 새벽녘 그는 말과 함께 일어나 빛이 밝아오는 동녘을 바라보았다. 그는 말에 안장을 얹고는 고삐를 끌고 핏빛 발자국을 따라 협곡을 지나다가 바위 아래 깊이 팬 웅덩이를 발견했다. 물은 시커멨고, 돌은 시원했다. 그는 물을 마시고는 모자로 물을 떠 말에게 먹였다. 그리고 말을 능선으로 이끌었다. 그는 남쪽의 고원과 북쪽의 산을 바라보았고, 말이 뒤에서 달가닥달가닥 따라왔다.

차츰차츰 말이 머리를 쳐들더니 이내 나아가기를 거부했다. 그는 고삐를 쥐고 서서 일대를 살폈다. 순례자들이 눈에 띄었다. 그들은 협곡에 피투성이로 죽어 널브러져 있었다. 그는 소총을 뽑아 들고 웅크리고는 귀를 기울였다. 이윽고 말을 바위 그늘 아래로 끌고 가 앞발을 느슨하게 묶어 둔 다음 바위를 돌아 비탈을 내려갔다.

참회자들은 돌덩이 사이에 온갖 자세로 난도질당해 있었다. 쓰러진 십자가 주위에 다수가 모여 있었는데, 몇몇은 팔다리가 절단되었고 몇몇은 머리가 없었다. 아마도 보호를 구하며 십자가 아래로 우르르 달아났던 듯싶었다. 십자가가 박혔던 구멍과 밑동에 쌓았을 돌무더기는 십자가가 어떻게 넘어졌고, 두건 쓴 대리 예수가 손목과 발목이 묶인 채 어떻게 난도질당해 내장이 뽑혔는지를 보여 주었다.

그는 일어나 황량한 풍경을 둘러보다 좁은 바위틈에 빛바랜 숄을 두른 노파가 무릎을 꿇고 앉아 시선을 떨구고 있는 것을 발견했다.

그는 시신들 사이로 걸어가 노파 앞에 섰다. 나이가 아주 많은 듯한 잿빛 얼굴이 꼭 가죽 같아 보였다. 옷에 파인 주름마다 모래가 들어차 있었다. 노파는 고개를 들지 않았다. 머리에 둘러쓴 숄은 색이 거의 남아 있지 않았지만, 별과 초승달과 기원을 알 수 없는 문양이 일종의 표식처럼 새겨져 있었다. 그는 나직이 말했다. 자신은 미국인이며, 고향에서부터 멀리 떠나왔으며, 가족은 없고, 많은 곳을 여행하고, 많은 것을 보았으며, 전쟁에 참전했고, 역경을 이겨 냈다고. 노파를 반갑게 맞아 줄 동포가 있는 안전한 곳으로 데려다 주겠다고, 이런 곳에 홀로 둘 수는 없다고, 여기 있다가는 죽고 말 거라고.

그는 한쪽 무릎을 꿇고 소총에 지팡이처럼 기대었다. 아부엘리타.(할머니.) 그가 말했다. 노 푸에데스 에스쿠차르메?(내 말이 들리나요?)

그는 작은 동굴로 손을 뻗어 노파의 팔을 만졌다. 노파가 살짝 움직였다. 몸 전체가 뻣뻣이 살짝. 아예 무게가 없는 듯했다. 그저 말라빠진 껍질로 긴 세월 그곳에서 죽어 있었던 것이다.

23

북부 텍사스 평야 — 버펄로 사냥꾼 노인 — 천년 왕국의 버펄로 — 뼈 줍는
사람들 — 대초원의 밤 — 아이들 — 아파치의 귀 — 엘로드의 반항 —
살인 — 시신 운구 — 그리핀 요새 — 바글대는 술집 — 공연 — 판사 —
곰, 살해당하다 — 판사가 옛 시절을 이야기하다 — 춤을 준비하다 —
전쟁과 운명과 인간의 권리에 대한 판사의 견해 — 무도장 — 창녀 —
변소에서의 마주침 — 너는 잠들지만 나는 춤을 추리

1878년 늦겨울에 그는 북부 텍사스 평야에 있었다. 아침나
절 모래 기슭을 따라 얼음이 더껑이진 브래저스강 더블마운
틴 지류를 건너 배배 꼬인 시커먼 메스키트가 옹기종기 모인
어두운 숲을 가로질렀다. 그리고 번개 맞아 쓰러진 나무를 병
풍 삼아 언덕에서 밤을 보낼 채비를 했다. 모닥불을 피우기 무
섭게 저 아래 대초원의 시커먼 어둠에서 둥실 빛이 떠올랐다.
그의 것과 마찬가지로 저 모닥불도 바람에 휘청대며 한 사람
의 육신을 데웠다.

그곳에는 늙은 사냥꾼이 있었다. 사냥꾼은 그에게 담배를
나누어 주고는 버펄로와 사냥터에 대해 말했다. 동물 사체가
흩어진 언덕의 웅덩이에 엎드려 있는데 버펄로들이 우르르 몰
려다니고, 총신이 너무 뜨거워 총신용 걸레가 지글지글 타들

어 가고, 수천수만 마리의 짐승이 말 그대로 수백 헥타르를 채우고, 가죽 벗기는 사람들이 시간마다 교대로 가죽을 벗기고, 몇 주 몇 달 동안 총성이 끊이지 않다 급기야 총신이 맨들맨들해지고 개머리판이 덜렁덜렁하고, 어깨부터 팔꿈치까지 누르락푸르락 멍이 들고, 바퀴 여섯 개짜리 마차를 스무 마리씩 스물두 줄이나 늘어선 소가 덜컹덜컹 끌고 가고, 뻣뻣하게 마른 가죽이 수백 톤에 이르고, 사방에서 고기가 썩어 들고, 대기는 파리와 독수리와 까마귀 소리로 요란하고, 밤이면 반쯤 미쳐 버린 늑대들이 썩은 고기에 뒹굴며 무시무시하게 으르렁대었다네.

스튜드베이커[43]를 여섯 마리씩 여덟 줄 늘어선 소가 끄는데도 마차가 꿈쩍도 않는 거야. 무슨 납덩이 같았지. 몇 톤은 족히 되었을 거야. 아칸소강과 콘초강 사이에서만 8만 마리가 잡혔어. 철도 종점에 가죽이 8만 장이 들어왔으니. 그러다 이 년 전에 그리핀에서 마지막 사냥을 했지. 이 잡듯 샅샅이 뒤졌다네. 육 주 동안이나. 결국 여덟 마리를 찾아내 죽이고 돌아왔지. 버펄로는 완전히 씨가 말랐어. 하느님께서 창조하신 동물 하나가 마치 애당초 존재하지도 않은 양 사라져 버린 거지.

불꽃이 바람에 들락날락 요동쳤다. 사방이 고요했다. 모닥불 너머는 차가웠고, 어둠은 투명했으며, 별은 떨어졌다. 늙은 사냥꾼이 담요를 끌어당겨 몸을 덮었다. 이런 세계가 또 있는지, 아니면 이곳이 유일한 세계인지 궁금하군그래.

---

43) 19세기 미국 최고의 마차 브랜드.

뼈 줍는 이들을 마주쳤을 때 그는 낯선 지역을 사흘째 돌아다니던 참이었다. 평야는 불에 타기라도 한 듯 말라빠졌고, 기형에다 거뭇한 설자란 나무에 까마귀들이 덕지덕지 앉아 있었다. 어디에나 초췌한 몰골의 자칼과 늑대가 돌아다녔고, 사라진 종족의 뼈가 햇볕에 하얗게 삭은 채 정신없이 널브러져 있었다. 그는 말에서 내려 고삐를 끌고 갔다. 둥그런 갈빗대 아래에 시커메진 납작한 연골이 낡은 사냥 메달처럼 매달려 있었다. 멀리서 소들이 천천히 움직이며 묵직한 마차가 건조하게 삐걱댔다. 사람들은 수레에 뼈를 던져 넣거나, 허옇게 삭은 뼈대를 걷어차거나 도끼로 때려 부수었다. 마차가 땅바닥에 도랑을 파며 뼈다귀를 달가닥대고 희부연 먼지를 피워 올렸다. 그는 지저분한 누더기 꼴의 사람들과 피부가 쓸려 껍질이 벗겨지고 광기가 어른대는 소들을 가만히 바라보았다. 아무도 그에게 말을 걸지 않았다. 멀리 북동쪽으로 줄지어 나아가는 수레 행렬이 뼈 더미를 싣고 비틀비틀 이어졌다. 북쪽에는 또 다른 사람들이 뼈를 줍고 있었다.

그는 말에 올라 나아갔다. 뼈다귀가 3미터 높이에 수십 미터 길이로 주르르 쌓여 있거나 거대한 원뿔형 언덕을 이루었고, 꼭대기에는 소유주나 회사 이름이 박혀 있었다. 그는 덜컹대는 수레 하나를 앞질렀다. 남자애가 왼쪽 맨 앞의 소에 걸터앉아 고삐와 멍에로 방향을 조정했다. 해골과 골반뼈 더미 꼭대기에 웅크리고 앉은 젊은이 둘이 그를 흘금흘금 곁눈질해 보았다.

그날 밤 평야 여기저기에 모닥불이 타올랐다. 그는 바람을 등지고 앉아 군대용 수통에서 물을 마시고, 바싹 마른 옥수수를 저녁 삼아 한 줌 먹었다. 사방에서 굶주린 늑대가 구슬피 울거나 짖어 대고, 북쪽에서 소리 없는 번개가 세상의 시커먼 가장자리에 부서진 수금을 내려놓았다. 공기에서 비 내음이 풍겼지만 빗방울은 떨어지지 않았다. 수레는 시커먼 배처럼 어둠을 가르며 삐걱대고, 씻씻대는 소의 내음이 물씬 풍겼다. 사방에 뼈의 썩은 내가 진동했다. 자정 무렵 그가 모닥불 앞에 앉아 있는데 한 무리의 사람들이 인사를 했다.

이리 오시오. 그가 말했다.

가죽을 옷처럼 걸친 아이들이 말없이 어둠 속에서 나왔다. 낡은 군대용 총을 지니고 있었는데, 한 명만은 버펄로 사냥용 소총을 갖고 있었다. 다들 코트라고는 없고, 그중 한 명은 어느 짐승의 허벅지 가죽을 통째로 벗겨 힘줄로 앞 축을 봉한 생가죽 부츠를 신고 있었다.

안녕하쇼. 그중 나이가 가장 많은 아이가 외쳤다.

그는 아이들을 바라보았다. 모두 다섯이었는데, 한 명은 제법 어른 티가 났다. 아이들은 불빛이 닿는 가장자리에 걸음을 멈추고 나란히 섰다.

이리 가까이 오너라. 그가 말했다.

아이들이 발을 질질 끌며 다가왔다. 셋은 쪼그리고 앉고, 둘은 그대로 서 있었다.

수레는 어디 있어요? 누군가 물었다.

뼈를 주우러 온 사람이 아니야. 다른 누군가가 말했다.

씹는담배 좀 있슈?

그는 절레절레 고개를 저었다.

척 보니 위스키도 없겠구먼.

그래, 없겠어.

어디 가는 길이슈?

그리핀에 가요?

그는 아이들을 쭉 둘러보았다. 그래. 그는 말했다.

창녀를 사러 가는 게 분명해.

창녀 때문에 가는 건 아닐 거야.

그리핀은 창녀로 그득하지.

멍청아, 저 아저씨가 너보다 그리핀을 열 배는 더 잘 알걸.

그리핀에 가 봤슈?

아니.

여기도 창녀, 저기도 창녀지.

바람만 잘 불면 하루 만에도 거시기에 불난다던데.

여기도 저기 앞쪽 나무에 있으니 가서 속바지 구경이나 하슈. 초저녁에 보니 여덟 명이 있던걸. 촌년처럼 차려입고 담배를 피우며 소리쳐 대지.

텍사스주에서 범죄로는 둘째가라면 서러운 도시래요.

심심하면 사람이 죽어 나간대요.

칼부림은 예사고, 세상의 범죄란 범죄는 다 일어나요.

그는 아이들을 한 명씩 한 명씩 바라보았다. 그리고 막대기를 집어 모닥불을 들쑤셔 불을 키우고는 그 막대기를 불꽃 속에 던져 넣었다. 너희는 범죄가 좋니? 그가 말했다.

우리, 나쁜 애들 아니에요.

위스키 마시고 싶어?

그냥 뻥치는 거야. 위스키는 무슨 얼어 죽을 위스키.

멍청아, 저 아저씨가 술 마시는 걸 바로 조금 전에 봤어.

다 퍼마셨을 게 뻔하지, 인마. 아저씨, 목에 그건 뭐요?

그는 셔츠 앞자락에서 낡은 목걸이를 들어 바라보았다. 귀야. 그가 말했다.

뭐라고요?

귀.

무슨 짐승 귄데요?

그는 목걸이를 당겨 내려다보았다. 귀는 단단하게 굳고 새까매져 형체라고는 찾아볼 수 없었다.

인간. 그는 말했다. 인간의 귀야.

뻥까지 마슈. 소총을 든 아이가 말했다.

말 조심해, 엘로드 형. 그러다 총 맞아 죽는다. 아저씨, 구경 좀 해도 돼요?

그는 목걸이를 머리 위로 벗어 아이에게 건넸다. 납작 눌린 귀가 기묘한 펜던트 같았다.

검둥이 귀죠? 아이들이 말했다.

놈들이 도망치면 알아볼 수 있게 귀를 잘랐나 봐.

모두 몇 개예요?

나도 몰라. 100개쯤 될걸.

아이들은 목걸이를 높이 들어 모닥불빛에 비춰 보았다.

검둥이 귀라니, 세상에.

검둥이가 아니야.

아니라고요?

그래.

그럼, 뭐예요?

인디언.

뻥까고 있네.

엘로드 형, 말 조심해.

검둥이도 아닌데 무슨 수로 이리 시커메졌대.

그냥 색이 변했어. 더 이상 까매질 수 없을 정도로 까매졌지.

어디서 났어요?

그놈들을 모두 죽였구나. 그렇죠, 아저씨?

대초원 수색대였구나, 그죠?

캘리포니아의 어느 술집에서 돈이 떨어진 군인한테서 샀
단다.

그는 손을 뻗어 목걸이를 도로 가져왔다.

웃기지 마슈. 아저씨가 그 개새끼들을 죽인 게 분명해.

엘로드라는 아이가 턱짓으로 목걸이를 가리키며 코를 킁킁
거렸다. 저런 걸 뭐 하러 차고 다니나. 나라면 진작 내다 버렸
겠네.

다른 아이들이 엘로드를 불안한 기색으로 바라보았다.

무슨 귀인지 아저씨가 어째 알아요. 판 인간이 인디언 귀랬
다지만 뻥깐 게 분명해.

그는 대꾸하지 않았다.

식인종이나 외국의 껌둥이 귀가 아니라는 법도 없잖슈. 뉴올
리언스에서는 머리를 통째로도 살 수 있다던데. 배꾼이 가지고

와서는 머리를 종일 장바닥에 펼쳐 놓고 5달러에 판다지.

엘로드 형. 그만해.

그는 손에 목걸이를 든 채 앉아 있었다. 식인종이 아니야. 그는 말했다. 아파치지. 귀를 자른 사람이랑 아는 사이였어. 함께 말을 타고 달렸고, 그가 교수형당하는 것도 보았지.

엘로드가 다른 아이들을 둘러보며 헤벌쭉 웃었다. 아파치래. 지나가는 똥개가 다 웃겠다. 안 그래, 얘들아?

그는 짜증이 나 고개를 들었다. 지금 내가 거짓말쟁이라는 거냐?

누가 뭐래요.

몇 살이니?

남의 나이는 알아서 뭐 하게?

몇 살이야?

형은 열다섯 살이에요.

망할 주둥이 닥쳐.

엘로드가 그를 쳐다보았다. 저놈 말은 순 헛소리예요.

바른 소리 같기만 한걸. 나는 열다섯 살 때 처음으로 총에 맞았지.

나는 한 번도 총에 맞은 적 없어요.

그렇다고 열여섯 살도 아니지.

나를 쏠 거예요?

웬만하면 쏘고 싶지 않다.

그만해. 엘로드 형.

그 배짱에 누굴 쏘겠어. 비열하게 등 뒤에서 쏘거나 잠들었을 때 쏘면 또 몰라.

엘로드 형, 그만 가자.

척 보고 알아봤지.

어서 가자니깐.

총으로 쏴 죽였다고 떠드는 놈치고 총질 제대로 하는 놈 못
봤어.

다른 아이 넷은 모닥불빛이 닿는 가장자리로 돌아가 섰다.
그중 제일 어린 아이가 대초원의 시커먼 성역을 힐끔힐끔 곁
눈질했다.

가거라. 그는 말했다. 동생들이 기다리고 있어.

아이는 모닥불에 침을 뱉고는 입가를 훔쳤다. 초원 북쪽에
서 수레가 줄줄이 나아갔다. 별빛에 희부예진 소들이 소리 없
이 움직이며 수레가 아련히 삐걱대고, 붉은 유리를 쓴 등이 외
계의 눈처럼 뒤따랐다. 그 지역에는 전쟁으로 고아가 된 난폭
한 아이들이 수두룩했다. 다른 아이들이 잡아끌자 엘로드는
더욱 대담해져 무슨 말을 꿍얼댔고, 그는 벌떡 일어났다. 너
희, 저 애가 내 근처에 오지 못하게 해라. 다시 내 눈에 띄면
그 즉시 죽은 목숨일 거다.

아이들이 가 버리자 그는 모닥불에 장작을 더하고는 말의
앞발을 느슨하게 묶은 밧줄을 풀고 고삐와 안장을 씌웠다. 그
는 외떨어진 곳에 담요를 깔고 어둠 속에 누웠다.

그가 깨어났을 때 동녘은 여전히 캄캄했다. 소총을 든 아이
가 잿더미가 된 모닥불 옆에 서 있었다. 말이 코를 큼큼거리다
말더니 또다시 큼큼거렸다.

숨어 있는 것 다 알아. 아이가 외쳤다.

그는 담요를 걷어차며 몸을 굴려 엎드려 권총의 공이치기를 젖히고는, 영원히 불타며 와글와글 모인 별을 향해 겨누었다. 두 손에 꼭 움킨 권총을 금속 띠를 구부려 만든 가늠쇠로 겨냥해 시커먼 나무 사이에 선 더 시커먼 형체를 정조준했다.

여기 있다. 그가 말했다.

소년이 소총을 재깍 돌려 발사했다.

그래 봤자 넌 죽은 목숨이야. 그는 말했다.

잿빛 새벽이 되자 다른 아이들이 찾아왔다. 말〔馬〕도 없이 걸어서 왔다. 그리고 죽은 아이가 두 손을 가슴에 얹고 반듯이 누운 곳으로 제일 어린 아이를 이끌었다.

문제를 일으키고 싶지는 않아요, 아저씨. 그저 형을 데려가고 싶을 뿐이에요.

데려가거라.

여기 대초원에다 묻어 주려고요.

이 둘은 켄터키 출신이에요. 이 형이랑 이 꼬마는 형제예요. 엄마 아빠가 다 돌아가셨죠. 할아버지는 미치광이 손에 죽어서는 개처럼 숲에 묻혔어요. 평생 재수라고는 없던 양반이었는데 그 꼴로 가 버렸죠.

랜달, 이 아저씨를 잘 봐. 널 천애고아로 만든 사람이니.

커다란 옷을 걸치고 낡은 머스킷 총의 덕지덕지 뜯어고친 개머리판을 쥐고 있던 아이가 멍하니 그를 응시했다. 열두 살이나 되었으려나. 넋이 나갔다기보다는 정신이 이상한 듯했다. 다른 아이 둘이 죽은 아이의 주머니를 뒤지고 있었다.

소총은 어디 있어요, 아저씨?

그는 한 손을 벨트에 얹고 서 있었다. 그는 소총을 기대 세워 놓은 나무를 향해 턱짓했다.

아이들이 소총을 가져와 꼬마애에게 내밀었다. 샤프 50구경이었다. 멍하니 머스킷 총을 쥐고 서 있던 아이의 눈이 깜박였다.

아이 하나가 꼬마애에게 죽은 형의 모자를 건네고는 그를 바라보았다. 리틀록에서 40달러를 주고 산 총이죠. 그리핀에서는 10달러면 살 수 있어요. 별 볼일 없는 총이에요. 랜달, 이제 갈까?

꼬마애는 너무 작아 형의 시신을 옮기는 걸 거들 수 없었다. 아이들이 시신을 어깨에 걸머지고 초원을 나아가자 꼬마애는 머스킷 총과 형의 소총과 모자를 들고 뒤따랐다. 그는 가만히 아이들을 바라보았다. 주위에는 아무것도 없었다. 아이들은 그저 벌거벗은 지평선을 향해 뼈가 흩어진 황무지를 걸어갈 뿐이었다. 꼬마애가 단 한 차례 뒤돌아보더니 서둘러 다른 아이들을 쫓아갔다.

그날 오후 그는 브래저스강의 클리어 지류와 매켄지 개천을 건너 황혼 녘에 말과 나란히 도시로 걸어갔다. 기다랗게 뻗은 붉은 노을과 점점 스며드는 땅거미 여기저기 등불이 저지대 평야에 거짓 안식처를 슬몃슬몃 빚어 갔다. 그는 거대한 뼈무더기를 지나 나아갔다. 전설적인 전쟁터에 버려진 오래된 상아 활처럼 굽은 갈빗대와 뿔 달린 두개골이 무덕무덕 쌓인 높다란 제방이 평야를 따라 굽이치며 어둠 속으로 스며들었다.

도시에 들어서니 보슬보슬 비가 내렸다. 말이 히잉 울더니 등불이 켜진 매음굴 앞 마구간에 든 다른 짐승들의 무릎을 향해 코를 킁킁거렸다. 바이올린 선율이 고독한 흙길을 따라 흐르고, 말라깽이 개들이 어둠을 타고 거리를 가로질렀다. 도시 끝에 다다르자 그는 다른 말들이 묶인 울타리에 말의 고삐를 묶고는, 문가에서 삐져나온 어스레한 빛이 어른대는 나지막한 나무 계단을 올랐다. 그는 마지막으로 거리를 돌아보았다. 점점이 흩어진 창문 불빛이 어둠에 총총 구멍을 내고, 서녘 땅에 마지막 파리한 빛살이 설핏하고, 사방을 두른 나지막한 언덕은 암흑에 묻혔다. 그는 문을 밀고 안으로 들어갔다.

어스레한 방에 어중이떠중이가 왁시글왁시글 모여 있었다. 중력에 끌려 가운데만 푹 꺼진 듯한 곳에는 감옥처럼 생긴 판자 구조물이 우뚝 서 있었다. 알프스 지역의 전통 의상을 차려입은 노인이 조잡한 탁자 사이로 돌아다니며 모자를 내밀고, 주름장식 옷을 입은 여자애가 휴대용 풍금의 손잡이를 돌리고, 치마를 두른 곰이 판자 무대 위에서 기묘하게 빙빙 돌았다. 무대를 따라 주르르 늘어선 수지 양초는 촛농을 뚝뚝 떨어뜨리며 타닥타닥 타들어 갔다.

그는 군중을 헤치고 바로 갔다. 바에는 각반을 두른 사내 여럿이 맥주나 위스키를 붓고 있었다. 그 너머로 남자아이들이 술상자와 술잔을 식기실에서 부리나케 날라 왔다. 아연 도금을 한 바에 팔꿈치를 괴고 선 그는 은화를 빙그르르 돌려 손바닥으로 탁 덮었다.

주문하시겠습니까? 영원히 침묵하시렵니까? 바텐더가 말했다.

위스키.

위스키 좋지요. 바텐더는 술잔을 내려놓고, 술병 마개를 따 60시시(cc)가량 붓고는 은화를 가져갔다.

그는 위스키를 바라보며 서 있었다. 그러다 모자를 벗어 바에 올려놓고 술잔을 들어 느긋이 들이켠 다음 빈 잔을 내려놓았다. 그는 입가를 닦고는 몸을 돌려 팔꿈치를 뒤로 해 바에 걸쳤다.

겹겹이 쌓인 연기 너머 누르스름한 빛 속에서 그를 바라보고 있는 것은 바로 판사였다.

판사는 탁자에 앉아 있었다. 챙이 좁은 둥근 모자를 쓰고, 온갖 종류의 사람들로 둘러싸여 있었다. 목동, 소몰이꾼, 가축상, 배꾼, 광부, 사냥꾼, 군인, 행상인, 도박사, 방랑자, 주정뱅이, 도둑. 대대손손 이어진 인간쓰레기들과 동부 명문가의 망나니 자제들이 모두 그와 함께 앉아 다양한 군상을 연출하는데도 오직 판사만이 전혀 다른 인종처럼 보였다. 그 긴 세월, 판사는 조금도 변하지 않은 듯했다.

그는 판사의 시선에서 눈길을 돌려, 두 주먹 사이에 놓인 텅 빈 잔을 내려다보았다. 그가 다시 고개를 들자 바텐더가 그를 바라보고 있었다. 그가 검지를 들어 올리자 바텐더가 위스키를 따랐다.

그는 돈을 내고 술잔을 들어 들이켰다. 바 뒤편에 거울이 걸려 있었지만 부연 연기와 환영만 비칠 뿐이었다. 휴대용 풍금이 삐걱삐걱 신음을 뱉고, 혀를 빼어 문 곰이 판자 위에서 둥둥 돌아갔다.

　그가 다시 몸을 돌려 보니 판사는 일어나 다른 이들과 이야기를 나누고 있었다. 공연단 노인이 동전이 든 모자를 흔들며 군중을 헤쳐 나아갔다. 야하게 차려입은 창녀들이 뒷문에서 우르르 나왔다. 그는 창녀들을 바라보고 곰을 바라보았다. 다시 판사 쪽을 쳐다보았으나 판사는 그곳에 없었다. 공연단 노인이 탁자 앞에 선 사내들과 언쟁을 벌이는 듯했다. 다른 사내가 일어났다. 노인이 모자를 흔들며 뭔가를 표현했다. 사내 하나가 바를 가리켰다. 노인은 고개를 저었다. 그들 목소리에 소음이 흐트러졌다. 무대 위의 곰은 혼신을 다해 춤을 추었고, 여자애는 풍금 손잡이를 돌렸고, 촛불이 벽에 드리운 그림자는 환한 세상에 관련된 그 무엇인가를 간청하는 듯했다. 그가 돌아보니 공연단 노인이 모자를 쓴 채 양손을 엉덩이에 얹고 서 있었다. 사내 하나가 벨트에서 총신이 기다란 기병용 권총을 뽑아 들었다. 그리고 몸을 돌려 무대를 겨누었다.

　몇몇은 재빨리 바닥에 엎드렸고, 몇몇은 자신의 무기를 뽑았다. 곰 주인은 사격장의 행상인처럼 서 있었다. 천둥 같은 총성이 울리자 술집 안의 모든 소리가 깡그리 죽었다. 곰의 복부에 총알이 박혔다. 곰은 나직이 신음을 뱉더니 더 빨리 춤을 추었다. 커다란 발바닥이 널빤지를 탁탁탁 두드리는 소리만이 정적을 깨뜨렸다. 피가 사타구니를 따라 흘러내렸다. 풍금을 맨 여자아이는 얼어붙어 풍금 손잡이가 최고점에서 멈추었다. 권총을 뽑은 사내가 다시 방아쇠를 당기자 권총이 벌컥 튀며 시커먼 연기가 피어올랐고, 곰은 신음하며 술에 취한 듯 휘청댔다. 곰이 가슴을 움켜쥐자 턱에서 가느다란 피거품이 흘러내렸다. 곰은 아기작아기작 걸으며 어린애처럼 울부짖더니 마지막 스텝을 밟다 쿵 하고 쓰러졌다.

누군가가 총을 쏜 사내의 팔을 거머쥐었고, 권총이 높이 날아올랐다. 곰 주인은 구세계 모자챙을 움킨 채 뻣뻣이 굳어 있었다.

저 망할 곰을 쏴 버려. 바텐더가 말했다.

여자아이가 풍금의 가죽 끈을 풀고, 곰이 바닥에서 헐떡이며 버르적거렸다. 여자아이는 달려가 곁에 무릎을 꿇고는 거대한 털북숭이 머리를 가슴에 안고 흐느끼며 몸을 앞뒤로 흔들었다. 술집에 있던 사내들 대부분은 일어나 있었고, 노란 연기 속에서 손에 무기를 들고 있었다. 창녀들은 너나없이 뒤쪽으로 허둥지둥 달아났지만, 한 여인만은 무대에 올라 곰을 지나쳐 걸어가 손을 뻗었다.

다 끝났어. 그녀는 말했다. 다 끝났어.

다 끝났다니 믿어지나?

그는 돌아보았다. 판사가 바에 서서 그를 내려다보고 있었다. 판사는 빙그레 웃으며 모자를 벗었다. 거대한 하얀 돔이 등불에 커다란 형광 알처럼 번쩍였다.

마지막 진실이야. 마지막 진실. 나와 널 빼고는 모두 죽었군. 안 그래?

그는 판사의 어깨 너머를 흘긋거렸다. 거대한 몸집에 빛이 모두 가리었다. 무대 위의 여인이 뒤편을 향해 춤을 시작하라고 외치는 소리가 들렸다.

저 황태자의 영혼을 저주할 만한 이유를 가진 몇몇은 아직 태어나지 않았지. 판사가 말하더니 살짝 몸을 틀었다. 실컷 춤을 출 시간은 충분해.

춤에는 관심 없소.

판사가 빙그레 웃었다.

공연단 노인과 다른 사내가 상체를 숙여 곰을 살폈다. 여자아이는 앞자락을 피로 거멓게 물들인 채 울고 있었다. 판사가 바 너머로 손을 뻗어 병을 쥐더니 엄지로 코르크를 툭 뽑았다. 코르크는 램프 위쪽 어둠 속으로 총알처럼 날아올랐다. 판사가 꿀꺽꿀꺽 술을 들이켜고는 다시 바에 기대었다. 춤추러 여기 오지 않았나.

그만 가 봐야겠소.

판사는 기분 상한 표정이었다. 간다고?

그는 고개를 끄덕였다. 그리고 바에 놓인 모자를 움켜쥐었지만 머리에 쓰지는 않고 가만히 있었다.

춤을 출 기회를 보고도 그냥 지나치는 사람이 있다니. 판사가 말했다. 춤이 얼마나 멋진 것인지 모르는군.

무대 위의 여인은 여자아이 곁에 무릎을 꿇은 채 어깨에 팔을 두르고 있었다. 촛불이 타닥대고, 치마 차림으로 죽은 털북숭이 곰의 거대한 몸체는 마치 자연 법칙에 어긋나는 방식으로 도살된 괴물 같았다. 판사가 모자 곁에 놓인 빈 잔에 술을 가득 붓더니 앞으로 밀쳤다.

마시게. 쭉 들이켜. 오늘밤 그대의 영혼이 그대를 필요로 할지도 모르잖나.

그는 술잔을 보았다. 판사가 빙그레 웃으며 병을 들어 보였다. 그는 술잔을 쥐고는 들이켰다.

판사는 그를 가만히 바라보았다. 말을 하지 않으면 자네 존재를 들키지 않을 거라고 여태 믿고 있었나 보군?

어련히 잘 아시겠죠.

판사는 그 말을 무시했다. 처음 자네를 보았을 때 첫눈에 알아봤지만 자네는 날 실망시키고 말았지. 그때도 지금도. 그래도 마지막에 여기서 이렇게 함께 있으니 좋군그래.

함께 있는 거 아닙니다.

판사가 민둥눈썹을 추켜올렸다. 아니라고? 당혹해하면서도 세련되게 바라보는 판사의 모습은 연극배우를 방불케 했다.

당신을 찾아온 것이 아닙니다.

그럼 뭐 하러 왔나?

당신을 찾아서 뭐 하게요? 나야 다른 사람들과 같은 이유로 여기 왔죠.

그래, 그 이유가 뭔가?

다른 사람들과 같은 이유죠.

사람들은 즐거운 시간을 보내려고 여기에 오지.

판사는 그를 찬찬히 바라보았다. 이윽고 술집에 있는 여러 사람들을 가리키며 여기서 즐거운 시간을 보내고 있는지, 여기에 온 이유를 그 자신이 알고 있는 것으로 보이는지 물었다.

꼭 이유가 있어야만 어디 가는 것은 아니지요.

그래, 꼭 이유가 있어야 하는 것은 아니지. 하지만 별 생각

없이 움직였다고 해서 운명이 없는 것은 아니라네.

그는 넌더리가 난다는 기색으로 판사를 주시했다.

이렇게 설명하면 되겠군. 자기 자신으로서는 아무 이유도 없었다지만 그렇다 해도 다른 이의 이유로 인해 여기 온 것일 수도 있지 않겠나? 그 다른 이가 누군지 알겠나?

아뇨. 아나 보죠?

아주 잘 알지.

판사는 그의 잔에 다시 술을 가득 채우더니 자신은 병째로 들이켠 후 입가를 닦고는 술집 안을 쭉 둘러보았다. 이는 모두 무엇인가를 위한 오케스트라라네. 바로 춤을 위한 것이지. 참가자들은 적절한 때에 적절한 역할을 통지받지. 지금으로서는 이곳에 있다는 것만으로도 충분해. 중요한 것은 춤이고, 순서와 역사와 끝이 춤 속에 오롯이 담겨 있다면 춤을 추는 사람이 그것을 군이 알아야 할 필요는 전혀 없지. 어떤 역사든 그것은 각 개인의 역사도, 각 개인의 역사의 합도 아니라네. 여기 있는 그 누구도 춤이 어떻게 구성되어 있는지 알지 못하거늘 자신이 여기에 존재하는 이유를 어찌 알겠나. 오히려 자신은 여기 없을 수도 있었다고 믿고 있지. 하지만 운명이라는 것이 있기에 그것은 어림도 없는 생각이네.

판사가 빙그레 웃자 거대한 이가 반짝였다. 판사가 술을 들이켰다.

사건이든 의식(儀式)이든 모두 오케스트라에 맞추어 일어나는 거라네. 서곡에는 어떤 결정적 사건이 포함되지. 저 커다란 곰의 죽음 같은 것 말이네. 심지어 각 사건의 정당성을 의

문시하는 이들에게조차 오늘밤이 유별나거나 특이하게 보이지는 않을 거네. 그렇게 흘러가도록 정해져 있기 때문이지.

의식도 마찬가지야. 일부에서는 의식이라는 것은 애당초 없고, 규모가 크고 작은 사건만이 있을 뿐이라고들 하지. 그 말이 맞다면 종교 의식 역시 특정 규모의 사건에 불과해. 종교 의식에는 반드시 피가 포함되어야 해. 그렇지 않다면 제대로 된 종교 의식이라고 할 수 없지. 여기 있는 누구나 가짜 의식을 단번에 알아보지. 그렇고말고. 어린애에게 고독감을 일깨우는 것은 바로 어머니의 젖가슴이 주던 감촉이야. 모두가 사라지고 사냥감만이 그 고독한 참가자와 남게 될 때도 마찬가지지. 그 고독한 사냥감은 결코 적이 아니야. 규칙을 제대로 지키지 않는 곳에서나 그렇지. 시선을 피하지 말게. 우리는 지금 외계어로 이야기하는 것이 아니네. 남자라면 누구나 그 감정을 잘 알고 있지. 공허와 절망 말이야. 그래서 우리가 무기를 드는 것이 아니던가? 피는 바로 그 감정이 바짝 굳지 않도록 해 주는 완화제이지 않은가? 판사가 바싹 기대었다. 죽음을 어떻게 생각하나? 지금은 죽고 없는 사람에 대해 이야기할 때 우리는 누구에 대해 이야기하는 것인가? 답을 알 수 없는 수수께끼인가? 아니면 인간이 감히 논할 수 없는 주제인가? 죽음이 신의 대리인이 아니라면 무엇이겠는가? 그렇다면 죽음은 무엇이고자 하는 걸까? 나를 보게.

그따위 헛소리는 듣기 싫소.

나도 마찬가지네. 정말이야. 하지만 조금만 참고 들어 보게. 저기 저들을 봐. 아무나 한 명 골라 보게. 저기 저 사람이 좋겠군. 저기를 보게. 모자 없는 사람. 그에게는 나름의 세계관이 있다는 것을 자네도 알 수 있지. 그 얼굴과 몸짓을 보면 훤히 보이지. 하지만 생명은 사고팔 수 있는 게 아니라는 그의 주장은 사실상 전혀 현실성이 없어. 사람들은 그의 뜻대로 절대 하지 않네. 과거에도 그랬고 앞으로도 그래. 그 탓에 저 사람은 너무도 많은 어려움을 겪고서 좌절하여 결국 원대한 꿈을 잃고 인간의 영혼이 머무르기에 걸맞지 않은 초라한 인간이 되고 말았지. 그렇다면 악마가 그의 인생을 망가뜨린 것이 아닐까? 그 어떤 힘도 섭리도 이유도 없었다고 말할 수 있겠나? 대체 어느 누가 대리인과 권리자를 똑같이 의심할 수 있겠나? 저 사람은 자기 인생이 파탄 난 것이 운명이 아니었다고 믿을까? 채권자도 선취권자도 없었다고? 복수의 신도 연민의 신도 모두 납골당에 잠들어 있고, 우리가 설명을 요구하든 장부의 파괴를 요구하든 신들은 똑같이 침묵으로 일관하고 끝내 침묵이 이기리라는 것을 자네는 모르는가? 그는 누구에게 말하고 있는 것인가? 그가 보이지 않나?

그 남자는 정말 혼자 중얼중얼하며 악의가 들끓는 눈으로 술집을 응시하고 있었다. 술집 안에 친구라고는 없어 보였다.

운명은 끝내 피할 수 없어. 판사가 말했다. 좋든 싫든 어쩔 수 없지. 자기 운명을 알고서 일부러 반대의 길을 택한 자들도 결국에는 정해진 시간에 정해진 운명을 맞게 되네. 운명이란 이곳 세계만큼이나 거대하여 반항자까지도 다 품고 있거든. 너무나 많은 이들이 파멸하고 만 이곳 사막은 너무도 광대하여 우리 마음을 마구 끌어당기지만 사실상 텅 비어 있지. 황량한 불모지일 뿐이야. 사실상 거대한 돌덩어리지.

판사가 술잔에 술을 따랐다. 마시게. 세상은 계속된다네. 우리는 밤마다 춤을 추고, 이 밤도 예외가 아니네. 굽은 길이든 곧은 길이든 다 똑같아. 우리 둘이 헤어진 후 얼마 만에 다시 만난 건가? 인간의 기억이란 불확실하고, 존재했던 과거는 존재하지 않았던 과거와 거의 다를 바 없지.

그는 판사가 술을 따라 준 잔을 집어 들이켜고는 다시 바에 내려놓았다. 그러고는 판사를 바라보았다. 나는 온갖 곳을 돌아다녔고, 여기도 그저 그중 하나일 뿐이오.

판사가 눈썹을 활처럼 휘었다. 자네, 목격자라도 배치해 두었나? 자네가 그곳을 떠난 후에도 그곳이 계속 그대로 존재하고 있다고 누가 알려 주던가?

헛소리 작작 해요.

그래? 어제는 어디 있나? 글랜턴과 브라운은 어디 있고, 신부는 어디 있나? 판사가 바싹 기대었다. 사막에서 자네가 엘리아스의 손에 내버려 둔 셸비는 어디 있나? 산에서 자네가 버리고 도망간 테이트는? 자네가 지켜 주기로 약속한 공화국의 적들을 무찔러 피칠갑을 하고서 영웅으로 떠받들어졌을 때 주지사의 무도회에서 함께 춤을 추었던 아리따운 아가씨들은 어디 있나? 바이올린 연주자와 무용수는?

그야 당신이 잘 알겠죠.

이것 하나는 알지. 전쟁이 불명예가 되고 전쟁의 고귀함이 의문시된다면 피의 신성함을 아는 명예로운 이들은 무도회에서 쫓겨날 거네. 춤이야말로 전사의 권리이기에 결국 무도회는 가짜 무도회가 되고, 춤을 추는 이도 가짜가 되는 거지. 하지만 언제나 진정한 춤을 추는 이가 한 명 정도는 있다네. 누군지 아나?

당신은 아무것도 아니오.

그 말은 자네가 아는 것보다 더욱 진실하다네. 하지만 이 말을 해 주고 싶군. 전쟁의 피에 자기 자신을 오롯이 바친 사람만이, 저 밑바닥으로 내려가 생생한 공포를 맛보고 급기야 참된 영혼으로 공포와 이야기 나누는 법을 배운 자만이 진정한 춤을 출 수 있네.

머저리 짐승도 춤을 출 수 있소.

판사가 술병을 바에 내려놓았다. 내 말 새겨듣게. 무대에는 오직 짐승 하나만을 위한 공간이 있네. 공간에 오르지 못한 나머지는 그 하룻밤 동안 이름은 없되 목숨을 이어갈 운명이지. 그들은 하나씩 하나씩 불빛이 닿지 않는 어둠 속으로 내려가지. 춤추는 곰이 있고 춤추지 않는 곰이 있어.

그는 사람들 사이를 어슬렁어슬렁 지나쳐 뒷문으로 갔다. 연기 자욱한 대기실에 사내 몇이 카드를 치고 있었다. 그는 계속 걸어갔다. 사내들이 술집 뒤편에 덧대 지은 건물로 들어가며 여자에게 표를 내밀었다. 그녀가 그를 올려다보았다. 그에게는 표가 없었다. 여자가 탁자를 가리켰다. 탁자에는 다른 여자가 표를 팔고서 받은 돈을 철통에 난 좁은 틈새에 지붕널로 밀어 넣고 있었다. 그는 돈을 내고는 낙인이 찍힌 황동 표를 받아 문가에서 건네고 안으로 들어갔다.

널따란 홀 한쪽에 세워진 무대에서 음악가들이 연주를 하고, 그 맞은편에는 철판을 얼기설기 엮어 만든 커다란 스토브가 놓여 있었다. 창녀들 한 무리가 1층에서 일하고 있었다. 초록색 스타킹에 멜론 빛 속바지를 입고 얼룩진 가운을 걸친 여자들이 석유등이 내뿜는 빛과 연기 사이로 음란한 창녀로 가장한 어린아이처럼 돌아다녔다. 까무잡잡한 난쟁이 창녀가 그의 팔을 끌며 미소 지었다.

자기를 바로 알아봤지. 그녀가 말했다. 나는 늘 내가 원하는 사람만 상대하거든.

그녀가 그를 문으로 이끌었다. 문간에서 멕시코 노파가 수건과 초를 나누어 주었다. 두 사람은 야비한 재앙을 피해 달아나듯 널빤지 계단을 올랐다.

바지를 무릎께까지 내린 채 손바닥만 한 방에 누워, 그는 그녀를 바라보았다. 여자는 주섬주섬 옷을 입고서 촛불로 거울을 비추며 얼굴을 꼼꼼히 살폈다. 그러다 고개를 틀어 그를 쳐다보았다.

이만 가요. 가야 해요.

먼저 가.

거기 누워 있으면 안 돼요. 가요. 시간이 없어요.

그는 상체를 일으켜 좁다란 침대 아래로 발을 디딘 후 일어나 바지를 올려 단추를 채우고 벨트를 찼다. 모자는 바닥에 있었다. 그는 모자를 주워 허벅지에 탁탁 두드리고 머리에 썼다.

내려가서 한잔해요. 여자가 말했다. 기분이 좋아질 거예요.

지금도 좋아.

그는 밖으로 나갔다. 복도 끄트머리에서 뒤를 돌아보았다. 이윽고 계단을 내려갔다. 여자는 문간에 서 있었다. 여자는 한 손으로 촛불을 들고, 다른 손으로는 머리를 뒤로 쓸어 넘기며 계단의 어둠 속으로 내려가는 그를 바라보다가 문을 닫았다.

그는 무도장 가장자리에 서 있었다. 사람들이 손에 손을 맞잡고 싱글벙글 웃고 고함치며 둥글게 서 있었다. 바이올린 연주자가 무대 위 의자에 앉아 있고, 한 사람이 이리저리 걷고 손짓하고 스텝을 밟으며 춤의 순서를 지시했다. 바깥의 어둠에 잠긴 공터에 우두커니 선 초라한 몰골의 통카와 인디언들이 창문으로 배어 나온 빛에 얼굴이 드러났는데, 마치 잃어버린 기묘한 초상화처럼 보였다. 바이올린 연주자가 일어나 바이올린에 턱을 괴었다. 고함과 동시에 음악이 시작되고, 사람들이 발을 끌며 육중한 회전을 시작했다. 그는 뒷문으로 나왔다.

비는 그쳐 있고 대기는 싸늘했다. 그는 마당에 서 있었다. 무수한 별들이 체계 없이 하늘에서 떨어졌다. 어둠 속의 고향을 떠나 일개 먼지가 될 운명을 향해 가차 없이 내달렸다. 홀에서는 바이올린이 깩깩대고, 춤추는 이들이 발을 끌며 쿵쿵거렸다. 거리에서는 곰을 잃은 소녀를 외쳐 부르는 소리가 울렸다. 소녀가 사라진 것이다. 사람들은 등불이나 횃불을 들고 컴컴한 공터를 뒤지며 소녀의 이름을 외쳤다.

그는 변소를 향해 판잣길을 내려갔다. 엷어지는 목소리에 귀 기울이며 서 있다가 다시 고개를 들어 별들이 조용히 죽음을 맞이한 시커먼 언덕을 바라보았다. 그러다 변소의 조잡한 판자문을 열고 안으로 들어갔다.

변기에 판사가 앉아 있었다. 벌거벗은 판사가 생글생글 웃으며 일어나더니 양팔로 그를 껴안아 거대하고도 끔찍한 살집에 꾹 파묻었다. 그리고 화장실 문의 걸쇠를 걸었다.

술집에서는 사내 둘이 곰 가죽을 살 생각으로 주인을 찾고 있었다. 곰은 무대 위 드넓은 피웅덩이에 뻗어 있었다. 하나만 달랑 남은 촛불이 성당의 봉헌등처럼 불안스레 촛농을 흘렸다. 무도장에서는 젊은이가 연주에 참가해 숟가락 두 개로 무릎 사이를 두드렸다. 반라의 창녀들이 미끄러지듯 나아갔는데, 몇몇은 가슴이 훤히 드러나 있었다. 진창이 된 뒷마당에서 두 사내가 변소를 향해 판잣길을 내려갔다. 웬 사내가 진흙탕에 오줌을 갈기고 있었다.

안에 누가 있소? 첫 번째 사내가 물었다.

오줌을 갈기던 사내는 고개를 들지 않았다. 내가 댁이라면 거기 안 들어가겠소.

누가 있소?

안 들어가는 게 좋다니깐.

그는 성기를 집어넣고 바지 단추를 채우고는 두 사람을 지나쳐 불 쪽으로 걸어갔다. 첫 번째 사내는 그를 가만히 지켜보다가 변소 문을 열었다.

어이쿠, 맙소사.

왜 그래?

그는 대답하지 않았다. 그저 두 번째 사내를 지나쳐 돌아갔다. 두 번째 사내는 그를 멍하니 바라보고 서 있었다. 그러다 변소 문을 열고 안을 들여다보았다.

술집에서는 마치 덮개천으로 죽은 곰을 싸며 너나없이 도움을 청했다. 대기실에서는 담배 연기가 악마의 안개처럼 램프를 맴돌고, 사내들이 나직이 웅얼대며 패를 돌렸다.

무도장에서는 잠시 고요가 내려앉은 사이, 두 번째 바이올린 연주자가 무대에 올라 두 사람이 함께 현을 고르고 줄감개를 조절했다. 춤을 추던 이들 중 다수가 술에 취해 비틀비틀 돌아다녔고, 몇몇은 입김이 서릴 만큼 추운데도 셔츠와 재킷을 벗어 가슴을 훤히 드러내고서도 땀을 뻘뻘 흘렸다. 거대한 덩치의 창녀가 술에 취해 무대에서 박수를 치며 음악을 어서 연주하라고 졸라 댔다. 남자용 바지 말고는 벌거벗은 차림이었다. 그녀의 자매들도 무슨 전리품인 양 모자나 바지나 푸른색 능직 기병 재킷을 걸치고 있었다. 음악이 삐죽삐죽 높아지자 사방에서 신이 나 외쳐 댔고, 맨 앞에 선 이가 춤의 시작을 알리기 무섭게 모두들 발을 구르고 소리를 치다 비트적비트적 서로 부딪었다.

사람들의 춤에 맞추어 판자 바닥이 군홧발에 쿵쿵 울리고, 바이올린 연주자들이 쾌활한 음악에 괴물처럼 헤쭉헤쭉 웃는다. 그들 위로 우뚝 솟은 사람은 바로 판사다. 벌거벗은 채 춤을 추며 자그마한 발을 빠르고 활기차게 움직이다 천천히 걷는 단계에 이르자 여자들에게 꾸벅 절을 한다. 털 하나 없이 새하얗고 거대한 몸은 마치 덩치 큰 아기 같다. 그는 결코 자지 않는다고 말한다. 그는 결코 죽지 않는다고 말한다. 그는 바이올린 연주자에게 절을 하고는 뒤로 미끄러지듯 나아가 고개를 젖히고서 목청 깊이 껄껄 웃음을 터뜨린다. 판사는 최고의 인기를 끈다. 모자를 휙 던지자 달덩이 같은 대머리가 램프 아래로 하얗게 지나가고, 활기차게 춤을 추다 바이올린을 빼앗아 들고는 한 발을 들고 빙그르르 돈다. 한 바퀴, 두 바퀴. 그는 춤을 추는 동시에 바이올린을 켠다. 발은 가볍고 민첩하다. 그는 결코 자지 않는다. 그는 결코 죽지 않는다고 말한다. 그는 빛과 어둠 속에서 춤을 추고 최고의 사랑을 받는다. 판사, 그는 결코 자지 않는다. 그는 춤을 추고, 또 춘다. 그는 결코 죽지 않는다고 말한다.

에필로그

새벽녘 사내 하나가 땅바닥에 구멍을 내며 평야를 나아가고 있다. 사내는 손잡이가 두 개 달린 도구를 쓴다. 그것을 푹 찔러 구멍을 내고는 구멍 속 돌을 강철로 부딪쳐 불을 지핀다. 하느님이 구멍에 가져다 놓은 돌덩이는 저마다 불로 화한다. 사내 뒤쪽으로 뼈를 찾는 사람들과 뼈를 찾지 않는 사람들이 따라온다. 탈진기나 멈추개 같은 시계 부품으로 작동하듯 그들은 빛살 속에서 멈칫멈칫 움직여 마치 있지도 않은 신중함이나 사려 깊음을 발휘하는 듯하다. 지평선 끝까지 이어지는 불구덩이를 따라 한 명씩 한 명씩 나아가지만, 그것은 추적의 연속이라기보다 인과 관계라는 원칙을 확인하기 위함인 듯하다. 뼈와 뼈를 줍는 사람과 뼈를 줍지 않는 사람이 자리한 이곳 대초원에 오롯이 둥근 구멍이 존재하는 것은 바로 앞에 선 사람 덕분이라는 듯. 그는 구멍에 불을 붙이고 강철을 빼낸다. 이윽고 그들 모두는 다시 움직인다.

시적 문체로 빚어낸 잔인한 핏빛 세계

코맥 매카시는 1965년 첫 번째 장편 『과수원지기』로 윌리엄 포크너 상을 수상한 이후 『바깥의 어둠』, 『신의 아들』, 『서트리』를 발표하며 비평계의 뜨거운 관심을 받았으나 대중에게는 계속 차갑게 외면받았다. 그래서인지 1985년에 출간된 다섯 번째 장편 소설 『핏빛 자오선』은 처음에는 비평가들에게서 별다른 주목을 받지 못했다. 그럼에도 대중은 드디어 코맥 매카시라는 작가에게 눈을 떠 그 진가를 알아보았다. 『핏빛 자오선』 집필을 위해 현지를 답사하고 스페인어를 익히고 사료를 조사하는 등 노력을 아끼지 않은 결과 매카시가 마침내 대중의 마음을 뒤흔든 것이다.

사실 그린 목사, 머리 가죽 사냥꾼 글랜턴, 화이트 대위, 홀든 판사 등 소설의 작중인물 다수가 사료에 등장한 인물에게

서 영감을 받아 이름을 그대로 빌려 쓴 것이다. 소설 속 사건들 역시 실화에 기초한 것이 적지 않다. 미국과 멕시코 간의 치열했던 영토 분쟁 끝에 1848년 미국의 승리로 국경선이 확고히 그어졌지만 미국의 불법 군대들은 더 많은 땅을 요구하며 여전히 멕시코를 유린하려 호시탐탐 기회를 노렸다. 멕시코는 이처럼 밖으로는 국경 문제에 시달리는 와중에 안으로는 수시로 발생하는 쿠데타와 인디언의 반란에 휘청댔다. 급기야 반란자를 처치하기 위해 미국인 용병을 고용했으나, 용병들은 잔혹한 아파치 대신 평범한 인디언이나 멕시코인을 죽이고서 벗긴 머리 가죽으로 멕시코 정부를 속여 돈을 뜯어 가곤 했다.

이렇듯 『핏빛 자오선』은 19세기 미국 서부와 멕시코를 배경으로 한 서부 소설이면서도 미국인을 선한 존재로 그리지 않는 파격성을 보인다. 그 어디에도 착한 주인공과 교활한 악당이라는 도덕적 이중 구도는 찾아볼 수 없다. 미국인이든 멕시코인이든 아파치든 모두가 생존과 욕망을 위해 냉혹하게 무기를 휘두를 뿐이다. 이토록 피가 낭자한 곳 한가운데서 이름 없는 소년은 욕망과 연민을 지닌 인간으로서 삶이라는 혼돈 속을 나아간다. 승리를 점철하는 냉혹한 과학(니체적 초인)을 상징하는 홀든 판사와 무너져 가는 위선적 기독교를 상징하는 전직 신부 토빈 사이에서 휘청휘청 흔들리며. 내용만이 아니라 문체 역시 미학적 문장과 가독성 사이에서 절묘한 줄타기를 하고 있다.

이 책의 번역에 숨겨진 비화를 고백하자면, 처음 번역 의뢰를 받았을 때 딱 잘라 거절했다. 여러 이유가 있었지만, 가장 큰 이유는『모두 다 예쁜 말들』을 번역할 때의 극심했던 고생 때문이었다. 하지만 들끓는 호기심에 따로 원서를 구입해 읽고는 불행인지 다행인지 반하지 않을 수가 없었다.

편안함에 대한 욕망과 번역하고픈 열망 사이에서 한참을 고민하다 결국 후자를 택해 또다시 출판사에서『핏빛 자오선』원서를 받았다. 하지만 당시만 하더라도 코맥 매카시가 한국에서 인지도가 높은 작가도 아니었고,『핏빛 자오선』이 나한테야 매혹적이지만 다른 사람들한테도 그럴지 미지수였기에 뒤늦은 후회를 많이 했다. 번역하기 쉬운 책은 세상에 없지만, 더 어렵고 덜 어려운 책은 분명 있으며 그에 따라 번역에 드는 시간과 노력이 크게 차이 나기 때문이었다. 시쳇말로 시간이 돈인 프리랜서가 이런 미친 짓을 하다니……. 하지만 더 큰 걱정은 과연『핏빛 자오선』을 제대로 우리말로 옮겨 낼 능력이 내게 있을까 하는 것이었다.

그나마 다행인 것은 미국에서는 그 아름다움과 미묘함으로 워낙 널리 알려진 작품이라 좋은 해설서가 여럿 나와 있다는 점이었다. 번역하다 어려움에 맞닥뜨릴 때마다 셰인 심프트의『핏빛 자오선 읽기 지침서(A Reader's Guide to Blood Meridian)』(Bonmot Publishing, 2006)와 존 세피치의『핏빛 자오선 해설(Notes on Blood Meridian)』(Bellarmine College Press, 1993)이 큰 도움이 되었다.

『노인을 위한 나라는 없다』나『로드』같은 매카시의 최근 작품에 비해『핏빛 자오선』은 대단히 시적이며, 현대에 통용되는 의미가 아니라 고어나 은어의 의미로 쓰이는 단어와 방언과 조어를 종종 쓰고 있다. 이러한 문체 효과를 살리기 위해 일상에서는 잘 안 쓰는 문학적인 어휘와 비표준어, 고어를 써 일부러 다소간의 생소함과 이질감을 유발했다. 번역서의 가독성을 중시하는 출판 문화에 익숙한 나에게 이는 신선한 도전이자 힘겨운 시련이었다. 정확성과 가독성과 아름다움을 최대한 살리면서 옮기고 싶어 바짝바짝 애를 끓이긴 했지만 많은 실수와 허점을 남기지 않았을까 두렵다. 그럼에도 『모두 다 예쁜 말들』을 옮기며 드러난 나의 부족함을 『핏빛 자오선』에서 조금쯤은 메울 수 있었고, 남는 부족함은 '국경 삼부작'의 나머지 두 권인 『국경을 넘어』와 『평원의 도시들』에서 하나둘 채워 나갔다는 위안으로 스스로를 다독여 본다.

2021년 6월
김시현

작가 연보

1933년   미국 로드아일랜드주 프로비던스에서 찰스 조지프 매
         카시와 글레디스 크리스티나 맥그레일 사이에서 여섯
         남매 중 한 명으로 태어남. 부모는 아일랜드 가톨릭교
         도였음.

1937년   변호사인 아버지를 따라 가족 모두 테네시주 녹스빌로
         이주함. 세인트 메리 교구 학교와 녹스빌 가톨릭 고등
         학교에 다녔고, 녹스빌에 있는 성모 무염시태 성당에서
         복사로 활동하며 미사 집전을 도왔음. 매카시는 학교
         교육이 별로 가치 있다고 생각하지 않았고, 자신의 관
         심사를 좇는 것을 선호함.

1951년   테네시 대학교에 입학했으나 1953년 미 공군에 합류하
         기 위해 중퇴하고 1957년까지 사 년간 복무. 알래스카

에 주둔하는 동안 독서에 탐닉함.

1957년   테네시 대학교로 돌아가 학생 문예지 《더 피닉스》에 C. J. 매카시란 이름으로 단편 소설 「익사 사건」과 「수전을 위한 경야」를 발표함. 매카시는 이 작품들로 1959년과 1960년에 잉그램 메릴 재단에서 수여하는 문예 창작 기금을 받았으나 1959년 테네시 대학교를 완전히 중퇴하고 시카고로 떠남.

1959년   작가로서의 경력을 위해 자신의 이름을 찰스에서 코맥으로 개명. 코맥은 아일랜드의 고모들이 그의 아버지에게 지어 준 가족 애칭임. 다른 자료에서는 그가 블라니 성을 지은 아일랜드 족장 코맥 매카시를 기리기 위해 이름을 바꿨다고도 함.

1961년   대학 동창이던 리 홀먼과 결혼. 결혼 후 녹스빌 외곽 스모키 산맥 부근으로 이주.

1962년   아들 컬런이 태어남. 아기를 돌보고 집안일을 하면서 매카시는 아내에게 일자리를 구해 자신이 소설을 쓰는 데 집중할 수 있도록 도와달라고 부탁함. 이에 실망한 리가 이혼을 청구 후 와이오밍으로 이주함.

1965년   시카고에 있는 자동차 부품 공장에서 파트 타임으로 일하며 꾸준히 쓴 첫 번째 장편 소설 『과수원지기』를 랜덤하우스에서 출간. 랜덤하우스의 편집자 앨버트 어스킨은 그 후 이십 년간 매카시의 작품들을 맡아 편집하게 됨.

1966년   포크너 작품과의 유사성과 독특한 이미지 사용에 대

한 비평가들의 호평 속에서 소설 『과수원지기』로 포크
너 상을 받음. 미국문예아카데미에서 받은 여행 지원
금으로 여객선 실바니아호를 타고 아일랜드로 가던 중
가수 겸 댄서로 일하던 앤 드라일을 만나 잉글랜드에
서 결혼함. 록펠로 재단에서 받은 지원금으로 남부 유
럽을 여행, 이비사섬에서 두 번째 소설 집필.

1968년   두 번째 장편 소설인 『바깥의 어둠』 출간.

1969년   테네시주 루이빌로 이주. 극심한 빈곤 속에서 다음 작
품을 쓰기 시작함.

1973년   애팔래치아 산맥 남부를 배경으로 하는 세 번째 장편
소설 『신의 아들』 발표함.

1976년   두 번째 아내와 이혼 후 텍사스주 엘파소로 이주. 1974년
PBS 방송국의 리처드 피어스가 매카시에게 텔레비전
드라마 「비전스」의 한 해 각본을 의뢰함. 1928년에 출
간한 남북전쟁 이전에 유명한 기업가였던 윌리엄 그레
그를 다룬 전기에서 영감을 받아 각본을 완성. '정원사
의 아들'이라 이름 붙인 에피소드는 1977년 1월 6일 방
영된 이후 수많은 해외 영화제에서 상영되었고, 1977년
에미상 시상식에서 두 개 부문 후보에 오름.

1979년   테네시강 녹스빌에서의 경험을 바탕으로 쓴 반자전적
소설 『서트리』 출간.

1981년   맥아더 펠로우 상 수상. 상금으로 후속작을 쓰기 위한
미국 남서부 여행을 떠남.

1985년   『핏빛 자오선』 출간. 《뉴욕 타임스》로부터 "일리아스 이

래 가장 유혈이 낭자한 소설"이란 평을 얻으며 문단에 센세이션을 일으킴.

1992년 『모두 다 예쁜 말들』 출간. 육 개월 만에 양장본으로 19만 부 판매. 전미 도서상과 전미 비평가협회상 수상.

1994년 『국경을 넘어』 출간.

1998년 『평원의 도시들』 출간. 이로써 국경 삼부작을 모두 완성함.

2005년 1980년대를 배경으로 하는 서부극 『노인을 위한 나라는 없다』 발표. 2007년 코언 형제가 동명의 영화로 제작하여 아카데미 시상식 네 개 부문 시상, 전 세계 일흔다섯 개 이상의 상을 받음.

2006년 폐허가 된 100년 후 도시의 참혹한 삶을 그린 『로드』를 출간하여 퓰리처상 수상. 2007년 오프라 윈프리 북클럽 도서로 선정. 2009년 동명의 영화가 개봉하여 호평을 받음.

세계문학전집 378

핏빛 자오선

1판 1쇄 펴냄   2008년 11월 14일
1판 3쇄 펴냄   2009년 1월 16일
2판 1쇄 펴냄   2009년 11월 20일
2판 9쇄 펴냄   2020년 4월 16일
3판 1쇄 펴냄   2021년 6월 30일
3판 4쇄 펴냄   2024년 3월 18일

지은이   코맥 매카시
옮긴이   김시현
발행인   박근섭, 박상준
펴낸곳   (주)민음사

출판등록   1966. 5. 19. (제 16-490호)
서울특별시 강남구 도산대로1길 62(신사동) 강남출판문화센터 5층 (우편번호 06027)
대표전화 02-515-2000   팩시밀리 02-515-2007
www.minumsa.com

한국어 판 ⓒ (주)민음사, 2008, 2009, 2021. Printed in Seoul, Korea

ISBN 978-89-374-6378-5 04800
ISBN 978-89-374-6000-5 (세트)

세계문학전집 목록

세계문학전집은 계속 간행됩니다.